HEYNE

ELLEN ALPSTEN

DIE TOCHTER DER ZARIN

Roman

WILHELM HEYNE VERLAG
MÜNCHEN

Die Originalausgabe *The Tsarina's Daughter* erscheint bei
Bloomsbury Publishing, London.

FSC
www.fsc.org
MIX
Papier aus verantwortungsvollen Quellen
FSC® C083411

Verlagsgruppe Random House FSC® N001967

Deutsche Erstausgabe 03/2022

Redaktion: Friedel Wahren
Printed in Germany
Umschlaggestaltung: Nele Schütz Design unter Verwendung von
Arcangel/Malgorzata und
Getty Images/Kontributor/Heritage Images
Satz: Uhl + Massopust, Aalen
Druck und Bindung: CPI books GmbH, Leck
ISBN: 978-3-453-42358-9

www.heyne.de

In deinem Ende liegt dein Anfang.
Kein Mann wird dich so enttäuschen, wie eine Frau es vermag.
Ein Engel wird zu dir sprechen.
Die leichteste Last wird deine größte Bürde sein.

Prophezeiung der Golossow-Schlucht

DIE HANDELNDEN DES ROMANS

Elisabeths Familie

* Elisabeth Petrowna Romanowa, Tochter Zar Peters des Großen und Katharina Alexejewnas, die spätere Zarin Elisabeth I. aller Russen von 1741 bis 1762
* Alexej Michailowitsch Romanow, Zar Alexej I. aller Russen von 1645 bis 1676, Elisabeths Großvater und zweiter Romanow auf dem Zarenthron
* Peter Alexejewitsch Romanow, Zar Peter I. aller Russen, 1682 zum Zar ernannt, regierte von 1689 bis 1725, Peter der Große, vom Volk auch *Batjuschka Zar (Väterchen Zar)*, genannt, Elisabeths Vater. Er und alle über das Zarenreich nach ihm Herrschenden trugen auch den Kaisertitel.
* Katharina Alexejewna, eine Leibeigene, ehemalige Geliebte und nunmehr Ehefrau von Peter dem Großen, später Zarin Katharina I. aller Russen von 1725 bis 1727, Elisabeths Mutter
* Ewdokia Lopuchina, die erste Frau Peters des Großen, Mutter von Zarewitsch Alexej
* Zarewitsch Alexej, Peters des Großen und Ewdokias Sohn, ursprünglicher Erbe, Elisabeths Halbbruder

* Peter Alexejewitsch Romanow, Zar Peter II. aller Russen von 1727 bis 1730, auch »Petruschka« genannt, Alexejs Sohn, Elisabeths Neffe
* Anna Petrowna Romanowa, Tochter Peter des Großen und Katharina Alexejewnas, auch ›Anuschka‹ genannt, Elisabeths Schwester
* Regentin Sophia Alexejewna Romanowa, Halbschwester Peters des Großen, Elisabeths Tante
* Zar Iwan V. aller Russen von 1682 bis 1696, gemeinsam mit seinem Halbbruder Peter dem Großen, Elisabeths Onkel
* Zarin Praskowja Fjodorowna, Iwans Witwe, Elisabeths Tante
* Zarewna Jekaterina Iwanowna, Tochter Zar Iwans V., Elisabeths Cousine
* Zarewna Anna Iwanowna, Tochter Zar Iwans V., Herzogin von Kurland, später Zarin Anna I. aller Russen, Elisabeths Cousine
* Elisabeth Katharina Christine von Mecklenburg, genannt »Christina«, Tochter von Jekaterina Iwanowna; von Zarin Anna I. als deren Nachfolgerin adoptiert, später unter dem offiziellen Namen Anna Leopoldowna, Regentin Russlands von 1740 bis 1741, Elisabeths Nichte zweiten Grades
* Iwan Antonowitsch, geboren 1740, nominell Zar Iwan VI. aller Russen von 1740 bis 1741, kleiner Sohn von Christina, der Regentin Anna Leopoldowna
* Fürst Anton-Ulrich von Braunschweig, Herzog von Kurland, Ehemann von Christina, der Regentin Anna Leopoldowna, und angeblicher Vater von Zar Iwan VI.

* Herzog Friedrich Wilhelm Kettler von Kurland und Semgallen, verstorbener Ehemann der Zarewna Anna Iwanowna, der späteren Zarin Anna I.
* Herzog Karl Leopold zu Mecklenburg, Ehemann der Zarewna Jekaterina Iwanowna und Vater von Christina, der Regentin Anna Iwanowna
* Fürst Karl August von Schleswig-Holstein-Gottorf, ein Vetter von Herzog Karl Friedrich, verlobt mit Elisabeth

Am Hof der Zaren

* Fürst Alexander Danilowitsch Menschikow, hoher General in der Armee Peters des Großen und sein engster Freund, von ihm auch vertraulich »Alekascha« genannt
* Darja Michailowna Menschikowa, Menschikows Frau
* Maria Alexandrowna Menschikowa, Menschikows Tochter und erste Verlobte Zar Peters II., des Enkels Peters des Großen, genannt ›Petruschka‹
* Feofan Prokopowitsch, Erzbischof von Nowgorod, Beichtvater und Berater Peters des Großen
* Fürst Alexej Dolgorukow, Pate Zar Peters II.
* Jekaterina Alexejewna Dolgorukowa, Alexej Grigorjewitsch Dolgorukows Tochter, genannt ›Katja‹, zweite Verlobte Zar Peters II.
* Graf Pjotr Andrejewitsch Tolstoi, Höfling und Vertrauter von Peter dem Großen und Katharina I.
* Alexander Borissowitsch Buturlin, ein Offizier des Preobraschenski-Regiments, Liebhaber von Elisabeth

* General Uschakow, Leiter des Geheimdienstes von Zarin Anna I.
* Maja, die Zofe der Zarinnen Praskowja und Anna I.
* Semjon Mordinow, ein Seemann, der Briefe zwischen Anuschka und Elisabeth vom Schloss Gottorf nach Sankt Petersburg trägt
* Fürst Artemi Petrowitsch Wolynski, der russische Botschafter in Persien
* Fürst Antioch Dmitrijewitsch Kantemir von Moldawien, russischer Botschafter in London

Die Europäer

* Kurfürst Friedrich August I. von Sachsen, als August II. König von Sachsen, Verbündeter Peters des Großen, genannt »August der Starke«
* König Louis XV. von Frankreich
* Jean-Jacques de Campredon, französischer Botschafter in Russland
* Der Herzog von Liria, spanischer Botschafter in Russland
* Juan da Costa, ein portugiesischer Jude und Narr am Hof Peters des Großen, Katharinas I., Peters II., Annas I. und schließlich Elisabeths
* Liebman, Jude und Hofjuwelier von Zarin Anna I.
* Jakob Schwartz, ein österreichischer Spion, Cellist, Musik- und Tanzlehrer
* Graf Moritz zu Lynar, sächsischer Gesandter und Liebhaber von Christina, der Regentin Anna Leopoldowna

- Julie von Mengden, baltische Baronin, kaiserliches Kindermädchen von Zar Iwan VI. und Liebhaberin von Christina, der Regentin Anna Leopoldowna
- Graf Andrej Iwanowitsch Ostermann, ursprünglicher deutscher Name Heinrich Johann Friedrich Ostermann, Kanzler und Vizekanzler von Peter I., Katharina I., Anna I. und der Regentin Anna Leopoldowna
- Graf Melissimo, ein österreichischer Diplomat und verlobt mit Katja Alexejewna Dolgorukowa
- Die Brüder Löwenwolde, baltische Aristokraten und Soldaten im Ismailowski-Regiment
- Ernst Biren, ein Stallbursche, auch bekannt als Graf Ernst Johann de Biron, Herzog Biron von Kurland, Regent von Russland, Liebhaber und Berater Zarin Annas I.
- Margarete Biron von Kurland, seine Frau (historisch Benigna Gottliebe von Biron)
- Carl, Peter und Hedwig Biron von Kurland, ihre Kinder
- Jean Armand de L'Estocq, französischer Aristokrat und Elisabeths Arzt
- Jane Rondeau, Frau des britischen Botschafters in Russland
- Jean-Baptiste Alexandre Le Blond, ein französischer Landschaftsarchitekt, der den Park von Peterhof plante, dem Sommerpalast Zar Peters des Großen

In Kolomenskoje

* Nadja, die Kinderfrau von Anuschka Petrowna Romanowa und Elisabeth Petrowna Romanowa
* Jewgeni, der Falkner Zar Alexej Michailowitsch Romanows

Im Pecharsky-Kloster

* Äbtissin Agatha, eine Freundin Katharinas I.
* Wassilissa, die Köchin
* Alexej Grigorjewitsch Rasumowski, ein ukrainischer Hirte und Solist im Chor der Zarin Anna I., Elisabeths Geliebter und geheimer Ehemann

Die Datumsangaben des Romans folgen dem damals gültigen julianischen Kalender, ergänzt durch das gregorianische Datum in Klammern.

PROLOG

**Im Winterpalast, 6. Dezember 1741,
Gedenktag des Heiligen Nikolaus**

Mein kleiner Neffe Iwan ist unschuldig – so unschuldig und rein, wie ein Einjähriger nur sein kann. Doch heute Nacht wird der junge Zar durch meinen Befehl für schuldig im Sinne meiner Anklage befunden: Er raubt mir den Thron meiner Väter. Die Strafe dafür ist ein Leben schlimmer als tausend Tode. Ich bekämpfe den Drang, ihn hochzuheben und zu küssen, aber das macht alles nur noch schlimmer. Jenseits seiner Tür höre ich ein Summen wie von Bienen, bereit, zornig durch den Winterpalast zu schwärmen. Stiefel kratzen auf dem Parkett, Sporen klirren aneinander wie Wodkagläser, Bajonette werden auf Musketen gesteckt. So klingt die Zukunft: Der Gedanke spickt mein Herz mit Blei.

Mir bleibt keine andere Wahl. Entweder Iwan oder ich. Nur einer von uns kann Russland regieren, der andere muss der Vergessenheit anheimfallen. Russland zu regieren ist ein Recht, das sowohl erworben als auch ererbt sein will. Iwans Herrschaft zwingt mein Land unter das Joch fremder Herrscher. Das Reich ist verloren; das unsichtbare, heilige Band zwischen dem Zaren und seinem Volk unwiederbringlich zerrissen.

Ich, Elisabeth, bin das einzige überlebende Kind der fünfzehn Söhne und Töchter Peters des Großen. Wenn ich in dieser Nacht zu lange zögere, so soll ich als letztes meiner Geschwister sterben und das Ende meiner Familie besiegeln.

Fluch den Romanows! Ich versuche umsonst, die Prophezeiung, die mein Leben überschattet hat, aus meinen Gedanken zu verbannen.

Auf dem Parkettboden bilden sich Pfützen, während der Schneematsch von meinen oberschenkelhohen Stiefeln tropft. Ihr abgenutztes Leder ist nach meinem Eilmarsch durch die Nacht von Sankt Petersburg durchnässt. Obwohl ich eine Zarewna, eine kaiserliche Prinzessin bin, breitete mir kein Page ein Bärenfell über den Schoß, das mich in einem geschwinden Schlitten vor dem eisigen Wind und dem stiebenden Schnee bewahren sollte. Ich hatte auch keinen Muff, den ich in der so anmutigen Geste der Sankt Petersburger Damen, der *damy,* an das Gesicht heben konnte. Mein Stelldichein mit dem Schicksal war ein Geheimnis. Schneefall verhüllte die flackernden Lichter der Laternen und verbarg die Stadt ebenso wie mich. In anderen Nächten lullte mich der stete Fall der Flocken ein, doch nun trieb mich die Angst an. Ich jagte über die Brücken, wich den Schlagbäumen mit den bewaffneten Wächtern aus und huschte über die leeren Prospekte, wo meine Hast eine warme Spur in der frostigen Luft hinterließ.

Dies ist eine Nacht der Entscheidung – eine Entscheidung unermesslichen Ausmaßes. Ein Kreuz, das ich mein Leben lang zu tragen habe. Ein gesalbter und gekrönter Zar kann nicht einfach getötet werden. Es erzeugt einen gefährlichen Präzedenzfall. Doch er kann auch nicht am Leben bleiben, zumindest nicht in den Herzen der Russen oder in den wöchentlichen Briefen der Botschafter an alle Höfe Europas.

Was also soll mit Iwan geschehen?

Ich taste nach seiner schlaffen kleinen Hand und kann nicht widerstehen – konnte es noch nie – und streichle seine molligen rosigen Finger. Wir nennen dieses Spiel den Schmetterlingskuss. Dann muss er kichern und windet sich, während mich eine große Zärtlichkeit überkommt. Seine Kinderhaut duftet nach dem Puder, der für ihn allein in Grasse gemischt wird, Vanille und Bergamotte, das Parfüm der Zaren. Ich sauge es ein, und der tiefe Atemzug, den ich nehme, muss ein Leben lang reichen. Die Männer draußen vor der Tür sind still. Sie warten auf meine Entscheidung, die mich retten und verdammen wird. Der Augenblick brandmarkt meine Seele.

Die dick gefütterten französischen Damastvorhänge im kaiserlichen Kinderzimmer sind zugezogen. Der neue Mond und die Sterne stehen am Himmel, aber schmerbäuchige Wolken tauchen die Stunde in dichte, undurchdringliche Dunkelheit. Tagsüber gefrieren den Möwen die Schreie in der Kehle, des Nachts reibt die Kälte die Haut roh. Jedes Licht ist so rar und teuer wie alles andere in dieser Stadt. Die kleinen Läden der Kerzenverkäufer, die nach Bienenwachs, Flachs und Schwefel duften, machen gute Geschäfte. In Zeiten von Angst und Unzufriedenheit brennen in den Kirchen die meisten Opferkerzen, und sowohl die Jultide als auch der Dreikönigstag nahen.

Auf den gegenüberliegenden Kais sind die Läden hinter den hellen Fassaden der Paläste und Häuser der Stadt geschlossen, die dahinter verborgenen Fenster bleiben still, wie lauernd. Auch der Winterpalast selbst wirkt drohend. Seine vielen Korridore, Raumfolgen und Treppenfluchten können so gefährlich wie eine Schlangengrube oder so willkommenheißend wie die Umarmung eines Liebhabers sein.

Entweder Iwan oder ich. Das Schicksal hat uns mitleidlos mit sich gerissen und uns in diesen Kampf gedrängt. Der Hof meidet mich. Niemand will noch eine Kopeke auf meine Zukunft setzen. Werde ich in ein abgelegenes Kloster geschickt, obwohl ich keine Unze Nonnenfleisch im Leib habe, wie sich der Herzog von Liria, der spanische Botschafter, so denkwürdig ausdrückte? Ein einziges Mal habe ich eine solche unglückliche Frau gesehen. Wie beabsichtigt erfüllte mich ihr Anblick mit lebenslanger Furcht. Ihr kahl geschorener Kopf war mit Narben und Frostbeulen übersät, und der Wahnsinn leuchtete ihr aus den Augen. Eine bucklige Zwergin, der die Zunge herausgerissen worden war, leistete ihr Gesellschaft. Beide hausten in schmutzigem Stroh wie in einem Schweinestall. Oder wartet ein Schlitten auf mich, bereit zur Abfahrt in Richtung Sibirien? Es wäre eine Reise ohne Wiederkehr. Ich selbst hörte die Rufe um Gnade der Verurteilten, sah die Angst in ihren Gesichtern ebenso deutlich, wie ich meine Finger ihrem flehenden Griff entzog. Ein Jahr nach ihrer Verbannung waren sie alle tot. Niemand übersteht das Leben im nagenden Frost des Ostens lange. Sibirien ist das größte Gefängnis der Welt; es benötigt weder Tor noch Wärter. Möglicherweise schluckt mich eine Zelle in der Peter-und-Paul-Festung, dem teuflischen Ort, den niemand, weder Mann noch Frau, jemals in einem Stück verlässt.

Oder, einfacher noch, man findet mich mit dem Gesicht nach unten unter dem Eis der Newa treibend.

Die Ungeduld der Männer vor Iwans Tür ist spürbar. Nur noch einen Atemzug lang Gemeinsamkeit, bitte! Iwans Amme schläft auf ihrem Schemel in der dunkelsten Ecke des Gemachs, in sich zusammengesunken. Sie sitzt inmitten seiner verstreuten Spielsachen, einer Matrjoschka, Holzbooten aller Größen, einem mechanischen Silberbär, der nach dem Aufziehen die Kiefer öffnet und die Pfoten hebt, und einem Globus aus indischem Elfenbein und belgischem Email. Eine ihrer blassen Brüste liegt noch vom letzten Stillen bloß. Ihr voller Alabasterbusen war der Grund für ihre Rekrutierung im lebhaften deutschen Viertel von Moskau. Sie kümmert sich zu Recht so gut um Iwan, denn Romanow-Männer sind von schwächerer Gesundheit als Romanow-Frauen, obwohl das niemand laut ausspricht. Ich habe Iwans erstes Lebensjahr als eine Zeit der Wunder empfunden und ihm anlässlich seiner Taufe ein mit Rubinen und Smaragden besetztes Kreuz geschenkt. In meinem Stall wird ein edles Hengstfohlen als sein Geschenk zur Jultide aufgezogen; das Futter des jungen Rappen hat mich in Schulden gestürzt.

Iwans Atem wird schwerer. Lasten die Männer an seiner Tür auf seinen Träumen? Ich fasse an seine Hüften, und seine lebendige Wärme trifft mich mitten ins Herz. Oh, nur noch einmal sein süßes Gewicht in meinen Armen zu spüren! Ich ziehe die Hände zurück und falte sie, obwohl die Zeit für Gebete vorbei ist. Keine Pilgerfahrt kann mir Ablass für diese Sünde erwirken, und wenn ich dafür auf den Knien durch ganz Russland rutschen würde. Iwans Wimpern flattern, sein Kinn zittert.

Ich kann es nicht ertragen, ihn weinen zu sehen, ganz im Gegensatz zu dem bekannten Sprichwort der russischen Leibeigenen. *Die Tränen eines anderen Mannes sind nur Wasser.*

Die leichteste Last wird deine größte Bürde sein. Die letzte Prophezeiung erfüllt sich. Verschont mich! Aber alle meine noch so flehentlichen Bitten stoßen auf taube Ohren. Dies ist mein Weg, und ich muss ihm folgen, auch wenn er über die Scherben meines gebrochenen Herzens führt. Iwan gleitet wieder in Tiefschlaf. Lange dunkle Wimpern werfen Schatten auf seine runden Wangen. Die winzigen Fäuste öffnen sich und zeigen glatte rosige Handflächen. Nicht einmal der begabteste Hellseher vermag vorherzusagen, was sich in der düsteren Zukunft des Kleinen verbirgt.

Selbst ich mag diesen Gedanken nicht zu Ende denken.

Hinter der Tür herrscht vollkommene Stille. Ist dies die Ruhe vor dem Sturm, die mein Vater mich fürchten gelehrt hat, wenn wir gemeinsam auf den schieferfarbenen Wassern des Finnischen Meerbusens segelten? In der Ferne rollte seine Flotte über die Wellen, die Masten ragten wie ein Meereswald in den Himmel auf. Schritte nähern sich der Tür. Meine Zeit mit Iwan ist zu Ende. Wenn die nächsten Minuten doch unnötig wären! Es klopft, so leicht und so leise, dass es seinen wahren Zweck verleugnet. Die Zeit ist reif zum Handeln. Russland duldet keine Ausreden mehr. Die Geduld der Soldaten ist zum Zerreißen angespannt. Ich habe ihnen Ruhm und Reichtum versprochen. In einer Nacht wie dieser werden Karrieren gemacht, Vermögen gewonnen und verloren.

»Elisabeth Petrowna Romanowa?«, fragt der Kommandant des kaiserlichen Preobraschenski-Regiments. Sein Sohn ist mein Patenkind, aber kann ich ihm deshalb vertrauen? Ich fühle mich wie am Ertrinken und schütze Iwans Wiege mit meinem Körper. An der Wand mir gegenüber schwebt mein Gesicht in dem vergoldeten hohen Spiegel gespenstisch blass über meiner dunkelgrünen Jacke. Mein lockiges aschblondes Haar hat sich unter der Pelzmütze gelöst. An einer einfachen Lederschnur um meinen Hals hängt ein Medaillon, die diamantenbesetzte Ikone des Heiligen Nikolaus, die für mich von unschätzbarem Wert ist. Sie müssten mir das Amulett vom Leib reißen, um seiner habhaft zu werden. Ich bin beinahe einunddreißig Jahre alt und werde mein Blut nie wieder verraten.

»Ich bin bereit«, sage ich, als die Tür auch schon aufspringt. Soldaten schwärmen herein und verteilen sich im Raum. Die nächsten Augenblicke werden unser Schicksal bestimmen.

Alles hat seinen Preis.

1. Kapitel

Frühling 1723, siebzehn Jahre zuvor

In Mutters Haus in Kolomenskoje hofften wir, Ruhe und Stärke zu finden, denn dort waren wir in Sicherheit. Seit dem Tod meines Halbbruders Alexej, des Zarewitsch, hatte Mutter umsonst versucht, meinem Vater, dem Zaren aller Russen, Peter dem Großen, einen Erben für das größte und wohlhabendste Reich auf Erden zu schenken. Nur einige Wochen vor unserer Abfahrt war sie wieder von einem tot geborenen Sohn entbunden worden.

Wir waren erleichtert, Sankt Petersburg kurz nach Ostern zu verlassen. Trotz Mutters jüngsten Schicksalsschlags hatten wir Ostern wie üblich gefeiert und den Höflingen an dem fröhlichsten und heiligsten aller russischen Feiertage bunt bemalte Eier geschenkt: Christus war auferstanden. Doch unsere Teller blieben so gut wie unberührt, während der Hof sich an *kulitsch* labte, einem kegelförmigen Brot aus Hefeteig, sowie *pascha,* dem Quarkkuchen mit Mandeln und Trockenfrüchten.

Als ich aus dem Winterpalast trat, wollte ich die kühle Frühlingsluft trinken, um jede Erinnerung an die langen, stickigen und dunklen Wintermonate ebenso zu tilgen wie alle Furcht und Sorgen. Der Morgen glitt so glatt und grau wie ein Taubenflügel in den Tag über, und der Himmel bot einen ersten Vorgeschmack auf die Sonnenaufgänge des Sommers. Am Horizont mischten sich dunstige Lagen von Violett, Senf und Perlmutt. Die *ottepel*, das Tauwetter, hatte begonnen, und der so plötzliche Übergang von Tag zu Nacht ließ bereits nach. Keine Veränderung in Russland kommt leicht zustande, nicht einmal der Wechsel der Jahreszeiten. Dennoch war die Kraft der Natur Jahr für Jahr wieder überwältigend und überraschend. Sie ließ die Flüsse anschwellen und riss den Erdboden auf. Das Licht verlängerte sich jeden Tag um einen Hahnenschrei und erhellte unsere Seelen. Die Sonne taute die gefrorene Erde auf, und ihre Strahlen fegten den Frost und den Raureif aus unseren Adern. Sie beschleunigte das Blut in unseren Adern und trieb den Herzschlag in die Höhe. Winde trugen Samen und damit die Verheißung von Fruchtbarkeit und Leben in alle Ecken des Reiches, sie bliesen die Spinnweben aus unseren Köpfen und rissen Russland aus seiner schläfrigen Schlaffheit.

Meine Schwester Anuschka, die nur ein Jahr älter war als ich, und ich kannten Mutters Anwesen in Kolomenskoje gut. Die ersten Jahre unseres Lebens hatten wir dort verbracht, ehe unsere Eltern verheiratet waren und jede von uns zur Zarewna ernannt wurde, zur kaiserlichen Fürstin. Mutter, die Zarin, hatte Vater immer begleitet, wohin er auch ging, sei es auf die Schlachtfelder des Großen Nordischen Krieges gegen Schweden – eines Kampfes ums Überleben, der Russland beinahe zwei Jahrzehnte lang unter seinem Bann gehalten hatte – oder auf seinen Reisen in den Westen und durch ganz Europa.

Obwohl wir Zarentöchter waren, lebten wir in Kolomenskoje so frei und unbeschwert wie Bauernkinder. Unsere Kinderfrau Nadja ließ uns barfuß im roten Staub unter den Pappeln spielen. Wir trugen lockere, schlichte Kleidung, und sie kochte Suppen und Eintöpfe für uns, die Stammgerichte der russischen Bauernküche. Unter ihrer Aufsicht besuchten wir im Frühjahr die Taubenschläge des kaiserlichen Falkners und zogen Kätzchen auf, die im Stall geboren waren. Im Sommer pflückten wir Beeren im Wald oder schwammen in klaren Seen. Im Herbst suchten wir Pilze oder spielten Verstecken in riesigen Haufen raschelnder Blätter. Im Winter dann gingen wir eislaufen, rodeln und bauten Iglus oder einmal auch eine stämmige Schneefrau, die Nadja verdächtig ähnlich sah. Bei ihrem Anblick lachte sie so laut, dass sie husten und keuchen musste. Jeden Abend kletterte sie mit uns ins Bett. »Kommt her, meine Täubchen, steckt eure frechen, kleinen Schnäbel ganz fest unter meine Flügel!« Sie erzählte uns alte russische Märchen, die wundersamerweise alle in Kolomenskoje spielten. Geschichten, die nur so von bösen Geistern, schönen entführten Mädchen und starken jungen Männern wimmelten, die sie erretteten. »Dies hier ist alte Erde. Glaubt mir, ich habe selbst gesehen, wie dies alles geschah«, erklärte Nadja und bekreuzigte sich mit drei Fingern, was die Heilige Dreifaltigkeit unserer russischen Kirche der Rechtgläubigen widerspiegelte.

»Ich konnte mich nicht einmal von Vater verabschieden«, sagte ich zu Anuschka, als wir zusammen zu unserer Kutsche gingen. In einer stummen Warnung schüttelte sie den Kopf und blickte zu den Fenstern im oberen Stockwerk des Winterpalastes hinauf. Die Vorhänge waren noch zugezogen, Vater schlief, nachdem er am Abend zuvor mindestens zwei Flaschen Wodka geleert hatte. Der nackte Bauch eines Kämmerlings diente ihm als Kissen, nur das Gefühl von Fleisch auf Fleisch hielt seine Dämonen in Schach. Seit Alexejs Tod fürchtete er den Schlaf.

»Niemand hat Vater seit Mutters Entbindung gesehen, Lisenka«, sagte Anuschka und nannte mich bei meinem Kosenamen. »Er hatte so sehr auf einen Sohn gehofft. Russland braucht einen Erben. Überall gibt es Altgläubige, die ihm das Leben schwer machen.« Die Altgläubigen hassten den Zaren wegen seiner Reformen und der Veränderungen, die er in Russland eingeführt hatte. Seine Ideen griffen auch in jeden Bereich unseres heimischen und öffentlichen Lebens ein und veränderten alles ... Die Art und Weise, wie wir aßen, uns kleideten, uns frisierten, sprachen, lebten und unsere Häuser einrichteten sowie die Organisation der Verwaltung, der Wissenschaft und des Militärs, von der Einführung einer Wehrpflicht bis zur Gründung der Marine. Vater hatte das Gesicht Russlands wie einen Puppenkopf gepackt und es von Osten nach Westen gedreht. Mein sehr viel älterer Halbbruder Alexej, der Zarewitsch, war der Anführer der Altgläubigen gewesen. Als Alexej des Hochverrats beschuldigt und zum Tod verurteilt worden war, geschah das Unvorstellbare. Von Enttäuschung und Angst um die Zukunft seines Reiches halb verrückt, hatte Vater seinen einzigen Sohn und Erben mit eigenen Händen hingerichtet. Seitdem war es uns verboten, Alexej auch nur zu erwähnen.

»Ich brauche ihn«, beharrte ich. Konnte ich mich

nicht einfach in Vaters Zimmer schleichen, um mich von ihm zu verabschieden? Nein.

»Russland braucht ihn dringender als du. Sei vorsichtig, Lisenka! Denk daran, wie er mit dem kleinen Petruschka umgeht!«

Petruschka war Alexejs junger Sohn. Vater entfernte den Buben, seinen einzigen Enkel, aus seinem und unserem Leben. Er riss unseren Neffen aus der Familie wie eine Zecke, die er hinter dem Ohr seines Mischlingshunds entdeckte. Petruschka sollte kein Pfand in den Händen der Altgläubigen sein. Er, der Sohn eines Verräters, sollte nie regieren. Kein Wunder, dass Vater von Albträumen geplagt wurde. Die Wächter in der Peter-und-Paul-Festung, in der Alexej gestorben war, hatten geschworen, dass die Seele des Zarewitsch in Gestalt einer Krähe aus seinem Körper geflohen war. Daraufhin hatte der Zar die Vögel in ganz Russland jagen lassen. Landwirte fingen, töteten, rupften und rösteten sie gegen ein Kopfgeld. Nichts davon half meinem Vater. Des Nachts glitt der Vogel lautlos in sein Schlafzimmer. Im kühlen Schatten seiner Ebenholzflügel trocknete das Blut an den Händen des Zaren nie. Es war entsetzlich, ihn so leiden zu sehen. Er weckte den Winterpalast mit seinen Schreien. Nur Mutter konnte ihn dann beruhigen.

»Hoffen wir, dass es ihm im Juni besser geht, wenn wir zurück sind, um seinen Namenstag zu feiern«, sagte ich und war unfähig, die furchterregende Autorität des Zaren, der unter seinen Untaten litt, mit dem warmen und liebenden Vater zu verbinden, auf dessen Knie ich geklettert war, um mich von seinem borstigen dunklen Schnurrbart kitzeln zu lassen. »Komm her und zieh mir die Schnurrhaare lang, Lisenka!«, hatte er mich ermuntert. Er hatte mir beigebracht, wie man eine Planke hobelte. »Wenn meine Hände beschäftigt sind, habe ich die besten Einfälle«, pflegte er zu sagen. Wenn ich ein Boot in den Wind drehte, jubelte er über dessen Kraft. »Hinunter mit dem Kopf und Ruder festhalten!«

»Mit der Zeit wird er wie stets Gottes Willen annehmen. Jetzt trödle nicht, steig ein!« Anuschka schob mich in die Kutsche, die wie ein fröhlich bunt bemaltes Häuschen auf Rädern aussah. Im Innern des Reisewagens lagen Matratzen, die zuhauf mit flauschig dicken Eisbärfellen und gestickten Samtkissen bedeckt waren. Dennoch fürchtete ich die lange Reise, die uns erwartete. Die große Schmelze verwandelte die Straßen in Morast. Im Winter war das Reisen in Russland viel einfacher, wenn man warm und bequem in einem großen Schlitten saß, der nur so über das Land flog. Unsere Fahrt gen Osten – Kolomenskoje lag gut sechshundert Werst von Sankt Petersburg entfernt, nur einige Stunden südlich von Moskau – hätte dann nur drei oder vier Tage in Anspruch genommen. Stattdessen hatten wir nun bis zu zwei Wochen vor uns. Tückisch tiefe Schlaglöcher rissen die Straßen auf, und alle Fahrrinnen waren ausgehöhlt und schlammig. Das Fahrzeug schwankte und schlitterte, und in seinem Innern stießen wir aneinander wie Schinken in einem Rauchfang. Jedes Mal setzten wir uns seufzend und schweigend wieder auf. Bald, so war ich fest entschlossen, sollten uns solche Missgeschicke wie sonst auch wieder zum Lachen bringen, und wir sollten einander noch mehr stoßen und schubsen, bis wir atemlos vor Ausgelassenheit waren. Ich hatte Vater sogar darum gebeten, seinen Lieblingszwerg Juan da Costa mit uns reisen zu lassen. Doch nach einem geschmacklosen Scherz, in dem der Kobold sich ein Kissen unters Hemd geschoben und sich stöhnend wie eine Frau in den Wehen gewunden hatte, hatte die Hofdame meiner Mutter ihn geohrfeigt und geknebelt. Mit prallen Wangen und tränenden Augen hatte der Zwerg in seiner Ecke gesessen, verschnürt wie ein Huhn am Markttag. Am dritten Tag war der Knebel nicht länger nötig. Nun saß er schmollend und mürrisch in der Kutsche wie wir alle, Mutter, meine Schwester Anuschka, die Hofdame und ich.

Da jede Datscha entlang des Wegs noch immer verlassen war, schliefen wir in Gasthäusern. Juan da Costa genoss es, mit seiner Peitsche ausgewachsene Männer von dem riesigen Ofen zu jagen, um Platz für uns zu schaffen. Dessen stete Hitze erwärmte die Stube, röstete Schweinefleisch und Geflügel, trocknete die Kleidung nach der wöchentlichen Wäsche und diente der Wirtsfamilie nachts als Bett. Wir hatten selten eigene Zimmer, sondern streckten uns auf den Bänken der »roten« oder »guten« Ecke der Gaststube aus oder lagen auf dem Bettzeug, das hastig im verschmutzten Stroh ausgerollt wurde.

»Warum können wir nicht unter dem Sternenhimmel schlafen und am offenen Feuer kochen? Es ist doch Frühling«, flüsterte ich Anuschka eines Nachts zu, als ich mich eng zusammengerollt an sie schmiegte.

»Dafür musst du warten, bis wir in Kolomenskoje angekommen sind«, sagte sie. »Mutter soll sich ausruhen und ihre Sorgen vergessen. Sobald sie sich dort eingelebt hat, kannst du tun und lassen, was du willst.«

»Schön wär's«, kicherte ich und schwieg. Hoffentlich war mir bald weniger übel nach einem weiteren Nachtmahl, das aus *kascha* bestand, einem gesalzenen und fettigen Hirsebrei mit Speck. Oder war der fermentierte Kohl daran schuld, das Sauerkraut, das uns die Gastwirte überall servierten? Am Ende des Winters standen die Lagerräume und Vorratskammern leer. Für mich war dies ein weiterer Grund, mich auf den Frühling zu freuen. Er schenkte Russland Leckerbissen wie Fisch, Schweinefleisch, Geflügel, Kaviar, Pilze, Beeren und Honig, während die Sommerernte von Roggen, Weizen, Gerste und Hirse uns eine Vielfalt an Broten, kleinen Backwaren und Pfannkuchen wie *pirogi* oder *blintschiki* bescherte. Doch wenigstens kamen wir so schneller voran, denn in einem Gasthaus konnten wir Pferde wechseln. Juan da Costa traf seine Wahl im Stall des Wirtes, ohne je zu bezahlen.

Das Eigentum eines jeden Russen gehörte zuallererst dem Zaren.

»Die Zeit in Kolomenskoje wird uns allen guttun«, sagte ich, als die kurzbeinigen, starken Pferde, die sechsspännig unseren Wagen zogen, in den Park rings um das Anwesen einbogen und sich dem Haus näherten.

Neben der berittenen Garde an Kosaken folgte uns eine schier endlose Anzahl von hoch beladenen Karren. In Truhen, die mit Schieferplatten, Eisenbändern und Nieten beschlagen und mit Ketten und Schlössern versperrt waren, reiste unser gesamter Haushalt mit: Möbel, Teppiche, Porzellan, Kristall, Bettwäsche und Kronleuchter. Während der Abwesenheit der Zarenfamilie standen unsere Paläste leer, denn stets drohten verheerende Feuersbrünste oder Raubüberfälle. Es bestand einfach eine zu große Gefahr, dass die Wächter sich betranken und in irgendeiner Ecke besinnungslos vor sich hin schnarchten. Vieh begleitete unseren Zug – Kühe, Ziegen, Hühner und Schafe – und sollte den Bestand der Ställe von Kolomenskoje ergänzen, um uns und die Bediensteten bis zum Juni zu ernähren. Roter Staub wirbelte unter den Hufen der Tiere auf, und ihre Laute, das Muhen, Gackern und Grunzen, begleitet von dem Wiehern der begleitenden Dragonerpferde, verschmolzen mit den noch kühlen Strahlen der späten Nachmittagssonne. Unsere Kehlen waren ausgetrocknet, da der Staub die Scheiben aus Moskauer Glas in den Türen des altmodischen Wagens durchdrang und sich in unseren Poren, Augen und Mündern absetzte. Hoffentlich hatte Nadja, die nun Haushälterin in Kolomenskoje war, noch etwas Holunderblütenlikör aus dem letzten Jahr übrig, den ich mit dem frischen, klaren Wasser aus der Quelle im Garten mischen konnte. Der Trank war so erfrischend, dass ich am liebsten darin gebadet hätte.

»Warum sagst du das?« Vom jüngsten Blutverlust, von der Erschöpfung, den Straßen und so vielem anderen war Mutter sehr geschwächt. Ihre Schönheit, die dem Zaren einst ins Auge gefallen war, als sie noch eine Leibeigene und Waschmagd und er der kriegerische junge Herrscher Russlands gewesen war, wirkte verblasst. Ihren grünen Katzenaugen fehlte jeder Glanz, und ihre vollen Lippen waren blutleer. Die Hofdame konnte ihr Haar, das dünn und brüchig herabhing, kaum noch in eine Frisur verwandeln. Ich fasste ihre Hand, die sich kalt anfühlte. »Wir dürfen unsere Furcht und unsere Sorgen nicht verschweigen. Feofan Prokopowitsch sagt, dass die Stille die Seele schluckt. Und ist er nicht der weiseste Geistliche in Russland, der Vater zu seinen Höhenflügen ermutigt?«

Anuschka stimmte mir bei. »Feofan hat recht. Wir wissen, wie sehr Vater uns alle liebt, was auch immer geschehen ist.«

Mutter legte sich warnend den Finger auf die Lippen. Vater hatte uns verboten, Alexejs Namen je wieder auszusprechen. »Schweigen kann auch schützen«, gab sie zu bedenken. »Es bringt Vergessen.« Dann aber leuchteten ihre Augen auf. »Feofan Prokopowitsch hat mir auch etwas prophezeit.«

»Was denn?«, fragte ich.

»Am Tag des Jüngsten Gerichts werde ich dem Zaren einen Erben für sein Reich geschenkt haben.« Beinahe trotzig verschränkte sie die Arme vor dem Körper, und ich sah die tiefen Narben an den Handgelenken. Die Schnitte, deren Exaktheit mich beim ersten Anblick entsetzt hatte, als Feofan Prokopowitsch den kleinen Leichnam meines Bruder vor wenigen Wochen rasch gesegnet und begraben hatte. Um so allein in der dunklen Erde zu liegen, war er doch viel zu klein! »Warum kannst du mir dieses eine Kind nicht lassen?«, hatte sie geschrien, als ich in ihre Gemächer kam, um sie zu trösten. »Warum hat er keine von euch genommen, dich, Elisabeth? Oder eben Anuschka? Ihr seid doch nur… Mädchen.« Ihre Worte hatten meine Seele durchbohrt, und alles Glück war aus mir herausgelaufen wie Wasser aus einem Sieb. »Es ist entsetzlich, Zarewna«, hatte ihre Hofdame mir zugeflüstert. »Die Zarin hat so viel Blut verloren, dass der Arzt ihr eine weitere Schwangerschaft verboten hat. Es wird keinen Zarewitsch mehr geben. Bete für die Zarin!« Mein Herz schmerzte, aber Anuschka hatte recht. Mutter sollte auf keinen Fall noch mehr Kummer oder Herzeleid erdulden. Sicher war sie ebenso begierig wie ich, den schrecklichen Handel zu vergessen, den sie Gott und dem Schicksal angeboten hatte.

»Ihr sagt doch selbst, dass Feofan der weiseste Mann Russlands ist«, beharrte Mutter: Wir sollten ihr die größte ihrer Sorgen abnehmen. »Es ist noch nicht alles verloren.«

»Natürlich nicht«, bestätigte Anuschka. »Du wirst Vater einen Erben schenken. Wir glauben fest daran, was immer geschieht.«

»Du weißt doch, was Vater sagt: Man soll nie aufgeben«, stimmte ich ihr zu.

»Meine Mädchen. Wie stolz bin ich auf euren Kampfgeist«, sagte Mutter mit einem Hauch von Genugtuung in der brüchigen Stimme.

»Nun, ich frage mich, wo wir den herhaben sollten«, wandte ich schelmisch ein und nahm ihre Hände, die die noch immer auf dem Unterleib lagen, fest in die meinen.

Die Kutsche ratterte weiter zum Haus. Zwei Werst an Pappeln standen in voller Blüte, und ihr *puch* schwebte überall. Während des Frühlings bedeckten die zarten weißen Samen den Himmel wie Wolken und ließen sich sanft wie Sommerschnee auf Haut, Haar und Kleidung der Menschen nieder. Jetzt blies er in die Kutsche herein und legte sich wie ein Heiligenschein auf Mutters und Anuschkas dunkles Haar.

Ich steckte den Kopf aus dem Kutschenfenster, duckte

mich aber rasch. Die vorgespannten Kaltblüter warfen mit ihren Hufen große Klumpen Schlamm und Kies auf, die leicht ein Auge ausschlagen konnten.

»Ich sehe das Haus!«, jubelte ich. »Mein Gott, es ist so lange her, dass wir hier in Kolomenskoje waren! Viel zu lange. Schaut! Schaut doch nur!«

Anuschka und ich rauften um den besten Platz am Fenster: Wir kannten Moskau mit seinem Durcheinander aus bunt bemalten Holzhäusern aller Größen wie auch seinen tausend Kirchen samt ihrer Türme. Wie ein Schneckengehäuse wand sich die Stadt um ihr dunkles, grüblerisches Herz, den Kreml. Irgendwo schlug immer eine Kirchenglocke in der ehemaligen Hauptstadt Russlands, um Stunden an Hingabe während eines Gottesdienstes zu fordern oder den Namenstag eines Heiligen zu ehren. Die Geräusche machten stets alle Gespräche unmöglich. Die Stadt war wild, ohne Gesetz und Planung über die Jahrhunderte hinweg gewachsen. Hier schlug das Herz der Rus, hier schimmerte das Urbild unseres großen Landes.

Im Gegensatz dazu waren in Sankt Petersburg, in Vaters glänzendem *neuem Jerusalem*, das erst zwei Jahrzehnte alt war, alle Straßen und Kanäle sorgfältig geplant worden. Alles sollte nachahmen, was Vater auf seinen langen und zahlreichen Reisen in den Westen gesehen, gelernt und bewundert hatte. Der italienische Gesandte hatte die Stadt als *Bastard-Architektur* verunglimpft, die sich an allem Schönen in Italien, Frankreich und den Niederlanden frei bediene. Paläste, Villen und Häuser lagen mit ihren glatten, flachen Fassaden aufgereiht wie Perlen entlang des Flussufers der Newa und der zahlreichen Kanäle und Wasserstraßen. Dennoch war an einem windigen und regnerischen Tag ein Ausflug in die Stadt eine Herausforderung des Schicksals. Der Wind blies lose Ziegel von den Dächern, und flüchtende Menschen stolperten über das hastig und oft schlampig verlegte Kopfsteinpflaster.

Kolomenskoje aber wirkte wie ein Traum aus längst vergangener Zeit. Mein Großvater, Zar Alexej, der zweite der Romanow-Zaren, hatte das Jagdschloss hoch über der Moskwa gebaut. Das Haus lag wie ein bunter Kamm auf einer dunkelgrünen Welle aus Parklandschaft, Wäldern, Bächen und Schluchten. Das Erdgeschoss mit seinen Ställen, Lagerräumen und Vorratskammern war aus Holz und einer inzwischen bröckelnden Mischung aus gebleichtem Ton, aus Sand und Mist gebaut. Hinter winzigen Öffnungen, kleinen Fenstern und offenen Schlitzen lebten die Diener zusammen mit ihrem Vieh. Hier mischte sich ihre Körperwärme mit ihrem stickigen Atem. Faustgroße Bündel aus gekochtem Moos füllten die Lücken im Fachwerk, doch der abblätternde Teer darauf konnte die Kakerlaken in diesem Sommer nicht mehr fernhalten. Die Wände mussten dringend neu getüncht werden, um die Wespen am Nisten zu hindern. Der erste Stock mit Dutzenden von Zimmern hingegen war unser Reich. Die zahllosen großen, aber schon windschiefen Fenster durchfluteten die Räume mit Licht, und stetig säuselte Zugluft. Ihr Rahmenwerk war bunt und kunstvoll bemalt, und alle waren sie voll verglast. Doch die Krönung von Kolomenskoje waren trotz der Vielzahl fehlender Schieferschindeln die Dächer. Formen aus ganz Russland hatten sie inspiriert. Stieg das eine Dach Stufe um Stufe wie eine Treppe in den Himmel, beulte sich ein anderes zwiebelförmig als byzantinische Kuppel. Diese lag flach auf dem Haus, so wie eine polnische Mütze in die Stirn gezogen wurde. Wieder ein anderes Dach stach mit nadelspitzen Türmen in den dichten blauen Nachmittagshimmel.

Nun rutschte sogar Mutter ans Fenster. »Kolomenskoje ist auch mein Lieblingsort. Hier war mein allererstes eigenes Heim. Als euer Vater mir das Anwesen schenkte, war ich noch gar nicht seine Frau. Er wollte mir für deine gesunde Geburt danken, Anuschka. Und nur ein Jahr später wurdest du hier geboren, Lisenka, am Tag der großen Parade von Poltawa…«

»Das war, als Vater und Russland den Sieg über die schwedischen Teufel feierten«, führte ich ihre Worte weiter. »Unter den Dezembersternen kam ich mit den Füßen voran. Nadja, die dir die Hühnerbrühe brachte, damit du wieder zu Kräften kämst, erblasste vor Angst bei diesem schlechten Vorzeichen. Vater drohte, ihr die Haut bei lebendigem Leib abzuziehen, aber du hast um ihr Leben gefleht, denn sie hatte dir geholfen, die schwierige Geburt zu überleben«, rasselte ich die Geschichte hinunter, die ich schon so oft gehört hatte, dass ich sie auswendig kannte.

Und zum ersten Mal seit einer geschätzten Ewigkeit mussten wir alle lachen. Sogar der Zwerg Juan da Costa vergaß allen Zwist über gefühllose Scherze, zu Recht erlittene Ohrfeigen und Knebel, als der Wagen in Kolomenskoje einfuhr.

2. Kapitel

Wolken von Fliegen ließen sich auf den verschwitzten Körpern der Pferde nieder und umsäumten als schwarz glänzende Schwärme die Augen und die dampfenden Nasenlöcher der Tiere. Mit wild wedelnden Armen verjagten die Stalljungen das Ungeziefer, ehe sie das schwere Zaumzeug von den Pferderücken hoben und die Tiere in den Stall führten, um sie trocken zu wischen, zu füttern und mit Wasser zu versorgen. Der Kutscher rieb sich über Gesicht und Augen, dann stieg er vom Kutschbock. Mit einem Seufzer reckte er sich steif und ächzend vor unserer Wagentür, bevor er sich unterwürfig dort zusammenkauerte. Wir folgten Mutter und traten über seinen Rücken hinweg auf den Hof. Einmal auf festem Boden, stützte die Hofdame Mutter am Ellbogen, während Anuschka und ich die Glieder streckten und vergnügt mit den Füßen stampften. Diener schwärmten aus dem Haus aus, und Bittsteller lungerten bereits um die hohe Eingangstür mit ihrem bunt bemalten und kunstvoll geschnitzten Rahmen. Sie warteten auf Mutter, erneuerten laut rufend ihren Treueschwur und streckten ihr die zahllosen Petitionen entgegen, für die sie einem Schreiber gutes Geld gezahlt hatten. Wenn die Zarenfamilie in einer der vielen Residenzen im Land eintraf, war es üblich, Audienz zu halten und Gericht zu sitzen. Die Leute kamen mit den unterschiedlichsten Anliegen zu Vater und Mutter. Es ging um die Grenze zwischen zwei Höfen oder angeblichen Viehdiebstahl. Frauen wurden der Hexerei angeklagt, wenn es in der Gegend zu Hungersnöten oder Feuersbrünsten kam. Meine Eltern verliehen oder entzogen Kleinadligen neue Güter, denen die Leibeigenen, unfreie Bauern, angehörten. Wir hörten die Bittsteller rufen. »Zarin!« »Unser aller Mütterchen, hör mich an!« »Nein, mich zuerst! Ich schwöre dir ewige Treue!«

»Nimm die Schriftrollen!«, wies Mutter ihre Hofdame an. »Später, wenn du mir alles vorgelesen hast, werde ich über die Anliegen entscheiden.« Trotz ihres Aufstiegs von der unehelich geborenen baltischen Leibeigenen zur Zarin von Russland war Mutter noch immer Analphabetin. Sie hatte Vater kennengelernt, während sie als Kriegsgefangene in seinem Lager die Hemden wusch. Wir löcherten sie mit Fragen über jene Zeit. *Was hattest du an, als Vater dich zum ersten Mal sah? Was waren seine ersten Worte an dich? Wann wurde dir klar, dass er sich in dich verliebt hatte?* Doch ihre Antworten darauf waren stets ausweichend. Die Hofdame gehorchte und sammelte die Schriftrollen in ihrem geschürzten Rock ein. Bevor der Narr Juan da Costa ihr in das Innere des Hauses folgte, machte er sich noch über die Bittsteller lustig. Er katzbuckelte und schnitt Grimassen, streckte ihnen die Zunge heraus und verschwand schließlich Rad schlagend in der Kühle des Hauses.

Unschlüssig standen Anuschka und ich im Hof herum, während unsere Kutsche ausgepackt und die zahlreichen Karren abgeladen wurden. Der Tross löste sich langsam auf, die Leibdragoner wurden in ihr Quartier befehligt. Die Diener bewegten sich wie ein Ameisenheer zwischen dem Haus und den Gefährten dieser Reise hin und her. Die Dienstmädchen trugen zugedeckte und verschnürte große Körbe, während sich die Männer Truhen auf den Rücken luden. Ihre Muskeln spannten sich dabei unter dem groben Leinen ihrer Hemden. Die Nachmittagssonne wärmte mir das Gesicht, und mein Magen beruhigte sich nach dem Geschaukel der Kutschfahrt. Nun, da Mutter verschwunden war, fühlte ich mich, als ob der Deckel von einem Topf siedender Brühe gehoben worden war.

»Wo ist Nadja?« Anuschka sah sich nach unserer ehemaligen Kinderfrau um. »Hoffentlich hat sie in der Küche schon das Badewasser erhitzen lassen!« Sie glättete ihr schlichtes, warmes und ungeschnürtes Reisekleid, ehe sie sich den persischen Schal aus weichem, besticktem Kaschmir über der flachen Brust und den schmalen Schultern neu knotete. Nadja hatte uns auf Vaters Befehl hin als Kinder einmal in der Woche gebadet, und ich erinnerte mich an den großen Kupferzuber, in dem das Wasser heiß dampfte. Sie parfümierte es mit Rosenöl, und Anuschka und ich spielten mit den zwei großen Schwämmen. Wir waren Russe und Schwede, die einander auf dem Schlachtfeld von Poltawa gegenüberstanden. Nadja war nirgends zu entdecken, und so sah sich Anuschka nach ihrem Gepäck und vor allem nach den Büchern um. Hatten alle verträumten Geschichten Kolomenskoje unversehrt erreicht? Der Frühling brachte stets eine Flottille von Handelsschiffen nach Sankt Petersburg, die hoch beladen mit allen möglichen Waren wie Porzellan, Stoffen und, ja, Romanen unsere Herzen höher schlagen ließen.

»Gewiss. Und hoffentlich hat sie auch ihren besonderen Eintopf gekocht, einen ganzen Kessel voll«, sagte ich. »Irgendwie schmeckt der Speck in Kolomenskoje viel besser als anderswo. Außerdem schneidet Nadja ihn schön dick. Aber kommst du erst mit mir in den Stall? Sicher hat eine Katze Junge geworfen. Dann kann ich mir ein Kätzchen mit ins Bett nehmen.«

»Igitt, nein danke! Ich will kein stinkendes, kratzendes kleines Ding in meinem Bett haben. Und du hörst auch besser mit diesem Unsinn auf«, sagte sie, lachte dann aber doch. »Bald musst du dich auch um jemand anderen als ein Kätzchen in deinem Bett kümmern. Glaubst du, der König von Frankreich will ein kratziges Fellknäuel zwischen seinen seidenen Laken haben?«

Der König von Frankreich. Die Worte rollten wie Murmeln in meinem Kopf umher. Ich errötete und spürte, dass meine sowieso rosigen Wangen noch glühender wurden. Sicher sah ich aus wie ein Herbstapfel. Vater hatte Versailles meine Hand zur Ehe angeboten, als ich noch ein Kind war. Der junge König Louis der Fünfzehnte und ich waren ungefähr gleich alt. Doch Versailles gab seit Jahren keine verbindliche Antwort auf unser Angebot. Frankreich ließ uns warten und hoffen. Dies machte mir weniger Sorgen, als was der Narr Juan da Costa zu erzählen gewusst hatte. Angeblich trug Louis mehr Schminke im Gesicht als jede Hofdame in Sankt Petersburg sowie Werst um Werst an Spitze an Kragen und Ärmeln. Ich überprüfte rasch mein Baumwollkleid, das von der Fahrt zerknittert war. Es fiel locker und bequem bis zu den Fußspitzen, doch trotz des weiten Schnitts und mehrerer Falten haftete es an meinem schon vollen Busen. Was sollte der junge König von Frankreich von meinem Kleid halten? Es hielt gewiss den prüfenden Blicken der Höflinge in Versailles nicht stand. Angeblich wechselten diese fünfmal am Tag die Kleidung. Weshalb gingen sie nicht einfach zu einem anderen Schneider, wenn sie mit dem ihren so unzufrieden waren? Zumindest schmeichelte die kornblumenblaue Farbe des Kleids meinen blonden Locken, die meine Zofe mir für die Reise geflochten und mir als Krone um den Kopf gewunden hatte. Dank regelmäßiger Packung von frischem Eigelb, Kamillenblüten und Bier war mein Haar glänzend und üppig. Es gab aber noch ein anderes Schönheitsrezept, eine Paste aus Kefir und dem Saft eingelegter Zitronen, die Mutter aus Italien bestellte. Damit blieben Anuschkas und meine Haut hell und klar. Vielleicht würde auch Louis nicht mehr so viel Schminke benutzen, wenn ich das geheime Rezept erst einmal mit ihm geteilt hatte.

»Besser klein und stinkend als groß und haarig. Ich habe jetzt schon Todesangst bei dem Gedanken daran, mit Louis in einem Bett zu liegen«, kicherte ich nervös. »Was er dann wohl anhat?«

»Ein Nachthemd«, vermutete Anuschka.

»Was? Ein Nachthemd, so wie meines? Aus Seide und mit Spitzen?«

»Gut, es ist vielleicht eher ein *anderes* Nachthemd. Männer sind doch *anders*, nicht wahr?«

Ich zögerte. »Angeblich ja. Aber *anders*, inwiefern?«

»Ich weiß nicht«, gab Anuschka zu.

»Also gut. Dann halte ich mich an Kätzchen, bis Vater eine verbindliche Antwort aus Versailles hat«, sagte ich und zuckte mit den Achseln, so als würde mich das Schweigen aus Versailles nicht weiter kümmern. Dabei war es zutiefst beleidigend. Vor Jahren schon war mein Porträt nach Versailles geschickt worden. Der Maler, ein Franzose namens Louis Caravaque, der auch Anuschka abgebildet hatte, hatte mich mit Komplimenten überschüttet. »*Mon Dieu*, Augen so lebhaft wie ein Vogel! Diese sahnig weiße Haut, diese himmelblauen Augen, dieses goldene Haar, einfach wunderbar! *Merveilleux!*« Tagelang hatten wir ihn nachgeahmt und waren durch die Korridore galoppiert. *Mon Dieu! Merveilleux! Mon Dieu! Merveilleux!* So sangen wir, bis wir außer Atem waren. Sogar de Campredon, der französische Gesandte in Sankt Petersburg, befürwortete die Verbindung. Unser Geheimdienst fing seine Briefe ab und las, kopierte und versiegelte sie dann wieder. Er beschrieb mich darin als der *Christenheit schönste Zarewna*, die *jene besondere Wärme* besaß, *die auch den Zaren zur Heirat ihrer Mutter veranlasste.* Dieser Kommentar blieb mir rätselhaft.

Anuschkas Lächeln erhellte ihr sonst so ernstes und schmales Gesicht. »Keine Nachrichten sind gute Nachrichten. Am Ende des Märchens holt doch der Ritter in seiner glänzenden Rüstung immer die schöne Zarewna ab.«

Sie fand immer die rechten Worte. Wie sollte ich nur ohne sie in Frankreich zurechtkommen? »In deinen Büchern vielleicht. Aber gilt das auch im richtigen Leben?«

»Im richtigen Leben zweifelst du ja auch nicht daran. Dir fällt alles in den Schoß, Lisenka. Versuch nicht, mich hinters Licht zu führen! Ich kenne dich und kann deine Gedanken lesen.«

»Ach, wirklich? Also, los! Was denke ich denn gerade?«

»Du fragst dich, ob Grischa der Schmied noch hier

arbeitet und ob sein riesiger Blasebalg noch als Wippe taugt, nun, da wir erwachsen sind.«

Ich hob meine Handflächen und lachte. »Ich gebe auf. Du hast gewonnen. Aber ich kann nicht allein auf dem Blasebalg herumhüpfen.«

»Versuchst du etwa, meine unsterbliche Seele zu verderben?«

»Ja, so sündig, wie ich bin«, sagte ich und schnalzte mit den Fingern zu unseren Mägden und Dienern hinüber. »Bringt die Bücher der Zarewna Anuschka in unser Gemach! Die neueste Liebesgeschichte aus Italien soll warten. Erst müssen wir dringend auf dem Balg wippen.«

»Aber das zerstört doch meine Frisur!«, jammerte Anuschka.

Ich beugte mich vor und zerzauste ihr das dünne, glatte dunkle Haar, das die Magd geflochten und in Schnecken über ihren Ohren festgesteckt hatte. »So, kein Grund zur Sorge mehr! Das ist schon erledigt.«

Wir überquerten den riesigen Gemüsegarten, der zwischen der Küche und den Ställen lag. Zwiebeln, Lauch, rote Bete, weiße Rüben wie auch blauer und grüner Kohl sprossen zwischen einem üppigen Teppich aus Unkraut. Wie lange war hier nicht mehr gejätet worden? Klee und Gänseblümchen blühten, und die Bienen nutzten jede Minute des länger anhaltenden Tageslichts, um Nektar für den köstlichen Honig von Kolomenskoje zu sammeln, den ich mir morgens löffelweise auf meinen Hirsebrei, den *kascha*, tropfte. Ich atmete tief ein. Wie herrlich die frische Luft hier war! Im Frühling überflutete die Newa ganz Sankt Petersburg, und alle duftenden Pflanzen, die Vater aus aller Herren Länder von Frankreich bis Persien bestellt hatte, vermochte den muffig schimmligen Geruch der nur langsam trocknenden Überschwemmung nicht zu überdecken. Der Moder vermischte sich mit dem Geruch fauliger Reste des Markttags und dem geronnenen Blut der Richtstätten, die aus Kalkül stets an den belebtesten Plätzen und Kreuzungen aufgebaut waren.

»Was ist das denn?«, fragte ich und hielt an einem großen Stein vor der Küchentür inne, wo der Koch tagsüber Lieferungen entgegennahm und nachts diebische Angestellte ihre Beute an Hehler veräußerten.

»Dort wetzen die Küchenmägde ihre Messer. Deshalb ist der Stein so pockennarbig«, erklärte Anuschka.

»Das weiß ich doch«, entgegnete ich ungeduldig. »Aber warum steht dort ein Teller mit Pfannkuchen und Sauermilch?«

»Bist du schon wieder hungrig? Halt dich zurück!«, neckte mich Anuschka. Die saure Milch sah kühl und frisch aus, während die dicken Pfannkuchen vor Honig troffen. Mit Nüssen und Sahne wären sie nach den langen staubigen Stunden auf der Straße der richtige Imbiss gewesen.

»Du solltest auch etwas essen, Bohnenstange«, konterte ich, und wir kicherten und rangelten miteinander.

»Ja, Mädchen, haltet euch zurück! Dies ist eine Opfergabe, um Buße zu tun«, sagte Mutter, die nun auf der Schwelle der Tür erschien, die von der Küche in den Garten führte. Ihre Wangen waren rosig, und ihre Augen leuchteten, nachdem die Mühen der Fahrt hinter ihr lagen. In Kolomenskoje wirkte sie in ihrem Element, so als wäre sie noch immer eine Leibeigene, die in einer *isba,* einer kleinen Hütte, lebte und nur die Kleidung besaß, die sie am Leib trug. »Wisst ihr nicht, dass ein *leschi* die Wälder von Kolomenskoje regiert?«

»Ein *leschi?*« Ich beäugte noch immer den Pfannkuchen.

»Ja, ein Waldgeist. Euer Großvater, Zar Alexej, hat ganze Wälder gefällt, um Kolomenskoje zu erbauen. Deshalb will Nadja den *leschi* beschwichtigen, damit er kein Unheil über das Haus bringt«, sagte Mutter, lachte aber über den Aberglauben unseres Kindermädchens, die inzwischen Haushälterin war. Mutters Anblick bereitete mir Freude. Hier konnte sie zur Ruhe kommen und gesunden. Vielleicht gebar sie doch noch einen weiteren Sohn, ihrer letzten Totgeburt und dem strengen Urteil des Arztes zum Trotz. Ein kleiner Bruder für uns und ein Erbe für Russland!

»Genau so ist es. Ich beschwichtige böse Geister.« Nadja tauchte hinter Mutter auf der Schwelle auf. »Kolomenskoje ist auf alter russischer Erde errichtet. Hier wimmelt es nur so vor Geistern, sage ich euch. Wer weiß, ob nicht auch einer im Haus lebt?«

Seit wir Kolomenskoje vor vielen Jahren verlassen hatten, waren Anuschka und ich zu jungen Frauen herangewachsen, aber Nadja hatte sich nicht verändert. Ihre Wangen waren rot geädert, ihr breites Gesicht wirkte erhitzt. Sie war außer Atem, nachdem sie die zwei, drei flachen Stufen hinaufgestiegen war. Nadjas Kleidung verstieß schamlos gegen die Gesetze, die Vater allen Russen aufgezwungen hatte. Sie hatten sich von nun ab im Stil des Westens zu kleiden, auch wenn diese Mode uns sowohl unbequem als auch ungehörig vorkam und den Körper mehr enthüllte als verbarg. Die westlichen Stoffe waren zu dünn gewebt, um unserem Wetter standzuhalten. Über einer langärmeligen Leinenbluse trug Nadja ein traditionelles Schürzenkleid, einen weiten, warm gesteppten Sarafan. Er war mit einem jener verschlungenen Blumenmuster bestickt, die in Russland einer geheimen Sprache gleichkamen. Jede Familie und ihre Frauen hatten ihre eigenen vererbten Vorlagen. Mit dieser Handarbeit verbrachten sie die langen Winterabende, saßen dabei am warmen Ofen und plauderten. Denn kam erst einmal der Frühling mit seinen Festen und Jahrmärkten, wollten sie dort die Schönsten sein.

»Alte Erde, die vor Geistern nur so wimmelt?«, fragte Anuschka, und ihr Gesicht glühte. »Ich erinnere mich an die Märchen, die du uns erzählt hast. Baba Jaga, die in ihrem Haus aus Hühnerknochen lebt, das sich auf drei Beinen mit der Sonne dreht. Und die *leschi* führen die Menschen mit ihrem Orakel in die Irre …«

»Das sind keine Märchen«, widersprach Nadja und runzelte die Stirn.

»Alte Erde, welcher Unsinn!«, schimpfte nun auch Juan da Costa, der sich aus den Falten von Mutters Rock schälte. Er bewegte sich lautlos und schaffte es im Handumdrehen von einem Ort zum anderen. »Dummer Aberglaube, der nur erfunden wurde, um den Bauern die letzte Kopeke aus der Tasche zu ziehen.« Er hob seine Raupenaugenbrauen, grinste Nadja an und ließ mehrere Münzen in seinen Taschen klimpern wie ein Bärenzähmer auf dem Jahrmarkt, der Wetten entgegennahm.

»Schweig still, du Gnom!«, schimpfte Nadja. »Ich muss die Zarewnas begrüßen.« Sie knickste tief, küsste unsere Finger und drückte unsere Handrücken gegen die Stirn, als sie verschiedene Segenssprüche murmelte. Ihre gekräuselte Haube, die ihr fast weißblondes Haar bedeckte, strich dabei über mein Handgelenk. Dann erhob sie sich und lächelte, wobei sie ihre Zähne zeigte, von denen sie nur noch ein Dutzend besaß. »Eure Kaiserlichen Hoheiten! Zarewnas Anuschka Petrowna und Elisabeth Petrowna, willkommen zurück in Kolomenskoje! Ihr kommt uns aus dem traurigsten Grund besuchen. Möge Gott der Seele des Kleinen gnädig sein, aber das Haus und wir alle grüßen euch mit Liebe und Ergebenheit!«

Anuschka und ich wechselten einen raschen Blick. Eigentlich wagte niemand, Mutters erneute Totgeburt und den weiteren Verlust eines männlichen Erben zu erwähnen. Doch Nadjas völliger Mangel an Bosheit erlaubte vieles, und so eilten wir voller Freude auf sie zu, um sie zu umarmen.

Sie klatschte in die schwieligen Hände und breitete jubelnd ihre starken Arme aus. »Endlich! An dem Tag, an dem ihr Kolomenskoje verlassen habt und Zarewnas geworden seid, so erwachsen und wichtig, habt ihr auch einen Teil meiner Seele mitgenommen. Oh, ich könnte vor Freude platzen, euch wiederzusehen!« Ihre Umarmung klemmte uns so fest wie ein Schraubstock, wir lachten und kämpften uns frei, wie wir es als kleine Mädchen getan hatten, wenn ihre Zuneigung überwältigend wurde. Nadja tupfte sich die hellblauen Äuglein trocken. Ihre Tränen rannen als kleine Rußspuren über das fettverschmierte blasse Gesicht. Wie so viele Russen finnischer Abstammung war sie strohblond und ihre Haut sehr hell. »Wie groß und schön ihr seid! Selbst wenn meine Augen euch nicht länger erkennen, so wird mein Herz es immer tun. Bald, so bete ich, werde ich ein Festmahl für eure Hochzeiten zubereiten.«

»Oh ja, das hoffe ich«, sagte Anuschka und warf Mutter einen Blick zu. Die lächelte rätselhaft. »Wer weiß, was die Zukunft bringt?«, antwortete sie. »Ihr seid vom Glück begünstigt, Mädchen.«

Ich aber kämpfte mit einem Mal mit den Tränen. »Was ist mit dir, Lisenka?«, fragte Mutter, während Anuschka mir in stillem Verständnis einen Arm um die Schultern legte.

»Ich bin so froh, in Kolomenskoje zu sein! Es wird uns allen guttun«, sagte ich, ehe wir alle weinten und uns umarmten, Anuschka und ich, die Zarewnas aller Russen, unsere Mutter, die Zarin, und Nadja, die Köchin. Selbst Juan da Costa sank auf einen Stein und schluchzte nach Art seines mediterranen Volkes, das lustige kleine Gesicht ganz zerknautscht, während er heulte wie ein Hund.

Die Schlichtheit von Kolomenskoje wob einen tausend Stränge starken Zauber, der von Trauer und Hoffnung geheiligt wurde. Unsere gemeinsamen Tränen waren ein ebenso großes Opfer an die Liebe und die Freundschaft wie die Gaben auf dem Schleifstein. Mutter hatte recht, damals waren wir vom Glück begünstigt. Denn wie oft im Leben genügen schon Pfannkuchen, Honig und Sauermilch, um einen bösen Geist zu besänftigen.

3. Kapitel

Wir richteten uns im Frühling von Kolomenskoje ein. Das Haus hatte sich kaum verändert, obwohl die Hälfte der Korridore anlässlich unserer Ankunft in aller Eile mit quer gelegten Balken oder zurechtgeschobenen Möbeln abgeriegelt worden war. Die Tragebalken waren morsch geworden, und Nadja schwor, dass sie die Holzwürmer des Nachts laut und mächtig mahlen und kauen hörte. »Erzähl uns keinen Unsinn, Nadja!«, lachte ich. »Wir sind keine Kinder mehr.« Das Haus war so groß, dass wir und unser Staat uns darin verloren. Manchmal brauchten wir tagelang keine Seele zu sehen, als wir erneut von dem Haus Besitz ergriffen, eines der zweihundert Zimmer nach dem anderen, und es mit unserer Freude erfüllten. Zur Unterhaltung rutschten wir auf Matratzen sitzend oder liegend die große Treppe hinunter, und dabei klapperten uns die Zähne. Wir jagten unsere Kreisel die Korridore entlang und wetteten auf ihre Geschwindigkeit und den Sieg. Anuschka ließ ihr Puppenhaus abstauben. Ein verträumtes Lächeln verwandelte ihr schmales Gesicht, als sie ihr Lieblingsspielzeug aus Kindertagen wieder in Gebrauch nahm. Ein Meister aus Nürnberg hatte die sonnengelbe Pracht des Sommerpalastes für sie in jeder Einzelheit nachgebildet, von den getäfelten Wänden und der Tapete im eisig grünen Ton der Newa bis zu dem honigfarbenen, in Mustern gelegten Parkettboden. Mit endloser Geduld schob sie die Puppenfamilien hin und her und wurde nicht müde, die leeren Porzellangesichter und die steifen Gliedmaßen zu bewegen. Die schönen Kleider der Puppen, die einst nach neuester europäischer Mode geschneidert worden waren, gab es schon lange nicht mehr. Wahrscheinlich hatten Mäuse ihr Nest damit ausgepolstert. So steckte Anuschka sonnengebleichte Stoffreste, die Nadja für sie fand, mit Nadeln in den weichen Leibern fest. Darauf verwendete sie dieselbe Sorgfalt wie ich für mein Sattel- und Zaumzeug, wenn dieses im Stall eingeseift und gewachst wurde, damit ich am nächsten Tag ausreiten konnte.

Der letzte Saal, den wir in Kolomenskoje noch nicht wieder besucht hatten, war der Thronsaal meines Großvaters. Als wir in seine Weite hineinschlüpften, knarrte ein Flügel der hohen Doppeltüren in den Scharnieren. Ehrfürchtig blieb ich auf der Schwelle stehen, um den Anblick in mich aufzunehmen. Launisch fiel das Mittagslicht durch die bunten Glasscheiben. Jede Stelle der meisterhaften Holzvertäfelung an den Wänden und Decken war einst farbenfroh angestrichen gewesen, doch die Paneele waren längst verblasst. Dennoch war es so, als schrumpfte ich dort auf der Schwelle, um eins meiner ehemaligen Lieblingsspielzeuge zu betreten, ein Kaleidoskop, das mir Vaters Gesandter in Persien, Fürst Artemi Wolynski, einst geschenkt hatte.

»Schau, Anuschka! Es ist immer noch hier«, sagte ich mit gedämpfter Stimme. Am anderen Ende des Saals stand das einzige Möbelstück, das Kolomenskoje nie verließ, der Ebenholzthron meines Großvaters. Der hohe Rücken war kunstvoll verziert, und jede Armlehne endete in einem mächtigen geschnitzten Löwenkopf. Wie im Rest des Hauses hatte sich nach dem Tod meines Großvaters und unserem Umzug auf dem Thron geduldig der Staub von Jahrzehnten gesammelt.

»Komm!«, sagte ich zu Anuschka, und wir schlitterten auf unseren seidenen Pantoffeln über das Parkett wie über einen zugefrorenen See und hielten vor dem Thron inne. Die Löwen hielten die Kiefer geschlossen, aber ihre blattgoldenen Mähnen flammten, und ihre Augen waren mit Rubinen eingelegt. Die Edelsteine versprachen ihrem Besitzer einen gesunden Geist und halfen ihm, kluge Entscheidungen zu treffen. Ihr Purpurrot leuchtete Anuschka und mir warnend entgegen, doch ich beugte mich vor und polierte die Juwelen mit meinem Ärmel, bevor ich einen geheimen Hebel hinter den Tierköpfen bewegte. »Whaaaaa!«, rief ich, als die Löwen in stockenden Bewegungen knarrend die rostigen Kiefer öffneten und Anuschka entsetzt nach hinten sprang. Ich hatte den geheimen Mechanismus vor Jahren beim Spielen entdeckt. Er hatte wohl die Bauern, die Großvater damals als Bittsteller aufsuchten, halb wahnsinnig vor Angst und Ehrfurcht gemacht. Ich lachte und trat vor dem mächtigen Stuhl zurück, bis ich neben meiner Schwester stand. »Los doch, setz dich drauf!« Ich gab Anuschka einen leichten Stoß. »Du bist die Älteste.«

»Das traue ich mich nicht. Was, wenn Vater es herausfindet?«

»Er würde lachen«, vermutete ich.

»Ach ja? Warum setzt du dich dann nicht darauf?«

Ich betrachtete den Thron auf dem Podest mit prüfendem Blick. Der rote Samtbaldachin, der sich darüber erstreckte, war muffig, fleckig und von Motten zerfressen. Ein Fußschemel aus geprägtem Silber lag nachlässig umgeworfen, so als ob unser Großvater sich gerade erst erhoben hatte, um mit seinen Falken auf die Jagd zu gehen. Selbst als wir als kleine Mädchen weit entfernt von allem Pomp und Protokoll hier aufwuchsen, hatten wir es doch nie gewagt, auf das Podest zu klettern und uns auf den Thron zu setzen. Was würde geschehen, wenn doch? Der Blitz sollte mich erschlagen.

»Also gut«, sagte ich dennoch. Meine Handflächen waren feucht, als ich einen Schritt nach vorn wagte. Der Stuhl wuchs vor meinen Augen und türmte sich dunkel über uns auf.

»Lisenka!« Anuschka ergriff meinen Ellbogen. »Nicht!«

»Natürlich setze ich mich nicht darauf«, erklärte ich ungehalten. »Keine Frau hat jemals Russland regiert, und keine wird es jemals tun. Erinnerst du dich daran, was Nadja uns über Vaters böse Halbschwester Sophia erzählte? Selbst als sie die Regentin für ihn und unseren verrückten Onkel Iwan war, wagte sie es nie, sich krönen zu lassen und den Thron zu besteigen.«

»Natürlich. Ich erinnere mich aber auch daran, dass Nadja ihn nicht den *verrückten* Iwan nannte«, wandte Anuschka lächelnd ein.

Wie wahr! Nadja hatte unseren Onkel, Vaters Halbbruder, den Zaren Iwan, als Iwan den *Idioten* bezeichnet, eine Respektlosigkeit, die unsere Kinderfrau alles vom Auspeitschen bis zum Abziehen der Haut bei lebendigem Leib hätte kosten können, je nach Laune des zuständigen Richters. Ich war gespannt darauf, wieder in ihrer Küche zu sitzen und den Geschichten aus der

Vergangenheit zu lauschen, wie wir es als Kinder getan hatten.

»Das darf Vater nie hören. Iwan und er regierten Russland schließlich gemeinsam, und Iwan war immerhin sein älterer Halbbruder, ob er nun krank oder verrückt oder ein Idiot oder nichts von alledem war«, hielt ich dagegen. Nach Iwans Tod hatte Vater zwar seine herrische Halbschwester Sophia lebenslang eingesperrt, kümmerte sich aber achtsam und großzügig um Iwans Familie: Seine Witwe Zarin Praskowja, die wir Tante Pascha nannten, und ihre beiden Töchter Jekaterina und Anna Iwanowna. Als wir Kolomenskoje als junge Mädchen verließen, hatten wir einige Jahre bei Tante Pascha in ihrem Haus in Ismailowo gewohnt. Vaters Wunsch war uns allen Befehl. Die Familie sollte so geeint sein wie unser Land. Russland brauchte einen einzigen starken und gesalbten Herrscher, anstatt von streitenden Geschwistern entzweigerissen zu werden.

Ich blickte noch einmal zum Thron hinüber, so als belauschten uns die länger werdenden Schatten des Tages, um uns später zu verraten. »Aber, Anuschka, ich frage mich ... Alexej ist tot«, sagte ich und bekreuzigte mich hastig mit drei Fingern. »Zar Iwan und Tante Pascha hatten nur Jekaterina und Anna als Töchter, die beide schon verheiratet sind und weit weg leben.« Bei diesen Worten bekreuzigte ich mich wieder hastig.

»Ja? Was weiter?«, fragte Anuschka.

»Und wenn Mutter keinen Söhnen mehr das Leben schenken darf, wen wird Vater dann zu seinem Erben machen?«

Anuschka drehte sich ebenfalls um und überprüfte, dass wir tatsächlich nicht belauscht wurden. Allein der

Gedanke an das mögliche Ableben meines Vaters war Hochverrat, und Alexejs Schicksal diente uns allen – auch uns! – als schreckliche Warnung. Niemand war vor dem Zorn des Zaren sicher.

»Du weißt, was er Feofan Prokopowitsch verkünden ließ. Der Zar will Russland lieber einem würdigen Fremden als einem eigenen, aber unwürdigen Kind überlassen.«

»Ja, aber wie wäre es mit einem würdigen Enkel? Vielleicht wird Petruschka der Zarewitsch? Immerhin ist er … du weißt schon, wessen Sohn und zehn Jahre alt«, überlegte ich. »Er ist der letzte überlebende männliche Romanow. Ein Erbe sowohl für Vater als auch für Russland.«

»Armer kleiner Petruschka! Er wird nie regieren. Vater kann seinen Anblick ebenso wenig ertragen wie den Gedanken, dass er zu einem starken jungen Mann heranwächst. Mutter musste ihn anbetteln, ihm wenigstens einen Lehrer zu geben, den Grafen Ostermann. Vater stimmte nur zu, weil er hofft, die Altgläubigen von Petruschka fernzuhalten. Armer kleiner Petruschka, jeden Tag mit dem gichtigen Deutschen als Tutor zu verbringen!«

»Ostermann ist besser als die Lehrer, die wir hatten«, lachte Anuschka. »Lernen ist ein Privileg.«

»Ach ja? Ich für meinen Teil habe viel gelernt.«

»Da lachen ja die Hühner. Was denn bitte? Deutsch, Französisch und Italienisch? Stickerei? Handschrift?«

»Das vielleicht nicht gerade«, gab ich zu. »Aber ich kann einen Fisch fangen und ihn filetieren, meine Armbrust wie ein Tatar spannen, schießen und schneller reiten als jeder Kosake.«

»Alles überaus bewundernswerte Fähigkeiten für eine Königin«, neckte mich Anuschka. »Versailles wird davon ebenso beeindruckt sein, wie wenn du rittlings als Mann verkleidet hoch zu Ross ankommst, wie du es so gern tust.«

»Plaudertasche! Das ist unser Geheimnis.« Doch meine Stimmung verdunkelte sich. »Ich frage mich, was uns wohl erwartet. Ich meine, wenn wir nach Versailles oder wohin auch immer reisen. Ich kann den Gedanken, Russland oder dich zu verlassen, kaum ertragen.«

»Mach dir um mich keine Sorgen!«, rief sie etwas zu schnell und hob das Kinn. »Ich werde ebenfalls eine brillante Partie machen.« Es war deutlich, dass sie darüber bereits viel nachgedacht hatte. Dann wurde ihr Gesichtsausdruck weich. »Hast du Angst davor?«

»Angst? Ich bin außer mir vor Furcht.«

»Ich empfinde dasselbe. Nirgends kann es so schön wie in Russland sein. Aber vielleicht können wir unsere Cousinen Iwanowna bei einem Wiedersehen fragen, wie es ist, als verheiratete Frauen weit weg zu wohnen«, sagte Anuschka.

»Wenn wir sie je wiedersehen … Sie sind um so vieles älter und leben weit weg.«

»Meinst du, sie sind neidisch?«

»Neidisch? Weshalb?«

»Nun, dass Mutter, du und ich heute die ersten Damen des Landes sind, obwohl der arme Zar Iwan Vaters älterer Bruder und auch ein regierender Zar war.«

»Nein. Sie sollten ihrem Schicksal dankbar sein.«

Unsere Cousinen Jekaterina und Anna Iwanowna, Tante Paschas Töchter, hatten Ehen mit deutschen Herzögen geschlossen, Anna Iwanowna in Kurland, Jekaterina in Mecklenburg. Zuvor blieben die Töchter und Schwester eines Zaren ihr Leben lang unverheiratet und lebten in einem Teil des Hauses, der Frauen vorbehalten war. Kein Russe war ihnen ebenbürtig, und Ausländer galten in ihren Augen als Heiden. Ich war noch ein Kleinkind gewesen, als Anna Iwanowna den Herzog von Kurland, einem kleinen baltischen Staat, geheiratet hatte. Doch bei Jekaterinas Hochzeit mit dem Herzog von Mecklenburg waren Anuschka und ich Brautjungfern gewesen. Vater hatte unseren beiden Cousinen eine atemberaubende Mitgift von dreihunderttausend Rubel gezahlt und sie beide zum Altar geführt. Sein bester Freund aus Jugendtagen, Fürst Alexander Menschikow, hatte die Kosten für die Feierlichkeiten übernommen. In seinem Palast im Moskauer Viertel von Lefortowo hatte er eine Kapelle bauen lassen und seinen Festsaal in einen Garten verwandelt, der mitten im Winter blühte und grünte. Obst und Gemüse wurden zentnerweise von der Krim geliefert und Tausende von Champagnerflaschen mit dem Säbel geköpft. Vater hatte die Zeremonie so gut gefallen, dass er am folgenden Tag Hunderte von Zwergen miteinander verheiratete. Die Ehen der beiden hatten Russland gute Verträge eingebracht, freien Handel wie auch den Durchzug unserer Truppen in den Westen. Anuschka kicherte. »Sie sollten mit ihrem Schicksal zufrieden sein. Oh, Lisenka! Kein Mann und schon gar keine Frau ist das je.«

»Dann wollen wir sie lieber nicht daran erinnern«, sagte ich, entschlossen, Vater und Russland eines Tages dieselben Vorteile zu bieten, wenn nicht gar zehnmal mehr. »Wenn ich weder sticken noch schön schreiben kann, dann gefällt es König Louis vielleicht, dass ich anmutig tanze?« Ich wirbelte von ihr weg, packte sie dann aber und zog sie mit, ehe ich stehen blieb und ihre Hände umfasste. »Ich will niemals von dir getrennt werden, Anuschka.«

Der wechselhafte Himmel der Mittagsstunde mit seinen dahinziehenden Wolken warf Schatten auf ihr Gesicht. »Niemals, außer jetzt«, erwiderte sie. »Ich möchte mein Buch vor dem Mittagessen holen und in der Küche lesen. Wollen wir uns dort treffen oder soll ich dich hier abholen? Nadja kocht Soljanka.«

Beim Gedanken an den Eintopf aus Rindfleisch, Wurst und eingelegtem Gemüse lief mir das Wasser im Mund zusammen. »Wirklich? Dann bin ich vor dir da und tauche kopfüber in den Topf ein«, jubelte ich. Anuschka lachte und glitt beinahe lautlos über das Parkett, dessen Glanz an viel zu vielen Stellen verblichen war. Als die Tür hinter ihr zufiel, schwappte das Echo in Wellen um die Säulen der Halle, ehe es im Saal verebbte.

Ich hielt den Atem an, bis ihre Schritte ganz verklungen waren.

Dann wandte ich mich erneut dem Thron unseres Großvaters zu.

4. Kapitel

Ich bekam Gänsehaut. Mit kaltem, glitzerndem Blick schienen mich die Rubinaugen der Löwen zu beobachten. Ich stand eine Weile still, um den Thron zu bewundern, doch seine majestätische und geradezu überirdische Ausstrahlung lockte mich unwiderstehlich an. In Versailles sollte ich als Königin von Frankreich Tag für Tag neben meinem Mann auf einem Thron sitzen. Was sonst konnte meine Geburt unter den Dezembersternen, mit den Füßen zuerst, genau am Tag der Feier des größten Siegs meines Vaters bedeutet haben? Ich wollte eine große Königin sein. Wie sagte doch Herr Schwartz, mein Wiener Tanzlehrer, immer in seinem hart und nervös klingenden Russisch, ehe seine überraschend kleinen Füße, die nicht zu seinem bärenhaften Körper passten, zum Tanz ansetzten? »Übung macht den Meister.« So war es. Und niemand sollte je davon erfahren. Also dann …

Der Thron zog mich an, als wäre ich ein Fisch, der hilflos am Haken zappelte, sanft, Ruck für Ruck, doch unausweichlich. Meine Füße bewegten sich wie von selbst nach vorn, Schritt für Schritt. Als ich dicht vor den Thronstufen stand, schlug mein Herz wie rasend, und mein Atem flog. Ich sah mich über die Schulter um. Hatte das Geräusch meiner Schritte jemanden alarmiert? Einen Augenblick lange meinte ich, den Trommelschlag zu hören, der sicherlich einst die Audienz meines Großvaters in dieser Halle angekündigt hatte, gefolgt von den Schritten seiner Leibgarde, die aus Hunderten grimmiger Kosaken bestand. Ihre weißen Lederuniformen waren mit Gold und Silber besetzt, und sie trugen glänzend scharf geschliffene Äxte auf den Schultern. Seine Untertanen waren auf Knien auf ihn zugerutscht, niemand wagte es je, das Gesicht zu ihm zu erheben. *Batjuschka*, Väterchen Zar. Aber nein, es war nur mein Puls, der raste. Wenn wir endlich eine Zusage aus Versailles erhielten, sollte ich Russland verlassen, Gottes gesegnetes Land. Darauf musste ich mich vorbereiten. Die Füße wurden mir schwer, doch die Stufen zum Thron waren überraschend niedrig. Ich holte tief Luft. Da, geschafft! Es war getan. Ich stand auf dem Podium und hob meinen weiten Rock, um den silbernen Fußschemel wieder zurechtzurücken. Das purpurn gesteppte Samtkissen des Throns war staubig, die goldene Quaste zerrissen und ausgefranst. Ich wandte mich um. Meine Hände ruhten auf den Mähnen der Löwen, doch meine Finger zitterten, als ich mich langsam, sehr langsam auf dem Thron niederließ. Anfangs balancierte ich noch auf der Stuhlkante und kniff die Augen fest zu. Der Mund war mir vor Spannung trocken geworden, und das Blut rauschte mir in den Ohren. Gleich würde sich die Erde öffnen und mich mit Haut und Haar verschlingen. Der Himmel würde aufbrechen und mir auf den Kopf fallen, um mich wie eine Ameise zu zerquetschen.

Die Zeit tropfte.

Mein Atem beruhigte sich.

Nichts geschah.

Ich rutschte rückwärts, bis sich die geschnitzte Rückenlehne unbequem und beinahe schmerzhaft in meine Haut drückte. Ich blinzelte und sah durch meine Wimpern die Halle wie durch die Stangen eines Käfigs, ehe ich die Augen wieder ganz öffnete. Ich nahm den Saal in mich auf. Licht fiel durch die Fensterscheiben und sammelte sich auf den Holzdielen wie ein flüssiger Regenbogen. Staubflecken tanzten. Es herrschte eine sonnige Stille. Alles war wie zuvor. Ich entspannte meine Schultern, atmete aus, sank in das Kissen und hüpfte einige Male auf der Sitzfläche auf und ab. Da! Ich ballte die Fäuste. Ich hatte es geschafft. Ich saß auf dem Thron meines Großvaters Alexej, des Zaren aller Russen. Ein Kichern kitzelte meine Kehle. Wie anders die Dinge von hier aus wirkten! Die Farbtöne der Glasfenster schimmerten weniger bunt, die gestrichene Holztäfelung wirkte noch verblasster, und auch das Blattgold der Löwenköpfe schien aus der Nähe gesehen viel abgenutzter auszusehen. Mein Finger zeichnete die Linien der stilisierten Locken ihrer Mähnen nach, wo das Blattgold dünn geworden war.

Draußen im Korridor näherten sich Schritte.

»Lisenka, bist du noch da?«, hörte ich Anuschka rufen. Der Ring an der Rückseite der großen Tür wurde ungeschickt angehoben. Ich sprang auf, so als hätte mich der Thron verbrüht.

»Ich komme!«, rief ich und sprang über die Stufen hinunter auf den Boden, wobei das Kissen vom Thron rutschte. In schnellem Lauf durchquerte ich die große Halle. Erst als ich die Tür erreichte, blieb ich stehen. Mein Atem flog, und ich warf noch einmal einen Blick auf die Rubinaugen der Löwen am anderen Ende des Thronsaals. Ich verzog das Gesicht, streckte den Bestien die Zunge heraus und wackelte mit den Fingern hinter den Ohren hin und her. »Whaaaaa!« Dann schlüpfte ich in den Korridor.

Anuschka las im Gehen und runzelte die Stirn, als sie die neueste Wendung in ihrem Roman zu erraten versuchte. Ich hüpfte und sprang neben ihr her. Dabei lächelte ich vor mich hin, noch ganz erfüllt von der Erinnerung an mein geheimes Abenteuer.

5. Kapitel

»Was habt ihr beide heute Nachmittag vor?«, fragte Nadja, als sie sich eine Schale voll Soljanka nahm. Wir hatten unser Essen beendet. Mutter verbrachte immer noch die meiste Zeit in ihren Gemächern. Unsere goldenen Unterteller und das Porzellan – erlesenes blauweißes Meißner, von dem unterwegs Gott sei Dank nicht allzu viel zerbrochen war – wirkten auf der sauber geschrubbten Holzplatte des Küchentischs so fehl am Platz wie eine reiche Cousine, die ihre arme Verwandtschaft besucht. Die kristallenen Murano-Kelche waren mit Holunderblütensirup und klarem Wasser gefüllt. Sowohl Anuschka als auch ich tranken Wein, Bier und Wodka erst zum Nachtmahl.

Es war warm unter der gewölbten niedrigen Decke der riesigen Küche. An jeder Seite knisterte ein Feuer in den hohen Kaminen, und es ging überaus geschäftig zu. Hühner, Gänse und Ferkel liefen frei herum, und von dem frechen Geschwätz der Dienstmädchen brannten uns die Ohren, während sie das Nachtmahl zubereiteten. Ein großer Stör wurde filetiert und die Kupferform für eine honigtriefende Quarktorte gebuttert. Nadja rührte den süßsauren Eintopf im Kessel mehrere Male um und fischte noch die letzten Stücke von Rindfleisch und Räucherwurst, Kapern sowie Zwiebel- und Gurkenscheiben heraus. Dann füllte sie sich noch einen Becher randvoll mit *kwass.* Einen zweiten Kelch des bitteren Brotbiers reichte sie Juan da Costa. Der Narr schlürfte tief und genüsslich, die Augen vor Freude geschlossen, während Nadja eine Scheibe knuspriges, ungesäuertes Brot in ihren *kwass* tunkte. Das versetzte sie in einen schnellen Rausch. Wenn ich ihre glänzenden Augen und die roten Wangen so sah, war dies an jenem Tag gewiss nicht ihr erster Becher.

»Mutter schläft«, sagte ich und rutschte auf meinem Stuhl hin und her. Die Ebenholzschnitzereien der Rückenlehne schienen sich nach wie vor an meine Wirbelsäule zu pressen. Die Mittagsstunde war vorüber. Der Tag dehnte sich vor uns wie Teig. Ich gab mir Mühe, nicht zu zappeln, wackelte aber mit Zehen und Fingern.

»Am besten, ihr stört sie nicht«, sagte Nadja, gleichzeitig sprechend, kauend und schluckend, und das war ziemlich unappetitlich anzusehen. »Sie muss sich erholen.«

»Wir könnten den Taubenschlägen und den Falken einen Besuch abstatten«, schlug Anuschka vor. »Vielleicht kann Lisenka sich ein Küken aussuchen, es zähmen und abrichten.« In den Wäldern um Kolomenskoje nisteten seit den Tagen von Großvater Alexej Hunderttausende von Tauben in ihren Schlägen. Er hatte sie als Futter und Beute für seine Greifvögel züchten lassen. Aber die Falknerei war kein Zeitvertreib, mit dem sich Vater befasste. Wer wusste schon, was von der Zucht noch übrig war? Möglicherweise waren die Vögel bereits alle geschlachtet, gerupft und geröstet worden.

»Das ist ein guter Vorschlag. Der Falkner lebt noch

immer dort und wird sich freuen, euch wiederzusehen. Erinnert ihr euch? Jewgeni mit den roten Haaren. Obwohl er heutzutage mehr nach Salz und Pfeffer aussieht, der alte Sack, so wie wir alle eben.« Nadja kicherte und nahm einen tiefen Schluck *kwass*. Juan da Costa ahmte sie nach, schmatzte mit den Lippen und verzog das Gesicht, als sie uns ermahnte. »Aber verlauft euch nicht! Sonst geratet ihr in den heiligen Eichenhain und in jenseitige Gebiete.«

»Schweig still, Weib!«, mahnte Juan da Costa mit strenger Stimme und setzte sich auf.

»Wohin?«, fragte ich nach.

»Ein heiliger Eichenhain?«, wollte Anuschka wissen.

Nadja errötete und sah aus, als würde ein roher Flusskrebs in kochende Brühe geworfen, wo sein durchsichtiges Fleisch leuchtend rot wurde. »Ach, nur Zeugs aus einem Märchen«, murmelte sie.

»Du hast gesagt, dies sind keine Märchen«, widersprach ich, rutschte näher an sie heran und füllte ihren Becher großzügig auf. »Erzähl doch, komm schon! Vater hat niemals einen heiligen Eichenhain erwähnt.«

Nadja konnte unseren Schmeicheleien nicht widerstehen. »Das glaube ich«, seufzte sie, so als wolle sie sagen: *Euer Vater hat euch nie alles erzählt*. Einen solchen Satz jedoch laut auszusprechen stand unter Strafe. Lästerern und Zweiflern wurde geschmolzenes Metall in die Kehle gegossen.

»Aus gutem Grund. Schluss damit!«, verlangte Juan da Costa.

»Warum denn, da Costa? Sie sind doch keine Kinder mehr. Ich habe das Geheimnis lange genug bewahrt, ganz wie der Zar es befohlen hat.«

Juan da Costas Stirnrunzeln vertiefte sich, aber er schwieg.

Ich konnte kaum noch still sitzen. »Welches Geheimnis?«

Da Costa lehnte sich auf der Bank zurück, die Lippen zu einem dünnen Strich zusammengepresst. Nadja aber saugte an der feuchten, berauschenden Kruste ihres Sauerteigbrots. Anuschka und ich beugten uns vor, als unser altes Kindermädchen mit ihrer Erzählung begann. »Der heilige Eichenhain liegt tief im Herzen des Waldes von Kolomenskoje. Dahinter dann öffnet sich die Golossow-Schlucht.« Nadja hielt inne. Sie genoss es, uns als Publikum zu haben. Ihre Stimme jagte mir eine Gänsehaut über den Rücken, und Anuschka verschränkte schützend die Arme vor der Brust. Die vielen Bücher, die sie las, beflügelten ihre Fantasie, bevölkerten ihren Geist und ihre Seele mit Geschichten und Geistern. In den Nächten, zur Traumzeit, wenn sowohl Helden als auch Bösewichte zum Leben erwachten, schlüpfte sie zu mir ins Bett, und wir schliefen gemeinsam ein.

»Die Golossow-Schlucht«, wiederholte ich und kostete die Worte aus. »Davon habe ich noch nie gehört.«

»Kein Wunder. Sie ist verflucht«, warnte uns Nadja. »Wer hineingerät, bleibt verschollen und kehrt erst ein Jahrhundert später zurück, wenn überhaupt! Zar Iwan der Schreckliche soll eine Truppe Tataren dorthin entsandt haben, um zu erforschen, was sich in der Schlucht verbirgt. Sie kamen erst hundert Jahre später wieder heraus, vollkommen unverändert und gerade noch rechtzeitig, um drei Generationen nach ihrem Verschwinden euren Großvater, Zar Alexej, zu begrüßen.«

»Aber weshalb hat Iwan der Schreckliche die Soldaten in die Golossow-Schlucht geschickt?«, fragte ich. »Hatte er Vorahnungen?«

Nadjas Augen wurden so groß und rund wie Untertassen. »Die Schlucht beantwortet jede Frage, die dich quält.«

»*Jede* nur mögliche Frage?«, fragte ich mit klopfendem Herzen.

Nadja nickte. »Du wirst alles über deine Zukunft erfahren. Doch das hat seinen Preis.«

Ich räusperte mich. »Was ist das für ein Preis?«

»Zarewna! Bitte besteh nicht weiter darauf!« Der Zwerg wand sich auf seinem Sitz.

»Das ist doch alles alberner Aberglaube, hast du gesagt«, neckte ich ihn. Nadja zuckte die Achseln und strafte den kleinwüchsigen Mann mit hochmütigem Blick. »Wer weiß schon, wen oder was die Tataren wirklich in der Schlucht angetroffen haben? Ich glaube, sie hatten Glück, überhaupt zurückzukehren.«

»Genau. War es die Hexe Baba Jaga, die ihre Kinder fraß, oder vielleicht doch der *leschi*, der sie mit Baumstämmen bewarf?«, kicherte ich.

Mürrisch hob Nadja die Schultern. »Wie dem auch sei… Ich glaube, sie hatten Glück, überhaupt zurückzukehren.«

Anuschka erschauerte, so als ob ihr Nadjas Worte wie Spinnenbeine über die Haut krochen. Juan da Costa sprang von der Bank, entschlossen, den Zauber von Nadjas Worten zu brechen. »Genug davon! Geht lieber zu den Falken. Jewgeni hat gewiss Hunderte von Jungvögeln. Sucht euch jede ein Küken aus. Der Zar webt sich einen Teppich aus den Streifen meiner Haut, wenn euch etwas zustößt.«

»Und ich sperre dich in den Hühnerstall. Da kannst du den ganzen Tag gackern und dir Sorgen machen.« Nadja verdrehte die Augen. Ihre Aufmerksamkeit wurde von den Ankömmlingen an der Küchentür in Anspruch genommen. Bauern brachten Körbe voller Einweckgläser mit Obst und dem Gemüse des letzten Herbstes, um sie ihr zu verkaufen. Ich zog Anuschka vom Stuhl. »Du hast ganz recht, Juan da Costa. Lass uns gehen und die Jungvögel ansehen!«

Da Costas düsterer Blick folgte uns, als wir die Küche verließen. In der dunklen Kühle des Korridors schob Anuschka ihre Finger in meine Hand und wollte mich nach draußen zu Jewgenis Hütte ziehen.

»Falsche Richtung«, sagte ich. »Wir wollen doch in den Wald und zum heiligen Eichenhain. Wie sonst sollen wir zur Golossow-Schlucht kommen?«

»Aber du hast doch gehört, was Nadja gesagt hat. Die Schlucht stiehlt dein Leben. Was ist, wenn wir nie zurückkommen?«

»Angsthase! Glaub doch den Altweibergeschichten nicht!« Ich wollte mich ganz gewiss nicht allein in die Schlucht vorwagen, sosehr mich die Neugierde auch quälte. »Ich bin so gut wie verlobt, aber was ist mit dir, der ältesten Tochter des Zaren?«, lockte ich sie, aber sie schüttelte noch immer den Kopf.

Ich verschränkte die Arme. »Wie du möchtest. Dann gehe ich eben allein. Aber ich werde dir weder verraten, wen ich in der Schlucht getroffen habe, noch was ich gefragt habe.«

»Lisenka!«, flehte sie und hielt mich zurück. »Ich lasse dich nicht allein. Schließlich will ich auch wissen, was das Schicksal für mich bereithält.«

Beschämt drückte ich ihre Hand. Wie konnte ich sie nur so bedrängen? Dafür gab es keine Rechtfertigung. »Anna Petrowna Romanowa«, sagte ich feierlich und umschloss ihre Finger. »Du sollst alles über deine glorreiche Zukunft erfahren. Das verspreche ich dir. Und jetzt lass uns gehen, bevor diese Schnüffelnase von Hofnarr uns nachspürt.«

Zuerst gingen wir, ehe wir hüpften und schließlich rannten, einander drehend und lachend, den ganzen langen Gang entlang, bis hin zu dem Tor, das in den Garten führte. Es war verriegelt. »Eins, zwei, drei«, zählte ich, und zusammen hoben wir die Eisenstange an. Sie war schwerer als erwartet und glitt uns aus den Fingern. Dann fiel sie mit einem Donnerhall auf die Steinplatten. Anuschka zog mich gerade noch rechtzeitig zurück, sonst hätte ich mir die Zehen gequetscht. Wir lauschten mit klopfendem Herzen dem verhallenden Echo nach, doch so kurz nach dem Mittagsmahl saßen alle glücklich auf ihren Ohren. Wir schoben einen Flügel des großen Tors auf. Es war insgesamt hoch und breit genug, um eine Kutsche passieren zu lassen. Dann schlüpften wir hinaus in den Park. Der Kies knirschte unter meinen Seidenpantoffeln, als wir uns vom Haus wegschlichen.

»Sollten wir nicht doch Stiefel und Umhang holen? Wir werden uns erkälten«, gab Anuschka zu bedenken, denn die derbe Kraft des Frühlings raute den Nachmittag gen Abend zu auf.

»Ruhe jetzt! Wer kümmert sich schon um Umhänge und Erkältungen, wenn wir ein Stelldichein mit dem Schicksal haben?« Ich duckte mich ins Dickicht des Waldes, und Anuschka folgte mir. Ihre Wangen waren gerötet, ihre blauen Augen funkelten, und ihre kastanienbraunen Zöpfe lösten sich.

Als ich mich noch einmal umdrehte, war Kolomenskoje aus unserem Blick verschwunden.

6. Kapitel

Die Gärtner und Förster gingen ihrer Pflicht nur schlampig nach. Viel zu schnell verwandelte sich der Garten in Wildnis; schon bald war kein Weg mehr zu sehen. Das dornige Dickicht riss an meinem Rock, und die Gräser waren klebrig vor frühem Tau, ihre Halme scharf wie Klingen. Über unseren Köpfen trafen sich die Baumkronen, ihre Äste schlossen das Tageslicht aus. Wurzeln, so knotig wie Nadjas Finger, griffen nach unseren Knöcheln. Ringsum atmete das dunkle, feuchte Grün. Zweige knirschten unter niemandes Schritt, das Geräusch scheuchte Vögel auf. Flügel flatterten, und Schnäbel öffneten sich zu lautem Gekreisch. Wir jagten voran, springend und stolpernd. Das Blut pochte durch meine Adern, mein Herz schlug, und das Atmen fiel mir schwer. Anuschka hielt mich zurück. »Ist das denn der richtige Weg?« Wir sahen uns um. Hinter uns schlossen sich die Büsche wie ein Wall. Kein Zweig war gebrochen, kein Moos zertreten, keine Erde von unseren Schritten aufgerissen. Alles sah so aus wie einen Augenblick zuvor. Hatten wir die Grenzen von Kolomenskoje bereits passiert und den heiligen Eichenhain und die Schlucht verpasst? »Wenn wir jetzt umkehren, wird niemand erfahren, dass wir hier waren. Zum Nachtmahl sind wir zurück im Haus«, gab Anuschka zu bedenken.

»Nein. Dort drüben sehe ich Eichen«, erwiderte ich, doch meine Stimme klang klein. »Das muss der heilige Hain sein. Die Golossow-Schlucht liegt gleich dahinter.« Ich fühlte ihr Zögern. »Du willst doch nicht etwa schon aufgeben?« Stumm schüttelte sie den Kopf, und wir gingen weiter bis zu den mächtigen Bäumen. Der späte Sonnenschein sprenkelte die Lichtung und färbte das Moos in allen Gold-, Bernstein- und Rosttönen. Die Eichen wirkten riesig hoch. Ich legte den Kopf in den Nacken, um über die Baumkronen hinweg in den Himmel zu spähen, doch das Licht blendete mich. Die Stämme waren dick genug, um eine ganze Wiege aus einem einzigen Holzstück zu schnitzen. Doch viele von ihnen lagen am Boden, wie in einem Sturm geborsten. »Lass uns Pause machen!«, bat ich, stützte mich auf einen breiten Stumpf. Jeder Ring im Stamm eines gefällten Baums war ein Jahr seines Lebens. Der Abstand dazwischen sprach von Jahren der Dürre oder üppigen Regens, ähnlich den Falten in einem Gesicht nach einem Leben voller Sorge und Glück. Ich begann, sie zu zählen, doch es waren zu viele. Mein Finger hielt inne. Seltsame, dunkelrot glitzernde Flecken brachten die Ringe zum Verschwimmen, so als ob Blut aus dem Holz sickerte. Ich sprang von dem Stumpf hinunter. Diese Bäume waren gefällt worden. Den friedlichen, uralten, heiligen Ort zu zerstören war das Werk von Menschenhand. Ob dieses Sakrilegs konnten selbst alle Pfannkuchen der Welt den Waldgeist nicht besänftigen. Unzählige Herbstmonate knirschten unter meinen Füßen, und ein muffiger Geruch stieg auf. Anderswo standen die Wiesen voller Klee, Gänseblümchen, Glocken- und Butterblumen, doch hier stießen keine jungen Triebe durch die Blätter. Die Brise fühlte sich kalt an. Unentschlossen stand Anuschka inmitten der Lichtung.

»Lass uns umkehren!« Anuschka klang ängstlich. »Selbst wenn Nadja betrunken ist, merkt sie, wenn wir nicht zum Nachtmahl erscheinen. Dann schlägt der Zwerg Alarm, und Mutter macht sich schreckliche Sorgen.«

Als wir die Lichtung verließen, schienen uns unzählige Augen zu verfolgen.

Nur wenige Schritte weiter fiel der Boden steil vor unseren Füßen ab. Die Vögel, die gerade noch vor Freude über die längere Dämmerung gezwitschert hatten, waren verstummt. Die krummen Äste großer Bäume hingen über die Ränder der Schlucht hinweg und verbargen mit ihren dunklen Windungen den tiefen Abgrund. Trauerweiden klammerten sich an den Hang, und rußige Stechpalmenbüsche, dunkel und wachsgrün, standen dornig und dick in alle Richtungen ab. Felsbrocken ragten aus der Erde und dem dichten Unterholz hervor wie die Zähne eines alten Wolfs. Tief unten in der Schlucht hörte ich Wasser sprudeln.

»Also auf in die Golossow-Schlucht! Bist du bereit?«, fragte ich.

»Ja. Und nein. Und du, Lisenka?«

»Sicher. Ich muss einfach wegen meiner Verlobung mit dem König von Frankreich nachfragen. Und du?«

»Ich möchte wissen, ob ich Kinder haben werde. Am besten wäre eine ganze Horde, Knaben wie Mädchen. Eine liebevolle große Familie …«

»Pst! Sag das nicht mir, sondern demjenigen, den wir dort unten treffen!«

»Oh Gott! Ich wünschte nur, ich wäre zu Hause,

könnte am Ofen sitzen und in meinem Buch lesen.« Zweifelnd betrachtete Anuschka das Dickicht vor uns.

»Ziehst du ein Buch dem echten Leben vor? Manchmal frage ich mich, ob eine von uns beiden vielleicht ein Wechselbalg aus der deutschen Vorstadt ist.«

»Also gut.« Zögernd hob sie den Rock. »Aber wie gelangen wir dort hinunter?«

»Ganz einfach, Zarewna, so!«, neckte ich sie und knotete den Saum meines Kleids um die Knie. »Komm! Niemand wird je etwas erfahren«, versicherte ich ihr und griff nach dem nächstbesten Zweig.

Wir begannen unseren Abstieg in die Schlucht.

7. Kapitel

Der Abstieg gestaltete sich schwierig und erwies sich als tückisch. Immer wieder glitten wir auf dem nassen, schlammigen Boden aus, zerschrammten uns Hände und Knie, zerfetzten und beschmutzten unsere Hauskleider. Der Schlamm spritzte uns auf die Gesichter, dornige Zweige zerkratzten uns Wangen und Stirn. Zuerst fanden wir Schwestern es komisch, wenn die eine fiel und die andere mit sich riss. Wir lachten und lagen in einem Knäuel aus Armen und Beinen gefangen. Doch bald genug halfen wir einander nur schweigend auf, keuchend und zitternd vor Erschöpfung.

»Schluss damit, Lisenka!«, ermahnte sie mich, als wir aus dem Gestrüpp heraus die Schlucht betraten. Nasser schwarzer Sand bildete das Ufer des Flusses, der in Strudeln dahinschäumte. Sein Rauschen dröhnte uns in den Ohren. Nicht weit entfernt stürzte ein Wasserfall über eine Klippe. Der schlammige Grund verhinderte, dass ich die Tiefe des Wassers ermessen konnte. »Hier entlang«, sagte ich, und Anuschka nickte. Wir liefen Hand in Hand. Die spitzen Kieselsteine stachen durch die dünnen Sohlen meiner Seidenschuhe, und der nasse Sand durchweichte den Stoff. Sprühnebel tränkte unsere Kleider und zeichnete feuchte Muster auf die schmutzigen Ärmel. Anuschka lief in mich hinein, als ich aufsah und vor Furcht innehielt. »Sieh doch nur!«, flüsterte ich. Nicht weit von uns entfernt kniete eine Frau am Flussufer. Vielmehr sah die Gestalt auf den ersten Blick aus wie eine Frau.

»Wer ist das?«, flüsterte ich.

»Ein Waldgeist«, erwiderte Anuschka, und ihr heißer Atem streifte meinen Nacken.

Der *leschi*! Nadja hatte uns vor ihm gewarnt.

Der *leschi* war in Pelze gehüllt und ebenso ein Teil der Landschaft wie die Büsche, der Kies und der Fluss. Hinter ihm ragte ein aus Ästen und Schlamm erbauter Verschlag auf, ein Feuer schwelte zu seinen Füßen. Dem Qualm nach zu urteilen, war das Holz noch grün und feucht. Schien hier in der Schlucht je die Sonne? Als sich die Kreatur erhob, lief mir ein Schauer über den Rücken. Sie witterte uns, und der kleine Teich rings um ihre Füße wurde trüb von aufgewirbeltem Kies. Dampf stieg auf, und Wasser brodelte. Es roch wie ein Teufelsfurz. Der *leschi* schloss die Augen, und seine Nüstern blähten sich. Wir waren Eindringlinge in seinem Reich.

»Pfui!« Ich rang nach Atem und verbarg die Nase in der Armbeuge.

Da riss der *leschi* die Augen wieder auf. Sein Blick leuchtete, und ich stand da wie versteinert, als er auf uns zuglitt. Ich verstand: Er trug keinen Pelz, sondern sein eigenes dickes, langes weißes Haar fiel ihm wie ein Laken über den bloßen Rücken, der über und über mit feinem, grau-weiß meliertem Fell bedeckt war. Blätter und Schmutz hafteten daran. Wovon lebte der *leschi*? Viel konnte es nicht sein. Seine Rippen stachen durch den Flaum auf seinem Körper, und lange Knochen zeichneten sich unter der Haut der Oberarme und Schenkel ab. Er lächelte und zeigte dabei glänzende Reißzähne.

Anuschka wollte mich zurückhalten, doch ich gebot ihr Einhalt. »*Leschi* oder nicht, wir sind doch nicht umsonst hierhergekommen, oder?« Ihre Angst machte mir Mut.

»Willkommen, Zarewnas!«, knurrte der *leschi.*

»Woher weißt du, wer wir sind?«

Er duckte sich, doch seine Haltung war keine Verbeugung, sondern wirkte eher so, als bereite er sich auf einen Sprung vor. Ich wagte einen Schritt nach vorn, als er in lautes Gelächter ausbrach. Seine Heiterkeit wuchs, je näher wir ihm kamen. Das Lachen steigerte sich zum Geheul, Speichel troff ihm vom Kinn. Dann schwieg er mit lauerndem Blick. Dichte Strähnen fielen ihm wie silberne Tressen über die Schultern.

»Ich weiß auch, weshalb ihr hier seid, und was ihr zu erfahren hofft«, sagte er, die Augen senffarben im Licht des Nachmittags. Sie erinnerten mich an einen wurmstichigen Apfel.

»Also los, Zarewnas! Fragt mich, was ihr wissen wollt! Eure Zeit ist knapp, ich muss mich bald wieder zurückziehen. Du zuerst.« Er nickte Anuschka zu und rasselte in der hohlen Hand mit sauber abgenagten Knöchelchen. Meine Schwester leckte sich die rissigen Lippen, doch ihre Augen leuchteten aufgeregt. »Also gut. Werde ich heiraten? Und werde ich einem Kind das Leben schenken? Einem starken Sohn?«

Der *leschi* saugte den Dampf ein, der zu seinen Füßen aufstieg. Seine Nasenflügel bebten, und die Augen verdrehten sich ins Weiße. Seiner Kehle entstieg ein tiefer, summender Ton, bevor er die Knöchelchen mit einem

Schrei in die Luft warf, zuckte und sich dann versteifte. Die Knochen fielen in einem zufälligen Muster auf den dunklen Sand, und schwer atmend sank der *leschi* in sich zusammen.

»Ja«, sagte das Wesen und betrachtete das Muster mit einem Stirnrunzeln.

Ja, das war alles. Anuschka ballte die Fäuste und drängte weiter. »Also werde ich einem Sohn das Leben schenken?«

»Ein Leben wirst du schenken …«, seufzte der *leschi.*

Mich schauderte, aber Anuschka war mit dieser doppeldeutigen Antwort zufrieden.

»Was sonst könnte eine Zarewna erwarten?«, fragte sie. Der *leschi* nickte mit spöttischem Blick. Dann wandte er sich an mich.

»Du bist dran, Wölfin.«

»Wie bitte?«, fragte ich erstaunt. »Woher weißt du das?«

»Du bist auf meinem Grund und Boden mit den Füßen zuerst unter den Dezembersternen geboren worden, und ich soll davon nichts wissen?«

Ich räusperte mich. »Also gut. Werde ich auch einmal Mutter sein?«

Der Blick des Waldgeistes legte sich in den meinen wie ein Schlüssel ins Schloss. »Du wirst eine Mutter sein, doch kein Kind haben.«

Ich runzelte die Stirn »Was soll das bedeuten?«

»Ich antworte nur und erkläre nicht.«

Der Schwefelgeruch benebelte mich, als ich die nächste Frage stellte. »Werde ich den König von Frankreich heiraten und zusammen mit meinem Gemahl herrschen?«

Die Augen des *leschi* wandten sich starr, mit geweiteten Pupillen in meine Richtung. »Kein Mann wird dich je beherrschen.«

»Wird Versailles unsere Ehe also nicht beschließen?«

Die Lider des *leschi* flatterten, als er den schrecklichen Gestank einsog. Sein Körper bebte, als er sprach, und ich sprang einen Satz zurück. Seine Stimme klang so tief wie eine Bronzeglocke. »Schließ die Ehe besser aus!«

Was war denn das für ein Unsinn? Ich wollte mich abwenden, doch Anuschka keuchte vor Erstaunen auf.

Der *leschi* röchelte, und sein Oberkörper schwankte wie ein Rohr im Wind. Auf der heißen Oberfläche der brodelnden Pfütze zu seinen Füßen platzte eine Blase. Der aufsteigende Rauch traf ihn wie ein Knüppelschlag. Er zitterte, sein Mund schäumte, und er spuckte die Worte förmlich aus. »In deinem Ende liegt dein Anfang. Kein Mann wird dich so enttäuschen, wie eine Frau es vermag. Ein Engel wird zu dir sprechen. Die leichteste Last wird deine größte Bürde sein.«

Dann erschauerte der Waldgeist und brach schluchzend zusammen. Der magere Körper erbebte, und die Finger krallten sich in den Schädel, an dem ich kahle Stellen mit roher Haut entdeckte.

Anuschka packte meine Hand. »Schnell weg von hier!« Doch da tat der *leschi* einen Satz nach vorn und griff nach meinen Röcken. Mit entsetzlicher Kraft zerrte er mich zurück und wickelte sich den Stoff mehrmals um die Fäuste. Ich schrie auf, aber es gab kein Entkommen. Tränen strömten dem *leschi* über das Gesicht, und er fletschte die Reißzähne. Würde er mich beißen und mein Blut trinken, wie es die Fledermäuse im Kaukasus taten, von denen Nadja uns erzählt hatte?

»Was ist mit meiner Bezahlung?«, kreischte er und riss so heftig an meinem Rock, dass ich beinahe stürzte.

Verzweifelt klopfte Anuschka ihre Röcke ab. »Es tut mir leid, aber wir haben nie Geld bei uns …«

Der *leschi* zog die Lefzen hoch. »Ah, die schönen jungen Zarewnas! Ihr tragt nie Rubel bei euch, nicht wahr? Was uns gehört, gehört euch erst recht, denn wir alle zahlen für euer Unwesen. Doch damit ist es vorbei.« Er zerrte noch einmal an meinem Gewand. »Aber du kannst mich auf andere Weise bezahlen. Gib mir, was du mir schuldest!«

»Was ist das?« Ich schrie vor Angst und stemmte die Füße in den Kies. Anuschka zog mich am Arm, und ich befürchtete schon, dass mich die beiden gleich in Stücke rissen.

»Deine Seele!«, heulte der *leschi.* Die Kraft der skelettartigen Finger war entsetzlich. Meine Füße glitten weg, und ich sank ihm entgegen, geradewegs in die knochigen Arme. Nur noch ein Atemzug, und ich war für immer verloren.

»Lisenka!«, jammerte Anuschka. »Nein, bitte nicht!«

Ihre Verzweiflung verlieh mir neue Kraft. Ich durfte sie nicht alleinlassen. Mit allerletzter Kraft drehte ich mich halb um und hob langsam einen Fuß. Dann trat ich auf den *leschi* ein, trat, wohin ich nur konnte, auf das Kinn und in die hohle Brust, immer und immer wieder. Der Waldgeist heulte laut auf und fiel endgültig nach hinten. Ich trat ihm, so fest ich nur konnte, auf die Finger. Knochen knackten, und er ließ meine Röcke los, schreiend vor Schmerz und Wut.

»Lauf, Anuschka!« Ich ergriff ihre Hand, und wir rannten los. Wie das Schäumen des Wassers hörte ich meinen Atem in den Ohren. Scharfer Kies riss mir die Füße auf, doch ich achtete nicht darauf. Hinter uns kreischte der *leschi* noch immer. »Fluch den Romanows!«

Ich drehte mich im Laufen um. Der *leschi* kauerte im Sand, Tränen strömten ihm über das Gesicht. Das Rauschen des Stroms verschlang alle weiteren Flüche. Nur fort von hier!

Einen Atemzug später erreichten wir die Stelle, wo wir zuvor ans Ufer gelangt waren. An den Zweigen, wo ich ihrer habhaft wurde, dornig oder nicht, zog ich mich hoch. Anuschka folgte mir auf dem Fuß. Wir husteten und keuchten, bis wir wieder am Rand des heiligen Eichenhains standen. Wie eine Mauer schloss sich das Dickicht hinter uns.

Eine violette Dämmerung senkte sich auf die Lichtung. Mir schmerzten alle Knochen, und mein Geist rieb sich wund an der Erinnerung an den *leschi.* Ich sah mich um und schmeckte meine Tränen.

8. Kapitel

Wie viel Zeit war seit unserem Abstieg in die Schlucht vergangen? Laut Nadja waren die Tataren für mehr als ein Jahrhundert verschollen. Eine trübe Dämmerung kündigte die weißen Nächte an. Der Himmel wirkte gebläut wie ein Bluterguss, und die Schatten des heiligen Eichenhains rückten näher, uralte Bäume, die rücksichtslos gefällt und nachlässig liegen gelassen worden waren und nun verrotteten. Anuschka sank zu Boden und lehnte sich an einen Stamm. Die Dunkelheit verbreitete sich wie eine Welle und umschloss mich wie eine Fliege im Bernstein. Ich hob die Arme, vergebens. Mir wurde kalt vor Angst. Was, wenn der *leschi* tatsächlich meine Seele behalten hatte?

»Was nun?«, fragte Anuschka erschöpft. »Findest du den Weg zurück?« Ich ließ mich neben ihr nieder, lehnte mich ebenfalls an den Stamm und bettete den Kopf auf die Ellbogen. Noch immer dröhnte mir der Hohn des *leschi* in den Ohren. *Ihr werdet eine Mutter sein, aber kein Kind haben. Schließt die Ehe besser aus!* Und dann seine Prophezeiung. *In Eurem Ende liegt Euer Anfang. Kein Mann wird Euch so enttäuschen, wie eine Frau es vermag. Ein Engel wird zu Euch sprechen. Die leichteste Last wird Eure größte Bürde sein.*

Was hatte ich mir nur dabei gedacht, den *leschi* herauszufordern? Es war alles meine Schuld.

»Ich glaube, ich finde den Weg zurück nicht«, gab ich zu. Zwischen den mächtigen Bäumen fühlte ich mich winzig und unbedeutend. Das Tageslicht nahm weiter ab, doch auch als die Nacht zu guter Letzt hereinbrach, war uns nicht zum Schlummern zumute. Wir zitterten vor Kälte und versuchten, uns gegenseitig warm zu halten. Anuschka schmiegte sich an mich und legte mir den Kopf auf die Schulter. Ich küsste ihre Stirn. Wann man uns in Kolomenskoje vermissen würde, war unklar. Ich bereitete mich auf die letzten Minuten meines Lebens vor.

Meine Glieder waren steif vor Kälte, als wir endlich aus einem unruhigen Schlummer erwachten. Fackellicht fiel in die Dunkelheit des Waldes, die Flammen fraßen sich in die tintige Stunde. »Da sind die Zarewnas!«, rief eine erleichterte Männerstimme. Es war der Falkner Jewgeni, und hinter ihm traten immer mehr Menschen auf die Lichtung. Sie pfiffen, klatschten und jubelten. Die ausgeschickten Knappen bliesen auf ihren Jagdhörnern ein Signal, das als Echo zum Haus zurückgesandt wurde. Anuschka stolperte auf die Füße und zog mich mit sich. Wir umarmten einander vor Erleichterung.

»Wir haben die Zarewnas gefunden!« Jewgeni wickelte uns in warme Decken, und Juan da Costa gab uns heißen Tee mit Honig und Wodka zu trinken. Er floss mir heiß durch den Rachen und belebte mich sofort. Starke Arme hoben mich auf ein Maultier. Eine weiche Rentierhaut machte den Holzsattel bequemer, als Nadja wie eine Bärenmutter, die wie irre nach ihren Jungen suchte, durch das Dickicht brach. »Lisenka! Anuschka! Eure Hoheiten! Meine kleinen Zarewnas, meine Sonnenscheinchen!« Tränen sprangen ihr aus den hellen Augen, als wir in ihren Umarmungen schier erstickten. »Meine Täubchen, tut das nie wieder! Ihr habt mich zu Tode erschreckt. Oh, mein Gott, das ist alles meine Schuld!«

»Bist du noch wach?«, flüsterte Anuschka, als wir endlich in unseren Betten lagen. Unsere Bäuche waren voll mit heißem Hirsebrei. Nadja hatte meine Portion mit Honig und Beeren gesüßt, während Anuschka ihre gesalzen und mit Speck bevorzugte.

»Wie sollte ich jetzt schlafen können?«, erwiderte ich, setzte mich auf und zog die Knie unter das Kinn. »Ich traue mich nicht, die Augen zu schließen. Komm herüber!« Ich schlug die Decke zurück, Anuschka lief auf Zehenspitzen über den Holzboden und kletterte in mein hohes Bettgestell. Wir kuschelten uns unter die Decken und Pelze, Beine, Füße und Finger dicht aneinandergedrängt und froh über die Wärme der anderen. In Kolomenskoje wurden die Kerzen jeden Abend sorgfältig gelöscht, damit kein Feuer durch das Labyrinth der Korridore wie durch einen Schornstein fahren konnte. In jedem Raum standen außerdem Eimer mit Sand und Wasser bereit. Anuschka seufzte leise. Sie war ebenfalls hellwach.

Schließlich stellte ich eine Frage. »Wie fühlt es sich an, wenn dir jemand die Seele stiehlt?«

»Wahrscheinlich so, als würde sie in tausend Teile zerrissen«, vermutete sie.

»Und bestenfalls?«

Ich merkte, dass sie auf der Unterlippe kaute. »Einsam?«

»Wir werden niemals einsam sein«, widersprach ich und presste mich an ihren knochigen Körper. Schweigend lagen wir nebeneinander, bis sie sich aufsetzte. »Aber was ist, wenn der *leschi* unsere Seelen bereits genommen hat?« Anuschkas dunkles Haar fiel glatt auf die zarte *Broderie Anglaise* ihres Nachthemds. »Der Gedanke ist zu schrecklich. Weder Mutter noch Vater dürfen je erfahren, was heute geschehen ist«, entschied sie. »Nie. Vater wäre furchtbar wütend. Wer weiß, wie er uns für unseren Ungehorsam bestrafen würde! Denk doch nur daran, was Alexej widerfuhr! Und Mutter, nach ihrer erneuten Totgeburt …«

»Du hast recht.« Mutter konnte keine weitere Tragödie ertragen.

Anuschka sprach weiter. »Am besten reden wir beide auch nicht darüber. Wie Mutter immer sagt … Schweigen heilt.« Wie befreit legte sie sich wieder hin. Ich wollte es ihr gleichtun, doch meine Gedanken jagten wild durcheinander. *Bestenfalls einsam.* Solange ich lebte, war immer jemand an meiner Seite, Anuschka und unsere Tante Pascha, die Witwe des Zaren Iwan, wann immer Mutter Vater bei seinen Unternehmungen folgte. Ich starrte in das dunkle Gemach. *Ein Mann allein im Feld ist kein Soldat,* pflegte mein Vater zu seufzen, wenn er sich von seinen Aufgaben überwältigt fühlte.

»Tschastje«, murmelte ich. Das russische Wort für *Glück* bedeutete, Teil von etwas Größerem zu sein.

»Wie bitte?«, fragte Anuschka schläfrig, und einen Augenblick später hörte ich sie tief und regelmäßig atmen. Wie konnte sie in dieser Nacht nur schlafen? Ich verschränkte die Hände und betete lautlos zu meiner

Schutzpatronin, der Heiligen Elisabeth. Lange Stunden lag ich noch wach, doch schließlich, als das erste Licht in unser Zimmer kroch und der Morgen milchige Muster an die Wand zeichnete, fiel auch ich in einen erschöpften Schlaf.

Doch wenn Mutter nie von unserer Begegnung mit dem *leschi* erfuhr, so wusste doch jemand anderes davon.

9. Kapitel

Einige Wochen später hörte ich, wie die Stalltür kurz vor Sonnenaufgang geöffnet wurde. Wer war da unten … Pferdediebe? Die Spitzbuben sollten gefasst werden! Ich rollte mich vom Bett und trat auf Zehenspitzen an das große Fenster, das den Blick auf den Garten, die Ställe und den Wald freigab. Dort, wo sich der Horizont und der Himmel trafen, lag die Golossow-Schlucht. Ich wandte den Kopf ab und spähte in den Innenhof von Kolomenskoje.

Zwei Fremde, die wie Kosakensöldner aussahen, zerrten den drallen Körper einer Frau ins gnadenlose Morgenlicht. Die beiden schleiften sie durch den Staub, ließen sie fallen und banden ihr wie einem Stück Wildbret die Hände und Füße über einem großen Stock zusammen, den sie dann schulterten. Sie arbeiteten rasch und leise und machten sich schließlich auf den Weg. Der Frau sank der Kopf nach hinten, und die gekräuselte Leinenmütze glitt ihr von den Haaren. Ich konnte ihr Gesicht erkennen und wich zurück. Vor Entsetzen presste ich die Hände vor den Mund und unterdrückte nur mit Mühe einen Schrei. Nadjas starre Augen spiegelten blicklos den klaren Himmel wider. Ihr Gesicht war blauschwarz verfärbt und geschwollen. Auch ihre Hände und Füße waren gebläht und sahen aus wie

Bärentatzen. Ich würgte. Nadjas Blut staute sich bereits und würde das Gehirn zum Platzen bringen. Dies war eine gängige Bestrafung für widerspenstiges Personal. Welches andere Vergehen als Ungehorsam dem Zaren gegenüber konnte sie begangen haben? Sie hatte uns von der Golossow-Schlucht berichtet. Vielmehr hatte ich sie zum Erzählen gedrängt. Ich schluchzte erstickt, um Anuschka nicht zu wecken.

Draußen stolperten die Männer mit ihrer Last in Richtung des nahen Waldes. Nadjas Arm löste sich aus den Fesseln. Ihre dicken Finger, die mir als Kind die widerspenstigen blonden Locken geflochten hatten und die mir am Tag zuvor noch den *kascha* gerührt hatten, schleiften im Staub. Ich erstickte an meinem plötzlichen Entsetzen. Was sollte nun mit ihr geschehen? Ich wusste nicht mehr, ob Kolomenskoje hinter der Kapelle, wo ich als Kind die Gottesdienste besucht hatte, über einen Friedhof verfügte. Doch kein Priester gesellte sich zu den beiden groben Kerlen, als sie auf den Wald zugingen. Die Bäume schlossen sich hinter ihnen wie eine grüne Mauer. Nadjas Leiche sollte als Futter für die Wildtiere dienen.

Das Morgenlicht nahm eine bittere Färbung an. Im Hof war es wieder still und verlassen. Ich riss das Fenster auf. Frische Morgenluft strömte in den Raum. Ich zitterte, und meine Tränen blendeten mich. Als ich ins Bett zurückkehrte, spürte ich den Geschmack von Galle auf der Zunge.

Ich hätte Nadja ebenso gut mit meinen eigenen Händen aufhängen können.

Am Abend zuvor war ein Bote aus Sankt Petersburg angekommen, ein großer, stämmiger, uns unbekannter Mann. Er lungerte in der Küche herum, als eine der Mägde den Hirsebrei für uns kochte. Sie übersalzte Anuschkas Schale und tropfte nicht genug Honig in meine Portion. Wir löffelten schweigend und lauschten Juan da Costa, der uns Vaters Anweisungen vorlas. Wir sollten zu ihm nach Peterhof kommen, in den Sommerpalast am Finnischen Meerbusen, der etwa zwanzig Werst vor den Toren von Sankt Petersburg lag.

Während die Dienstmädchen und Zofen unsere Sachen zusammenpackten, die wir gerade erst aus den Truhen geholt hatten, kletterte Juan da Costa auf den Kutschbock und schwang sich dort wie ein Äffchen hin und her. Mutter und ihre Hofdame lachten, bevor sie einstiegen. Doch Anuschka stand mit gerunzelter Stirn neben der Kutsche und sah sich um. »Ich frage mich, wo Nadja ist.« Sie hielt die flache Hand über die Augen, und ihr Blick suchte den geschäftigen Innenhof ab.

Ich tauchte rasch in das Halbdunkel der Kutsche. Ich fühlte, wie mir das Blut in den Kopf schoss, und mein Herz raste. Ich selbst hatte den Fluch des *leschi* über Nadja gebracht, indem ich sie überredet hatte, uns von der Schlucht zu erzählen. Niemand außer mir war schuld an unserem Ausflug dorthin. Meine belesene, beflissene Schwester hätte uns nie dazu gedrängt. Meine freche Vereinnahmung des Löwenthrons hatte mich vor Übermut trunken gemacht. Scham und Reue stiegen in mir auf und ließen kein anderes Gefühl mehr zu.

Als die Pferde mit einem Ruck anzogen, der Wagen sich in Bewegung setzte und die wunderliche Pracht von Kolomenskoje verschwand, lauschte Mutter ihrer

Hofdame, die uns eine zweite Nachricht von Vater vorlas. Mutter lächelte mich an, und ihre Stimme klang warm. »Wir sollen uns beeilen, sagte Vater. Er hat eine besondere Ankündigung zu machen. Vielleicht ist endlich eine Nachricht aus Versailles gekommen.«

10. Kapitel

»Wenn es in Frankreich auch nur ein wenig so ist wie hier, dann kann ich dort glücklich leben«, erklärte ich und spähte über den Park hinunter bis zur See.

»Versailles soll noch viel schöner sein als Peterhof, so heißt es«, belehrte mich Anuschka.

»Das kann ich nicht glauben«, hielt ich dagegen, als der Sonnenschein von Peterhof in meinen Geist einsickerte und meine Seele reinigte. Vor nur einer Woche hatte die kaiserliche Barke ihren langsamen, aber stetigen Weg von der eisgrünen Newamündung hierher in die schieferfarbenen Wasser des Finnischen Meerbusens gemacht. Das Boot war mit allerlei Köstlichkeiten und gekühltem Wodka beladen gewesen, Musiker hatten für uns gespielt, während wir auf Kissen unter einem Baldachin lagen, aßen, tranken und plauderten. Hätte ich Anuschka doch nur einmal von ihrem Buch ablenken können! Wenn nötig kitzelte ich sie. Am Ende war sie meiner Störungen so überdrüssig, dass sie mir die Geschichte kurzerhand vorlas. Einer der häufigen plötzlichen Regenschauer war über unseren Köpfen niedergegangen und hatte die Musiker bis auf die Haut durchnässt. Ihr Anblick verführte sogar Mutter zum Lachen.

Bei der Ankunft in Peterhof stand der Park rings um

den Seekanal in voller Blüte. Wir blickten vom Anlegesteg den sauberen weißen Kiesweg zum Schloss hinauf. Zweihundert vergoldete Statuen säumten ihn bis zu der Großen Kaskade mit ihren vierundsechzig Brunnen. Die Wassertropfen der Fontänen tanzten im Licht und funkelten mit dem Sonnenschein um die Wette. Die Erde, die für die Teiche und Kanäle ausgehoben worden war, bildete nun rundum hohe Wälle, die die Obstbäume gegen die harten Seewinde abschirmten. Zwischen den Bäumen blühten später Krokus sowie erste Tulpen, Hyazinthen und Narzissen. Der umliegende Waldboden leuchtete indigofarben vor Tausenden wilder Blaubeeren, die darauf warteten, gepflückt zu werden. Nur hie und da sprenkelten Walderdbeeren die dunkle Fülle mit ihrem Purpurrot. Anuschka und ich häuften uns Beeren in die Handflächen, taten so, als wären wir junge Rotkehlchen, und fütterten uns gegenseitig.

In Peterhof mischte Vater die vielen Eindrücke, die er im Westen gesammelt hatte, und ahmte in dem Bauwerk alles nach, was er auf seinen Reisen am meisten bewundert hatte, hortete seine Schätze wie in einem Elsternest. Das alles hatte seinen Preis. »Gott, wie teuer kann ein Architekt denn sein?«, hörte ich ihn sich beschweren, wenn er europäischen Bildhauern, Ingenieuren, Bauarbeitern, Architekten und Malern riesige Geldsummen und noch großartiger klingende Titel anbieten musste, um sie nach Russland zu locken. Zudem musste das meiste Material zweimal bestellt werden, wenn nicht sogar dreimal. Sand, Steine, Nägel und Kupferrohre verschwanden über Nacht, um im Verborgenen weiterverkauft zu werden. Doch nun war Peterhof so gut wie fertig. Von der anmutigen butterblumengelben

Fassade des Schlosses aus überblickten mächtige Bogenfenster den weitläufigen Park. An klaren Tagen sahen wir in der Ferne sogar Vaters Meeresfestung. Die Masten der Fregatten wuchsen aus dem Wasser wie ein Meereswald. Das Sonnenlicht prallte von den Wellen ab und brachte die See zum Funkeln. Dies alles versprach mir eine Zukunft, die aus hellen und golden schillernden Tagen ohne Ende bestand.

Die Erinnerung an Kolomenskoje und Nadjas Leiden schlich sich noch immer in unbewachten Augenblicken in meinen Geist, und ich betete jede Nacht für ihre Seele, wenn ich mich im Lusthaus von Monplaisir zur Ruhe legte. Der einstöckige Pavillon mit langen Galerien, den Vater selbst entworfen hatte, war gerade fertiggestellt worden. Sein einmaliger Stil, eine Mischung aus russischem Badehaus, holländischem rotem Backstein, mit den Kanälen und Alleen, die ihn umgaben, war so sehr *Vater*, dass ich ihn dort immer fühlte.

In Monplaisir konnte mir weder der *leschi* noch seine Prophezeiung etwas anhaben.

»Lisenka, mein Sonnenschein. Anuschka, kleines Täubchen. Warum sitzt ihr hier so untätig herum, während eure Mutter arbeitet?«

»Vater!« Sowohl Anuschka als auch ich sprangen von dem Schachspiel auf, das wir gerade in dem gemütlichen chinesischen Kabinett von Monplaisir spielten. Hier stellten unsere Eltern auf Regalen das chinesische Porzellanservice aus, auf das sie so stolz waren. Der Handel mit China war bekanntermaßen schwierig und aufregend. Russische Handwerker hatten sich monatelang bemüht, die Kunst des Lackierens zu erlernen. Nun leuchteten ringsum die kunstvoll mit Miniaturgemälden im chinesischen Stil verzierten schwarzen Tafeln in ihren roten Rahmen. Das Schachbrett fiel um, und die Spielfiguren, die wir als *Gefangene* genommen hatten, rollten klappernd über den Parkettboden.

»Zarewna!«, rief Vater und öffnete die Arme. Ich flog auf ihn zu. Ein Augenblick mit ihm allein war so rar wie wertvoll. Er trug noch seinen alten Morgenmantel aus grünem Samt, der an den Säumen bereits ausfranste. Der Stoff glänzte abgenutzt an Taschen und Nähten, und Mutter hatte die Goldborten viele Male wieder angenäht. Sein lockiges dunkles Haar, das von grauen Strähnen durchzogen war, wirkte so zerzaust, als wäre er gerade von einem Boot gestiegen oder aufgestanden, was gewiss nicht zutraf. Der Zar war jeden Tag schon lange vor Sonnenaufgang wach, um eine Salve an Briefen abzufeuern, Korrespondenz ins Ausland mit seinen Botschaftern, Agenten und den anderen ausländischen Herrschern. Neue Gesetze und Befehle, also die *ukasy*, gingen an seine Generäle, Admiräle und die ländlichen Räte, die Woiwoden in ganz Russland. Von dieser Regel machte er nie eine einzige Ausnahme, wo immer er auch war und wie spät und wild er am Abend zuvor gefeiert hatte.

Er hielt mich fest und wiegte mich in seinen Armen. Dabei knurrte er wie ein alter Bär. Ich konnte mich gerade noch beherrschen, nicht an seinem Schnurrbart zu ziehen, wie ich es als kleines Mädchen getan hatte, als ob ihm dort Schnurrhaare wie bei einer Katze wuchsen. Stattdessen vergrub ich das Gesicht an seiner Brust und saugte seinen vertrauten Duft ein. Tabak, Leder, Rauch und das Parfüm des Zaren aus Vanille und Bergamotte, das in Grasse für ihn gemischt wurde und das ihm so zu eigen war wie der Sonnenaufgang dem Morgen. Sein großer Körper war eine merkwürdige Mischung aus schmalen Schultern und dennoch starken Armen mit überraschend zierlichen Händen, die Finette, seine nervöse arabische Stute, auf jedem Schlachtfeld so leicht im Zaum gehalten hatten. Unzählige Jahre des Schlemmens hatten ihre Spuren hinterlassen. Über Stunden geschmortes Schweinefleisch und Sauerkraut waren sein Leibgericht und hatten seinen Bauch so rund und weich wie ein Kissen gemacht. Der Liebe zum guten Essen stand seine Leidenschaft für den Trank nicht nach. Er hatte seinen eigenen riesigen Kelch erfunden, die Adlertasse, um bei seinen berüchtigten Gelagen der *Trunkenen Synode* schneller noch mehr Wodka trinken zu können. Ich legte den Kopf in den Nacken und sah auf. Sein Gesicht wirkte aufgedunsen, und die Taufrische der Jugend seiner frühen offiziellen Porträts war längst verschwunden. Seine Wangen hatten sich in Hängebacken verwandelt, und die einst edle Nase war knollig geworden. Seine blauen Augen aber schimmerten hell und klar, trotz der dunklen Schatten, die darunter lagen. Er lächelte mich an, und wie immer waren seine Züge unentwegt in Bewegung. Er runzelte die Stirn, die Nase zuckte, die Lippen schmatzten oder gaben ein leises Pfeifen von sich, sein Kinn wackelte, als würde er Tabak kauen. Anders kannte und liebte ich ihn nicht.

»Hast du gut geschlafen, Vater?«, fragte ich besorgt, da ich von seinen Albträumen wusste.

Er küsste mich auf die Stirn. »Meine süße Lisenka, immer besorgt um deinen *batjuschka*. Ja, Peterhof und Monplaisir wirken Wunder bei deinem Väterchen.« Ich bewunderte und beneidete ihn darum, wie er schlimme Erfahrungen und quälende Erinnerungen einfach hinter sich ließ und weiter nach vorn strebte. Falls Alexejs Tod und das Fehlen eines Erben für Russland ihm immer noch Sorgen bereiteten, dann ließ er sich davon nicht lähmen. Zu Recht: Er konnte daran nichts ändern. Anuschka trat auf uns zu, und er umarmte uns jetzt beide, küsste abwechselnd unsere Köpfe und lachte. »Hier mag ich gern Bote sein, wenn ich geküsst werde. So gefällt mir das! Seid ihr bereit für ein Fest? Ich habe den Koch auf den Markt gejagt, und eure Mutter bereitet in der Küche das Frühstück zu.«

Er wandte sich um und ging uns auf seinen langen, dünnen Beinen voran. Seine Füße steckten in Filzpantoffeln, und selbst beim Gehen schien er in einem geheimen Rhythmus zu trippeln und umklammerte ungeduldig ein Papierbündel, in dem er wohl mit gerunzelter Stirn blätterte. Kurz darauf begann er bereits, darin zu lesen. Seine Zeit und seine Aufmerksamkeit waren das Wertvollste, was er zu geben hatte.

»Da seid ihr ja. Pünktlich wie eine Sanduhr«, sagte Mutter, als wir die Küche betraten. In der Wärme des Ofens glühten ihre Wangen, und vor Freude an unserem Zusammensein glänzten ihre Augen. Sie wischte sich die Hände an einer sauberen, wunderschön mit Spitze verzierten Schürze ab. Auch sie hatte sich von den Strapazen der Vergangenheit erholt. »Anuschka, hol Wasser für den Samowar!«, befahl sie.

»Ich will lieber *kwass*«, sagte Vater, der das Brotbier der Bauern dem mit Wodka gewürzten heißen Tee vorzog. Er sank in einen Sessel, der robust genug war, um sein Gewicht zu tragen, zündete seine lange Elfenbeinpfeife an und raschelte dann mit gerunzelter Stirn in seinen Papieren. Vizekanzler Graf Ostermann hatte den Friedensvertrag von Nystad geschlossen, der die zwei Jahrzehnte des Großen Nordischen Krieges beendete, und mit dabei waren auch erste Zeichnungen und Entwürfe für neue Uniformen oder Paläste sowie eine neue Rangliste, die die russische Gesellschaft strukturieren sollte. Vater hatte westlich klingende Titel wie »Fürst« oder »Graf« im Land eingeführt. Meine Schwester an dem großen Steinbecken bewegte den Pumpschwengel, und der Wasserhahn speiste sich aus dem Garbenbrunnen im Park. Wir staunten … fließendes Wasser! Vater verstreute seine Papiere auf dem Boden. Anuschka ließ den Samowar brodeln, und ich bewunderte hungrig alles, was Mutter vorbereitet hatte. Weich gekochte Eier und frischer grauer Kaviar häuften sich in zierlichen Perlmuttschalen. Geräucherte Forellen lagen auf Zinnplatten, und Wildbretpastete war mit Wacholderbeeren garniert worden. Auf großen runden Tellern lagen in Schmand, Äpfeln und Zwiebeln marinierte baltische Heringe.

»Lisenka, hilf mir mit dem Brot! Die Scheiben buttern sich nicht von allein, oder?«, sagte Mutter, aber ich vernachlässigte meine Pflicht. Zum einen konnte ich der Versuchung nicht widerstehen, die Hälfte des Brots beim Streichen zu essen, während ich die blau-weiß gemusterten Delfter Fliesen bewunderte, die ringsum an den Wänden angebracht waren. Jede von ihnen zeigte mir unbekannte zauberhafte Blumen, Tiere und Landschaften. Ich war noch nie ins Ausland gereist. Kein Russe tat das, es sei denn unter Zwang. Kein Russe, außer Vater, der in jungen Jahren sein Reich für drei Jahre verlassen hatte. Gerade stand er wieder von seinem Stuhl auf, trat achtlos auf seine Papiere und umarmte Mutter.

Sie lachte. »Wenn du mich so festhältst, *starik*, mein Alterchen, kommen wir nie zum Essen.«

Vater grinste, schnappte sich einen Hering und verschlang ihn, als wäre er ein Straßenkater. Er hielt den Fisch kopfüber am Schwanz, die Marinade tropfte, und der schuppige Kopf verschwand in seinem Mund.

»Zu Befehl, *matka*. Dann setzen wir uns!«, entschied er.

»Erzählst du uns jetzt von deiner wichtigen Ankündigung?«, fragte ich, brennend vor Ungeduld und Neugier. Ich ließ mich neben ihm auf der langen Bank nieder, die der schlichten Einrichtung einer russischen Bauernhütte nachgeahmt war. Sie alle hatten eine *schöne* oder *rote Ecke.*

»Noch nicht. Später. In meinem Arbeitszimmer, wenn auch Petruschka, Ostermann und Menschikow angekommen sind.«

Anuschka und ich sahen uns erstaunt an. Petruschka sollte nach Peterhof kommen? Das war unglaublich. Gewöhnlich verabscheute der Zar den Anblick seines einzigen Enkels und wünschte sich, dass der Erdboden ihn verschluckte. Wir hatten unseren jungen Neffen seit Alexejs Tod vor einigen Jahren nicht mehr gesehen. Der arme Junge wuchs weit entfernt von uns auf. Jeden Tag seines Lebens wurde er dafür bestraft, unseren Halbbruder, den Verräter Alexej, zum Vater gehabt zu haben. Vaters Ankündigung musste also in der Tat wichtig sein. Sogar sein engster Freund, Fürst Alexander Danilowitsch Menschikow, und sein angesehenster Berater, der Vizekanzler Graf Ostermann, waren anwesend.

Es *musste* sich einfach um meine Verlobung mit Louis handeln, dem König von Frankreich. *Später,* hatte Vater gesagt. Wie stets war sein Wort Befehl, doch wie sollte ich mich noch gedulden? Es war unmöglich. Endlich sollten alle meine Träume wahr werden. Aber bis dahin musste ich mich beruhigen und mich der Ehre würdig erweisen, die Vater mir erwies. Ich sollte Königin von Frankreich werden. Wir aßen, lachten und redeten, und mir wurde warm vor Liebe und Stolz auf die Menschen, die mir am nächsten standen. In Monplaisir waren wir weder die kaiserlichen Romanows noch die Herrscher aller Russen. Hier waren wir einfach eine glückliche Familie, die ihr Zusammensein genoss.

11. Kapitel

Anuschka und ich überquerten das Schachbrettmuster der Terrasse vor dem Schloss, als ich eine Bubenstimme rufen und sich vor Aufregung überschlagen hörte. »Lisenka! Anuschka!«

Ich drehte mich um. »Petruschka! Er muss gerade angekommen sein.«

Anuschka und ich sahen uns an – ich spürte, dass sie meine Gedanken teilte. Wir lebten hier wie jeden Tag umgeben von unermesslicher Pracht, trugen nur die feinsten Stoffe, und die Liebe unserer Eltern überzeugte uns an jedem Tag von unserer Wichtigkeit auf dieser Welt. Wie sollten wir ihn, ein Waisenkind und einen Jungen, begrüßen, dessen eigener Großvater sich wünschte, dass er vom Erdboden verschluckt werden sollte? Niemand konnte sich erinnern, wann Vater Petruschka zuletzt gesehen oder ihm auch nur irgendwelche Aufmerksamkeit geschenkt hatte. Ich wusste nicht, was ich tat, doch ich öffnete meine Arme weit. Schließlich tat es niemand sonst für Petruschka, meinen dünnen kleinen Neffen.

»Ich fange dich auf, kleiner Bär!«, rief ich und nannte ihn bei dem Spitznamen, den er als Säugling gehabt hatte.

»Lisenka, ich wusste, dass du da bist!« Endlich. Am

anderen Ende der Terrasse befreite sich ein schlaksiger Junge von der gebeugten Gestalt seines Lehrers, des Vizekanzlers Graf Ostermann. Mit seinen gichtgeplagten Gliedern folgte der Deutsche dem Kind mit langsamen Schritten.

Petruschkas schmales Gesichtchen zersprang förmlich vor Lachen und Freude, als er auf mich zuflog. Das lange Haar flog und wirbelte ihm wie ein dunkler Heiligenschein um den Kopf. Ich fing ihn auf. Er jubelte so laut, dass ihm die Sommersprossen auf der langen dünnen Nase schier in die bernsteinfarbenen Augen sprangen.

»Hab dich, Petruschka!«, keuchte ich. Mein Neffe war gewachsen, seit ich ihn zum letzten Mal gesehen oder gehalten hatte… oder seitdem ihn irgendjemand von uns gesehen hatte. Er schmiegte sich an mich, wie um meine Nähe und Zärtlichkeit so lange als möglich auszukosten. Es war so, als ob ein Siegel Wachs in sich aufnähme. Mit seinen zehn Jahren war er bereits fast so groß wie ich. Er sah Alexej erschreckend ähnlich. Wie sollte Vater seinen Anblick ertragen?

»Ich bin so glücklich, hier zu sein«, seufzte Petruschka und legte den Kopf in den Nacken. Im hellen Sommerlicht war seine Haut von schier durchsichtiger Blässe. »Sankt Petersburg wird von Millionen von Fliegen heimgesucht, und die Newa ist sumpfig und stinkt zum Himmel. Sowohl der Sommer- als auch der Winterpalast sind unerträglich stickig. Ich kann kaum atmen, wenn ich dort sitzen und lernen muss.«

Ich dachte an die Vertrautheit und Freude meines Morgenmahls in der Küche von Monplaisir. Petruschka hatte weder eine liebende Schwester noch eine warmherzige Mutter oder einen stolzen Vater. »Wie schön, dich zu sehen«, sagte ich und küsste ihm die Wange, um alle erlittene Einsamkeit und Zurückweisung wiedergutzumachen. »Lass uns zusammen etwas unternehmen, solange du hier bist! Das soll dir die Spinnweben aus dem Kopf pusten. Wenn du willst, reiten wir am Morgen, und am späten Nachmittag segeln wir«, schlug ich vor. »Das Netzwerk aus Kanälen in dieser Gegend ist einmalig. In kürzester Zeit wirst du zum Kapitän befördert und besitzt dein eigenes Boot.«

»Wirklich? Ein Kapitän? Das wird Großvater gefallen«, staunte er, und die Hoffnung in seiner Stimme schmerzte mich. Ehe Petruschka Vater gefiel, würde es schwarz schneien. Petruschka focht eine im Voraus verlorene Schlacht. »Verspottest du mich auch nicht?« Er musterte mich prüfend.

»Warum sollte ich das tun? Wie kommst du darauf?«

»Graf Ostermann meint, ich soll nur ihm trauen.«

Ich ergriff seine Hände, und wir standen fast auf Augenhöhe, weil er so sehr gewachsen war. Sollte er wie Vater ein Riese werden? Vielleicht erteilte der so empfindliche Vizekanzler Petruschka eine gute Lektion. Sogar Vater und Mutter hüteten sich, den im fernen Bochum als Pfarrerssohn geborenen Grafen Ostermann zum Ziel ihrer vielen ausgefallenen und derben Streiche zu machen. Beamte, die seine Anfragen verzögerten, oder Höflinge, die seine Politik infrage stellten, fanden sich schnell auf einem Schlitten nach Sibirien wieder. In der Nähe des Polarkreises konnten sie sich über ein Jahr mit Tagen völliger Dunkelheit oder ewigen Tageslichts beklagen, ohne jemals gehört zu werden. Der französische Gesandte de Campredon hatte Ostermann einen Jahresvorrat an bestem Cognac geschickt. Die Lieferung war ihm zurückgesandt worden, ungeöffnet … und schlimmer noch, eine der Flaschen war beim Transport zerbrochen.

»Aber du hast ihn doch mit nach Peterhof gebracht. Das ist lobenswert.«

»Er hat mich hergebracht, nicht umgekehrt. Aber ich will dir ein Geheimnis verraten.« Er erhob sich auf Zehenspitzen. »Siehst du die Fische dort in Großvaters großem Brunnen?«, flüsterte er, und wir spähten beide zu dem Becken hinüber, wo die orangefarben und weiß gefleckten Rücken der mächtigen Zierkarpfen aus dem Wasser ragten, um gleich darauf in einer raschen Wendung wieder zu verschwinden. »Ostermann ist genau wie sie.«

»Flüstere nicht!«, raunte ich selbst. »Das ist unhöflich.«

Er kicherte.

»Unsinn!«, fügte ich hinzu. »Ostermann würde uns leider niemals so gehorchen, wie die Fische es tun. Vergangenes Jahr haben Anuschka und ich sie so weit abgerichtet, dass sie kommen und sich füttern lassen, wenn wir eine silberne Glocke läuten.«

»Wunderbar!«, staunte Petruschka. »Darf ich sie später auch füttern?«

»Was immer du willst. Solange ich hier bin«, erwiderte ich vorsichtig. Denn wer wusste das schon? Vielleicht musste ich bald nach Versailles abreisen, und das Zusammenstellen einer königlichen Aussteuer, die den Bourbonenhof beeindrucken sollte, war keine Aufgabe, die auf die leichte Schulter zu nehmen war. Petruschka leere Versprechungen zu machen wäre niederträchtig gewesen. »Aber warum vergleichst du Ostermann mit den Fischen dort im Brunnen?«

»Sieh ihn dir doch an! Die hervorstehenden Augen und die wächserne Haut. Vor allem aber ist er ebenso warm und lustig wie sie.«

»Aber schmeckt er auch so gut? Lass mich an ihm knabbern ...«

»Nein, bloß nicht!«, quietschte Petruschka und zeigte dabei seine fehlenden Vorderzähne. Der Anblick wärmte mir das Herz. Der älteste Sohn, den ich dem König von Frankreich schenken wollte, der Dauphin, sollte so schlau und lustig sein wie er hier.

Da trat Ostermann zu uns, verneigte sich und legte eine Hand auf Petruschkas Schulter.

»Komm, mein Junge!« Vater hatte Petruschka bei seiner Geburt keinen Titel zugestanden, weder Zarewitsch noch Fürst aller Russen. Ostermann wirkte angespannt. Es kam so selten vor, dass Vater seinen kleinen Enkelsohn und einzig verbliebenen männlichen Romanow-Erben zu sich rief.

»Willkommen, Graf Ostermann! Danke für die Aufmerksamkeit und Mühe mit unserem Neffen.« Anuschka lächelte den Vizekanzler an. Wir wussten, dass Petruschkas Überleben von der schwankenden Gnade Vaters abhing. »In Vaters neuem Russland hat das Lernen wohl nie ein Ende.«

»Mein ganzes Streben gilt ausschließlich dem Gefallen des Zaren«, erklärte der Deutsche mit strenger Miene. Für das Treffen hatte er seine Garderobe mit großer Sorgfalt zusammengestellt. Dank der karmesinroten Jacke und der weichen Reithose aus Ziegenleder der kaiserlichen Garde wirkte er größer und muskulöser, als er tatsächlich war. Dabei hatte er weder jemals im Feld gestanden noch bewegte er sich auf andere Weise als in seiner Sänfte, seiner Kutsche oder auf einem Schlitten fort. Ein gutes Dutzend Orden schimmerten auf seiner schmalen Brust, doch den Ehrenplatz besetzte die Brosche mit dem Porträt meines Vaters, welche am blauen Band des Andreas-Ordens feststeckte, Russlands höchster Auszeichnung. Das Bild war mit Diamanten gefasst, und die Steine funkelten in der Sonne. Hatte er sich so elegant gekleidet, um meine Verlobung zu feiern? Die Vorstellung stimmte mich ihm gegenüber freundlicher. Er aber hielt den Blick vorsichtig gesenkt. Petruschka hatte mir erzählt, dass für Ostermann die Augen Verräter unserer Gedanken und Gefühle waren. Diese Lektion war an Petruschka verschwendet, denn er strahlte mich offen und vertrauensvoll an, während Ostermanns überraschend knotige Finger dem Buben über das lange dunkle Haar strichen. »Sollen wir gehen? Der Zar erwartet uns«, sagte er.

Petruschka schenkte mir ein letztes bedauerndes Lächeln, ehe er uns voran mit Ostermann auf den großen Palast zuging. Der Tutor passte seinen Schritt so gut wie möglich dem Hüpfen und Springen des Jungen an, ließ eine Hand aber weiterhin auf Petruschkas Schulter ruhen. Mit der anderen stützte er sich auf seinen diamantbesetzten Ebenholzstock mit dem elfenbeinernen Knauf. Ich sah ihnen nach. In Ostermanns grauen Augen entdeckte ich ein für ihn ungewöhnliches Gefühl ... wahre Zueignung und Zärtlichkeit für Petruschka.

»Wie umsichtig von Vater, dass Petruschka meine Verlobung mit dem König von Frankreich bezeugen wird!«, sagte ich zu Anuschka.

»Oh, Lisenka! Bitte sei nicht enttäuscht, wenn es einen anderen Grund für unser heutiges Treffen geben sollte.«

»Weshalb? Worum kann es sich denn sonst handeln?«

»Du selbst hast dich erst vor wenigen Wochen in Großvater Alexejs Thronsaal gefragt, wer Vaters Erbe sein soll. Erinnerst du dich nicht? Es war am selben Tag, als wir…« Sie hielt inne, als ich ihr flehend und verbietend den Finger auf die Lippen legte.

»Nicht«, flüsterte ich. Ihre Worte raubten dem Tag alles Licht.

»Oh, Lisenka, seitdem schlafe ich kaum noch!«, stieß sie hervor, und die Worte drangen ihr wie gegen ihren Willen aus dem Mund.

Ich legte mir die flachen Hände auf die brennenden Wangen, schüttelte den Kopf und hielt nur mit Mühe meine Tränen zurück. »Es tut mir so leid. Es ist alles meine Schuld.«

»Nein, das darfst du nicht denken! Es war Schicksal. Sei still jetzt, bitte…« Sie holte tief Atem, um sich zu sammeln. »Aber im Ernst, weshalb sollte Petruschka plötzlich in Peterhof erscheinen? Errätst du es nicht? Wer, wenn nicht er soll den Thron erben, wenn Vater einmal…« Sie hielt inne, um kein Verbrechen zu begehen, das der Blasphemie gleichkam: an des Zaren Sterblichkeit zu erinnern.

Ich sah zum Schloss hinüber, wo zwei Lakaien Ostermann und Petruschka die schweren Doppeltüren öffneten. Natürlich. Vater tat endlich das einzig Richtige. Er hieß Petruschka endlich im Schoß der Familie willkommen… seiner und unserer Familie. Damit erkannte er dessen Anspruch auf den Thron aller Russen an. Doch statt Enttäuschung überkam mich eine Welle der Zärtlichkeit. Petruschka war mein Fleisch und Blut. Wer ihm Schaden zufügte, fügte mir Schaden zu. Ich wollte ihn beschützen, mochte es kosten, was es wollte.

»Nun, auch das ist ein Grund, zu feiern und fröhlich zu sein. In wenigen Augenblicken hat Russland einen neuen Erben«, verkündete ich tapfer.

Anuschka lächelte. »Das liebe ich so sehr an dir. Dein Herz ist so groß wie dein Mundwerk.«

»Wirklich? So groß?«, kicherte ich und bemühte mich, meine Enttäuschung zu verbergen.

»Noch viel größer«, lachte sie und öffnete die Arme, als wolle sie die ganze Welt umarmen. Ich flüchtete mich in ihre Zärtlichkeit und ihre Nähe. »Nur das beste Schicksal soll dir zuteilwerden, kleine Schwester Sonnenschein.«

Ich legte Anuschka einen Arm um die Taille, und wir folgten Petruschka und dem Grafen Ostermann. Was wollte uns Vater verkünden? Anuschka hatte recht. Mehr als alles andere, selbst als die vorteilhafteste außenpolitische Verbindung, brauchte Russland endlich einen rechtmäßigen Erben, einen Zarewitsch.

12. Kapitel

Licht flutete durch die Fenster der zweigeschossigen Porträthalle im Schloss und wärmte die majestätische Kühle. Die vergoldeten Stuckverzierungen an den hohen Wänden schimmerten wie ein Sonnenaufgang um die zahlreichen Gemälde, die Vater aus Italien, England, den Niederlanden und Frankreich bestellt hatte. Sie hingen dicht an dicht vom Boden bis zur Decke, wo ich das soeben beendete Werk eines französischen Meisters bewunderte. Es war ein Fresko der vier Jahreszeiten, deren Wohltaten aus den Händen eines griechischen Gottes flossen. Das Füllhorn des Glücks überschüttete mich mit seiner Güte und Großzügigkeit. Was auch immer mich in Vaters Arbeitszimmer erwartete, ich wollte mich Russland gegenüber als würdig erweisen. Es war richtig, Petruschka offiziell zum Zarewitsch zu machen. Wenn ich ihn vorher bemitleidet hatte, so war ich nun stolz auf meinen Neffen und die überwältigenden Pflichten, die ihn erwarteten.

Eine salzige Brise füllte das ganz in Eichenholz getäfelte Arbeitszimmer meines Vaters, wobei seine vier Fenster zwischen dünnen Sprossen hindurch einen Blick auf die Weitläufigkeit des Oberen Gartens gewährten. Er war hier ungestört, selbst vom Geräusch plätschernden Wassers der Kaskade, und konnte sich voll und ganz seinen Aufgaben widmen. Die Paneele zeigten in feinsten Darstellungen alles, was Vaters Geist beflügelte, Trophäen und Waffen, Globen und astronomische wie auch nautische Instrumente, die Tierkreiszeichen. Ich entdeckte das meine, den Steinbock, wie auch Musikinstrumente, Blumengirlanden und die Jakobsmuscheln zwischen verbindenden floralen Motiven. Hier, in seinem Arbeitszimmer, lebten beide Welten, die sichtbare wie auch die unsichtbare, friedlich Seite an Seite.

»Da seid ihr ja, Zarewnas«, sagte Vater. Er hatte sich umgezogen und trug nun die flaschengrüne Uniformjacke des kaiserlichen Preobraschenski-Regiments. Das blaue Band des Andreas-Ordens spannte sich über seiner Brust. Die goldenen Knöpfe der Jacke leuchteten ebenso wie die Borte und das Leder seiner Epauletten und die Vielzahl der militärischen Auszeichnungen, die er in den Schlachten des Großen Nordischen Krieges erworben hatte. Dennoch trug er zu dieser feinen Uniform sein altes Paar Stiefel, das er sich als junger Mann durch seine Arbeit als Schreinerlehrling unter dem Namen Peter Michailow auf den niederländischen Werften verdient hatte. Sowohl ihre Spitzen als auch die Sohlen waren unzählige Male repariert worden.

Einen Augenblick lang wartete er mit unbewegtem Gesicht. Seine Autorität erfüllte den Raum, und der Wandel vom liebenden, albernen Vater zum furchterregenden, unberechenbaren Zaren flößte mir Ehrfurcht ein. Sein ganzes Wesen war vom Wissen um seine göttliche Berufung durchtränkt. Wog er Petruschkas Ernennung noch immer ab? Nur um sicherzugehen, ließ ich den Blick rasch über seinen Schreibtisch schweifen.

Lag dort eine Korrespondenz mit dem Bourbonenwappen? Nein, dort lagen nur die üblichen Schriftrollen, Papiere und offene Bücher neben den anderen seltsamen Objekten, die seine Neugier erweckten. Es waren Navigationshilfen, die er in England bestellt hatte, bis zu seltsam geformten Muscheln, die er während seiner morgendlichen Spaziergänge am Finnischen Meerbusen sammelte. Eine ausgefranste Perücke hing an einem halb leeren Krug *kwass,* ein öliger Film schwamm auf der Oberfläche. Die kostbare Augsburger Bronzeuhr mit dem merkwürdig horizontalen Zifferblatt, das an einen Kompass erinnerte, selbst wenn Vater nicht auf See war, tickte leise und stetig vor sich hin. Sie war ein Zeichen seines Denkens und der Worte, die ich hundertmal aus seinem Mund gehört hatte. Nur verlorene Zeit und der Tod konnten nicht rückgängig gemacht werden.

Mutter trat zu uns. In einem Kleid aus violetter Seide war sie wunderschön anzusehen: Spitze schäumte an ihrem Dekolleté und ihren Ärmelsäumen, und ein mit Amethysten besetztes Diamantstirnband brachte ihre Augen noch mehr zum Leuchten. Ihre Locken, die sie halb hochgesteckt, halb offen trug, fielen ihr als üppig glänzende Welle auf die Schultern. Während Vater meist schlicht gekleidet war, wollte er die Damen seiner Familie stets schön, elegant und teuer ausstaffiert sehen.

»Bist du bereit?«, fragte Vater sie zärtlich und wandte sich an Feofan Prokopowitsch, den Erzbischof von Nowgorod, der den Kopf neigte. Mit seinen dunkelbraunen Augen, die wie Spinnen in einem Netz aus Falten saßen, musterte er Anuschka und mich gespannt.

»Dies ist ein wichtiger Augenblick, für euch, für uns und für ganz Russland«, begann Vater, und sein Blick streifte Petruschka, der zusammen mit Ostermann vor dem breiten Kamin stand. Der Junge verneigte sich, und Ostermann ließ seinen Schützling nicht aus den Augen. Sein Blick streifte Petruschkas noch immer kindlich knochige Schultern. Wie hatte er den Jungen auf diesen Augenblick vorbereitet? Petruschkas kleines Gesicht wirkte offen und erwartungsvoll, während Ostermanns Ehrgeiz und sein Stolz spürbar waren, diesen so wichtigen Augenblick nach den langen Jahren sorgfältigster Unterweisung mitzuerleben. Ich sammelte meine Gedanken, um bereit für die bedeutsame Ankündigung zu sein, die meinen jungen Neffen zum Thronerben Russlands erhob.

Vater runzelte die Stirn und grub in der Unordnung auf seinem Schreibtisch herum. Kein Kammerherr durfte sich dort zu schaffen machen, denn sonst fand Vater nichts mehr. Er entdeckte, was er suchte: einen frisch versiegelten *ukas*. Tinte glitzerte auf dem Pergament, und das kaiserliche Siegel leuchtete und war tief in den dickflüssigen purpurroten Siegellack eingedrückt. Ein Lakai goss ihm süßen Tokajer in einen Kelch. Vater trank einige tiefe Schlucke und schmatzte mit den Lippen. »Mit trockener Kehle kann kein Mann das tun, was ich tun muss.« Er lächelte, doch seine Augen blickten ernst, und die Hände zitterten leicht, als sich die Tür noch einmal öffnete.

Ich hob den Kopf.

Fürst Alexander Danilowitsch Menschikow, der beste Freund meines Vaters aus seinen Jugendtagen, betrat den Raum und verbeugte sich vor uns. »Verzeihung, wenn ich zu spät komme«, sagte er und verbeugte sich knapp, um seine Perücke nicht ins Rutschen zu bringen. Sie war so hoch, weiß und lockig wie die eines französischen Herzogs. Nichts an seinem Aussehen verriet seine einfache Herkunft, angefangen von der feinen Spitze an seinem Jabot, der steifen Brokatjacke aus Goldlahn mit den Knöpfen aus Aquamarinen. Laut Mutter hätte der Haushalt eines Leibeigenen wohl ein Dutzend Jahre vom Wert nur eines einzigen Fadens seiner Ausstattung leben können. Dazu trug er elfenbeinfarbene Beinkleider und Schuhe aus feinem, auf Hochglanz poliertem Kalbsleder mit verzierten Silberschnallen. Ganz ähnlich wie Mutter war er aus ärmsten Verhältnissen in die höchsten Ränge der russischen Gesellschaft aufgestiegen. Vater und Menschikow hatten sich als Jungen beim Spielen im Moskauer Vorort Preobraschenskoje kennengelernt. Der Name der Siedlung bedeutete »Verwandlung« auf Russisch. Es war wie ein Omen. Menschikow, Sohn eines Pastetenbäckers, und mein Vater, der sich von seiner Halbschwester, der Regentin Sophia, verfolgt sah, wurden Freunde fürs Leben. Alexander Danilowitsch begleitete Vater auf seinen Reisen nach Deutschland, in die Niederlande und nach England und erwarb sich schließlich den lebenslangen Respekt des Zaren, als er den Schweden in einer Seeschlacht den Sumpf um den Ladogasee abnahm, in dem nur Bären und Wölfe hausten. Dort gründete Vater Sankt Petersburg. Alekascha war unfehlbar und stieg vom Straßenjungen unter anderen Ehren zum Feldmarschall, zum Großmeister des Deutschen Ordens, zum Senator, wie auch Prinz von Russland und des Heiligen Römischen Reichs auf.

Vater grinste. »Spät ist kein Problem, aber sprich noch einmal ohne Erlaubnis, und ich lasse meine Knute auf deinem Rücken tanzen, Alekascha.« Spielerisch hob er die *dubina*, seinen Prügel, der seine Seite nie verließ. Doch dann zwinkerte er und blies Menschikow einen Kuss zu. Ihre Streitigkeiten vergaßen sie immer schnell und feierten umso ausgelassener ihre Versöhnungen. Auch Mutter schenkte Menschikow ein warmes Lächeln. Als sie seinerzeit Kriegsgefangene im russischen Lager gewesen war, hatte er als Erster ihre Schönheit bemerkt.

»Für die Größe und Ehre Russlands nehme ich jede Tracht Prügel gern hin. Oder schlag mich heute für meine Vergehen von morgen«, lachte Menschikow und lehnte sich ebenfalls an den Kamin.

Petruschka starrte sowohl Vater als auch Menschikow an. Ihm musste der Hof wie ein gefährliches und dunkles Labyrinth vorkommen. Ich wollte ihm wo immer möglich helfen, die Machenschaften der anderen zu verstehen.

Menschikow lehnte sich neben Ostermann an den Kaminsims. Der Vizekanzler nahm ihn nicht zur Kenntnis, und Menschikow vergalt ihm dies mit gleicher Münze. Stattdessen zwinkerte er Petruschka zu, bevor er mit seinen Reithandschuhen ungeduldig in die breiten Bauernhände klatschte, so als wäre er gerade erst hoch zu Ross von Oranienbaum, seinem Nachbargut, das Petershof an Glanz und Großartigkeit in nichts nachstand, hierher zu seinem Zaren gejagt.

Kurz und wie gepeinigt schloss Vater die Augen, als Feofan Prokopowitsch seine Panagia umfasste und lautlos zu beten begann. Ich lächelte Petruschka ermutigend zu und war bereit, in den tiefen Knicks zu gleiten, den mein Tanzlehrer Herr Schwartz mich endlos hatte üben lassen.

»Anna Petrowna Romanowa … Anuschka. Elisabeth Petrowna Romanowa … Lisenka. Meine Töchter, die Zarewnas. Gott hat mir einen Sohn und männlichen Erben verweigert, dem ich den Thron anvertrauen kann. Unsere Zeit ist eine Ära großer Veränderungen, für die wir uns bereithalten müssen. Euer Neffe und unser Enkel Petruschka ist noch ein Knabe.« Ostermann schien kaum in der Lage, seine Ungeduld zu meistern. Er wollte die Worte hören, nach denen er sich so sehnte. Und das zu Recht. Petruschka war der einzige überlebende männliche Romanow.

Vater sprach weiter, den Blick auf uns geheftet. »Der Weg vom Spielzimmer zum Thron ist voller Gefahren, Verrat und Not. Ich habe Rat mit Gott gehalten, ehe ich diese Entscheidung traf.« Er nickte sowohl Feofan als auch Mutter zu. Ostermann legte nun auch die andere Hand auf Petruschkas Schulter, und seine Finger spreizten sich schützend. »Diese unendlich schwere Entscheidung«, ergänzte Vater.

Dann trat er um den Schreibtisch herum. Doch statt auf Petruschka zuzugehen, legte er Anuschka und mir die Hände flach auf die Stirn. Seine zierlichen, runden und verhornten Handflächen strahlten Hitze aus. Mutter faltete die Finger zum Gebet, als Feofan eine Litanei anstimmte, die die Entscheidung des Zaren lobte. Seine Stimme war so feierlich wie eine Bronzeglocke. Ein Schauer jagte mir über den Rücken. Ich linste zu Anuschka hinüber, sie aber hielt den Blick gesenkt. »Meine Töchter!«, rief Vater. »Hiermit erkläre ich euch zu Kronprinzessinnen. Dient dem Reich! Wenn Russland nicht groß ist, dann sind auch wir ganz klein.«

Schweiß sammelte sich in meinem Nacken. Das war

unmöglich! Unser Neffe, der letzte männliche Romanow, stand nur einen Arschin von uns entfernt. Ich wollte Petruschka umarmen und trösten. Er sollte sich geliebt fühlen, trotz aller Geschehnisse, die ihm widerfahren waren. Hatte er nur kommen dürfen, um unsere Erhebung zu bezeugen? Menschikow starrte meine Schwester und mich an. Er sah uns wie zum ersten Mal, in einem neuen Licht. Dann betrachtete er Petruschka, stumm, nachdenklich und ebenso überrascht wie wir, was diesem sichtlich missfiel. Petruschka wand sich, die Augen riesig, sein Blick verständnislos. Ostermanns Finger krallten sich in seinen mageren Rücken, als Petruschkas rosiger Kindermund sich zu einem lautlosen »Aber …« öffnete. Doch er gab keinen Laut von sich, während sein Gesicht sich verdunkelte und er Vater voller Enttäuschung und Zorn anstarrte. Feofan Prokopowitsch schenkte Ostermann ein Lächeln und strich sich über den Bart, als wäre es eine persische Katze. Einmal mehr hatte er meinen Vater ermutigt, seine kühnsten Träume wahr werden zu lassen. Kein Wunder, dass die Altgläubigen wie auch der weiße Klerus, die schlichten Landpopen, ihn für seinen Mut und seine Gedanken hassten. Nun, da es getan war, leuchteten Vaters Augen vor Stolz, während er Anuschka und mich ansah. Hinter ihm, unter seinem Schreibtisch, bemerkte ich eine Bewegung. Der Zwerg Juan da Costa rollte sich dort zusammen wie ein Schoßhund. Er hatte die Augen geschlossen und die Fäuste fest auf die Ohren gepresst, so als wolle er nichts sehen und nichts hören. Ich atmete ein, doch es klang wie ein Schluckauf. Feofan Prokopowitsch zeichnete uns jeweils ein Kreuz auf die Stirn. »Möge Gottes Wille euch führen und seine Weisheit euch guten Rat geben, Zarewnas«, sagte er. Sein Blick war so wissend wie die Tausende von Büchern, die auf den Regalen seiner Bibliothek standen.

Ostermanns Hand fiel schlaff von Petruschkas Rücken, und mein Neffe stand allein da, seine Lippen zu einer dünnen Linie zusammengepresst und den Blick gesenkt, um gegen Tränen anzukämpfen. Vater hatte ihn einmal mehr grausam dafür gestraft, als Alexejs Sohn geboren worden zu sein. Kein Wasser dieser Welt wusch ihn von dieser Sünde rein.

»Aber ist die Sitte, den ältesten männlichen Erben zum Kronprinzen zu machen, denn *nicht* Gottes Wille?«, wagte Anuschka zu fragen und warf Petruschka einen verwirrten Blick zu.

Feofan schmunzelte. »Gottes Wille ist der Wille des Zaren«, sagte er bestimmt. »Nur er kennt die Geheimnisse der Herrscherseele.«

Mutter kam auf uns zu und umarmte uns stürmisch. »Meine Töchter sind die Kronprinzessinnen aller Russen!«, rief sie. Wärme und Stolz breiteten sich in mir aus. Vater vertraute uns diese große Ehre an, und ich verstand seine Wahl. Petruschka war noch so jung. Russland brauchte eine Vielzahl von Erben. Plötzlich fühlte ich, dass mich jemand am Rock zupfte. Juan da Costa hielt Petruschkas Hand und führte ihn zu uns. Der Junge verbeugte sich. »Meinen aufrichtigen Glückwunsch, Zarewna Anuschka und Zarewna Elisabeth.«

Ich umarmte ihn und fühlte seinen Atem heiß auf meiner Haut, während er die Arme an den Seiten hängen ließ. »Wehe, du nennst mich jemals anders als Lisenka!«, ermahnte ich ihn, als Menschikow sich von der Wand abstieß, noch immer verärgert, von Vater nicht um Rat gefragt worden zu sein. »Haben wir keinen Champagner zum Feiern? Dieser klebrige Tokajer schmeckt doch wie Pferdepisse, Mijnheer Peter«, sagte er, um seine Erniedrigung hinter einem Witz zu verbergen. Vater lächelte ihn an. Holländisch war ihre Geheimsprache.

»Ostermann, nimm Petruschka mit zurück nach Sankt Petersburg!«, befahl er dann und sah seinen Enkelsohn nicht einmal mehr an. Er hatte ihn weder berührt noch mit ihm gesprochen. Doch statt sich zu verbeugen und zu gehorchen, wand sich Petruschka aus Ostermanns Griff. »Nein! Ich möchte nicht an diesen stickigen Ort zurückkehren. Wofür bestrafst du mich? Ich habe dir nie etwas getan. Wenn mein Vater ein Verräter war, so bin ich es doch nicht. Es ist schön hier. Ich will zusammen mit Lisenka die Fische füttern. Sie hat gesagt, ich kann Kapitän eines Bootes werden …«

Vater wandte ihm den Rücken zu.

Ostermann ergriff Petruschka an den Oberarmen und beruhigte ihn. »Ich habe auch einen Fischteich in meinem Garten. Und wir können zusammen die berühmtesten Kapitäne und Seefahrer der Welt studieren.«

»Nein. Das ist nicht das Gleiche. Lisenka ist lustig, und ich will immer bei ihr bleiben.« Petruschka kämpfte gegen Ostermann an, doch als ich unmerklich den Kopf schüttelte, gab er den Kampf auf. Es war sinnlos. Stattdessen sah er mich so traurig an, dass sich mein Herz zusammenzog. Doch ich konnte ihm nicht helfen. Vater schwieg. Wenn er einst seine Halbschwester Sophia für die Regentschaft in seinem Namen und in dem seines Halbbruders Iwan gehasst hatte, so erhöhte er heute Anuschka und mich über alle Vorstellungen hinaus. Er wandte sich zum Fenster, die Schultern von Fragen gebeugt, und sah hinaus, als würden die Antworten hoch zu Ross mit einem Boten angeritten kommen. Ostermann streckte sein gichtiges Bein gerade, verneigte sich und zog den noch immer protestierenden Petruschka zur Tür hinaus.

Wir warteten, bis ihre Schritte verklungen waren.

»*Starik*«, flüsterte Mutter. *Alter Mann*, ihr Spitzname für ihn. Sie trat an ihn heran und legte seine Hand in einer Bewegung auf ihren Bauch, die mich erröten ließ. »Gott kann uns noch einen Sohn gewähren«, sagte sie beschwörend. Vater nickte nur kurz, und Anuschka und ich sahen uns an. Glaubte Mutter wirklich noch an dieses Wunder?

»In der Tat«, sagte Vater. »Zarewnas, ihr werdet nie über Russland herrschen. Doch ihr könnt das Recht auf die Krone durch die Ehe und die Geburt weitergeben.«

»Ehe? Gibt es Neuigkeiten aus Frankreich?«, fragte ich. »Jetzt, da ich eine Zarewna bin, hat Versailles doch umso mehr Grund, endlich meine Verlobung mit Louis zu beschließen.« Meine Eltern sahen sich an, und Prokopowitsch faltete fromm die Hände.

Schließ die Ehe besser aus, hatte der *leschi* mich ausgelacht. Ich wollte es ihm zeigen!

»Gut Ding will Weile haben«, beruhigte mich Vater, doch in seinem Gesicht zuckte es. Er war wütend über das beleidigende Zögern Frankreichs, und Mutter hob warnend die Brauen. Ich biss mir auf die Lippen. »Du wirst einen französischen oder einen anderen großartigen Ehemann haben, der über ein mächtiges Reich herrscht«, sagte sie.

Ein mächtiges Reich …

Vater küsste ihr dankbar die Finger. Nur sie konnte ihn im Fall eines epileptischen Anfalls beruhigen. Dann klatschte er in die Hände, und die Türen seines Arbeitszimmers öffneten sich. »Kommt!«, rief Vater. »Lasst uns meine Erben feiern! Außerdem habe ich auch noch eine letzte Überraschung für Anuschka und Lisenka. Eine Quelle der Weisheit über das Leben im Ausland als verheiratete Zarewna.«

13. Kapitel

»Tante Pascha!«, rief ich, als die Witwe Zar Iwans das Arbeitszimmer meines Vaters betrat. Seit dem Tod ihres Mannes vor beinahe dreißig Jahren trug sie nur Rußfarben. Als Kind war sie mir vorgekommen wie eins von Vaters Schiffen, das mit gehissten schwarzen Segeln durch den Tag segelte. Ein dunkler, undurchsichtiger Schleier bedeckte ihr schwarzes Haar, das von grauen Strähnen durchzogen und mit einem Dutzend kohlefarbener Perlenstränge geschmückt war, jede Perle dabei so groß wie eine Kichererbse. Ihre dunkle Schleppe war ebenfalls mit schwarzen Perlen bestickt, doch auch deren stumpfer Glanz erhellte Tante Paschas Aussehen nicht. Sie war ein uns bekannter Anblick. Als wir als Kinder Kolomenskoje nach der Heirat unserer Eltern verlassen hatten, waren wir zu Tante Pascha in deren Haus in Ismailowo gezogen. Sie kümmerte sich um uns, wenn Mutter Vater wie ein zweiter Schatten folgte, wohin immer er ging, ob auf Reisen oder auf ein Schlachtfeld.

Die Zeit war nachsichtig zu Tante Pascha gewesen, da Vater sich auf das Großzügigste um alle ihre Belange kümmerte. Seitdem ihre Töchter, die Zarewnas Jekaterina und Anna Iwanowna so gut mit deutschen Herzögen verheiratet waren, fehlte es Pascha an nichts. Eine gut gefüllte Börse und Speisekammer waren der Schönheit einer jeden Frau zuträglich. Ihr rundes Gesicht zeigte kaum Falten, und ihre Sauerkirschaugen prüften uns so kurz und wissend wie damals, als sie uns als Kinder dabei erwischte, wie wir uns mit dem Inhalt ihrer wertvollen Kostümtruhe verkleideten. Tante Pascha unterhielt ihre eigene Schauspieltruppe, aber wir Mädchen sollten uns nicht derart in Szene setzen. Dann knickste sie tief und gurrte: »Zarewnas! Elisabeth und Anna, meine Täubchen, meine Nichten und mein Sonnenschein!«

»Nicht doch, liebste Tante Pascha!«, widersprach ich und wollte ihr gerade entgegenspringen, als ich die Frau auf der Schwelle hinter ihr bemerkte. Ihr reich besticktes Kleid mit seiner Zyklamfarbe kam mir bekannt vor. War das nicht eine meiner abgelegten Roben aus Sankt Petersburg? Es hing ihr locker am mageren Körper, und an ihrer Kopfhaut entdeckte ich kahle Stellen. Strähnen ihres schwarzen Haars waren ihr ausgerissen worden. Die Haut um ihre dunklen Amselaugen schien wund, und ihr ganzes Gesicht war wie von einem schweren Sturz mit Blutergüssen und Kratzern gezeichnet. Anuschka sog scharf den Atem ein. Die Frau hörte sie, und ihre verkniffenen Lippen teilten sich zu einem spöttischen Lächeln. Wir wichen zurück, stießen aber gegen Mutter, die wie eine Mauer hinter uns stand und uns der Fremden entgegenzwang. Der waren einige Zähne ausgeschlagen worden, und sie zeigte ihre Zahnlücken. »Wie seid ihr gewachsen, meine Cousinen!«, sagte sie.

14. Kapitel

Anuschka und ich tauschten einen raschen Blick, in dem sich Überraschung, Zweifel und Besorgnis mischten. Cousinen? In ihrem Haus in Ismailowo hatte sich Tante Pascha mit einem Hofstaat aus heiligen Narren, verlotterten Bettlern, verlausten Wegelagerern und allen anderen nur möglichen Streunern und Blutsaugern umgeben. Sie speiste und kleidete sie und brachte sie unter, wie es in den alten Tagen Tradition war. Das Lumpenpack floh heulend vor Angst und Schrecken, wenn Vater zu Besuch kam. Diese Frau hier war vielleicht eine Ausnahme von der Regel. Welch arme Kreatur! Sie sah aus, als wäre sie aus einer Kutsche gestürzt und von den Zügeln mitgeschleift worden. Ich wollte sie, wie es Brauch war, mit Mitleid und Freundlichkeit begrüßen, als ich ihrem Blick begegnete, der vor Feindseligkeit nur so troff. Sie nahm alles in sich auf, mein gelbseidenes, nach neuester französischer Mode geschnittenes Kleid, dessen Korsage eng anlag und dessen Rock vor Kristallen nur so glitzerte. Unzenweise waren Gold- und Silberfäden mit zierlichen Händen und dünnen Nadeln beim Besticken der Robe in den Stoff eingewoben worden. Im Dämmerlicht des Arbeitszimmers schimmerte der Goldlahn neben den zahllosen Perlen und Kristallen wie Sonnenlicht. Elle um Elle Lyoner Spitze säumte meine Ärmel, den Rock und meinen Ausschnitt.

»Seht doch nur, wer aus ihrem Herzogtum in Mecklenburg zurück ist! Meine Tochter, eure geliebte Cousine Jekaterina Iwanowna«, sagte Tante Pascha.

Ich konnte mich nicht beherrschen und rang nach Luft. War dies eine meiner Cousinen, die meine Schwester und ich noch vor wenigen Wochen um ihr Eheglück beneidet hatten? Ehe wir uns von unserer Überraschung erholen konnten, drehte sich Jekaterina um. »Nun komm schon und begrüß deine Familie! Um Himmels willen, grapsch nicht nach meinen Röcken! Deine Finger sind schmutzig.« Hinter ihrer mageren Gestalt verbarg sich ein blasses junges Mädchen, das sich mit wirklich recht schmuddeligen Händchen an Jekaterinas Kleid klammerte. Ja, es war tatsächlich eine meiner abgelegten Roben! Die schrägen dunklen Augen standen der Kleinen wie Satzzeichen in dem merkwürdig runden und leeren Gesicht. Sie erinnerte mich an die Maus, die ich in meinem Schlafzimmer in einem Käfig hielt, nur wurde mein Haustier besser gefüttert und gepflegt. Das Mädchen starrte uns alle erstaunt und erschrocken an. Auch meinen Riesen von Vater, der an der Fensterbank lehnte. Genauso wie meine Mutter, die wie eine Schmuckschatulle funkelte. Ihre Großmutter, meine Tante Pascha, die erwartungsvoll die Arme verschränkte. Menschikows nachdenkliche Miene und schließlich Feofan Prokopowitsch, der höflich den Kopf neigte.

Jekaterina und das Kind knicksten tief, und wir sahen die kahlen Stellen auf der Kopfhaut meiner Cousine nur allzu deutlich. »Ich bin wieder da, liebster Onkel«, sagte sie zu Vater. »Mein Mann ließ leider sehr zu wünschen übrig.« Sie bot ihr versehrtes Gesicht geschickt dem hellen Licht dar. Mein Vater kaute auf der Unterlippe und begutachtete die schlimmen Wunden und ihre Erscheinung. Das Haar sollte ihr wieder wachsen. Wir konnten sie bei Hof aufpäppeln und möglicherweise sogar ihre ausgeschlagenen Zähne ersetzen, irgendwie. In der Deutschen Vorstadt gab es alles, auch Elfenbeinschnitzer. Es würde sich eine Lösung finden, wie immer. »Herzlich willkommen zu Hause, Jekaterina Iwanowna, meine liebe Nichte! Und wer ist das?« Vater betrachtete das Kind, das ebenfalls knickste und die demütige Haltung der Mutter nachahmte.

»Dies? Dies ist der Sohn und Erbe, den ich dem Herzog zu seinem Missfallen nicht geschenkt habe«, erklärte Jekaterina. »Meine Tochter Christina, Zarewna von Mecklenburg. Ich hoffe, dass sie hier als Romanow erzogen wird.«

Tante Pascha lächelte meine Mutter erwartungsvoll an. Selbst als Witwe eines Zaren musste sie dafür sorgen, dass ihre Schäfchen vor dem Wolf Schutz fanden.

Mutter nahm das Stichwort mit der ihr eigenen Liebenswürdigkeit wahr. »Aber natürlich. Endlich kann ich mich erkenntlich zeigen, dass du dich so lieb und großzügig um meine Töchter gekümmert hast. Zarewna Christina wird als jüngere Schwester Anuschkas und Lisenkas aufwachsen, wenn dies dein Wunsch ist.«

Anuschka und ich beugten uns gehorsam zu Christina hinunter und küssten sie auf beide Wangen. Ihre Haut und das Haar rochen nach Kampferseife, die Läuse und Nissen in Schach halten sollte, und wir strichen ihr über das schwarze Haar, das sie ebenso wie ihre Gesichtszüge eindeutig als Mitglied von Tante Paschas Familie auswies, dem mächtigen Haus Saltykow. Ich überlegte, was ich Freundliches zu Jekaterina sagen sollte, als eine Frau neben Tante Pascha erschien. Zuerst wich ich entsetzt zurück, beruhigte mich dann aber, als ich sie erkannte. Es war nur Maja, die Kammerzofe meiner Tante. Die arme Kreatur war mit einer Hasenscharte geboren worden, eine schreckliche Strafe des Schicksals. Die Haut zwischen ihrer dünnen Oberlippe und ihren breiten Nasenlöchern war wie nach einem Schnitt offen und zeigte ihr Zahnfleisch und die gelben Zähne. Maja war bereits Tante Paschas Zofe gewesen, als unser Onkel Zar Iwan sie zu seiner Braut machte. Seine Minister führten ihn damals im Facettensaal des Kreml an einer langen Reihe schüchterner, unschuldiger Bojarentöchter vorbei. Er gab Tante Pascha vor allen anderen den Vorzug.

»Zarewna«, lispelte Maja und knickste.

»Maja«, rief Anuschka. »Wie schön, dich zu sehen! Ich erinnere mich, wie du uns immer mit heißer Schokolade aus Spanien getröstet hast, wenn wir nach Mutters Abreise geweint haben.«

»Das stimmt«, mischte ich mich ein. »Und mich hast du zum *Wolfshaus* in Ismailowo geführt, als dort Eisbärenjungen geboren worden waren. Außerdem kanntest du jeden Weg in dem Labyrinth in Ismailowo. Welches Glück, sich um drei Generationen von Romanow kümmern zu dürfen! Tante Pascha, Jekaterina und nun die kleine Christine. Hier in Russland sollten wir sie allerdings Christina nennen.«

Maja wurde rot. »Zu gütig, Zarewna, dass Ihr Euch überhaupt an eine so unwichtige Frau wie mich erinnert. Es wird mir eine Freude und Ehre sein, auf Ihre Hoheit aufzupassen.« Sie lächelte Christina an, die jedoch entsetzt zurückwich.

»Möchtest du auch eine heiße Schokolade?« Maja ging nicht auf Christinas Unhöflichkeit ein, denn sie erlitt sicherlich jeden Tag tausendmal Schlimmeres. Das Mädchen versteckte sich hinter ihrer Mutter, lugte aber hervor und hob die Finger zum Zeichen gegen den bösen Blick. »Hexe«, zischte Christina auf Deutsch. »Böse, böse Hexe.«

»Was sagt sie?« Tante Pascha runzelte die Stirn.

Jekaterina zuckte die Achseln. »Nichts als die Wahrheit. Sie nennt Maja eine böse Hexe.«

Maja errötete, und Tränen glänzten in ihren Augen.

»Geh!«, sagte Tante Pascha, und die Magd floh.

»Welch wundervolles Familientreffen!«, rief Mutter. »Lasst uns feiern! Wer als Einzige fehlt, liebe Pascha, ist deine andere Tochter, Anna Iwanowna. Das ist der Nachteil dieser wunderbaren Eheschließungen. Zu schade, dass Anna nicht hier ist!«

»Wie geht es Anna in ihrem Herzogtum von Kurland?«, fragte Vater, während Juan da Costa zusammen mit Christina im Kreis sprang. Er zog die Oberlippe hoch und ahmte Maja nach, was das Kind zum Kichern brachte, ehe er an ihrem Kleid zupfte, davonrannte und sie zum Fangenspielen aufforderte.

»Wie es ihr geht? Erstattet sie dem Zaren, ihrem liebsten Onkel, denn keinen Bericht, wie es ihre Pflicht wäre?«, schnurrte Tante Pascha.

»Doch, leider«, seufzte Vater. »Meistens will sie nur mehr Geld, für sich und ihren Staat.«

»Aha, Anna ist also wie immer eine Schande für ihr Haus!«, schnaubte Tante Pascha. »Ich muss mich für das Verhalten meiner faulen Tochter entschuldigen. Gerade hat sie eine Affäre mit einem ehemaligen Pferdeknecht begonnen. Ich habe seinen Namen vergessen. Brinn... Bronn oder so ähnlich. Er lebt mit ihr im Palast.«

Anuschka und ich sahen uns entsetzt an. War es nicht schlimm genug, dass Jekaterina ihren Ehemann, ihren Palast und ihr Herzogtum verlassen hatte? Tante Paschas zweite Tochter, unsere Cousine Anna Iwanowna, lebte mit einem Pferdeknecht zusammen statt mit ihrem Mann, dem Herzog von Kurland? Was bedeutete das? Der Gedanke an jeden näheren Kontakt mit solchen haarigen, stinkenden, verschwitzten und groben Kerlen war unerträglich.

»Ein Pferdeknecht? Sie ist wahrhaftig Anna Iwanowna, die Schreckliche«, kicherte Juan da Costa. Er ließ Christina mitten im Spiel stehen. Das Kind beobachtete lachend und mit roten Wangen, wie Juan da Costa wiehernd umherhüpfte und in die Hände klatschte, um das Geräusch von Hufen zu imitieren.

»Benimm dich, Christina! Hinaus mit dir, du elende Kreatur!«, schimpfte Tante Pascha und trat den Narren treffsicher in den kleinen Hintern. Auch wenn sie selbst ihre Tochter Anna Iwanowna tadeln durfte, so stand das ihm, einem Narren und Kobold, gewiss nicht zu. »Geh und stopf dir das lasterhafte Maul in der Küche mit Essen voll!«

Juan da Costa lachte und tat so, als fräße er wie ein Schwein, kauend und schluckend, die Augen prall und die Backen voll. »In Russland brauchen wir kein Brot und keine Milch. Wir verschlingen uns stattdessen gegenseitig mit Haut und Haaren.«

»Genug!«, befahl Mutter, und Juan da Costa zog sich wieder unter Vaters Schreibtisch zurück.

»Ich dachte, Anna Iwanowna sei mit dem Herzog in Kurland verheiratet«, wagte Anuschka einzuwenden. Das Eheleben unserer Cousinen Iwanowna war der einzige Hinweis auf unsere Zukunft, auf den wir hoffen konnten. Meine Aufregung vermischte sich mit Zweifel und Angst.

»Das war sie auch.« Mutter tupfte sich die Augen. »Zumindest drei Tage lang. Welche Tragödie!«

»Anna konnte sich glücklich schätzen, nur so kurz unter ihrer Ehe zu leiden. Ich musste fast ein ganzes Jahrzehnt für Russlands Größe bezahlen«, sagte Jekaterina, und ihre Stimme klang spröde.

»Was ist nach diesen drei Tagen mit Annas Herzog geschehen?«, fragte ich.

»Gott sei seiner Seele gnädig«, sagte Tante Pascha und bekreuzigte sich mit drei Fingern. »Der Herzog hatte bei der Hochzeit so viel gegessen und getrunken, dass ihm schlecht wurde, als Anna und er drei Tage nach den Feierlichkeiten abreisten. Er stürzte vom Schlitten, fiel kopfüber in den Schnee und erstickte dort an seinem Erbrochenen.«

»Mein Gott!«, rief ich. »Und Anna kehrte nicht zu dir zurück, Tante Pascha?«

»Nein. Natürlich nicht. Sie regiert Kurland im Namen Russlands«, erklärte Vater.

»Zudem hatte ihr Mann mit ihrer Mitgift bereits seine Spielschulden beglichen. Wer wollte sie denn noch haben?«, lachte Jekaterina bitter. »Dies scheint unter den deutschen Herzögen so üblich zu sein. Obwohl mein Mann alle Rekorde schlägt. Er gab keiner seiner ersten beiden Ehefrauen bei der Scheidung ihre Mitgift zurück. Sie sind ebenso mittellos wie ich.«

Seine ersten beiden Ehefrauen? Anuschka und ich wagten es kaum zu atmen.

»Was ist mit dem Smaragd, den ich ihm zur Hochzeit geschenkt habe? Er war so groß wie eine Walnuss. Und meine Gabe von vierhundert Soldaten, die alle mit Uniformen und Waffen ausgestattet waren?«, erkundigte sich nun Menschikow.

»Den Stein hat er in tausend Teile zersplittert«, antwortete Jekaterina. »Und die Männer wurden im Handumdrehen als ausländische Söldner verkauft.«

»Du willst großzügig wie ein Fürst wirken, Menschikow. Doch du führst Buch wie der Sohn des Pastetenbäckers, der du bist«, rügte ihn Tante Pascha. »Anna hat Glück, Kurland als Zuhause zu haben. Ein Pferdeknecht oder wer auch immer dieser Kerl ist … auf etwas Besseres kann sie nicht hoffen.« Sie schüttelte den Kopf, als wollte sie fragen: *Was habe ich nur falsch gemacht?*

»Wir machen alle Fehler«, sagte Vater achselzuckend. »Weshalb ist Anna Iwanowna das schwarze Schaf deiner Familie, Pascha? Willkommen zurück, Jekaterina! Die Kinder meines Bruders sind auch meine Kinder. Christina wird als Tochter meines Hauses erzogen. Menschikow, hör auf, dich nach solchem Lumpenpack wie deinen sogenannten Soldaten zu erkundigen! Mach dich zur Abwechslung einmal nützlich und hol uns den Champagner, so viele Flaschen, wie du nur finden kannst. Lasst uns auf Anuschka und Lisenka anstoßen!«, befahl er.

»Auf die Mädchen anstoßen?«, schnurrte Tante Pascha, wieder ganz eitel Sonnenschein. »Gibt es denn Neuigkeiten aus Versailles?«

»Nein, noch immer nicht«, räumte ich ein.

»Vater hat uns zu Kronprinzessinnen ernannt«, strahlte Anuschka. »Auch wenn wir nie regieren werden, können wir das Recht auf die Krone aller Russen vererben.«

»Wahrlich ein feiner Titel! Hast du ihn dir ausgedacht, Feofan Prokopowitsch? Wie wundervoll!« Tante Pascha zeigte ihre langen Zähne und erstickte uns fast mit ihrer Umarmung. Der Duft ihrer Kleider nach Myrrhe und Nelken war überwältigend. Sie roch wie eine ganze Woche Jultide. Als ich Atem holte, begegnete ich Jekaterina Iwanownas dunklem Blick. Ich spürte, dass sich ihre Gedanken wie ein eingesperrtes Wiesel drehten und wendeten, als sie die Hand ihrer Tochter umklammerte. Wie sollte ihr Leben in Russland von nun an aussehen? Ich hatte Mitleid mit ihr. Ihr Bett war von anderen gemacht worden, doch sie musste darin liegen. Tante Paschas Stimme klang süß und zäh wie Karamell, als sie wieder das Wort ergriff. »Kronprinzessinnen aller Russen. Ich werde Anna Iwanowna in meinem nächsten Brief gewiss davon berichten. Das wird die ewige Langeweile ihres Lebens in Kurland unterbrechen. Angeblich liegt sie den ganzen Tag faul auf einem Bärenfell und salbt sich den Leib mit Butter.«

»Da braucht sie aber viel Butter«, kicherte Jekaterina.

»Genug gelästert, hier kommt der Champagner!«, rief Vater und nahm Menschikow die Flaschen ab, die dieser sich unter Oberarme und Achseln geklemmt hatte. Ihm folgten zwei Kammerherren, die einen silbernen Bottich herbeischleppten. Er war so groß, dass er der kleinen Christina als Badewanne dienen konnte, und mit gut einem Dutzend weiterer Flaschen gefüllt.

»Auf meine schönen Töchter!«, strahlte Mutter, und alle klatschten und jubelten. Mein wunderbar gefärbter Murano-Kelch brach das helle Licht von Peterhof in zahllose Prismen. Der Champagner schäumte wie ein frivoler Scherz und kitzelte mich in der Nase. Menschikow rülpste, nachdem er das erste Glas in einem Zug geleert hatte. Jekaterina stürzte drei Gläser hintereinander hinunter, als ich meinen Kelch noch nicht zur Hälfte ausgetrunken hatte. Dann ließ sie zwei ungenutzte Kelche mit Goldrand diskret in den Falten ihres Kleids verschwinden. Sie sollten einen guten Preis einbringen. Christina schielte vor Müdigkeit und gesellte sich neben Juan unter Vaters Schreibtisch. Mutter und Tante Pascha sprachen von alten Zeiten. Vater lehnte am offenen Fenster, mit dem Finnischen Meerbusen als Hintergrund. Er zwinkerte mir zu. »Auf deine Gesundheit und auf Russlands Ruhm, Lisenka, mein Küken! Weißt du, dass die Menschen in Versailles mehr Champagner als Blut in ihren Adern haben?«

Meine Liebe für ihn umgab uns wie eine Hülle, die alle anderen ausschloss. Unser Anblick machte Menschikow eifersüchtig. Er hob sein Glas. »Welch eine Entscheidung! Ich trinke auf die Zarewnas. Aber weshalb hast du mich nicht um Rat gefragt?«

»Weshalb sollte ich?«, lachte Vater und zog ihm leicht eins mit der Knute über. »Deines Vaters Name sollte nicht Danilowitsch, sondern Rotzlöffel sein.«

»Auf die Ehre und Größe Russlands, auf immer und ewig«, rief ich und stieß rasch mit ihm an. Mir wurde vor Liebe und Glück ganz warm, als ich so umgeben von Freunden und Familie war. Ich wandte mich um, als Jekaterina mit blassem Gesicht ebenfalls ihr Glas hob. Und plötzlich dachte ich an Anuschkas Frage an mich in Großvater Alexejs Thronsaal in Kolomenskoje.

»Meinst du, sie sind neidisch?«

»Neidisch? Weshalb?«

»Nun, dass Mutter, du und ich heute die ersten Damen des Landes sind, obwohl der arme Zar Iwan Vaters älterer Bruder und auch ein regierender Zar war.«

So konnte jeder Segen zum Fluch werden, und allzu viele Menschen begehrten, was ich besaß.

Ich war die Tochter des Zaren.

15. Kapitel

Der Sommer verging wie im Flug, und im September schlossen wir uns Vater beim Besuch von Riga an, einer Stadt, die Teil der mächtigen Hanse wie auch die ehemalige Hochburg des Deutschherrenordens war. Riga war der Trumpf in seinem neuen Kartensatz. Das westliche Baltikum gehörte nun auf ewig zu Russland. In der Festung Dunamünde brannten die Feuer hoch in den Kaminen der großen Halle. Aus der Küche eilte eine schier endlose Dienerschar im Laufschritt herbei, um eine Tracht Prügel wegen einer zu kalten Speise zu vermeiden. Gaukler schlugen Rad auf den Steinplatten und jonglierten mit glänzenden Holzkeulen. Musikanten spielten, doch ihre Melodien wurden vom Grölen und dem trunkenen Gesang der Gäste übertönt.

»Wer ist denn der Sauertopf dort drüben?«, fragte ich Mutter. Schräg gegenüber saß ein junger Mann, der sich nur noch mit Mühe gerade hielt. Sein schmächtiger Leib wie auch seine Blässe fielen im Kreis schreiender, rotgesichtiger Zecher auf. Er duckte sich, um den umherfliegenden Knochen und Brotstücken auszuweichen, und beschwerte sich, als ihm jemand Wodka über die offensichtlich neue Weste kippte. Die anderen Feiernden stießen ihn an und forderten ihn zum Mitmachen auf, doch er schüttelte nur mit missbilligender Miene den Kopf. Alles in seinem hellen Gesicht war schmal, sowohl die Nase als auch die Lippen und Wangen. Er hatte blassblaue Augen, und selbst seine Augenbrauen und Wimpern wirkten nahezu weiß.

»Das ist Karl Friedrich, der junge Herzog von Holstein.« Meine Mutter leckte träge ihre Finger sauber, die vor Marinade aus Pflaumenschnaps und Honig trieften. Der Koch hatte damit an die dreihundert Hasen eingerieben, ehe er sie stundenlang auf kleiner Flamme geröstet hatte. Das dunkle Fleisch fiel von den zarten Knochen und schmolz köstlich im Mund. »Sieh ihn dir gut an! Er wird Kronprinz von Schweden, wenn sich alles gut fügt.«

»Nach mehr als zwanzig Jahren Krieg gegen Stockholm sitzt der mögliche schwedische Thronerbe an unserem Tisch. Wir leben in einer Zeit voll wundersamer Wendungen«, bemerkte ich und nahm mir eine von den eingelegten grünen Walnüssen. Sie schmeckten köstlich zu dem großen Edamer, der gerade in die Halle gerollt wurde.

»Oh, er soll sich keineswegs damit begnügen, nur an unserem Tisch zu sitzen, sondern noch gewisse andere Hoffnungen hegen«, meinte Mutter und prostete ihm zu, eine Geste, die er mit wohlerzogenem Neigen des Kopfes erwiderte. Dann hob er seinen Kelch in meine Richtung, und sein blasser Blick streifte meinen Hals und meine bloßen Schultern. Ich trug ein wertvolles Smaragdcollier mit passenden Ohrringen. Jeder Edelstein war so groß wie eine Eichel.

Ich nickte ihm kühl zu, denn schließlich war ich so gut wie verlobt. »Was könnte er sich denn sonst noch erhoffen?«

Meine Mutter lachte. »Wie wäre es mit der Hand einer Zarewna?«

»*Einer* Zarewna?«, wiederholte ich spöttisch, während der Herzog dem Mundschenk seine Adlertasse zum dritten Mal hinhielt. Hatte er den geeigneten Magen dafür? Man musste schon Russe sein, um wie ein Russe zu leben, zu essen und zu trinken. »Welche von uns, Anuschka oder ich?«

»Oh, Lisenka!« Mutter küsste mir die Stirn. »Nun sei doch nicht so pricklig.« Ich war stumm vor Erstaunen, sie musste sich täuschen. Unser Preis war höher als nur ein guter Ehevertrag. Wir standen nicht so zum Verkauf wie damals Jekaterina und Anna Iwanowna. Gewiss hatten doch alle Beteiligten aus dem traurigen Schicksal meiner Cousinen gelernt.

Karl Friedrich von Holstein knabberte an den Fingernägeln und leerte seine Adlertasse in einem Zug, sodass ihm der Tokajer vom Kinn tropfte. Ein schmales Hemd von Mann mit unsicherer Zukunft. Ein Mann wie dieser Karl Friedrich von Holstein hätte mich sicherlich nicht dazu bewegt, den *leschi* zu suchen.

»Selbst wenn, ich werde schließlich den König von Frankreich heiraten.«

»Hm, ja. Warten wir's ab. Die Verhandlungen laufen noch immer«, schränkte Mutter ein. »Versailles erwartet, dass du Katholikin wirst. Doch in dieser Frage wird Vater niemals nachgeben.«

Missgelaunt nippte ich an meinem Wein. Ich sollte also diese Jultide nicht als Braut von Louis XV. feiern. Die Musik spielte lauter, und die Musikanten duckten sich, um den fliegenden Kohlrouladen und den mit Stör und Pilzen gefüllten *pelmeni* auszuweichen. Ringsum rutschten Diener in Pfützen aus Wein, Wodka und Erbrochenem aus.

»Lauter, du Nichtsnutz!« Vater schleuderte dem Kapellmeister einen Zinnbecher gegen die Schulter. »Wofür bezahle ich dich? Wir sind hier keine Schweine am Trog. Ich möchte, dass dies ein zivilisiertes Mahl ist.«

Karl Friedrich von Holstein erhob sich, als die Musiker zum Tanz aufspielten. Obwohl er inzwischen berauscht sein musste, ging er noch gerade, aber Gott, war er unscheinbar! Seine Beine waren geformt wie ein Ei, was auch seine hohen, glänzend polierten und offensichtlich neuen Stiefel nicht verbergen konnten. Ein feines Leinenhemd hing ihm von den schmalen Schultern, so als litte er unter einer Trichterbrust.

»Zarewna«, sagte er mit überraschend guter Aussprache und rieb sich die Handflächen am Jackensaum ab. Sicher waren sie klebrig und verschwitzt. Igitt! »Erweist Ihr mir die Ehre eines Tanzes?«

Bitte nicht!, dachte ich. »Was tut man nicht alles für Russland!«, flüsterte ich Mutter trotzdem zu und wollte aufstehen, doch Anuschka kam mir zuvor.

»Ja, sehr gern.« Sie fasste ihren pfirsichfarbenen Damastrock und lächelte strahlend und mit glühenden Wangen, als sie auf Karl Friedrich zutrat.

Der zögerte nur einen Wimpernschlag lang, ergriff galant ihre ausgestreckte Hand und führte sie auf die Tanzfläche.

16. Kapitel

»Elisabeth, hör doch nur!« Anuschka ergriff mein Handgelenk, und ihre Augen leuchteten vor Aufregung. »Klingt das nicht einfach göttlich? So wie, wie …« Entzückt lauschte sie dem Getöse vor den Fenstern des Winterpalastes. Die Musik ging mir gleichfalls durch Mark und Bein und klang so, als würde unsere kleine Nichte Christina aus Langeweile und Wut mit den Nägeln über die Scheiben kratzen. Wie an einem dünnen Silberfaden schwebte die Melodie in der Luft.

»Komm, lass uns einen Blick hinauswerfen!« Ich zog sie ans Fenster. Die Fassade des Seitenflügels leuchtete in der wächsernen Sonne des Winternachmittags. Das Pflaster des Ehrenhofes reflektierte die eisigen Strahlen in den weichenden Tag, und die Kopfsteine leuchteten uns an wie tausend neugierige Augen. Wir reckten den Hals, und die Kälte traf uns wie ein Schlag. Die Musiker wirkten geradezu zwergenhaft, als sie dort am großen Tor standen. Ein eisiger Windstoß hob ihnen die Rockschöße und fror die Lippen am Fagott, an der Klarinette und an der Flöte fest. Die Temperaturen fielen weiter. Dem Paukisten wurden die Arme steif, während dem Cembalospieler die Finger am Elfenbein festhafteten. Er verzog das Gesicht, unfähig weiterzuspielen. Darüber musste ich ebenso lachen wie über jene, die sich hinter den Musikanten stauten. Denn sie wurden an ihrem Tagesgeschäft gehindert und schüttelten nun die Fäuste.

»Bewegt euch, ihr Nichtsnutze!«

»Euch sollte man die Peitsche geben!«

»Verdammte Ausländer, immer überall im Weg!«

»Wie göttlich und so einfühlsam, Lisenka!«, seufzte Anuschka. »Weshalb ist Karl Friedrich von Holstein so überaus bedacht auf mich? Dafür gibt es doch nur einen Grund, nicht wahr? Er wirbt um mich. Und …« Sie zwinkerte mir triumphierend zu. »Eines Tages könnte er König von Schweden sein.«

Als die Musik verklang, nahm der Verkehr durch das große Tor wieder zu. Menschen, Schlitten und Reiter füllten den Platz vor dem Palast. Diener servierten den Musikanten heißen Glühwein sowie Piroggen, die mit getrockneten Beeren und dickem süßem Schmand gefüllt waren. Nach der Kälte und der Arbeit waren alle dankbar für die kulinarischen Aufmerksamkeiten. Ich erkannte in dieser Geste die wohlbedachte Freundlichkeit meiner Mutter. Die Männer kauten und lachten. Zurück in Holstein sollten sie nur das Löblichste über die mögliche zukünftige Schwiegermutter ihres jungen Herzogs berichten.

Anuschka strahlte. »Welche Überraschung! Und wäre ich nicht zufällig hier auf dich gestoßen, hätte ich nichts davon gehört. Jetzt suche ich die *banja* auf. Ein gründliches Schwitzbad und ein kluger Einsatz der Birkenrute werden dafür sorgen, dass meine Haut beim Ball heute Abend umso rosiger ist.« Anmutig hob sie ihre weiten Röcke und glitt seitlich durch eine der Türen, die Vater breiter als jede andere in Russland hatte bauen lassen. Dadurch wurden das formvollendete Schreiten und das

Tragen westlicher Kleidung ermöglicht. Mit einem Blick über die Schulter warf mir meine Schwester mit der flachen Hand noch einen Kuss zu.

Ich nickte. Ja, welche Überraschung! Ich wartete, bis ihre Schritte verhallt waren. Mir war flau, und ich musste mich auf einen niederen, breiten Armsessel sinken lassen, um zu begreifen, was geschah. Erst dann zog ich den Brief aus den Falten meines Kleides. Meine Kammerzofe hatte ihn mir am Morgen zugesteckt, als ich meine schmerzenden Muskeln nach dem Morgenritt mit einem heißen Bad verwöhnte. Der Dampf hatte die Schrift verwischt, merkte ich, als ich ihn mit unsteten Fingern entfaltete.

Zarewna Elisabeth, stand da von offenkundig wohlerzogener Hand geschrieben, die selbst ich gut lesen konnte. *Es ist mir eine Freude, Euch zu einem Konzert der besten Musik einzuladen, die Holstein zu bieten hat. Möge jeder Tag unserer gemeinsamen Zukunft so süß sein wie diese Melodien. Karl Friedrich von Holstein.*

Was betrübte mich, nachdem ich die Zeilen gelesen hatte? War es der Gedanke an Anuschkas Aufregung – Anuschka, meine liebe Anuschka? Ihre Laune erinnerte mich an die unzähligen Schmetterlinge, die die Büsche des Sommerflieders in Peterhof umflatterten. Oder war es die Erkenntnis, dass dem Fürsten seine Worte ganz offensichtlich von einem eifrigen Minister diktiert worden waren?

Ich stand auf, glättete das Papier auf der Fensterbank und faltete es so, wie es mir ein Stallbursche in Kolomenskoje beigebracht hatte. Es sah nun aus wie ein Vogel. Ich zielte und ließ das Briefchen durch den

Raum segeln. Es landete im Kamin, in dem ein helles Feuer brannte. Wirklich ein ausgezeichneter Schuss! Die Flammen griffen nach dem Papier. Mit einem Knistern glühte der Brief erst blau und dann orangefarben auf, ehe er zu Asche zerfiel.

Anuschka sollte nie von dieser Nachricht erfahren.

17. Kapitel

Ob Tante Pascha ihrer Tochter Anna Iwanowna in Kurland jemals über Anuschkas und meine Erhebung zu Kronprinzessinnen schrieb, wusste ich nicht. Auf jeden Fall sahen Mutter und Tochter einander nie wieder. Tante Pascha, die wie immer mit offenem Fenster schlief, wurde krank, als ein kalter Oktober in Sankt Petersburg Einzug hielt. Anfangs hustete sie nur leicht, doch dann erbrach sie Blut. Als ihr Fieber stieg, befahl Vater Jekaterina Iwanowna an das Sterbebett ihrer Mutter. Meine Cousine war mit ihrer Tochter nach Ismailowo gezogen, in das Haus ihrer Kindheit bei Moskau. Sankt Petersburg, so hatte sie wegen ihres verlassenen Ehemannes geunkt, liege immer noch viel zu dicht an Mecklenburg. »Das Ungeheuer kann in nur drei Tagen Gewaltmarsch hier sein und mir den Rest geben, so wie er es mir angedroht hat.« Eine Perücke aus schwarzem Pferdehaar verbarg die kahlen Stellen auf ihrer Kopfhaut, und Vater hatte falsche Elfenbeinzähne für sie schnitzen lassen, die sie am Zahnfleisch befestigte.

In Mitau erfuhr Anna Iwanowna zu spät von dem Leiden ihrer Mutter, um sie noch einmal lebendig zu sehen. Tante Pascha diktierte einen letzten Brief nach Kurland, während sie um Atem rang und von Husten geschüttelt wurde. Sie wollte keinen Groll mit ins nächste Leben nehmen und schrieb: *Meine Beschwerden nehmen stündlich zu. Ich leide so sehr, dass ich am Leben verzweifle. Bete für mich, Anna. Ich habe Dich nie verflucht und vergebe Dir alle Sünden, die Du jemals mir gegenüber begangen haben magst.*

Als Tante Pascha aufgebahrt dalag, entsetzte uns Jekaterina Iwanowna alle mit ihrem Heulen und Wehklagen. Die kleine Christina verbarg sich in meinen Röcken, und ich umarmte sie. Wie konnte sie noch immer so dürr sein? Angeblich stahl sie anderen vor Hunger das Essen vom Teller. Ich bot ihr meine Affen und meine Papageien zum Spielen an, als Paschas Dienstmädchen Maja Stellung am Fuß des Totenbetts ihrer Herrin bezog. Als Christina sie sah, zischte sie auf Deutsch: »Ungeheuer! Fahr zur Hölle!«

»Still jetzt!«, schalt ich sie und brauchte für ihre Worte keine Übersetzung. Sowohl Jekaterina als auch Christina beäugten Maja misstrauisch. Sie flüsterten und schnitten Gesichter. »Soll ich nach dem Priester von Ismailowo senden, damit er am Leichnam der Zaritsa Praskowja Totenwache hält?« Ich nannte Tante Pascha aus Respekt bei ihrem vollem Namen und Titel.

Majas Gesicht war wächsern vor Trauer. »Nein, ich allein wache bei meiner Herrin. Ich diente ihr schon als kleines Mädchen und begleitete sie in den Kreml, wo ihre Schönheit einen Zaren bezauberte. Ich wohnte jeder ihrer Niederkünfte bei. Nun sollen sie meine Gebete ins Jenseits begleiten.«

»Gut, wie du willst.« Ich zögerte kurz. »Und dann? Was wirst du tun? Ich meine, nach ihrer Beerdigung?«

Maja schluchzte auf. Rotz und Tränen tröpfelten durch ihre Hasenscharte. Sie rang nach Atem, und es klang, als schlängen sich Eisenketten um ihr Herz, das immer nur im Dienst für Tante Pascha und ihre Töchter geschlagen hatte. Ich legte die Hand an meine eigene, glatte Wange. Für wie selbstverständlich ich meine eigene Schönheit hinnahm! »Bring einen Krug Wodka herbei und halt ihn gut gefüllt. Ungesäuertes Brot und Salz werden meiner Tante die Reise erleichtern«, befahl ich einem Pagen, als Maja knickste und mir die Hand küsste. Dann kauerte sie zu Tante Paschas Füßen nieder und gab sich ihrer Trauer hin. Zu Beginn weinte sie nur leise, doch dann jammerte sie laut und durchdringend nach Art der Tataren. Mir standen die Haare zu Berge, und ich bekam Gänsehaut an den Armen. Wenn ich schon Nadja in Kolomenskoje nicht vor dem Tod hatte bewahren können, so konnte ich aber wenigstens eine andere treue Seele retten. Nach Tante Paschas Beerdigung in der Sankt-Peter-und-Paul-Kathedrale bezahlte ich Maja die Reise nach Kurland, wo sie sich dem Hofstaat meiner Cousine Anna Iwanowna anschloss.

Ich würde das arme Weib wohl nie wiedersehen.

18. Kapitel

»Lisenka!«, jubelte Petruschka, als ich sein düsteres Studierzimmer betrat. Licht und Sonne strömten mit mir in die kleine Stube. Entzückt ließ Petruschka seine Feder fallen, doch Graf Ostermann sah mit säuerlichem Gesichtsausdruck von seinen Papieren auf und zog sich den Seidenschal enger um den Hals. »Meine Gicht, Zarewna!«, klagte er.

»Luft und Sonne sind gut gegen Gicht, Ostermann!«, neckte ich ihn. Seine Krankheit zeigte sich mysteriöserweise nur dann, wenn es ihm gerade passte, und gern in seiner rechten Hand, was das Unterzeichnen von Dokumenten, die nicht seinen Vorstellungen entsprachen, unmöglich machte. Petruschkas Papiere gehörten eindeutig nicht in diese Kategorie. Der Tisch war mit Karten und Dokumenten bedeckt, die größtenteils in Ostermanns eigener schräger Hand beschrieben waren. Kein Russe schrieb jemals so sauber wie der Vizekanzler.

»Oh, Lisenka! Ich habe jede Nacht gebetet, dass du kommst!«, rief Petruschka und umarmte mich. Wir hatten uns seit der Begegnung in Peterhof nicht mehr gesehen, und er erdrückte mich fast mit seiner Begrüßung, doch ich ließ es geschehen. Obwohl Vaters Abneigung ihn verletzen musste, zeigte er mir alle Liebe und allen Respekt der Welt. Gut, Anuschka und ich waren bereits junge Frauen. Je mehr Erben Russland hatte, desto besser.

»Nun, hier bin ich. Willst du noch immer Kapitän werden?«

Er nickte. »Dann müssen wir warten, bis das Eis schmilzt«, gab ich zu bedenken. Als ich seine Finger von meinen Schultern löste, sah ich die dunklen, tiefen Schatten unter seinen goldenen Augen. Gott, sah der Junge denn nie die Sonne? Vater übertrieb mit seiner Grausamkeit. Weshalb sollte Petruschka für die Sünden seines Vaters büßen? Dass Ostermann ihn überhaupt unterweisen durfte, hatte Mutter durchgesetzt. Aber sicher war es die beste Erziehung nicht wert, wie ausgespuckt auszusehen. »Genug gelernt für heute, Graf Ostermann!«

Sicher trank der Deutsche gleich nach dem Aufstehen von dem harten, faltbaren Feldbett, auf dem er schlief, erst einmal eine Flasche Essig, so sauer, wie er aussah. »Ich nehme Befehle nur vom Zaren entgegen, Zarewna«, sagte er eisig und sammelte seine Papiere ein.

»Das solltest du auch. Du hast meinem Vater alles zu verdanken«, lächelte ich und zog Petruschka mit mir in den Korridor, bevor ich die Tür hinter uns mit meinem Reitstiefel zutrat, Ostermann ins Gesicht. Wir liefen los, doch mein Neffe geriet rasch außer Atem und hustete. Ich sah mich um, als ich auf ihn wartete. In diesem verlorenen Winkel der Bauten meines Vaters kannte ich mich nicht aus. Weder passten die Fenster richtig in die Rahmen, noch war das Dach kundig gedeckt worden. Nach einem Wasserschaden hatten sich die Dielen verbogen, und es zog aus allen Ritzen. Nur weg hier! »Los, wir laufen um die Wette!«, rief ich. »Wer zuerst die Gemächer des Zaren erreicht, hat gewonnen!«

»Dort darf ich nicht sein.« Petruschka hielt mich am Ellbogen zurück, sein Gesicht war noch blasser als sonst. »Der Zar will mich nicht sehen. Er ließ mich nicht mehr zu sich rufen seit … Peterhof.« Bei der Erinnerung an die erlittene Demütigung schluckte er sichtbar. Ich hatte Mitleid mit Petruschka und liebte ihn so sehr, dass ich ihn nicht anlügen durfte. Er erwartete mehr von mir als von den anderen. »Der Zar hat meinen Vater als Verräter hingerichtet«, fuhr er fort. »Aber mein Pate Alexej Dolgorukow hat mir die Wahrheit gesagt. Vater wollte Russland vor den Reformen des Zaren retten, der widerlichen Verwestlichung unseres Landes.« Ich war entsetzt und legte ihm die Hand auf den Mund. »Schweig still! Wo um Himmels willen lernst du solche Ausdrücke? Hör besser auf Ostermann als auf deinen Paten Dolgorukow!«, riet ich ihm. Dolgorukow war der Anführer der Altgläubigen. Wie hatte er sich Zugang zu Petruschka verschafft? »Sag das nie wieder!« Mir wurde schlecht vor Angst um meinen Neffen, sollte jemand ihn so sprechen hören. »Los jetzt! Der Zar muss uns gar nicht sehen. Auf die Plätze, fertig, los!«

Ich stürzte vorwärts, und Petruschka jagte mir nach, kreischend vor Übermut. Seine Schritte echoten hinter mir im Korridor, und unsere wilde Jagd hallte vom Stuck und von den vergoldeten Decken hoch oben über unseren Köpfen wider. Wir rutschten die Treppengeländer hinunter und setzten dann quer über das marmorne Schachbrettmuster der Prunksäle hinweg – »Lass uns hier das nächste Mal Himmel und Hölle spielen!« –, bis wir außer Atem den Raum erreichten, wo Vater seine in ganz Europa zusammengekaufte Kunst lagerte. Sein

Arbeitszimmer lag dahinter, doch es schien verlassen zu sein.

Petruschka und ich rangen nach Luft. »Wie wäre es mit einer Runde Kokolores?« Ich begutachtete die breiten Fensterbänke und die Stühle, an denen Stapel von Leinwänden lehnten. Überall standen Statuen aus der Antike im Weg herum, doch von der Decke hingen drei ausladende Kronleuchter. Wunderbar! Sie sollten mein Gewicht aushalten.

»Was ist Kokolores?«, fragte Petruschka.

»Was bringt Ostermann dir eigentlich bei? Wie kannst du jemals daran denken, Kapitän zu werden, wenn du Kokolores nicht kennst?«

»Derzeit bin ich nicht einmal ein einfacher Matrose. Großvater wollte mich am liebsten als Ballast über Bord werfen.«

»Sag das nie wieder!«

Er zuckte mit den Achseln, doch ich spürte seinen Schmerz und umarmte ihn. »Kokolores kann dir in allen Lebenslagen nutzen. Die Regeln sind einfach. Du musst den Raum durchqueren, ohne den Boden auch nur einmal zu berühren.«

»Den ganzen Raum?« Sein Blick maß das lange Vorzimmer ab.

»Ja, wenn du noch weiter bummelst, musst du hin und zurück in einem Sprung zurücklegen«, kicherte ich. »Los geht's!« Ich sprang auf einen Stuhl. Als ich nach einem Bild daneben griff, um mich am Rahmen festzuhalten, brach meine Hand durch die Leinwand und hinterließ einen scharfen Riss. Es war das Gemälde eines holländischen Malers mit einem unaussprechlichen Namen, Van-dieser oder Van-jener, und zeigte eine Magd im dunstigen Morgenlicht. Mit den Fingern formte ich Hasenohren und wackelte damit um ihr Gesicht herum. Petruschka prustete, als er sich von einer Kommode zu einer vergoldeten Wandlampe schwang. Als er nach den schweren Samtvorhängen griff, trat er eine Statue um. Ein junger Mann, der bis auf geflügelte Sandalen unbekleidet war. Der Marmor brach, und der Kopf ohne Körper starrte mich wunderbar erstaunt an. Jetzt oder nie! Ich hechtete an den Kristallleuchter. Er knirschte unter meinem Gewicht, als ich mit den Beinen Schwung nahm. Das sollte mich zu dem großen Tisch befördern, wo ich auf einem Silbertablett Wodkagläser und Kautabak entdeckt hatte. Von dort aus befand ich mich schon dicht an der Türschwelle.

»Ich gewinne, du Schlafmütze!«, lachte ich, als wir im Gang die Garde aufmarschieren hörten. Ich hing reglos und schwer am Kronleuchter. Es schmerzte in meinen Armen. »Still!«, hauchte ich Petruschka zu. Er kauerte auf dem Fensterbrett, halb von den bestickten Samtvorhängen verdeckt, deren tiefes Karmesin ihn gespenstisch blass aussehen ließ. Wie würde Vater mit ihm verfahren, wenn er ihn hier entdeckte? Ich wollte den Gedanken nicht zu Ende denken. Stattdessen hangelte ich mich auf den Tisch und sprang dann zu Boden, wo ich unter der weiten, runden Tischplatte verschwand. Ich nickte Petruschka zu, und er kroch zu mir, ehe ich die persische Decke, die als Tischtuch diente, zu mir heranzog. Petruschka schmiegte sich an mich, und sein Herz schlug so hart wie das eines kleinen Vogels.

»Niemals umarmt mich jemand«, flüsterte Petruschka gegen jede Vernunft, seine goldenen Augen leuchteten riesig in dem kleinen Gesicht.

»Pst!«, mahnte ich, doch ich legte ihm dabei den Arm um die Schultern. Gerade noch rechtzeitig! Vater, Mutter und Feofan Prokopowitsch durchquerten den Raum in Richtung des kaiserlichen Arbeitszimmers. Auf der Schwelle jagte Vater die Garde davon. »Weg mit euch Lumpen! Dies ist nichts für eure ungewaschenen Ohren.«

»Worum geht es, *starik*?«, fragte Mutter.

»Ich habe eine Entscheidung getroffen wie noch nie ein Zar vor mir«, erwiderte Vater. »Einmal mehr hat Feofan mich dazu ermutigt. Ich will dir für alles danken, was du für mich getan hast. Komm, *matka*...« Die Tür zu seinem Gemach schloss sich.

Was wollte er ihr sagen? In unserem Versteck unter dem Tisch wand Petruschka die schlaksigen Glieder um mich und erinnerte an eine Schlingpflanze, die den starken Stamm einer großen Eiche in Kolomenskoje umschlang. Seine Nase tauchte in meinen Ausschnitt. Wäre er nicht mein Neffe gewesen, hätte ich sein Verhalten für unanständig gehalten. Wie ungläubig schnupperte er an mir. »Du bist so weich«, seufzte er. »Und so warm. Wie bringst du das nur fertig?«

»Ein Mädchengeheimnis«, lachte ich und schob ihn von mir. Er wirkte verloren, als ich aufstand und die Ohren spitzte. Was sagte Vater zu Mutter?

Petruschka folgte mir und legte sich die Hände an die glühenden Wangen. »Ist Kokolores vorbei? Wie immer! Sobald ich jemanden mag, geht er weg.«

»Es tut mir leid«, sagte ich und begutachtete den Schaden, den wir verursacht hatten.

Da stieß Mutter in Vaters Arbeitszimmer einen überraschten Ruf aus. Wie zeigte Vater ihr seine Anerkennung? Ich brannte vor Neugierde. Wer wusste, was ihm noch einfiel, nachdem Anuschka und ich schon Kronprinzessinnen waren?

»Darf ich?« Petruschka setzte die Karaffe Wodka an die rosigen Kinderlippen und schluckte so hastig, dass der scharfe Branntwein ihm links und rechts über das Kinn lief.

»Schluss damit, Petruschka!«, ermahnte ich ihn und nahm ihm die Karaffe ab.

»Jetzt kann ich wenigstens Ostermanns Gesicht wieder ertragen«, seufzte er und schob sich noch einen Streifen Kautabak unter die Oberlippe. Wie ekelhaft! Wer hatte ihm das beigebracht? Ostermann hätte ich für vieles die Schuld geben können, aber gewiss verführte er Petruschka nicht zum Laster. Petruschka, dessen langen Fingern nichts Kindliches mehr anhaftete, als er meine Hand umklammerte und wir schweigend zu seiner Stube zurückkehrten. Er saugte ebenso geräuschvoll wie nachdenklich am Tabak. An der Tür angekommen, erhob er sich auf Zehenspitzen und umfasste mein Gesicht mit beiden Händen. Ich fuhr zurück. Sein Zahnfleisch war vom Tabak blutrot gefärbt.

»Versprich mir eins, Lisenka!« Seine Augen waren glasig. »Versprich mir, mich immer zu lieben! Versprich, mich niemals zu verlassen!«

»Aber ja doch«, versicherte ich ihm und befreite meinen Kopf mit einem Ruck aus seinem Griff. »Wir werden noch mehr Spaß haben.«

»Womit?«

»Mit allem Möglichen! Jagdausflüge im Frühjahr, Picknick im Sommer, Pilze sammeln im Herbst, Schlittschuhlaufen im Winter.«

»Wenn du jemanden mehr liebst als mich, bestrafe ich ihn«, beteuerte Petruschka, und sein Blick wog schwer wie Blei.

»Jawohl! Auf den ungefetteten Pfahl mit dem Kerl!«, neckte ich ihn und schob Petruschka zurück in die Studierstube. Ostermann aber war verschwunden. Als Vizekanzler von Russland hatte er zugegebenermaßen Besseres zu tun, als die Fliegen an der Wand zu zählen.

An jenem Nachmittag hatte ich Petruschka aus Mitleid aufgesucht. Doch sicher beobachtete der *leschi* uns durch einen Schleier aus Schwefel. Sah der böse Geist voraus, welche Kräfte meine Familie und unser ganzes Leben bald auseinanderreißen sollten?

Fluch den Romanows!

Noch im Davongehen, als ich mich fragte, was Vater Mutter wohl versprochen hatte, vergaß ich Petruschkas Drohung.

19. Kapitel

Nur wenige Tage später traf ich Mutter in meinen Gemächern. Am blauen Morgen eines Sankt Petersburger Frühlings verschmolzen Fluss und Himmel miteinander, und ein silberner Schleier lag vor dem Horizont, als ich von meinem Morgenritt zurückkam. Ich trug noch meine Reithose, hohe Stiefel und eine einfache weiße Bluse, die mein Schneider für mich wie ein Herrenhemd angefertigt hatte. Mein Haar hatte ich im Nacken unter meinem flachen, dreieckigen polnischen Hut zu einem Knoten zusammengebunden. Mutter stand an meinem Schreibtisch und studierte die Entwürfe für ein neues Kleid.

»Mutter, willkommen!« Ich küsste sie und warf einen Blick auf die Zeichnung in ihrer Hand. Es war der Entwurf einer Staatsrobe von ungeahnter Pracht. Das Kleid aus purpurrotem Samt war steif vor Goldlahn, und sowohl die Korsage als auch der Rock waren über und über mit kaiserlichen Doppeladlern besetzt, die nach solidem Gold aussahen. Diamantspangen an den Schultern hielten eine schier endlose Schleppe. »Was ist das?«, fragte ich und löste meine Reitjacke und die Schnürung meiner Bluse am Hals. Mir war noch warm vom Ritt.

»Ich brauche deinen Rat«, sagte Mutter mit leuchtenden Augen. »Aber zuerst will ich dir jemanden vorstellen.«

»Wen denn?«, fragte ich und wandte mich um.

Hinter uns stand der bestaussehende Mann, der mir je unter die Augen gekommen war.

20. Kapitel

Ich errötete tief. Würde ich genauso verlegen sein, wenn ich endlich dem König von Frankreich gegenüberstand, und würde er mich so ansehen wie dieser Fremde? Der Gedanke ernüchterte mich. Ich senkte den Blick und zog die Reithandschuhe aus. Dem Mann schenkte ich keine Beachtung mehr, blickte mich aber kurz und diskret um. Wie wirkten meine Räume wohl auf ihn? Meine Toilettengarnitur aus Schildpatt und Gold war gereinigt worden und lag auf meinem Schminktisch. Ein mit Perlen und Kristallen besticktes violett-seidenes Ballkleid lag drapiert über einem Sessel. Ich sollte es an diesem Abend tragen, da Vater eine Assemblee mit dreihundert Gästen plante. Zierliche Seidenpantoffeln lagen achtlos abgestreift auf dem Boden neben dem goldenen Affenkäfig, da ich meine Tiere vor dem Ausreiten gefüttert hatte. Auf meinem Schreibtisch, vor dem Mutter nun stand, hatte ich ein Solitärspiel aus Marmor begonnen, aber nicht beendet. Zum Glück hatte meine Zofe die Türen zu meinem Schlafzimmer geschlossen. Kein Fremder sollte meine gestärkte weiße Bettwäsche sehen. Schon beim Gedanken daran brannten mir die Wangen.

»Was soll ich nur zu meiner Krönung tragen?«, fragte Mutter. Sie schien nicht zu sehen, welche Wirkung der Fremde auf mich hatte.

»Deiner … Krönung?« Hatte ich richtig gehört? Keine Frau eines Zaren war jemals so geehrt worden. War unsere Erhebung zu Kronprinzessinnen nur der Beginn noch größerer Veränderungen gewesen?

»Ja, Vater wird mich im kommenden Mai in der Himmelfahrtskathedrale des Kreml krönen. Dort, wo alle Zaren gesalbt werden.« Mutter musterte die Zeichnung in ihrer Hand. »Der Hof muss Karten zu dem Ereignis kaufen. Das deckt die Kosten. Vater hat schließlich immer die besten Einfälle.«

Lauerte da Furcht unter ihrer Aufregung? Ich war mir nicht sicher.

»Was ist dann mit Petruschka?« Ich erinnerte mich an Vaters beiläufige Worte *Natürlich werden Anuschka und du nicht regieren.* Doch einmal gekrönt konnte Mutter seine Regentin sein, wenn er in die Schlacht zog oder ins Ausland verreiste. Ich verbat es mir, die Vorstellung zu Ende zu denken.

Mutter schüttelte den Kopf, und ihre Augen glänzten feucht. »Der arme Junge! Ich fühle mit ihm. Petruschka sollte nicht für Alexejs Vergehen büßen. Seinerzeit habe ich veranlasst, den klugen Ostermann zu seinem Lehrer zu machen. Nun war Vater so guter Laune, dass er dem Jungen noch einen kleinen Staat genehmigte. Dies hier ist Alexander Borissowitsch Buturlin, Petruschkas erster Kammerherr.« Sie lächelte den jungen Mann an, der sich tief verneigte. Ich schenkte ihm ein knappes Lächeln, musterte ihn aber verstohlen. Sein dunkler Haaransatz formte ein V auf seiner gebräunten hohen Stirn, und seine Brauen schwangen sich wie Adlerflügel über den glänzenden graugrünen Augen, die unter schweren Lidern lagen. Sowohl seine hohen Wangenknochen als auch seine vollen Lippen verrieten sein Tatarenblut. Die dunkelgrüne Zeremonienuniform des Preobraschenski-Regiments schmiegte sich an seine breite Brust. Trotz seiner Jugend blitzten mehrere Orden unter dem Umhang aus Wolfsfell hervor, den er lässig über eine Schulter geworfen hatte. Seine langen schlanken Finger hakten sich in die Messingschnalle seines Gürtels, wo auch ein juwelenbesetzter Dolch hing. Buturlins Blick bannte mich, und er schien meine Gedanken zu lesen. Mein Gesicht glühte, und ich wandte mich ab.

Mutter bewunderte noch immer die verschiedenen Entwürfe für ihr Kleid. »Meine Krönung! Einst war ich eine Leibeigene und wurde für ein Stück Silber verkauft. Im Mai werde ich die erste gekrönte Zarin von ganz Russland sein.«

»Aber Mutter ...«, begann ich.

»Ja?« Die blasse Frühlingssonne brachte ihren Diamantschmuck zum Leuchten. Sie lächelte mit purpurroten, weichen Lippen. »Was gibt es, Elisabeth?«

»Aber du bist doch eine Frau«, stammelte ich, Worte, die einem einzigen großen *Das ist unmöglich!* gleichkamen. Buturlin fasste an seinen Dolch und spielte mit dem edelsteinbesetzten Knauf. Waren meine Worte ihm unangenehm oder stimmte er mir insgeheim zu?

Doch meine außergewöhnliche Mutter, die einst eine bettelarme Leibeigene gewesen war, ehe sie den Zaren aller Russen geheiratet hatte, lachte nur und sprach die außergewöhnlichsten Worte aus, die ich je gehört hatte. »Was du nicht sagst! Natürlich bin ich eine Frau. Na und?«

21. Kapitel

Alexander Borissowitsch Buturlin.

Er stammte aus einer Bojarenfamilie, deren Angehörige den Zaren seit Generationen als *ratshid* dienten, Stallmeister bei Hofe. Sie zählten zu den *Woiwoden,* dem Rat von Moskau, die das Vertrauen der Zaren genossen. Ein Buturlin hatte meinem Urgroßvater, Zar Mikhail, beigestanden, als jener nach der Zeit der Wirren als erster gewählter Romanow-Zar Russland endlich Frieden brachte. So war es kaum erstaunlich, dass Buturlin, der offiziell doch Petruschka als Kammerherr zugeteilt worden war, in Wahrheit gemeinsam mit einem französischen Arzt, Jean Armand de L'Estocq, das erste Mitglied meines eigenen Gefolges wurde. Mutter hatte L'Estocq aus der sibirischen Verbannung zurückgerufen. »Er lässt sehr gut zur Ader. Das wird einem Hitzkopf wie dir guttun, Lisenka.« Gemeinsam mit meinem österreichischen Musik- und Tanzlehrer Schwartz hatte ich nun meinen ersten eigenen Staat.

»Gehst du mit Buturlin auf die Jagd?«

Wie sich Petruschka so früh am Morgen allein im Winterpalast zurechtgefunden und in mein Zimmer geschlichen hatte, wusste ich nicht. Seine bernsteinfarbenen Augen wirkten schläfrig, und ich hatte eben meine

Affen und Papageien gefüttert, die nun aufgeregt an ihren Käfigen rüttelten und laut kreischten. Meine Zofe schnallte mir gerade meine Reithose zu. »Petruschka, hallo!«, rief ich, und als ich ihn küsste, schnupperte ich verstohlen an seinem Atem. Gut, er hatte noch keinen Branntwein getrunken. »Ich reite nicht nur mit Buturlin aus. Mein neuer Leibarzt, der Franzose L'Estocq, und mein Musiklehrer Schwartz begleiten mich. Ich hoffe, dass ich ein Wolfsjunges für dich finde.«

»Ich will kein Wolfsjunges. Ich möchte mit dir auf die Jagd gehen. Eigentlich ist Buturlin *mein* Kammerherr.« Trotzig verschränkte er die Arme vor der Brust.

»Eigentlich solltest du auch nicht hier, sondern in deinem Arbeitszimmer bei Ostermann sein. Du kannst mit mir auf die Jagd gehen, wenn du weißt, wo London und Paris liegen.«

»Weißt du denn, wo diese Orte liegen?«

»Nein. Doch. Also, zumindest weiß ich, wo Paris liegt. So ungefähr zumindest. Dicht neben Versailles, oder?«

»Ostermann ist nicht sehr unterhaltsam«, bemerkte Petruschka mürrisch.

»Erzähl mir etwas, was ich noch nicht weiß!«, kicherte ich.

»Er mag dich nicht.«

»Ich mag ihn auch nicht«, antwortete ich und überprüfte mein Haar. Die Zofe hatte mir meine dicken blonden Zöpfe zu einem Knoten im Nacken zusammengeschlungen, da ich meinen flachen polnischen Hut tragen wollte.

»Kann ich dein Frühstück essen?«, fragte Petruschka und äugte hungrig auf das Tablett, das auf meinem Bett stand.

»Was? Ja, natürlich.« Der Gedanke an die Jagd war so aufregend, dass es mir den Appetit verschlug. Ich hatte weder den Kaviar auf die noch warmen *blini* gegeben noch das gehackte Ei mit dem frischen Schmand berührt. Petruschka kaute hungrig, während die Magd mir die oberschenkelhohen Reitstiefel über die runden Waden zog. Zu Anuschkas Entsetzen ritt ich noch immer in Männerkleidung aus. Sie enthüllte zwar meine Beine und Hüften, aber Reitkleider waren unbequem und machten das Sitzen rittlings unmöglich.

»Ostermann sagt, du verdirbst mir den Charakter«, sagte Petruschka mit vollem Mund.

»Hört, hört!« Ich drehte mich zum Spiegel um und legte die Handflächen flach auf die Wangen, um mich auf den bevorstehenden Tag vorzubereiten.

»Lisenka?« Der kleine Pfannkuchen mit dem Kaviar darauf schwebte in Petruschkas Hand. Ich bückte mich, schnappte mit den Zähnen danach und aß ihn meinem Neffen weg. »Entschuldigung!«, rief ich und kaute lachend. »Ich hingegen glaube, dass Ostermann einen guten Einfluss auf dich hat. Sag ihm das. Also, jetzt werde schnell erwachsen, dann kannst du mit uns zur Jagd ausreiten.« Ich setzte meinen Hut auf, mein Haar konnte ich später zeigen. Als ich ging, sprang Petruschka auf. »Lisenka, warte …«

Ich aber blies ihm auf dem Weg nach draußen nur noch einige Küsse zu. »Die sind für dich! Fang sie, wenn du kannst, Petruschka!«

22. Kapitel

Von nur einem Mann begleitet auf die Jagd zu reiten wäre gegen die guten Sitten gewesen. Doch drei Männer waren wie eine Leibgarde. L'Estocq, Schwartz, Buturlin und ich trabten aus dem Tor, als der vom Regen rein gewaschene Himmel den Ton der silbrig blauen Newa annahm. Auf dem Fluss brachen die letzten Eisschollen mit gewaltigem Krachen auseinander. Es war ein windiger Morgen. Ein Sturm hatte in der Nacht Ziegel vom Palastdach geblasen, während der Hof, der nur sechs Monate vorher fertiggestellt worden war, bereits ein neues Pflaster hatte. Ein italienischer Reisender hatte Vater verärgert, als er schrieb: *Sankt Petersburg ist die einzige Stadt, in der Ruinen auf Bestellung gebaut werden. Hier ist ein hastiger Mann in großer Eile am Werk.*

Wenigstens zerstreute die frische Brise den süßlichen Geruch der Gehenkten, deren Leichen gegenüber von Tante Paschas Palast im Wind schwankten. Richtstätten fanden sich traditionell an den belebtesten Plätzen und Kreuzungen. Die Verurteilten waren teils geknutet und dann waren ihre Glieder am Rad gebrochen worden. Von anderen blieb nicht mehr übrig als ein enthaupteter Rumpf. Jedes Vergehen, von Verleumdung bis Diebstahl, Steuerhinterziehung und Mord, konnte dafür der Grund sein. Raben stiegen vom Richtplatz auf, und ihre schwarzen Federn wiesen wie Buchstaben zum Himmel. Ich zog mir den Hut tief in die Stirn. Buturlin saß so gerade, als wäre er an den Sattel gefesselt, und hielt die Zügel mit nur einer Hand fest. L'Estocq war noch immer in Hochstimmung, weil er aus dem Exil zurückgerufen worden war. Als Franzose war er zudem wie stets viel zu elegant gekleidet. Die feine Seidenhose würde dem Schlamm, das sorgfältig gefältelte Spitzenjabot dem Rotwein am nächtlichen Lagerplatz zum Opfer fallen. Er hatte darauf bestanden, mich noch zur Ader zu lassen, ehe wir losritten. »Du bist allzu guter Laune, als dass du wirklich wohlauf sein kannst.« Ich hatte ihm nachgegeben, doch als ich mich in den Sattel geschwungen hatte, war mir schwindelig geworden. Der Musiker Schwartz wuchtete den massigen Körper auf den Rücken seiner zuverlässigen Stute. Die Diener mit den Lebensmitteln, den Zelten und dem Stradivari-Cello waren schon vorausgeritten.

Als wir uns nach der ersten Jagd zum Mittagsmahl niederließen, döste Schwartz im dunkelgrünen Schatten einer Eiche. Sein schlaffer Mund stand offen, seine Wangen waren vom Schlaf gerötet. Buturlin entzündete ein Feuer, und ich konnte nicht umhin, ihn zu beobachten, wie er mit eleganten Fingern und behänder Leichtigkeit das dürre Holz zu einem Kegel aufstellte, den er mit Laub und trockenem Moos ausstopfte, ehe er mit seinem Feuerstein Funken schlug. Er beugte sich vor und blies mit weichem, aber zielsicherem Atem behutsam in die Glut. Die Flammen rangen um Luft und Zunder, bevor das Holz Feuer fing. Ich hatte mit der Armbrust zwei Wildschweine erlegt – Jährlinge, zart und würzig –, und L'Estocq überlegte bereits, wie das Wildbret am besten zubereitet werden konnte, mit einer Rotwein-Marinade oder zerstoßenen Wacholderbeeren.

»Wenn die Franzosen nicht essen, dann sprechen sie über das Essen«, neckte ich L'Estocq und griff nach der Feigenkonfitüre, die Vaters Koch aus dem Obst aus Isfahan zubereitet hatte. Sie bereicherte unser Mahl, das aus Sauerteigfladen, Wildpastete und eingelegten Zwiebeln bestand.

»In Versailles wird neben der Liebe nur über das Essen gesprochen, Zarewna«, bestätigte L'Estocq. »Ich bin froh, dass ich eurem Haus mit meinem Wissen dienen kann.«

Ich nippte an dem Rheinwein, den Buturlin in dem eisigen Bach neben der Lichtung gekühlt hatte. Der Trank machte mich mutig und neugierig zugleich. »Aber deine Dienste waren nicht immer so nützlich, L'Estocq. Weshalb hat Vater dich nach Kasan verbannt? Komm, erzähl es mir! Ich höre gern eine gute Geschichte.«

»Oh, der alte Zopf!«, seufzte er mit schiefem Lächeln und entblößte einen abgebrochenen Schneidezahn. Dennoch errötete er unter der blassen Haut und dem kupferfarbenen Haar. Dadurch fielen die Sommersprossen auf seiner langen Nase weniger auf. »Mir gefiel die hübsche Tochter eines Hofnarren, doch als ich sie näher kennenlernte, wurde sie mir zu langweilig.«

»Die Tochter eines Hofnarren? Wer war es? Sag schon!«

»Wenn es sein muss. Juan da Costa hat ein schön gewachsenes Kind. Doch nach unserer Tändelei haben wir uns einvernehmlich getrennt.«

»Das ist doch nur die halbe Wahrheit, du Weiberheld«, widersprach Buturlin, der im Gras lag und an einem Halm kaute. »Du hast sie etwas zu gut kennengelernt. Das Mädchen wurde schwanger, und du hast dich einer Heirat verweigert. Halunke!«

L'Estocq zuckte die Achseln. »Ein Leben ist lang. Eine Heirat wäre für uns beide ein Desaster gewesen. Außerdem verlor sie das Kind. Aber Juan da Costa jammerte so laut, dass der Zar mich nach Kasan verbannte. Bis die Zarin sich gnädigerweise an meine Kunst erinnerte. Im Basar ließ ich Leute zur Ader oder schnitt ihnen die Furunkel auf.«

»Du gibst nur vor, ein Arzt zu sein. In Wahrheit bist du ein Spieler.« Ich beobachtete ihn über den Rand meines silbernen Bechers hinweg und war gespannt auf seine Antwort.

»Was sonst ist das Leben als ein Spiel? Wir werden alle mit einem Satz Karten geboren, den es auszuspielen gilt. Manchem wird von Anfang an eine erstaunliche Hand zuteil.« Er verbeugte sich vor mir. »Aus Schluderei verliert er aber alles. Andere haben nur zwei Pik und gewinnen doch im Spiel des Lebens, dank Fleiß, List und Tücke. Das ist faszinierender als jedes Theaterstück oder jede Vorstellung.«

»Nun, nicht jede Vorstellung«, entgegnete Buturlin. Er setzte sich auf und linste zu dem kleinen Pfad hinüber, der durch Schilf und Gebüsch zu unserer Lichtung führte. Ein leises Geklirr wie von Schellen und Tamburinen näherte sich. Eine Hand schlug auf eine Ziegenhauttrommel, und jemand zupfte eine Balalaika. Erstaunt richtete ich mich auf.

»Ich habe eine Überraschung für dich, Zarewna«, sagte Buturlin und reichte mir die Hand, um mir auf die Beine zu helfen. Ich spürte ihn mit jeder Faser meines Körpers und kniff die Augen zusammen, als mir in der inzwischen warmen Mittagssonne schwindelig wurde. Verdammter L'Estocq, der zur Ader lassen musste! »Ich weiß, wie sehr du die alten russischen Lieder und Tänze liebst. Trotz der Bemühungen unseres Freundes Schwartz, der sogar im Dreivierteltrhythmus schnarcht«, spottete Buturlin.

Die Jugend des nächsten Dorfes betrat den grünen Rasen und das junge Moos der Lichtung. Wir waren gerade zuvor noch an ihren niedrigen Hütten entlanggeritten, die zu beiden Seiten einer staubigen Straße lagen. Kinder waren beiseitegesprungen, dürre Hennen den Hufen unserer Pferde ausgewichen ... Die jungen Männer und Frauen trugen traditionelle russische Festkleidung, die mein Vater eigentlich verboten hatte. Sie wirkten so bunt wie Blumensträuße. Die flachen, offenen Kragen der Männerhemden waren ebenso froh bestickt wie ihre hüftlangen Westen. Wer es sich leisten konnte, verwendete dazu rotes Garn. Die weiten Hosen wurden in kniehohe, spitz zulaufende Stiefel gesteckt. Die Mädchen trugen das lange Haar zu dicken Zöpfen geflochten, die sie als unverheiratete junge Frauen unbedeckt trugen. Bei jedem Schritt schillerten ihre Sarafane vor Farben, der weite Stoff hob sich beim Tanzen wie ein Teller. Diese Kleidung gehörte einer vergangenen Zeit an. Eins der Mädchen fiel mir besonders auf. Sie strahlte, ihr Haar war weizenblond, und bei ihrem Lächeln verblasste der Sonnenschein.

»Werden sie für uns tanzen?«, fragte ich entzückt, und Buturlin nickte. »Nicht nur sie, Zarewna. Zeig mir, was dir der schnarchende Schwartz als Tanzmeister beigebracht hat!«

Eine Balalaika spielte auf, die Schellen fielen in den Rhythmus mit ein, und die Trommel wurde geschlagen, als alle zu singen begannen. Die Texte waren lustig und wurden immer alberner. Es ging um einen Dorftrottel, der sein Bier in einem Sieb braute. Die Musik gewann an Fahrt und riss uns mit wie ein Strom ein kleines Rindenboot. Trotz meiner engen Reithose tanzte ich mit den Frauen. An meiner Seite tauchte immer wieder das berückend schöne Mädchen auf. Die junge Bäuerin strahlte mich an, und ihre Augen hatten dieselbe Farbe wie der Himmel. Buturlin fasste mich um die Taille und wirbelte mich im Kreis herum. Er drehte sich mit mir, drehte, drehte, drehte uns, bis mir vom Tanz oder von L'Estocqs Aderlass schwindelig wurde.

»Buturlin«, keuchte ich und klammerte mich an ihn, konnte mich aber nicht mehr aufrecht halten. Der Gesang und die Musik verklangen, und wir fielen nebeneinander ins Gras. Gelächter näherte sich und entfernte sich dann wieder. Die helle Mittagssonne stach mir in die Augen. Ich blinzelte in das dichte Blau des Himmels, in dem Wolken wie Schlieren aus dünner Molke trieben. Da spürte ich Buturlins heißen Atem am Hals und seinen Körper wie eine schützende Wand. Ich schloss die Augen, und ringsum wurde es still. Dennoch fühlte ich eine Nähe, die nicht allein von Buturlin ausging. Ich blinzelte, lächelnd, bereit, entweder L'Estocq oder Schwartz zu sehen, der unseren Spaß verschlafen hatte. Doch ein Mädchen beugte sich zu mir herab, ihr Kopf war von einem Lichtschein umgeben. Es musste die blonde Schönheit sein, ihre Zähne schimmerten wie Perlmutt, ihre Wangen leuchteten frisch und rot. Als ich aber zwinkerte, veränderte sich das Bild. Ihre Augen färbten sich gelb wie ein wurmstichiger Apfel, Reißzähne blitzten, langes graues Haar fiel über die mageren Schultern. Der Hals war so dürr wie der gesamte Körper unter dem gescheckten Fell. Das Wesen griff nach mir, und ich spürte, wie mir Krallen ins Herz fuhren. Es wollte mir die Seele aus der Brust reißen.

Es war der *leschi*. Ich sprang auf, denn ich wollte ihn um jeden Preis abwehren. Ich schrie, spuckte, schlug mit Händen und Füßen nach ihm, bis die Welt ringsum im Dunkel versank.

23. Kapitel

»Wie geht es ihr, L'Estocq?« Buturlins Stimme drang wie aus weiter Ferne an mein Ohr. Ich blinzelte. Die gewachste Leinenplane meines Zeltes filterte die Abenddämmerung, und als ich von den persischen Seidenkissen aufstehen wollte, lasteten die Wolldecken und Rentierfelle schwer auf mir. Offenbar hatten wir den Lagerplatz für die Nacht erreicht. Das Blut pulsierte hinter meinen Schläfen, und jeder Muskel brannte. Mein Körper fühlte sich steif an in der ledernen Reithose und den hohen Stiefeln. Niemand hatte es gewagt, mich zu entkleiden, um mir das Atmen zu erleichtern. Ich sehnte mich nach einem heißen Bad und einem weichen wollenen Hauskleid. Die Erinnerung an das schreckliche Ende des Tanzes kehrte zurück, und ich barg das Gesicht in den Händen. Meine Haut roch noch immer nach geschnittenem Gras. Der *leschi* hatte mich gefunden. Ich konnte mich nirgends verstecken.

»Weiß Gott, was über die Zarewna gekommen ist! Sie hat dem armen Mädchen beinahe das Augenlicht genommen. Vielleicht sollte ich sie noch einmal zur Ader lassen.«

»Nein. Das schwächt sie zu sehr«, wandte Buturlin ein.

»Junge Frauen neigen zur Hysterie …«

»Französische junge Frauen vielleicht, aber unsere Zarewna Elisabeth ist aus anderem Holz geschnitzt. Kümmere dich um das Nachtmahl, L'Estocq, und schenk schon einmal ein paar Gläser kühlen Tokajer ein!« Er schlug dem Arzt auf die Schulter. Gut, dass er ihn und seine Nadeln in die Schranken wies. Als Buturlin die Zeltklappe hob und zu mir hereinspähte, zog ich rasch die Pelzdecke bis zum Kinn hoch. Er hob die Laterne, und als ich mich aufsetzte, verschwand die sorgenvolle Miene aus seinem Gesicht.

»Zarewna, wie fühlst du dich?«

Wie ich mich fühlte? Ich wollte mich in seine Arme flüchten und ihm alles über den schrecklichen Nachmittag in der Golossow-Schlucht erzählen. Aber die Erinnerung daran musste ich allein ertragen.

Ich versuchte ein Lächeln. »Viel besser, danke. Gott weiß, was mich dort auf der Lichtung gepackt hat. Vielleicht ein Sonnenstich? Das arme Mädchen! Bitte schick ihr fünfzig Rubel und ein Fass Bier als Entschuldigung. Gutes Bier, kalt und schaumig, wie es in der deutschen Vorstadt in Moskau gebraut wird.«

Er ließ meine Erklärung gelten. »Keine Sorge. Das Mädchen ist mit dem Schrecken davongekommen. Sie hatte nur einige Kratzer im Gesicht und vielleicht einige Haarsträhnen weniger. Sie hat es nicht gewagt, sich gegen dich zu wehren. Ja, sie soll entschädigt werden.«

Die Wärme, die er ausstrahlte, war so intensiv, dass mir heißer als in der Küche von Monplaisir wurde. Er war mir viel zu nahe. Ich setzte mich auf, um aus den Decken und Fellen zu schlüpfen. »Hinaus mit dir, Buturlin, damit sich eine Dame in Ruhe zurechtmachen kann! Wir sehen uns beim Nachtmahl.«

»Gut. Ich habe noch einen Hirsch und drei Hasen geschossen. Wir wollen deine Genesung feiern.« Er zog mich auf die Knie. Sein Blick schimmerte wie in Schokolade getaucht, auf Kinn und Wangen sprossen dunkle Stoppeln, und beim Lächeln zeigten sich die Grübchen in seinen Wangen. Er hielt mich am Arm, und seine Finger waren wie eine Liebkosung. Ich hielt den Atem an. Er würde es doch nicht wagen … Doch, er wagte es. Wie die Flügel eines Schmetterlings strichen seine Fingerkuppen über meine weiche Haut. Die Zärtlichkeit jagte mir ein unbekanntes Gefühl durch die Adern. Meine Haut prickelte, mein Herz pochte, und Hitze breitete sich in meinem Leib aus. Die Berührung erschreckte und lockte mich gleichermaßen. Ich wollte davonlaufen, aber auch verweilen.

»Lass uns gehen!«, sagte ich knapp, strich mir das Haar zurecht und fuhr mir mit der Zunge über die Zähne. Das musste genügen. Ich warf die Decken beiseite, und Buturlin ging mir zum hell brennenden Lagerfeuer voran.

Die Flammen loderten, und ihr Licht verlor sich in der Dunkelheit der frühen Aprilnacht. Dann aber übernahmen unzählige Sterne die Herrschaft hoch oben am Himmel. Schade, dass mir Vaters englische Teleskope nicht zur Verfügung standen, um den Himmel zu beobachten. Blätter zerbrachen unter jedem Schritt, und ein würziger Duft mischte sich mit den Kräutern, mit denen das Wildbret am Spieß gewürzt wurde. Sie erinnerten mich an den Balsam, den L'Estocq gegen Husten und Erkältungen zu verwenden pflegte. Die Flammen zischten, als Fett vom Braten tropfte. Ich schloss die Augen vor

Genuss, als ich die Musik hörte. Es war keine russische Volksweise. Nein, die Melodie perlte wie Wasser, floss wie eine Kaskade aus Noten in die stille Nacht. Schwartz hielt rittlings auf einem Baumstumpf sitzend sein golden schimmerndes Stradivari-Cello zwischen den Beinen wie die Geliebte, die er wahrscheinlich nie gehabt hatte. Sein Bogen ließ das Instrument dennoch meisterhaft von allen Leidenschaften zwischen Himmel und Erde singen.

»Was ist das?«, fragte ich.

»Das Stück eines deutschen Komponisten namens Bach«, antwortete Buturlin leise. Schwartz hatte schon den ganzen Nachmittag über nichts anderes gesprochen. Angeblich wollte der Zar Bach nach Russland locken, vergeblich. »Am Ende habe ich Schwartz das Maul verboten, sonst hätte er mir die Beute verschreckt.«

Welche Beute?, fragte ich mich im Stillen, als L'Estocq mir einen Kelch mit gekühltem Tokajer reichte. Als er jedoch versuchte, mir den Puls zu fühlen, schlug ich ihm auf die Finger. Der schwere, süße Wein betäubte mir die Sinne. Von dem Wildbret tropfte die Marinade aus Schmand und Senf, und wir saugten die sämige Soße mit knusprigem, warmem Brot auf. Als Nachspeise reichte uns der Koch meinen Lieblingskuchen, eine dick geschichtete Quarktorte. »Ich habe mehr Honig als üblich untergemischt, damit du wieder auf die Beine kommst. Russland liebt dich, Zarewna«, sagte er unter vielen Verneigungen. Hungrig verschlang ich drei Stücke, bis mir die Finger vor Honig klebten und ich sie genüsslich sauber leckte. Die Essensreste wurden unter den Dienern verteilt, die einen Steinwurf vom Feuer entfernt saßen. Sie nagten an den Knochen und stritten um die letzten Krümel der Torte.

»Was nun?«, fragte Buturlin. Der Blick seiner dunklen Augen ließ mich nicht los, als ich entspannt in den Kissen lag und einen heißen, süßen Mokka schlürfte, der so zubereitet war, wie ihn der russische Gesandte in Persien, Fürst Artemi Wolynski, am liebsten zu trinken pflegte. Je Tasse wurde ein Löffel Kaffee auf einen Löffel Zucker mit Kardamom und Nelken gegeben und das Wasser dann auf dem Feuer dreimal hintereinander zum Kochen gebracht. Der Kaffee versiegelte den Magen, erlaubte aber dennoch tiefen, erholsamen Schlaf.

»Tanzen ist nicht möglich«, erklärte L'Estocq und verneigte sich vor mir. »Aber zum Glück hat mein König Louis, der zukünftige Ehemann unserer Zarewna, mir ein besonderes Geschenk gemacht.«

Der zukünftige Ehemann unserer Zarewna. L'Estocqs Worte waren eine klare Warnung. Jede Tändelei mit Buturlin hatte auf der Stelle zu enden.

»Was denn?« Ich war unfähig, einem Geschenk zu widerstehen.

»Ta-da!« L'Estocq zog ein abgewetztes Lederetui aus der Weste.

»Ein Kartenspiel? Was soll denn das für eine Überraschung sein?«, fragte ich. »Ich ziehe dich im Handumdrehen über den Tisch.«

L'Estocq lachte. »Ein andermal gern, Zarewna. Dies sind keine normalen Karten sondern ein Satz Tarot.«

»Tarot«, wiederholte ich und ließ das Wort über die Zunge rollen. »Was ist das?«

»Tarot erforscht dein höheres Selbst, das Göttliche in deinem Dasein. Wo du heute bist, wohin du gehen willst und was du im Leben erreichst. Alle diese Fragen beantworten dir die Karten«, fügte er hinzu.

Mein Herzschlag beschleunigte sich. Unterschied sich dieses Tarot denn von den Schwefelpfützen des *leschi*? »Sollte ein Wissenschaftler wie du an solchen Unfug glauben? Wer will schon wissen, was die Zukunft bringt?«, fragte ich herausfordernd und zog die Knie an, während mir ein Schauer über den Rücken jagte. Die Flammen wärmten mich nicht mehr, obwohl ich dicht neben dem Feuer saß.

»Ich will meine Zukunft kennen«, grinste Buturlin und rieb sich die Hände. »Erklär mir die Regeln, L'Estocq!«

Der Arzt breitete ein dunkelgrünes Filztuch auf dem Gras und den Blättern aus. »Tarot lüftet die Geheimnisse des Lebens. Deshalb nennen wir die Karten auch Arkana oder eben Geheimnisse.« Er nahm den Kartensatz in die Hand. »Sollen wir mit den zweiundzwanzig großen Arkana beginnen?«

Buturlin nickte und wirkte so gespannt wie die Drähte in einer Bärenfalle.

Flink mischte L'Estocq die Karten, und sie flogen von einer Hand in die andere. »Es gibt viele Möglichkeiten, Tarot zu legen. Die Linie ist das einfachste Muster.« Er fächerte die Karten auf. »Nimm drei Karten, Buturlin! Von welcher Stelle auch immer.«

Buturlin tat wie ihm geheißen, und L'Estocq legte die drei Karten verdeckt in eine Reihe. »Die erste Karte zeigt die Gegenwart«, erläuterte er. »Die zweite enthüllt deinen Wunsch. Die dritte aber sagt dir, was geschehen wird. Bist du sicher, dass du das erträgst?«

»Natürlich.« Buturlin bemühte sich offenbar um Gelassenheit, doch seine Miene verriet das Gegenteil. Er drehte die erste Karte um. Das Bild zeigte eine Frau, die einen gezähmten Löwen an einem Strick hielt. Das wilde Tier kniete vor ihr, und die Haare der beiden flammten als lodernde Mähnen.

»Ah! Diese Karte bedeutet Stärke, Mut und Selbstvertrauen. Alles, was du in deinem Preobraschenski-Regiment gut gebrauchen kannst«, sagte L'Estocq und musterte sein Gegenüber mit lauerndem Blick.

»Ein schlaues Spiel«, befand Buturlin und trank einen Schluck von dem eiskalten Wodka. Er schloss die Augen und schien das Brennen in der Kehle zu genießen.

L'Estocq zuckte die Achseln. »Dann mach weiter, wenn du dich so mutig fühlst!«

»Ich habe niemals Angst«, beteuerte Buturlin und drehte die zweite Karte um.

»Die Liebenden«, sagte der französische Arzt gedehnt. Die Karte zeigte ein Paar, das wie Zwillinge vereint zusammenstand, in der Liebe wie im Leben. Ringsum knisterte die Luft während eines plötzlichen Frühlingssturms. Ein Blitz schlug in die Wellen der Newa ein, und das Wasser des Flusses leuchtete grüner denn je. Ich ballte die Fäuste, denn L'Estocq meldete sicher jedes Wort und jede Bewegung nach Versailles.

»Nummer drei«, sagte der Arzt leichthin.

Buturlin lächelte überlegen, als er die Karte umdrehte. Dann aber ließ er sie fallen, als hätte er sich daran verbrannt.

»Was zeigt sie?« Ich lehnte mich vor, und mir stockte der Atem. Auf der Abbildung hing ein Mann mit dem Kopf nach unten. Er baumelte am Galgen. »Ah, der Henker! Der ist in Russland so schrecklich schwer zu vermeiden. Aber Kopf hoch, zumindest bedeutet die Karte nicht den Tod«, interpretierte L'Estocq.

»Kann man die Karten nur auf eine Weise deuten?«, fragte Buturlin mit heiserer Stimme.

»Nein. Es gibt keine Gewissheit. Die Ereignisse entwickeln sich vielleicht ganz anders, als wir es erwarten. Kraft und Mut sprechen für dich, aber sie machen auch leichtsinnig. Die Liebe kann erlösen oder Leid bringen. Diese letzte Karte … nun, ihre Botschaft ist allerdings klar.«

»Spuck es aus! Wie fasst du mein Schicksal zusammen?«

»Du machst dich aus Liebe zum Narren«, meinte L'Estocq.

Buturlin sah mich an. »Gibt es einen besseren Grund als die Liebe, um sich zum Narren zu machen?« Dann stand er auf, verneigte sich kurz und ging zu seinem Zelt. Das Laub brach unter seinem Schritt, dann herrschte Stille. Die Nacht legte sich wie ein Mantel um L'Estocq und mich. Wir sahen in die Flammen, bis das Feuer ganz erloschen war und der Glanz der Sterne in der Dunkelheit überhandnahm.

Nach meiner Rückkehr nach Sankt Petersburg erzählte ich Anuschka nichts von dem *leschi* und dem Tanz der Bauersleute. Aber ich konnte nicht widerstehen, Buturlins leidenschaftliches Bekenntnis auf die Tarotkarten hin zu erwähnen. »Achte auf deinen Ruf!«, mahnte sie mich mit gerunzelter Stirn. Dann las sie weiter, was mich sehr enttäuschte.

War denn das Leben nicht viel aufregender als jedes Buch?

24. Kapitel

»Lisenka?« Ganz plötzlich tauchte Petruschka im Garten des Sommerpalastes vor mir auf, als ob er dort gelauert hätte. Er musste Ostermann entwischt sein, denn der Deutsche war nirgends zu sehen. Guter Junge.

Ich umarmte ihn. »Was gibt es?«

»Ich habe eine Überraschung für dich«, sagte er und hob die Hände, in denen er etwas verborgen hielt.

»Hast du in der Küche Süßigkeiten stibitzt?«

»Mitnichten. Ich habe etwas viel Besseres.« Behutsam öffnete er eine Hand, und ich entdeckte einen fedrigen, flaumigen Ball, der sich als Küken entpuppte. Es riss den Schnabel auf, hielt meinen kleinen Finger für einen dicken Wurm und pickte nach mir. Seine Federn verwandelten sich bereits von unbestimmtem Grau zu Tönen von Gold und Karamell, seine Augen glänzten wie schwarze Perlen.

»Oh, Petruschka, wie entzückend! Was ist das für ein Vogel?«

»Ein Wanderfalke. Ich habe ihn für dich gekauft. Wenn das Küken und ich alt genug sind, dann gehen wir alle drei zusammen auf die Jagd, ja?« Er ließ das Küken in meine Hände gleiten. Es war, als hielte ich den Himmel und den Wind selbst. »Das tun wir ganz sicher, und ich kann es kaum erwarten.« Ich streichelte das Vögelchen. Sicher konnte er noch etwas Nestwärme gebrauchen. »Hat es bereits einen Namen?«

Petruschka schüttelte den Kopf. »Nein, das überlasse ich dir. Wenn du ihn taufst, dann gehört er ganz dir.«

»Das stimmt. Ich werde ihn *Molnija* nennen.«

»Blitz«, lächelte er. »Ein wirklich guter Name.«

»Wollen wir im Garten zusammen nach Würmern graben?«, schlug ich vor.

Er klatschte in die Hände, gerade, als Ostermann am Ende des Weges erschien. Sein langsamer, gichtiger Gang war ein einziger Vorwurf, und sein Stock klopfte mahnend auf den Boden. Die Wurmsuche mussten wir wohl verschieben.

»Lauf zu ihm, bevor der Deutsche seinen Stock zum Einsatz bringt. Darin sind seine Landsleute nämlich gut«, sagte ich. Petruschka runzelte die glatte Stirn und ließ die Schultern hängen, als er auf Ostermann zuging. Ich sah ihnen nach, bis sie aus meinem Blickfeld verschwanden. Der Deutsche legte einen Arm auf Petruschkas schmale Schultern und redete leise auf ihn ein wie ein Vater auf seinen Sohn. Ich strich dem Küken nachdenklich über die flaumigen Federn, und es pickte wieder an meinen Fingern.

Es war unvorstellbar, dass die hilflose kleine Molnija mir eines Tages das Leben retten sollte.

25. Kapitel

Auf dem Schiff, das Anuschka und mich zu Mutters Krönung nach Moskau brachte, fühlte ich mich wie ein eingesperrtes Tier. Wir kamen nur schleppend voran, denn das Tauwetter hatte in diesem Jahr nicht wie sonst das Wunder vollbracht, den Strom anschwellen zu lassen. Die kleinen Bullaugen schnitten nur ein winziges Stück aus dem frischen Blau des Maihimmels, und der Aufenthalt an Deck war gleichfalls ungemütlich. Auf der Straße war der gesamte Hof unterwegs, um die große Stunde meiner Mutter zu bezeugen. Dreißigtausend Menschen, Fürsten, Grafen, Barone und Bojaren, stauten sich dort samt ihren Kindern, ihren Dienern, ihrem Gesinde und dem Vieh. Wegen der schmalen, schlechten Straßen waren die kräftigen kleinen Pferde einzeln und hintereinander aufgezäumt vor die Wagen gespannt. Riesige rote Staubwolken stiegen von den Rädern der Karren, den Hufen der Pferde und den Füßen der Leibeigenen und Diener auf. Gänsescharen, Schweine-, Schaf-, Ziegen- und Rinderherden begleiteten den Tross als Schlachtvieh, das uns während der Reise ernähren, aber auch in Moskau noch munden sollte. Die Adligen murrten ohne Unterlass, denn die Reise kostete sie nicht nur ein Vermögen, sondern in Moskau waren ihre zurückgelassenen Leibeigenen auch längst geflohen und alle

Keller und Vorratskammern bis zum letzten Getreidesack und der letzten Flasche geplündert.

Das Wasser war träge und brackig, der Gestank unter der allzu heißen Frühlingssonne schier unerträglich.

Schon vor der Abreise hatte Ostermann Vater vor einem katastrophalen dritten Dürresommer gewarnt. »Die Russen kochen bereits Suppe aus alten Gürteln und Schuhsohlen, braten *blini* aus Holzspänen.«

Menschikow klatschte in die Hände. »Dann kann ich den Preis für mein gehamstertes Getreide ja sogar noch verdoppeln oder verdreifachen«, frohlockte er. Diesmal aber wurde es selbst Vater zu viel, und er versohlte Alekascha, bis ihn der Arm schmerzte. Doch Menschikow betrieb dennoch seinen Wucher. Ihm passte jede Gelegenheit, um noch mehr Geld zu verdienen, und Vater war ihm nie lange böse.

In den Dörfern stieg kein Rauch aus den Schornsteinen. Wenn Kinder angelaufen kamen, um den Schiffen eine Weile zu folgen, dann sahen wir, dass ihnen die Rippen durch die Haut stachen, während ihre Bäuche durch den Wurmbefall dick angeschwollen waren. Mit ihren riesigen hungrigen Augen in den hageren Gesichtern wirkten sie wie alte Menschlein. Menschikow lachte Tränen, wenn sie um die abgenagten Brotkrusten kämpften, die er ihnen zuwarf. Ich war hilflos vor Wut und sehnte mich nach meinem Hengst, der mich in Windeseile nach Moskau tragen würde, nach einem schlichten Zelt, einer Decke und einem Schlauch aus Ziegenleder, den ich zum Trinken am Sattel festschnallen konnte. Stattdessen saß ich auf dem Schiff gefangen.

Anuschka stickte. Ihre feinen Stiche übertrafen jede Klosterarbeit, während ich seit Jahren kein buntes Garn aus Lyon oder echten Seidenstoff aus China mehr angefasst hatte. Buturlin und ich konnten weder Domino noch Dame spielen, nachdem ich die Spielsteine nach einer verlorenen Partie zornig vom Tisch gefegt hatte. Sogar meine Papageien hockten mürrisch in ihren Käfigen. Ab und zu breiteten sie die gestutzten Flügel aus wie empörte Damen ihre Fächer. Mit seinen scharfen Zähnen knabberte mein Affe an den Pistazien, die seinen Trog füllten, und schleuderte die Schalen auf jeden, der sich ihm näherte. Wenn Buturlin auftauchte, kreischte er triumphierend, brachte sich aber in Deckung, sobald dieser zum Gegenangriff überging. »Verdammtes Vieh, dich sollte man zum Nachtmahl braten!«, schrie Buturlin dann.

Anuschka schloss die Augen, als würde ihr das Sticken Kopfschmerzen bereiten.

»Mir ist so langweilig! Erzähl mir eine Geschichte, Buturlin!«, verlangte ich und presste mir mein parfümiertes feuchtes Spitzentaschentuch an die Nase. Der feine Duft nach Lavendelöl und Rosenwasser belebte mich.

»Worüber, Zarewna?« Buturlin hatte sich die Ärmel seines weißen Hemdes bis zu den gebräunten Ellbogen hochgekrempelt. Seine polierten schwarzen Lederstiefel reichten ihm bis an die Knie seiner Reithose.

»Lass mich nachdenken!« Er setzte sich auf die Tischplatte, ein Bein schwingend, das andere so gestreckt, dass sich die Muskeln unter dem feinen Leder der Hose abzeichneten. Seine Kraft erfüllte den Raum, und ich wandte den Blick ab, als er sich seine Pfeife anzündete und mit gekräuselten Lippen Rauchringe in die Luft der Kajüte sandte.

»Tabakgestank kann ich jetzt wirklich nicht gebrauchen!«, stöhnte ich.

»Verzeih!«, sagte er und rauchte weiter. »Ich kann dir von der Hochzeit meines alten Onkels erzählen. Der Zar verlobte ihn aus heiterem Himmel mit einer vierzig Jahre jüngeren Frau. Beide hatten erst Stunden vor der Hochzeit davon erfahren. Das war ein Fest!«

»Erzähl!«, jubelte ich, doch Anuschka runzelte die Stirn. »Wie unmenschlich!«

»Wieso das?«, gab sich Buturlin unschuldig. »Die Gäste traten jeweils zu dritt in passenden Kostümen an, friesische Bauern, römische Soldaten, Indianer, Mönche und Nonnen, Hirtinnen, Nymphen und Satyrn. Der riesige Zar war als Säugling verkleidet. Die Einladungen wurden von Stotternden zugestellt. Alle Platzanweiser waren Krüppel, die Läufer dicke Männer, die an Gicht litten. Der Pope mochte fast hundert Jahre alt sein. Den Bräutigam brachte ein von Bären gezogener Karren zur Zeremonie. Beim Bankett schleppten die Diener Bottiche mit Wodka herbei, aber es gab nichts zu essen. Je mehr wir tanzten, ausrutschten und hinfielen, desto lauter lachten wir. Schließlich schlug der Zar die Trommel, und das Paar sollte zu Bett gebracht werden …« Buturlin trommelte auf seine starken Schenkel.

Anuschka legte Nadel und Stoff beiseite. »Schluss damit!«

»Nein, bitte erzähl weiter!«, rief ich.

Buturlin lachte. »Der Zar hatte Löcher in die Wände bohren lassen, damit wir das Paar heimlich beobachten konnten.«

Ich hielt den Atem an. *Wobei* beobachteten sie das Paar?

»Schluss!«, wiederholte Anuschka streng. »Das sind keine Geschichten für meine jüngere Schwester.«

»Spielverderberin!« Ich zog sie an einer ihrer glänzenden, kastanienfarbenen Locken und verdarb ihr die Frisur. »Heuchlerin! Ich kenne die frechen Geschichten aus Italien, die du liest. Wer von uns beiden ist ehrlicher, frage ich mich?«

»Es ist eine Ehrlichkeit, die einer zukünftigen Königin nicht gut zu Gesicht steht«, mahnte sie.

»Wenn es um das langweilige Schweden geht, dann nicht. Aber in Versailles herrscht die Liebe über alles. Also muss ich lernen, was ich kann.«

»Schweden? Das wäre schön. Ich habe seit Wochen nichts von Karl Friedrich von Holstein gehört«, maulte Anuschka.

Wie konnte sie noch an diesen langweiligen, schmalbrüstigen Fürsten mit seinem halbseidenen Anspruch auf den schwedischen Thron denken? König Louis XV. war stark und gesund, und er regierte tatsächlich. Allerdings hütete ich mich, ihr das zu sagen.

»Ha, bald kommt Karl Friedrich! Dann wirst du ihn so wenig los wie einen Ausschlag.« Ich hechtete auf sie zu und kitzelte sie, bis sie lachend um Gnade flehte und mir entkommen wollte, vergeblich. »Hilf mir, Buturlin!«, lachte ich, doch stattdessen kitzelte er *mich*. Seine Finger waren überall zugleich, auf meiner Taille, unter meinen Achseln, an den Rippen, unterhalb der Brüste. Seine Berührungen sandten mir Blitze durch den Leib, und sie waren so köstlich verboten. Hitze stieg in mir auf, und ich wehrte Buturlin ab, war aber in einem Knäuel aus Anuschkas weiten Röcken, den geschnürten Taillen und den Armen in den engen Seidenärmeln verstrickt, die vor Spitze schäumten. Buturlin stolperte und zog uns mit sich zu Boden, auf die persischen Seidenteppiche, die auf den Planken des Schiffes lagen. Wir lagen wie verknotet und versuchten aufzustehen, nur um wieder hinzufallen. Die Luft in der Kabine wurde zu Sirup, und einen Herzschlag lang lag ich unter Buturlins Körper. Ich roch seinen frischen Schweiß, den Tabak und das Leder. Sein Gewicht erregte mich, und ich schien mich schon immer nach ihm gesehnt zu haben.

»Halt!«, keuchte ich und kämpfte mich frei. Dann setzte ich mich auf, strich mir die Frisur glatt und sammelte meine Würde. Mit zerrauftem Haar und geballten Fäusten stand Buturlin vor mir, mit zitternden Muskeln und zum Angriff bereit. Anuschkas Anwesenheit hatten wir beide vergessen.

»Hör auf! Sofort!«, rief ich.

Hör auf. Wir wussten beide, dass kein Befehl zum Stürmen und Erobern ihn stärker antrieb als diese beiden schlichten, kurzen Worte.

26. Kapitel

Anlässlich der Krönung unserer Mutter nahmen Anuschka und ich unsere Plätze in der Kathedrale des Kreml ein. Die Wände der Kirche waren über und über bedeckt mit Heiligenbildern auf schimmerndem Goldgrund, deren Augen jede unserer Bewegungen zu verfolgen schienen. Vor den Toren jubelte ganz Moskau. Ihr Weg durch die Stadt von Menschikows Haus in Lefortowo aus war mit einem Reigen an Triumphbögen aus frischem Immergrün, weiß schäumenden Blüten und Mutters Porträt geschmückt. Vater hatte in Moskau Amnestien sowie Strafen auf Steuerrückstände erlassen, was willkommen war: Buturlin zufolge waren alle Bewohner in dieser Stadt Gauner und Schurken. Moskau warf sich in einen nie erlebten Freudentaumel. Fliegende Händler bauten ihre Stände auf, und die Luft war vom Duft nach frisch gebratenen Fleischspießen geschwängert. Seit der Morgendämmerung sprudelten Rot- und Weißwein aus allen Brunnen. Der Minister Golowkin sandte seine Männer im Galopp durch die Straßen, die Satteltaschen gefüllt mit sechshunderttausend Silbermünzen. Sie warfen das Geld mit vollen Händen in die Menge. Dutzende Menschen wurden im Gerangel darum zerquetscht oder verstümmelt. Am dichtesten drängten sich die Gaffer um die Kathedrale selbst, wo alle einen Blick auf meine Mutter zu erhaschen hofften.

Die bunten Glasfenster filterten das Licht und bildeten ein Muster wie ein Kaleidoskop auf dem Marmorboden. Ein nicht endender Strom prächtig gekleideter Menschen schob sich über den roten Läufer hinweg zu den angewiesenen Plätzen.

»Gut, dass wir sitzen. Welch ein Gedränge, schlimmer als bei jedem Frühlingsfest!«, flüsterte ich Anuschka zu, als es zwischen zwei Bojaren am Eingang zu Handgreiflichkeiten kam. Menschikow wies seine Wache an, ihnen eine Abreibung zu verpassen, doch ihre Frauen flehten um Gnade.

»Schau doch!«, raunte Anuschka, als Karl Friedrich von Holstein die Kathedrale betrat. Sein gerötetes Gesicht und seine schmächtige Statur verschwanden fast in der Menge, dann aber ließ er sich uns gegenüber nieder.

»Starr ihn nicht an!«, wies ich meine Schwester zurecht. »Eine Frau ist die einzige Beute, die ihrem Jäger auflauert.«

»Du hast gut reden. Welches Spiel treibst du mit Buturlin?«, fragte sie. »Denk an Versailles! Willst du deine Zukunft aufs Spiel setzen?«

»Buturlin ist mein Kammerherr. Sonst nichts. Ich werde den König von Frankreich heiraten«, beharrte ich, doch mir stieg die Hitze in die Wangen. War ich so durchschaubar?

»Nur wenn dein Ruf noch keinen Schaden genommen hat. De Campredon beobachtet dich. L'Estocq steht im Dienst von Versailles. Eine Frau kann sich nicht so benehmen wie ein Mann, und eine Zarewna schon gar nicht. Reiß dich zusammen, Lisenka, bitte!«, beschwor mich Anuschka.

Die Hofdamen meiner Mutter betraten die Kathedrale und gruppierten sich um den Eingang. Mit ihren Roben, den eng geschnürten Oberteilen sowie den perlen- und edelsteinbestickten weiten Röcken glitten sie dahin wie Seerosen. Bei jedem ihrer Schritte schienen die Wogen der Seide Wellen zu schlagen.

»Ach, könnte ich doch all das tun, was auch Männern erlaubt ist. Warum soll das nicht möglich sein?«

»Ostermann hat es Petruschka neulich ganz fabelhaft verbildlicht.«

»Ostermann und fabelhaft? Eher schneit es schwarz«, wandte ich ein.

»Doch, doch, hör zu! Wenn du Wasser aus einem vollen Krug in vier leere Krüge füllst, dann kennst du immer seine Quelle. Wenn du aber Wasser aus vier vollen Krügen in einen einzigen leeren Krug gießt, gibt es nichts als Durcheinander.«

Ich runzelte die Stirn. Wer goss was und wohin? Dennoch ... ich dachte an Buturlin und unsere Tollerei auf dem Schiff. Schon die Erinnerung an seine Berührung und seinen Blick machte mich unruhig. Weshalb konnte ich früher an jedem Mann vorbeigehen, gleichgültig, wie groß und gut aussehend er war, ohne ihn auch nur zu beachten? Hier am Hof lebte ich wie eine Blume aus einem Treibhaus der Krim, die mehr Feuchtigkeit und Hitze abbekam, als die Natur ihr jemals zugedacht hatte.

Mir wurde die Kehle trocken, als ich Karl Friedrich von Holsteins Blick begegnete. Er verneigte sich, doch ich beachtete ihn nicht weiter; Anuschka aber schenkte ihm ihr tiefstes und schönstes Lächeln. Grübchen zeigten sich auf ihren Wangen, und verschämt hob sie ihren Fächer aus weißen Straußenfedern. Karl Friedrich von Holstein beugte sich zu Ostermann hinüber, und beide flüsterten. Gott, überall gab es Deutsche! Sie hießen *nemzy,* die Stummen, weil sie einst bei ihrer Ankunft kein Wort unserer Sprache gesprochen hatten. Ich tastete nach meiner Ikone des Heiligen Nikolaus, als Ostermann widerstrebend den Kopf vor mir neigte. Seine Abneigung war so deutlich wie die Tatsache, dass Karl Friedrich von Holsteins Antrag für jedwede von uns Zarewnas in seine Pläne passte. Waren wir erst einmal verheiratet und nicht mehr in Russland, würde unser kleiner Neffe Petruschka vielleicht doch noch Zarewitsch und Kronprinz. Aber nein, Vater würde uns niemals so feilbieten, wie er es mit Jekaterina Iwanowna getan hatte.

27. Kapitel

»Halt!«, rief Tolstoi, der Zeremonienmeister, und pflanzte seinen Stab fest in die Mitte des roten Teppichs. Er versperrte sowohl meiner Cousine Jekaterina Iwanowna den Weg als auch ihrer Tochter Christina, die aus Ismailowo gekommen waren. Eine ebenholzfarbene Perücke aus Rosshaar versteckte die kahlen Stellen auf ihrem Schädel. Die Elfenbeinzähne, die Vater für sie hatte schnitzen lassen, stellte seine Form der Wiedergutmachung dar.

»Was meinst du mit ›Halt‹? Tritt beiseite, Graf Tolstoi!«, befahl Jekaterina hochmütig.

»Ihr könnt passieren, Zarewna, aber nicht dieses Pack hier.« Tolstoi deutete auf Jekaterinas Gefolge, das lebendigen Vogelscheuchen glich. Ein beinloser Krüppel schob sich auf einem Holzbrett mit Rädern voran und kauerte vor einem Buckligen. Zwei dürre Bettelmädchen trieben sich hinter den beiden herum. Ihre Blicke schätzten die Menge nach einer Börse zum Stehlen oder einem Seidentuch zum Stibitzen ab.

»Wenn die Horde der Stalljungen meiner Schwester Anna Iwanowna willkommen ist, dann auch mein Gefolge«, zischte Jekaterina. »Tritt zur Seite, Peter Andrejewitsch, bevor ich dir einen Stoß versetze! Du misst dasselbe Tuch mit zweierlei Maß, ganz wie ein betrügerischer Schneider.« In ihrem Zorn und Hochmut war

Jekaterina jeder Zoll Tante Paschas Tochter, doch Tolstoi ließ sich nicht einschüchtern. Er hob die dicken schwarzen Augenbrauen, die mich an Tausendfüßler erinnerten, und blies voller Wichtigkeit die Wangen auf.

»Anna Iwanowna ist eine regierende Herzogin, und ihr Gast wurde als ihr Privatsekretär angemeldet. Es handelt sich also um keine Schar verflohter Tagediebe, Zarewna Jekaterina Iwanowna.«

Jekaterina lachte auf. »Annas *Privatsekretär* ist in Wahrheit ein einfacher Pferdebursche und hier genauso fehl am Platz wie meine *Tagediebe.*« Sie bewegte ihren Fächer aus grauen Straußenfedern so zornig hin und her, dass Flusen aufstiegen.

Vor Neugierde stellte ich mich auf die Zehenspitzen. War Anna Iwanowna wirklich hier, zusammen mit ihrem Geliebten? Der Weg von Kurland war weit! Ich hatte keine Ahnung von ihrer Anwesenheit gehabt … welche Überraschung!

Unter dem Gewicht seiner schweren grauen Lockenperücke bildeten sich Schweißperlen auf Tolstois Stirn. Immer mehr Umstehende schenkten dem Streit nun Beachtung. Das durfte nicht sein, denn dies war Mutters glorreichste Stunde. Doch gerade als ich aufstand, schob sich Anna Iwanownas mächtige Figur zwischen Jekaterinas verflohtes Gesinde.

Tolstoi verneigte sich. »Willkommen in Moskau, Herzogin Anna Iwanowna!«

Ich erinnerte mich an kein Treffen mit Anna, der zweiten Tochter unseres Onkels, des verrückten Zaren Iwan. Zum Zeitpunkt ihrer Hochzeit mit dem unglücklichen Herzog von Kurland war ich ein Kleinkind gewesen. Ringsum kicherten und flüsterten die Höflinge, denn angesichts der Frau, die sich da zur Himmelfahrtskathedrale hinaufschob, wirkte sogar der wohlbeleibte Tolstoi schmächtig. Wie so viele brünette Frauen ergraute sie schon in jungen Jahren und färbte sich das Haar mit einer übel riechenden Paste aus Blei und gelöschtem Kalk. Ihr tiefschwarzes Haar war so frisiert, wie es vielleicht zur Jahrhundertwende modisch gewesen war. Von wann der Schnitt ihres schweren Kleides mit der groben Spitze um den großen Ausschnitt stammte, das wusste Gott. Vielleicht aus der Zeit meiner Geburt? Annas Perlen waren stumpf wie Kieselsteinchen, während ich Saphire von der Größe von Wachteleiern trug. Die Blässe ihres Gesichtes betonte die geplatzten Äderchen auf ihren Wangen. Stirn und Kinn waren so vernarbt wie ein holländischer Käse. Tiefe Falten lagen zwischen ihren Augenbrauen und zogen sich von den Nasenflügeln zu den Mundwinkeln hinunter. Ihre Sauerkirschaugen jedoch, ein Erbe Tante Paschas, funkelten vor Freude über die Pracht ringsum.

»Ach, Jekaterina!«, sagte Anna. »Du weißt doch am besten, dass sich das Glücksrad in Russland immerzu dreht. Entweder hebt es dich hoch oder es schmettert dich nieder, bis ganz nach unten, sodass du wie betäubt am Boden liegst.«

»Dein Pferdeknecht wird gerade in höchste Höhen gehoben, was wohl bedeutet, dass du gern wie betäubt unter ihm liegst«, bemerkte Jekaterina anzüglich und fletschte die spitzen Elfenbeinzähne. Sie machte genau dort weiter, wo Tante Pascha aufgehört hatte. Jedes bisschen Glück, dessen Anna sich erfreute, war Jekaterina ein Dorn im Auge.

Anna lehnte sich kurz an den Mann, der hinter ihr

stand. Er berührte nur leicht ihren Ellbogen, doch das Blut schoss ihr in die Wangen. Seine Haut war gebräunt … vielleicht war er ja wirklich ein Pferdeknecht! Auf seinem Kinn und den Wangen lag ein dunkler Schatten, obwohl er sich bestimmt am Morgen hatte rasieren lassen. Er sah aus wie ein Räuberbaron. Wie auch immer, er tat Anna gut. Allein aus diesem Grund wollte ich ihn willkommen heißen. Sie hatte so viel erlitten.

Während Tolstois Männer Jekaterinas Krüppel und Bettler aus der Kathedrale jagten, trat ich zu den Schwestern. »Willkommen in Moskau, Anna Iwanowna! Ich bin Elisabeth Petrowna, deine Cousine. Bei deiner Heirat war ich noch ein Säugling.«

Anna Iwanownas Gesicht leuchtete auf, und sie knickste. »Natürlich, die kleine Wölfin, die am Tag der Poltawaparade geboren wurde. Damals hast du so viel geheult, dass du deinem Name alle Ehre gemacht hast. Heute nenne ich dich lieber eine weiße Taube, so schön bist du.«

»Nicht doch, Anna!«, wehrte ich ab und richtete sie am Arm auf. Mein Blick schweifte zu dem Mann hinter ihr. So wie er mich betrachtete, verschlug es mir den Atem. Wie ausgezogen fühlte ich mich plötzlich zwischen den Menschen, die ich mein Leben lang kannte.

Anna bemerkte nichts von meiner Verwirrung und umfasste meine Hände. »Oh, Lisenka, ich war überglücklich, als der Zar mir das Geld für die Reise nach Moskau schickte.«

»Du hast ihm ja auch nur ein Dutzend Bittbriefe geschrieben.« Höhnisch verdrehte Jekaterina die Augen. »Du hast dich nicht verändert, sondern bist noch immer eine Schande für dein Haus.«

»Wer begleitet dich, liebste Anna?«, fragte ich und überging Jekaterinas boshaften Kommentar.

Anna wandte sich um und lächelte ihren Geliebten an. »Dies ist Ernst Biren, mein engster Berater. Er kümmert sich in Kurland um alles, vom Thron bis zum Stall.«

»Angeblich spricht er mit Menschen wie mit Pferden und mit Pferden wie mit Menschen«, bemerkte Jekaterina und schien entschlossen, nicht nachzugeben.

»Du bissige alte Stute, Jekaterina! Dir sollte man die Peitsche geben.« Anna schirmte Biren vor ihrer Schwester ab, obwohl sie neben seiner Stärke und Größe geradezu zart wirkte.

»Wenigstens habe ich ein feines Stutfohlen, das mich über mein Leid hinwegtröstet«, sagte Jekaterina und umfasste Christinas schlankes Handgelenk. »Wie steht es damit bei dir?«

Voller Mitgefühl legte ich Anna eine Hand auf den Arm, während ich die andere Biren zum Kuss hinhielt. Seine vollen Lippen schwebten kurz und vollendet über meiner Hand. »Jekaterina, wo sind deine Manieren?«, schimpfte ich. »Willkommen in Moskau an diesem schönen Tag, Biren! Ich mag Menschen, die gut mit Pferden umgehen können. Welche ist deine Lieblingsrasse? Der König von Frankreich hat mir einen Araber geschenkt.« Nichts sollte diesen strahlenden Tag verdunkeln, und ich gönnte Anna ihr kleines bisschen Glück.

Biren lehnte sich vor, und ich nahm sein Parfüm wahr, einen Duft nach Sandelholz, Rauch, Nelken und ja… Stroh. »Ich hoffe, wir finden Gelegenheit, über meine Zucht zu sprechen. Bis dahin bleibt deine Güte unvergessen, Zarewna«, sagte er. Seine Art, mich anzusehen, fühlte sich so an, als wäre ich die einzige Frau im Raum.

»Nehmt Eure Plätze ein! Die Zarin kommt!«, rief Tolstoi. Kanonen donnerten, Trompeten erklangen, und tausendfache Hochrufe erfüllten die Luft vor der Kathedrale. Ich schenkte Biren noch ein anmutiges Lächeln, doch ich fühlte plötzlich Petruschkas Blick auf mir. Ich warf ihm eine Kusshand zu. Alberner Junge!

Vor der Kathedrale schlugen Hufe auf das Kopfsteinpflaster, eine Kutsche kam zum Stehen. Hochgewachsene Gardisten bildeten eine Gasse den roten Läufer entlang. Feofan Prokopowitsch trat an die Ikonostase, die Bilderwand vor dem Altar, und sammelte seine Gedanken. Das Licht im Innern der Kirche verdickte sich zu goldenem Sirup, der Schleier aus Weihrauch und Myrrhe war berückend. Hunderte von Trommeln schlugen im Takt, als Mutter die Kathedrale betrat. Ihr samtener Krönungsmantel war mit sechstausend Hermelinfellen gefüttert, und ihr purpurfarbenes Samtkleid, das mit zahllosen doppelköpfigen kaiserlichen Goldadlern bestickt war, wog hundertfünfzig Pfund. Am Morgen hatten Anuschka und ich uns an sie gehängt, um sie an ein solches Gewicht zu gewöhnen. Wir hatten zusammen geweint und gelacht, bevor sie uns umarmte, uns stumm hielt und wiegte, als seien wir wieder kleine Mädchen. Bei der Erinnerung daran wurde mir die Kehle eng: Die Stickerei aus Goldlahn auf der Robe leuchtete nun im Schein Tausender Kerzen, die ringsum hell erstrahlten. Sie verbannten alle Schatten in die verlassensten Ecken der Kathedrale. Mutter schimmerte wie die Sonne selbst, und ihr Leuchten steckte das Gotteshaus in Brand. Vater selbst setzte ihr die Krone im Wert von einer Million Rubel auf das dunkel glänzende Haar. Dann erhob sie sich und stand neben ihm, um Zepter, Reichsapfel und seine Macht über alle Russen zu teilen. Das war einmalig und unerhört für eine Frau.

Als die Stimmen des Chors in den Himmel stiegen, und während meine Eltern nach der Zeremonie von Weihrauch umwölkt und von den Hymnen getragen die Kathedrale verließen, knieten wir nieder und hielten die Köpfe gesenkt. Ich sah mich um. Halb von den Falten ihres altmodischen schweren Rockes verborgen, tasteten Anna Iwanownas Finger nach Biren. Er barg sie in seiner Hand, die groß und stark genug war, um ein Fohlen im Bauch einer Stute zu drehen, ein halbes Dutzend durchgehender Kutschpferde zu zügeln … oder vielleicht wirklich ein Quartett kichernder Zimmermädchen auf die Schultern zu heben, um sie durch den Schneesturm der kurischen Nacht zu tragen, wie Jekaterina bösartig verbreitete. Anna warf ihm einen dankbaren Blick zu, der so liebevoll, warm und süß war wie geschmolzene Lakritze. Was konnte ihr noch Besseres widerfahren als die Gesellschaft eines ehemaligen Knechtes? Was sonst konnte das Schicksal noch für sie bereithalten? Ich gönnte ihr das kleine Glück. Dennoch musste ich ständig an Buturlin denken und hielt Ausschau nach ihm.

28. Kapitel

Zwei oder drei Tage später, als die Stadt und der Hof noch immer den Rausch der Feier ausschliefen, klopfte es sanft an meiner Zimmertür. In den Sonnenstrahlen des Maimorgens tanzte der Staub vor den alten Fensterscheiben aus Moskauer Glas. Auf dem Roten Platz sangen Vögel, die durch die immer früher einsetzende Morgendämmerung geweckt wurden. Gewöhnlich streiften hier nur Raben und Geier umher, warteten auf die Knochen und Eingeweide der Verurteilten und Hingerichteten und wetteiferten dabei mit Moskaus zotteligen Wildhunden. Doch aus Anlass von Mutters großem Tag saßen heute nur Rotkehlchen, Spatzen und Amseln auf den leeren Galgen. Vater hatte großzügige Amnestien erlassen, um ihre Krönung zu feiern. Meine Magd, die auf der Schwelle zum Zimmer schlief, rieb sich die Augen, doch die Tür öffnete sich bereits. Meine Cousine Anna Iwanowna schlich in mein Gemach. Sie duckte sich unter dem Türrahmen, der für ihre Größe zu niedrig war, und drehte sich zur Seite, um durch die enge Öffnung zu gelangen. Trotzdem hielt sie sich kerzengerade, als sie über die Perserteppiche und Eisbärenfelle auf den Steinplatten schritt. Die Haltung war ihr angeboren, aller Armut und allem Spott zum Trotz. Sie war eine Zarewna.

»Anna Iwanowna, guten Morgen«, sagte ich und setzte

mich überrascht auf. Dann strich ich mir das Haar aus dem schläfrigen Gesicht und zuckte zusammen. *Autsch!* Ich hatte vergessen, einen Ring abzunehmen, den ich während des Balls am Vorabend getragen hatte. Ihn zierte ein münzgroßer, makelloser Diamant, dessen meisterhafter Schliff das Morgenlicht in seinem eisigen Griff gefangen hielt. Der Stein hatte mir die Wange zerkratzt. Anna war warm und bequem gekleidet, trug einen bestickten Filzumhang, eine Pelzmütze sowie Stiefel und schien zu einer Reise bereit zu sein. Selbst im Frühsommer war es aufgrund der langen Stunden auf der Straße am besten, mehrere Schichten an Kleidung zu tragen. Doch weshalb die Eile?

»Guten Morgen, Lisenka, meine Taube. Ich komme, um mich von dir zu verabschieden.« Anna schob meine Magd kurzerhand vor die Tür. »Hinaus mit dir! Du kannst woanders lauschen, Mädchen.« Sie ließ sich neben mir auf dem Bettgestell nieder. Ich rutschte an die Wand, um Platz für ihr gewaltiges Hinterteil zu schaffen. Die Latten stöhnten unter ihrem Gewicht. Sie löste den Knebelverschluss ihres bodenlangen Umhangs, der an mehreren Stellen geflickt war, behielt jedoch die Mütze aus gesprenkeltem gelbbraunem Kaninchenfell auf. Es war billigster Pelz, und ich roch noch den Hasenstall daran, als sie mich umarmte. Diskret drehte ich den Ring mit dem großen Diamanten auf die Innenseite des Fingers und unterdrückte ein Naserümpfen.

»Auf Wiedersehen? Aber es ist doch noch so früh«, sagte ich und gähnte heimlich.

Anna Iwanowna zuckte die Achseln. »In Kurland stehe ich immer früh auf, sommers wie winters. Wie sonst will man etwas erledigen?«

»Du klingst ganz wie Vater.« Ich zog die Füße an, die Anna schier zerquetschte.

»Das nehme ich als Kompliment. Wir können alle nur von ihm lernen. Er ist ein großartiger Mann.«

Die Iwanownas waren voll des Danks für die Güte und Großzügigkeit meines Vaters. »Bewunderst du ihn für die Art und Weise, wie er Russland verändert hat?«, fragte ich vorsichtig. Ich kannte die internationale Bewunderung für Vaters unzählige Reformen ebenso wie den Zorn und den Widerstand der Altgläubigen hier in Russland.

»Das auch. Ich dachte eher daran, wie er das Schaffen meiner Tante anerkennt, deiner Mutter, der Zarin Katharina. Welcher Mann, geschweige denn welcher Herrscher des mächtigsten und wohlhabendsten Reiches der Welt tut das je, und dann noch öffentlich? Sonst wird doch jedes Verdienst allein den Männern zugebilligt. Aber er hat sie gekrönt!«

Ich nickte stumm.

»Ich bliebe gern noch länger, muss aber nach Kurland zurückkehren. Danke, Lisenka. Niemand sonst hat mich – uns – hier in Moskau oder anderswo so freundlich behandelt, solange ich mich erinnern kann. Sicherlich niemand aus unserer Familie«, sagte sie.

»Du übertreibst«, widersprach ich ihr. »Jekaterina ist schwierig, aber nicht bösartig.«

»Da kennst du sie schlecht. Sie nennt mich Anna Iwanowna, die Schreckliche.«

»Ich mag die kleine Christina.«

»Dieser Wurm, der Maja eine Hexe nennt, die zur Hölle fahren soll? Zusammen mit ihrer Mutter wollte sie die getreue Magd meiner Mutter auf die Straße setzen und sie dort Hungers sterben lassen.« Anna bekreuzigte sich. »Als wir Kinder in Ismailowo waren, war Maja keine Mühe zu viel. Eine Hingabe wie die ihre findet sich selten.«

»Auch Tante Pascha war immer freundlich zu mir …«, begann ich.

»Glückspilz«, sagte Anna, ehe sie zögerte und mit dem Saum ihres Umhangs spielte. Dann sah sie mich an, ihr Blick schien mich an die Wand zu nageln. »Warum hast du Maja gerettet?«, fragte sie. »Hat sie dir etwas dafür angeboten?«

Ich hob die Brauen. »Was denn bitte? Sie ist eine Zofe. Eine Dienerin, wenn nicht gar eine Leibeigene.«

»Sie hat dir also nichts gesagt?« Annas Blick wurde dunkel und lauernd.

»Was könnte sie schon Wichtiges zu sagen haben?« Ich zuckte die Achseln.

»Oh, dies, das und jenes. Sie kannte Mutters Geheimnisse … alle.« Anna entspannte sich, und ich verstand. Wer wollte schon, dass schmutzige Familienwäsche in der Öffentlichkeit gewaschen wurde?

»Wie auch immer. Ich danke dir um Majas willen, aber auch für den freundlichen Empfang, den du Biren bereitet hast. Bitte, nimm dies als Zeichen meiner Liebe an! Vergiss mich nicht!« Sie drückte mir eine Ikone in die Hand. Ich besah mir das kleine Schmuckstück. Es zeigte den Heiligen Nikolaus, den Schutzpatron Russlands. Winzige, aber makellose Diamanten umrahmten die Miniatur, und die Pinselführung war erlesen. Der Heilige sah mich mit großen, traurigen Augen an. Ikonen wie diese galten als kleine Fenster in den Himmel und die Ewigkeit. Beklagte Anna nicht immer ihre Mittellosigkeit? Dieses Geschenk war viel zu wertvoll.

»Das kann ich nicht annehmen, Anna.«

»Bitte. Du musst. Die Ikone gehörte einst meinem Vater, dem Zaren Iwan. Nun soll sie dich vor allem Unheil beschützen.« Sie ergriff meine Finger und legte sie um die Ikone. Ihr Blick flackerte kurz, als sie meinen riesigen Diamantring neben dem zarten Funkeln des Rahmens sah.

»Das Leben ist hart, Lisenka. Alles hat seinen Preis. Auch oder gerade für die Tochter des Zaren.«

»Und die Tochter der Zarin.« Ich wendete die Ikone hin und her. Die Steine im Rahmen funkelten, und voller Frömmigkeit küsste ich den Heiligen. »Vielen Dank, Anna Iwanowna. Ich werde Vater um eine passende Halskette bitten.«

»Ich hoffe, er erfüllt dir deine Wünsche schneller als die meinen.« Sie drehte den doppelten Ehering am Finger, ein Zeichen ihrer Witwenschaft.

»Was wünschst du dir denn? Vielleicht solltest du ihm einmal schreiben«, schlug ich vor.

»Dreihundert Briefe sollten genug sein, denke ich«, erwiderte Anna.

»Dreihundert Briefe?«, fragte ich entsetzt. Lediglich ein Blatt mit Handschriftenübungen zu beenden war eine Qual für mich. »Worum hast du ihn denn gebeten, abgesehen von mehr Geld und einem anderen Ehemann?«

Sie zuckte die Achseln. »Das war es auch schon. Ein Zuhause, einen Ehemann, eine Familie. Kann eine Frau mehr vom Schicksal verlangen? So lebe ich als jungfräuliche Witwe.«

Ich runzelte die Stirn. »Eine jungfräuliche Witwe? Ist das so etwas wie eine Nonne?«

»Hm. Ja. So ungefähr. Diesen Zustand als zukünftige Königin von Frankreich wirst du hoffentlich nie kennenlernen.«

»Es ist noch nichts entschieden«, wiegelte ich ab, konnte aber ein stolzes Lächeln nicht unterdrücken.

»Das ist sicher nur eine Frage der Zeit.«

»Ja, von viel Zeit.«

Sie hob die Schultern. »Gut Ding will Weile haben. Du Glückspilz, Lisenka! Mein Mann hat mich nie angerührt.« Mein Herzschlag beschleunigte sich. Wieder fühlte ich Buturlins Finger an der Innenseite meines Oberarms im Zwielicht des Zeltes, das weit weg von den neugierigen Augen des Palastes aufgeschlagen stand. Ich dachte an sein Gewicht, das mich für einen Herzschlag unter dem seinen in dem Schiff gefangen hielt, das uns nach Moskau gebracht hatte. Ich senkte die Stimme zu einem Flüstern. »Wie hätte er dich berühren sollen?« Ich hielt den Atem an. Anna war genau die richtige Vertraute, eng genug verwandt, um mich über die Geheimnisse von Männern und Ehe aufzuklären, doch sowohl der Altersunterschied als auch die Entfernung von Moskau nach Kurland waren groß genug, um jeden Hofklatsch zu vermeiden.

Sie wog meine Frage ab. »Es ist nicht meine Aufgabe, dir das zu erklären. Du wirst bei dem König liegen, als seine Königin.«

»Hm …« Mich enttäuschte ihre Ausrede, ich musste sie aber hinnehmen. »So sei es. Aber Anna, auch du bist eine Art Königin. Du regierst selbst.« Ich strich über das Gesicht des Heiligen Nikolaus. Die Ikone lag offen, glitzernd und flach in meiner Handfläche. »Ist das nicht außergewöhnlich? Keine Frau hat Russland jemals regiert.«

»Und keine wird es jemals tun. Ich regiere nur dem Namen nach«, erklärte Anna. »Der wahre Meister Kurlands ist Russland. Der Zar wird mich niemals von dort weggehen lassen.«

Ich ergriff ihre Hände und tat so, als läse ich in ihren Handflächen. »Anna Iwanowna, du herrschst, und du wirst sehr geliebt. Ich werde deinen unzähligen Kindern eine gute Tante sein.«

»Wir werden sehen. Möge Gott dich beschützen, Elisabeth Petrowna!« Unvermittelt erhob sich Anna und zog sich den Umhang zurecht. Sie wirkte herrisch und selbstbewusst.

»Gute Reise, Cousine!« Ich küsste sie auf die Wange und schnüffelte verstohlen an ihrer Haut. Sie roch nach Kamillenpaste und Bienenwachs, einer Creme, die die Blässe der Haut bewahren sollte.

»Was tust du da?«

»Ich prüfe, ob du nach Butter riechst«, gab ich zu. »Jekaterina meinte, dass du dich damit einsalbst.« Anna Iwanowna kicherte. »Ihr Ehemann hätte Jekaterina noch viel härter schlagen sollen. Ich sollte dich nach Kurland mitnehmen. Du bist amüsant, Cousine Lisenka.«

»Wie lange dauert es, bis du zu Hause ankommst?«

»Nun, ein paar angeschwollene Flüsse mehr oder weniger, viele schlammige Straßen und Dutzende betrunkener Fährleute mit eingerechnet, mag es zwischen zwei und vier Wochen dauern.«

»Wirst du dich nicht langweilen?«

Eine leichte Röte überzog ihre Wangen. »Biren und

ich haben Brot und Kerzen dabei, die wir unterwegs an die Armen verteilen. Dafür singen und tanzen sie für uns. Außerdem erzählen mir mein Zwerg und meine Zofe abwechselnd Geschichten.«

»Was ist, wenn die beiden müde sind?«

»Ich schlage sie oder drohe ihnen mit Arbeit in den Spinnereien«, gluckste sie. »Ich mag eine gute Geschichte über Räuber. Wie steht es mit dir?«

»Mir geht es genauso. Nichts unterhält mich besser als eine gute Geschichte.« Noch einmal betrachtete ich die Ikone. »Der Heilige Nikolaus sieht aus wie Alexej«, flüsterte ich. Da, ich hatte seinen Namen ausgesprochen! Hoffentlich erfuhr Vater nie davon. Meinen Halbbruder zu erwähnen galt nach wie vor als Hochverrat.

»Das stimmt«, sagte Anna. »Armer Alexej. Noch so eine abscheuliche Sache, die dieser Familie widerfuhr.«

Diese Familie. *Fluch den Romanows!* Die Worte des *leschi* kamen mir in den Sinn. Ich streckte mein nacktes Bein auf dem Bett aus und besah meine Waden und meinen rechten Fuß, der klein und weiß war. Trotzdem hatte ich damit den *leschi* unterworfen und wollte es wieder tun.

»Kannst du nicht noch ein bisschen länger bei uns bleiben, Anna?«, fragte ich.

Anna Iwanowna stand stolz und aufrecht: Eine Haltung, die weder Tante Pascha, ihre Schwester Jekaterina noch das Leben aus ihr herausgeprügelt hatten. »Ich springe lieber, als gestoßen zu werden. Biren und ich wurden nicht gebeten, kommende Woche zusammen mit dem Hof nach Sankt Petersburg zurückzukehren. Moskau wird wie ausgestorben sein, wenn alle wieder verschwinden. Es gibt weder Abendeinladungen, Bälle,

Theaterstücke noch Versammlungen. Nur die Frauen der Kaufleute sowie die niederen Moskauer Bojaren sind noch hier. Von ihnen mag ich mich nicht auslachen lassen. Davon habe ich jeden Tag in Kurland genug. Meine eigenen Hofdamen verspotten mich nach allen Regeln der Kunst.«

Sie küsste mir die Finger. »Deine Freundlichkeit ist eine seltene Eigenschaft, Lisenka. Wie gern verbrächte ich mehr Zeit mit dir! Aber das Angebot des Zaren, meine Reisekosten zu übernehmen, sollte ich besser nicht ablehnen. Schließlich könnte er seine Meinung jeden Moment ändern. Adieu!«

Abschiednehmen ist ein Vorgeschmack auf den Tod. An der Roten Treppe des Kreml hörte ich Pferde wiehern, Peitschen knallen, Männer rufen. Bald darauf rollten die Räder von Annas gemieteter Kutsche über das harte Kopfsteinpflaster. Barfuß lief ich zum Fenster und beobachtete, wie vier starke, hintereinander angespannte Pferde in den engen, gewundenen Straßen der ehemaligen russischen Hauptstadt verschwanden. Als sie außer Sicht waren, bewunderte ich ein letztes Mal die Ikone, die auf meiner Handfläche glitzerte. Ich küsste dem Heiligen Nikolaus das Gesicht, und das Emaille fühlte sich kühl unter meinen Lippen an. Obwohl die Diamanten des Rahmens im Vergleich zu dem riesigen Stein an meinem Ring winzig waren, betrachtete ich die Ikone als wertvollstes all meiner Besitztümer.

29. Kapitel

An einem Morgen im September, als der Herbst sich wie ein Schwamm mit dem letzten goldenen Licht des späten Sommers vollsaugte, ließ sich Karl Friedrich von Holstein vor den Balkon des Winterpalastes rudern. Ein Dutzend Schwäne, seine Wappentiere, waren vor die vergoldete Barke gespannt, die mit immergrünen Girlanden geschmückt war. Die Musiker an Bord ahmten den Klang der Wellen nach, ihre Melodien schwangen sich aufwärts und verklangen dann langsam. »Zarewna! Lisenka!«, rief er zur Palastfassade herauf und formte mit den Händen einen Trichter vor dem Mund.

Anuschka sah von dem Aquarell auf, an dem sie mit feinem Pinsel arbeitete, und runzelte die Stirn. »Wer ist das? Und was ruft er?«

Mutter warf mir einen warnenden Blick zu und zog Anuschka auf die Füße. »Er ruft Zarewna und Anuschka! Meine Güte, er ist ganz versessen auf dich!«

»In der Tat! Hinaus mit dir auf den Balkon!«, stimmte ich zu und schob meine Schwester ins Freie, wo ihr Gesicht wie eine Rosenknospe aus dem Zobelpelzkragen ihres kornblumenblauen Mantels hervorsah. Sie winkte Karl Friedrich anmutig zu, der kurz und erstaunt zögerte, bevor er als Zeichen seiner ewigen Liebe Efeublätter auf den silbernen Wellen der Newa verstreute und dann noch Belladonna-Beeren als Kompliment für Anuschkas Schönheit ins Wasser warf. Ihm war jede Zarewna recht, so viel war klar.

Ich freute mich unendlich für Anuschka. Nun konnte es sich nur noch um Tage oder Wochen handeln, bis Versailles und Louis XV. meine Hand annahmen. Doch das bedeutete, Russland für immer zu verlassen. Nichts würde mein Land besser in meinem Herzen verankern als eine Pilgerreise. Wer wusste schon, wie ich meinen Glauben ehren konnte, wenn ich einmal in Frankreich lebte?

Im Sommer pilgerte ich zu Fuß von Schrein zu Schrein und von Kapelle zu Kapelle, bis ich das zuvor ausgewählte Kloster erreichte. Alle diese Kultstätten lagen wie Mauern des Glaubens um Moskau und waren auf alter russisch-orthodoxer Erde erbaut worden. Nun aber ermöglichte ein erster dichter Schneefall mein rasches Vorankommen in einem Schlitten zum Sankt-Sabbas-Kloster. Ich freute mich auf die Reise durch die stille, unwirkliche Schönheit der Winterlandschaft. Während meines Aufenthaltes bei den Ordensschwestern wollte ich mich auf das vor mir Liegende vorbereiten.

Am Morgen meiner Abreise betrat ich früh die kleine kaiserliche Privatkapelle. In den Ställen ging es schon so geschäftig zu wie in einem Bienenstock. Starke kleine Pferde mit tellergroßen Hufen waren bereits vor meinen Schlitten gespannt worden, ein Tier hinter dem anderen, um die schmalen russischen Straßen zu meistern. Die weitläufigen Korridore des Winterpalastes waren noch menschenleer. Ich hatte meine Gebete beendet und gebeichtet und war zur Abreise bereit. Erster Raureif bedeckte die Steinplatten des Korridors, und mein Atem stieg in weißen Wölkchen in die klare Luft auf, als ich tief in Gedanken versunken die Kapelle verließ.

Karl Friedrich von Holstein trat so plötzlich aus seinem Versteck hinter einer Säule hervor, dass ich erschrocken zusammenzuckte.

»Karl Friedrich, wie hast du mich erschreckt!«, rief ich lachend und presste mir spaßhaft die Hand auf das klopfende Herz.

»Das war auch meine Absicht«, erklärte er mit kälterotem Gesicht.

Etwas an seinem Blick gefiel mir nicht. »Was redest du da für einen Unsinn? Ich muss mich beeilen und aufbrechen«, sagte ich und trat zur Seite, um an ihm vorbeizugehen. Doch er versperrte mir den Weg, sodass ich stehen blieb. Er trat einen Schritt vor, und ich wich zurück, bis ich gegen die kalte Wand stieß. Ich runzelte die Stirn.

»Was willst du? Suchst du Rat wegen Anuschka? Dann stell deine Frage rasch! Ich will aufbrechen, um das Sankt-Sabbas-Kloster noch vor der Dunkelheit zu erreichen.« Doch ich würde ihm gern alles über meine süße, empfindsame, gelehrte Schwester erzählen.

»Ich brauche keinen Rat. Anuschka hält kaum eine Überraschung bereit. Aber eine Pilgerreise! Nichts ist so anziehend wie ein frommes Mädchen mit festen Prinzipien!« Er wippte auf den Fußspitzen – oder schwankte er? – und verbeugte sich kurz und spöttisch, wobei sein norddeutscher Akzent noch härter klang als sonst. Mein Herz raste, und ich musterte ihn rasch. War er die vergangene Nacht überhaupt zu Bett gegangen? Auf seinen Wangen sprossen blonde Stoppeln, die so hell waren wie sein Haar, das sonst von einer Perücke überdeckt wurde. Seine Lippen, die so voll waren wie die eines Mädchens, glänzten feucht, und seine hellblauen Augen, die mich an einen Schlittenhund erinnerten, waren blutunterlaufen. Das Spitzenjabot an seinem Hals war gelöst und mit Flecken aller Art besudelt, seine Jacke wirkte zerknittert, hastig und falsch zugeknöpft. Er sah aus, als wäre er im Morgengrauen aus einer Kneipe hinausgeworfen worden. Wie konnte er es wagen, meine Schwester zu beleidigen?

»Was führt dich dann hierher? Denkst du darüber nach, zum russisch-orthodoxen Glauben zu konvertieren?«, fragte ich kühl. »Hier sind wir weit von deinem Quartier entfernt.«

»Mein eiskaltes Appartement! Kein Wunder, dass ihr alle ständig betrunken seid, um diesen Temperaturen standzuhalten. Aber ich wusste mir zu helfen, Lisenka. Menschikow kennt die besten Adressen der Stadt. Der Schlingel sucht immer eine Kneipe aus, die nahe genug an seinem Palast liegt, damit er mit wem auch immer ins Bett fallen kann.«

Menschikow! Ich erinnerte mich an den Rat, den er Anuschka vor Mutters Krönung gegeben hatte. Irgendein albernes Gewäsch über Krüge und Wasser, das eingegossen wurde. Was dachte sich der beste Freund meines Vaters dabei, den Verlobten meiner Schwester auf Abwege zu führen?

Karl Friedrich sah meine Verwirrung und verneigte sich übertrieben tief. »Verzeihung, schöne Zarewna. Meine Minister haben mich davor gewarnt, deine Ohren zu beleidigen, und mir eingeschärft, ihnen mit schönen Worten zu schmeicheln.«

»Das ist ein guter Rat. Zumal Anuschka gern eine gute Geschichte hört.«

»Und was hörst du gern, meine Elisabeth?« Er legte die Handflächen flach auf die Wand rechts und links neben meinem Kopf. Ich kämpfte gegen den Impuls an, mir die Nase zuzuhalten. Er stank nach der vergangenen Nacht, nach verschüttetem Wodka, Schweiß und kaltem Rauch.

»Ich bin nicht *deine* Elisabeth. Mir genügt es, wenn du meine Schwester glücklich machst«, erwiderte ich. Mir war unbehaglich zumute, mit Karl Friedrich hier allein zu sein. Der Priester, der mir die Beichte abgenommen hatte, hatte die Kapelle wahrscheinlich bereits verlassen, und meine Zofen packten meine Truhe für die Reise. Ich wollte mich Karl Friedrich entziehen und mich unter seinen Armen wegducken, doch er war schneller und griff mit einer Hand nach meinem Kinn.

»Aber ich sage und höre es gern. *Meine* Elisabeth«, wiederholte er und schien die Worte zu genießen. »Vom ersten Augenblick an wollte ich dich haben.« Sein glasiger Blick tastete mich ab. Ich war dankbar, einen dunklen, doppelt gewebten Wollmantel zu tragen, der mich vom Kinn bis zu den Füßen verhüllte. »Aber das weißt du ja schon, kleine Füchsin. Du spielst ein raffiniertes Spiel mit mir. Je mehr du dich versteckst, desto mehr suche ich nach dir. Du bist bezaubernd. Dich nur zu sehen heißt schon …«

»Hör auf!«, befahl ich ihm angewidert. »Du hast um Anuschkas Hand angehalten. Ehre und liebe sie so wie ich …« Vergeblich versuchte ich, seine Hand abzuschütteln. Stattdessen packte er mein Kinn noch fester.

Er schnaubte verächtlich. »Um ihre Hand angehalten? Mitnichten. Ich hatte keine Wahl, sondern musste nehmen, was der Zar mir gab. Ich könnte genauso gut eine Bohnenstange heiraten. Nach der Hochzeitsnacht werde ich bestimmt grün und blau sein, weil ich mich an ihrem knochigen Körper gestoßen habe.«

»Was?«, keuchte ich. Ich verstand kein Wort.

»Ich will dich. Nimm mein Angebot an! Louis XV. wird dich niemals heiraten. Ihr seid beide unehelich geboren, Anuschka wie auch du. Aber ich verstehe, warum euer Vater eure Mutter geheiratet hat. Du bist warm wie ein Tier. Ich bin bereit, den Makel deiner Geburt zu übersehen. Du wirst meine Königin von Schweden. In Stockholm ist es im Winter so kalt und dunkel wie hier, und es mangelt nicht an Eis und Schnee. Da wirst du dich zu Hause fühlen.« Bevor ich reagieren konnte, umfasste er meinen Kopf mit beiden Händen und presste mir seine nassen, schlabbrigen Lippen auf den Mund. Plötzlich fühlte ich ihn überall, und er stieß mich gegen die kalte, harte Wand. Seine Zunge zwang mir die Lippen auseinander, und ich würgte vor Ekel. Nein! Ich hatte den *leschi* bekämpft, warum also sollte ich mich von Karl Friedrich unterkriegen lassen?

Als er Atem holte, biss ich ihm so fest wie möglich in die Unterlippe und riss ihm die Haut auf. Blut floss ihm über das Kinn. Mit einem Schrei wich er zurück und betastete ungläubig seinen Mund. Ich rechnete mit seinem Angriff und überlegte, wie ich mich wehren sollte. Hauptsache, ich wurde ihn los. Also trat ich ihm hart zwischen die Beine. Er heulte auf wie ein Hund, und das gefiel mir. Und so zog ich das Knie noch einmal hoch und traf ihn ein zweites Mal genau an der Stelle, wo es ihm so wehtat, härter noch als zuvor. Vor Schmerz kippte er vornüber, hustete und bekam keine Luft mehr. Alles Blut wich ihm aus dem Gesicht. Er presste die Hände auf den Leib, fiel auf die Knie und rang nach Atem.

Ich trat von der Wand weg und betastete meine wunden Lippen. Mit zitternden Händen ordnete ich meine Zöpfe. Dann erfasste mich ein glühender Zorn, sowohl um Anuschkas willen als auch wegen der Furcht, die Karl Friedrich mir verursacht hatte. Als er sich wieder aufrichten wollte, trat ich ihm noch einmal mit aller Härte in die Brust und ließ ihn auf dem Boden liegen.

»Schande über dich, Karl Friedrich!«, stieß ich hervor. »Ich will versuchen, den Überfall zu vergessen und während meiner Pilgerreise für deine Seele zu beten. Aber ich warne dich! Ehre meine Schwester! Sie ist ein Dutzend deinesgleichen wert. Andernfalls soll dich der Teufel holen.«

Mühsam erhob er sich. Ein Ausdruck von Schmerz, Wut und Rachegelüsten huschte ihm über das Gesicht, doch ich hob abwehrend die Hände. »Wage dich nicht näher, niemals wieder! Sonst berichte ich meinem Vater, was du mir angetan hast. Dann stürzt du im Morgengrauen vom Turm der Kirche des Heiligen Peter und Paul. Ich stoße dich eigenhändig hinunter, und dein Kopf deutet nach Nordwesten, wo dein Schweden liegt … oder dein Holstein … oder die Hölle selbst, wenn es nach mir geht. Dann wirst du niemals König sein.«

Er wog meine Worte ab, unsicher, ob er mir glauben sollte.

Ich nutzte die Gelegenheit und wandte mich um. Obwohl ich wie Espenlaub zitterte, setzte ich ruhig einen Fuß vor den anderen. Er folgte mir nicht, doch sein Blick bohrte sich in meinen Rücken. Erst als ich um die Ecke gebogen war, rannte ich los, flog zurück in meine Zimmerflucht, wo ich meine Zofen drängte, sich mit dem Packen zu beeilen.

Die Pilgerreise war verschwendete Zeit. So sehr ich mich auch bemühte, meine Seele fand keine Ruhe, und mein Geist ließ sich nicht wie sonst durch Gebete reinigen. Karl Friedrichs Gesicht drängte sich ungebeten in all meine Gedanken, nach wie vor fühlte ich seine abscheulichen Lippen auf meinem Mund. Erst fastete ich, um mich von der Erinnerung seiner Hände auf meinem Körper zu befreien. Dann aß ich so viel wie nur möglich, um die schmerzliche Leere zu füllen, die der Überfall in mir hinterlassen hatte. Schließlich bat ich eine Novizin, mir ein Loch in das Eis des Klostersees zu schlagen. In der letzten Dunkelheit vor dem Morgengrauen wollte ich in das eisige Wasser eintauchen, während sie Wache stand. Ich zitterte in der Morgenkälte und rang nach Luft, als das eisige Wasser meine nackte Haut berührte. Doch alle Hoffnung, jede Spur von Karl Friedrich wegzuwaschen, war vergeblich. Mehr noch als seine unsittlichen Berührungen hatten mich seine Worte verärgert. Wie konnte er nur so über Anuschka sprechen? Ich wurde die Erinnerung an die beleidigenden Worte nicht los. Zugegeben, er war betrunken oder verkatert gewesen. In diesem Zustand pflegte mein Vater bei seinen Gelagen Mann, Frau, Hund und Esel zu küssen, er kränkte auch Freunde oder schlug sie mit der Peitsche und dem Knüppel. Am nächsten Tag war dann alles vergessen. So beschloss ich schließlich, die Dinge auf sich beruhen zu lassen. Jede andere Entscheidung hätte Anuschka das Herz gebrochen.

Als ich pünktlich zur Jultide nach Sankt Petersburg

zurückkehrte, wurde ihre Verlobung mit Karl Friedrich verkündet.

Das Eis auf dem Fluss wirkte so glatt und glänzend wie ein Spiegel, und die Eiszapfen in den Bäumen entlang der Kais klangen wie Windspiele, als wir Anuschka und Karl Friedrich in die Kirche begleiteten, um ihre Verlobung zu feiern. Unsere Schlitten wurden von Hunden, Rentieren und Pferden gezogen. Die Zügel waren mit silbernen Glöckchen geschmückt, die allerliebst klirrten. Der Schein unzähliger Kerzen verblasste, als Anuschka ihre weißen Finger und ihre Zukunft in die schweißfeuchten Hände Karl Friedrichs von Holstein legte. Ich erinnerte mich zu gut an das Gefühl dieser Pfoten auf meinem Körper. Der Biss auf seiner Lippe war verheilt, und er mied meinen Blick so angelegentlich wie ich den seinen. Allein der Gedanke an seine bedrohliche Nähe und seine Grobheit jagte mir eine Gänsehaut über den Rücken. Nur Anuschkas verliebter Blick machte mir Hoffnung. Karl Friedrich erhielt Annas Mitgift von dreißigtausend Rubel. Seine Spielschulden waren mittlerweile stadtbekannt. Während Anuschka und Karl Friedrich Feofans Segen empfingen, bebten Vaters breite Schultern vor Schluchzern, und auch Mutter tupfte sich die vollen rosigen Wangen ab. Als wir niederknieten, um für die Gesundheit und das Glück des Paares zu beten, fasste ich nach meiner Ikone des Heiligen Nikolaus, die ich an einem kurzen Goldstrang trug. Meine Augen blieben trocken, und ich zwang mein Herz, ruhig und vertrauensvoll zu sein. Als Karl Friedrich Anuschka den Verlobungsring an den Finger steckte, wehrte ich mich vergeblich gegen die brennende Sorge, die ich für meine Schwester empfand. Ich betete darum, dass ihre Seele für immer der meinen nahe war und dass Karl Friedrich lernte, Anuschka genauso zu lieben, wie ich es tat.

Auf dem Rückweg zu Menschikows Palast, in dem wir die Verlobung feierten, weigerte sich Vater, trotz des eisigen Windes eine Kappe zu tragen. Dabei riss ihm eine plötzliche Bö sogar die Perücke vom Kopf. Er schrie vor Lachen und riss sich auch noch die Jacke auf, um seinen bloßen Hals den Elementen darzubieten. In den folgenden Tagen bekam er Fieber, das stieg und stieg. Er wurde in seinen Gemächern zu Bett gebracht, und wann immer ich zu ihm wollte, versperrten mir Lakaien den Weg. Unter ihnen entdeckte ich auch Petruschkas Paten, Alexej Dolgorukow. Als Gegner von Vaters Reformen und Unterstützer von Petruschka, meinem Neffen und dem einzig überlebenden männlichen Romanow, hielt er sich natürlich hier auf. Suchte er Anhänger? Ich schenkte Dolgorukow keine Beachtung, spürte aber die Spannung und Angst, die die Luft verdichteten. Wenn ein Zar auf dem Totenbett lag, hielt die Zeit den Atem an. Die Politik des Landes schwebte zwischen alten Seilschaften und neuen Allianzen.

»Der Zar hat Anuschka und Lisenka zu Kronprinzessinnen gemacht«, hörte ich Menschikow zu Mutter sagen. »Das heißt aber nicht, dass sie seine Erbinnen sind.«

Russland wusste noch nicht, wer nach Vater sein Schicksal bestimmen sollte.

30. Kapitel

Am 8. Februar 1725 starb Peter I. aller Russen in seinen Gemächern im oberen Stockwerk des Winterpalastes. Dabei war er nicht allein, aber einsamer als je zuvor. Die Kirchenglocken waren allesamt verstummt, als ob sie Kraft sammelten, ehe sie die Nachricht von seinem Tod in die Weite seines Reiches verbreiteten. In der unerträglichen Spannung jener Tage zog sich der geliebte Vater in die Schatten zurück, während der Zar wie in einer Glocke aus Licht lag und noch atmete. Der Herrscher löschte den Mann in ihm aus.

Der Zar ist tot, es lebe der …

Menschikow hatte recht. Anuschka und ich waren zwar Zarewnas, Kronprinzessinnen, aber Vater hatte keine von uns beiden als seine Erbin bestimmt. Im Gegenteil. »Ihr werdet nie herrschen«, hatte er in Peterhof bestimmt.

»Die Zarewnas sollen in ihren Zimmern bleiben«, riet Menschikow Mutter. »Es steht zu viel auf dem Spiel.« Seit wann hatte er hier zu entscheiden? Dass er so mächtig war, beunruhigte mich, doch Anuschka gehorchte und verbrachte die Tage in Karl Friedrichs Gesellschaft in ihren Räumen. Ich aber konnte vor Ungeduld und Furcht nicht still sitzen. Wer war Menschikow, dass er es sich erlaubte, mich von der Seite meines Vaters fernzuhalten? Das durfte ich nicht zulassen. Was, wenn Vater starb, ohne dass ich seine Hand halten konnte? Der Gedanke lastete auf meinem Herzen schwer wie ein Stein. Am späten Abend warf ich mir einen dunklen Samtumhang über und huschte durch die Korridore des Winterpalastes. Die Zahl der Höflinge, die vor des Zaren Todeskammer herumlungerten, hatte endlich abgenommen.

»Zarewna Elisabeth Petrowna!«, rief eine Männerstimme, als ich die Tür zu Vaters Gemächern öffnen wollte.

Ich wandte mich um. Fürst Alexej Dolgorukow, Petruschkas Pate, war noch immer hier. Er erhob sich von einem Stuhl in einer Nische des Korridors. Es war besser, sich vor ihm zu hüten, denn er schien sieben Leben zu haben. Nicht jeder überstand den Zorn meines Vaters! Vor vielen Jahrzehnten hatte er nicht nur Vaters Halbschwester unterstützt, die Regentin Sophia, sondern war auch meinem Halbbruder, dem hingerichteten Zarewitsch Alexej, ein Verbündeter gewesen.

»Hat der Zar seinen Erben bestimmt?«, fragte Dolgorukow mit gesenkter Stimme und verbeugte sich. Er musste schon eine Weile hier gewartet haben. Seine Kleidung war zerknittert, sein graues Haar zerzaust, und unter seinen rot geäderten Augen lagen dunkle Schatten. Er konnte einen Besuch in der *banja* gut gebrauchen, aber kein Wunder, dass er angespannt war. Petruschka, sein junger Patensohn, war der einzige überlebende männliche Romanow. Ihn zu beeinflussen war einfach und sollte sich auszahlen. Das durfte nie geschehen!

»Nein, Fürst Dolgorukow«, sagte ich knapp, denn ich verachtete seine altmodische Art zu denken. Er zog die Vergangenheit des halb asiatischen Moskau der Gegenwart des neuen halb europäischen Russland meines Vaters vor. »Du wirst alles zu seiner Zeit erfahren. Ich muss mich beeilen. Wie du ja richtig sagst, bin ich die Kronprinzessin.«

»Was ist mit Petruschka?«, rief er noch, doch ich hastete bereits davon.

Neben dem Sterbebett des Zaren loderte ein helles Feuer im Kamin. Vater verabscheute Kälte, nachdem er während des Großen Nordischen Krieges zu viele Nächte in eiskalten Zelten geschlafen hatte. Kerzen brannten in zahllosen Leuchtern, und die dicken Samtvorhänge waren zugezogen. Es roch nach Tinkturen und Minzpaste, nach Kampfer, Weihrauch und Myrrhe. Doch ich erahnte noch eine andere kränklich-süße Note – so, als breite der Tod bereits sein Leichentuch aus. Feofan Prokopowitsch, der Erzbischof von Nowgorod, stand am Kopfende von Vaters Bettstatt und betete eine endlose Litanei, ohne jemals Luft zu holen, stundenlang, mit geschlossenen Augen und rastlosen Lippen. Dreimal nahm er Vater die letzte Beichte ab, dreimal erteilte er ihm die letzte Ölung. Der riesige Körper des Zaren wehrte sich gegen den Tod und rang um jeden Atemzug, der ihn am Leben hielt. Viele Menschen umgaben das Bett, und ich musste mich zu ihm durchkämpfen. Die drei deutschen Ärzte hockten wie die Krähen um ihn herum, Vögel, die Vater so gefürchtet hatte. In meinem dunklen Umhang verschmolz ich mit den Anwesenden, niemand schenkte mir Aufmerksamkeit. Mutter, Menschikow und Ostermann flüsterten miteinander, als die Ärzte fieberhaft arbeiteten und weitere Behandlungen besprachen: Sie entleerten ihm die Blase, umwickelten ihn mit eiswassergetränkten Leinenbinden und wendeten noch einmal Quecksilber an – doch alles umsonst. Vater lag wie ein gefällter Baum. Sein Anblick schnürte mir den Atem ab. Wie sollten wir und Russland ohne ihn leben? Schließlich schüttelten die Ärzte den Kopf, und Mutter schluchzte auf. Mit einer Handbewegung verwies sie sie in eine Nische. Stunden schienen zu vergehen. Mutter und Menschikow wechselten sich ab, um an Vaters Seite zu wachen, und lauschten jedem Atemzug, der eine letzte Äußerung bedeuten konnte. Ab und zu verließ Ostermann den Raum. Die Regierung Russlands erlaubte keine Ruhepause.

»Zarin, nur Mut! Wir beenden es so, wie wir es begonnen haben, gemeinsam«, hörte ich Menschikow zu Mutter sagen. Er küsste ihre Finger, und sie sank weinend an seine Brust. Ich selber ging auf die Zehenspitzen, Tränen trübten mir die Sicht. Vater glich einer Wachspuppe. Seine Brust hob und senkte sich qualvoll. Der Abstand von Atemzug zu Atemzug verlängerte sich schmerzhaft. Wenn Mutter seine trockenen, rissigen Lippen nicht mit einem feuchten Tuch abtupfte, dann ergriff sie Menschikows Hand. Sie klammerte sich an ihn, wie um Trost bei ihm zu finden.

»Ich sehne mich nach Ruhe«, sagte Mutter. »Er leidet so sehr.« Ihre Augen lagen tief in den Höhlen, und sie war bleich vor Erschöpfung.

»Du musst bleiben. Es ist noch nichts entschieden«, entgegnete Menschikow.

In diesem Moment flüsterte Vater etwas.

»Was sagt er?« Mutter drängte nach vorn, während Menschikow ein Ohr an Vaters Lippen legte. »Wer soll es sein?«, fragte er.

»Ruhe!«, zischte Feofan Prokopowitsch.

Wir hielten den Atem an.

»Anuschka... meine Älteste!«, flüsterte Vater.

Feofan schloss die Augen und betete still weiter. Menschikow zögerte. Worauf wartete er?

»Mein Liebster«, sagte Mutter und hielt Vaters Hände fest. »Anuschka wird bald nach Deutschland reisen. Sag uns, was du vorhast! Wer soll dein Erbe sein?«

Er umklammerte ihre Finger. »Bring mir eine Schriftrolle!«, keuchte er. »Feder und Tinte...«

»Los jetzt, sofort! Holt eine Schriftrolle! Nur dann findet seine Seele Frieden«, befahl Feofan. Menschikow blickte so mürrisch drein, dass ich Lust bekam, ihm mit Vaters Knute auf die Sprünge zu helfen. Sehr langsam nur kramte er im Schreibtisch des Zaren herum, in dem wie immer völlige Unordnung herrschte. Dann aber kam er mit einer Schriftrolle und einer vor Tinte tropfenden Feder zurück. Im Kerzenlicht waren seine Augen beinahe schwarz. Ich erschrak und wusste plötzlich, was er sich erhoffte und wollte: Er wollte Russlands Schicksal bestimmen. Dies war der Augenblick, in dem sein Ehrgeiz sich frei entfalten konnte. Sah das denn niemand?

»Hier, mein Liebster. Sei frei!«, flüsterte Mutter von Schluchzern geschüttelt und half Vater, die Feder zu ergreifen. Tinte spritzte auf die verschmutzten Laken, als die Feder abrutschte, aber dann hielt Mutter ihm die Schriftrolle straff gespannt entgegen. Mit letzter Kraft schrieb Vater einige Worte. Die Feder kratzte auf dem

Papier, als er plötzlich nach Atem rang. Menschikow drehte sich um. »Hinaus mit euch allen!«, donnerte er.

Mutter nickte, doch sie vergrub ihr Gesicht in den Händen.

Mir blieb nichts anderes übrig, als zu gehorchen. Im Korridor verweilte ich im Schatten und saß auf dem Stuhl, den Dolgorukow endlich geräumt hatte, während sich die Höflinge zerstreuten, langsam, flüsternd und sich über die Schulter immer wieder nach mir umsehend.

Nach einer Weile war in seinem Zimmer alles still. Müdigkeit, Zorn und Trauer verschlangen mich. Dann hielt ich es nicht mehr aus. Wer war Menschikow, mich auch nur eine Minute länger vom Sterbebett meines Vaters fernzuhalten? Heimlich schlüpfte ich wieder in das Gemach und hielt überrascht auf der Schwelle inne: Mutter, Menschikow und Feofan Prokopowitsch waren nirgends zu sehen. Wie ein gefällter Baum lag Vater auf dem Bett. Mein Herz pochte wie wild. So selten ein Moment mit ihm zu Lebzeiten gewesen war, so kostbar kam mir diese Stille in seiner Sterbestunde vor. Seine Augen und sein Mund waren geschlossen. Das Kinn reckte sich, als stünde er vor einer letzten Herausforderung.

»Vater«, flüsterte ich und streckte die Hand aus, um ihn mit zitternden Fingern zu berühren. Seine Haut war kalt. Kein Atemzug hob und senkte die mächtige Brust. Ich verstand sofort, doch wich nicht zurück. Ich war zu spät gekommen. Nun erst entdeckte ich den dünnen Mullstreifen, der sein Kinn nach oben band. Vater sah so ruhig und gelassen aus, wie er es im Leben nur selten gewesen war. Mit unsteten Fingern strich ich ihm über das Haar, das ihm in die Stirn fiel und das sich dünn und weich wie Seidenstränge anfühlte. Dann legte ich mir entsetzt die Finger an die Lippen. Ich war von Menschikow vertrieben worden, und mein Vater war so allein gestorben, wie er als Zar regiert hatte. Hatte er im letzten Augenblick Angst empfunden, als sich die Dunkelheit und die Stille um ihn weiteten? Der Gedanke erstickte mich schier, als ich auf die Knie sank und die bereits steifen Finger umfasste.

»Vater«, schluchzte ich. Jedes andere Wort verfing sich in meiner Kehle. Was gab es sonst noch zu sagen? Ich drückte ihm die Lippen auf die Hand, die mit Tabak und Tinte befleckt war. Die Nägel waren kurz gebissen, die Nagelhaut wirkte zerrissen. Der Handrücken war fleckig und dunkel; Venen zeigten sich dick wie Schnüre. Die Handflächen fühlten sich schwielig an und zeugten von seinem Leben, vom Erlernen des Schiffsbaus in den Niederlanden bis zum Errichten der ersten Hütte in Sankt Petersburg, vom Zügeln eines Rosses im Getümmel der Schlacht bis zum Öffnen Tausender und Abertausender von Champagnerflaschen mit dem Säbel. Schon jetzt ähnelte seine einst gigantische Gestalt einem Wachsbildnis aus seiner Kunstkammer, blutleer und geschrumpft. Dies war nicht der Mann, den ich gekannt hatte, von unbändigem Leben und so unruhig wie Quecksilber. Ketten legten sich um mein Herz und zogen sich straff: Es presste mir die Luft aus den Lungen. Ich wimmerte, rollte mich neben dem Sterbebett zusammen und stieß ein gequältes Heulen aus. Statt seiner Hand ergriff ich das Leichentuch und vergrub mein Gesicht darin; ich weinte hemmungslos. Ich schluchzte und zitterte, bis alles in mir schmerzte. Mein ganzes

Wesen stand in Flammen. Es war, als atmete ich Blei, so sehr drückte es auf meine Lunge. Doch als ich meine Augen öffnete, blickte ich noch einmal auf seine Hand. Wie kahl einer seiner Finger war! Der kaiserliche Siegelring, in dem sich der riesige Rubin mit der Gravur des russischen Doppeladlers befunden hatte, fehlte. Der Anblick traf mich wie ein Hieb. Vaters Hand war immer mit dem Symbol absoluter Macht versehen gewesen, selbst beim Zubettgehen. Wenn sein Leichnam dieses Zeichen nun nicht mehr aufwies, dann war der Zar tatsächlich gestorben.

Wer sollte ihm in Russland folgen?

Dieser Gedanke beendete alles, worüber ich je nachgedacht hatte.

Solange ich denken konnte, war ich die Zarentochter gewesen. Was nun?

Von nebenan aus Vaters kleiner Bibliothek hörte ich Stimmen, ein Murmeln, das wie die Newa bei Flut anschwoll, bereit, die Grundfesten von allem zu unterhöhlen, was wir je gekannt und worauf wir unser ganzes Leben aufgebaut hatten.

Russland hatte einen neuen Herrscher.

Was hatte Vater mit seiner letzten Kraft und seinem letzten Atemzug beschlossen?

31. Kapitel

Ich trat näher an die Tür, die nur angelehnt war, und spähte durch den Spalt. Das Feuer brannte hoch, und ich hörte leise Stimmen. Dort standen Mutter und der Rat aus Männern, die Vater beauftragt hatte, ihn bezüglich seiner Herrschaft über Russland zu beraten: Tolstoi, Menschikow und Ostermann. Sie sprachen leise, und ich hielt den Atem an und presste den Handrücken an die zitternden Lippen. Meine Haut schmeckte nach Salz.

Tolstoi sagte: »Noch weiß niemand, dass der Zar befohlen hat, lang zu leben.« Das war die traditionelle Art, das Ableben eines Zaren zu beschreiben. »Wir haben Zeit, den Erben zu bestimmen.«

»Was gibt es da zu zaudern? Petruschka ist der letzte männliche Romanow. Er ist Alexejs Sohn. Er soll regieren.« Das war Ostermann, der sich für seinen Schüler aussprach. »Er ist zwölf Jahre alt und bei bester Gesundheit. In drei Jahren schon können wir ihn für volljährig erklären.«

»Der Zar hatte reichlich Gelegenheit, Petruschka zu seinem Erben zu machen«, unterbrach ihn Menschikow. »Aber er hat es nicht getan. Hast du seinen Paten Alexej Dolgorukow nicht im Gang herumlungern sehen? Wir alle wissen, wer wirklich regieren wird, wenn der Junge an die Macht kommt. Dolgorukow ist der Anführer der Altgläubigen. Er wird die Reformen des toten Zaren rückgängig machen. Moskau wird wieder die Hauptstadt sein und Sankt Petersburg dem Vergessen anheimfallen. Die Flotte wird zu Brennholz. Das Baltikum wird langsam, Stück für Stück, in Gefechten gegen die Schweden verloren gehen, sofern es nicht in geheimen Geschäften mit Frankreich und England verjubelt wird. Wer weiß, was ihm sonst noch einfällt?«

»Nein, nie! Kein Arschin baltischen Bodens darf jemals aufgegeben werden. Er ist mit russischem Blut getränkt. Kein höherer Preis kann je gezahlt werden. Dieser Handel steht auf ewig«, entschied Mutter. Sie ehrte das Werk Vaters, und ihre Entschlossenheit beruhigte mich. Wenn eine Säule meines Lebens weggebrochen war, so blieben mir noch die beiden anderen, Anuschka und meine Mutter – die gekrönte Zarin an der Seite meines Vaters.

»Große Worte. Doch vor allem wird Menschikow zu leiden haben, wenn Petruschka an die Macht kommt«, fügte Tolstoi hinzu.

Ich hielt den Atem an. Wer sollte mächtig genug sein, um Menschikow zu stürzen? Das war undenkbar.

»Du hast damals als Erster Alexejs Todesurteil unterschrieben, wenn auch nur mit einem Kreuz, als Analphabet, der du bist«, fuhr Tolstoi fort, nun an Menschikow gewandt. »Der Zarewitsch starb mit deinem Knie auf dem Kopf. Du hast den Zaren angetrieben und seine Angst und seinen Hass genährt. Du hast ihn tiefer in die Sünde geführt, immer, und ganz gleichgültig, worum es ging.«

Ich lauschte entsetzt. Wäre mein Halbbruder Alexej ohne Menschikows Einmischung möglicherweise noch am Leben?

»Lasst die Vergangenheit ruhen! Alexej ist in einer besseren Welt. Wir sind alle schuldig, auch ihr.« Mutters Stimme klang gepresst, als sie Tolstoi zurechtwies. »Niemand belangt Menschikow, solange ich lebe. Ich vergesse keinen Freund. Jeder von euch weiß das …«

»Deine Weisheit ist ohne Grenzen«, schnurrte Menschikow. »Das erlaubt mir nur einen Schluss.«

»Und der wäre?«, fragte Ostermann, offenbar bemüht, keine Gefühle zu verraten. »Der Zar hat eine Thronbesteigung der Zarewna Anuschka angedeutet.«

»Eine Andeutung reicht nicht aus, um Russland zu beerben. Sie wird einen ausländischen Herzog heiraten. Wollt ihr, dass Karl Friedrich von Holstein hier regiert? Wohl kaum. Nein!«, donnerte Menschikow. »Wer hat den Zaren stets mit Milde beeinflusst? Wer ist in jeder Hinsicht geeignet, sein Erbe zu übernehmen, seine Aufgabe zu erfüllen? Wer, frage ich euch?«

Ich hielt den Atem an. Mein Herz raste. Mit einem Mal verstand ich. Wenn Anuschkas Name erwähnt wurde und ihre Ernennung nur ihrer Verlobung wegen verworfen wurde, so war die Nächste in der Reihe … ich. Meine Verlobung mit Louis XV. war noch nicht bestätigt worden, und wir lebten in einem Zeitalter großer Veränderungen. Wer sonst, wenn nicht …

Ich.

Die Welt verstummte um mich herum.

»Ich bezweifle, dass die Fürsten, die Bojaren und die Kirche dies dulden würden«, widersprach Tolstoi.

Natürlich. Er hatte recht. Würde Russland eine unerfahrene junge Frau als Herrscherin und absolute Monarchin anerkennen? Ich verschränkte die Finger … konnten sie das Gewicht des kaiserlichen Siegels tragen? Meine Hand ballte sich zur Faust, als Menschikow schnaubte. »Beim Anblick der Garde und ihrer aufgepflanzten Bajonette wird jeder Heide schnell zum Gläubigen. Ruft die Regimenter zusammen und nehmt ihnen den Eid ab! Wer die Regimenter befehligt, befehligt Russland.«

Natürlich, Menschikow war auch brutale Gewalt als Weg nach vorn nur recht. Ich schloss die Augen und atmete tief durch, um den Schwindel in meinem Kopf zu besiegen. Russland, das waren endlose Wälder und die weite Tundra, glitzernde Bäche und reißende Flüsse, dürre Ebenen und belaubte Berge – und ein endloser, wechselhafter Himmel, der uns Schutz bot, sei es Sommer oder Winter. Wo sollte das Regieren dieses Reichs beginnen, und wo endete es je? Diese Frage hatte Vater gnadenlos vor sich hergetrieben: Wer war der Hirte gewesen, er oder sein Land? Um dieser Aufgabe gerecht zu werden, war er vor Tagesanbruch aufgestanden und hatte sich erst lange nach Mitternacht zurückgezogen. Ein paar Stunden Schlaf hatten zu genügen. Ich zitterte mit einem Mal. Russland, das waren Holz, Sand und Kalk. Erz, Diamanten und Gold. Kohle, Salz und Kupfer. Fisch, Geflügel und Pelze. Hafer, Weizen und Gerste ernährten die riesige Bevölkerung an Aristokraten, Landbesitzern, Kaufleuten, Arbeitern, Bauern und Leibeigenen, Millionen und Abermillionen von Menschen. Steuern, Gebühren und Geldstrafen mussten erwägt, abgemessen und auf alles erhoben werden, was sich aus der Fülle des Landes ergab, Farben, Tinte, Öle, Edelsteine, Parfums, Gewürze, Medizin, Metalle, Möbel, Bücher, Kerzen, Papier, Seile, Teppiche, Leinwand, Häute, Leder, Horn, Federn, Borsten, Stoffe, Wolle und Schießpulver, um nur einige

Beispiele zu nennen. Als mir die Macht und Größe dieses Augenblicks bewusst wurden, fasste ich in stummem Gebet an meine Ikone des Heiligen Nikolaus, Russlands Schutzpatron.

Dann hatte alles Nachdenken ein Ende, denn Tolstoi eilte auf mich zu und an mir vorbei. Ich trat vor, lehnte mich an den offenen Türrahmen und blinzelte in das Kerzenlicht. Mutter drehte sich zu mir um. Ihr Haar war zerzaust, das Gesicht vom Weinen geschwollen, doch sie lächelte, als sie mich sah. Hinter ihr, am Feuer, kauerte der Zwerg Juan da Costa, das Gesicht grau von seiner Totenwache am Bett meines Vaters. Er verschmolz mit dem Morgengrauen.

Mutter streckte die Hand nach mir aus. Ihr zärtliches Lächeln bat mich herein. In ihrer offenen, flachen Handfläche lag zum Greifen nahe das kaiserliche Siegel. Sein Rubin flammte mir entgegen, Einladung und Warnung zugleich.

32. Kapitel

Ich trat nach vorne. Menschikow kniete als Erster nieder, gefolgt von Ostermann. Mutter strahlte, als sie sich den Ring selber an den Finger steckte. Das kaiserliche Siegel steckte kurz an ihrem geschwollenen Knöchel fest, dann glitt er in die richtige Stellung. Die Männer küssten das Siegel und leisteten ihr den Treueid. Ostermann keuchte vor Gicht, und Menschikow grinste, aber sie entboten Mutter ihren Gruß. »Es lebe Katherina die Erste! Der Zar ist tot, es lebe die Zarin!«

Ich hatte Schluckauf vor Tränen und Überraschung und zwinkerte vor Ungläubigkeit. Der Morgen war noch nicht angebrochen, doch das Schicksal Russlands war bereits entschieden. Ich war nicht bereit gewesen.

»Hat Vater *dich* zu seiner Erbin gemacht?«, fragte ich. »In letzter Minute?«

Mutter sah mich stumm an.

»Der Zar ist gestorben, ehe er einen Namen niederschreiben konnte«, erklärte Menschikow und hielt mir die Schriftrolle entgegen. Ich las, was Vater mit sterbender Hand gekritzelt hatte. *»Gib alles an…«* Dann war ihm die Feder in einem letzten, tödlichen Schwächeanfall aus der Hand geglitten. »Doch wir konnten seinen letzten Willen erraten.«

»Lisenka, komm zu mir!« Mutter öffnete die Arme,

und ich reagierte, ohne zu denken, und so, wie ich es immer getan hatte: Ich wollte auf sie zufliegen, knickste dann aber erst tief und legte ebenfalls den Treueeid ab. Der kaiserliche Doppeladler hob sich meinen Lippen entgegen. Aus der Nähe besehen glühte das Feuer des Rubins ebenso kühl wie die Augen der Löwen im Thron von Kolomenskoje. Mutter zog mich auf die Füße, und wir umarmten uns. Einen Augenblick lang hielt sie mich fest umschlungen, still, und stark. Ich spürte die Kraft, die sie für ihr Leben ausgezeichnet hatte. Doch als ich sie ansah, las ich Furcht in ihrem Gesicht. Dennoch, ihre Augen glänzten wie ein Feuer, das ein einsamer Reisender tief im sibirischen Wald entzündet hatte, fest entschlossen, die Nacht und ihre zahllosen Gefahren zu überleben.

»Mutter«, sagte ich leise und senkte meine Stimme noch mehr, denn Menschikow schob sich bereits schamlos näher. Wo war Vaters Knute, wenn man sie brauchte? »Wie wirst du das schaffen? Hast du denn keine Angst?«

Sie rieb sich über das Gesicht, schluchzte kurz auf und legte sich die Hände vor den Mund. »Angst? Ich bin vollkommen außer mir vor Furcht.« Sie zitterte und verschränkte die Arme, um Fassung ringend. »Aber vielleicht sollte ich Russland so regieren, wie ich als Leibeigene eine lange Treppe gekehrt habe.«

»Wie ist das zu vergleichen?«

»Ich habe nie das Ende der Treppe gesehen, sondern immer nur die nächste Stufe. Unten wartete immer ein Korridor.« Sie faltete die Hände. »Dein Vater ist tot. Die Vergangenheit steht für immer still. Ich muss mich um die Zukunft sorgen und um die Lebenden kümmern.

Anuschka, dich – und Russland.« Sie strich mir zärtlich über die unordentlichen Locken.

»Aber in Peterhof erklärte Vater doch, eine Frau könne Russland nicht regieren.«

»Russland hat sich verändert. Wir haben uns verändert. Nichts bleibt sich gleich, an keinem Tag. Ich bin seitdem eine gekrönte Zarin geworden«, sagte sie entschlossen und mit dem Mut, der sie von der Hütte einer Leibeigenen zum Winterpalast geführt hatte. Nun sollte sie die erste Frau sein, die Russland regierte. Mein Stolz auf sie versengte mir das Herz.

»Ich kann nur versuchen, seine Arbeit fortzusetzen, Lisenka. Was sagt dein dicker Tanzlehrer Schwartz immer?«

»Übung macht den Meister«, lachte ich, doch dann stellte ich die Frage, die mir auf der Seele brannte. »Wo ist Petruschka? Wie halten wir Alexej Dolgorukow im Zaum? Er ist sein Pate und wird in seinem Namen Anspruch auf den Thron erheben.«

»Sehr klug, Zarewna Elisabeth«, mischte sich Menschikow ein. »Die Altgläubigen können es kaum erwarten, das Werk eures Vaters zu zerstören. Petruschka wird deshalb nach Oranienbaum ziehen, in meinen Palast nahe Peterhof. Dort kann ich ihn vor Dolgorukow schützen. Sein Kämmerer Buturlin wird ihm dort Gesellschaft leisten. Oranienbaum ist eine wunderbare Umgebung für einen heranwachsenden Jungen.«

Ich begriff: Auch wenn Menschikow es beschönigend darstellte, sollte Petruschka sein Gefangener sein. Der Gedanke verursachte mir tiefes Unbehagen, ebenso wie die Tatsache, dass er so dicht neben Mutter und mir stand, sodass er jedes Wort mithörte. Zumindest sollte mein kleiner Neffe Buturlin als Gesellschafter haben. Dies bedeutete aber, dass er mir fehlen würde. Der Gedanke berührte mich tiefer, als ich es erwartet hatte, denn ich hatte mich an seinen Wagemut und seinen Witz gewöhnt. Nichts flößte ihm je Angst ein, nichts war ihm je zu viel.

»Danke, Alexander Danilowitsch«, sagte Mutter. »Ohne dich könnte ich all dies nie schaffen. Kein Titel und kein Rang kann dir je gerecht werden. Aber ich bitte dich, mein Generalissimo zu sein. Deine Augen sollen für mich sehen, deine Hand in meinem Namen regieren …«

Generalissimo? Ich sah entsetzt auf, doch da näherten sich zögernde Schritte, Anuschka erschien auf der Schwelle zur kleinen Bibliothek. Sie trug einen rotsamtenen Morgenmantel, und das glatte dunkle Haar fiel ihr über die Schultern. »Mutter! Elisabeth! Was ist geschehen?«, fragte sie. Ihr Blick war schläfrig, aber dann verdunkelte er sich in plötzlichem Verständnis, so als ob eine Wolke vor die Sonne zog. Ich war am Sterbebett unseres Vaters gewesen und hatte Mutter bereits meine Treue geschworen, während Anuschka noch schlief. Menschikow hin oder her, dies war wichtiger: Ich wollte nicht, dass sie sich ausgeschlossen fühlte.

»Was geschehen ist? Ich bin die Tochter der Zarin. Und du auch!«, rief ich, zog sie an mich und umarmte sie und auch Mutter. Wir Frauen standen in engem Kreis, so wie damals nach unserer Ankunft in Kolomenskoje. Und ehe ich michs versah, drängten sich die Worte des *leschi* in meinen Kopf. Ich hielt den Atem an: Seine erste Prophezeiung hatte sich erfüllt.

In deinem Ende liegt dein Anfang.

33. Kapitel

Weder Petruschka noch Buturlin wohnten Vaters Beerdigung bei. Ich verbot mir jeden Gedanken an Buturlin, obwohl ich in diesen traurigen Wochen seinen Witz, seinen Wagemut und seine unbeschwerte Art mehr denn je vermisste. Sein Regiment ohne ihn auf dem Eis Spalier stehen zu sehen war eine Tortur. Fünfzigtausend Soldaten wachten im Morgengrauen auf der eisigen Newa über Vaters letzte Reise. Wenn ich doch wenigstens Nachricht aus Versailles erhalten hätte, doch der Gesandte de Campredon hielt Abstand zu mir. Ich verstand: Weder ein Begräbnis noch die Hoftrauer danach waren der Augenblick, um eine Verlobung zu besprechen. Die kommenden Monate sollte ich Weiß tragen, während sich der Hof in tiefes Schwarz kleidete. Mutter folgte dem Sarg zu Fuß und heulte wie ein Tier, als ihre Finger sich in das schwere grüne Tuch gruben, das Vaters Sarg bedeckte.

Ihre Tränen, die in Strömen flossen, wuschen noch den letzten Zweifel an ihrer Legitimität hinweg.

Am ersten April ließ Mutter im Morgengrauen alle Feuerglocken läuten. Die Einwohner von Sankt Petersburg stürmten aus ihren Häusern und Palästen, entsetzt von dem Gedanken an einen weiteren Brand, der die Stadt verwüsten könnte. Alle standen auf der Straße, lediglich mit Nachthemden und Mützen bekleidet und zitternd vor Kälte. Doch an diesem friedlichen Morgen war weit und breit kein Feuer zu sehen, sondern nur die Zarin, die das Volk vom Balkon des Winterpalastes aus beobachtete. Mutter bog sich vor Lachen, amüsierte sich über die verblüfften Gesichter. Um ihren Scherz wiedergutzumachen, ließ sie in ganz Sankt Petersburg kostenlos Wodka ausschenken. Als die letzten betrunkenen Nachtschwärmer am Abend die Straßen räumten, stand sie am Fenster und sah hinaus. Schließlich seufzte sie: »Ich kann zwar machen, was ich will. Ohne ihn ist das aber alles nicht mehr so lustig.«

Anuschka hingegen nutzte die Zeit der Hoftrauer, um ihre Aussteuer vorzubereiten, Bett- und Tischleinen, Porzellan, Silber, Kleider, Unterwäsche und Schmuck. Köche, Schreiber, Bibliothekare, Sängerknaben, Dienstmädchen, Schneider und zwei orthodoxe Priester, denn Anuschka behielt ihren orthodoxen Glauben bei. Alle standen auf Abruf zum Aufbruch nach Holstein bereit – eine Reise, die wie die Hochzeit selbst immer wieder aufgeschoben wurde. Ende April entdeckte ich meine Schwester, wie sie vor einer offenen Truhe kniete und mit gerunzelter Stirn spitzenverzierte weiße Leinenservietten abzählte. Je ein Dutzend war zu einem ordentlichen Stapel gefaltet. Damit hätte sie ganz Holstein zu Tisch bitten können. Ich vertrieb die Erinnerung an Karl Friedrichs Übergriff: Seit dem Morgen vor meiner Pilgerreise war er mir nie wieder zu nahe gekommen. Ich schlich mich an Anuschka heran. Vielleicht konnte ich ihre schlechte Laune ja vertreiben. Rasch nahm ich eine Serviette und setzte sie mir wie eine lustige Flügelhaube auf den Kopf, so als wäre ich eine niederländische Milchmagd. Dazu flatterte ich mit den Armen wie eine Taube und tanzte im Kreis. Sie haschte nach mir. »Hör auf damit, Lisenka!«, rief sie streng, ich aber sprang um sie herum und sang mit hartem deutschem Akzent: »Ich bin eine Taube aus Holstein. Fang mich, wenn du kannst, Liebling Karl Friedrich! Lass uns zusammen *lutefisk* essen, den in Pisse fermentierten Hering! Mhhhmm, köstlich, köstlich, köstlich!«

»Warte nur!« Sie jagte mir nach, aber ich versteckte mich hinter Stühlen, die ich umwarf und ihr damit den Weg versperrte. Dennoch trieb sie mich in die Enge, und ich klammerte mich außer Atem und lachend an die Vorhänge, was sie noch wütender machte.

»Komm schon, Anuschka! Ein bisschen Spaß muss sein. Abwarten hat noch keinem Mann geschadet. Er wird dich umso mehr wollen«, sagte ich, als die Türen geöffnet wurden. Wächter bezogen Stellung, und ein Dutzend Hofdamen betrat den Raum, ehe Mutter und Menschikow hereinkamen.

»Zarewnas«, grüßte Menschikow, verneigte sich, und Anuschka und er tauschten einen raschen Blick aus, der mich erstaunte. Was verband sie dieser Tage? Doch Juan da Costa ahmte mich bereits nach. Der Zwerg wickelte sich eine Serviette um die Schultern und gurrte wie eine Taube. Er umkreiste uns springend wie ein pummeliger Putto. Als Mutter mich mit meiner gefalteten Serviette auf dem Kopf sah, lachte sie. »Was geht hier vor? Ein Spiel? Warum schaust du so missmutig drein, Anuschka? Es ist Frühling. Bald beginnen die weißen

Nächte, und ich habe diesem Bering gerade sein Schiff finanziert, damit er neue Passagen auf See findet.«

»Ich hingegen kann nur davon träumen, Segel nach Holstein zu setzen. Lange Verlobungen enden in unglücklichen Ehen«, erwiderte Anuschka.

»Nun, dann habe ich gute Nachrichten, denn ich habe ein Datum für deine Hochzeit festgesetzt«, sagte Mutter. »Dein Vater war der Erste, der Langeweile und Trauer verabscheute.« Ihre Augen füllten sich mit Tränen, und Juan da Costa tupfte sich sogleich gehorsam einige eingebildete Tränen von den Wangen. »Du wirst am ersten Juni heiraten.«

»In einem Monat schon?« Entzückt umarmte Anuschka unsere Mutter, die nickte.

»Ja, Menschikow konnte den Rat überzeugen, Karl Friedrich ein Gehalt von hunderttausend Rubel und einen Palast am Ufer des Ladogasees zuzugestehen.«

»Danke, Alexander Danilowitsch«, hauchte Anuschka, und ich hielt den Atem an. Seit wann bedankten wir uns bei Menschikow für seine Pflichterfüllung? Und war es nicht Mutters Aufgabe, Paläste und Apanagen zu verteilen?

Er lächelte väterlich. »Allerdings nur unter einer Bedingung.«

»Und die wäre?«, fragte Anuschka lachend.

»Du musst auf dein Anrecht auf den russischen Thron verzichten. Dein Sohn, möge Gott dich mit ihm segnen, kann immer noch Zarewitsch werden.«

Ich starrte ihn an und hätte am liebsten laut gelacht. Das Recht auf den russischen Thron aufgeben, für einen Mann und die Ehe? Welche Vorstellung! Eher sollte es schwarz schneien.

»So sei es«, sagte Anuschka. »Damit entspreche ich ja nur Vaters Wunsch.«

Menschikow verneigte sich, doch nicht rasch und tief genug. Daher erkannte ich deutlich die Genugtuung in seiner Miene. Die Welt hatte sich durch die Beschlüsse verändert, die in Peterhof getroffen worden waren. Unsere Mutter regierte als Zarin. Dennoch gab Anuschka ihr Anrecht auf den Thron so leichtherzig auf, als würde sie ein Frühstück verweigern.

Menschikows stets rätselhaftes Lächeln vertiefte sich. »Ich lasse den Vertrag heute noch aufsetzen.«

Fröhlich winkte ich mit der Serviette, so, als würde ich bereits ihrem Schiff nach Holstein nachwinken. »Hurra! So werden wir beide Königinnen, du von Schweden, ich von Frankreich. Wie wunderbar!«

Einen Augenblick lang herrschte Stille. Anuschka wandte sich zu mir um, und ihr Blick wurde hart. »Oh nein«, sagte sie. »Du wirst keine Königin sein.«

»Nein, Anuschka, bitte!«, mahnte Mutter.

Ich umklammerte die Serviette, die steife Leinenstickerei rieb an meiner Haut. Jede der Ecken war mit den Buchstaben A und K sowie mit den Wappen von Holstein und Russland verziert. »Wie meinst du das?«, fragte ich voll dunkler Vorahnung.

»Oh, Lisenka! Hast du denn nicht gehört, was geschehen ist?« Anuschka schüttelte den Kopf, und ein gemeines kleines Lächeln verdarb ihr süßes Gesicht. »Sträflich.«

»Anuschka, bitte! Freu dich über dein eigenes Glück!«, warnte Mutter, während Menschikow uns alle drei mit so angespannter Miene beobachtete, als würde er einem Bärenkampf auf dem Jahrmarkt beiwohnen.

»Was ist denn geschehen?«, hakte ich nach. Die Zeit tropfte so langsam wie Wachs von einer einzelnen Kerze. Anuschka setzte ihre Worte sorgfältig wie ihre Sticknadel, und sie durchbohrten mein Herz und meinen Stolz.

»König Louis wird sehr wohl heiraten, Lisenka. Aber er hat nicht dich erwählt, die du so gern mit Buturlin ausreitest. Stattdessen hat er sich gerade mit Maria Leszczyńska verlobt.«

»Mit Maria Les... wem?« Ich kämpfte mit dem unbekannten Namen. »Wer ist das denn?«

Anuschka lachte. »Du kannst ihren Namen vielleicht nicht aussprechen, aber sie hat dir den zukünftigen Ehemann und den Thron weggenommen. Ihr Vater ist der *ehemalige* König von Polen, aber sie ist Katholikin und ehelich geboren. Eine echte, legitime Fürstin, nicht so wie du – Wölfin«, höhnte sie. »Aber ja, ich werde Königin von Schweden. Karl Friedrich ist mein; und mein allein ...«

Ich klammerte mich an die schweren gefütterten Vorhänge, denn die Beine gaben unter mir nach. »Weshalb tust du das?«, fragte ich und erkannte meine Schwester nicht wieder. Was war geschehen, seitdem wir in Kolomenskoje in die Schlucht hinabgestiegen waren? *Der* leschi *hat einen Keil zwischen uns getrieben,* dachte ich, als ich Menschikows Blick auf mir spürte. *Der* leschi *oder er? Was hat dieser Mann vor?*

»Glaub nicht, dass ich nicht gesehen habe, was du vorhattest.«

Mutter wirkte mit einem Mal blass und angespannt. »Lisenka, was meint sie damit?«

Anuschka fuhr herum, eine bösartige, hasserfüllte Fremde. »Sie wollte mir den Mann stehlen, weil sie nie genug bekommt. Was hat Buturlin zu L'Estocqs albernen Tarotkarten gesagt? *Wie sollte ein Mann da widerstehen?* Aber Karl Friedrich wird *mein* Ehemann.«

»Das stimmt nicht. Karl Friedrich hat mir aufgelauert. Er hat …«

»Verleumdung!«, schrie Anuschka. »Du hast ihn ermutigt, wann immer du konntest!«

»Anuschka, das stimmt doch nicht«, widersprach Mutter.

»Doch! Alles muss immer nach Lisenkas Kopf gehen. Du nennst es dann Schicksal oder täusche ich mich?«

Mir wich das Blut aus dem Kopf. Nun ließ sie mich dafür leiden, dass ich sie mit zu dem *leschi* genommen hatte.

»Du bekommst, was du verdienst, Lisenka. Gar nichts! Karl Friedrich ist ein regierender Herzog und wird mein Mann, du Schlampe!«, schrie sie und rannte aus dem Zimmer. Die knicksenden Hofdamen wie auch die Garde an der Tür wichen ihr gerade noch aus. Ich sah ihnen an, wie sie darauf brannten, die Neuigkeiten im Palast und auf den Straßen meiner Stadt zu verbreiten.

Eine schmerzhafte Stille breitete sich aus wie Öl auf einer Wasseroberfläche.

»Ist das wahr, Mutter?«, fragte ich und legte die Handflächen an die brennenden Wangen. Vor Schmerz und Demütigung barsten mir die Sinne. »Haben die Franzosen uns so gedemütigt?«

»Oh, Lisenka!«, rief Mutter, und ihre Augen füllten sich mit Tränen des Mitgefühls, als Menschikow neben sie trat. Er wusste längst von der Verlobung in Versailles, das wurde mir jetzt klar. Seit Vaters Tod setzte ihn der Geheimdienst als Ersten über die Belange des Reiches in

Kenntnis. Er hatte mich nicht gewarnt, um den schrecklichen Schlag abzumildern. Stattdessen hatte er meine Schwester gegen mich aufgehetzt.

»Es ist meine Schuld, Lisenka. Die Bourbonen können sich nicht mit der Tochter einer Waschmagd auf dem Thron abfinden.«

»Aber ich bin die Tochter der Zarin!« Ich schmeckte Galle, denn ich war feilgeboten und abgelehnt worden. War das die Belohnung dafür, mein Begehren für Buturlin unterdrückt zu haben? Wer war nun der Narr aus Liebe? »Was sagt de Campredon dazu?«

»De Campredon bat an dem Tag, als er von der Verlobung erfuhr, um seinen Reisepass und ist vor einigen Tagen für immer abgereist.« Mutter fasste nach Menschikows Arm. »Ich sehne mich so sehr nach deinem Vater. Russland saugt mir das Mark aus den Knochen. Regieren ist entsetzlich hart …«

»Du hast doch mich«, sagte Menschikow begütigend. »Ich teile deine Last.«

Das war einfach unerträglich. Ich wandte mich zum Fenster und presste die Stirn gegen die Scheibe, um meine fiebrigen Gedanken zu kühlen. Auf der Oberfläche des Flusses trieben letzte Eisschollen, bevor die Wellen sie in Stücke brachen. Ihre zackigen Enden waren so scharf und glänzend wie Klingen. Hatten sie Anuschka, meine Schwester, meine beste Freundin, ins Herz gestochen und ihr Wesen verdorben? Mutter trat zu mir und umarmte mich. Erst schluchzte ich erstickt, dann aber riss ich die Vorhänge mit einem einzigen Schrei von den Stangen. Berge aus schwerem, gefüttertem Samt umschlossen mich. Die Nachricht aus Versailles beleidigte mich, doch Anuschkas Verrat zu ertragen, das überstieg meine Kräfte. Menschikow hatte mich dort getroffen, wo es am meisten schmerzte.

»Nicht doch, Lisenka!«, schimpfte Menschikow. »Die Vorhänge habe ich für euren Vater in Holland gekauft.«

Ich sprang auf und wollte ihm die Augen auskratzen. Dieser Schurke! Doch ehe ich zur Tat schreiten konnte, packte er mich an den Handgelenken. »*Du* hast sie gekauft?«, schrie ich. »Und woher hattest du das Geld? Wer wärst du ohne meinen Vater? Halt den Mund, Menschikow! Von dir nehme ich keine Befehle entgegen. Lass mich los oder du wirst gerädert.«

»Lisenka!«, rügte mich Mutter und schickte ihre Damen und die Wächter mit einer einzigen kalten Anweisung aus dem Gemach. Menschikow verschränkte die Arme vor der Brust und musterte mich feindselig. Ich sank zu Boden, wo sich Mutter neben mich setzte und mich umarmte. Sie hielt mich fest und wiegte mich wie einen Säugling, während ich aus Trauer um meine verlorenen, zerbrochenen, eitlen Träume weinte, vor allem aber um den Verlust meiner Schwester. Mutter hielt mich, bis ich mich halbwegs beruhigt hatte.

»Noch ist nicht alles verloren«, sagte sie und trocknete mir das verweinte Gesicht mit der albernen Holsteiner Serviette.

»Nein?«

»Nein. Ruh dich ein wenig aus und fass frischen Mut! Und dann habe ich dir jemanden vorzustellen.«

»Wen denn?«, fragte ich und wischte mir unfein die Nase mit dem Ärmel ab.

»Einen Vetter von Anuschkas Karl Friedrich, Fürst August von Holstein. Weshalb sollten wir unsere wertvolle Zeit verschwenden?«

Ich schwieg vor Entsetzen und Erstaunen. Fegte sie Jahre voll Versprechen, Hoffnung und Erwartungen einfach so vom Tisch? Sollte ich mich damit zufriedengeben, Versailles und den König von Frankreich – den König von Frankreich! – gegen einen unbedeutenden deutschen Fürsten zu tauschen, der möglicherweise ebenfalls wahllos um die Hand irgendeiner Zarewna angehalten hatte? Meine deutsch-baltisch geborene Mutter war offensichtlich zur echten Russin geworden, einer Frau voll scheinbar unüberbrückbarer Gegensätze, die im gleichen Atemzug tiefes Mitleid mit gefühlloser Grausamkeit verband. Wie eine junge Stute wurde ich aus dem Stall geführt, um einen möglichen Käufer auf dem Pferdemarkt zu finden. Ich schluckte. Mein Stolz schmeckte bitter, und es schnitt mir in die Seele, als ob ein Schwertschlucker seine Waffe im Schlund spürte. »Du bist nur die zweite Tochter«, zischte Menschikow mit zorndunklem Blick. »Sieh dir Karl August lieber gut an, bevor du zur alten Jungfer wirst!«

»Gibt es nicht noch eine andere Lösung?«, fragte ich hochmütig.

»Oh, die gibt es immer.« Galant küsste Menschikow Mutters Fingerspitzen. »Meine liebenswürdigste Zarin, ich bitte um Erlaubnis, die Zarewna Elisabeth auf eine Reise mitnehmen zu dürfen.«

»Eine Reise? Wohin? Nicht ins Ausland, hoffe ich.« Mutter schien erleichtert, ihm alles Weitere überlassen zu können.

»Nein, nein! Nur nach Susdal, in das dortige Kloster.«

Susdal.

Trotz des milden Maimorgens überfiel mich eine eisige Furcht.

34. Kapitel

Eine Nonne öffnete uns die Klappe vor dem vergitterten Fensterchen in der Tür der Zelle und trat beiseite, um uns Platz zu machen. Der Geruch, der mir entgegenschlug, zwang mich zum flachen Atmen. Die abgestandene Luft und der Gestank nach Schweiß und nicht geleerten Nachttöpfen füllten mir den Mund mit einem metallischen Geschmack, so als hätte ich Blut geschluckt.

Menschikow bückte sich und spähte ins Innere der Zelle. Ein Lächeln huschte ihm über das Gesicht, so als schösse eine Schwalbe quer über einen Innenhof. Er trat beiseite, blieb aber in der Nähe. Die schwere Goldkette, mit der sein Wolfsledermantel geschlossen war, schimmerte im trüben Zwielicht des Korridors. Das Fell wirkte scharf und borstig, fast wie mit Stacheln bewehrt.

Ich stellte mich auf die Zehenspitzen. Was erwartete mich in dieser Zelle?

Auf einem dreibeinigen Hocker saß eine Frau an einem niedrigen Tisch. Es gab weder Tischdecke und Kissen noch Teppiche oder Vorhänge. Auf dem Boden lag fauliges Stroh, und sie beugte sich seufzend vor, um sich an den Beinen zu kratzen. Dabei schob sie achtlos das dunkle Tuch ihrer Kutte bis zu ihren dünnen Schenkeln hinauf. Bisse von Flöhen und Bettwanzen eiterten an ihren Schienbeinen und Waden, neben den unzähligen anderen Kratzern, Blutergüssen und Schnitten, die ich sah. Auf ihrer geschorenen Kopfhaut saßen noch einige Haarbüschel. Narben an ihrem Schädel zeigten, wo die Klinge des Barbiers abgerutscht war. Ihr Bett bestand aus einem Strohsack und einer fadenscheinigen Decke, die achtlos auf eine Bank aus kaltem Stein geworfen worden war. Das Wasser, das von den Wänden tropfte, gefror im Winter wahrscheinlich zu Eis.

Die Frau erhob sich. Sie war größer als erwartet, und das Gewand hing ihr wie eine Fahne von den hageren Schultern. Ihre Handgelenke schienen nur aus Knochen zu bestehen. »Jewdokija«, stellte sie sich vor und öffnete den fast zahnlosen Mund. Ein leises Rascheln in der hinteren Ecke der Zelle klang so, als grübe sich eine Sau aus dem Stroh hervor, und eine bucklige Zwergin schlurfte auf die Frau zu. Sie trug Lumpen, ihr Haar stand wild und zerzaust vom Kopf ab, und ihr Gesicht mit der niedrigen Stirn, den wulstigen Brauen und der flachen Nase war von Warzen übersät. Lallend zupfte sie ihre Herrin an der Kutte und strich ihr mit erbärmlichem Hüpfen über die Glatze, so als wolle sie sie frisieren. Ich kannte die Laute, denn Verleumdern und Betrügern wurde oft die Zunge herausgeschnitten. Die Frau schlug die Hände der Kreatur weg, bevor sie schluchzte und das Gesicht in den Händen barg. Dann hob sie den Kopf und sah zur Tür, zu uns. Sie spürte, dass wir sie ausspionierten, so wie ich Menschikows Atem im Nacken spürte.

Ich wandte mich ab, erschöpft von dem schrecklichen Anblick, und presste den Handrücken an den Mund, um die aufsteigende Übelkeit niederzukämpfen. Menschikow beobachtete mich neugierig und mit dunklen Augen. In dem düsteren Korridor schien er immer größer zu werden. Ich wehrte mich gegen seine Einschüchterung, doch es dauerte eine Weile, bis ich meine Stimme wiederfand. »Wer ist das? Was hat sie getan, um eine solche Strafe zu verdienen?«

Ich stieß mich von der Wand ab und richtete mich vor ihm auf, die Beine gespreizt, um das Zittern meiner Knie zu unterdrücken. Bevor wir abreisten, hatte mir Mutter einen hermelingefütterten Umhang aufgezwungen, der mir im Maiensonnenschein von Sankt Petersburg viel zu warm vorgekommen war. Hier aber, im Innern des Klosters, verhinderte der Mantel weder die Gänsehaut an den Armen noch den Schauer, der mir über den Rücken jagte. Ich berührte meine Ikone des Heiligen Nikolaus. Auf Menschikows Zeichen hin schloss die Nonne das Fensterchen und verbarg die Frau und den erbärmlichen Anblick vor unseren Augen. Sie verweilte jedoch und klimperte mit ihrem Eisenring und einem Dutzend ähnlicher Schlüssel an der Tür. Das deutete auf zwölf weitere Unglückliche hin, die an diesem höllischen Ort eingesperrt waren, lebendig begraben und von der Erde vertrieben.

»Willst du wirklich wissen, wer sie ist, Lisenka?« Menschikow stand dicht neben mir, und mit diesem leisen Lächeln, das um seine Lippen spielte, wirkte er noch gemeiner als sonst. Seine Augen glänzten wie die eines Schweins, das in der dünnen Erdschicht unter Hainbuchenwurzeln einen Trüffel gefunden hatte.

»Zarewna Elisabeth Petrowna«, korrigierte ich ihn hochmütig. »Warum sollte ich sonst fragen?« Seit

Vaters Tod wuchs sein Ehrgeiz wie die Glyzinien, die über die Blumenbeete hinauswuchsen, die Vater im Stil des Westens eingeführt hatte. Die Pflanze rankte sich an einer byzantinisch anmutenden Kuppel ebenso hoch wie an einem westlichen Turm, ehe sie nach dem Himmel griff. Wer regierte, Mutter oder er?

»Dies ist Zarin Ewdokia Lopuchina«, erklärte er. »Sie war die erste Frau deines Vaters. Alexejs Mutter. Seit fünfundzwanzig Jahren ist sie hier zu Gast. Auch sie weigerte sich, das Erwartete zu tun. Also ja, es gibt immer eine andere Lösung. Wo auch immer, für wen auch immer.«

Ich umklammerte die Ikone so fest, dass mir die Diamanten in die Handfläche schnitten. Der Heilige war der Retter der Unterdrückten, Beschützer der Verfolgten. Doch war seine Macht stark genug, um mich vor Menschikow zu schützen?

Plötzlich verstand ich seine Eile, mich zu verheiraten. Er beherrschte bereits Mutter, und Petruschka war sein Gefangener im Palast von Oranienbaum. Jetzt musste Menschikow nur noch Anuschka und mich loswerden, um sein Ziel zu erreichen.

Er wollte Russland regieren.

35. Kapitel

Anuschkas Hochzeitstag brach nach einer aschfahlen Nacht an, bevor ein glühender Sonnenaufgang den Himmel von Sankt Petersburg in Brand setzte. Selbst die Newa wirkte so glatt wie ein goldenes Laken, das die Kaimauern straff gespannt hielten. In den frühen Morgenstunden betete ich um das Glück meiner Schwester, die mich von ihrer Freude und Aufregung ausschloss. Eines Tages, so hoffte ich, fänden wir wieder einen Weg zueinander. Je mehr ich meine Freude mit ihr hatte teilen wollen, um ihr nahe zu sein, umso mehr hatte sie sich von mir entfernt. Menschikow hatte das besser verstanden als ich selbst. Stumm ließ ich mich für die Trauung ankleiden.

Mutter hatte mir eine Robe aus blassrosa Seide und ein passendes Diamantencollier geschickt. In der Kirche übersah mich Karl Friedrich von Holstein geflissentlich. Von einem abgewiesenen Freier, der wohl wusste, auf welcher Seite sein Brot gebuttert war, konnte ich nichts anderes erwarten. Wenigstens lächelte er zärtlich, als Anuschka den Weg zum Altar entlanggeführt wurde. In ihrem Gewand aus Pariser Silberdamast sah sie aus wie Mensch gewordenes Mondlicht. In ihrem lockigen dunklen Haar funkelten mitten im Hochsommer die Diamanten und Perlen wie Schneeflocken. Tausende Pfingstrosen, die Blumen des Wohlstands und des Glücks, die aus Tante Paschas ehemaligem Haus und Garten in Ismailowo stammten, erfüllten die Kapelle mit berückendem Duft.

»Unser Festmahl holt das Drinnen nach draußen«, strahlte Mutter, als wir zum Sommerpalast übersetzten. Die Segel der unzähligen Boote strahlten mit dem Weiß der Wolken um die Wette. Im Garten des schlichten kleinen Schlosses schwebten Girlanden und Gazelagen als Dach über den unzähligen Tischen, die mit weißem Leinen und glänzendem Silber gedeckt waren. Die Küche servierte Unmengen an Kaviar und Austern, bevor wir zu zart mariniertem Wildbret übergingen, auf das ganze Spanferkel folgten sowie Schwäne, die der Reihe nach mit einem Huhn, einer Taube und einem Spatzen gefüllt waren. Die Hochzeitstorte war dem Winterpalast nachempfunden. Als ich mich vorbeugte, um den farbigen Zuckerguss zu bewundern, stockte mir der Atem. Sah ich mich dort selbst? Eine blonde Zarewna, die wie eine Eisprinzessin hinter den süß glänzenden Fenstern für immer eingesperrt saß. Die Gäste kauten und rissen mich in Stücke, ehe der Wodka mich in ihre dunklen Schlünde hinunterspülte. Am Ende waren alle so betrunken, dass sie sich mit den letzten Kuchenstücken bewarfen. Die Tanzfläche wurde zum schleimigen See, in dem sie sich vor Lachen kreischend wälzten.

Menschikow saß neben Mutter. Seine Anmaßung wuchs im gleichen Maß wie seine Macht. Wovor, wenn überhaupt, würde er haltmachen? Der Gedanke an Petruschka flößte mir Angst ein. War mein Neffe überhaupt sicher in Oranienbaum? Mutter hatte Petruschka noch nicht zu ihrem Zarewitsch und Erben ernannt, doch das konnte nur eine Frage der Zeit sein. Wenigstens war Buturlin bei ihm. Ich beneidete Petruschka darum, und mir fehlten die Freude und der Mut, den er ausstrahlte. Dies umso mehr, als ich beobachtete, wie Anuschka Karl Friedrich anschmachtete. Sie hatte ihr Ziel erreicht … Karl Friedrichs klamme Finger auf ihrem Körper, jede Nacht ihres Lebens, sie als seine Ehefrau. Obwohl ich ihr das gewiss nicht neidete, verkrampfte sich mein Inneres bei diesem Gedanken. Ich hatte mich aufgehoben, um Königin von Frankreich zu werden, und den unwiderstehlichen Buturlin abgewiesen. Umsonst.

36. Kapitel

»Karl August sollte Peterhof sehen. Am besten gleich heute«, sagte ich, als das Prinzlein aus Holstein gerade erst seiner Kutsche entstiegen war. Sein Mantel wirkte verschmutzt, seine Stiefel waren schlammbespritzt. Der rote Staub der russischen Straßen bedeckte seine dicken kastanienbraunen Locken, die ihm bis auf die Schultern und um den starken Hals fielen. Sommersprossen sprenkelten seine lange Nase und die hohe Stirn, und Schatten der Erschöpfung lagen unter den nachdenklichen grauen Augen. Ich bemerkte die Grübchen in seinen Wangen. Sein Mund sah aus, als würde er gern lachen. Ha! Schon bald sollte er um seine Abreise flehen.

»Ich übernachte in Monplaisir. Karl August kann am Ende des Parks in Marly unterkommen. Treffen wir uns an der Grotte! Sie ist ein echtes Wunderwerk«, schlug ich süß lächelnd vor.

»Du willst ihm die Grotte zeigen?«, fragte Mutter beunruhigt, doch Menschikow zuckte nur mit den Achseln. Je schneller Anuschka und ich aus dem Weg waren, desto besser für ihn. Seit Anuschkas Eheschließung war ein Monat vergangen. Auch ich war bald nicht mehr willkommen. Mutter wirkte rastlos und kurzatmig, und ich fragte mich, ob sie schon immer so viel gegessen und getrunken hatte. Die Fülle ihrer Wangen verdeckte fast ihre Augen, und ihre Finger waren so angeschwollen, dass der kaiserliche Siegelring zu einem dünnen Streifen Gold gehämmert worden war, um ihr noch zu passen.

»Ja, ich zeige ihm die Grotte«, bestätigte ich.

Die zwanzig Werst hinaus nach Peterhof gehörten zu den schönsten Strecken Russlands. Die Dächer, Fenster und Balkone der Holzhäuser waren von Formen und Mustern aus dem ganzen Zarenreich inspiriert und in Pastelltönen gestrichen. Farben wie Pistazie, Vanille, Enteneiblau und Lavendel passten sich dem butterblumengelben Anstrich des Palastes an, ganz wie eine Reihe fantasievoll verzierter kleiner Geburtstagskuchen.

Ob der Bursche überhaupt reiten kann?, überlegte ich, als ich mich in den Sattel schwang. Das Herz war mir schwerer denn je, denn die Eisprinzessin hatte sich darin auf Dauer eingenistet. Sie ritt mit mir nach Peterhof.

»Und los!« Ich gab meinem Pferd die Sporen, ohne mich nach Fürst Karl August umzusehen. Sollte er doch meinen Staub schlucken.

Um wie viel früher als ich Karl August in Peterhof angekommen war, konnte ich nicht sagen. Auf jeden Fall trug er bereits sauber gebügelte Kleidung und wirkte so frisch wie nach einem Besuch in der *banja,* während ich mit erhitzten Wangen und gelöstem Haar in den Vorhof der Stallungen galoppierte. Sein Lächeln war höflich, aber sein Blick funkelte frech, als ich ihn hochmütig mit bloßem Nicken begrüßte. »Bis später in den Gärten.«

Kaum aber hatte ich mich in Monplaisir niedergelassen, klopfte es an meiner Tür. Es war Karl Augusts Kammerherr, der mit seinem langen Rumpf und den kurzen Beinen an einen Dackel erinnerte. Er verschwand fast völlig hinter einem riesigen Strauß von zwei Dutzend Lilien, die mit einem seidenen Band zusammengehalten wurden. Zudem trug er ein silbernes Tablett voll exquisiter Süßigkeiten. Sicher hatten sie dafür in Holstein alle zusammengelegt. Der Staat war so gut wie bankrott. Eine russische Zarewna heimzuholen galt bestimmt als gute Investition.

»Was ist das?« Die Süßigkeiten waren zierlich geformt und mit getrockneten Beeren und gehackten Nüssen garniert. Bei ihrem Anblick lief mir das Wasser im Mund zusammen. Woher kannte Karl August meine Vorliebe für Süßes?

»Marzipan, eine Spezialität aus Norddeutschland. Sie wird aus Rosenwasser und Mandeln hergestellt und mit Gold aufgewogen«, prahlte der Kämmerer, als ich an einer der Süßigkeiten schnupperte. Sie roch himmlisch. Der Mann behielt mich im Blick und nahm jede meiner Regungen zur Kenntnis, wahrscheinlich um Karl August unverzüglich davon zu berichten. Daher zog ich angewidert die Nase kraus. »Igitt! Das riecht ja wie Kuhpisse!«, rief ich und öffnete meinen Affenkäfig. Das erste Stück Marzipan gab ich dem Tier zu knabbern, den Rest kippte ich achtlos auf den schmutzigen Käfigboden. Das Stroh klebte an den zarten Süßigkeiten und verdarb sie. Der Affe aber kreischte vor Vergnügen und stopfte sich das Marzipan in das stets gierige Maul. »Meinem Affen scheint es zu schmecken. Er wird zu gegebener Zeit einen Dankesbrief an Fürst Karl August schreiben«, erklärte ich lachend. »Oder vielleicht auch nicht. In zwei Stunden werde ich Fürst Karl August im Garten an den Teichen treffen.«

Sonst schlenderte ich gern durch die Galerien von Monplaisir oder ging in die Küche, die so viele glückliche Erinnerungen an unsere Familie barg. Doch die Vergangenheit kam mir vor wie ein Traum. Ich sehnte mich mehr nach Anuschka, als ich zugeben konnte. Meine Trauer über alles Verlorene übertraf sogar meinen Zorn, dass ich mich mit einem kleinen deutschen Fürsten zufriedengeben sollte. Ich ließ mir ein Bad bereiten, doch selbst das dampfend heiße Wasser brachte die Eisprinzessin in meinem Herzen nicht zum Schmelzen. Es gab kein Entkommen. Sie stieg zu mir in die Wanne, ihre Zähne waren lang und dünn wie Eiszapfen, ihre Blicke frostig und ihre Finger wie Sicheln, die mir die Seele kappten. Ich weinte und trieb so lange in der Kupferwanne, bis das Wasser abgekühlt war und die nach Lavendel duftende Seife eine schleimige Spur am Rand des Zubers hinterließ.

»Vater hat die Gärten von LeBlond anlegen lassen, der auch in Versailles gearbeitet hat«, sagte ich, als Karl August und ich die Teiche umrundeten. Hohe Hecken verbargen uns vor allzu neugierigen Augen. Sein Staat wartete brav auf der großen Terrasse und bestaunte den Park samt seinen Lusthäusern, Kaskaden und Fontänen.

»Bist du noch traurig?«, fragte er, und seine grauen Augen wirkten silbern.

»Worüber?«, fragte ich erstaunt.

»Dass du nicht Königin von Frankreich wirst. Diese Nachricht kam doch sehr plötzlich, oder?«

Überrascht blieb ich stehen und legte mir die Hand über die Augen, um sie vor der Sonne zu schützen. In den Monaten nach Vaters Tod, seit de Campredons beleidigend rascher Abreise, seit Anuschkas Hochzeit hatte mich niemand gefragt, wie ich mich fühlte. Karl August erwartete meine Antwort, seine Augen blickten ernst, umrahmt von bräunlichen Sommersprossen.

»Es ist schwer erträglich, so lange auf etwas zu warten, nur um in letzter Minute zu scheitern«, gab ich zu.

»Das kann ich mir vorstellen. Ich frage mich, was geschieht, wenn mein Vetter Karl Friedrich nicht zum Erben der schwedischen Krone ernannt wird.«

Anuschka wäre unfassbar enttäuscht, das stand fest. Ich wollte alles tun, um ihr zu helfen – wenn sie es nur zuließ – und unseren dummen Streit zu vergessen.

»Hoffentlich ist ihre Freundschaft mit Karl Friedrich stark genug, um diesen Schlag zu verkraften«, fuhr er fort. »Also, wo ist dieser Teich, den du mir zeigen wolltest?«

Freundschaft? Welch seltsame Vorstellung von einer Ehe! »Schau«, sagte ich und schob einen in der Hecke versteckten Hebel nach unten. Mit einem kurzen Brummton riss die dunkle Wasseroberfläche auf. Aus dem sprudelnden weißen Schaum tauchten drei quakende Kupferenten auf.

»Großartig!«, lachte Karl August.

»Abwarten! Es kommt noch besser«, versprach ich und drückte einen zweiten Hebel nach unten. Ein metallener Hund brach aus den Wellen und jagte die Enten im Kreis herum.

»Welch ein Wunderwerk! Dergleichen habe ich noch nie gesehen.« Karl August streckte eine Hand aus, um den Mechanismus zu berühren. Sein Ärmel glitt nach oben und entblößte eine blasse Tätowierung in Form eines Sterns.

»Was ist das?« Ich wollte den Stern berühren, aber hastig zog er den Ärmel wieder über das Handgelenk. »Oh… das! Eine kleine Freiheit, die ich mir vor Jahren genommen habe. Ich wollte Seemann werden, aber mein Vater hat mich erwischt, bevor ich es zum Kieler Hafen geschafft hatte. Er prügelte mich grün und blau und ernannte mich nominell zu einem Holsteiner Matrosen. Aber ich liebe die Seefahrt noch immer, ganz wie dein Vater.«

Wirklich ein dürftiger Versuch, mir nahezukommen! »Wenn dir die Teiche gefallen, dann lass uns jetzt zu der Grotte gehen«, schlug ich vor.

»Gern. Liegt sie unten am Meer?« Er spähte hinab zum Finnischen Meerbusen, dessen bleiernes Wasser den niedrigen Himmel widerspiegelte. Die salzige Luft hatte seine Lippen ausgetrocknet. Ich trug mir etwas von der Paste aus Bienenwachs und Honig auf den Mund auf, bot ihm aber nichts davon an.

»Ja, lass uns gehen«, sagte ich. Verschlagen senkte ich dabei die Augen, um meine Schadenfreude zu verbergen. Er hatte es so gewollt! Mit durchgedrücktem Rücken und wippendem hellgrünem Seidenrock schritt ich voraus. Der weiße Kies knirschte unter unseren Schritten, als wir zwischen den Hecken hinunter zur See gingen. Am Meer angelangt schwappten kleine Wellen auf den nassen dunklen Sand. Selbst für die Möwen war die Brandung an diesem Tag kein ruhiger Platz, sodass sie weiter draußen auf dem Wasser dahinschwammen. Der Eingang der Grotte schien uns unter dem angehäuften

Geröll wie ein aufgerissenes Maul anzugähnen. Der Fels ringsum war kunstvoll mit Schlingpflanzen bewachsen. Zu beiden Seiten der dunklen Öffnung erhoben sich wie Wächter zwei riesige Bronzestatuen. Bewundernd klopfte Karl August im Vorbeigehen mit den Fingerknöcheln dagegen und lauschte dem metallisch hohlen Geräusch. »Das sind treue Krieger«, scherzte er. Ich lächelte und wusste, dass sich dabei reizvolle Grübchen in meinen Wangen bildeten.

»Allerdings. Tritt ein! Die Grotte ist ein Wunderwerk der Mechanik.«

Er folgte mir, blieb aber in der Mitte der Höhle stehen. Er legte den Kopf in den Nacken und bewunderte mit offenem Mund das Mosaik aus Fliesen, Edelsteinen und Muscheln an den Wänden und der gewölbten hohen Decke. Ich dagegen glitt an der Wand entlang, bis ich eine versteckte Nische erreichte. Meine Finger tasteten nach der Öffnung, die zwischen zwei großen Muscheln verborgen war, und fanden den geheimen Knopf, den ich drückte.

»Wunderbar!«, stieß Karl August gerade hervor, als er vom Eingang her eine Bewegung wahrnahm. »Ich muss verrückt sein. Haben sich die Wächter nicht gerade umgedreht?«, fragte er. »Und hatten sie die Waffen auch schon vorher im Anschlag?«

»Mir ist nichts aufgefallen, mein Fürst«, sagte ich und drückte mit einem Lachen den Hebel unter dem Knopf nach unten.

»Was zum …?«, begann Karl August, mehr konnte er nicht mehr sagen, denn die Statuen beschossen ihn aus allen Rohren mit salzigem Meerwasser. Die Wucht des Wasserstrahls zwang Karl August in die Knie, und er rang nach Luft. Er schrie und hielt sich die Hände vor die Augen. Immer wieder wollte er auf die Beine kommen, vergeblich, denn sofort warf ihn ein Wasserstrahl wieder um. Dann geriet auch noch der Untergrund in Bewegung. Aus einer Vielzahl von Rohren und Düsen stieg Wasser nach oben und riss ihm den Halt unter den Füßen weg. Er glitt aus. Je heftiger er aber zu entkommen versuchte, desto mehr rutschte und stolperte er, bis er endgültig am Boden lag. Es war zum Schreien komisch.

»Ganz erstaunlich, nicht wahr?«, rief ich, um das Dröhnen der Düsen zu übertönen. Mir flossen vor Lachen die Tränen über die Wangen. Wasser beschoss ihn nun von allen Seiten und durchweichte ihn bis auf die Haut. Ich krümmte mich vor Heiterkeit und schlug mir die Hände vor den Mund, bis langsam, ganz langsam der Wasserstrom nachließ. Die bronzenen Wächter senkten ihre Waffen und drehten sich mit einem Quietschen wieder der Bucht zu, wobei der Mechanismus einrastete. Karl August stand vollkommen durchnässt inmitten der Grotte. Das Haar klebte ihm am Schädel, und Wasser tropfte ihm von den Wimpern, aus der Nase, aus den Ohren. Sein feines Beinkleid, Weste und Jacke waren unbrauchbar geworden und klebten ihm am zugegebenermaßen kräftigen Körper. Menschikow würde die Rechnung für Karl Augusts neue Garderobe sicher ohne Murren begleichen.

»Entschuldigung, ich hatte keine Ahnung, dass das passieren könnte«, seufzte ich und wischte mir über die Augen. »Aber es sah unglaublich lustig aus. Weshalb schaust du so böse drein? Lachen denn nette deutsche Mädchen nicht auch gern?« Für mich war unser kleiner Spaziergang ebenso beendet wie unsere gesamte Bekanntschaft. Je eher er abreiste, desto besser. Ich sehnte mich nach der Stille von Monplaisir und wollte an ihm vorbei in den Garten schlüpfen.

»Nicht so hastig!«, rief er und packte mich am Handgelenk, wirbelte mich herum und zog mich an sich. Ich keuchte auf. Niemand außer seinem widerlichen Vetter hatte mich je so angefasst. War dies vielleicht eine holsteinische Sitte? Sein Griff schmerzte, und seine Augen waren dunkel vor Zorn. »Nette deutsche Mädchen durchweichen ihre Verehrer nicht bis auf die Haut«, knurrte er.

»Davon kannst du gern noch mehr haben. Warte nur ab!«, erwiderte ich. »Auf der Stelle lässt du mich los!«

»Ich werde dich tatsächlich loslassen, Zarewna«, knurrte er. »Nur gerade hier und jetzt nicht.«

»Was …«, schrie ich, als er mich packte und wie einen Mehlsack über die Schulter warf. »Nein! Lass mich sofort los!« Mit den Fäusten trommelte ich ihm auf den Rücken, doch er rannte los, von der Grotte weg, hinunter zum Ponton. Vor uns erstreckte sich grau und weit die Ostsee.

»Nein!«, flehte ich, zu spät. Er wurde immer schneller und schien Anlauf zu nehmen.

»Ja, doch! Jetzt bist du an der Reihe!« Er sprang mit einem einzigen weiten Satz vom Ponton ins Meer. Ich stieß einen kurzen durchdringenden Schrei aus, ehe wir in die See eintauchten. Ringsum spritzte und wirbelte Salzwasser. Es füllte mir den Mund und die Nase. Meine Frisur löste sich auf, und mein schönes neues Seidenkleid hing an mir wie ein Sack. Ich rang nach Luft, als ich an die Oberfläche kam und vor Schreck wie wild mit den Beinen strampelte. Ertrank ich? Doch dann fühlte ich den Kies und den Schlamm des Meeresgrundes unter meinen bestickten Seidenschuhen. Wir waren nicht weit vom Ponton entfernt. Das Wasser reichte mir kaum bis zu den Hüften. Karl August trieb nur eine Armlänge entfernt von mir. Er strich sich lachend das nasse Haar aus dem Gesicht. Tropfen glitzerten auf seinem Handgelenk mit der Sterntätowierung.

»Du siehst einfach großartig aus, Elisabeth. Ich wünschte, ich könnte dich so malen lassen, um die Erinnerung an diesen Augenblick für immer zu bewahren.«

»Die Erinnerung kannst du gern bewahren. Ich selbst bin nicht zu haben«, fauchte ich und sprang ihn an. Ich wollte ihn treten, schlagen, kratzen, doch er umfasste meine Handgelenke umso fester. »Bist du dir da so sicher?«, fragte er lachend, bog mir die Arme hinter den Rücken und zog mich an sich. Mir stockte der Atem. Mutter und Anuschka durften mich umarmen, doch selbst Buturlins Berührung an meinem Arm war gewagt gewesen. Karl August schien dies gleichgültig zu sein. Ein weiterer Ruck, ein Atemzug näher. Ich wehrte mich, doch die Welt kam zum Stillstand. Ich fühlte Karl Augusts starken Herzschlag an meiner Brust. Sein Mund war meinen Lippen so nah, und er lächelte mit geraden weißen Zähnen, mitten in meinen spuckenden, kratzenden Zorn hinein. Ich verstummte und hielt vor Staunen still, als er meine Hände weiter als Geiseln festhielt. »Das wollte ich schon heute Morgen im Winterpalast tun«, murmelte er.

»Was…«, begann ich, doch er küsste mich bereits. Seine Lippen waren zuerst vorsichtig, als er mich kostete, langsam und suchend. Obwohl ich mich von ihm befreien wollte, glitt ich näher auf ihn zu, fast als würde hier ein besonderes Gesetz der Anziehungskraft walten. Mit seinem Mund hielt er mich zuverlässiger gefangen als mit seinem Griff. Alles in mir wurde weich, und ich verlor den Halt. Karl August atmete in mich hinein und schenkte mir ein neues Leben, hier, inmitten des kalten Herbstwassers im Finnischen Meerbusen. Meine Hände fühlten nach ihm, seiner Haut und jedem Muskel, den lange Ritte und die Jagd im norddeutschen Flachland geformt hatten.

»Ich hätte ertrinken können«, keuchte ich.

»Unsinn. Ich kann schwimmen. Und ein Seemann rettet sein Mädchen. Immer«, flüsterte er.

»Sein Mädchen?«, fragte ich herausfordernd. Das Herz schlug mir bis zum Hals, denn nun küsste *ich* ihn. Sein Mund schmeckte immer wieder anders. Die Wellen drängten mich näher zu ihm hin, in seine Arme. Wie eine Ertrinkende an eine Treibholzplanke klammerte ich mich an seinen Hals und wollte immer mehr von ihm schmecken. Ich genoss es, jedes bisschen von ihm unter seinem nassen Hemd zu fühlen. Aus Furcht und Erregung vor dem Unbekannten aber wurde mir schwindelig, und ich zitterte, als er meine Finger küsste. »Ich gebe auf«, hauchte ich. »Du hast Kampfgeist für zehn. Komm!«

Gemeinsam wateten wir zum Kai zurück, wo er mich auf den Planken des Pontons absetzte. Ich fröstelte in der kühlen Abendluft, und als er mir das feuchte Haar aus dem Gesicht strich, sah ich wieder seine sternförmige Tätowierung. Er stand noch immer im schlammigen Wasser, doch seine Augen funkelten, als kümmere ihn nicht die kleinste Sorge, und er lächelte dieses warme, unbekümmerte Lächeln. »Heirate mich, Lisenka!«, bat er mich.

Heirate mich! Ich hielt den Atem an. In meinem Innern entbrannte ein Feuerwerk von Glück und Zweifeln. In seinem Sternenregen vermischten sich alle Eindrücke meines Lebens, die glückliche Ehe meiner Eltern, Jekaterinas verunstaltetes Gesicht, Anna Iwanownas verarmtes Witwendasein, meine Gefühle für Buturlin, Anuschka, die mich anfeindete, schließlich Karl Augusts Lippen, die lachten, mich küssten und Worte der Freiheit sprachen. Ich benötigte nur einen Atemzug, um mich zu entscheiden.

»Ja«, sagte ich ebenso schlicht, wie seine Aufforderung es gewesen war, und er gab mir einen letzten keuschen Kuss auf die Lippen. Aus der Nähe betrachtet hatten Karl Augusts klare graue Augen einen Hauch vom Himmelsblau, das über Peterhof lag. Ich wollte seine Sommersprossen zählen, doch vergeblich. Wir lachten, schwindelig vor Glück und allein vor Freude darüber, hier und jetzt beieinander zu sein. Und für alles andere hatten wir ja ein Leben lang Zeit. Er lachte auf und küsste mir noch einmal die Finger. Plötzlich hörten wir hinter uns Schritte und Rufe. Unser Gefolge rannte den Hang herunter, stieß und schob sich gegenseitig, fiel über die eigenen Füße.

»Komm hoch zu mir!«, forderte ich ihn auf. »Sonst wirst du dich erkälten.« Er stemmte sich hoch auf den Ponton, und wir hielten uns bei den Händen, bevor wir uns umwandten und der Welt entgegenblickten. Die letzten Sonnenstrahlen berührten meinen Rücken wie ein Segen, doch vor Kälte schlugen mir die Zähne aufeinander. Meine Zofe schalt mich, wickelte uns beide in Wolldecken und füllte uns kleine Wodkagläser voll, die wir in einem Zug leerten. Während ich nach einem zweiten Glas griff und der Schnaps mich mit warmen Fingern streichelte, spähte ich noch einmal hinaus auf das Meer vor Peterhof. Wolken zogen über den Himmel und glichen einem Seidenstrang am Spinnrad. Ihr dunkler Rand versprach Abendregen. Nachmittagsnebel stieg aus dem Wasser in die kühle Luft und verschmolz mit dem dunstigen Horizont. Oder war der Silberstreif dort etwa die gegenüberliegende Küste? Ich kniff die Augen zusammen, als sich im Wasser etwas bewegte. Es war meine innere Eisprinzessin. Karl Augusts Kuss und Antrag hatten sie aus meiner Seele ins Meer gespült. Ich beobachtete ihren vergeblichen Kampf gegen die Strömung. Gute Reise und auf Nimmerwiedersehen.

37. Kapitel

Die folgenden Monate meines Lebens gehörten allein Karl August, obwohl Mutter und Menschikow natürlich durch tägliche Berichte auf dem Laufenden gehalten wurden. Karl August kam jeden Morgen zu mir in die Küche von Monplaisir. Ich hatte mein Haar zu einem losen Zopf geflochten und trug ein ungeschnürtes einfaches Hauskleid, während ich unseren *kascha* rührte. Karl August leckte mir den süßen Brei samt Beeren, Schmand und Honig von den Fingerspitzen, bevor wir den Samowar zum Brodeln brachten und dem Tee einen guten Schuss Wodka zusetzten, um den Tag zu beginnen. Wir redeten miteinander und hörten einander zu, bis wir zusammen verstummten. Er war so gut darin, Fragen zu stellen, Fragen nach meiner einsamen Kindheit, der Entstehung von Sankt Petersburg und meinem Vater, den er »den großen Zaren« nannte. Wir staunten über Menschikows Arroganz, bemitleideten Jekaterina für ihren Grobian von Ehemann und dachten an Anna Iwanownas verarmtes Leben in Kurland. Er lachte Tränen, wenn ich den steifen, gichtigen Gang Ostermanns nachahmte, und hielt mich fest umschlungen, als ich über meinen Bruch mit Anuschka weinte. Gemeinsam mit ihm schmerzte mich die Vergangenheit weniger, denn wir sahen nach vorn. Er bediente mich bei Tisch, hielt meine Hand, während ich aß, küsste meine Finger und zog mich dann an sich. Sein Mund war eine einzige Forderung, der ich nur zu gern nachgab. Ich saß rittlings auf ihm, als er den Knebelverschluss meiner Jacke öffnete und die Hände auf meine vollen Brüste legte.

»Sind sie zu groß?«, flüsterte ich.

»Mitnichten. Die vollkommene aristokratische Handvoll«, raunte er.

»Aber nur weil du große Hände hast«, lachte ich. »Größer, als es sich für einen Fürsten gehört.«

»Ich bin eben doch ein Seemann. Aber weiter dürfen wir nicht gehen. Wir haben so viel Zeit, Liebling Lisenka. Ich will dich als meine Frau nehmen und nicht vorher.«

Dennoch loteten wir die Grenzen unseres Verlangens immer weiter aus. Wir ritten gemeinsam zur Jagd, und ich stellte fest, dass er ein noch besserer Schütze als Buturlin war. Dann fanden wir eine Lichtung, auf der die unzähligen kleinen rosigen Schaufelhände der Maulwürfe zahlreiche Hügel aufgeworfen hatten. Pilze schossen überall aus dem rotgoldenen Laub hervor, und ihr Duft würzte den Wald, Steinpilze, Pfifferlinge, Maronen und Krause Glucke, die so köstlich mit Rührei schmeckte. Wir banden unsere Pferde an, sie grasten und neckten sich gegenseitig mit ihren Köpfen. Karl August häutete den Hasen, den er geschossen hatte, und entfachte ein Feuer, indem er einen Kegel aus trockenem Reisig aufstapelte. Mit einem einzigen Schlag seines Feuersteins schlug das trockene Moos Funken. Der Hase steckte auf einem Spieß, während ich in den tiefblauen Himmel blickte. Meine Bluse stand am Hals offen, und meine Beine in den Reithosen und den oberschenkelhohen Stiefeln hatte ich auf seinem Mantel gekreuzt, den er im Moos ausgebreitet hatte. Ein schwerer roter Burgunder setzte seine Küsse in Brand, und als seine Lippen langsam von meinem Mund über meinen langen weißen Hals glitten, wuchs ich ihm vor Verlangen entgegen. Er öffnete die Schnürung meiner Bluse, um das Halbrund meiner Schultern zu liebkosen. Immer weiter schob er den Stoff beiseite, und die kühle Luft streifte meine Brustwarzen. »Ich begehre dich so sehr«, flüsterte er. »An jedem Tag unseres Lebens will ich dich nehmen, jeden Morgen, jeden Mittag, wenn möglich als Vorspeise, Hauptgericht und Dessert, und am Abend. Das darfst du mir glauben. Wir werden Dutzende kleiner holsteinischer Fürsten und Fürstinnen haben, weil ich deiner nie müde werde. Aber ich will dich als meine Frau, und vorher werde ich dich nicht entehren«, versprach er mit silbern schillerndem Blick. »Ich liebe dich, Lisenka«, sagte er, und die Einfachheit seiner Worte überwältigte mich. Wer hätte gedacht, dass Liebe so einfach, so schön sein konnte? Der Abend brach herein, und ich zitterte in der plötzlichen Kühle. Der Hase am Spieß hatte sich in einen verkohlten Klumpen verwandelt. »Das ist ein kleines Opfer für den Gott der Liebe!«, rief Karl August lachend und warf die Überreste unserer Mahlzeit ins Dickicht, damit die wilden Tiere sich daran erfreuen konnten. »Solange ich dich habe, ist mein Hunger gestillt.«

Wir spielten Verstecken im Labyrinth von Peterhof. Er entdeckte mich, als ich hinter dem Standbild der Venus kauerte, und hob die Göttin vom Sockel, um mich stattdessen dort abzusetzen. »Hier gehörst du hin«, sagte er und zog mir die Hausschuhe aus. Er kniete nieder und küsste meine Fußsohlen und die weiche Innenseite meiner Schenkel durch die seidenen Strümpfe hindurch. Ich lehnte mich in den tiefen Schutz der Hecken, als er meinen schweren Rock bis zu den Hüften hob. »Karl August!« Ich rang nach Luft, aber er koste meine Waden, die Kniekehlen und die Innenseiten meiner Oberschenkel, bis die Seide unter seiner Zunge knisterte. Ich schmolz vor Verlangen, als sein Finger in mein feuchtes Fleisch glitt, und biss mir auf den Daumen, um uns nicht zu verraten. Gerade noch rechtzeitig, denn nun glitt seine Zunge in meine Feuchtigkeit, sanft, aber entschlossen.

»Nein!« Als ich nach Luft rang, hielt er einen Augenblick lang inne.

»Nein? Gefällt es dir nicht?«

»Doch. Ich meine… ja!«, flehte ich, und er leckte mich, langsam und zärtlich, bevor seine Zungenspitze auf eine gewisse Stelle stieß. Ich wand mich und wühlte mit den Fingern in seinen dichten kastanienbraunen Locken, als sich völlige Hingabe in mir ausbreitete. Ich konnte nicht anders, als mich aufzubäumen, und hielt mich an den Seiten des Sockels fest, als ich beinahe ohnmächtig vor Lust wurde, die er durch meinen Körper sandte. »Meine Venus«, flüsterte er und umarmte mich.

»Ich will dich so sehr«, raunte er, und sein Blick war dunkel vor Verlangen. »Aber die Zeit ist noch nicht reif.«

Ich wurde zornig vor Enttäuschung. »Und was, wenn der rechte Moment nie kommt?«

»Natürlich wird er kommen«, erwiderte er lächelnd. »Aber vielleicht bist du meiner bis dahin überdrüssig.«

»Niemals!«, beteuerte ich inbrünstig. »Weder mein Geist noch mein Körper werden deiner jemals müde sein.«

»Noch nie habe ich einen Menschen getroffen, der so viele Gegensätze in sich vereinigt wie du, Lisenka.« Er musterte mich nachdenklich. »Ich denke sehr viel über dich nach.«

»Wie meinst du das?«

»Du bist so wild und frei aufgewachsen wie ein Bauernkind, wolltest aber Königin von Europas elegantestem Hof werden. Du bist so fromm, dass du jedes Jahr eine Pilgerreise unternimmst, und schlägst dich mit mir in die Büsche. Du reitest rittlings, als Mann verkleidet, aber nennst eine unermessliche Anzahl prächtiger Kleider dein Eigen. Du wohnst in einem Palast, schläfst aber lieber in einem Zelt und kochst am offenen Feuer. Nach anfänglicher Verachtung liebst du mich heiß und innig. Wehe dem, der deiner Familie Schaden zufügt, aber du billigst den Tod deines Bruders, des Zarewitsch.«

»Still!« Ich legte einen Finger auf die Lippen.

Er küsste meine Fingerspitzen. »Du bist eine echte Russin.«

Einen Herzschlag lang herrschte Stille. Das Gefühl, dass wir alles miteinander teilen konnten, war ebenso eine Offenbarung wie meine Freude, dass er mich wirklich verstehen und wissen wollte, wer ich war.

»Eine echte Russin? Ja, das bin ich wirklich«, sagte ich dann. »Und ich werde es immer sein.«

Wir kehrten nach Sankt Petersburg zurück, als die karelischen Ebenen im Herbstregen ertranken. Als wir an Menschikows Schloss Oranienbaum vorbeifuhren, spähte ich aus dem Kutschenfenster, entdeckte aber natürlich weder Petruschka noch Buturlin. Zurück in Sankt Petersburg begann der Winter mit trockener, knisternder Kälte. *Djeduschka Moros*, Väterchen Frost, hauchte seinen kristallenen Atem an Scheiben, auf Schollen und Zweige. Der Hof warf sich wie besessen vor Vergnügen in die Vorbereitungen für eine noch pompösere Jultide als je zuvor. Anuschka und Karl Friedrich, der neu ernannte Offizier der Sankt Petersburger Garde, zogen mit ihrem Staat in ihr eigenes Schloss, das schlichte Jekaterinenhof. Menschikow gelang es weiterhin, uns voneinander fernzuhalten. Meine Mutter ohne ihn zu sehen war so gut wie unmöglich. Je mehr Menschikow bekam, desto mehr verlangte er, aber das lag in seiner Natur.

Karl Augusts Liebe gelang das Unglaubliche. Er hielt die Eisprinzessin davon ab, wieder Einzug in meine Seele zu halten.

Unsere Verlobung sollte am Morgen nach dem Dreikönigstag und dem Segnen des Newawassers bekannt gegeben werden.

38. Kapitel

»Graf Tolstoi«, kündigte meine Hofdame an. »Und die Herzogin von Holstein.« Überrascht wandte ich mich um. In seinem hohen Alter verließ Tolstoi seine *datscha* kaum noch. Stundenlang beobachtete er die Vögel, die im dichten Wald nisteten. Anuschkas Besuch aus Jekaterinenhof kam mehr als unerwartet. Karl Friedrich nahm die beste nur vorstellbare Rache, indem er den Bruch zwischen uns Schwestern noch vertiefte.

Dichter Schnee fiel seit dem vorherigen Nachmittag, sodass die Straßen der Stadt so gut wie unpassierbar waren. Draußen am Palasttor sah ich, wie sich Tolstois Kutscher mit der Garde unterhielt. Die Männer wärmten sich die Hände an einem Kohlenbecken. Ich trug noch immer meinen samtenen Morgenmantel und hatte meinem Papagei gerade einige saftige Schimpfworte beigebracht. »Bitte«, sagte ich und setzte den bunt gefiederten großen Vogel, der mir die lustigste Kakofonie an Verleumdungen ins Gesicht schleuderte, zurück in seinen Käfig. Dann schürte ich mit einem Haken das Feuer noch höher.

Mein Herz schlug schneller, als ich vor Anuschka knickste, doch sie blieb hinter Tolstoi auf der Schwelle stehen. Wie gern hätte ich meine Freude über Karl August mit ihr geteilt und sie dadurch verdoppelt!

»Setzt euch!«, sagte ich. »Kann ich euch gewürzten Tee anbieten?« Nach dem Weg die steile Treppe herauf rang Tolstoi nach Atem. »Es gibt keine Zeit zu verlieren, Zarewna«, keuchte er. »Wir müssen sofort die Zarin aufsuchen.«

»Was ist geschehen?«, fragte ich, schlüpfte in eine warme Jacke aus gewalkter Wolle und Fell, und meine Zofe suchte nach meinen Stiefeln.

»Menschikow will Petruschka mit seiner ältesten Tochter Maria verheiraten.«

»Wie bitte? Das ist doch unmöglich.« Ich fuhr herum. »Maria ist beinahe dreißig Jahre alt und Petruschka kaum dreizehn.«

»Für Menschikow ist nichts unmöglich. Er strebt nach dem Thron für sich und seine Brut. Wir müssen ihn um jeden Preis aufhalten«, sagte Anuschka und wandte sich zum Gehen.

»Petruschkas Patenonkel Alexej Dolgorukow kam heute Morgen zu mir. Er war vollkommen aufgelöst. Die Lage ist ernst. Er war im Winterpalast, doch weder die Zarin noch Menschikow haben ihn empfangen.«

»Kein Wunder. Er ist ein widerlicher Altgläubiger. Vor Furcht muss er außer sich sein. Die Verlobung bedeutet, dass er Petruschka für immer verliert.«

»Nicht nur er. Wir auch«, bemerkte Anuschka knapp. Offenbar war das Gespräch damit beendet.

Ich eilte ihnen nach und zog mich auf dem Weg die Treppe hinunter an. Wie stand es um Russland, wenn ein ehemaliger Piroggenverkäufer seine Tochter auf den Thron setzte und die Zarin zu einer Marionette degradierte? Petruschka war Menschikows Marionette und Russland seine Spardose, die sich wie von Zauberhand immer wieder auffüllte. Dafür arbeiteten Millionen Menschen, jeden Tag, ohne zu murren, wie ein Ameisenheer.

»Ich halte mein Wort«, weinte Mutter und rang nach Atem. »Ich habe Menschikows Vorschlag bereits zugestimmt.«

»Durch diese Ehe ist nicht nur Russland, sondern auch das Leben deiner Töchter in Gefahr«, klagte Tolstoi, der vor meiner Mutter kniete, die Handflächen flehend nach oben gedreht. »Selbst wenn du selbst auf den Thron verzichtest, so kannst du das Recht darauf doch noch vererben.«

Mutter atmete schwer und legte sich eine mollige Hand auf das Herz. Seitdem sie Zarin geworden war, hatte sie sich stark verändert. Es war, als hätte sie alle Lust am Leben verloren. Vater hatte ihren Geist mit sich ins Grab genommen. Hinter dem Paravent neben ihrem Schreibtisch war ein leises Rascheln zu hören. Jemand versteckte sich dort und lauschte. Jemand… Menschikow.

»Ich habe mein kaiserliches Wort gegeben. Petruschkas Verlobung wird gemeinsam mit der von Lisenka und Karl August bekannt gegeben. Wünschst du Petruschka denn nicht dasselbe Glück, wie du es hast?«

»Wenn, dann würde ich nie an Maria Menschikowa denken. Mutter! Sie ist gut fünfzehn Jahre älter als er!«, rief Anuschka.

»Menschikow will Russland regieren. Weißt du, was diese Verlobung bedeutet? Sie ist mein Todesurteil«, sagte ich.

»Du übertreibst«, widersprach Mutter.

»Nein! Ich habe noch nicht auf den Thron verzichtet, wie Anuschka es getan hat«, erwiderte ich.

»Genug!«, donnerte Menschikow und trat hinter dem Paravent hervor, ohne sich im Geringsten zu schämen. Im Gegenteil, sein zorniges Gesicht erinnerte mich mehr denn je an die grob geschnitzten Marionetten auf einer Kirmes. »Dafür wirst du bezahlen, Tolstoi«, drohte er.

Tolstoi erhob sich, doch sein Blick war der eines geprügelten Hundes. »Du bist der Verräter, Menschikow. Aber die große Bärin Russland wird an deinen Knochen nagen. Gib ihr nur genug Zeit!«

»Erst einmal genießt sie dich als Vorspeise«, höhnte Menschikow und fasste Mutter vertraulich am Ellbogen. Dann wandte er sich an Anuschka und mich. »Sobald eure Verlobung verkündet wurde, Lisenka, reist ihr Mädchen alle beide nach Deutschland. Worauf wollen wir noch warten? Dieser Frühling ist so gut wie jeder andere.«

»Ich fühle mich so schwach«, murmelte Mutter und hielt sich ein Seidentaschentuch an die blutende Nase. Entsetzt sah ich dicke rote Blutgerinnsel an der weißen Paste ihrer maskenhaften Schminke kleben.

»Komm, Katharina Alexejewna, du brauchst Ruhe«, sagte Menschikow in besorgtem Tonfall, doch sein Blick war kalt. Mutter sah uns um Vergebung bittend an, konnte ihm aber nicht widerstehen. Er führte sie in ihr Schlafzimmer und trat die Tür mit der Ferse zu, uns mitten ins Gesicht. Einen Augenblick lang herrschte Stille. Tolstoi schlug sich die Hände vor das Gesicht. »Bei meiner Seele, ich wollte es verhindern! Dies ist das Ende der Romanows«, flüsterte er.

»Karl Friedrich und ich wollten sowieso nach Deutschland ziehen. Dort sind wir näher an Schweden, sollte er seinen Thronanspruch geltend machen«, sagte Anuschka mit zitternder Stimme.

Glaubte sie noch immer an einen Thron in Stockholm? *Eher schneit es schwarz,* dachte ich. »Abreisen zu *müssen* ist etwas ganz anderes, als abreisen zu *wollen.* Russland ist unser Zuhause«, erklärte ich stattdessen. »Willst du den Thron dem Gauner Menschikow in die Hände fallen lassen?«, fragte ich. »Was ist, wenn du einen Sohn gebierst? Sobald Menschikow Petruschka mit seiner Tochter verheiratet hat, wird er über die Thronfolge entscheiden.«

Im eisigen Flur wartete bereits Fürst Alexej Dolgorukow auf uns. »Was gibt es Neues, Tolstoi?«, fragte er, entsetzt von der Vorstellung, jeglichen Einfluss auf seinen Patensohn Petruschka zu verlieren. »Das ist unser aller Untergang.«

»Solange die Zarin Menschikow aufs Wort folgt, gibt es keine andere Möglichkeit«, sagte Tolstoi. »Doch eine Hoffnung bleibt, denn sie hat ihren Nachfolger noch nicht bestimmt.«

Seine Worte hingen wie eine Prophezeiung zwischen uns. Petruschka war noch immer nicht offiziell der Zarewitsch. Der Gedanke, dass auch ich vielleicht nach der Heirat mit Karl August meinen Anspruch auf den russischen Thron aufgeben musste, machte mich so gereizt wie eine Tigerin, die nach einem langen sibirischen Winter erwacht, unberechenbar und hungrig.

Mutter nahm die Parade zur traditionellen Segnung der Gewässer am Dreikönigstag in einem Reitkleid aus silbernem Tuch und mit einem breitkrempigen Hut mit weißen Reiherfedern ab. Sie stand vier Stunden lang im eisigen Wind auf dem Eis. Am späten Nachmittag hustete sie Blut und fiel wiederholt in Ohnmacht.

Menschikow verschob sowohl die Ankündigung meiner als auch Petruschkas Verlobung und schlug sein Lager am Bett meiner Mutter auf. Kein persönliches Wort war möglich, obwohl ich schier barst vor meinen letzten Fragen, meiner letzten Liebe, die ich ihr geben konnte. Ihr Ende war nahe und entfernte mich von ihr, immer weiter und für immer. Ich hatte nie an ihrer Hingabe gezweifelt, obwohl die Einsamkeit Anuschkas und mein liebster Spielgenosse gewesen war, solange wir als Kinder in Kolomenskoje gelebt hatten. Zum zweiten Mal in nur zwei Jahren lag Russlands Zukunft zwischen der Vergangenheit und der Zukunft in der Waagschale. Einmal mehr war der Tod einer Zarin nicht nur das Sterben einer Frau und Mutter. Höflinge, Militärkommandanten und hohe Beamte drängten sich um einen Platz in der Todeskammer, ein unwürdiges Gedränge, das von den Hofdamen kaum gebändigt wurde. Vor ihrer Tür lauerte Alexej Dolgorukow zwischen den anderen, die noch nicht wussten, wem sie schmeicheln und wen sie fürchten mussten. Wer sollte ihr Schicksal sein? Ich hörte sie flüstern.

»Hat die Zarin ihren Erben bestimmt?«

»Ist es Menschikow?«

»Ein Bäckerjunge? Er ist nicht besser als ein Söldner. Nein, es wird die Zarewna Elisabeth sein.«

»Wohl kaum. Sie soll einen ausländischen Fürsten

heiraten. Petruschka ist der Enkel von Peter dem Großen, dem letzten lebenden Romanow. Er kann der einzige Erbe sein!« Natürlich war es Alexej Dolgorukow, der dies sagte und der vergaß, dass Menschikow seinen jungen Patensohn so gut wie gefangen hielt.

In Mutters Schlafgemach erschwerten Weihrauch- und Myrrheschwaden das Atmen. Ein Feuer loderte, und sein Rauch wirkte erstickend. Die Fenster blieben geschlossen, die Vorhänge zugezogen. Der Raum war heiß wie eine *banja*, als Menschikow mit einem Stirnrunzeln Mutters Flüstern, ihrem letzten Willen, lauschte. »Die Zarin hat ihren Entschluss gefasst«, verkündete er und richtete sich auf. »Petruschka Alexejewitsch Romanow soll Zarewitsch und ihr Thronfolger sein. Er wird Fürstin Maria Menschikowa heiraten und mit sechzehn Jahren volljährig werden. Bis dahin soll ein Staatsrat regieren: Herzog Karl Friedrich von Holstein mit Herzogin Anuschka, die Zarewna Elisabeth, Vizekanzler Ostermann ... und ich.«

Zarewna Elisabeth. Ich ballte die Fäuste. Ich war keine Kronprinzessin mehr, sondern nur noch die Tochter der Zarin. So sollte es sein. Meine Mutter rang nach Atem, als Menschikow weitersprach. »Die Herzogin von Holstein und die Zarewna Elisabeth sollen je eine Million Rubel erhalten, weil sie ihr Recht auf den Thron an Zarewitsch Petruschkas mögliche Nachkommen abgegeben haben.« Anuschka warf Karl Friedrich einen Blick zu, und der nickte kurz und zufrieden. Sie präsentierten sich als einheitliche Front, als Wand, in der kein Riss sichtbar war. »Die persönlichen Besitztümer der Zarin, ihre Kleider, ihr Silber, ihr Porzellan und ihr Schmuck, sollen zwischen ihren Töchtern aufgeteilt werden«, endete Menschikow, als sich die Tür öffnete. Petruschka kam herein, gefolgt von Buturlin. Bevor ihn jemand daran hindern konnte, schlüpfte sein Pate Alexej Dolgorukow hinterher. Nach dem Ritt vom Land in die Stadt mitten in der Nacht wirkte Petruschka sehr erschöpft und blinzelte im Kerzenlicht. Menschikow musterte Dolgorukow mit finsterem Blick, so als würden zwei Hyänen eine Beute umkreisen. Petruschka gehörte ihm!

Ich kümmerte mich nur um meine Mutter. Die ewige Dunkelheit rückte näher und verhüllte bereits ihre Gestalt. Ringsum weitete sich die Stille wie ein silberner See, auf dem sie bald ihre letzte Reise antreten sollte. Als sie ihren allerletzten Atemzug tat, ein kurzes und schmerzhaft klingendes Keuchen, stürzte ich nach vorn und stieß Menschikow beiseite, um ihre Hand zu ergreifen. Ihre Brust bewegte sich so wenig wie ihr wächsernes Gesicht. Der Kiefer war erschlafft, und die Augen hatten sich weiß verfärbt. Menschikow und Dolgorukow wollten ihr beide das kaiserliche Siegel vom Finger reißen. Ich aber verschränkte ihre Finger mit meinen Händen und schützte Russland, solange ich es nur konnte.

»Lisenka, bitte!«, flüsterte Anuschka.

Ich sah auf und nickte. Dann zog ich Mutters Leichnam das kaiserliche Siegel vom Finger und übergab es mit zitternden Fingern dem Grafen Ostermann. Der Vizekanzler betrachtete es wie staunend eine ganze Weile und beugte dann das schmerzende, geschwollene Knie vor Petruschka, seinem ehemaligen Schüler. Während Feofan Prokopowitsch den jungen Zaren segnete, schob Ostermann den Rubinring auf den langen, schlanken Finger meines Neffen, wo er schlaff herabhing, bevor er die Lippen auf den purpurroten Stein drückte. Er bemühte sich, seine Gefühle zu beherrschen, und stand auf. »Die Zarin ist tot. Es lebe der Zar!«, rief er. »Es lebe Peter der Zweite!«

Dann weinte er haltlos und umklammerte Petruschkas Hände. Während ich selbst gegen meine Tränen ankämpfte, begegnete ich Buturlins Blick. Er stand neben seinem jungen Zaren. Obwohl mir Karl August die Hände in einer beruhigenden Geste auf die Schultern legte, knisterten unsere Blicke förmlich in der Luft. Ich spürte die unruhige, aufgestaute Energie der endlosen Monate, die er mit Petruschka in Oranienbaum verbracht hatte. Während ich Karl August nie von meinen verbotenen kindischen Gefühlen für Buturlin erzählt hatte, spürte ich seinen sengenden Blick heiß auf meiner Haut, seine Sehnsucht nach dem Unerreichbaren.

Dann war ich an der Reihe, vor Petruschka niederzuknien und dem jungen Zaren meinen Treueid zu schwören. Doch als er mich auf die Füße hob – er war schon fast zwei Köpfe größer als ich –, ließen seine Hände die meinen nicht los. Überrascht hob ich den Kopf. Seine Augen waren nicht mehr die eines Jungen, sondern die eines Mannes.

Ich stand da, wie umgeben von einem Wolfsrudel, wilden, hungrigen Tieren. *Zum Glück gibt es keinen von ihnen auf den holsteinischen Ebenen,* dachte ich erleichtert.

Menschikow handelte rasch. Nur Tage nach Mutters Tod verbannte er Tolstoi im zweiundachtzigsten Jahr seines Lebens in das Solowezki-Kloster am Weißen Meer, in eine Festung, von der aus er keine Vögel beobachten konnte. Niemand war jemals lebend von dort zurückgekehrt. Tolstoi bildete keine Ausnahme von dieser Regel. Anuschka kam nur in Begleitung von Karl Friedrich in Mutters Totenkammer. Er grüßte Karl August und schenkte mir nur ein knappes Kopfnicken. Wie sollte das einmal werden, wenn wir alle in Holstein lebten? Ich verjagte jeden Zweifel und jede Angst, denn für diese Gefühle würde mir noch genug Zeit bleiben.

Wir wechselten uns mit der Totenwache an Mutters Sarg ab, bis die Flut der Höflinge, Beamten und wohlhabenden Menschen aus ganz Russland, die ihre verstorbene *matuschka* noch einmal sehen wollten, zum Rinnsal wurde und schließlich verebbte. Ein Pope stand am Kopfende und betete vom Morgen bis zum Abend, einen stets gefüllten Krug Wodka neben sich. Mutters vom Schein unzähliger Kerzen angestrahltes Antlitz war unwirklich und das »Niemals wieder« unerträglich. Sicher würde sie gleich den Kopf wenden und mir zuzwinkern. Dann würden sich ihre dunklen Locken widerspenstig unter der Tiara hervorschlängeln, ihre schrägen grünen Augen vor Mutwillen leuchten. Doch nein, sie lag auf ewig still, die Rückennähte ihres violett samtenen Krönungskleides waren aufgeschnitten, damit ihr volles Fleisch nicht eingeengt wurde. Ungläubig trat ich näher. Einige der goldenen Doppeladler, die ihre Robe verziert hatten, waren verschwunden. Hatten sie diebische Finger, die nur scheinbar zum Gebet gefaltet waren, vom Kleid gezupft? Mich überlief ein Schauer des Entsetzens. Der Leichnam war mit Juwelen bedeckt gewesen. Nun fehlten die Armbänder sowie ein Ohrring. Das Diadem saß schief. War auch dies Menschikows Werk?

Er hatte bereits den Siegelring zur sicheren Verwahrung an sich genommen. Zudem hatte Alexej Dolgorukow Petruschka überzeugt, Vaters alten Freund und Ratgeber Feofan Prokopowitsch, den Erzbischof von Nowgorod, unter Hausarrest zu stellen.

Ich weinte an Karl Augusts Schulter, von Trauer und Verzweiflung über Tolstois rasche Verhaftung und sein Verschwinden geschüttelt. In jenem Winter bereifte *Djeduschka Moros* meine Seele.

»Ich bleibe bei dir. Immer«, flüsterte Karl August. »Ich beschütze dich. Sobald die Trauerzeit endet, werden wir uns verloben und dann so schnell als möglich heiraten. Komm!«, sagte er und führte mich zum Bett, als die Dämmerung anbrach. Als er mich so umschlungen hielt und mir Zärtlichkeiten und Verheißungen ewiger Liebe ins Ohr flüsterte, war seine Kraft mein einziger Trost, und unsere Seelen wurden eins.

Ich war beinahe zwanzig Jahre alt, Karl August einundzwanzig, als wir uns auf die Abreise nach Holstein und unsere Heirat vorbereiteten. Um meine Mitgift, mein Erbe und mein Gold zu erhalten, musste ich Menschikow um eine Audienz bitten.

Er ließ mich warten, zwei unerträgliche Wochen lang. Die Stunde kam an einem der ersten Frühlingstage, nur wenige Wochen vor meiner Verlobung mit Karl August. Durch Mutters Tod war ihre Verkündung noch einmal verschoben worden, aber wir sollten noch immer gemeinsam mit Petruschka und Maria Menschikowa feiern. Ein frischer Wind vertrieb die letzte Kälte des Winters und verlieh den ersten Knospen der Obstbäume, die den Kais entlang gepflanzt waren, einen kräftigen Schub. Auf der Newa zerbrach das letzte Eis zu Schollen und Stücken. Ihr Glanz brachte die stählernen Wellen zum Strahlen. Ich trug noch immer Weiß als Zeichen der Trauer um meine Mutter und Zarin, als Menschikow mich ins Arbeitszimmer meines Vaters bat.

»Komm herein, Lisenka!«, sagte er und unterschlug meinen Titel. Doch schlimmer als seine beleidigende Anrede war die Tatsache, dass er am Schreibtisch meines Vaters saß, die Beine ausgestreckt und die Füße gekreuzt. Seine Finger zwirbelten den Federkiel des Zaren… warum? Er konnte weder lesen noch schreiben. Zwischen dem Mann, der er heute war, und dem Freund, den mein Vater aus dem russischen Staub in den höchsten Stand erhoben hatte, gab es keine Ähnlichkeit mehr.

»Welche Freude, dich zu sehen!« Halbherzig schob sich Menschikow von einer Hinterbacke auf die andere, blieb jedoch sitzen. Den Stuhl hatte mein Vater in seinen wachen Nachtstunden gezimmert. Auf diese Art hatte er seine Dämonen vertrieben. Ich mahnte mich zu Beherrschung und Ruhe.

»Menschikow. Gut, dass du dich hier wohlfühlst. Doch wo sind die anderen Mitglieder des Geheimen Rates? Ich dachte, dies sei ein offizielles Treffen.«

»Zu viele Köche verderben den Brei«, erwiderte er grinsend und verschränkte die Hände hinter dem Kopf. »Womit kann ich dienen?«

Ich packte den Stier bei den Hörnern. »Ich komme wegen meines Erbes, des Vermächtnisses meiner Mutter. Wegen meiner Mitgift sowie des Entgelts dafür, dass ich zugunsten von Petruschkas Nachkommen auf mein Thronrecht verzichtet habe. Alles soll an eine Hamburger Bank geschickt werden. Mutters Porzellan, ihr Silber und ihren Schmuck werde ich persönlich mitnehmen. Ich vertraue niemandem«, fügte ich hinzu.

»Vermächtnis? Welches Vermächtnis?« Menschikow runzelte die Stirn und wühlte in einigen Papieren, als hoffe er, dort die Antwort zu finden. »Ich bin ratlos, Lisenka. Russland ist dir nichts schuldig. Petruschka, der Zar, hat großzügigerweise das Hab und Gut deiner Mutter seiner geliebten Verlobten, meiner Tochter, zum Geschenk gemacht.«

»Mir wurde eine Million Rubel versprochen, nachdem ich mein Recht auf den Thron an Petruschka und seine Erben abgab.« Ich rang nach Atem.

»Die Weisheit deiner Entscheidung wird wohlwollend zur Kenntnis genommen. Zar Peter der Zweite ist dankbar.«

»Das denke ich mir. Doch das Testament meiner Mutter …«

»… dessen umsichtiger Verwalter ich bin …«

»In der Tat … umsichtig«, unterbrach ich ihn und dachte an den Leichnam meiner Mutter, dem Menschikow die Ringe von den Fingern gezogen und ihr vielleicht achtlos einen Knochen oder eine Rippe gebrochen hatte? Hatte er ihr die Tiara behutsam vom Kopf genommen oder ungeduldig an ihrem Haar gezerrt? Ich hasste ihn so sehr, dass ich die Fäuste ballen musste, um nicht mit den Fingernägeln auf ihn loszugehen. »Wovon soll ich dann leben?« Ich kämpfte mit den Tränen. »Karl August ist nur einer von vielen Fürsten in Holstein.«

»Wie man sich bettet, so liegt man. Sicherlich erhält dein Verlobter eine Apanage oder einen Sold als holsteinischer Matrose.«

»Nicht dass ich davon wüsste.«

»Oh …«

Der Sold eines Matrosen würde nicht einmal für ein Band an meinem Hut ausreichen. Dank Jekatarinas elendem Dasein wusste ich, was mich erwartete. Karl August und ich sollten nichts als zugige Zimmer in einem verfallenen Flügel des Schlosses von Gottorf beziehen. Wir waren mehr gelitten als willkommen. Unser Staat war nur klein, und die Dienerschaft war faul. Jedes Scheit Feuerholz war abgezählt, und die Suppe wurde mit Speckrinde gekocht, aber nie mit saftigem Fleisch. Einige Male im Jahr würden wir an Familienfesten teilnehmen, bei denen wir als Letzte bedient wurden. An Ostern würde die Schale meines Eis zersplittern, und zur Jultide reichte man mir eine ungewünschte Gabe vom Vorjahr. Meine Kinder würden nichts erben, nie. Solange Karl Friedrich lebte und in Holstein regierte, gingen wir zwei oder drei Schritte hinter ihm her. Wie konnte es nur so weit kommen? Dann aber fasste ich mich, denn meine Liebe zu Karl August machte alles erträglich. Gemeinsam würden wir alles überstehen, alles ertragen. Davon war ich überzeugt.

Menschikow beobachtete mich aufmerksam. »Es gibt keinen Raum für Verhandlungen. Alles Eigentum der Zarin gehört nun Maria«, erklärte er brüsk. »Auch ihre Pelze. Maria liebt Zobelmäntel. Petruschka wird ihr als seiner Gemahlin die Krone deiner Mutter aufs Haupt setzen. Meine Enkelkinder werden über alle Russen regieren. Gib nach, Lisenka! Wir sind jetzt eine große liebende Familie«, behauptete er stolz.

Nachgeben? Niemals! Ich verachtete mich für den Wunsch, in Tränen auszubrechen. War ich ein kleines

Mädchen oder war ich die Tochter der Zarin, die ihr Erbe einforderte? Jedes Zeichen von Schwäche wäre eine Niederlage gewesen. Also schleuderte ich Menschikow meine Verachtung ins Gesicht. »Du schuldest meinem Vater alles. Meine Mutter hat uns ein Vermögen hinterlassen.«

Er aber schoss hinter dem Schreibtisch hervor, zum Biss bereit wie eine Schlange. »Ich bezahle meine Schulden, Lisenka. Ohne mich würde Petruschka nie und nimmer Zar werden. Es gibt immer jemand anderen, Lisenka, nicht wahr? Jemanden … wie dich?«

Sein Blick haftete auf mir. »Du hast ja selbst so klug versichert, dass du deinen Anspruch auf den Thron noch nicht aufgegeben hast. Möglicherweise werden dich auch die Regimenter unterstützen, wenn du ihnen den einen oder anderen Vorteil versprichst, gleichgültig, welcher Art.« Am liebsten hätte ich ihn für diese Beleidigung geohrfeigt. »Wen die russischen Regimenter begünstigen, den begünstigt das Schicksal. Aber es kann nur einen geben, mein Mädchen.«

Mein Mädchen. Er stand so dicht vor mir, dass ich die geplatzten Äderchen auf seinen Wangen und in seinen Augen sah. Ich roch sein Parfüm aus Sandelholz und Jasmin, das für einen Mann zu süß war, und seinen sauren Atem. Er kaute Kümmel dagegen, vergeblich. Ich verstand seine Drohung, denn er hatte meine Spur aufgenommen. Wenn ich nicht nach Holstein abreiste, würde er mich anklagen, verurteilen und hinrichten lassen. Es war besser, ihm keinen Grund zu geben, seinen Einfallsreichtum in die Tat umzusetzen.

Mit zweideutigem Lächeln legte mir Menschikow eine freche Hand in den Nacken. Ich erstarrte unter der Berührung. Unsere Blicke rangen wie in einem Zweikampf miteinander. Einen unglaublichen Moment lang schien es, als wolle er mir einen Kuss aufzwingen. *Ich töte dich, wenn du es wagst,* sagte ihm mein Blick. Unentschlossen verharrte er und kam nicht näher. Dann senkte er die Hand. »In Erinnerung an all das Gute, das ich von deinem Vater erfuhr, darfst du am Leben bleiben. Mehr noch, ich lasse dich gehen. Wie lange würdest du ein feuchtes, kaltes Kloster überleben, schöne Lisenka? Ich weiß, was Karl August und du in Peterhof getrieben habt.«

Ich errötete tief.

»Was soll nur der junge Zar Peter denken, der dich als seine junge Tante liebt und als russische Zarewna achtet?«

»Ich bin verlobt. Wir werden heiraten. Was zwischen mir und Karl August geschah, geschah mit meinem zukünftigen Ehemann«, antwortete ich und kämpfte um meine Würde.

»Dein zukünftiger Ehemann«, gluckste er. »Merk dir eins, Lisenka, was deinen Vater zum Mann gemacht hat, macht dich zur Hure. Ein solches Verhalten rechtfertigt eine schwere Strafe.«

»Was meinst du damit?«

»Den Tod«, lächelte er und zog wie ein Jagdhund die Lefzen hoch. »Steig in deine Kutsche nach Deutschland, und ihr könnt in Frieden leben. Macht so weiter wie bisher, und du wirst es bereuen. Gibt es sonst noch etwas? Ich bin ein vielbeschäftigter Mann.« Er raschelte mit den Papieren, die darauf warteten, versiegelt und unterzeichnet zu werden. »Ich kann deine Unverschämtheit mir gegenüber vergessen oder auch nicht. Die Wahl liegt allein bei dir, Lisenka.«

Mein Zorn und mein Stolz überwanden alle Angst. Wenn ich das einzige Land, das ich je lieben würde, schon verlassen musste, dann gewiss nicht wie eine geprügelte Hündin, die den Schwanz zwischen die Beine klemmte. Mit einer einzigen Bewegung fegte ich die Papiere vom Schreibtisch. Pergamentrollen und Briefe flogen auf und landeten auf den persischen Teppichen und dem Parkett wie Tauben, die ihre Flügel ausbreiteten. Nun war ich es, die sich nach vorn lehnte und mit den Knöcheln auf den Schreibtisch des Zaren klopfte. Menschikow wich zurück und starrte mich erstaunt an. Die Zeit rann dahin wie frisches Harz, das aus der Wunde von geschnittenem Holz blutete. Ja, ich hatte die Wahl.

»Russland regieren? In tausend Jahren wirst du nicht in der Lage sein, das Land meiner Väter zu regieren. Du bist nicht besser als der Staub unter meinen Füßen.«

Der freundliche Schein wich sofort. Menschikows Blick, das werbende Lächeln, das stets in seinen Mundwinkeln hing, wurde böse und lauernd. Nie wieder ließ ich mich davon täuschen. Das Herz eines erlegten Tieres war unter Jägern das begehrteste Stück des ersten Aufbruchs, und er wollte sicher diesen zartesten Teil seiner Beute mit dem größten Genuss vertilgen.

»Und du? Wer bist du schon?«, spottete er. »Die unehelich geborene Tochter einer Leibeigenen, eines Waschmädchens! Kein Wunder, dass Versailles dich nicht wollte. Du auf dem Thron der Bourbonen, welch ein Witz! Deine Mutter hatte mir alles zu verdanken, und während sie das nie vergaß, tust du das sehr wohl.«

Menschikow hatte recht, und ich war ihm für die Erinnerung an meine Herkunft dankbar. Mein Erbe war keine Last. Es war eine Quelle der Kraft.

39. Kapitel

»Du brauchst kein Geld«, tröstete mich Karl August, als ich durch meine Gemächer tobte, die Hände rang, mit den Füßen stampfte und gegen die Möbelstücke trat. Wenn das doch nur Menschikow und kein Stuhl oder Fußschemel wäre, den ich quer durch mein Zimmer trat! Ich erreichte das Fenster und hielt inne: Das blaue Ufer der Newa nahm einen silbernen Farbton an, dort, wo der glänzende Tag in eine weiße Nacht überging. Immun gegen diese Schönheit zu sein verstärkte das Gefühl des Verlustes.

»Ach nein? Hast du denn Geld?«, fragte ich, die Hände in die Hüften gestemmt.

»Nein, keinen Heller«, gab er zu und klang müde. »Um ehrlich zu sein, hatte ich mich auf deine Mitgift gefreut, bevor ich mich Hals über Kopf in dich verliebte. Nun aber nähme ich dich auch ohne jeden Fetzen Stoff am Körper. Tatsächlich nähme ich dich am liebsten ohne jeden Fetzen Stoff am Körper.«

Ich musste lachen. Karl August wäre auch als Matrose glücklich geworden, auf hoher See, ohne Hab und Gut. An meiner Seite würde sein Leben nun auf andere Weise reich werden. Mit seiner frivolen Äußerung zerstreute er alle meine Sorgen, ein unschätzbares Geschenk. Er küsste meine Fingerspitzen. Seine Augen glänzten, und seine Wangen waren gerötet. Als ich ihm durch sein dichtes kastanienbraunes Haar fuhr, fühlte sich seine Stirn feucht an. Er war offenbar genauso aufgeregt wie ich selbst.

»In einigen Tagen sind wir verlobt. Dann beginnt ein neues Leben für mich«, sagte ich unter Tränen. Ich erlaubte es Menschikow nicht, mir diesen Moment zu verderben. »Mit dir werde ich glücklich.«

»Unsere Verlobung ist der Tag, für den ich geboren wurde«, versicherte mir Karl August.

Ich schob ihm den Ärmel nach oben und löste einen Lederriemen, den er seit einiger Zeit mehrfach um das Handgelenk gewickelt trug, als wäre er ein kostbarer Reif. Nun trat die sternförmige Tätowierung zutage, die ich zärtlich küsste. Dabei fielen mir rings um die blaue Tinte kleine rote Flecken auf, die an ein Ekzem erinnerten.

»Nur ein kleiner Ausschlag«, wiegelte er ab und zupfte den Ärmel wieder zurecht. »Hör mir zu! Ich habe ein russisches Liebeslied gelernt. *Glänze, mein Stern, glänze …*«, summte er völlig falsch und schlachtete die Worte mit seinem harten deutschen Akzent ab. Doch er brachte mich einmal mehr zum Lachen. Als er innehielt, schauderte es ihn plötzlich, und er zog die Weste enger um den Leib. »Ich glaube, ich werde heiser.«

Ich küsste ihn. »Solange du mir Treue schwörst, ist alles in Ordnung.«

Ich hatte mein rosa-silbernes Kleid und den dazu passenden Schmuck zuletzt bei Anuschkas Hochzeit getragen. Es war wie durch ein Wunder Menschikows diebischen Klauen entkommen. Schließlich wäre er fähig, mir sogar die Edelsteine vom Hals zu reißen. Mein Haar war zu einer blonden Krone auf dem Kopf geflochten. Einmal verlobt würde ich es nicht mehr offen tragen, um andere Männer nicht in Versuchung zu führen. In meinen Gemächern wartete ich darauf, dass Karl August mich abholte. Gemeinsam wollten wir die große Halle des Winterpalastes betreten, wo unsere Verlobung zusammen mit der des jungen Zaren und Maria Menschikowas bekannt gegeben werden sollte. Menschikow stellte dies als Gnadenakt dar, denn durch den Tod meiner Eltern hatte ich meinen Rang verloren. Wie auch immer, ich wollte meine letzten Augenblicke als Zarewna aller Russen nutzen.

Ich saß da, wartete und dachte darüber nach, was diesem Morgen eigentlich alles vorangegangen war. Wolken zogen in Streifen über den Himmel, und die Schwalben flogen tief, mit glänzenden Augen und raschen Schwingen. Die Klänge von Sankt Petersburg flossen in mein Herz: die Kommandos der Wachablösung, das Rumpeln der Wagenräder auf dem Kopfsteinpflaster, die Kuchen- und Pastetenverkäufer, die lauthals ihre Waren anpriesen. Die Segel der Schiffe knatterten im Wind, die Anker wurden eingeholt, die Möwen schrien. Pferde wieherten und Kinder kreischten, als ihre Knie im Spiel auf das Pflaster schlugen.

Karl August ließ auf sich warten. Da ich ihm und mir die Peinlichkeit ersparen wollte, nach ihm senden zu müssen, geduldete ich mich noch ein wenig. Meine Affen kreischten, und die Papageien plapperten. Meine Hofdamen standen zusammen wie die Hühner im Gewitter. War ich, die Zarewna Elisabeth, etwa von meinem Verlobten versetzt worden? Niemals. Eine solche

Schmach täte mir Karl August niemals an, das wusste ich.

»Warte hier auf mich!«, befahl ich schließlich und stand auf, als es an der Tür klopfte.

»Zarewna«, sagte die Zofe leise und trat beiseite, die Augen gesenkt. Auf der Schwelle stand ein Soldat der Holsteinischen Garde, die Anuschkas Mann Karl Friedrich an Karl August ausgeliehen hatte. Er war außer Atem. »Kommt sofort, kaiserliche Hoheit!«, stieß er auf Deutsch hervor. Ehe er mir vorausgehen konnte, verließ ich den Raum, den Kopf hoch erhoben, und schloss die Tür hinter mir. Einmal im Gang zog ich die Schuhe aus und rannte los; ich flog die fast leeren Korridore des Winterpalastes entlang. Es waren nur wenige Höflinge zu sehen, und ich entdeckte lediglich eine Handvoll Soldaten, die die vielen Türen und die hohen Treppen bewachten. Selbst vor Karl Augusts Tür war die Garde verschwunden, und es herrschte eine unheilvolle Stille. Das Herz schlug mir hart in der Brust, als ich an seine Tür klopfte. Alles blieb still: Vergeblich wartete ich auf eine Antwort. Das Blut schien mir in den Adern zu gefrieren, als ich die Tür aufstieß. In Karl Augusts Vorzimmer waren die Vorhänge zugezogen, und ein Mann saß in sich zusammengesunken auf einem der niedrigen Sessel vor dem Kamin. Bei meinem Anblick sprang er auf und fiel auf die Knie. Es war Karl Augusts Kammerherr. »Dem Himmel sei Dank, Zarewna!«, rief er. »Ich wage es nicht zu bleiben!« Er schob sich an mir vorbei und eilte aus der Tür. Ich sah ihm nach, als er mit fliegenden Rockschößen den Gang entlangfloh. Die Metallkappen seiner Schuhe schlugen hart auf den Marmorboden.

Da drang mir aus Karl Augusts Schlafgemach ein Geräusch ans Ohr. Es war ein rasselnder, schwerer Atem, nur unterbrochen von einem Wimmern. Ein Laut, der Eisenketten um mein Herz schlang und sie fest und fester zurrte. Ich öffnete die Tür, die beide Räume verband. Die Luft verdickte sich vor Schweiß, Eiter, Blut, Erbrochenem und Durchfall. Ich bedeckte Mund und Nase mit dem Unterarm und sog verzweifelt den Lavendelduft meiner Kleider ein. Als ich ein leises Seufzen hörte, verharrte ich, zwang mich aber weiter nach vorn, Schritt für Schritt. Karl August brauchte mich! Ich hielt inne, damit sich meine Augen an das Dämmerlicht in dem Schlafgemach gewöhnen konnten. Die Vorhänge an den Fenstern waren zugezogen. Dennoch sah ich die dunklen Flecken an den Wänden, auf den Teppichen, dem Boden und der Bettwäsche. Der Geruch war unerträglich, doch ich zwang mich weiterzuatmen. Karl August lag schlaff wie eine Stoffpuppe auf seinem Lager. Beim Klang meiner Schritte drehte er den Kopf, verzog das Gesicht aber sogleich vor Schmerz. Er war aschfahl und zu schwach, um sich zu erheben. Seine rissigen Lippen versuchten ein Lächeln. Vergeblich. Seine Augen blieben stumpf, und ihr Weiß war widerlich gelb.

»Schsch, nicht doch!«, raunte ich und eilte zu ihm ans Bett. Dort legte ich ihm die Fingerspitzen auf die trockenen Lippen, doch sein Atem war wie Raureif. »Mir ist so heiß, Lisenka«, flüsterte er. »Bitte, lass mich atmen!«

Ich lief los, öffnete die Fenster, um die frische Maibrise einzulassen, und blinzelte geblendet in das helle Licht. Oder blendeten mich meine Tränen? Draußen platzten die Blüten an den Bäumen schier aus den Knospen. Die Schönheit des Tages verhöhnte Karl Augusts Leiden.

»Hilf mir, ich will all diese Schönheit sehen! Ein letztes Mal nur…« Er wollte sich vom Bett erheben, doch seine Knie gaben nach.

»Sprich nicht so verzagt!« Ich wollte ihm helfen, doch er brach unter dem eigenen Gewicht zusammen. Gemeinsam fielen wir zu Boden, und er rang vor Schmerz nach Atem. Sein Nachthemd war nach oben gerutscht, und das helle Licht fiel auf seinen Leib. Ich keuchte auf und unterdrückte einen Schrei. Sein Körper, den ich ebenso liebte, wie ich seinen Geist verehrte, war mit einem tödlichen Ausschlag übersät. Zornige rote Flecken verwandelten sich bereits in knotige Pusteln.

»Sieh mich nicht an!«, schluchzte Karl August. »Ich bin ein Ungeheuer. Wir wissen beide, wie es um mich steht.« Mit letzter Kraft wollte er sich wieder in sein Bett zurückziehen, scheiterte aber. Ans Bettgestell gelehnt sank er in sich zusammen. Seine entblößten Beine waren lang ausgestreckt, sein Kopf hing nach unten. Ich riss die verschmutzten Laken weg. »Du darfst nicht frieren«, weinte ich. »Alles, nur das nicht!« Ich wollte nicht daran denken, was vor uns lag, und bettete den Kopf an seine entsetzlich knochige Schulter. Die Krankheit saugte ihm alle Kraft aus den Gebeinen. »Mir ist so schwindelig, das liegt an unserem Glück. Heute bist du mein. Endlich wird unsere Verlobung verkündet. Wir haben so lange gewartet…« Er erstickte fast an den eigenen Worten.

»Ja, mein Liebster«, flüsterte ich. »Heute beginnt der Rest unseres Lebens.«

Er lächelte, ein schmaler Schatten des Lächelns, das mein Herz gewonnen hatte, als ich hüfthoch in der Ostsee gestanden hatte. Sein Blick aber war bodenlos vor Trauer. Er hustete, und er rang krampfhaft nach Atem.

Dann krümmte er sich und erbrach gelbe Galle über mein Kleid. Die Anstrengung räderte ihn, und er fiel in sich zusammen.

»Schließ das Fenster, mir ist so kalt!«, flehte er und hob eine Hand, um die Frühlingssonne abzuwehren. »Ich ertrage das Licht nicht, es schmerzt …« Gemeinsam gelang es uns, ihn zurück ins Bett zu bringen. Er hatte Schüttelfrost, doch seine Stirn war sengend heiß.

»Ich rufe L'Estocq! Er wird dich behandeln. Er wird …« Ich wollte die verschwitzten Locken streicheln, die ihm an den Schläfen klebten.

»Fass mich nicht mehr an!«, stieß er hervor und wich mir aus.

Wir wissen beide, wie es um mich steht …

Die Pocken! *Froh noch am Morgen, am Abend verstorben,* so sagte der Volksmund.

»Dich nicht berühren? Niemals!«, weinte ich und eilte hinaus, um nach L'Estocq zu rufen. Karl August ließ ich in der Dämmerung seines Schlafgemachs zurück. Der Kammerherr war zurückgekehrt. Ich wollte ihn später seiner Feigheit wegen schlagen lassen, nun aber brauchte ich ihn. »Hol frisches Leinen! Wir brauchen gestärktes und duftendes Leinen! Schick nach heißem Wasser! Wir müssen Kampfer verbrennen, um die Luft zu reinigen. Und vor allem hol mir L'Estocq oder ich webe mir aus den Streifen deiner Haut einen Teppich.« Er hastete davon. Es dauerte zwei Atemzüge, bis ich mich gesammelt und mir mit dem Ärmel den Rotz und die Tränen vom Gesicht gewischt hatte. Karl Augusts Worte hielten mich im Würgegriff. *Wir wissen beide, wie es um mich steht.* Ich ballte die Fäuste. Karl August durfte mir nicht entgleiten!

Der Kammerherr kehrte zurück, voll beladen mit allem, was ich geordert hatte, doch sein Gesicht war angsterfüllt und angeekelt. »Geh!«, rief ich voller Verachtung. »Ich kümmere mich um ihn.« Ich entzündete das Bündel getrockneter Kräuter in den Wärmepfannen. Meine Hände zitterten so heftig, dass ich den Feuerstein mehrere Male ansetzen musste, bis die Funken flogen. Eine dünne Rauchwolke stieg auf und reinigte die Luft. Gerade als ich die Bettwäsche wechseln wollte, traf L'Estocq ein. Er ließ den Patienten zur Ader. Die Punktierungen an seinem Unterarm und am Hals sahen aus wie Schlangenbisse. Das Blut sickerte aus seinem Körper, dunkel und dick. Karl August fiel vor meinen Augen in sich zusammen. Je geschwächter er wurde, desto mehr gewann der Ausschlag an Kraft, hochrote Pusteln, gefüllt mit Eiter.

»Kratz nicht daran«, flehte ich, aber er warf sich verrückt vor Juckreiz auf seinem Lager hin und her. Unter seinen reißenden Nägeln befleckten die Pusteln und ihre giftige Mischung aus Blut und Eiter auch mich.

L'Estocq riss mich weg. »Gott im Himmel, hüte dich, Zarewna! Dies sind die Pocken!«

Ich fasste nach Karl Augusts Hand. »Nein, du gehst, ich bleibe. Er wird nicht allein sterben.«

»Das ist doch Wahnsinn!«, wagte er einzuwenden, packte aber seine Tasche. Auf der Schwelle zögerte er. »Ich sende nach einem Priester. Es wird nicht mehr lange dauern, Zarewna.«

Es wird nicht mehr lange dauern. Sprach er von einem Leben ohne Karl August? Der Gedanke daran erstreckte sich ins Endlose. Der Priester kam. Karl August war von seinem Fieber wie aufgepeitscht. Im Delirium legte er die Beichte ab, obwohl er nicht unseres Glaubens war. Dann ging der Geistliche wieder.

Karl Augusts Atem wurde immer mühsamer, und sein Leben rann mir durch die Finger. Ich kauerte neben ihm und sprach von unseren Tagen in Peterhof. »Bleib bei mir!«, flehte ich, wenn er die Augen schloss und nach Luft rang. »Ich kann alles ertragen und alles verlieren, mein Vermögen, meinen Rang, meinen Namen. Aber nicht dich, Karl August.« Seine pustelnbedeckte Haut war glänzend und feucht von meinen Tränen. Einmal trat ich ans Fenster, um mich zu fassen. Selbst der Abendhimmel zog sich einen silbernen Trauerschleier vor das Antlitz. Die Stadt schlief nicht, sondern änderte nur die Geschwindigkeit. Eine Nacht ohne Dunkelheit glich dem Wahnsinn, in den mein Leben sich verwandelt hatte. Ich konnte Karl August lediglich dabei helfen, sein Leben zu beenden. Er lag still, sein Atem rasselte, als ich vor Erschöpfung neben seiner Bettstatt einschlief.

Als ich erwachte, färbte eine kühle Morgendämmerung das Zimmer blau. Mein Nacken war steif, meine Zunge ein pelziges Stück Fleisch. Stille herrschte. Karl Augusts Finger lagen schlaff in meiner Hand. Ich löste den Lederriemen an seinem knochigen Handgelenk und fühlte nach seinem Puls, spürte ihn jedoch nicht. Mein schöner, mutiger, starker, lustiger, wunderbarer und warmer Karl August war tot. Ich schloss die Augen und küsste den Stern an seinem Handgelenk. Unter meinen Lippen fühlte sich seine Haut kühl an. Die Stille dröhnte mir in den Ohren, als der Sonnenaufgang den Morgen in Brand setzte. Diesen Augenblick hätten wir zusammen genießen sollen, nach einer durchtanzten

Nacht, Hand in Hand als Verlobte. Stattdessen stand ich allein hier. Die Mailuft wies eine überraschend eisige Note auf und blies die Löwenzahnköpfe kahl, die zwischen den Lücken des Kopfsteinpflasters sprossen. Ihre Stiele blieben einsam zurück.

Ich ließ mich zu Boden gleiten und wollte nie wieder aufstehen. Trotz des anbrechenden Tages umschlossen mich Dunkelheit und Stille.

40. Kapitel

Am selben Abend noch feierte Menschikow die Verlobung von Petruschka, dem jungen Zaren, mit seiner Tochter Maria Menschikowa. Währenddessen ließ ich Karl Augusts Zimmer lüften und reinigen. Die verschmutzten Laken verbrannte ich selbst auf einem Scheiterhaufen hinter dem Palast. Mit geblähten Nasenflügeln sog ich den giftigen und abscheulichen Geruch der Flammen ein, und die Augen tränten mir vor Rauch und Verzweiflung. Karl Augusts wenige Habseligkeiten packte ich in eine Truhe, um sie nach Holstein zu senden. Ich presste die Nase in seine Kleidung und suchte noch nach seinem Duft, ehe ich alles waschen, plätten und falten ließ. Viel hatte er nicht mit sich geführt, um eine russische Zarewna zu umwerben. Dazu hatte er nur sich selbst benötigt.

Ich fand auch sein Tagebuch, einen flachen Band, der mit einem Lederriemen zusammengebunden war, der jenem ähnelte, den er zuletzt als Zier um sein Handgelenk getragen hatte. Ich wog das Buch auf der flachen Hand und lotete mein Inneres aus. Neugierde kämpfte gegen Furcht. Was würde ich auf diesen Seiten finden? Aber nein! Auf den Scheiterhaufen damit!

Stimmen, Singen, Lachen und Musik erfüllten den Palast anlässlich von Petruschkas Verlobung. Menschikow hatte die Große Halle in einen blühenden Orangenhain verwandelt, Champagnerkorken flogen bis in die blassen Morgenstunden. Tänzer und Feiernde vergnügten sich in Pelze gehüllt zwischen den Säulen der Arkaden des Vorplatzes. Maria Menschikowa trug die Juwelen meiner Mutter. Petruschkas Cousine, Kronprinzessin Maria Theresia von Österreich, sandte eingelegte Zitronen aus Italien und eine Kette schwarzer Perlen. König Louis XV. von Frankreich, mein ehemaliger Verlobter, schenkte einen exquisiten Porzellankrug mit fünf Dutzend passenden Bechern. Aus England schickte der neue König George II., ein weiterer Vetter Petruschkas, ein Rudel Hunde. Die Hochzeit würde die Erfüllung von Menschikows wildesten Träumen sein. Niemand vermochte ihn noch aufzuhalten, so schien es zumindest.

Ob Anuschka ebenfalls feierte, während meine Welt in Stücke brach, wusste ich nicht. Ich erfuhr nichts von ihr. Stattdessen sandte mir Menschikow zwei Tage später einen Boten, der mir eine mit einem roten Band zusammengebundene Schriftrolle überreichte. Es war kein Kondolenzschreiben, sondern eine Liste heiratswilliger Fürsten von Portugal bis Persien. Er schlug dort zu, wo es am meisten schmerzte. Ob ich mir in Zukunft ein Beispiel an ihm nehmen sollte?

Eine Woche später schrieb mir Anuschka endlich. *Liebste Schwester, wir teilen Deine Trauer und Dein Leid und laden Dich ein, bei uns zu leben.* Die Worte klangen ebenso gestelzt wie heuchlerisch. Lieber wollte ich in der Gosse als in Karl Friedrichs steter Nähe leben. Nach den Monaten des Schweigens und den vergangenen Tagen meiner einsamen Trauer kam die Einladung außerdem zu spät. Anuschkas Worte fielen wie ein Stein in einen tiefen Brunnen, in dessen Stille er keine Kreise zog. Ich sehnte mich nach gleichgesinnter Gesellschaft, doch der Gedanke, den lieben langen Tag ihr Glück bezeugen zu müssen, war mir unerträglich.

Bevor Karl Augusts Sarg geschlossen wurde, knotete ich den Lederriemen von seinem Handgelenk. Daran wollte ich nun meine Ikone des Heiligen Nikolaus tragen. Dies würden fortan meine beiden wertvollsten Besitztümer sein. Um das Schiff mit schwarzen Segeln auszustatten, hatte ich mein rosafarbenes Seidenkleid reinigen lassen und verkauft. Die Fregatte entfernte sich aus Sankt Petersburg und glitt wie ein Albtraum in die Weiße Nacht.

Wenn ich das Amulett berührte, dachte ich mehr als einmal an Anna Iwanowna. Sie musste wissen, was mit mir geschehen war und was in Russland vorging, denn Menschikow versuchte nun, zum Herzog von Kurland gewählt zu werden, allerdings vergeblich. Zuerst schlugen seine Schergen den Rat der Stadt Mitau zusammen, bevor er drohte, die Bürger zu erschießen, die ihn, wo immer möglich, sabotierten und verspotteten. Sie benannten sogar, so hörte ich, eine besonders fettige Wurst nach ihm.

Über Menschikow zu lachen schien die einzig wirksame Waffe gegen seine Macht zu sein. Doch das Lachen blieb mir im Hals stecken. Ich war wie eine Marionette, die tanzte, wenn Menschikow an den Fäden zog, die er aber auch jeden Augenblick kappen konnte. Danach würde er mich vermutlich in ein dunkles, feuchtes Kloster werfen.

Petruschka, oder besser gesagt, Menschikow sorgte dafür, dass ich vom Hofleben ausgeschlossen blieb. Wenigstens überließ er mir eine Wohnung im Sommerpalast. Sowohl der Arzt L'Estocq als auch der Musiklehrer Schwartz zogen bei mir ein. Die behaglichen Räume mit den hohen Fenstern und den Stuckdecken, die mit Bildern von Vögeln und Blumen aus aller Welt verziert waren, boten mir Trost und ein Heim, obwohl dieses Zuhause weit entfernt lag von dem des jungen Zaren, der alles war, was ich noch an Familie besaß, von Anuschka abgesehen. Wer stand ihm zur Seite, wer zeigte ihm echte Liebe und Zuneigung, wer schützte ihn vor Menschikow? Ich wusste, wozu der Schurke fähig war. Wenigstens liebte Ostermann seinen Zögling, und mein Neffe konnte sich auch weiterhin auf Buturlin verlassen. Was dachte dieser wohl von der Wendung, die mein Leben genommen hatte? Ich verbot mir jeden Gedanken an ihn und seine ausgelassene Gesellschaft.

Ich trug Trauer.

Meine miserable finanzielle Lage wurde mit keinem Wort erwähnt. Ich musste der traurigen Tatsache ins Gesicht sehen, dass ich keinen Rubel mehr besaß. Zudem wusste ich auch nicht, was zum Leben oder Überleben notwendig war. Ich erinnerte mich, wie Anuschka sich in der Golossow-Schlucht die Taschen abgeklopft hatte, und an den Spott des *leschi*. »Ah, die feinen jungen Zarewnas. Ihr tragt nie Geld bei Euch!« Meine

Schwester hatte ihre Mitgift erhalten, und Karl Friedrich als Offizier der Sankt Petersburger Garde bezog eine Apanage von hunderttausend Rubel im Jahr. Ich jedoch hatte weder einen wohlhabenden Verlobten noch eigene Landgüter, die mir Einkünfte einbrachten, oder eine bezahlte Stellung bei Hof. Aus gutem Grund: Jeder Tag, den ich in Freiheit verbrachte, stellte eine Bedrohung für Menschikow dar, und er wollte mich in die Ecke drängen, bis ich mich wehrlos ergab. Zwar hatte ich mein Recht auf den Thron an Petruschkas mögliche Erben abgetreten, nicht aber meine direkte Nachfolge, sollte er kinderlos sterben. Mich auszuhungern war Teil von Menschikows Plan. Entweder ich wählte einen der Freier von seiner abscheulichen Liste oder ich zog mich in ein Kloster zurück. Ich wollte weder das eine noch das andere und eher verhungern, als mich Menschikow ergeben.

Nach drei Wochen Sauerkraut und fettem Fleisch hatte ich genug. »Wir brauchen ein Budget«, sagte L'Estocq, als er mit wie immer gerunzelter Stirn eine Liste überprüfte, Posten ausbesserte, wegstrich oder mit einem Fragezeichen versah.

»Bedeutet das zur Abwechslung einmal etwas Gutes zum Essen?«, fragte ich und streichelte die Perserkatze auf meinem Schoß.

»Nein, es bedeutet, dass wir mit dem Vorhandenen auskommen müssen.«

»Und was bedeutet das bitte?« Er hätte ebenso gut Chinesisch mit mir sprechen können.

»Dass ich klare Auskünfte brauche, was eingekauft werden soll.«

Ich zuckte mit den Achseln. »Daran habe ich noch gar nicht gedacht.«

»Verstehe«, seufzte er. »Nun, lass mich einen Weg finden! Darin bin ich gut. Schließlich habe ich lange genug im Exil gelebt und war völlig verarmt. In der Zwischenzeit solltest du tun, worin *du* gut bist.«

»Und das wäre?« Meine Hand lag still auf dem schiefergrauen Fell der schnurrenden Katze.

Mein Blick begegnete dem von L'Estocq. Die Stille zwischen uns wog schwer.

»Das wird sich noch zeigen«, sagte er und sah wieder auf sein Budget. Schon das Wort allein war widerlich.

Dann kehrten meine Gedanken zu dem eben Gesagten zurück. *Das wird sich noch zeigen* ... Aber wie nur? Sowohl L'Estocq als auch Schwartz halfen mir diskret aus. Ich war nicht stolz darauf, von fremden Mächten unterhalten zu werden, aber so war es. Wenn unsere Mittel dennoch nicht ausreichten, dann machte ich Schulden. Eine Tochter der Zarin zu sein öffnete noch immer Türen. Ich fühlte mich schrecklich. Alles war mir immer von selbst angeboten worden, nun musste ich darum bitten. Mein Herz krampfte sich zusammen, und die Worte schmeckten mir sauer auf der Zunge. Schließlich verkaufte ich noch meine letzten Kleider. Meine beste Kundin war die Fürstin Tscherkasskaja, die Hunderttausende von Leibeigenen, *Seelen*, und Werst an russischer Erde ihr Eigen nannte. Ihre Familie diente der meinen seit dem ersten Romanow-Zaren. Sie handelte nie um den Preis, und ich bezweifelte, dass sie jemals trug, was sie mir abkaufte, denn das war gefährlich. Unter Menschikows Ägide konnte sich jedermann sehr bald auf einem Schlitten nach Sibirien wiederfinden. Ich selbst kleidete mich von nun an schlicht, zum Beispiel in ein weißes Seidenoberteil mit einem Untergewand aus schwarzer Seide oder Samt. Meine schlanke Taille betonte ich mit einer bunten Seidenschärpe. Mit der Börse einer Bürgerin als Fürstin zu leben war nicht einfach.

»Was wirst du mit dem Geld anfangen?«, fragte L'Estocq, als er mich beim Zählen der letzten Rubel beobachtete, nachdem die Fürstin Tscherkasskaja gegangen war.

»Pst!«, mahnte ich und runzelte die Stirn aus Verzweiflung über meinen Mangel an mathematischem Geschick. »Jetzt habe ich mich verzählt und muss noch einmal von vorn anfangen.«

»Es wird nie reichen, so oft du auch zählst.«

»Woher weißt du das?«, fragte ich und ließ das Geldzählen sein.

»Weil ich dich kenne«, sagte er achselzuckend. »Was hast du damit vor?«

»Ich werde Waffen kaufen, um meine Diener auszurüsten. Hast du von den letzten Einbrüchen gehört? Ich habe Angst. Dann muss ich auch noch Schwartz und dich bezahlen. Musik und Gesundheit sind wichtig.«

»Mach dir um unser Auskommen keine Sorgen!«, beschwichtigte er mich.

»Du musst essen, L'Estocq«, neckte ich ihn. »Für jeden Franzosen ist das doch das Allerwichtigste, oder?«

»Weder Schwartz noch ich werden verhungern. Wir bleiben.«

Ihre Treue schmeichelte mir, obwohl ich wusste, dass Versailles und Wien sie gut bezahlten. Weshalb eigentlich? Gut, aber in meiner Lage sollte ich besser nicht allzu viele Fragen stellen. Die Stunde der Abrechnung würde schon kommen. So war es immer.

»Fabelhaft. Dann habe ich sogar noch Geld übrig«, freute ich mich.

»Nicht so voreilig! Warum bietest du Menschikow nicht an, die Möbel deiner Mutter zurückzukaufen?«, schlug L'Estocq vor. Er wusste, wie er mich aufstacheln musste.

»Das werde ich tun. Und wenn es mich meinen letzten Rubel kostet.«

»Warte nur ab! Du wirst dich noch als Phönix erweisen.«

»Was ist das? Ein Phönix?«

»Ein mythischer Vogel, der aus seiner eigenen Asche aufsteigt.«

»Mythien? Das Land kenne ich gar nicht. Hat es einen Prinzen, der auf Menschikows Liste steht?«, spottete ich.

»Zarewna, die Lage ist ernst«, rügte mich L'Estocq.

Er sprach die Wahrheit. Doch wenn ich mir meinen Frohsinn nicht bewahrte, dann hielt die Eisprinzessin wieder in meinem Innern Einzug. Das wäre viel schlimmer gewesen, als arm zu sein.

Und so lernte ich, genügsam zu sein.

Der Sommer schmolz dahin. Meine Tage waren einsam, eintönig und ähnelten einander wie Zwillinge. L'Estocq und Schwartz leisteten mir Gesellschaft. Sie lasen mir vor oder spielten Musik. Menschikows Fürstenliste ließ ich auf dem Schreibtisch liegen. Als die weißen Nächte kürzer wurden, begrüßte ich die Rückkehr von Morgen- und Abenddämmerung. Die Rost- und Kupfertöne des Herbstlaubs füllten die Tage mit Glanz und die frisch gepflückten Äpfel und Birnen mit ihrem Duft. Der Herbst war wie eine Brücke zwischen den Monaten an ungezügelter Lebensfreude und dem langen Winter. Seine Dunkelheit brachte mir Karl August wieder nahe. Der Gedanke an Vergnügungen war mir fremd geworden. Obwohl der Winterpalast ganz in der Nähe lag, schien er Welten entfernt. Eine ewige Nacht hatte Karl August an ihren Busen gebettet, und die Stille der späten Stunde rief ihn mir in die Sinne zurück. Ich vermisste ihn wie nie zuvor jemanden, seine Worte und seine Berührungen fehlten mir zu jeder Sekunde des Tages. Beide hatten Glut in meiner Seele geschürt und in meinen Adern ein Feuer entzündet, das lebenslang hätte glimmen sollen. Als die Bäume kahl standen, sandte Menschikow mir keine Listen mehr. Sein nächster Kurier würde meinen Haftbefehl überbringen. Wie lange könnte ich mir dann in der Kälte eines Klosters, kahl geschoren und halb wahnsinnig vor Angst und Einsamkeit, Karl Augusts Bild noch heraufbeschwören? Ich fürchtete die Antwort auf diese Frage.

»Ich überbringe dir ein kleines Geschenk«, schnaufte Schwartz, der gerade aus dem Winterpalast zurückgekommen war, wo er Maria Menschikowa Gesangsunterricht gab. Er spielte himmlische Melodien, und sie krähte dazu. Die steile Treppe im Sommerpalast strengte ihn immer an, und er setzte vorsichtig seinen riesigen Cellokasten ab, in dem ich mich leicht hätte verstecken können.

»Was ist es? Und von wem?« Ich stand von meinem Platz am Fenster auf und setzte meinen schwarz-weißen

Kolumbusaffen zurück in seinen Käfig, denn er pflegte alles in Reichweite zu packen und zu zerreißen.

»Buturlin«, flüsterte Schwartz, obwohl wir allein waren. Ich konnte nicht anders und eilte auf ihn zu. So war ich doch nicht ganz vergessen!

»Ist es ein Brief?«

»Nein. Ich schätze Buturlin kaum als Poeten ein. Du etwa?«, grinste Schwartz. »Er ritt heute Morgen aus«, sagte er dann, öffnete eine Seitentasche in seinem Cellokasten und reichte mir ein ziemlich zerdrücktes Blumensträußchen.

»Oh«, seufzte ich. In meiner Hand hielt ich weder die Orangenblüten noch die Rosen oder die Lilien aus den kaiserlichen Gewächshäusern der Krim. Stattdessen waren es später Sommerjasmin und die letzten Herbstastern, wilde Blumen, die auf den karelischen Ebenen blühten. Bei der Erinnerung an unsere Ritte von damals schlug mein Herz höher, auch wenn unsere Jugendtage längst vergangen waren. Ich war kaum zwanzig Jahre alt, hatte aber mehr erfahren als andere in zehn Leben. Welchen Unsinn L'Estocqs Tarotkarten Buturlin doch vorhergesagt hatten! Er war Petruschkas bevorzugter Kammerherr und sicher ein Narr aus Liebe zu einer anderen Frau. Schließlich erzählte mir L'Estocq oft von Buturlins Erfolgen bei Hof. Ich steckte den Strauß in eine kleine Vase aus venezianischem Kristall, dic ich auf meinen Nachttisch stellte. Als er welkte, trocknete und presste ich seine Blüten in einer Enzyklopädie aus Vaters Bibliothek. Später konnte ich sie zur Erinnerung rahmen lassen.

Herr Schwartz glitt dank seiner Gabe – und trotz seines Leibesumfangs – so mühelos zwischen den Palästen und meiner Welt hin und her. Deshalb sollte er noch mehr Überraschungen für mich in petto haben. Eines Tages kam er früher als üblich zu meiner Musik- und Tanzstunde und verharrte auf der Türschwelle. »Die Herzogin von Holstein ist gekommen. Eure Schwester will Euch sprechen.«

Ich fasste an die Ikone des Heiligen Nikolaus, deren lederne Stränge mir in den Hals schnitten.

»Bitte sie herein!«, sagte ich und wappnete mich gegen alles, was da kommen mochte.

Anuschka sah aus dem Fenster des gemütlichen kleinen Wohnzimmers. Am gegenüberliegenden Ufer entfachte die Sonne ein fahles Feuer auf flachen Fassaden der Paläste. Das Mandelgrün der Newa flutete in den Raum, denn Vater hatte die Wände in demselben Farbton ausmalen lassen. Anuschkas schmale Schultern waren gestrafft, ihre dunklen Zöpfe zu einer Krone auf dem Kopf geflochten. Perlen wie Tautropfen schimmerten darin. Sie war in einen gelben Seidenmantel gehüllt, dessen Saum und Kragen mit dunklem Nerz verbrämt waren. Auf der Schwelle hielt ich inne. Sie schien von einer unsichtbaren Glocke des Glücks umgeben zu sein. Herzogin Anuschka, glücklich verheiratet mit dem möglichen Erben des schwedischen Throns. Als sie sich umdrehte, zeichnete sich an der Stelle ihrer bisher so schlanken Taille deutlich ein kleiner Bauch ab.

Ihr Glück schien vollkommen zu sein.

41. Kapitel

»Herzogin«, murmelte ich, knickste und rechnete mit einer maßvollen und förmlichen Antwort. Stattdessen flog sie mit ausgestreckten Armen auf mich zu. Ihre Umarmung war so wild, dass ich sie sanft von mir schob. »Vorsicht! Denk an dein Kind!« Sie aber schluchzte erstickt auf. Ihre Tränen wuschen die Demütigung mit sich fort, die ich durch ihr Verhalten erlitten hatte. Meine Liebe zu Karl August hatte mir offenbart, wie gekränkt meine Schwester gewesen sein musste, als Karl Friedrich mich ihr vorgezogen hatte.

»Wein doch nicht, Anuschka! Was ist mit dir?«

Ich führte sie zu einem niedrigen, mit gelb-grau gestreifter Seide überzogenen Sofa. Der Samowar sprudelte murmelnd vor sich hin, und ich schenkte uns beiden eine Schale heißen Tee ein. Die meisten Probleme im Leben ließen sich bei einer guten, starken Tasse Tee – vorzugsweise mit einem Schuss Wodka – viel besser lösen.

Anuschka breitete ihren exquisit bestickten Rock aus, ehe sie in ihren heißen Tee blies und den Blick gesenkt hielt. Ihre Wimpern warfen Schatten auf ihre blassen Wangen. Ich hatte keine Ahnung, wie es um sie stand. War sie möglicherweise im vierten oder fünften Monat schwanger? Ihre Tränen überraschten mich nicht. Frauen in anderen Umständen waren leicht reizbar. Gott weiß, wie Maria Menschikowa sich verhalten würde, wenn sie erst einmal von Petruschka schwanger war. Welch unangenehmer Gedanke! Anuschka stellte ihre Tasse aus blau-weißem Meißner Porzellan ab und schniefte. »Es ist so schön, dich zu sehen, Lisenka«, sagte sie dann steif, als müsse sie sich von unserer Umarmung und den Erinnerungen erholen, die unser Zusammentreffen hervorgerufen hatte.

»Auch ich denke jeden Tag an dich«, sagte ich, und das entsprach der Wahrheit.

»So bist du immer! Aufbrausend, aber stets bereit, zu vergeben und zu vergessen.«

»Auf diese Art lebt es sich nun einmal einfacher«, erklärte ich.

»Du bist wie Vater.« Sie versuchte zu lächeln, doch ihre Lippen zitterten, als wolle sie wieder weinen. »Ich wünschte, er wäre noch am Leben. Ach, könnte er dies alles sehen!«

»Glaub mir, auch ich wünsche mir nichts sehnlicher. Stell dir nur seine Freude vor! Sein erstes Enkelkind! Ein Erbe aller Russen.« Ich drückte ihr die Hand. »Herzlichen Glückwunsch. Ich würde dem Jungen meinen besten Hengst schenken und meinen ganzen Reichtum vererben, wenn ich nur einen Knopf auf der Rocknaht hätte.«

»Ja, natürlich sein Enkelkind, das würde ihn freuen«, murmelte sie und legte die schmale weiße Hand auf den Leib. Mir fielen die langen dunklen Ärmel ihres Kleides auf. Ihr Ehering war ihr einziger Schmuck. »Aber viel stärker noch wünschte ich, Vater wäre hier, um mit Menschikow abzurechnen.«

Ich setzte mich auf. Dieses Gespräch erforderte eindeutig Stärkeres als nur Tee. »Wodka?«, fragte ich und fischte hinter dem Sofa nach der versteckten Karaffe besten Wodkas.

Sie lächelte, denn wir alle hatten diebische und trinkfreudige Diener. »Ja bitte. Einen ordentlichen Schuss.«

»Was ärgert dich so an Menschikow? Ich dachte, Karl Friedrich, er und du seid beste Freunde.« Mit raschem Blick vergewisserte ich mich, dass alle Türen geschlossen waren. Ohne Zweifel stand das Personal in Menschikows Diensten. Er wartete nur auf den rechten Augenblick, um sich meiner zu entledigen. Anuschka schnaubte. »Du solltest besser fragen, was mich *nicht* an ihm ärgert. Er hat unser Erbe geplündert! Selbst Mutters Kutsche und die Pferde, die uns nach Holstein hätten bringen sollen, wurden beschlagnahmt. Unsere Geburtstage sind nicht mehr Teil des Hofkalenders, Lisenka. Wir wurden aus allen offiziellen Gebeten ausgeschlossen. Karl Friedrich hat sein Amt als Gardeoffizier von Sankt Petersburg verloren. Meine Mitgift ist seit Langem aufgebraucht. Menschikows Tochter soll die Frau des Zaren werden. Was kommt danach? Ich wage nicht, es mir vorzustellen. Wenn ich mit einem Sohn schwanger gehe, so schwebt er in tödlicher Gefahr vom Tag seiner Geburt an«, sagte sie, die Hand noch immer auf den Leib gelegt. »Ich spüre, wie das Kind sich regt, Lisenka. Es wird ein starker und gesunder Sohn für Russland.«

Ihre plötzliche Offenheit erstaunte mich, aber machte dies nicht eine echte Familie aus? Vergebung und Vergessen. Dennoch war ich auf der Hut. »Ich leide ebenso wie du, Anuschka. Wer weiß, wie lange L'Estocq und Schwartz noch an meiner Seite bleiben? Ich werde eine alte Jungfer, obwohl Menschikow mir bereits am Tag nach Karl Augusts Tod eine Liste möglicher, anderer Freier sandte.«

»Dieses Schwein. Dafür soll er bezahlen.« Sie richtete sich auf.

»Ja, aber wie und wann? Wer wird mich beschützen, wenn er mich in ein Kloster steckt, geschoren und in ein härenes Hemd gekleidet? Zumindest hast du Karl Friedrich. Er ist gewiss stolz und glücklich.«

»Glücklich?«, fragte sie. »Ich will dir etwas zeigen, Lisenka.«

Mit einem seltsamen Ausdruck in den Augen nestelte Anuschka an den Knöpfen ihrer Ärmel und schob sie ein Stück nach oben. Rote und blaue Flecken traten zutage, kleine Blutergüsse wie von harten, zwickenden Fingern auf ihrer Elfenbeinhaut. Aber ich entdeckte auch lange violette Striemen wie vom Hieb mit einer Gerte. Das Schlimmste war jedoch ein dunkler Fleck, rund wie das glühende Ende einer Zigarre.

»Bitte sag nicht, dass Karl Friedrich dir das angetan hat!«, stieß ich hervor und umfasste meinen Heiligen Nikolaus wie ein ertrinkender Seemann ein Stück Treibholz, erfüllt von namenloser Wut. Nicht Anuschka. Nicht meine Schwester!

Anuschka schwieg stolz, doch ihre Augen flehten um Beistand, während sie an neuen Tränen würgte. Ihr wundes Handgelenk fiel schlaff in ihren Schoß. Gott, ich hasste diesen Karl Friedrich, den dürren Deutschen mit den feuchten Händen, die er gegen mich und meine Schwester zu erheben wagte! Ich hasste ihn so leidenschaftlich, dass mir der Atem stockte. Ich hätte damals nicht schweigen dürfen! Trotzdem musste ich mir sicher sein. »Das kann nicht sein. Karl Friedrich ist galant und romantisch. Seine Musiker spielten unter deinem Fenster. Seine Barke wurde von einem Dutzend Schwänen gezogen, die silbernes Zaumzeug trugen. Er verstreute Efeu und Belladonna auf den Wellen der Newa, nur um dein Herz zu gewinnen.«

»Das war die Seite seines Wesens, die unsere Eltern sehen sollten. Sobald er sich meiner sicher war, war er wie ausgewechselt. Wenn er betrunken ist, wird er entsetzlich roh, rüde, grob und grausam. Und er ist so gut wie immer betrunken. Sogar dieses Kind... wenn du wüsstest, wie es gezeugt wurde!« Sie schluchzte auf, und Tränen strömten über ihr liebes Gesicht.

»Anuschka!« Ich umarmte sie, und der Gedanke war unerträglich. Eine Zarewna von Russland, misshandelt wie eine Magd? Anuschka schmiegte sich an mich, und ich spürte jeden Knochen in ihrem Leib. Sie war so brüchig wie ein dürrer Zweig nach einem langen heißen Sommer.

»Können wir denn gar nichts tun?«, fragte ich. Zeigten alle Männer ihr wahres Gesicht, wenn sie endlich hatten, was sie wollten? Wäre Karl August, der mich mit seinem Charme umworben hatte, auch zum Schläger und Vergewaltiger geworden?

»Nein, Karl Friedrich und seine Holsteiner Freunde trinken und spielen jeden Abend bis in die frühen Morgenstunden. Danach ziehen sie durch die Bordelle von Sankt Petersburg«, flüsterte sie. »Wem könnte ich mich anvertrauen, wenn nicht dir?«

»Wir werden einander immer haben. Jekaterinenhof ist so nahe. Wir werden uns wann immer möglich sehen. Oder soll ich doch bei dir einziehen?«

Anuschka setzte sich auf. »Das ist ein weiterer Grund für meinen Besuch, Lisenka. Wir werden Russland verlassen. Das Kind soll in Holstein geboren werden.«

»Kannst du nicht bleiben?«, flehte ich.

»Wozu? Damit Menschikow meinen Sohn tötet und ich ein Leben wie unsere Cousine Jekaterina Iwanowna führe? Ich habe keine Wahl. Ich bin verheiratet und trage einen Erben Russlands unter dem Herzen. Ich muss meinem Mann folgen. Wir stechen in nur zwei Wochen in See, Lisenka.«

Ich sah Anuschka hinterher, als sie zu ihrer Kutsche ging. Ihre Trauer, ihre Angst wie auch ihre Schwangerschaft lasteten auf ihr. Sie sollte das Kind eines verhassten Ehemannes in einem fernen Land zur Welt bringen. Wir beide sahen der Einsamkeit in ihr kaltes Antlitz. Jeder Russe meidet sie wie der Teufel das Weihwasser. Wir sind Gemeinschaftsmenschen, zusammengeschmiedet mit einem Band aus Misstrauen und Abhängigkeit. Als sich der Wagenschlag schloss, leuchtete das Holsteiner Wappen im stumpfen Septemberlicht. Es waren kräftige Töne in Blau, Gelb und Rot. Fluchend verjagte der Kutscher die Bettler und Kinder und warf Kiesel nach ihnen. Anuschka sah noch einmal zu mir auf, ihre knochige blasse Hand winkte mir zum Abschied. Ihre Ärmel waren wieder fest zugeknöpft, ihr schreckliches Geheimnis blieb bewahrt. Die Pferde zogen an, und ihre Hufe zertrampelten mein Herz. Der Herbst hielt Einzug in meiner Seele. Die Newa kräuselte sich vor Sorge, und ein Windstoß jagte die Blätter hoch, die sich knöcheltief auf den Kais häuften. Am Himmel hingen bleiern die Wolken.

Ich sank zu Boden, und mich verließ alle Kraft. Innerhalb von sechs Monaten hatte ich meine Eltern und meinen Verlobten verloren. Nun ging auch noch meine Schwester, gerade als wir uns wiedergefunden hatten. Ich lag dort, verzweifelt, bis ich keine Tränen mehr hatte. Dann setzte ich mich auf und wischte mir über das Gesicht. Weinen half mir nicht weiter.

42. Kapitel

Karl Friedrich bestieg das Schiff, nachdem ich mich in einer Scharade der Höflichkeit von ihm verabschiedet hatte. Anuschka aber hing an mir, geschüttelt von Schluchzern. »Bete für mich und meinen Sohn!«, flehte sie mich an, ehe zwei Zofen ihr auf den Steg und dann auf das Schiff halfen. Ihr Ehemann war bereits unter Deck verschwunden. Ich stand auf dem Kai und beobachtete, wie der Anker rasselnd eingeholt und die Segel gehisst wurden. Sie knatterten im Wind wie Schüsse. Die Fregatte hielt auf die Newamündung zu. Anuschka stand an Deck, und ihre schmale dunkle Gestalt schrumpfte rasch, als sie den Arm zu einem letzten Winken hob. Ich sah ihr nach, wütend vor Hilflosigkeit, während die Segel des Schiffes eins wurden mit den Wolken, die mich an saure Milch erinnerten. Schwärme von Möwen füllten den Himmel mit ihren Schreien, als Anuschka aus meiner Sicht verschwand. Der russische Seemann Semjon Mordinow hatte versprochen, unsere Briefe zwischen Sankt Petersburg und Schloss Gottorf in Holstein hin her zu transportieren.

Als ich L'Estocq um mehr Geld für einen Ausflug in die Ladenstadt bat, fragte er klugerweise nicht nach dem Grund dafür. Ich ließ eine kleine Kappe aus kaiserlich scharlachrotem Leder herstellen. Molnija, der Raubvogel, den Petruschka mir als einsamer kleiner Prinz geschenkt hatte, war zu einem meiner besten Jagdfalken herangewachsen. Keine Beute entkam den Krallen dieses Vogels. Ob er auch größere, furchtbarere Kreaturen erlegen konnte? Menschikow schützte seine Macht und seinen Einfluss nach Mannesart gegen Soldaten und Schwerter. Doch was, wenn eine Frau mit ihren Waffen gegen ihn zog, mit einem süßen Lächeln, einem zärtlichen Wort, einer liebevollen Neckerei? Als die Kappe fertig war, zog ich sie Molnija über den Kopf, streichelte das Federkleid und befestigte noch eine winzige silberne Glocke an ihrem zarten Fuß. Als ich nach Herrn Schwartz rief, der meinen Plan in die Tat umsetzte, war es, als entließe ich mein Kind in die Welt.

Schwartz schnaufte wie immer die schmale, steile Treppe herauf, ein Diener trug sein Stradivari-Cello. »Guten Morgen, Schwartz! Wenn du heute zum Winterpalast gehst, dann nimm Molnija mit! Der Vogel ist ein Geschenk für den Zaren. Alexander Buturlin soll ihn Seiner Majestät überreichen«, wies ich ihn an.

»Aber …« Er schwitzte noch mehr als zuvor, als ich ihm den dicken Lederhandschuh über die pummeligen Finger schob. Der Himmel mochte wissen, wie er mit diesen Pfoten solch himmlische Musik spielen konnte! Unwirsch kauerte der Vogel auf seinem Handgelenk, und wie eine Vogelscheuche streckte Schwartz ängstlich den Arm aus. Molnija spürte seinen Mangel an Selbstvertrauen, hob abwechselnd die Krallen und neigte lauschend den feinen Kopf.

»Hab keine Angst!«, lachte ich. »Meine Molnija frisst kleinere Happen.«

»Was ist mit meinen Fingern?«

»Die sehen allerdings mächtig appetitlich aus«, neckte ich ihn weiter. »Am besten, du hältst sie außer Sicht- und Schnappweite.«

»Und wie soll ich gleichzeitig mein Cello und den Vogel halten?«

»Gott in seiner Güte hat uns zwei Arme gegeben.«

Molnija sperrte den Schnabel auf und breitete die Flügel aus. »Still, Molnija!«, flüsterte ich kosend. »Wir sehen uns bald wieder, das verspreche ich dir.« Tränen stiegen mir in die Augen. Molnija sollte mein Einsatz in einem Spiel sein, das größer war als ich allein. Es ging um Russland.

»Irgendeine Nachricht, die ich ausrichten soll?«, seufzte Schwartz. Er gab sich geschlagen. »Für Buturlin oder den Zaren selbst?«

»Keine Nachricht«, lächelte ich. »Nun aber los!«

Als Schwartz verschwunden war, kniete ich vor meinem kleinen Altar nieder. Mehr denn je brauchte ich Gott an meiner Seite.

»Wann? Sag einfach, wann, schönste, verehrteste Lisenka!«, jubelte Petruschka. Seine Stimme war nun so tief wie die eines Mannes, als er einige Tage später in die kleine Bibliothek des Sommerpalastes stürmte. Er hielt Molnija auf dem Arm, als ich mich über Buturlins Trockenstrauß beugte. Waren die Blumen bereit, auf Karton befestigt und dann gerahmt zu werden? Nein, noch nicht ganz. Hatte es nicht mehr als des Falken bedurft, um ihn zu mir zu rufen? Einerlei. Vorher hätte mir die

Kraft zu meinem Vorhaben gefehlt. Petruschka eroberte mein Gemach wie ein freudiger Wirbel aus zu langen Beinen und schlaksigen Armen, frischer Herbstluft, leuchtenden, farbenfrohen Samtumhängen und einem japsenden Rudel von Jagdhunden. Einige Pickel blühten ihm im Gesicht, und das erste Barthaar spross, doch mehr denn je glichen seine feinen Gesichtszüge denen seines Vaters Alexej.

Petruschkas Garde nahm Aufstellung an der Tür, während sein Taufpate, Fürst Alexej Dolgorukow, diskret Abstand hielt. Er schien dennoch zu triumphieren, denn sein wachsender Einfluss bedeutete nichts Gutes, sondern eine Stärkung der Altgläubigen. Ich konnte nur hoffen, dass Petruschka allem Erlittenen zum Trotz die Weisheit in Vaters Reformen erkannte. Wenigstens war niemand von Menschikows Haushalt vertreten, auch wenn hinter Dolgorukow eine atemberaubend schöne junge Frau auf der Schwelle verharrte, gerade als der Zwerg Juan da Costa Purzelbäume quer durch den Raum schlug. Petruschka hatte ihn von meinen Eltern geerbt, die silbernen Glocken an den Knöcheln und Handgelenken des Narren klingelten freudig. Die Zeit ließ einen gesunden, groß gewachsenen Menschen welken. Den kleinen Leuten aber stand sie gut. Ihre lustigen Gesichter wurden so knorrig wie weise alte Bäume und noch ausdrucksstärker als zuvor. Juan da Costa kreiste durch den Raum, schlug mit den Armen wie mit Flügeln und stieß heisere Rufe aus. Seine Augen leuchtend vor Wissen. War er, der zwei Zaren überlebt und nun dem dritten diente, mein Freund oder Feind?

»Petruschka!«, lachte ich und breitete die Arme aus. Er war wie der kleine Bruder, den ich hätte haben sollen und der die feine Kleidung ebenso wie die Würde seines Amtes mit Leichtigkeit trug. Zum Glück hatte ich meinen schönsten bunten Seidenschal gewählt, um meine schlanke Taille zu betonen, und das Reiten hatte meine Arme geformt. Fast sieben Fuß groß wie Vater beugte sich Petruschka zu mir nieder. In seinem Atem nahm ich Wodka und Tabak wahr, und als ich knicksen wollte, umfasste er mein Gesicht und küsste mich auf die Lippen. Als ich die Intimität der Geste spürte, gefror ich, lächelte aber, um mein Erstaunen zu überspielen. »Ich sollte dich nicht mehr Petruschka nennen. Willkommen in Eurem Sommerpalast, Eure Majestät.«

»Wehe, Lisenka! An dem Tag, an dem du mich nicht mehr Petruschka nennst, stirbt meine Seele.« Sein Lächeln erhellte den Raum, seine Wangen waren nicht mehr eingefallen. Wer hätte es auch noch gewagt, ihm die Nahrung zu verweigern? »Nun bin ich wirklich der Kapitän eines Schiffes.«

»Und was für ein Schiff! Die stolzeste Fregatte, wenn nicht eine gesamte Flotte an Schlachtschiffen.« Ich salutierte lachend. »Willkommen an Bord, Kapitän Petruschka!«

Er lächelte geschmeichelt. »Ich freue mich, dich zu sehen. Wie schrecklich Karl Augusts Tod doch war! Aber dein Verlust ist für Russland – wie auch für mich – ein Gewinn.« Er reichte Molnija an Juan da Costa weiter, der den Vogel am ausgestreckten Arm hielt. »Ist dies nicht der schönste Falke in ganz Russland? Bist du sicher, dass du dich von ihr trennen willst?«

»Wenn Molnija der schönste Falke Russlands ist, dann ist er gerade gut genug für den Zaren.«

Die Antwort gefiel ihm. »Dann teilen wir uns den Vogel. Überhaupt will ich alles mit dir teilen. Wie wäre es mit einem Jagdausflug am morgigen Tag? Es ist die beste Jahreszeit dafür. Wähl ein Pferd aus meinen Stallungen! Ich lasse alles vorbereiten. Magst du Kaviar und kühlen Weißwein aus Frankreich für unsere Rast? Wer soll uns begleiten? Bitte niemand, der mich langweilt!« Er sprudelte über vor Freude an seiner neuen Freiheit. Sie machte alle Jahre im Schatten, die Zeiten unerfüllter Sehnsucht nach Liebe und Aufmerksamkeit wett. Mit roten Wangen wandte er sich an seinen Paten.

»Dolgorukow, du hängst im Sattel wie ein nasser Sack voller Steine. Schlimmer noch, du redest nur davon, wie ich Russland zu regieren habe, unerträglich. Du bleibst hier. Aber lass deine Tochter Katja mit uns reiten!«, entschied er. Das schöne Mädchen auf der Schwelle lächelte und knickste vor mir. Ihre ausgeprägten Wangenknochen unterstrichen die aparten Gesichtszüge, ihre großen blauen Augen standen in erstaunlichem Gegensatz zu ihrer milchigen Haut. Ich konnte nicht umhin, ihr mit Goldlahn besticktes Kleid wie auch die Perlenketten in ihren dicken rabenschwarzen Zöpfen zu bemerken. Auf Petruschka zu setzen hatte sich für die Dolgorukows gelohnt. Alexej Dolgorukow verbeugte sich, zufrieden, sein Kind in der Nähe des Zaren zu wissen. »Ein letzter Ritt mit uns, Katja, ehe du uns mit deinem schönen Ehemann in Richtung Wien verlassen willst«, neckte Petruschka die junge Frau. Dann wandte er sich zu mir um. »Katja ist tatsächlich in ihren Verlobten *verliebt*. Ist das nicht durch und durch unanständig? Allerdings ist Graf Melissimo der bestaussehende Mann, der jemals auf Erden wandelte. Darf ich bei euren Kindern Pate stehen?«

Katja errötete. Was für ein Glück sie hatte! Wie hatte der hässliche Gauner Alexej Dolgorukow eine so atemberaubende Schönheit zeugen können? Es war besser, diese Frage nicht zu stellen. Sie war eine willkommene Ergänzung an jedem Hof.

»Natürlich«, sagte ich. »Lass uns für Katja eine echte russische Jagd veranstalten! Eine Erinnerung, die sie in ihrem Herzen mitnehmen kann, wann immer und wohin auch immer sie geht. Wann soll die Hochzeit stattfinden?«

»Im nächsten Jahr, nach der Krönung Seiner Majestät«, antwortete sie. »Mein Verlobter ist Diplomat des österreichischen Kaisers, des Onkels unseres Zaren. Ich werde ihm folgen, wohin seine Pflicht ihn führt.«

Petruschka runzelte die Stirn. »Bleiben wir bei der Sache, bitte! Wer soll uns noch zur Jagd begleiten?«

»Wie wäre es mit Maria?«, fragte ich unschuldig.

Petruschka wirkte verwirrt. »Welche Maria?«

Ich tat erstaunt. »Deine Verlobte Maria Menschikowa.«

»Oh! *Diese* Maria ...« Nach einem Atemzug der Stille legte er sich wie ein ungezogener Junge die Hand vor den Mund. Seine Augen funkelten, und er lachte, als er mit den Achseln zuckte. Wir alle fielen in seine Heiterkeit ein, beide Dolgorukows lachten aus vollem Hals, und Juan da Costa ahmte wackelnd Maria Menschikowas wenig anmutigen Gang nach. »Hör auf!«, flehte ich und hielt mir den Bauch vor Lachen. Auch Petruschka rang nach Atem. »Genug! Maria Menschikowa kommt nicht in meine Nähe, wenn ich es vermeiden kann. Wer will eine alte Krähe, wenn er der Welt süßeste Nachtigall haben kann?« Er küsste mir galant die Finger. »Kann ich das? Ich meine, sie einfach so zurücklassen?«

»Der Zar kann tun, wonach ihm der Sinn steht«, versicherte ich ihm. »Wenn nur dein Vater hier wäre, um dich zu sehen, Petruschka, so stark und bestimmt! Alexej wäre stolz.« Wie seltsam es sich nach all den Jahren anfühlte, Alexejs Namen furchtlos aussprechen zu können.

Petruschkas Blick wurde düster. »Ich weiß. Dank dir für deine lieben Worte«, sagte er. »Buturlin muss sich natürlich ebenfalls unserer Jagd anschließen«, sagte er dann und zwinkerte die Tränen weg. Auch wenn er an seinen Vater keine Erinnerung mehr hatte, waren ihm die Jahre seiner einsamen Kindheit noch immer nahe.

Buturlin! Ich konnte nicht anders, mein Herz tat einen Sprung. Plötzlich war er mir so nahe, alles an ihm, sein Wagemut und sein Witz. Mir brannten die Wangen, denn ich trauerte noch immer um Karl August, seine Zärtlichkeit und unsere knospende Leidenschaft. »Buturlin!«, rief Petruschka und sah sich suchend um, aber umsonst. »Wo ist der Schlingel? Wie ich ihn kenne, in deiner Küche, bei den Mägden.« Er hielt noch immer meine Hand. »Wer außer Buturlin hätte es gewagt, mir Molnija zu bringen? Unser schöner Vogel hat mir den Vorwand gegeben, dich aufzusuchen. Der Zar muss seiner schönen Tante für ihre Großzügigkeit danken. Möge Molnija ewig fliegen! Ich stehe in Buturlins Schuld.«

»Allerdings«, stimmte ich zu.

Als Petruschka und sein Gefolge aufbrachen, hüpfte Juan da Costa auf den Rücken eines der Hunde, doch das Tier schnappte nach ihm. Er sprang leichtfüßig von dannen, drehte sich auf der Türschwelle aber noch einmal um, sein Blick war ernst und wissend.

»Was gibt es noch, da Costa?« fragte ich und verschränkte beinahe trotzig die Arme. Sein lustiges kleines Gesicht verzog sich zu einem warmen Lächeln, als er sich tief vor mir verbeugte.

Ich blieb allein zurück, und die plötzliche Stille der Bibliothek dröhnte mir in den Ohren. Ihr Licht wurde dick und senffarben, und ihr Duft erinnerte mich an den ersten Honig des Jahres in Peterhof, wo sich die Bienen an Rosen, Holunder und Sommerjasmin vollgesaugt hatten. Die Abenddämmerung sickerte in meine Adern, und ich war der Erschöpfung nahe. Ich wollte zu Bett gehen, um für den folgenden Tag frisch zu sein. Es würde ein anstrengender Tag im Sattel werden.

43. Kapitel

Der Herbst verging so rasch wie ein Vogelflug, und ein früher Winter hielt Einzug. Die Sonne stand wie eine stumpfe Kupfermünze am schweren Himmel. Perlmuttfarben schimmerte die Ahnung des nahenden Schneefalls über Sankt Petersburg. Wie versprochen war der Leutnant zur See Semjon Mordinow ein treuer Kurier zwischen Anuschka in Schloss Gottorf und mir. Wenn L'Estocq mir aus den Briefen vorlas, machte sein französischer Akzent das in Anuschkas Worten verborgene Unglück halbwegs erträglich. Je weiter ihre Schwangerschaft fortschritt, so schrieb sie, desto unerträglicher wurde ihr Leben. Das Schloss war kalt und zugig, überall fehlte es am Nötigsten. Sie fürchtete den grauen Winter des norddeutschen Flachlandes. Aus den niedrigen Wolken goss es wie aus Kübeln. Der Schlosskeller war mit nichts als Sauerkraut gefüllt, und jeden Tag bekam Anuschka Kartoffeln vorgesetzt, und zwar ohne Salz und Schmand. In Holstein war Schmalhans Küchenmeister. Sie sprach Deutsch mit starkem Akzent, und die Höflinge lachten über ihre Kleidung und Manieren. Jeden Brief unterschrieb sie mit den Worten: *Kein Tag vergeht, ohne dass ich um Dich weine, meine geliebte Schwester.*

L'Estocq hinderte mich gerade noch daran, ein Schiff

nach Kiel zu senden, das meine Schwester nach Hause holen sollte. »Das ist unmöglich, Zarewna. Sie ist verheiratet und hat ihren Weg gewählt. Nun muss sie ihn zu Ende gehen.«

Nachdem er mich verlassen hatte, fühlte ich mich einsamer denn je zuvor.

Als ich eines Abends die Treppe zu meinem Zimmer hinaufstieg, war es erstaunlich still im Sommerpalast. Alle Diener schienen verschwunden zu sein, und die Tür zu meinem Gemach war nur angelehnt. Ich zögerte. Licht floss durch den Spalt in die dunkle Diele. Vielleicht hatte ein Lakai bereits das Feuer angeschürt und die Magd die warme Kupferpfanne unter meine Laken geschoben. Ich schob die Tür ganz auf, und tatsächlich, die Flammen im Kamin knisterten, eine willkommene Überraschung in der Kühle eines Septemberabends. Dann aber hielt ich auf der Schwelle inne. Ein Mann saß in einem der niedrigen Sessel am Feuer. Er wartete geduldig, die Hände gefaltet. Die muskulösen Beine hatte er lang ausgestreckt. Lässig hochgekrempelte weiße Hemdsärmel zeigten gebräunte starke Arme, die Stiefel glänzten. Das flackernde Licht der Flammen betonte seine Wangenknochen, und die Augen unter den verhangenen, schweren Lidern schillerten graugrün. Das dunkle Haar hatte er aus der hohen Stirn gestrichen, und er lächelte teuflisch. Auf jeden Fall war er teuflisch gut aussehend.

»Buturlin«, sagte ich und gab mir Mühe, gelassen zu wirken. Ich schloss die Tür und lehnte mich gegen die Wand, als er aufstand und auf mich zukam, ein Jäger, der seine lange verfolgte Beute endlich stellte.

Wenn Petruschka ihm etwas schuldig war, so wusste Buturlin nur allzu gut, wie er ausstehende Schulden eintreiben konnte.

Seine Lippen suchten meinen Mund, sein Kuss fühlte sich trocken und zart an. Er kostete mich wie einen seltenen Wein. Ich rührte mich nicht, obwohl doch jede Faser meines Wesens zu ihm hinstrebte. Aber er war ein Soldat, da sollte ihm die Eroberung nicht allzu leichtfallen. Seine Küsse wurden tiefer, und sein Mund wanderte an meinem Hals hinab. Verlangen regte sich in mir. Mit einem leisen Seufzer sank ich ihm entgegen und sog seinen Duft ein. Er roch nach Herbst und Ausritten in einem feucht tropfenden Wald, nach dem Leder seines Sattels und dem Lagerfeuer seiner Rast, nach seinem Parfum aus Sandelholz und Moschus. Als ich seufzte, lachte er und wog meine Brüste in den Händen.

»Ich wusste es! Titten wie eine Milchmagd.« Mein Herz und meine Gedanken rasten, ich wollte ihn so sehr. Er jagte Leben und Lust durch meine Adern, ein Gefühl, das ich mit Karl August für immer verloren geglaubt hatte. Ungeduldig nestelte ich an Buturlins Hemd, bis ich das krause dunkle Haar auf seiner breiten Brust sah. Ich legte den Kopf in den Nacken, als er meine Röcke hob. Die Seide raschelte und knisterte leise. Seine Finger strichen an meinen Schenkeln entlang, und ich erschauerte, als seine Fingerspitzen in meine Feuchtigkeit vordrangen. Ich zuckte zurück. »Nein!«, stieß ich hervor. »Ich meine … ich habe noch nie …«

Er musterte mich erstaunt.

»Hast du denn nie mit deinem deutschen Herzog geschlafen?«

»Nein«, sagte ich und senkte die Wimpern. Meine Wangen brannten.

»So ein Pechvogel«, flüsterte er und glitt mit einem Finger zärtlich in meinem feuchten Fleisch auf und ab. Dann hielt er die Fingerspitze ins flackernde Kerzenlicht. Die Kuppe glänzte von meiner Lust.

»Schau!« Er saugte am Finger, und diese Geste war so derb wie erregend. »Eigentlich wollte ich dich wie eine Magd nehmen. Nun aber will ich mit meiner geliebten jungfräulichen Zarewna schlafen. Komm ans Feuer! Dir ist kalt, meine Schöne.« Er hob mich hoch und trug mich zum Kamin, wo er mich auf einem Bärenfell ablegte, das so weiß und weich war wie Pulverschnee. »Öffne die Beine weit!«, befahl er, ich gehorchte und spreizte die Schenkel. Er vergrub die Hände in meinem Hintern und senkte mich langsam auf sich hinab. Er half mir und küsste mich zärtlich, als er in mich hineinstieß. Kurz darauf, als ich rittlings auf seinen Hüften saß, keuchte ich bei dem plötzlichen scharfen Schmerz auf. »Schsch«, flüsterte er, küsste mich und nagte an meinen Lippen, als er mich tiefer zog und dann stillhielt. Unsere Herzen klopften wie wild, unsere Blicke verflochten sich ineinander.

»Beweg dich!«, verlangte er.

»Ich kann nicht«, keuchte ich.

»Doch, du kannst.« Seine Hände krallten sich wieder in mein Fleisch. »Du hast ein Gesicht wie ein Engel und einen Hintern wie eine Kurtisane, die sich nur von Sahne ernährt. Beweg dich, langsam!«, lächelte er mit schweren Lidern, und seine Hände umschlossen meine Brüste. »Je heftiger du dich bewegst, desto lustvoller ist es für dich. Langsam! Wir haben keine Eile«, hauchte er in meinen Mund, ehe er mir seine Finger zum Saugen reichte und mich gegen seine Wurzel drückte. »Nimm dir Zeit!«, flüsterte er. »Ich bin ganz allein für dich da.« Ich schluchzte. Lust staute sich in mir wie ein Fluss, der gegen einen Damm drängte, doch er umfasste meine Hüften und verlangsamte meine Bewegungen bis ins Unerträgliche. »Bitte«, flehte ich.

»Fühl mich!«, sagte er jedoch und legte seine feuchte Fingerspitze auf meine pulsierende, geheime Mitte. Ein Blitz durchfuhr meinen Kopf, als er mich in winzigen Kreisen koste. Geschmolzenes Gold strömte mir durch die Adern, und ein Schauer aus Sternenlicht fiel auf mich nieder. Ich bäumte mich auf, als er mich auf das Fell gleiten ließ und auf mir lag, tief und unnachgiebig. Als er kam, klammerte er sich an mich, dann hielten wir uns umschlungen. Unser Atem mischte sich mit unseren erhitzten Körpern. Meine Haut haftete an ihm, und wir waren wie ein Wesen, in Geist und Seele, und ritten einen Sturm durch den Himmel. Buturlin küsste zärtlich das Salz meiner Wangen und umfasste mein Kinn. Ich musste ihn ansehen, und das brachte mich nach allem, was gerade passiert war, in Verlegenheit.

»Warum hast du nicht mit Karl August geschlafen?«, fragte er.

»Wir wollten warten.« Meine Stimme klang erstickt.

»Worauf?«

»Auf den rechten Augenblick. Bis wir verheiratet wären.«

Er strich mir die verschwitzten Locken aus der feuchten Stirn. »Lisenka, dies ist Russland. Der rechte Augenblick mag niemals kommen. Das solltest vor allem du wissen.« Er wiegte mich wie ein Kind. »Schsch, weine nicht, kleiner Vogel. Ich bin in der Tat ein Narr aus Liebe, wie L'Estocq es aus seinen albernen Tarotkarten herauslas. Ich liebe dich und werde immer für dich da sein, solange ich lebe.«

44. Kapitel

Ich lebte für die Abende, wenn Buturlin zwei Stufen auf einmal nehmend, die Treppe zu meinem Zimmer heraufflog, aus seiner Jacke schlüpfte und sich das Jabot löste. Als er bald nach unserer ersten gemeinsamen Nacht zu mir kam, trank ich gerade einen späten Tee, der mit Zucker, Wodka und Muskatnuss angereichert war. Das Dienstmädchen hatte einen Teller mit frischen Blini, kaltem Kaviar, gehackten süßen roten Zwiebeln und gekochten Eiern sowie Schmand zubereitet. Eine meiner Katzen lag schnurrend auf meinem Schoß, und ich legte den Kopf in den Nacken. »Du machst leere Versprechungen, Buturlin«, neckte ich ihn. »Du magst vielleicht immer für mich da sein, aber …«

»Aber?«, fragte er und rollte seine weißen Hemdsärmel hoch.

»Aber du hast versprochen, mich wie eine Magd zu nehmen.« Mein Herz pochte wie wild. Was mochte er von mir halten, wenn ich solche Worte benutzte? Er musterte mich ausdruckslos, und mein Inneres löste sich auf, als er auf mich zukam. Seine Augen waren im schummrigen Licht des Gemachs dunkel und schwer zu deuten. Langsam hob er meine Röcke, und die Seide meiner Strümpfe knisterte. Ich spürte seine Nägel auf den Schenkeln, als er meine Beine öffnete.

Er lächelte und ließ mich warten. »Zuerst möchte ich Kaviar«, verlangte er. »Und ich zeige dir, wie ein Mann ihn am liebsten isst.« Er zog meine Hüften nach vorn, legte meine Beine auf die Armlehnen meines Sessels und küsste langsam, genüsslich die Innenseiten meiner Schenkel. Dann leckte er mich ohne Vorwarnung ein- oder zweimal mit der Zunge, die so rau war wie die einer Katze. Ich bäumte mich auf und keuchte. »Schön und salzig«, murmelte er. »Genau wie die See, aus dem der Kaviar kam.«

Er griff nach der silbernen Schale mit dem Glaseinsatz.

»Du wirst doch nicht …«, meinte ich ungläubig.

»Und ob!«

Gemeinsam genossen wir die vielen Jagden und Ausflüge, die Petruschka für uns ausrichtete. Die Tatsache, dass Menschikow unser Zusammensein missbilligte, erhöhte unseren Spaß noch. Wir jagten über weite Stoppelfelder, als der erste Frost kam und wir uns den unnachgiebigen Wintermonaten ergaben. Jede Jagd wurde von Pausen zum Schlittschuhlaufen oder Rodeln unterbrochen, ehe wir den verabredeten Treffpunkt erreichten, wo die Feuer hoch brannten und sich die Kissen und Pelzdecken einladend stapelten. In ihrer glatten Dunkelheit glich jede Nacht einer samtenen Decke, die mit goldenen Sternen bestickt war. Bauern schlossen sich uns an jedem Lager an. Ich erfreute mich an ihrer Schlichtheit und Ehrlichkeit. Sie teilten das Wenige, das sie hatten. Ich wollte das Angebot einer zahnlosen alten Frau ablehnen, die mir einen Teller mit kaltem Hirsebrei hinhielt, aber sie schalt mich. »Nimm nur,

Zarewna! Je mehr du gibst, desto mehr soll dir gegeben werden. Das ist die Regel, nach der wir Russen leben.« Unter ihren Augen aß ich den Teller leer und wäre fast daran erstickt. Sie selbst würde am Abend hungern.

In jenen Augenblicken vergaß ich meine heikle Lage. Juan da Costa folgte uns auf unseren Jagden und ritt auf einem Esel aus dem Schlosstor. Wir hänselten die schöne Katja Dolgorukow endlos damit, dass sie bis über beide Ohren in ihren hübschen Verlobten verliebt war. Graf Melissimo sollte Ende Januar zu Petruschkas Krönung aus Wien nach Sankt Petersburg kommen. Buturlin, der tagsüber respektvoll Abstand hielt, war des Nachts mein Meister. Seine Liebkosungen entmachteten die Wirklichkeit. Träume erhellten die düsteren Stunden. Jede seiner Berührungen versetzte mich in Flammen: Seine Finger streiften meinen Knöchel, während er die Steigbügel verstellte. Mein Handgelenk glühte, wenn er mir die Handschuhe über den Knöchel zog. Am liebsten lag ich in seinen Armen, voller Neugier, was er zu tun beabsichtigte oder was ich tun sollte. Sein Einfallsreichtum kannte keine Grenzen.

Die Dunkelheit kam mit jedem Tag früher, und nach der Liebe lag ich träge und schläfrig in Buturlins Armen. »Wir sollten vorsichtig sein, Lisenka«, sagte er plötzlich.

»Vorsichtig? Weshalb?«, fragte ich und schmiegte mich noch enger an ihn.

»Menschikow und der Zar beobachten uns. Diese Stadt hat ihre Ohren überall.« Mir fielen die Augen zu, und jeder Gedanke an die Zukunft wie auch alle Furcht glitten aus meinem Geist und meinem Herzen wie ein Dieb in der Nacht.

Wir sollten vorsichtig sein. Dabei lief doch alles wie erhofft. Petruschka missachtete Menschikows Warnungen und schwänzte Ostermanns Stunden. Er folgte mir anhänglich, lachte über jeden meiner Scherze, bewunderte meine Schönheit und half mir aus dem Sattel, wobei er mich länger als nötig um die Hüften fasste. Viele Male bat er mich, an den Hof zurückzukehren, doch das wagte ich noch nicht. Ich ließ mir seine Anbetung gefallen, stieß ihn aber weg, als wäre er ein Welpe. Dabei vergaß ich, dass Welpen zu gefährlichen großen Hunden heranwuchsen. Zu Hunden mit Reißzähnen.

Wenn das Morgen niemals kam, so hatte ich wenigstens einige Augenblicke lang gelebt. Buturlin gab mir nicht nur mein Leben zurück, sondern auch die Kraft, mich diesem Leben zu stellen.

45. Kapitel

Kurz vor der Jultide, als die Planungen für Petruschkas Krönung ihren Höhepunkt erreichten, erkrankte er. Der Husten erstickte ihn schier, und er glühte vor Fieber. Um sich zu erholen, würde er Wochen brauchen. Doch bald verschlimmerte sich sein Zustand. Er atmete keuchend, die Rippen stachen ihm durch die Haut, und er hustete Blut. Sein Anblick entsetzte mich und erinnerte mich an Mutters letzte Wochen. Sollte meine Familie noch mehr Verluste erleiden?

»Du allein und deine Vergnügungssucht sind schuld am Leiden des Zaren«, klagte mich Ostermann an. Gemeinsam mit Menschikow harrte er vor der Zimmerflucht des Zaren aus. Beide wirkten verblüfft und zugleich entrüstet. Wie war es mir gelungen, mich wieder am Hof einzuschmeicheln und dem Zaren so nahe zu sein?

»Unsinn! Bewegung an frischer Luft tut jedem gut«, erwiderte ich.

Als beide nicht hinsahen, bat ich L'Estocq, ein Urteil über die Gesundheit des Zaren zu fällen. »Seine Lungen sind beeinträchtigt. Wir müssen ihn warm halten, und er braucht Ruhe.« Sein Blick ließ mich nicht los.

»Natürlich«, erwiderte ich, bereit, Petruschka bis zum letzten Blutstropfen zu schützen.

Eine Reise war am einfachsten vor dem Einsetzen der großen Schmelze, bevor alles im Schlamm ertrank, oder vor dem Sommer, wenn die Strömung der angeschwollenen Flüsse alles mit sich riss. Einmal mehr würden dreißigtausend Menschen unterwegs sein, um Petruschkas glorreiche Stunde zu bezeugen. An den dunkelsten und kältesten Tagen jenes Januars teilten sich Katja Dolgorukow, Buturlin, Petruschka und ich einen bequemen großen Schlitten, um uns zur Krönung nach Moskau zu begeben. Um vor ihrer Eheschließung jeden Klatsch zu vermeiden, fuhr Maria Menschikowa mit ihrer Familie. Zudem hasste Menschikow, den ich so gut wie noch nie hatte niesen hören, jede Krankheit und Schwäche. Buturlin trug den Zaren zu unserem Schlitten, als wäre er ein Kind. Petruschkas lange schmale Gliedmaßen hingen schlaff herab. Im Vergleich zu Buturlins gesunder brauner Haut sah er aus wie ein gläserner Mensch. Im Schlitten deckte ich meinen Neffen mit Bärenfellen und Samtdecken zu, schob ihm Kissen unter Kopf und Rücken und stellte ihm eine geschlossene, mit heißen Kohlen gefüllte Kupferpfanne an die Füße. Dann küsste ich ihm die feuchte Stirn. »Du musst gesund werden, Petruschka«, flüsterte ich ihm ins Ohr.

Als wir Twer erreichten, hustete Petruschka ständig Blut. Ohne Menschikow um Erlaubnis zu bitten, folgte ich L'Estocqs Rat und ordnete einige Wochen Rast an.

»Menschikow wird dich dafür verantwortlich machen«, warnte mich Schwartz.

»Wofür? Das Leben des Zaren gerettet zu haben? Ich hoffe es!«

Ich ließ eine Hütte beschlagnahmen. Was einem Russen gehörte, gehörte zuallererst dem Zaren. Wir alle waren seine Sklaven. Mit dem hellen Rauch, der aus dem Schornstein aufstieg, wie auch der breiten Veranda, auf der die Vögel die Körner pickten, die der Koch nach dem Brotbacken verstreute, wirkte das Gebäude wie aus einem Märchen. Schnee bedeckte das niedrige Dach, und unsere Unterkunft war nicht winterfest. Durch die Fensterrahmen pfiff der Wind, die Brunnen waren zugefroren, und die Kachelöfen kämpften erfolglos gegen die Kälte. Die Dielen wiesen fingerbreite Lücken auf, am Dach fehlten Ziegel. Da die Öfen mit feuchtem grünem Holz beheizt wurden, erfüllte dichter Rauch die engen Zimmer.

In Petruschkas Kammer schmorte Kampfer in den Kohlepfannen, und ich ließ getrocknete Minze, die ich in der Küche gefunden hatte, in Schalen mit dampfendem Wasser quellen. Diese schob ich unter die Bettdecke, um ihm das Atmen zu erleichtern. Während Maria Menschikowa aus Furcht vor Ansteckung fernblieb, stürmte Menschikow schon bald ins Krankenzimmer. Er hatte Moskau bereits erreicht, als er von der Unterbrechung unserer Reise erfuhr, und war sogleich umgekehrt.

»Wer hat das angeordnet? Was trödelt ihr hier herum, statt nach Moskau zu kommen?«, bellte Menschikow. Sein Mantel dampfte, und der Matsch an seinen Stiefeln beschmutzte die weißen Dielen und die bunten Teppiche des Hauses. Auf der Stelle breitete sich ringsum Unmut aus, und ich war für die Anwesenheit der anderen Männer dankbar. Hätte ich Menschikow allein gegenüberstehen müssen, wäre dies der Begegnung mit einem wütenden Bullen gleichgekommen. Buturlin lehnte an der Fensterbank, die Arme verschränkt und mit abwartendem Blick. Juan da Costa kauerte am Ofen und stocherte mit dem Schürhaken in der Glut herum. L'Estocq, der die Behandlung des Zaren beaufsichtigte, saß auf einem dreibeinigen Hocker an Petruschkas Bett.

»Guten Tag, Alexander Danilowitsch«, antwortete ich Menschikow. »Ich habe die Rast angeordnet, ich, Zarewna Elisabeth Petrowna, die Tante des Zaren.« Ich blieb an Petruschkas Bettstatt sitzen und zwang mich, den Mann anzusehen. Letzten Endes hatte er den Tod meines Halbbruders Alexej verschuldet, und ich wusste, wozu er fähig war. Petruschka seufzte. Seine glasigen Augen waren halb geschlossen, und sein Atem klang rasselnd. Bei seinem Anblick vergaß Menschikow seinen Zorn. Er kniete an Petruschkas Bett nieder und küsste den kaiserlichen Siegelring, der lose am mageren Finger des Zaren hing. Von der dicken Mittagssuppe hatte mein Neffe nur einen Löffel geschlürft, den er beim nächsten Hustenanfall wieder erbrach.

Menschikow wandte sich an L'Estocq. »Steht es schlimm um den Zaren?«

»Ja«, erwiderte L'Estocq. »Der Zar benötigt diese Rast dringend. Die nächsten Tage entscheiden über Leben und Tod. So Gott will, schlage ich nach der Krönung einen Sommeraufenthalt in Peterhof vor. Die salzige Luft der Ostsee wird seinen Lungen guttun.« Menschikow wusste, was L'Estocqs Empfehlung bedeutete: Peterhof war mein Reich. Wir fochten einen stummen Kampf um Petruschkas Seele aus.

»Der Zar kann den Sommer doch auch in Oranienbaum verbringen, meinem Palast gleich neben Peterhof. Dort atmet er dieselbe Meeresluft.«

L'Estocq verneigte sich. »Ohne Zweifel ist die liebende Fürsorge der Zarewna Elisabeth der Gesundheit des Zaren förderlich.«

»Du alter Froschfresser hoffst doch nur, dass deine Fürsorge deiner eigenen Sache dient«, knurrte Menschikow.

L'Estocq lächelte dünn. »Froschbeine... Fischeier. Wo liegt der Unterschied?«, fragte er und legte dann als stille Warnung die Fingerspitzen an die Lippen. Petruschka warf sich hin und her, stieß unverständliche Worte aus.

Menschikow zog sich die Handschuhe wieder an. »Du kannst an seinem Bett sitzen, doch nie an seiner Seite auf dem Thron. Sowohl Graf Ostermann als auch ich sorgen dafür, dass es zu keiner Eheschließung des jungen Zaren mit seiner gerissenen Tante Lisenka kommt. Meine Tochter Maria sitzt unter dem Krönungsbaldachin, nicht du.«

»Meine herzlichen Grüße an Graf Ostermann. Was redest du da für Unsinn? Ich diene nur meinem Herrscher. Wenn ich den Zaren nicht pflege, dann wird Maria Menschikowa bald unter gar keinem Baldachin mehr sitzen. Weder als Braut noch als Witwe.«

Menschikow packte mich am Handgelenk. »Ich durchschaue dich. Du bist eine Schande für dein Haus!«, stieß er mit einem verächtlichen Seitenblick auf Buturlin hervor. Er ging, doch seine Anmaßung, sein Ehrgeiz und sein Hass blieben im Raum. Seitdem er die Macht an sich gerissen hatte, erlebte ich ihn nur wütend und niederträchtig. Wenn Legitimität einen Herrscher wie einen Mantel bekleidete, so stand Menschikow da, nackt wie ein Baum an einem Wintertag. Ich tauschte einen raschen Blick mit Buturlin. Menschikow, der nur auf eine Gelegenheit wartete, sich meiner zu entledigen, wusste also um uns. Hätte ich mich doch nur mit Anuschka austauschen können! Doch keiner meiner Briefe war vor neugierigen Blicken sicher.

»Zarewna, darf ich um ein Wort bitten?«, fragte L'Estocq, während ich meine Gefühle nur mit Mühe verbarg. Er hielt seine Arzttasche in der Hand. Gab es heikle Einzelheiten über Petruschkas Zustand zu besprechen?

»Buturlin, Juan da Costa, ihr bewacht den Zaren!«, befahl ich. Gehorsam erhob sich der Zwerg, nachdem er zusammengerollt wie ein Hund vor dem Kamin gelegen hatte. Er streckte die kurzen Finger, bis alle Knochen knackten, und begab sich zu Petruschkas Bett. Eine seltsame Zärtlichkeit für den lustigen kleinen Kerl erfüllte mich, zumal ich ihn mein ganzes Leben lang kannte. Wem diente er wirklich? Wohl nur sich selbst. Er war bei Weitem der Klügste von uns allen. Als ich mich auf der Schwelle noch einmal umdrehte, streichelte er dem Zaren zaghaft die Hand und wirkte dunkel neben Petruschkas gläsernen Gliedern.

46. Kapitel

Im Flur stopfte sich L'Estocq seine lange Elfenbeinpfeife. Die Flamme erhellte kurz sein nachdenkliches Gesicht. Hinter ihm tauchte zu meiner Überraschung Schwartz auf, gerade als auch Buturlin – gegen meinen Befehl – aus dem Krankenzimmer kam und die Tür hinter sich schloss. Ich schlang mir den bestickten persischen Schal enger um die Schultern. Es war zugig in den Gängen, und der Frost zeichnete eisige Muster auf die Scheiben. Milchig blaues Licht sickerte in den Flur. Durch die Lücken in den Dielenbrettern zog die Kälte der gefrorenen russischen Erde in mein Herz.

»Schwartz, was hast du hier verloren? Ich dachte, du wärst in Moskau. Eine fröhliche Melodie wird den Zaren kaum heilen. Buturlin, du sollst bei deinem Herrscher wachen!« Ich begriff, dass sich die Männer nicht zum ersten Mal trafen.

»Die Lage ist ernst. Schwartz erwartet sich etwas. Ich ebenso. Und auch Buturlin. Von Russland natürlich ganz zu schweigen«, sagte L'Estocq und sah mir unverwandt in die Augen.

»Und ich erwarte, bald in Moskau einzutreffen. Je schneller wir die Krönung hinter uns bringen, desto besser. Der Sommer in Peterhof wird meinem Neffen sehr zugutekommen«, sagte ich.

»Ich spreche weder von Reisen noch von Seiner Majestät Genesung.« L'Estocqs Offenheit verblüffte mich.

»Soll das heißen, es gibt es keine Hoffnung mehr?« Bang erinnerte ich mich an sein Urteil an Karl Augusts Sterbebett. Oder wollte ich in Wahrheit nicht verstehen, was L'Estocq mir sagte?

»Das hängt allein von dir ab«, erklärte Buturlin. Sein Blick drückte Stolz und gleichzeitig eine Liebe aus, die mir das Herz erwärmte.

»Was soll ich tun?«

»Mir die Erlaubnis geben, den Zaren zur Ader zu lassen«, entgegnete L'Estocq.

»Ihn zur Ader zu lassen?« Ich spähte zu der Tür hinüber, hinter der Petruschka so bleich wie seine Laken lag, zu schwach, sich zu bewegen, zu essen oder zu trinken. Ihn zur Ader zu lassen wäre sein sicheres Todesurteil. Das Leben würde ihm aus den Venen tropfen. Ich schüttelte den Kopf. »Das bringt ihn um.«

»Gewiss«, sagte L'Estocq ruhig. Schwartz stand so dicht bei ihm, wie Frankreich und Österreich es sich sonst nie waren. Buturlin lehnte sich gegen die Wand und verschränkte die Arme vor der Brust. L'Estocq sah dem Rauch seiner Pfeife nach, der sich in der dünnen, klaren Luft des Korridors auflöste. »Muss ich es aussprechen?«

Ich fasste nach meiner Ikone des Heiligen Nikolaus. Mein Halbbruder Alexej war als Verräter gestorben, und sein Tod hatte als Sündenfall unserer Familie gegolten. Ich sollte Petruschka vor allem Leid bewahren. »Wie kannst du es *wagen,* mir so etwas vorzuschlagen? Petruschka ist durch Gottes Gnade Zar von Russland. Legst du Hand an ihn, verweigerst du Gottes Willen.«

»Der Zar ist weder gekrönt noch mit dem heiligen Öl gesalbt«, wandte Buturlin ein.

»Du hast ihm Treue geschworen!«, rief ich und ballte die Fäuste. »Schande über dich, Soldat!«

L'Estocq warf einen raschen Blick über die Schulter, bevor er erneut das Wort ergriff, leise und dringlich. »Der Zar ist sterbenskrank. Es geht hier um Großes. Wer soll den Thron erben? Menschikow? Das kannst du nicht wollen. Du bist die Nächste in der Thronfolge. Gib den Russen, wonach sie sich am stärksten sehnen: Sicherheit.«

In welche Runde von Königsmördern war ich da geraten? »Zarewna Elisabeth, weißt du, in welchem Zustand sich dein Land befindet?«, fragte Schwartz, der plötzlich nicht mehr der harmlose Musiker war. »Die Staatskassen sind leer. Jede Entscheidung wird so lange verzögert, bis sie überflüssig geworden ist. Jeder stiehlt, was er kann. Von hundert Rubel an Steuern erreichen nur zwanzig die kaiserliche Verwaltung. Nach der Krönung des Zaren wird sein Pate Alexej Dolgorukow alle Ämter, Privilegien und Pflichten nach Moskau zurückverlegen. Russland wird wieder das Land, das dein Vater hasste, verschlossen, kleingeistig, dem Osten zugewandt und auf Moskau begrenzt.«

Trotz der Kühle des Korridors sammelte sich Schweiß in meinen Achselhöhlen. *Du bist die Nächste in der Thronfolge.* Ich war immer nur die zweite Tochter gewesen, geliebt und verwöhnt, aber unwichtig, außer vielleicht für eine dynastisch vorteilhafte Heirat. Doch dann hatte sich Mutter das kaiserliche Siegel über den Ringfinger gestreift. Was, wenn Petruschka stürbe? Der Gedanke verführte mich ebenso, wie er mich anwiderte.

»Das kannst du nicht ernst meinen, L'Estocq. Belohnt Versailles dich dafür so fürstlich?«, fragte ich, um Zeit zum Nachdenken zu gewinnen. »Frankreich wollte mich nicht als seine Königin. Glaubst du tatsächlich, es würde mich als Zarin anerkennen?«

»Du wirst eine gute Zarin von Russland sein, hättest aber nie als gelangweilte Zuchtstute für Frankreich getaugt. Versailles wusste das. De Campredon war kein Dummkopf.«

»Das Gleiche gilt für Wien«, mischte sich Schwartz ein. »Der Kaiser hat die Pragmatische Sanktion erlassen. Maria Theresia ist die Habsburger Kronprinzessin. Wenn sie regieren kann, dann auch du.«

»Der Zar ist ein Vetter Maria Theresias«, wehrte ich ihn ab.

In einer Geste der Trauer und des Respekts legte er eine Hand aufs Herz. »Wien würde den Tod des jungen Zaren zutiefst bedauern. Aber du bist jung und schön. So mancher Erzherzog wäre auf der Stelle bereit, Russisch zu lernen und zum orthodoxen Glauben zu konvertieren.«

L'Estocq runzelte die Stirn, aber ihm waren die Hände gebunden. Sein König Louis XV. hatte alle Möglichkeiten gehabt. Er klopfte die Pfeife am Absatz seines Stiefels aus. Der Geruch des verbrannten Tabaks verursachte mir Übelkeit. Dick wie geronnenes Blut klumpte er auf den weiß getünchten Bohlen. »Was, wenn Russland dich will?«

»Wer weiß schon, was Russland *will*?«, zischte ich. »Du etwa?«

»Nein. Aber du«, sagte Buturlin schlicht und stieß sich von der Wand ab. Er kniete vor mir nieder und ergriff meine Hände. Sein Blick war liebend, und seine Finger fühlten sich warm an. »Du bist Russland, Elisabeth. Dein Vater war der vom Himmel auserwählte und von der Kirche gesalbte Zar, deine Mutter gehörte der russischen Erde an. In dir verbinden sich Legende und Wahrheit, Vergangenheit und Zukunft. Die Menschen verehren dich, und für jeden Soldaten bist du die Tochter des Zaren. Mehr noch, du bist die Tochter der Zarin! Deine Mutter hat regiert. Weshalb dann nicht du? Die Regimenter stehen dir zur Seite, das verspreche ich.«

Wer die Regimenter befehligt, befehligt Russland, hatte Menschikow gesagt. Die Luft verdichtete sich. Ein Kopfnicken genügte, und L'Estocq ließe Petruschka verbluten. Sein junges Leben würde ihm langsam und purpurrot aus den Adern tropfen. Doch ich musste an mein Land denken. Wir steckten in der Weite Russlands fest, während Menschikow bereits auf dem Weg nach Moskau war, wo Tausende Soldaten stationiert waren. Er würde mir zuvorkommen und die Macht an sich reißen, sollte Petruschka sterben. Das wäre das Ende der Familie Romanow. Ich wog die Lage ab. Wie sollte ich mich entscheiden?

Der einsame Knabe Petruschka war zum einsamen Mann geworden. Wenn er je geliebt hatte, dann mich. Doch nun fühlte sich alles ringsum an wie Petruschka selbst, schwach und porös, unfähig, dem Winter noch länger standzuhalten, und sich stattdessen nach der Sommersonne sehnend. L'Estocq, Buturlin und Schwartz meinten es ernst. Sollte ich diesen Befehl allerdings erteilen, wäre ich nicht besser als Menschikow an jenem Tag, als er und Vater meinen Halbbruder Alexej zerrissen hatten wie ein Rudel tollwütiger Hunde seine Beute.

»Erhebe dich, Buturlin!« Meine Stimme zitterte. »Wegen deines tückischen Planes solltest du gerädert werden. Auf deine Gedanken und erst recht auf deine Worte steht die Todesstrafe. Niemals werde ich mein Blut verraten.«

Buturlin richtete sich auf. L'Estocqs Fuchsgesicht wirkte ausdruckslos. Ich griff nach dem Saum meines dicken Tuchs und zog es enger um die Schultern. »Ich schreibe deine fehlgeleiteten Worte deiner brennenden Sorge um mein Land zu. Ich bin bereit, alles andere zu vergessen und zu vergeben. Der Zar wird nicht zur Ader gelassen.« Ich wandte mich zu Petruschkas Krankenzimmer um. Buturlin öffnete hastig die Tür und folgte mir hinein. »Lisenka!«, flüsterte er eindringlich, doch ich hob die Hand und hieß ihn schweigen. Ich sehnte mich nach seiner Umarmung, ließ mich stattdessen aber an Petruschkas Bett nieder. Juan da Costa hielt noch immer die Hände seines Herrschers und summte ein Lied in seiner kehligen Sprache, als wäre der Zar ein Kind. Petruschkas Gesicht schien so wächsern wie die Kerze neben seinem Bett, ihr Licht erwärmte die kühle Luft. Ich strich Juan da Costa über die dichten salz- und pfefferfarbenen Locken. »Geh in die Küche! Die Jäger haben ein Wildschwein geschossen. Sieh zu, dass du einen Teller mit gerösteten Innereien bekommst!«

»Ja, stopf dir nur das gierige Zwergenmaul voll, du ekelhafte Kreatur!«, knirschte Buturlin eifersüchtig. Juan da Costa streckte ihm die Zunge heraus, hastete hinaus in den Flur, wo er dem Arzt wortlos auswich. Die Schmach, die L'Estocq der Tochter des Narren zugefügt hatte, war unvergessen, wenn ich den Zwerg richtig einschätzte. Ich faltete Petruschkas Hände auf seiner

Brust, um zu beten, als ich ein leichtes Streicheln an meinen Fingern spürte. Ich hob den Kopf und begegnete zum ersten Mal seit Tagen seinem Blick. Seine Sommersprossen sahen aus wie Mohnsamen auf Hefeteig. »Danke, dass du dich so um mich kümmerst«, murmelte er. »Weshalb hat Menschikow dich vorhin so angeschrien? Oder war es ein Traum? Er darf dich niemals traurig machen.«

Ich küsste Petruschkas Hände, und meine heißen Tränen fielen auf seine pergamentene Haut. »Er bedroht mich ununterbrochen«, flüsterte ich, plötzlich erfüllt von einer ungeheuren, namenlosen Furcht. Ein Fingerzeig Menschikows würde meinen Untergang besiegeln. Petruschka hustete, und die Anstrengung warf seinen Körper zurück auf die Kissen. »Aber ich gebe nicht nach. Nur deine Gesundheit zählt. Wir werden den Sommer in Peterhof verbringen.«

»Wirklich? Niemand außer uns beiden? Ich verspreche, gesund zu werden. Wenn ich nur bei dir sein kann …«

»Keine leeren Versprechungen!«, mahnte ich halb im Spaß, während ich mich bemühte, L'Estocqs Worte zu vergessen. Wenn Petruschka keine Kinder hatte, dann waren Anuschkas Kind und ich die nächsten Thronerben. Menschikow wollte Russland an sich reißen, sobald seine Tochter mit dem Zaren verheiratet wäre. Das würde unser aller Ende bedeuten.

Mein Entschluss war gefasst.

47. Kapitel

Wenige Wochen später, als Petruschka wieder Kraft gewonnen hatte, saß Maria Menschikowa während seiner Krönung neben ihm. Sie trug eine Robe aus silbernem Damast, ihre Korsage starrte vor Diamanten, und das rote Band vom Orden der Heiligen Katharina zog sich über ihre flache Brust. Ihr Gesicht zeigte erste Falten, und ihr dürrer Hals zuckte unter dem Gewicht der zehnreihigen Perlenkette wie der eines Huhns. Die Krone meiner Mutter funkelte auf ihrem aschblonden Haar, und Rotztröpfchen hingen an ihren weit geblähten Nasenlöchern, denn sie kämpfte mit einer Erkältung. Der Blick ihres Vaters steuerte sie mit kalter Aufmerksamkeit.

Während der Zeremonie in der eisigen Mariä-Entschlafens-Kathedrale wurde Petruschka immer wieder von Hustenanfällen gepeinigt. Zu meiner Überraschung war es nicht Feofan Prokopowitsch, der Petruschka krönte. Stand unser Freund noch unter Hausarrest? Auf ein Zeichen des mir unbekannten Geistlichen hin wurde Petruschkas schwerer Mantel aus purpurrotem Samt und Hermelin zurückgeschlagen und das blaue Band des Andreas-Ordens angehoben. Als Buturlin die goldenen Knöpfe von Petruschkas dunkelgrüner Jacke des Preobraschenski-Regiments öffnete, war der rasselnde Atem des Zaren das einzige Geräusch unter der vergoldeten Gewölbedecke. Der starke Duft seiner Salben – Kampfer und Minze – vermischte sich mit dem Weihrauch und der Myrrhe der Räuchergefäße. Ich faltete die Hände zum Gebet und sammelte meine Gedanken, doch die Worte des Priesters erreichten mich durch einen Schleier der Angst.

Als ich umhersah, begegnete ich dem Blick einer Frau, die in einer Loge über den Höflingen saß. Ich hätte sie unter tausend anderen erkannt, obwohl mein Besuch im Kloster von Susdal schon einige Zeit zurücklag. Damals hatte sie in Gesellschaft einer verstümmelten Zwergin in einer feuchten Zelle gelebt. Nun hatte sich das Rad des Schicksals weitergedreht. Ewdokia, die erste Frau meines Vaters, wohnte der Krönung ihres Enkels bei. Der Chorgesang stieg in das Himmelreich auf, während sich Petruschkas Hof in seinem irdischen Glanz vor ihr verbeugte.

Ich lebte von Tag zu Tag und versuchte, die tiefen Wasser des Hofs auszuloten. Tödliche Strömungen rissen mir jeden Halt weg, ohne dass die silbern glitzernde Oberfläche auch nur eine Welle schlug. Graf Ostermann, immer noch Petruschkas Lehrer, ärgerte sich mehr denn je über meinen Frohsinn. Der hagere Deutsche hielt sich stets in der Nähe meiner Cousine Jekaterina Iwanowna auf. Ihre Tochter Christina war zu einem verdrucksten Mädchen herangewachsen, das wie eine geprügelte Hündin neben ihrer Mutter kauerte. Während der Generalprobe für die Krönung wandte ich mich an Graf Ostermann und versuchte, gut Wetter zu machen.

»Graf Ostermann. Meine Cousine Iwanowna ist stets in deiner Nähe. Ist das das deutsche Blut, das zu euch allen spricht? Gibt es Nachricht von Anna, der Herzogin von Kurland? Wird sie ebenfalls an der Krönung des Zaren teilnehmen? Ich verabscheue Schreiben und Lesen und muss mich deshalb bei meinen Nachrichten auf andere verlassen.«

»Ich war vor langer Zeit einmal ein Deutscher, Zarewna«, antwortete er säuerlich. »Doch heute zählt nur noch Russland für mich. Die Herzogin von Kurland hat tatsächlich Seine Majestät gebeten, an der Krönung teilnehmen zu dürfen.«

»Wie es als Zarewna ihr gutes Recht ist«, wies ich ihn zurecht, verärgert über seine Unhöflichkeit.

»Ob sie bei der Krönung anwesend ist oder nicht, macht nicht den geringsten Unterschied. Noch weniger erwünscht ist ihr – wie soll ich ihn nennen? – Sekretär, Herr Biren. Ich ließ den Zaren den folgenden Brief an sie schreiben.« Er kramte in seiner Weste nach dem Entwurf. »*Liebste Zarewna und Herzogin! Ich wünsche mir von ganzem Herzen, Dich persönlich in Moskau zu sehen, aber …*«

Ich schnaubte verächtlich. »*… aber ich werde keine Mittel zur Verfügung stellen, die diese freundlichen Worte begleiten.*«

»Wohl wahr. Doch das muss man nicht so deutlich sagen. Eine wertvolle Lehre für den jungen Zaren, nicht so offen und temperamentvoll zu sein wie … *andere.*« Er lächelte vielsagend. »Und auch wertvoller als das stete, frivole Streben nach Heiterkeit und Unterhaltung, das … *andere* an den Tag legen.«

»*Andere,* die ihn lieben. Der Zar braucht Wärme und Zuneigung«, fuhr ich auf.

»Du verwöhnst und zerstörst ihn«, zischte er, und sein

Gesicht rötete sich bei diesem ungewöhnlichen Gefühlsausbruch. »Er braucht keine Liebe. Er ist vollkommen in seiner Vergnügungssucht verloren. Seine Majestät hat einen schnellen Verstand und ein gutes Herz. Aber er braucht angemessene Lektionen, um Russland zu regieren. Nichts ist wichtiger als das. Nichts!« Er verbeugte sich beleidigend knapp und ging. Meine Augen folgten ihm, bis die bunt und festlich gekleidete Menge seine hinkende Gestalt verschluckte. Nur seine Treue Russland gegenüber trieb ihn an. Was auch immer ich persönlich von ihm hielt, der Unterricht, den er Petruschka erteilte, war tadellos.

Das verstand Graf Ostermann unter Liebe.

Meine Cousine Anna Iwanowna saß einsam in Mitau, der Hauptstadt von Kurland, als sich die kaiserliche Krone langsam auf Petruschkas Haupt senkte. Er schloss die Augen vor Schmerz und streckte den Hals durch, um das Gewicht zu tragen. Sein Gesicht, seine Schultern wie auch seine Trichterbrust glänzten vor *Chrisam*, dem honigfarbenen Öl, das ihn zum Herrscher salbte. Dennoch schickte Anna Iwanowna ihrem Neffen und Zar ein wertvolles Geschenk, ein Rudel sechs edler Jagdhunde. Drei davon waren dazu abgerichtet, Bären, Hirsche und Wildschweine zu jagen. Die drei anderen verfolgten Füchse, Hirsche und Hasen. Es waren schöne Tiere mit schmalen Gliedern und glänzendem Fell. Anna musste Schulden gemacht haben, um sie zu bezahlen. Sie schrieb einen Begleitbrief an ihre Schwester Jekaterina. *Ich bitte Dich, Schwester, schick mir einen neuen Almanach für das kommende Jahr. Bitte denk an mich und meine Anliegen, nur ein einziges Mal.*

»Ich soll an sie denken, auch nur ein einziges Mal? Warum sollte ich?« Jekaterina Iwanowna verspottete Anna laut und öffentlich. »Jammern, das ist alles, wozu Anna fähig ist. Ihr Stallbursche Biren sollte ihr als Unterhaltung genügen. Sie macht uns nur Schande, und das wird sich niemals ändern.« Sie zerknüllte den Brief und warf ihn zu Boden, wo sich die Jagdhunde darum balgten und das Papier in Stücke rissen.

»Nicht doch, Mutter!«, bat Christina sie, doch Jekaterina knuffte ihre Tochter in die Seite, ehe sie sich aufmachte, um dem neuen Zaren Peter II. und Maria Menschikowa zu huldigen.

Anna Iwanowna in ihrem fernen Herzogtum bedeutete niemandem bei Hofe auch nur das Geringste.

Kurz nach der Krönung gebar Anuschka im Schloss Gottorf einen gesunden Sohn, den sie auf den Namen Karl Peter taufte und zum Erben von Holstein und Schweden ausrief. Klugerweise vermied sie es, seinen Anspruch auf den Thron von Russland zu erwähnen. Dennoch verbot Menschikow jegliche Feier. Keine Kirchenglocken läuteten jubelnd ganze Tage hindurch, keine Kanonen schossen dreihundert Salven Salut und würzten die Luft mit ihrem Rauch. Ich schrieb ihr überglücklich lange Briefe in Erinnerung daran, wie oft unsere Mutter niedergekommen war. War ihr auch immer warm genug? Wurde die Luft in ihrer Kammer rein und frisch gehalten? Wer kochte ihr die Hühnerbrühe? War diese auch mit eingeweichten Trockenfrüchten und Rotwein angereichert? Sie brauchte eine russische Amme, und ich wollte mich danach umtun. Noch ehe der Zar und ich den Sommer in Peterhof verbringen sollten, wollte ich Anuschka in Holstein besuchen und die Füßchen meines Neffen küssen. Sicher war er genauso kitzelig wie wir alle. Ich wollte ihn zu einem guten Russen erziehen.

»Lass uns einen Zwillingsball ausrichten, um Karl Peters Geburt zu feiern«, schlug ich Petruschka vor. »Samt einem wunderbaren Feuerwerk. Das Fest soll in Kiel und in Moskau zur gleichen Stunde beginnen, so als feierten wir alle zusammen.«

»Dein Wunsch ist mir Befehl, Lisenka«, lächelte er. »Aber der erste Tanz auf deiner Karte gehört mir.«

So tanzte ich die ganze Aprilnacht hindurch und stellte mir vor, wie glücklich Anuschka bei diesem Ball war, so weit weg von zu Hause. Tanz und Frohsinn waren gut für sie.

Dachte ich …

Der Zwillingsball war allein mein Einfall gewesen.

Außer mir gab es also niemanden, dem ich je die Schuld daran zuweisen konnte.

48. Kapitel

»Mhhhmm, Frühstück, wie wunderbar!«, seufzte Katja Dolgorukowa, als sie in meine Zimmer im Kreml schlüpfte. Petruschka hatte mir die ehemaligen Räume meiner Mutter zugewiesen, und das machte mich glücklich. Der Hof in Moskau genoss die ersten warmen Tage ebenso wie die besseren Lebensbedingungen der einstigen Hauptstadt im Vergleich zu Sankt Petersburg. Hier war alles einfacher und günstiger zu bekommen.

Katjas blausamtenes Reitkleid betonte ihre schmale Taille, und Strähnen ihres schwarzen Haars hatten sich beim Morgenritt aus ihren hochgesteckten Zöpfen gelöst. Ich dagegen trug noch meinen Morgenmantel aus Brüsseler Spitze, und meine Locken fielen mir offen bis zur Taille. Buturlin war kurz zuvor aus meinem Schlafgemach geschlüpft.

»Komm, setz dich zu mir!«, lud ich Katja ein und klopfte mit der flachen Hand auf die Bettdecke. Sie zog die Reitstiefel aus und sprang aufs Bett, wo sie mit leuchtendem Blick mein Frühstückstablett begutachtete. Es waren ausgebackene Weißbrotschnitten, die in weich gekochte Eier getaucht wurden, und Kaviar, der auf Eis in einer Perlmuttschüssel angerichtet worden war. Zwei volle Wodkagläser standen neben einem silbernen Krug, der randvoll mit dampfend heißer Schokolade gefüllt war.

»Halt dich zurück oder du passt nie in dein Brautkleid!«, neckte ich sie, während ich Robe um Robe aus meinen offenen Kisten auf dem Bett und jeder anderen verfügbaren Oberfläche ausbreitete. Petruschka zeigte sich großzügig, und ich hatte schamlos eingekauft. Bevor ich recht wusste, was geschah, hatte ich zweitausend Kleider, Umhänge, Pelze, Hauskleider, Unterwäsche, Woll-, Kaschmir- und Spitzenschals angehäuft, dazu noch ein Dutzend Reitkleider, die auf männliche Art und Weise geschneidert waren. Wenn mir etwas gefiel, ein Kopfschmuck oder ein Fächer etwa, dann bestellte ich gleich gut ein Dutzend davon. Meine Truhen waren so voll mit Kleidung wie mein Herz vor Freude über die Veränderung meiner Lebensumstände. Meine Zofe, die gerade Stück für Stück herausnahm, verschwand hinter all der Seide, dem Taft, dem Samt, dem Damast und der Spitze. Die Gewänder verwandelten mein Bett in eine blühende Frühlingswiese.

Katja kaute bereits an ihrer dritten Weißbrotschnitte, während ich mich nicht entscheiden konnte. Das tief ausgeschnittene Kleid aus blauem Damast passte zu meinen Augen, das aus hellrosa Taft mit den Puffärmeln verlieh meinen Wangen eine zarte Röte. Oder sollte ich besser doch das Ensemble aus taubengrauer Seide wählen, das eine brave Natur vorgab? Wen wollte ich zum Narren halten? Doch Männer ließen sich leicht und gern täuschen. Ich hielt mir ein Gewand nach dem anderen vor und wirbelte damit vor dem Spiegel um die eigene Achse.

»Und wann wirst du in ein Hochzeitskleid passen?«, fragte Katja lachend und leckte sich frech die Finger.

Ich hielt inne. »Ich werde nie ein Hochzeitskleid tragen.«

»Sag das nicht!«, rief sie, sprang vom Bett auf und umarmte mich. »Karl Augusts Tod war grausam.«

»Das Leben ist oft grausam.«

»Ein anderer Mann wird um deine Hand anhalten. Unser junger Zar vergöttert dich.«

»Still!«, warnte ich. »Der Zar wird Maria Menschikowa und keine andere Frau heiraten.«

Sie verzog das Gesicht, lächelte dann aber. »Was hältst du von ihm?«

»Von wem?«, neckte ich sie, denn ich wusste genau, dass sie von Graf Melissimo sprach, ihrem Verlobten. Wenigstens eine Frau aus meinem Umkreis konnte ihrem Herzen folgen.

»Du weißt schon, wen ich meine.« Sie errötete.

»Er ist sehr gut aussehend und schneidig. Wann soll die Hochzeit stattfinden?«

»Wir haben noch immer kein Datum festgelegt«, seufzte sie. »Aber ich hoffe, dass es bald sein wird. Sollte ich je ein Kind bekommen, darf ich dich dann bitten, Patin zu werden?«, fragte sie und errötete noch tiefer.

»Mit Vergnügen.«

Zufrieden lehnte sich Katja in die Kissen zurück und tauchte die vierte und letzte Röstbrotscheibe in den Kaviar, als es an der Tür klopfte. Ich wandte mich um, und das Blut wich mir aus dem Gesicht. Menschikow verhaftete seine Feinde vorzugsweise im Morgengrauen und schleppte sie in die tiefsten Kerker, noch bevor der Kreml erwachte.

»Wer kann das zu dieser frühen Stunde sein?«, fragte Katja mit angsterfülltem Blick.

Ich ballte die Fäuste. »Wer ist da?«, fragte ich dicht an der Tür und hielt den Atem an.

»Ich bin es, L'Estocq«, erwiderte mein Leibarzt gedämpft.

Ich öffnete die Tür und spähte in die Dunkelheit des Korridors. Seit Twer hatten mich meine Zweifel an L'Estocqs Ergebenheit gequält. Stand sie dem Höchstbietenden zum Verkauf? Erst dann sah ich den Mann, der hinter ihm stand. »Oh, du bringst Semjon Mordinow mit! Haben wir Neuigkeiten aus Kiel, Seemann? Vielleicht sogar ein erstes Porträt meines kleinen Neffen?«, fragte ich, doch Semjon fiel auf die Knie. Seine Stiefel waren über und über mit Schlamm verkrustet.

»Katja«, flüsterte ich. Sie glitt an meine Seite und umklammerte meine Hand. »Was gibt es, Semjon? Erzähl mir, wie sehr meine Schwester von meinem Einfall des Zwillingsballs begeistert war …«

Semjon legte die Hand aufs Herz. »Der Herzogin von Holstein hat der Zwillingsball ebenso gefallen wie das großartige Feuerwerk danach …«

»Und? Was noch?« Meine Finger tasteten nach der Ikone des Heiligen Nikolaus.

»Die Herzogin stand am offenen Fenster, ohne die Kälte zu bemerken. Danach ging sie zu Bett und las. Das Fenster ließ sie nicht schließen …«

»Sagt es, Semjon!«, flüsterte ich. Katja unterdrückte ein Schluchzen.

»Die Herzogin von Holstein, Zarewna Anna Petrowna, verstarb am vierten Mai an einer Lungenentzündung. Ihr Sarg wartet auf seine Rückkehr nach Russland. Sie wollte an der Seite ihrer Eltern in der Peter-und-Paul-Kathedrale in Sankt Petersburg beigesetzt werden.«

Ich klammerte mich an Katja. In der Nacht, in der wir in Moskau wie in Kiel das Leben gefeiert hatten, war der Tod auf leisen Sohlen zu Anuschka geschlichen.

Die Nacht des Zwillingsballs war allein mein Einfall gewesen. Ich hatte Anuschka ebenso wenig beschützt, wie ich unsere Kinderfrau Nadja in Kolomenskoje vor Unheil hatte bewahren können. Die albernen Bücher, die sie gelesen hatte, und mein Leichtsinn waren ihre Mörder. Wir machten ihren Sohn zum Halbwaisen in einem fernen, fremden Land. Sein Weg würde steinig werden.

Katja hielt mich fest, als ich aufschluchzte, doch als ich sie ansah, schrie ich entsetzt auf. Ihr rabenschwarzes Haar verwandelte sich in dicke silberne Tressen, ein hell geflecktes Fell bedeckte ihre glatte Haut, und ihre Perlzähne glänzten wie Fänge. »Geh mir aus den Augen!«, schrie ich und stürzte mich auf den *leschi*. Meine Fäuste prasselten auf den Dämon nieder, meine Nägel fuhren ihm über Hals und Gesicht und rissen ihm Hautfetzen weg... Gut! Jetzt würde ich dieses Ungeheuer zerfetzen. *Ein Leben wirst du geben*, hatte der Waldgeist Anuschka verhöhnt.

Es war L'Estocq, der mich packte und fest umklammert hielt. Ich konnte mich weder bewegen noch atmen und wurde in seinen Armen ohnmächtig.

49. Kapitel

Der Sommer in Peterhof heilte sowohl Petruschka als auch mich. Einmal mehr fand ich Ruhe und Genesung in der sommerlichen Schönheit der russischen Landschaft, weit entfernt von den neugierigen Augen des Hofes. In der lieblichen Jahreszeit blühten Hahnenfuß, Gänseblümchen und Klatschmohn auf den Wiesen, während die Luft vom Fleiß der Bienen vibrierte und Schmetterlinge trunken von Busch zu Blume torkelten. L'Estocq untersuchte den Zaren täglich, und ich beobachtete ihn scharf, wenn er Petruschkas hagere Trichterbrust abhörte, ihn husten ließ und die immer geringer werdenden Mengen an Schleim untersuchte. Dann, eines Tages, steckte er sein Hörrohr weg. »Die Lungen des Zaren sind klar«, erklärte er. »Es ist ein Wunder, das ich nur auf deine gute Fürsorge zurückführen kann, Zarewna.« Er mied meinen Blick.

Ich fasste nach Petruschkas Hand. Er lag leicht höher gebettet auf der Terrasse, die den schönsten Blick auf den Garten erlaubte. Seine Augen blickten klar, und seine sommersprossige Haut war gebräunt. Genussvoll sprach er den Köstlichkeiten zu, die ich aus der Küche bestellt hatte: Holunderblütensirup, mit Wasser zu einem erfrischenden Getränk angerührt, sowie ein Erdbeerkuchen, dessen Früchte in einer Vanillecreme versanken.

»Danke, Lisenka«, sagte er und blinzelte gegen die helle Sonne zu mir auf.

»Der Dank ist in der Tat verdient.« L'Estocq verneigte sich. Als Buturlin ihm zum Abschied einen gefüllten Geldbeutel überreichte, tauschten beide Männer einen verstohlenen Blick aus.

Petruschka schlief im Schloss, während ich wie immer Monplaisir bevorzugte. Ich streifte barfuß und in einem bunt bestickten, locker fallenden Kleid aus Baumwolle durch die Galerien und Gemächer, suchte jedoch vergeblich nach dem Glück meiner Kindheit. Den Anblick der Küche, in der wir als Familie gefrühstückt hatten, ertrug ich kaum. Der Pumpschwengel aus Messing quietschte rostig, wenn ich ihn bewegte, und die Spinnweben daran flogen hin und her. Die Delfter Fliesen waren dunkel vor Fett oder gesprungen. Sowohl das Porzellan als auch alle Kupferformen waren aus den Regalen geplündert worden. Deshalb schlenderte ich lieber durch die Gärten, wo ich mit Anuschka und Karl August zauberhafte Tage verbracht hatte. Diese Tage würden nie wiederkehren. Kein Gestern hielt im Heute sein Versprechen, von dem Morgen ganz zu schweigen.

Weder die Jagden noch die täglichen Spiele mit Petruschka oder die Nächte des Vergnügens mit Buturlin konnten meine Trauer um Anuschka vertreiben. Die grauen Wasser des Finnischen Meerbusens sollten ihren Sarg nach Hause bringen. Ihr Murmeln klang wie eine Rüge. Wolken zerfurchten den dichten blauen Himmel, ihre Schatten huschten über die silberne See, so wie Anuschkas Seele ins Jenseits entschlüpft war. Ich kauerte allein im Kies und schöpfte das Salzwasser und den groben Sand der Brandung. Damit rieb ich mir die Tränen aus dem Gesicht und scheuerte mir die Haut wund, doch der Schmerz vermochte die Qual meiner Seele nicht zu lindern. Die Endgültigkeit des Abschieds von Anuschka dämmerte mir erst hier. Wenn doch meine Trauer sich so auflöste wie das Laudanum in dem Schlaftrunk, den L'Estocq mir mischte! Manches Mal watete ich in das bleigraue Wasser, das mich seinerzeit in Karl Augusts Arme gespült hatte. Mein Kleid saugte sich voll und wurde schwer. Damit hätte ich wie ein Stein auf den Grund sinken können. Aber Anuschka war in eine Dunkelheit geglitten, in die ich ihr noch nicht folgen wollte.

Bis wir uns wiedersahen, wollte ich jeden Tag an sie denken.

Jeden Tag, das verspreche ich dir, meine Schwester.

In der Zwischenzeit hieß es, für Russland zu leben und um Russland zu kämpfen.

Wann immer Menschikow, der Residenz im benachbarten Oranienbaum genommen hatte, den Zaren besuchen wollte, stellte ich sicher, dass Petruschka und ich unterwegs waren. Entweder waren es ausgedehnte Jagden, Mahlzeiten im Freien oder auch Bootsfahrten, bei denen wir durch die Kanäle stakten. Je wütender Menschikow wurde, desto mehr Spaß hatten wir. Oder, um genau zu sein, *ich* hatte ihn. Meine Zofe sagte mir, Menschikow stolziere umher wie ein wütender Pfau. In jener Saison schoss ich neun Hirsche, fünfundsiebzig Hasen, sechzehn Rehe, achtundsechzig Enten, vier Eber und einen Wolf. Aus seinem Fell ließ ich einen Umhang für Petruschka arbeiten. Das graue Fell war mit purpurrotem Samt gefüttert und wurde über einer Schulter getragen. Der Verschluss bestand aus einer massivgoldenen Kette, deren Glieder den kaiserlichen Doppeladler zeigten. Petruschka und ich teilten uns Molnija, das Wanderfalkenweibchen. Wenn sie mich nicht begleitete, dann traf meine Armbrust sicher und scharf. Eine gute Jägerin zielte und schoss nur einmal.

Eines Morgens, als der Himmel von einem frühen Sonnenaufgang rot geädert war und in seiner Glut einen Tag voll stiller Hitze heraufbeschwor, streifte ich begleitet von Anna Iwanownas Jagdhunden durch die Wälder. Ich war, wie es bei der Jagd mit Vögeln üblich war, unbewaffnet. Molnija schwebte hoch über meinem Kopf. Ich band mein Pferd am Rand einer Lichtung fest und folgte den Hunden zu einem Bach, um sie trinken zu lassen. Meine Stiefel zerbrachen ohne jede Vorsicht Äste, und jeder Schritt zerdrückte raschelnd das Laub der Vorjahre. Ich bog Büsche beiseite, und sie schlugen achtlos zurück, als ich immer tiefer in den Wald eindrang.

Die Bärin und ihr Junges erschienen wie aus dem Nichts im hohen Gras der Lichtung. Ihr goldbraunes Fell wurde eins mit den Farben des frühherbstlichen Waldes. Mir stockte der Atem. Ich hatte keine Waffe dabei. Mit einer Hand griff ich schutzsuchend nach der Ikone des Heiligen Nikolaus. Molnija, meine einzige Waffe, drehte hoch am Himmel ihre Kreise. Gegen die Bärin hätte auch sie nichts ausgerichtet. Eine solche Bestie konnte mich mit einem einzigen Schlag ihrer Tatzen auseinanderreißen. Ich betete stumm sowohl zu Gott als auch zu allen Geistern des Waldes, mit denen mich unser Kindermädchen Nadja vertraut gemacht hatte. Mir schlugen die

Zähne aufeinander, und als ich auf die Unterlippe biss, erhob sich die Bärin auf die Hintertatzen. Sie war riesig, und ihr Atem versprühte einen dünnen Schleier, der mein Leben vom Tod trennte. Sie war größer als alles, was ich je zuvor gesehen hatte, und offensichtlich bereit, entweder zu töten oder ihr eigenes Leben für das ihres Jungen zu opfern. Ich stand wie festgefroren. Jeder Schritt in welche Richtung auch immer wäre mein Ende gewesen. Hilflos hob ich die Handflächen in einer Geste der Unterwerfung. *Hier, schau her, ich komme unbewaffnet! Ich ergebe mich. Lass mich ziehen …*

Doch sie senkte sich wieder auf alle viere, und ihre gewaltige Masse rollte auf mich zu. Die Luft siedete, als einer der Hunde bellte und sich mit toller, närrischer Lust auf die Bärin warf. Sein Maul schäumte vor Wut, doch sie schlug mit einer kurzen Bewegung der Tatze auf ihn ein. Jaulend schlug er einen Purzelbaum in der Luft. Als er aufschlug, packte ihn die Bärin am Hals. Es klang, als würde ein weicher Apfel zu Mus zerdrückt. Der Hund japste, und Blut sprudelte ihm aus der Kehle. Leblos hing er in ihren Fängen. Sie beutelte ihn wie zum Spott und schleuderte ihn gegen einen Baum, wo ihm knirschend das Rückgrat brach. Aus seinen Lungen drang ein letzter pfeifender Atemzug. Ich war stumm vor Entsetzen, doch dann knackten die Zweige. Die Bärin ließ den toten Hund einfach liegen, so bodenlos war ihre Verachtung. Sollten die Geier doch über den Kadaver herfallen! Sie sah zu mir herüber, und ihre Augen glänzten tückisch. Die Zeit stand still. Mein Leben hing an einem seidenen Faden. Dann nahm sie ihr Junges auf, das sich in ihrem mächtigen Kiefer winzig ausnahm. Gemeinsam verschwanden sie im dunkelsten Dickicht des russischen Waldes, in welches niemand ihr zu folgen wagte.

Das Blut rauschte mir in den Ohren, und ich zählte bis hundert. Mir war schwindelig, und es dauerte eine gute Weile, bis meine behandschuhte Hand ruhig genug war, um sie in Molnijas Richtung zu heben. Nur sehr zögernd, den Falken am Handgelenk, trat ich hinüber zu dem verrenkten Leib des Hundes, der so tapfer sein Leben für mich geopfert hatte, und streichelte ihm den toten Leib. Ich weinte, doch Molnija legte den feinen Kopf schief. Ihr dunkel perlender Blick bestätigte mir, was ich bereits gewusst hatte: Die Begegnung mit der Bärin war kein Zufall gewesen. Russland selbst hatte mir eine Lektion erteilt.

Menschikow sollte sich besser in Acht nehmen.

50. Kapitel

Der Sommer verblasste. Der August brachte das Ende der weißen Nächte und eine frühe Dämmerung, eine kurze blaue Stunde, die sich in einer pechschwarzen Nacht auflöste. Petruschkas Hochzeit mit Maria Menschikowa stand unmittelbar bevor, und zurück in Sankt Petersburg kämen wir nicht mehr so unbeschwert zusammen. Als es den Menschikows endlich gelang, uns zu sehen, trug Maria die geänderten Kleider meiner Mutter und ihren Schmuck. Dabei konnte sich Menschikow erlauben, seine Frauen jeden Tag mit tausend neuen Kleidern auszustatten. Petruschkas Blick streifte Marias flache Brust und betrachtete ihre fahle Haut, ehe er sich unter einem Vorwand entschuldigte. Vater und Tochter tauschten einen raschen Blick aus. Mir blieben nur noch wenige Tage der Freiheit in Peterhof. Danach sollten mich die Mauern eines Klosters für immer schlucken.

Wir ritten an Feldern vorbei, auf denen der Weizen hoch stand. Leibeigene beugten sich in schweißtreibender Arbeit über den Boden. »Dieses reiche Anwesen sollte der Krone gehören«, seufzte ich. »Leider aber hat es Menschikow im letzten Sommer beschlagnahmt.«

»Hast du keine Geschichten mehr zu erzählen, Lisenka?«, fragte mich Petruschka, wenn er vor Langeweile fahrig wurde. Dann zuckte ich mit den Achseln. »Ich würde ja gern Katja Dolgorukow einladen, denn sie ist immer zu Scherzen aufgelegt. Aber leider hat Menschikow ihr jeden Besuch verboten. Warum, weiß ich auch nicht.«

In den Gärten sangen Vögel, die verspätet nach ihren Gefährten riefen. Da bemerkte Petruschka, dass die Arbeit an der Grotte zum Erliegen gekommen war. Die Winden ruhten, und die Eimer hingen im Leeren. Der Sand und die Steine waren gestohlen worden. Er runzelte die Stirn. »Warum wurde die Arbeit eingestellt?«

»Menschikow hat die Arbeiter nach Oranienbaum befohlen. Dort wird Russlands Geld verschwendet.« Auf dem weiteren Weg brütete Petruschka vor sich hin. Er brach einen Zweig ab und peitschte damit die Hecken wie ein Disteln köpfender Knabe. Ich nahm mir vor, seine Gedanken nicht zu stören. Es verging kein Tag, an dem ich nicht gegen Menschikow stichelte, so wie stetig tropfendes Wasser einen Felsen höhlt.

Doch alles hatte seinen Preis, wie meine Cousine Anna Iwanowna mich gewarnt hatte.

Die Jahreszeiten hingen in der Schwebe, und die Leibeigenen schufteten bis nach Mitternacht auf den Feldern. Auch ich wollte nun ernten, was ich gesät hatte.

»Lass uns noch einmal zusammen speisen! Ein letztes Mal, ehe wir in die Stadt zurückkehren«, bat mich Petruschka an unserem letzten Morgen in Peterhof. »Komm am Abend in die Halle des Schlosses!«

Schwartz spielte auf einem Cembalo, das dicht vor die Tür geschoben worden war. Die Töne perlten wie Wasser, während Buturlin uns als Petruschkas Kammerherr aufwartete. Seine Anwesenheit beunruhigte mich, doch ich schenkte ihm keine Aufmerksamkeit. Die Decke war mit Szenen aus den vier Jahreszeiten geschmückt. In der Mitte des Raumes stand ein kleiner Tisch, gedeckt mit steifem Leinen, großen goldenen Untertellern und blau-weißem Meißner Porzellan. Girlanden aus wilden Rosen schlangen sich armdick um das Geschirr und das glitzernde Kristall der Gläser und Karaffen. Der Duft der taufeuchten Blüten war betörend, die Vielfalt der Farben bezaubernd. Die Kelche aus farbigem Muranoglas funkelten. Kein Wunder, dass jeder Lehrling mit dem Tod bestraft wurde, der die venezianische Insel Murano verlassen und das Geheimnis der Glasherstellung verraten wollte. Dutzende Kerzen in silbernen Kandelabern tauchten den Saal in ein weiches Licht, das sich in unzähligen Spiegeln zu goldenen Facetten brach. Der Kaviar schmeckte köstlich, jede Perle war knackig und barst mit ihrem frischen salzigen Geschmack wie dunkles Sternenlicht. Der Koch hatte saftige wilde Täubchen mit den ersten Pilzen und Kastanien des Jahres gefüllt, bevor wir die letzten wilden Beeren auf Baiser genossen. Während ich mir noch den Schmand von den Fingerspitzen leckte, beäugte ich Petruschka mit trägem Blick und flatterte mit den Wimpern, als wären sie Schmetterlingsflügel. »Ich möchte, dass dieser Moment ewig dauert«, seufzte ich. »Wie oft wir uns wohl in Sankt Petersburg sehen können?«

»Mir ergeht es genauso«, stimmte mir Petruschka mit erhitztem Gesicht zu. »Lass uns versuchen, die Schlichtheit von Peterhof überall zu leben!«

»Ja«, erwiderte ich lächelnd und berührte die Ikone

des Heiligen Nikolaus, die ich am Hals trug. »Obwohl ich bedaure, dass ich mich nicht mehr für dich schmücken kann, mein Zar. Menschikow hat die Juwelen meiner Mutter beschlagnahmt.«

»Je wilder du aussiehst, desto schöner bist du«, erwiderte er. »Was hat Menschikow mit den Edelsteinen angefangen?«, fragte er dann aber nach. »Ich erinnere mich gern an die Güte deiner Mutter.«

Ich hob die Schultern, die wie Alabaster glänzten, denn meine Zofe hatte sie mit Bimsstein abgerieben. »Das weiß allein Gott, aber vermutlich hat er die Edelsteine für sich vereinnahmt. Offenbar wurde nichts verkauft, jedoch auch kein Geld nach Kiel gesandt, um die Erziehung von Anuschkas Sohn zu gewährleisten.« Ich blinzelte meine Tränen weg, wollte das Kajal aber nicht verschmieren, das meine blauen Augen betonte. »Welch Schande! Schließlich ist der Junge ein Fürst von Russland. Ihr teilt einen Großvater, Peter den Großen. Er hat uns alle auf seine Weise geliebt.«

»Nun, in meinem Fall auf grausame Weise«, bemerkte Petruschka voller Bitterkeit. Ich ergriff seine Hand. »Ja, aber wir sind eine Familie, was immer Menschikow behauptet.«

»Was behauptet Menschikow denn?« Petruschkas Stimme klang scharf.

Ich sah mich um, als hätte ich selbst hier Angst vor Menschikows Spionen, und beugte mich vor. Petruschkas Blick verlor sich in meinem üppigen Dekolleté, daher setzte ich mich rasch wieder auf. Schließlich sollte er mir als Zar und Neffe zuhören. »Menschikow verweigerte dem Jungen bei seiner Geburt den Salut. Karl Peters Geburtstag ist nicht Teil des Hofkalenders. Kann es eine größere Respektlosigkeit geben? Wer mag wohl als Nächster auf seiner Liste stehen? Er macht vor nichts und niemandem Halt.«

Den klaren, kühlen Wodka, der unsere Mahlzeit abschloss, kippte Petruschka in einem Schluck hinunter und drehte das gedrungene Glas nachdenklich in den Händen. »Wir müssen zusammenhalten, Lisenka. Es gibt nur noch wenige von uns. Vielleicht sind wir Romanows verflucht«, klagte er und sprang so unvermittelt auf, dass sein Stuhl umkippte und polternd auf den Marmorboden fiel. »Gemeinsam nehmen wir es mit der ganzen Welt auf. Wünsch mir gute Nacht, aber richtig!« Er kam um den kleinen Tisch herum und zog mich hoch. Nach dem trinkfreudigen Gelage waren seine Augen glasig, und seine Lippen pressten sich feucht auf meine Handgelenke und die Innenarme. »Heute Abend solltest du nur von mir träumen«, murmelte er und zog mich näher zu sich heran. Während sich Buturlin auf seinem Schemel an der Wand regte, versuchte ich, meinen Schreck zu verbergen.

»Das werde ich, mein Zar«, sagte ich, doch es gab kein Entkommen. Er packte mich, und ich spürte seinen harten Griff im Rücken und im Nacken. Sein Atem war heiß, und er roch nach Champagner, Burgunder und Wodka.

»Ich wünschte …«, begann er, als seine Lippen über meinem Mund schwebten.

»Was wünschst du, mein Zar?« Er hielt mich viel zu fest, und mein Herzschlag beschleunigte sich vor Angst. Hatte ich mein Spiel übertrieben? Er umfasste meinen Kopf mit beiden Händen und küsste mich. Er küsste mich nicht als mein Neffe und nicht als mein

Freund, sondern als leidenschaftlicher, wenn auch ungeschickter Liebhaber. Ich wollte mich aus seinem Griff befreien, doch seine Hände waren überall. Seine Zunge zwängte sich zwischen meine Lippen, und er biss mir in den Mund, während er mich auf den Tisch hievte und sich zwischen meine Schenkel drängte.

»Nein, nicht!«, keuchte ich und rang nach Luft, als sein Gewicht schwer auf mir lastete. Seine Stärke war erschreckend. Schwartz' Cembalospiel stolperte mehrmals, dann aber erhob sich die Melodie aufs Neue, perlend und gleichgültig. Wie versteinert saß Buturlin auf seinem Schemel. Niemand würde einen Finger rühren, wenn Petruschka sich an mir verging.

»Ich will dich!«, stieß Petruschka hervor und schob meine Röcke hoch, um grob zwischen meine Beinen zu tasten. Es tat weh. »Hier, jetzt…«

Mit ganzer Kraft stieß ich ihn von mir und sprang vom Tisch. Mein Gesicht brannte, und ich betastete meine wunden Lippen. Petruschka stand vor mir, zitternd und mit geballten Fäusten. »Was tust du?«, fragte ich mit zitternder Stimme. »Das dürfen wir nicht. Wenn Menschikow dahinterkommt, wird er mich töten.«

Petruschka umfasste mein Gesicht »Ich habe dich immer geliebt, Lisenka. Wer ist schon Menschikow? Ich will dich, für immer…«

»Nein, noch nicht. Und nicht auf diese Weise!« Ich wich zur Tür zurück. Die dichte Dunkelheit und Kühle des süß duftenden nächtlichen Gartens lockten mich. Auch Buturlin stand auf und verbeugte sich vor seinem Zaren, bereit, mich nach Monplaisir zu begleiten.

»Lisenka, warte!«, rief Petruschka.

Ich drehte mich um und sah, dass er vor Wut und

Hilflosigkeit die Fäuste ballte. »Wann dann, wenn nicht jetzt? Wenn du Menschikow so fürchtest, wessen könnte er beschuldigt und angeklagt werden?«

Ich atmete tief durch. Endlich konnte meiner Familie Genugtuung widerfahren. Menschikow sollte für Alexejs Tod bezahlen, und wir alle würden die Freiheit erlangen.

»Nimm, was du willst! Er hat gewiss viel Unrecht angezettelt. Bis hin zum Mord an einem Zarewitsch.«

»Ein Mord an einem Zarewitsch?« Petruschka lehnte sich an den kleinen Esstisch. »Sprichst du von meinem Vater?«

Die Wahrheit war zu gewichtig für Worte, und so nickte ich nur stumm. Oranienbaum lag dicht genug bei Peterhof, um mich im Morgengrauen verhaften zu lassen. »Menschikow unterzeichnete als Erster das Todesurteil deines Vaters. Dabei war er sein Tutor, und es lag in seiner Hand, ihn zu formen. Der Zarewitsch starb unter Menschikows Knie. Er trieb meinen Vater an, weiter und immer weiter.« Ich rang nach Atem. »Mein Halbbruder war kein Verräter und mein Vater kein Mörder. Sie waren beide Opfer. Menschikows Opfer.«

»Was kann ich tun?« Schweißflecken zeigten sich auf Petruschkas Hemd, das dunkle Haar klebte ihm an den Schläfen.

»Menschikow ist der Mörder deines Vaters.« Ich faltete meine zitternden Hände. »Der Zar hat Macht über alles.«

Petruschka wandte sich um und schlug mit der Faust so heftig auf den Tisch, dass Teller und Gläser umkippten. Burgunderrote Flecken breiteten sich auf dem edlen Leinen der Tischwäsche aus wie Blut. »Ich werde ihm zeigen, wer der Zar ist, er oder ich!«, rief er und wandte sich zu mir um. »Wenn ich das tue, wirst du dann mein sein? Versprich mir, dass du mir allein gehörst!«, verlangte er.

»Ich wünschte, ich könnte …«, sagte ich und schlüpfte hinaus in die schützende Nacht.

Vor Wut trat Petruschka den Tisch um. Das unschätzbar teure Porzellan zerschellte auf dem Marmorboden. Glas splitterte, und es regnete Scherben, als er die Kristallbecher gegen die Spiegel schleuderte.

Auf der Terrasse wartete bereits Juan da Costa auf mich, um mich nach Monplaisir zu begleiten. Hatte er Petruschkas Gefühlsausbruch und sein Versprechen miterlebt? Nichts entging dem kleinen Mann, denn er hatte das Talent, zur richtigen Zeit am richtigen Ort zu sein.

»Lass uns gehen, da Costa!«, sagte ich mit unsicherer Stimme. Hatte ich mir mehr vorgenommen, als ich schaffen konnte? Doch Menschikow würde sowohl meinen Neffen in Holstein als auch mich zerstören. Wir waren die letzten Romanows. Mir blieb keine andere Wahl.

»Gib mir die Fackel, Zwerg!«, befahl Buturlin grob. »Sonst trete ich dir so in den Arsch, dass du zum Mond fliegst.«

Juan da Costa aber hob die Brauen. »Tollkühn, töricht, tot. So geht das, Buturlin.« Buturlin trat nach ihm, doch der Zwerg wich ihm mit einer Pirouette aus und wackelte frech mit dem Hintern. Dann ging er uns voran. Der Kies knirschte unter seinen kleinen Füßen. Der volle Erntemond spiegelte sich groß und rund im Finnischen Meerbusen. Sein Licht zeichnete einen silbernen Pfad auf die See. Die Nachtluft war getränkt mit dem

Duft der letzten wilden Rosen, der frischen Schärfe des Holunders und dem würzigen Geruch der Erntefeuer auf den Feldern. Ich spürte Buturlins Zorn und Eifersucht und hielt sorgsam Abstand zu ihm.

»Ich bringe die Zarewna zu Bett, nicht du, Ameise!«, knurrte Buturlin und stieß den Zwerg hart vor die Brust. »Missgeburt! Deine Mutter hätte dich am Tag deiner Geburt ertränken sollen.«

Der Zwerg stolperte nach hinten, fing sich gerade noch, aber sein Stolz war offensichtlich verletzt. »Zarewna Elisabeth«, warnte er mich, »gib Acht auf dich! Wer mit dem Feuer spielt, der kommt darin um.«

»Es ist alles in Ordnung«, behauptete ich, obwohl ich mir da nicht so sicher war.

»Wenn du meinst, Hoheit«, erwiderte Juan da Costa und verneigte sich.

»Geh, bevor ich dich auspeitsche, ekelhafte Kreatur!« Buturlin griff nach einer Handvoll Kies und schleuderte sie auf den Hofnarren.

»Du solltest den Narren nicht unterschätzen. Er ist zwar klein gewachsen, aber keineswegs machtlos«, ermahnte ich Buturlin, als wir in der Eingangshalle von Monplaisir, umgeben von Dutzenden Höflingen, an den vergoldeten Spiegeln standen. Seine Augen glitzerten noch immer, und sein Gesicht glühte. »Ich bin müde«, sagte ich.

»Ich auch.« Er ergriff mein Handgelenk. »Ich bin es müde zu sehen, wie du von anderen Männern verfolgt wirst, während ich im Schatten verweilen muss. Ich bete dich an, Lisenka«, flüsterte er. »Ich hätte den Zaren töten können, als er dich so ungebührlich berührte. Und ich hätte *dich* töten können, als du sagtest, du wolltest ihm gehören.«

»Ich bin dein«, sagte ich, erregt durch seine Wut. »Doch ich gehöre auch Russland.«

»Als Russe bin ich für immer dein«, raunte er zärtlich.

Wir küssten uns und lagen nach der Liebe eng aneinandergeschmiegt auf dem Boden, flüsternd, lachend. Nach der gestillten Leidenschaft und der geteilten Liebe beruhigte sich unser Herzschlag ganz allmählich.

51. Kapitel

Als an einem frühen Oktobermorgen ein schlanker aufgehender Mond am dunklen Himmel über Sankt Petersburg hing und die Newa vor dem Herbstregen Niedrigstand aufwies, legte Generalmajor Saltykow, ein Vetter Tante Paschas, zusammen mit einem Dutzend bewaffneter Männer auf der Wassiljewski-Insel an. Menschikows prachtvoller Palast leuchtete wie eine Perle in der Dämmerung des anbrechenden Tages.

Sie fanden Menschikow schlafend in den Armen einer namenlosen Geliebten. Das Mädchen hatte Glück, unversehrt davonzukommen. Menschikow selbst wurde in Ketten gelegt und erwartete sein Schicksal auf dem Marmorboden kniend. Seine Frau Darja Menschikowa wurde aus ihren Gemächern gezerrt. Zweimal fiel sie im Korridor in Ohnmacht und dann noch einmal, als sie ihren Mann seiner ganzen Macht beraubt sah. Saltykow riss Maria Menschikowa den kaiserlichen Verlobungsring, einen riesigen, tropfenförmigen rosafarbenen sibirischen Diamanten vom Finger. Auch er gehörte der Krone, ebenso wie alle anderen von Menschikows irdischen Gütern, die Kohle-, Gold-, Silber-, Kupfer- und Erzminen, die Glas-, Backstein- und Waffenmanufakturen, die Tischlereien, Gießereien, Schmieden, Spinnereien und Webereien, die Güter und Paläste, die riesigen unberührten Wälder, das erstklassige russische Ackerland, die Lagerhallen, die vor Weizen, Gerste und Hafer barsten, während das Land hungerte. Menschikow hätte das Reich durchqueren und dabei jede Nacht unter seinem eigenen Dach schlafen können. Außerdem verfügte dieser Schänder des russischen Reiches über dreihunderttausend Leibeigene, unermüdliche, ameisengleiche Arbeiter meines Landes.

Der Zar weigerte sich, Menschikow jemals wiederzusehen. Ich aber wollte mich von ihm verabschieden. Alle, die mir lieb und teuer gewesen waren, hatte er bitter verraten. Im Innern der schlichten, grob gezimmerten Holzkutsche trug Maria Menschikowa noch ihr Nachthemd. Ihre Augen waren rot geädert, ihr Haar hing strähnig in alle Richtungen. Ihre Mutter Darja klammerte sich an sie. Wie anders sah sie doch bar aller Pracht aus! Während der zwei Wochen in der Dunkelzelle der Peter-und-Paul-Festung, vielleicht in derselben Zelle, in der Alexej gestorben war, hatte sie an Gewicht verloren. Als sie mich sah, heulte sie laut auf. Menschikow dagegen schlug mit dem Kopf gegen die Wände des hölzernen Wagens, fluchend und stumpf wie ein Vieh. Eine Kette schlang sich durch die eisernen Ringe an seinen Handgelenken und Knöcheln. Sie schabten ihm die Haut wund, und er musste große Schmerzen haben. Gut so.

»Alexander Danilowitsch«, begrüßte ich ihn mit sanfter Stimme. Ich hatte mich mit größter Sorgfalt hergerichtet. Mein blondes Haar bildete eine Krone auf meinem Kopf, und die kühle Herbstluft färbte mir die Wangen. Ich trug ein Kleid aus enteneiblauer Seide, das mit Perlen, Kristallen und Aquamarinen bestickt war.

Die Ikone des Heiligen Nikolaus hatte ich eng um den Hals gebunden, sein diamantener Rahmen schimmerte trotz des regenschweren, mürrischen Himmels.

»Du!«, stieß er zwischen den Zähnen hervor, wagte aber weder mehr zu sagen noch sich zu rühren. Buturlin und zwei seiner Regimentssoldaten bildeten meine Bewachung. Sie würden Menschikow auf der Stelle töten, sollte er auch nur eine Hand erheben. Das wäre freilich eine Gnade gewesen, die ich ihm nicht gewähren wollte. Nein. Er sollte bis zum Ende leiden.

»Ich«, bestätigte ich mit fröhlicher Stimme. Die Holzkutsche war mit fadenscheinigen Decken und verlausten Matratzen ausgelegt. Ich nickte zufrieden. »Habt ihr es bequem? Ihr alle habt eine lange Reise vor euch.« Schluchzend begrub Maria Menschikowa das Gesicht in den Händen, während Darja nach vorn hechtete. Ich aber verschränkte die Hände hinter dem Rücken. »Lisenka, bitte! Um der Liebe deines Vaters willen«, flehte sie.

»Den ihr belogen und betrogen habt, solange er lebte?«, fragte ich.

»Um meiner Freundschaft mit deiner Mutter willen«, fuhr sie fort.

»Von deren totem Leib du den Schmuck gerissen hast?«, erinnerte ich sie. »Und vergessen wir nicht meinen Bruder, den Zarewitsch Alexej, den Menschikow zum Tode verurteilt und im Grunde eigenhändig ermordet hat.«

Ich sprach leise, doch in dem umbauten, geschlossenen Hof bekamen meine Worte Flügel, die mich vom Boden hochhoben. Wie ein Vogel kreiste ich über Menschikows elendem Karren und wurde vom Wind emporgetragen. So also fühlte sich mein Falkenweibchen Molnija, bevor sie sich auf ihre Beute stürzte.

Schluchzend fiel Darja zurück in das Stroh und auf das schmutzige Lager des Wagens.

»Wohin werden wir geschickt?«, fragte Menschikow. Seine Stimme überschlug sich vor Furcht, und ich sah seine wunden Schultern, wo ihm die Knechte der Bastion das Hemd aufgerissen hatten. Niemand hatte die groben Kerle bestochen, Menschikow und seine Familie mit Samthandschuhen anzufassen.

»Ihr werdet an einen Ort geschickt, von dem niemand mehr zurückkehrt«, entgegnete ich. »Falls ihr euer Ziel überhaupt erreicht. Berjosow in Sibirien.«

»Berjosow! Aber dort lebt doch niemand. Dort gibt es nichts als Ödnis!«, jammerte Darja Menschikowa.

»Doch. Ihr werdet dort leben. Und nehmt zum Abschied das hier!« Buturlin reichte mir eine Axt, die ich Menschikow in den Schoß warf. »Mit etwas Glück habt ihr eine Hütte errichtet, bevor der Schnee es verhindert.« Ich stählte mich. Menschikow verdiente jede Strafe, die nur möglich war … und noch viel mehr.

»Es ist eiskalt in Berjosow!«, schrie er. »Wir tragen nur Nachthemden. Hab Mitleid! Wo sind unsere Zobelmäntel?«

Oh, wie ich diese Worte erwartet hatte! Ich nickte. »Natürlich. Wir alle tragen gern ein schönes, weiches, warmes Zobelfell, Menschikow. Deine Tochter Maria ebenso wie auch ich.«

Der Ausdruck auf seinem Gesicht war Balsam auf alle Wunden, die er mir geschlagen hatte.

»Auf Nimmerwiedersehen, Alexander Danilowitsch! Wie du so schön zu sagen pflegst, gibt es immer noch eine andere Lösung. Für jedermann, jederzeit.« Ich klopfte auf das Dach der primitiven Kutsche und gab dem Fahrer das Signal zur Abfahrt. Ein Ruck ging durch das Gefährt und schleuderte die Menschikows nach hinten, fort aus meiner Sicht. Die Wolken verdichteten sich, ihre Schmerbäuche versprachen Donner, Hagel und Blitz. Es begann zu nieseln, als der Karren vom Hof des Winterpalastes ratterte. Die Tropfen wurden schwerer und verwandelten sich in trommelnden Regen, doch ich legte den Kopf in den Nacken und öffnete den Mund. Die Flut strömte auf mich herab, Haare und Kleider klebten mir am Kopf und am Leib. Wenn ich weinte, so bemerkte ich es nicht, als der Regen mir in Mund und Kehle floss. Ich genoss seine Macht, denn ich war wie ausgedörrt gewesen. Seine Fluten rissen die letzten Mauern mit sich, die das Leiden meines Halbbruders Alexej gefangen und geheim gehalten hatten. Ich hatte seine Seele befreit, und sein Name konnte auf ewig ohne Furcht vor Vergeltung ausgesprochen werden. Meine Familie hatte ihre Ursünde gebüßt, und sie sollte heilen, einander lieben und sich nahe sein.

Als die Menschikows zwei Wochen später in Twer eintrafen, wo sie angeklagt und verurteilt wurden, setzte ein erster stetiger Schneefall ein. Darja Menschikowa siechte dahin und starb, noch ehe die Familie Berjosow erreichte. Maria Menschikowa folgte ihrer Mutter schon bald ins Grab, von Pocken entstellt und nach einem kurzen fiebrigen Delirium. Menschikow selbst schied innerhalb des ersten Jahres im westsibirischen Tiefland aus dem Leben. Als tatkräftiger Mann war er in der Nacht ins Freie gegangen, um ein Loch im Dach der Hütte zu stopfen, die er mithilfe seiner Axt erbaut hatte. Sein zu Eis erstarrter Körper ragte wie ein schlimmer Finger aus der Weite der Tundra auf. Erfrieren war angeblich ein qualvoll langsamer Tod. Die Organe versagten, und die Glieder erstarrten. Ich hoffte, dass dies der Wahrheit entsprach.

52. Kapitel

Es war, als hätte es Menschikow nie gegeben. Nach dem Sturz seines alten Rivalen und Feindes war Graf Ostermann, klug und wendig wie ein alter Kater, am Hof nicht mehr zu sehen. Berichten zufolge litt er mehr denn je an seiner verkrüppelnden Gicht. Während die Dolgorukows in der kaiserlichen Gunst stiegen, wartete Ostermann wie ein Bär im Winterschlaf auf seinen Frühling und schnitzte seine Pflöcke im Verborgenen. Niemals würde er eine Herrschaft der Altgläubigen dulden.

»Bleib doch, Katja! Setz dich, Lisenka!«, rief Petruschka lachend, als er gemeinsam mit Juan da Costa, Alexej Dolgorukow und Buturlin unangemeldet in der kleinen Bibliothek des Sommerpalastes erschien. Der Winter war hereingebrochen. Der Schnee reichte bis zu den Schlittentüren, der eisige Wind biss bis auf die Knochen und blies Fellmützen von den Köpfen. Katja und ich saßen am Kamin, in dem ein Feuer loderte, trugen ungeschnürte warme Hauskleider und schälten heiße Maroni, deren Haut aufgeplatzt war. Endlich war ein Tag für ihre Hochzeit mit Graf Melissimo festgesetzt worden. »Alessandro schickte mir chinesische Seide für mein Hochzeitskleid«, hatte Katja erzählt, bevor die

Männer in den Raum gekommen waren. »Der Farbton erinnert an Schmand. Außerdem werde ich die Tiara seiner Familie aus Perlen, Aquamarinen und Diamanten tragen. Es ist eine Leihgabe seiner Mutter.« Jetzt wollten wir endlich die getrockneten Blüten des vergangenen Sommers arrangieren. Buturlins erster Blumenstrauß, dieser Vorbote der Hoffnung, sollte das Herz des Gebildes formen. Seinen verblassten Blüten wohnte noch ein schwacher Duft inne, der im strengen Geruch von Petruschkas Hunden und den Mänteln der Männer verwehte. Petruschka warf seinen prachtvollen Umhang aus Wolfsfell und Samt – das Geschenk von mir – zu Juan da Costa hinüber. Statt ihn zu fangen, versank der Zwerg jedoch in den Falten des Kleidungsstücks und kämpfte um seine Freiheit. Wir alle lachten, denn es sah zu komisch aus. Der Zwerg machte ein Spiel daraus, vergrub sich wie ein Maulwurf in dem Samt und wühlte darin herum. »Schluss jetzt, Juan da Costa!«, rief Petruschka schließlich. »Wir haben zu tun.« Er bewunderte meine Arbeit. »Welch schönes Blumengebinde, Lisenka! Du hast die Hände einer Fee.« Dann zwinkerte er Juan da Costa zu, der endlich aus den Falten des Mantels auftauchte. »Das schönste Blumenwesen steht allerdings genau vor mir. Aber weshalb trägt es nur keine Juwelen?«

Ich lachte. »Für das Bankett im Winterpalast heute Abend werde ich mich als kaiserliche Zarewna schmücken. Vielen Dank für die Schmuckstücke, die du mir geschickt hast! Ich liebe farbige Diamanten. Aber hier und jetzt sind wir ja unter uns. Du weißt, dass ich das Schlichte allem Pomp vorziehe.«

Er umfasste meine Hand. »Nein, du sollst hier und

jetzt geschmückt werden. Und alle unsere lieben Freunde wie auch mein Pate Dolgorukow sollen unsere Zeugen sein. Umso besser, wenn du farbige Diamanten liebst, meine Lisenka.«

Eine gespannte Stille breitete sich in der Bibliothek aus. Alexej Dolgorukow runzelte die Stirn, als Petruschka mich vom Stuhl aufstehen hieß. Dabei fielen Buturlins getrocknete Blütenblätter in einem Schauer aus fahlem, trostlosem Staub zu Boden. Ich verspürte tiefes Bedauern. Wieder einmal zerstoben meine Träume. Petruschka schnalzte mit den Fingern, und Juan da Costa zauberte ein Kissen aus lilafarbenem Samt hervor, auf dem er ein Schmuckkästchen absetzte.

»Mein Gott, Zarewna Elisabeth, kann ich meinen Augen trauen?«, fragte Katja. Juan da Costas Blick war so tief wie ein Wünschelbrunnen. Tief in meinem Innern stieg Angst auf, bitter wie Sodbrennen. Petruschka strahlte. »Wart's nur ab, Lisenka!« Katja reckte den Hals, doch mein Herz raste. Juan da Costa ließ den Deckel der kleinen Schatulle aufspringen. Meine schlimmsten Befürchtungen wurden bestätigt. Der mandelgroße rosafarbene Diamant des kaiserlichen Verlobungsrings, den Petruschka zuletzt Maria Menschikowa über den Ringfinger gestreift hatte, strahlte und funkelte im Licht. Der Stein war groß genug, um das gesamte erste Glied meines Fingers zu bedecken.

Alexej Dolgorukow wirkte fassungslos, denn als Zarin Elisabeth würde ich den Altgläubigen den Krieg erklären. Katja gluckste leise, und Buturlin beobachtete uns mit finsterem Blick. Nur Petruschkas liebes Gesicht war offen und ehrlich. Er erfasste mich an beiden Händen, und seine Augen glänzten, als er mir den Ring darbot.

»Lisenka«, bat er, »sei meine Frau! Sei meine Zarin! Ich lasse dich krönen, wie mein Großvater deine Mutter gekrönt hat. Sei die Mutter meiner Kinder und die Macht hinter meinem Thron!« Rote Flecken brannten auf seinen Wangen, und vor Aufregung musste er husten. Alexej Dolgorukow stützte ihn sogleich, doch Petruschka schüttelte ihn ab und zog mich näher zum Feuer. Die Flammen brachen den Schliff des Ringes mit seinen unzähligen Facetten in feurige Prismen. »Sei mein!«, sagte er, und das Verlangen verdunkelte ihm den Blick, als er versuchte, mir den Ring über den Finger zu streifen. Katja wischte sich die Augen. »Oh, Zarewna Elisabeth! Im neuen Jahr werden wir beide glücklich verheiratet sein.«

Ich wäre geflohen, doch ausgerechnet Buturlin bewachte die Tür. Petruschka war mein Neffe. Wir waren zu eng verwandt, um heiraten zu können. Doch die Entschlossenheit in seinem Blick sagte mir, dass er eine Lösung für jedes Problem zu finden gedachte, welches die Erfüllung seines Wunsches behinderte. Ausreden waren fehl am Platz. Er war wirklich zum Zaren geworden, so wie ich es mir für ihn erhofft hatte.

»Ich kann nicht«, sagte ich und schob seine Hand mit dem Ring weg.

»Du … kannst nicht?«, fragte Alexej Dolgorukow und klang erfreut, aber auch verblüfft. Über Petruschkas Gesicht jagten Gefühle wie Wolken über den Himmel an einem windigen Tag. Aller Schmerz und alle Verachtung, die er als Kind erlitten hatte, brachen durch den dünnen Firnis der Gegenwart, der sein Leben als Erwachsener lackierte wie ein Bild. Aller Glanz, Reichtum, alle Macht und Verehrung verdeckten sein Leiden wie ein viel zu leichter Verband eine eiternde Wunde. Ich fühlte für ihn, doch eine Heirat mit ihm hätte alles nur noch schlimmer gemacht. Ich kniete vor ihm nieder und küsste ihm die Finger, ehe ich zu ihm aufsah. »Mein Zar, ich bin von deinem Angebot zutiefst geehrt. Ich folge dir und liebe dich aus ganzem Herzen, aber ich liebe dich als meinen Neffen. Ich kann nicht deine Frau sein, niemals. Ich bin unfruchtbar und meinem Haus eine Bürde.«

Unfruchtbar. Wie kurz und doch wie endlich dieses Wort klang. Trotz aller leidenschaftlichen, unvorsichtigen Augenblicke mit Buturlin, Nacht für Nacht, war ich nie schwanger geworden. Ansonsten hätte ich den Skandal ertragen und mich für ein Jahr aufs Land zurückziehen müssen wie in solchen Fällen üblich. *Du wirst Mutter sein, doch nie ein Kind haben.* Welche grausame Wahrheit verbarg sich hinter den Worten des *leschi* aus der Golossow-Schlucht?

Petruschka hielt mir immer noch den Ring entgegen und blinzelte ungläubig. »Unsinn, Lisenka! Wen kümmert das schon? Auch ich bin nicht der Sohn der letzten Zarin. Dann finde ich meinen Erben eben anderswo, wenn wir keine Kinder haben können. Wie wäre es mit Anuschkas Sohn? Ich liebe dich und möchte mein Leben mit dir verbringen.« Seine Ehrlichkeit traf mich mitten ins Herz. »Außerdem war ich selbst so unglücklich, dass ich niemandem eine solche Kindheit zumuten möchte.«

»Es ist unmöglich«, beharrte ich. Petruschka war jetzt ein liebender Mann auf Freiersfüßen, doch was wäre, wenn ich erst einmal die Seine war? Mein Leben und mein Schicksal hingen von den kommenden Minuten ab, doch ich musste mir selbst treu bleiben.

»Zarewna, bitte! Sag nicht Nein! Denk nach!« Katja umfasste meine Schultern »Dies ist ein größeres Glück, als jede Frau für sich erhoffen kann.«

Ich schüttelte den Kopf. »Nein, ich werde keinen Mann heiraten. Nie.« *Schließ die Ehe besser aus.* Doch ich weigerte mich, den Fluch des *leschi* zu leben. Dies waren *meine* Worte, die ich aus *meinem* freien Willen sprach. Ich schloss Petruschkas Hand um den Ring zur Faust. »Danke, mein Neffe, für diese Ehre. Als mein Zar flehe ich dich an, eine andere Frau zu finden und sie glücklich zu machen. Eine Frau, die *deine* Frau sein wird.«

»Nein, nicht, Zarewna!«, flehte Katja. »Nimm dein Schicksal an!«

»Wer kennt schon sein Schicksal?«, fragte ich.

»Eine andere Frau?«, fragte Petruschka ungläubig. Er war aschfahl geworden und schüttelte den Kopf. »Wenn ich nicht mit dir glücklich sein kann, dann soll auch keine andere Frau mit mir glücklich werden.«

»Sag das nicht!«, bat ich, ohne ihn ernst zu nehmen.

Petruschka wandte sich steif an Alexej Dolgorukow. »Mein Pate! Du warst immer für mich da, ganz wie ein Vater. Stehst du mir nun auch zur Seite?«

»Stets, mein Zar!« Fürst Dolgorukow strahlte. »Es gibt Dutzende Fürstinnen, die begeistert deine Gattin werden wollen.«

Katja strahlte stolz ob der Ehre, die der Zar ihrem Vater zuwies.

»Ich brauche mehr als nur deinen Rat, Dolgorukow. Ich brauche deinen Segen«, erklärte Petruschka mit klarer Stimme. »Ich bitte um die Hand deiner Tochter Katja Alexejewna.«

Sicher hatten wir uns alle verhört. Es gab so viele Töchter in dieser großen Familie von so wechselhaftem Schicksal. Katja war verliebt und verlobt und plante ihre Hochzeit mit Alessandro Melissimo.

»Nein«, keuchte sie. »Das ist ein Irrtum. Ich bin bereits vergeben!«

Sogar ihr Vater wagte einen Einwand. »Mein Zar. Das Datum für Katjas Hochzeit steht fest. Die jungen Leute sind verliebt.«

Petruschka zuckte die Achseln. »Verlobungen dienen dazu, gebrochen zu werden. Wir heiraten einfach an demselben Tag. Das ist doch praktisch, oder? Und was bedeutet schon Liebe? Habe ich etwa Maria Menschikowa geliebt?« Die Drohung seiner Worte war deutlich. Tränen glänzten in seinen Augen, als er Katja den Ring entgegenhielt.

»Petruschka, bitte!«, flehte ich. »Das kannst du nicht tun!«

»Hast du nicht gerade selbst gesagt, der Zar dürfe alles tun?« Er fuhr herum. »Ich habe deine Antwort auf meinen Antrag noch nicht gehört, Dolgorukow.«

Fürst Dolgorukow verbeugte sich. Sein Ehrgeiz siegte über die väterliche Liebe zu seiner Tochter. Wer war schon ein Graf Melissimo. Was war ein ausländischer Diplomat, verglichen mit dem Zaren aller Russen? Sein Blick wurde hart, als er Katjas Handgelenk umklammerte. »Welch Ehre! Eine kluge Entscheidung, mein Zar. Immerhin gehören die Dolgorukows zu den ältesten Familien Russlands. Wir haben Moskau gegründet und den Kreml gebaut …«

»Ihr langweilt mich!«, winkte Petruschka ab, als Katja sich im Griff ihres Vaters wand. »Nein«, flehte sie. »Niemals! Ich werde Alessandro heiraten. Ich will nicht …« Ihr Vater ohrfeigte sie so hart, dass ihre Oberlippe aufplatzte. Ich war stumm vor Entsetzen, als sie weinend und mit zitternden Fingern nach dem Blut am Mund tastete. Dolgorukow zog ihr Graf Melissimos Verlobungsring vom Finger und schleuderte ihn in die Flammen. Katja heulte auf und warf sich in Richtung der Flammen, doch ihr Vater hielt sie zurück und zwang sie mit eisernem Griff vor Petruschka auf die Knie. Sie war vor Tränen blind, als Petruschka ihr den schweren kaiserlichen Verlobungsring an den schlanken Finger steckte. Er hing lose herab. Im Kamin schmolz Graf Melissimos Ring wie auf einem Scheiterhaufen für Katjas Liebe, Träume und Hoffnungen.

»Er passt.« Petruschka drückte ihr einen Kuss neben die blutende, zitternde Lippe auf die Wange. »Oh, Katja, weine nicht! Es ist getan. Sei nicht traurig! Aller Schmerz vergeht. Glaub mir, ich weiß, wovon ich spreche. Wir werden glücklich miteinander sein … was immer das bedeutet.« Er strich ihr über das wirre Haar, so als würde er einen Hund tätscheln. »Bring Katja nach Hause, Dolgorukow, und lass sie packen! Unsere Verlobung wird in zwei Wochen bekannt gegeben, bis dahin wird sie im Golowinskipalast leben. Ihr Titel ist schon jetzt *Ihre Kaiserliche Hoheit,* die Zarenbraut. Unsere Hochzeit wird an dem Tag stattfinden, an dem die mit dem Grafen Melissimo geplant war.«

Fürst Dolgorukow verbeugte sich, sein Gesicht noch immer ein Spiegel seiner widersprüchlichen Gedanken und Gefühle, als sich Katja erhob.

»Komm!«, sagte Fürst Dolgorukow knapp, doch auf der Schwelle drehte Katja sich zu mir um und hob drohend die Faust. »Das ist allein deine Schuld. Dafür wirst du bezahlen.«

»Hör nicht auf sie! Katja war schon lange heimlich in Seine Majestät vernarrt und ist außer sich vor Glück. Möglicherweise sollten wir sie angesichts dieser Aufregung zur Ader lassen«, sagte ihr Vater und zog sie aus dem Raum.

»Vater!«, schluchzte sie im Korridor. »Nicht!« Wir hörten eine weitere Ohrfeige, eine harte, entschlossene Handfläche, die ein schönes junges Gesicht traf. Als die Schritte der beiden verhallten, sank ich auf einen Stuhl und verbarg das Gesicht in den Händen. An meinen Fingern haftete noch der Duft der getrockneten Blüten. Das Feuer im Kamin schmolz Melissimos Ring zu einem Klumpen. Petruschka nahm seine Handschuhe, warf sich den Umhang aus Wolfspelz um die Schultern und wollte gehen. Er wirkte um Jahre gealtert. »So sei es, Elisabeth«, sagte er mit belegter Stimme. »Ich habe mein Ziel erreicht, bin verlobt, um zu heiraten, und werde eine Frau glücklich machen. Aber deshalb sind wir beide noch nicht fertig.« Er nickte Juan da Costa zu, der die Tür öffnete. Mit grimmigen Mienen traten die Soldaten des Semjonowski-Leibgarderegiments ein.

Petruschka wandte sich um. »Wir haben zu reden, Lisenka!«, befahl er. »Und auch wir, Buturlin.«

53. Kapitel

Juan da Costas Augen blitzten wie eine frisch gewetzte Klinge, als Petruschka ihm zuzwinkerte. »Geduld, mein kleiner Freund!«, sagte er. Der Zar verschränkte die Hände hinter dem Rücken und wippte auf den Fußspitzen. »Ich erführe gern noch etwas anderes. Wieso genau, Zarewna Elisabeth, meine unverheiratete Tante, weißt du, dass du unfruchtbar bist? Woher wusste es auch Menschikow, damals in Twer?«

Das Blut wich mir aus dem Kopf, und ich spürte, dass auch Buturlin erstarrte. Unsere Blicke trafen sich. Petruschka kräuselte die Lippen, doch sein Blick war tieftraurig. »Ich weiß, woher du es weißt, meine schöne Lisenka. Weil, wenn ich diesem Schurken Menschikow Glauben schenke, du seit Jahren mit meinem Kammerherrn herumhurst. Den ganzen Sommer über, in dem ich dich zu umwerben und zu lieben glaubte.« Schweiß glitzerte auf Buturlins hoher Stirn, doch Petruschka fuhr unbarmherzig fort: »Menschikow, den ich verbannt habe, weil ich dachte, er stünde unserer Liebe im Weg. Doch nun willst du deinen Teil der Absprache nicht einhalten. Du wirst nicht mein sein. Buturlin, kann ein Ehrenmann das hinnehmen? Aber was weißt du schon von Ehre, Soldat? Du, der mit einer ledigen Zarewna schläft, als wäre sie eine gewöhnliche Magd?«

»Mein Zar!« Buturlin fiel auf die Knie.

»Ich will nichts hören«, erklärte Petruschka und klatschte in die Hände, ein einziges scharfes Geräusch. Die Männer des Semjonowski-Leibgarderegiments packten Buturlin, der sich kurz und heftig wehrte. Fäuste flogen, und der Ärmel seiner Uniformjacke riss, doch nach einem Schlag in den Magen sank er zu Boden. Als er sich wieder aufrichtete, schickte ihn ein Kinnhaken zu Boden. Er spuckte einen Zahn aus und rollte sich heulend auf dem Boden zusammen, als es Tritte und Schläge auf ihn regnete. Ich hörte Rippen krachen. »Mein Zar, glaub mir …«, schrie er mit blutigem Gesicht.

»Genug der Lügen!«, rief Petruschka und deutete mit zitternder Stimme auf ihn. »Liebst du ihn, Lisenka? So sehr, dass du auf alle anderen verzichtest? Sogar auf mich?«

Ich warf einen Blick auf Juan da Costa. In Russland konnte selbst die kleinste Hand Fortunas mächtigem Rad in die Speichen greifen und es drehen.

»Petruschka, bitte! Buturlin war stets für mich da. Er kämpfte immer für meine Sache und stand mir mit Wort und Tat zur Seite. Ich war am Boden zerstört, nachdem meine Eltern und Karl August gestorben waren. Ich war halb wahnsinnig vor Angst vor Menschikow. Buturlin war mir ein Licht in der Dunkelheit. Aber ich werde nie eines Mannes Frau sein. Nie. Bitte!« Ich griff nach Petruschkas Hand, doch er zuckte zurück, als hätte er sich verbrannt. »Fass mich nie wieder an! Dafür soll er bezahlen«, knurrte er, das Gesicht vor Wut und Schmerz verzogen.

»Hab Gnade! Töte ihn nicht!« Ich fiel auf die Knie und rang die Hände. »Er war mir ein Freund. Der Einzige, der mir mit Wort und Tat …«

»*Ich* war dein Freund. Ich werde ihn nicht töten. Und er wird dir nie wieder *mit Wort und Tat* zur Seite stehen.« Petruschka war blass und zitterte. Er klang entsetzt über sich und die sich überschlagenden Ereignisse der letzten Stunde. Die Wächter ergriffen Buturlin und schleppten ihn hinaus auf den Kai des Fontankakanals, wo ein Schlitten schon darauf wartete, ihn über das schimmernde Eis der Newa zur Peter-und-Paul-Festung zu bringen.

Er wird dir nie wieder mit Wort und Tat zur Seite stehen.

So fällte Petruschka sein Urteil über Buturlins Schicksal.

54. Kapitel

Die Lichter und die Pracht der langen Galerie des Winterpalastes zur Feier von Petruschkas Verlobung blendeten mich. Ich fühlte mich wie eine Gefangene, die aus dem Dunkel ihrer Zelle trat, einer Zelle wie jener, in der Buturlin auf sein weiteres Schicksal wartete. Doch niemand außer mir dachte an ihn. Ich sandte L'Estocq täglich mit Lebensmitteln, warmer Kleidung sowie Geld – viel Geld – zur Peter-und-Paul-Festung, um die Wärter zu bestechen. Wenn ich es verhindern konnte, so würde Buturlin nicht gefoltert werden, während er verhört wurde oder auf sein Urteil wartete. Was gab es schon noch an Fragen zu stellen?

Der Gedanke an ihn machte die Pracht der Umgebung an jenem Abend unerträglich für mich.

Tausende Kerzen tauchten die Große Halle in ein weiches Licht. Goldene Uniformknöpfe schimmerten, und Lederstiefel waren auf Hochglanz poliert. Damen in prachtvoll farbigen, bestickten und juwelenbesetzten Kleidern glitten umher wie Blütenblätter auf einem Strom. Ihr Schmuck spie ein lichtes Feuer an ihre Kehlen, Ohrläppchen und die schlanken Handgelenke. Mitten im Winter blühende Mandel- und Orangenbäume bildeten eine Allee, und Hecken schufen kleine Buchten, in denen sich die Tische vor Köstlichkeiten bogen.

Wo immer ich erschien, verstummten die Gespräche augenblicklich. Niemand gab auch nur eine Kopeke für meine Zukunft. Ich hatte den Zaren abgewiesen. Nun konnte ich in einem eisigen, abgelegenen Kloster nur noch eine Braut Christi werden.

Katja und Petruschka empfingen die Gratulanten im Thronsaal. Ein karminroter Samtbaldachin schwebte über den geschnitzten und vergoldeten Thronen. Katja war in wenigen Wochen stark abgemagert, und weder die dicke Schicht an weißer Schminke noch die helle Farbe ihres Kleides schmeichelten ihr. Petruschka saß wie in Stein gemeißelt, seine Hofkleidung war steif vor Goldlahn.

Graf Ostermann lungerte an der Tür herum, denn Alexej Dolgorukow hielt ihn in Schach, so wie ein Hund den anderen vom Futternapf fernhielt. Als ich näher trat, verneigte sich Ostermann und wandte wie stets den wässrig blauen Blick ab. »Zarewna Elisabeth, als engste lebende Verwandte des Zaren ist es deine Pflicht, ihm als Erste zu gratulieren.« Was brachte ihn je aus der Fassung? Eines Tages wollte ich das zu gern herausfinden.

»Meine Pflicht, Graf Ostermann? Es ist mir eine Freude und Ehre«, erwiderte ich kühl. Dabei wusste ich, wie sehr er eine mögliche Verlobung von mir und Petruschka gefürchtet hatte. Hatte ich ihm mit meiner Ablehnung in die Hände gespielt? Der Gedanke war furchtbar, doch ich musste meinem Herzen folgen.

»Zarewna Elisabeth Petrowna Romanowa!«, rief der Hofmarschall. Der rote Teppich schien endlos zu sein.

Der Hof teilte sich vor meinen Schritten wie das Rote Meer vor Moses. Menschen flüsterten miteinander, ihre Zungen waren so gespalten wie die von Schlangen. Sie mutmaßten über den wahren Grund für Buturlins Verhaftung, lauerten auf meinen Untergang. Ich wollte ihnen den Gefallen nicht tun, zumindest jetzt noch nicht. In der Menge entdeckte ich Graf Melissimo und empfand Schmerz und Mitleid für ihn, für Katja, für Petruschka und für mich, für uns alle. Wir alle waren die Jungen der russischen Bärin und hofften, sie bei Laune zu halten und uns selbst vor Schaden zu bewahren.

»Eure Majestät, herzlichen Glückwunsch.« Ich knickste, um Petruschkas kühle, schlanke Finger zu küssen. Er neigte den Kopf. Seine Augen waren gerötet, und seine fahle Haut verschmolz mit seiner wolligen weißen Perücke, doch er entzog mir die Hand. Ein Raunen lief durch die Versammlung der Gäste. Katja ballte die Faust, wie bereit, mich zu schlagen. Ich trat zurück.

Dann waren die ausländischen Würdenträger mit dem Gratulieren an der Reihe. Ich reckte den Hals. War Graf Melissimo auf Waffen durchsucht worden? Eine so starke Liebe wie Katjas und die seine neigte sicher zu hitzköpfigen Dummheiten. Er war unrasiert, und sein schwarzes Haar wirkte ungepflegt und ölig. Allerdings zitterten ihm die eleganten Hände mit den langen Fingern zu heftig, als dass er einen Angriff hätte unternehmen können. Seine schokoladenbraunen Augen waren blutunterlaufen. Als Katja ihn sah, schwankte sie, und Tränen verschmierten ihre Schminke. Petruschkas Blick warnte den Grafen stumm und streng. Melissimo wurde von zwei Tiroler Freunden nach draußen begleitet.

Am selben Tag noch überreichte die Geheimpolizei des Zaren Graf Melissimo seinen Pass. Zwei Tage später verließ sein Schlitten Sankt Petersburg. Er erreichte Wien pünktlich zur Jultide.

L'Estocq saß neben mir, als einige Tage später Buturlins Urteil vollstreckt wurde. Er hatte mich zweimal am selben Morgen zur Ader gelassen, um mich zu beruhigen, aber vergeblich.

»Ist es dir gelungen, die Wächter zu bestechen?«, flüsterte ich. »Hat man ihm das Schlimmste erspart?«

Hilflos hob er die Schultern. Er hatte versucht, die Gunst der groben Kerle zu erkaufen, doch wer konnte sich schon auf das Wort dieser Schergen verlassen? Ich glitt tiefer in meinen Sessel und flehte den Heiligen Nikolaus um Kraft an.

Das kaiserliche Paar saß bereits. Petruschkas Blick war noch von einer langen Nacht getrübt, doch er war glatt rasiert und sah fürstlich aus in dem grünen Tuch von Buturlins Preobraschenski-Regiment. Er hatte sich mein Geschenk, den Umhang aus Wolfsfell, über die Schultern geworfen. Am Hals sah ich die goldene Kette mit ihren Gliedern in Form des kaiserlichen Doppelkopfadlers leuchten. Seine Fellmütze saß ihm leicht schräg auf dem Kopf. An Katjas Hals leuchtete das Collier meiner Mutter, zehn Reihen an Perlen und Diamanten. Es wirkte wie eine Warnung an diesem stumpfen Morgen. Ostermann hatte die Juwelen meiner Mutter abholen lassen. Mir blieb nichts von ihr als die Erinnerung an ihren Geist und ihre Kraft. Hatte ich nur einen Teil davon geerbt? Ich war mir dessen nicht mehr sicher. Der Atem hing mir kristallen an den Lippen, und ich ballte die Fäuste in meinem Nerzmuff. So hielt ich mein Herz fest, um es am Zerbrechen zu hindern.

Eine Menschenmenge drängte sich um den Richtplatz vor der Peter-und-Paul-Kathedrale, und die Luft war erfüllt vom Duft nach gebratenem Fleisch, heißen Kastanien und Glühwein. Die fliegenden Händler machten ein blendendes Geschäft. Buturlins Regiment stand in einer Gasse der Schande aufgereiht, die er zu durchqueren hatte. Der warme Atem der Pferde stieg in Wolken aus ihren Nüstern auf, und sie scharrten mit den Hufen auf dem eisigen Boden, als suchten sie darunter nach verborgenem Grün.

Ein kurzer Kanonenschuss zerriss die frische Morgenluft. Das Geräusch war zu erwarten gewesen, doch ich schauderte, als er vom Eis widerhallte. In einer dunklen Wolke stiegen Dutzende Krähen von den Winterbäumen auf. Die kahlen Zweige griffen in den teigigen Himmel. Katjas Blicke glänzten wie feuchte Kohlen. Ich erkannte ihr Gesicht durch den leichten Schneefall nur wie verschleiert. *Dies ist nur der Beginn,* sagten mir ihre Augen. *Wart nur ab!*

Am Newator der Bastion sah ich, dass sich die Menschen bewegten. Buturlin wurde auf einen Schlitten geladen. L'Estocq trat näher an mich heran. Seine Anwesenheit war mir ein Trost, obwohl er nach dem Tarotspiel fingerte, das Buturlins Zukunft vorhergesagt hatte. *Ein Narr aus Liebe.* Als L'Estocq meinen Blick bemerkte, schob er die Karten in die Tasche. Buturlins Schlitten durchquerte gerade die Allee des Regiments. Die Preobraschenski-Soldaten verhöhnten ihren ehemaligen Offizier und spuckten ihn an.

Dann kam der Schlitten zum Stehen, und die Männer zogen Buturlin herunter. Vor Entsetzen hielt ich den Atem an. Alle meine Bemühungen, sein Los zu verbessern, waren offensichtlich vergeblich gewesen. Obwohl die Temperatur unter dem Gefrierpunkt lag, war sein Oberkörper nackt. Eine Peitsche hatte ihm den Rücken und die Schultern kreuz und quer zerschnitten. Die Haut war aufgeplatzt, und die langen Wunden waren blutverkrustet. Einmal verheilt – wenn überhaupt –, zeichneten die Narben eine Karte seines Leidens. Die Knechte ließen ihn los, und er fiel in den Schnee. Als die kühlen, feuchten Flocken seine Wunden berührten, heulte er auf. Ihm fehlten ganze Büschel seines dichten dunklen Haares, und seine Schultern waren ausgekugelt. Die Beine waren ihm gebrochen worden. Er stöhnte auf, als die Wärter ihn wieder unter den Achseln packten und ihn zum Richtplatz schleiften, wo sein Peiniger unter einer Kapuze verborgen wartete. Ein Knecht riss Buturlins Kopf an den Haaren nach oben. Er blinzelte durch geschwollene Augen und schrie auf. Das Geräusch ging mir durch Mark und Bein.

In einem glühenden Kohlebecken lagen große Eisenzangen. In den Ställen von Kolomenskoje wurden Pferde mit solchen Zangen beschlagen. Auf den Werften meines Vaters drehte man damit schiefe Nägel aus dem Kiel eines Schiffes. Als Buturlin zitterte und schluchzte, drehte der Folterer die Zange in ihrem feurigen Bett. Er hielt das Instrument für alle sichtbar hoch. Die Menge stöhnte auf, nach einem Leid dürstend, das nicht ihr eigenes war. Die Gesichter verschmolzen zu einem grässlichen Nebel, die Körper wurden eins mit dem dichten Schneefall.

Der Folterknecht zwang Buturlins Kopf hin zu seinem Zaren und der Tribüne. L'Estocq legte mir tröstend eine Hand auf die Schulter. Ich schloss die Augen und betete stumm.

»Schau hin, Lisenka!«, rief Petruschka, als einer der Kerle Buturlin den Kiefer aufzwang und nach seiner Zunge griff. Er hielt sie dicht an der Wurzel gepackt, tief im Rachen. Ich fühlte mich betrogen. Der Henker hatte mein letztes Gold eingesteckt. Er hätte Mittel und Wege gehabt, den Befehl des Zaren zu befolgen, dem Gefangenen aber das Schlimmste zu ersparen. Es sollte jedoch keine Gnade für meinen Geliebten geben. Die Luft zischte, als die sengende Zange in Buturlins Zunge eindrang. Ein widerlicher Geruch nach verbranntem Fleisch stieg in die saubere Winterluft auf. »Uhhh!«, raunte die Menge. Ich würgte, als Buturlin vor Schmerz ohnmächtig wurde. Der Folterer trat zurück, die Schaulustigen jubelten. Die Folterknechte gossen einen Eimer Wasser über den Geschundenen. Keuchend kam er wieder zu sich, als die Tropfen auf seinem Körper gefroren. Der Folterer setzte die Zange noch einmal an und ruckte kurz und scharf an. Weder Buturlins Schrei noch das kurze Geräusch – so als ob ein Seidenhändler Stoff vom Ballen riss – waren noch menschlich. Ein fleischiger, schaumiger rosafarbener Lappen baumelte von der Zange. Am Ende hing ein gebrochenes Knöchelchen. Ich schmeckte bittere Galle, als Buturlin eine Blutfontäne ausspie. Er lag in einer rostroten Pfütze und umklammerte würgend seinen Hals, ehe er wieder in Ohnmacht fiel. Der Folterer warf die Zunge den wartenden Krähen zu.

»Der Wille des Zaren wurde ausgeführt!«, rief Fürst Alexej Dolgorukow, der Pöbel jubelte und zerstreute sich, um zu essen, zu trinken und zu feiern. Petruschka erhob sich und führte Katja zum kaiserlichen Schlitten. Sie warf mir einen letzten triumphierenden Blick zu und begab sich in das offene Fahrzeug, in dem sie, wunderhübsch in Pelze und Samt gehüllt, Platz nahm. Petruschka stieg hinten auf das Fußbrett des Schlittens, als wäre er ihr Diener, und bückte sich flüsternd zu ihr hinunter. Sie lächelte ob seiner Worte, als die Pferde anzogen. Das Atemholen schmerzte, ich konnte die Tränen nicht mehr zurückhalten, doch ihr Salz erstarrte auf meinen Wangen zu einer kristallenen Schicht.

Die Schneeflocken verschluckten Buturlins Schlitten. Petruschka degradierte ihn zu einem einfachen Soldaten und stationierte ihn in Kamtschatka, von wo er sich keine Rückkehr erhoffen konnte. Sein ehemaliges Regiment zerstreute sich langsam. Die Menschen von Sankt Petersburg, die in diesem Jahr besonders schlimm unter der Kälte litten, klaubten die Pferdeäpfel zusammen, um sie zu trocknen und damit ihre Häuser zu heizen. Frische Flocken bedeckten bereits die Spuren von Buturlins Leid und versteckten den besudelten Schnee. Die Krähen ließen sich wieder auf den Bäumen nieder. Beim nächsten Mal hofften sie auf fettere Beute als eine Zunge. Ich saß stumm und weinte, von Frost geschüttelt, bis der Hofstaat Petruschka und Katja gefolgt war.

»Zarewna, lass uns gehen! Es ist zu kalt. Ich mische dir einen Schlaftrunk«, sagte L'Estocq so sanft, als spräche er mit einem Kind. Ich sah echtes Mitleid in seinem Blick, eines der seltensten Gefühle in jener Zeit. »Du musst stark sein.«

Schlaf? Daran war nicht zu denken. Nichts fürchtete ich mehr, als dass meine Wirklichkeit in meine

Träume einsickerte. Ich erlebte einen nie endenden Albtraum. »Stark? Wozu? Um noch mehr zu erleiden? Der Tod ist die Strafe für alle, die mich lieben, Karl August, Anuschka, Buturlin.«

L'Estocq schüttelte den Kopf, und Schneeflocken setzten eine kleine weiße Kappe auf sein dichtes rotbraunes Haar. »Gottes Bogen hat viele Pfeile«, sagte er und fasste in die Tasche, in der er die Tarotkarten aufbewahrte.

Beim Gedanken an sie lief mir ein Schauder über den Rücken.

L'Estocq führte mich zurück zu meinem gemieteten Schlitten, wo er mir so sorgsam wie ein Vater seinem Kind das Bärenfell über den Schoß breitete.

55. Kapitel

»Wird Feofan Prokopowitsch Petruschka und Katja trauen?« Alexej Dolgorukow hatte den Erzbischof von Nowgorod, der Vater stets bahnbrechende Ratschläge gegeben hatte, unter Hausarrest gestellt, sobald Petruschka an die Macht gekommen war. Feofan, der meine Eltern getraut und meine Mutter gekrönt hatte, hatte weder dem jungen Zaren die Krone aufs Haupt gesetzt noch war er anderswo gesehen worden.

Es war der letzte Abend im Sommerpalast, ehe ich zur Hochzeit des Zaren nach Moskau reisen musste. Ein Dienstmädchen packte meine Truhe. Es würde nicht mehr lange dauern, bis ich kaum noch Kleider hatte. Was auch immer Petruschka mir geschenkt hatte, hatte ich verkauft. Einmal mehr erwies sich die Fürstin Tscherkasskaja als treue Kundin und Freundin. Wie zuvor wagte sie es nicht, die Garderobe zu tragen, sondern gab das Erworbene an ihre Dienstmädchen weiter. Der Wind jagte in meinem Zimmer durch den Schornstein, und die Flammen im Kamin loderten auf.

»Prokopowitsch wurde vor wenigen Tagen festgenommen«, berichtete L'Estocq. »Er sitzt in der Peter-und-Paul-Festung.«

Mich überlief eine Gänsehaut. Wenn Feofan Prokopowitsch verhaftet und zu jedweder Aussage gezwungen wurde, wer war dann noch vor Ostermanns und Dolgorukows Schergen sicher? Ich gewiss nicht.

»Was hast du erwartet? Alexej Dolgorukow hasst ihn für seine Reformen. Er war die rechte Hand deines Vaters. Alle Spuren seiner Arbeit werden ausgelöscht. Angeblich ist Prokopowitsch noch nicht gefoltert worden, aber es kann nicht mehr lange dauern. Ich fürchte für ihn. In Russland führen das Gestern und das Morgen einen Kampf auf Leben und Tod.«

Die kaiserliche Schatzkammer sperrte meine Apanage, denn wer brauchte schon Geld in einem Kloster? So scherzte Katja angeblich bei ihrer Ankunft im Kreml. Mir blieben nur noch meine Kleider am Leib, als ich gemeinsam mit L'Estocq und Schwartz in den Schlitten nach Ismailowo stieg. Meine letzten Tage in Freiheit wollte ich in Tante Paschas ehemaligem Haus verbringen. Wenigstens schwatzten meine Affen, und meine Vögel kreischten, denn ich weigerte mich noch immer, Bücher zu lesen. Lektüre hatte Anuschka getötet. Was sollte ich also von Büchern schon erwarten?

Der Himmel wirkte nach einer Nacht mit stetigem Schneefall erschöpft. Krähen erhoben sich aus den kahlen Zweigen der Birken, als ich den Sommerpalast für möglicherweise das allerletzte Mal verließ. Ich wollte den Anblick der Fassade mit ihren Tönen in Gelb und Purpur für immer in meinem Herzen bewahren. Die Erinnerung sollte mir in einer kalten Klosterzelle Trost bieten. Als ich in den Schlitten stieg, näherte sich ein Reiter auf dem geräumten Schotterpfad, und sein Pferd pflügte durch die Schneeverwehungen. »Zarewna Elisabeth, wartet bitte!«, rief er, und sein Atem stieg in Wolken von seinen Lippen auf. Er schwang sich aus dem Sattel und reichte mir einen wunderschön geschnitzten Kasten aus Ebenholz. »Ein Geschenk der Zarenbraut. Sie hat es mir gegeben, bevor sie in den Kreml aufgebrochen ist.« Er verbeugte sich, seine Wangen waren rot und rau vor Kälte. Was um alles in der Welt wollte Katja Dolgorukow mir schenken? Ich schüttelte den kleinen Kasten. Es klang dumpf.

»Was mag das sein?«, fragte L'Estocq.

»Es fühlt sich in jedem Fall leicht an. Ich werde den Kasten in Ismailowo öffnen. Nun lass uns fahren!« Katja war wohl kaum in der Stimmung, mich zu verwöhnen. Vielleicht war es die gefaltete Kutte einer Nonne?

Die Fahrt nach Ismailowo verlief in mürrischer Stille. Die Männer fragten sich wahrscheinlich, wie sie ihren jeweiligen Herren nach den langen Jahren ihres Dienstes ihr diplomatisches Versagen erklären sollten. Die Hufe der Pferde rutschten auf den eisenhart gefrorenen Straßen aus, und der Schlitten schlingerte heftig. Die Luft knisterte vor Frost, und der Tag verdunkelte sich mit der Drohung von weiterem Schneefall. War der Himmel denn nie erschöpft? Ich sehnte mich nach der Sonne, nach dem Licht. Meine Nächte sollten bald lang genug sein, wenn nicht gar ewig.

Sehr bald schon würde die Zeit keine Bedeutung mehr haben.

Der Gedanke an Petruschkas Hochzeit erfüllte mich mit Entsetzen. Was erwartete mich in Moskau? Würde man mich vor aller Augen verhaften? Doch ich hatte keine andere Wahl, als an den Feierlichkeiten teilzunehmen. Ich beneidete meine Cousine Anna Iwanowna in Kurland, deren flehende Briefe, die Zeremonie gemeinsam mit ihrem Stallburschen und Liebhaber Biren besuchen zu dürfen, zur allgemeinen Erheiterung vorgelesen und unbeantwortet gebündelt wurden.

In meiner Furcht und Vorahnung fand ich selbst in der ländlichen Stille von Ismailowo keine Ruhe. In dem Haus wohnte seit Jahren niemand mehr. Die Wachen waren geflohen, sobald ihr Sold ausgeblieben war. Leibeigene und Bauern hatten die Vorratskammern und Keller geplündert. Unter dem Schnee lagen die Felder brach, und die Teiche erstickten vor Algen, die das dicke Eis grün färbten. Die Obstbäume krümmten sich unter der Last des Schnees, und auf der berühmten langen Brücke zur Kirche des Heiligen Joseph hinüber fehlten Hölzer. Das Labyrinth war so überwuchert, dass nichts mehr zu finden war. Oder hatten seine Eiben bereits als Brennholz gedient? Im Wolfhaus, wo Tante Pascha eine kleine Menagerie mit verwaisten und seltenen Tieren gehalten hatte, quietschte die Tür in den Angeln. Die Käfige waren leer und mit Rattenkot verschmutzt. Fledermäuse hingen an den Balken, und ihre lustigen kleinen Gesichter wirkten im Schlaf völlig verknautscht. Alles lastete auf mir. Jedes Unterfangen war entweder zu überwältigend oder zu anspruchsvoll und entmutige mich. Oder aber alles schien zu langweilig, nichtig und bedeutungslos. Ich kämpfte mit dem Mangel an Hoffnung. In mir war eine Stumpfheit, die meinen Kopf mit Blei füllte und mir eiserne Ketten ums Herz legte. Was ich auch begann, mir fehlte die Kraft, es zu beenden. Ich vermochte weder die Körbe mit Brennholz zu füllen noch das Dach reparieren zu lassen, wo die Ziegel unter der Schneelast gesprungen waren, oder die Jäger auszusenden, um verwaiste Wolfs- und Bärenjungen zu finden. Tage, vor denen ich mich fürchtete, bedurften keiner Bestimmung mehr. Katja hatte mein Schicksal besiegelt, und Petruschka gab ihr freie Hand dazu. Petruschka, der mich vom Spieler zur Schachfigur gemacht hatte. Einfach so, ganz ohne Vorwarnung, zog die innere Eisprinzessin in die Einsamkeit von Ismailowo ein. Sie beschattete mich wie ein Spion. Jeder Spiegel warf mir ihren höhnischen Blick entgegen, ein fahles Feuer, das mich bis ins Innerste gefrieren ließ.

Erst Tage nach meiner Ankunft in Ismailowo dachte ich an Katjas Abschiedsgeschenk. Der Kasten war verschlossen, doch der Schlüssel fehlte. Ich brach das zarte Schloss mit einem Messer auf, und als ich den Deckel hob, schlug mir ein süßlich fauliger Geruch entgegen. Es war widerlich, ich rang nach Luft und bedeckte Mund und Nase, als ich den Kasten ins Kerzenlicht hielt. Zarte Knochen stachen durch dunkle Klumpen aus Fleisch und Federn, die notdürftig einen kleinen Leichnam zusammenhielten. Ich schrie auf, und der Kasten fiel klappernd auf die harten Steinplatten. Zu meinen Füßen lagen die Reste von Molnija. Mein prachtvoller Vogel lag verdreht auf dem Boden. Bevor Petruschkas Hunde ihn zerrissen hatten, war ihm der Hals gebrochen worden. Das goldene Federkleid bildete ein rostfarbenes Durcheinander und war von geronnenem Blut verklebt. Mein geliebtes Tier so zu sehen verschlug mir den Atem.

Sosehr ich mich auch dagegen wehrte, ich verstand Katjas Botschaft ohne jedes Wort.

Mein Spaziergang durch die dunklen, stillen Korridore war traurig und einsam. In der Küche winkte ich ab, als die junge Magd, die in der warmen Asche des Ofens zusammengerollt lag, um nachts das Feuer zu bewachen, sich schlaftrunken erheben wollte. Stattdessen schaufelte ich selbst Teile der Glut des Ofens in einen gusseisernen Schieber. Nur mit Mühe schob ich den schweren Riegel vor der Tür zurück und schlüpfte auf der Schwelle in das Paar schwerer Stiefel, das dort für die männlichen Diener bereitstand. Wenige Schritte vom Haus entfernt brach ich bis zu den Oberschenkeln im frischen Schnee ein, Molnija fest an die Brust gepresst und die Feuerwanne mit klammen Fingern festhaltend. Die Kälte der klaren Nacht traf mich wie ein Schlag. Meine Finger wurden taub, und jeder Atemzug stach mir in die Lungen. Wenn ich mich zu weit vom Haus entfernte, würde ich niemals mehr zurückkehren. Einen Herzschlag lang war der Gedanke verlockend, aber dann kämpfte ich gegen seine Versuchung an. Nein, noch nicht und nicht hier. Der Rand des tiefen, dunkel gefrorenen Waldes von Ismailowo war der passende Platz für mein Vorhaben. Mit den Eisenkappen der Stiefel schabte ich den eisigen Schnee beiseite und kniete nieder. Aus gefrorenen Zweigen und Blättern formte ich einen Kegel. Der Zunder fing nicht sofort Feuer, sondern erst als ich das Häufchen mit einem Funkenregen sprühender Glut überschüttete. In kleinen Atemzügen blies ich vorsichtig hinein. Schließlich hörte ich ein erstes Knistern. Flammen tanzten erst blau und gelb und hüllten mich dann in ein kaltes, klares Licht. Molnijas Kadaver war steif gefroren, als ich ihn auf den Scheiterhaufen legte. Mehrere Atemzüge lang scheute das Feuer den kalten Körper. »Flieg weit und hoch, meine Freundin!«, flüsterte ich. Als die Flammen an ihren Federn leckten, ertrug ich den metallischen Geruch ihres toten Leibes nur schwer. Die Reste von Molnijas Sarg, Katjas verfluchte Gabe, zertrat ich unter meinem Stiefel, ehe ich mit dem Holz stückweise die Flammen speiste. Als Molnija mit dem Holz und der Asche eins geworden war, warf ich Schnee ins Feuer und sah den Flammen beim Sterben zu. Die Asche verstreute ich. Als der letzte bittere Rauch zu den Sternen und dem Vollmond aufstieg, war mein schöner Vogel dorthin zurückgekehrt, wohin er gehörte: zu Mütterchen Russland.

Petruschkas Hochzeit war für den Tag geplant, an dem Katja Graf Melissimo hätte heiraten sollen. Frauen stürmten die Geschäfte. Die Männer bezogen die alten Kneipen und die Gaststätten rings um den Roten Platz. Ein endloser Menschenstrom aus dem ganzen Reich flutete in die Stadt. Petruschka, so hörte ich, segnete das Wasser der Moskwa am Dreikönigstag selbst, indem er unter den wachsamen Augen der Kleriker und der Truppen aus seiner Kleidung schlüpfte und mit dem mageren Körper in das eisige Gewässer tauchte, nachdem man ein Loch in die gefrorene Oberfläche geschlagen hatte. Alexej Dolgorukow schickte ihn zurück in das alte Russland, so als hätte es meinen Vater, seine Hoffnungen und seinen Wagemut nie gegeben. Ich wusste weder, was mit seinen Reformen geschehen sollte, noch wagte ich es, mir mein Schicksal vorzustellen. Zu Recht befürchtete ich, dass Katja in dieser Hinsicht mit ausschweifender Fantasie begabt war.

Dieser Winter war kälter als jeder andere in Russlands Erinnerung. Vögel fielen mitten im Flug erfroren vom Himmel. Der Rasen von Ismailowo war mit gefiederten, steinhart gefrorenen kleinen Körpern übersät. Die Scheiben in ihren Bleirahmen waren auch innen mit Eisblumen und kristallinen Mustern bedeckt. Frost stieg selbst von den Steinplatten auf, und Raureif lag auf den bloßen Bohlen. Alle Teppiche waren entweder gestohlen oder verkauft worden. Meine Finger wurden vor Kälte stumpf, wenn ich das Fenster aufriss und mir das Gesicht mit Schnee abrieb. Die Kälte weckte mich nicht aus meinem stets wachen Albtraum. Trostlosigkeit vereiste meine Adern und machte mich noch träger. Ich war verloren in einem ewigen, inneren russischen Winter, jenem Ungeheuer, das jeden Feind in die Knie zwang. *Ich bin deine Freundin,* flehte ich, vergeblich. Die russische Bärin kannte weder Freunde noch Familie, sie kannte nur eins: ihr eigenes Überleben.

Ich zog einen Schlussstrich unter mein Leben. Die Männer, die mich geliebt hatten, mussten den höchsten Preis für diese Sünde bezahlen. Ich sollte eine alte Jungfer werden und nie einem Kind das Leben schenken. Meine Finger tasteten flach über meinen Unterbauch, dessen Leere unerträglich schien. In kürzester Zeit sollte ich in ein Kloster abgeschoben werden, in dem mir nichts außer meinen Erinnerungen blieb. Der Gedanke an die endlosen Tage, die vor mir lagen, lähmte mich. Wenigstens hatte ich Karl August geliebt und meine Lust mit Buturlin ausgelebt.

»Du musst essen. Du musst stark bleiben«, schalt mich L'Estocq, wenn er meine unangetasteten Gerichte wegräumen ließ, schlichtes Essen wie gebackene Kartoffeln und Schmand, Sauerkraut und mit Speckschwarte gewürzter *kascha*.

Ich zuckte mit den Achseln. »Hoff nicht auf mich oder mein Schicksal! Es ist zu spät. Rette dich selbst, wenn du kannst.«

»Trink wenigstens etwas!«, beharrte er und würzte meinen Tee mit Wodka und möglicherweise einigen seiner geheimen Tropfen, da sich schon bald ein schwerer Schlaf voller Albträume einstellte. Karl August schürte meine Sinne, setzte mich aber nicht in Flammen. Stattdessen streckte Anuschka mir stumm die Brandspuren an ihren Armen entgegen. Im Feuer sah ich Buturlin mit einem stummen, zungenlosen Schrei wie ein Zinnsoldat schmelzen. Der doppelköpfige kaiserliche Adler zerfiel zu Asche, so wie es mit Molnija geschehen war. *Fluch den Romanows,* knisterte es vor Verachtung. Schluchzend und zitternd erwachte ich. Je mehr ich die Worte des *leschi* bekämpfte, desto mehr bewahrheiteten sie sich. L'Estocq ließ mich zur Ader, als ich vor Fieber brannte.

»Lass mich!«, schrie ich, rang mit ihm und seinen verfluchten Nadeln und Messern. Er aber wachte neben meiner Bettstatt und legte endlose Male seine Tarotkarten. »Steck die verfluchten Karten weg!«, flehte ich.

»Ich kann nicht. Es ist einfach zu verlockend, sein Schicksal und die Zukunft zu kennen. Wer nicht wagt, der nicht gewinnt«, erklärte er und studierte die Karten immer wieder mit gerunzelter Stirn.

»Wie geht es dem Zaren?«, fragte ich L'Estocq, als die Magd meine einzig verbliebene gute Robe für die kaiserliche Hochzeit einpackte. Petruschka war trotz allem das letzte lebende Mitglied meiner Familie, von Anuschkas jungem Sohn einmal abgesehen.

Der Arzt sog an seiner Meerschaumpfeife. »Angeblich ist er außer sich vor Langeweile. Katja befindet sich im Palast ihres Vaters. Sie wird ihn jedoch in zwei Tagen zur Parade der Regimenter begleiten, die bei ihrer Hochzeit die Straßen säumen.«

»Ich hoffe, er hält sich warm.« Dann wies er meine Zofe an. »Pack meine Mütze aus Fuchsfell, meinen Muff und meine Fäustlinge ein. Nirgends auf der Welt kann es kälter werden als in Moskau.«

56. Kapitel

Petruschka trotzte der Kälte, um die Regimenter zu inspizieren, die während seiner Winterhochzeit die Straßen säumen sollten. Er begutachtete Tausende von Männern und verbrachte vier Stunden mit dem Abschreiten der Reihen. Dann umfuhr sein Schlitten die schon zur Parade herausgeputzten Einheiten. Er stand darauf so aufrecht wie ein Lakai, schutzlos der Kälte ausgesetzt, bei der selbst die abgehärteten Moskowiter zu Hause blieben. Katja saß im Schlitten vor ihm. Ein Eisbärfell über ihrem Schoß hielt sie warm, und ein enges Mieder aus blauem Samt schmeichelte ihren blauen Augen, ebenso wie die Saphire und Diamanten in ihren Ohren. Ihr feinknochiges, schönes Gesicht wirkte hochmütiger als je zuvor. Auf dem Rückweg galoppierten zwei Dutzend Reiter in Silberlivree dem Schlitten voran, und Pagen ließen an diesem düstersten aller Mittwintertage Blütenblätter auf das Paar herabregnen. Petruschka neigte sich zu Katja und beglückwünschte sie zu ihrer Schönheit. Welch dunkle Gefühle ihn auch immer zu dieser Verlobung getrieben hatten, er war entschlossen, seine Ehe zu ehren. Katja wurde im Haus ihres Vaters sofort in eine *banja* geführt. Petruschka aber erreichte den Kreml mit bohrendem Kopfschmerz. Der Zar trank einen Grog und wurde in Pelze gewickelt, doch sein Fieber stieg. Seine Zähne schlugen aufeinander, seine Glieder zitterten, und Petruschka konnte weder stehen noch sitzen vor lähmenden Rückenschmerzen. Als nach Stunden endlich der Arzt gerufen wurde, setzten der Durchfall und das Erbrechen bereits ein.

In seinem abgedunkelten, überheizten Raum lag er im Delirium.

Als ich Ismailowo verließ, hing der Himmel über dem Schloss so tief, als wolle er Graupeln spucken. Büsche und Bäume kauerten ängstlich vor der Drohung von weiterem Schneefall. Krähen stiegen auf, und ihre rußigen Flügel standen wie Schriftzeichen am Himmel. Eine Magd schob mir im wartenden Schlitten eine heiße Kupferpfanne unter die Füße und eine zweite über die Hände unter der Felldecke. Sie knickste und weinte zum Abschied. »Gott segne Euch, Zarewna Elisabeth. Russland liebt Euch und wird es immer tun.«

Als mein Schlitten losfuhr, zeigten sich an Petruschkas jungem Körper die ersten zornig roten Pusteln. Die Pocken brauchten nur Stunden, um voll zu erblühen. Die Geschwüre platzten vor abscheulichem Eiter, ehe sie scharlachrot und schartig wurden. Er flehte halb wahnsinnig vor Juckreiz die Ärzte an, die ihm die Hände in Handschuhe steckten und die Gelenke an das Bett banden, ehe sie ihn zur Ader ließen. Das Zimmer, in dem sich die Höflinge drängten, war so heiß wie eine *banja*. Der Zar rang nach Atem, doch niemand traute sich, das Fenster zu öffnen. In Dolgorukows Palast wurde Katja in ihre Gemächer eingesperrt. Sie lief umher wie ein Tier, heulend und schreiend wie eine Wahnsinnige angesichts der Katastrophe, die ihr Leben einmal mehr zu zerstören drohte.

Niemand wagte es, sich ihr zu nähern.

Ich wusste nichts von alldem, als ich in den frühen Morgenstunden im Kreml ankam. Lieber jagte ich durch die dunkelste Nacht, als in einem schmuddeligen Gasthaus zu schlafen. Die Fackeln meines Schlittens fraßen den Weg nach Moskau bis in die frühen Morgenstunden. Ihr Pech tropfte zischend in den Schnee, und der Schein hielt Wölfe, Bären und Straßenräuber fern. Dennoch umfasste ich meine Peitsche noch fester, und L'Estocq hielt seine Pistole im Anschlag, bis wir den Roten Platz erreichten.

Der Lakai im Kreml wirkte schläfrig und halb benommen, und die Gemächer, die er mir zuwies, waren viel zu schäbig für meinen Rang. Selbst L'Estocqs Schlaftrank half mir nicht, obwohl mir die Lider vor Müdigkeit brannten. Ich vermied es, zu den Fenstern zu sehen und mich in den Scheiben aus Moskauer Glas zu spiegeln. Bald wäre ich kahl geschoren, und weder Roben noch Juwelen würden mich noch schmücken. Ich war zweiundzwanzig Jahre alt und hatte mehr als zehn Leben geführt, wenn ich meine Lieben und Leiden hochrechnete. Ich kam nicht zur Ruhe, sondern ging in dem kleinen Raum auf und ab wie ein Wolf in seinem Käfig.

L'Estocq, der verschwunden war, um Nachforschungen anzustellen, stürzte zur Tür herein und stützte sich leichenblass gegen den Tisch.

»Zarewna …« Er rang nach Atem.

»Was gibt es?«

»Der Zar liegt im Sterben.«

»Nein, das kann nicht sein.«

»Er hat die Pocken«, erwiderte er. »Angeblich handelt es sich nur noch um Stunden. Wir müssen uns beeilen. Geh und fordere den Thron deines Vaters und deiner Mutter!«

»Der Zar lebt noch?« Ich entzog dem Arzt meine Hände.

»Ja, aber wie lange noch?« An seiner Schläfe pochte eine Ader. »Wenn du nichts unternimmst, verrätst du dein Blut.«

»Ich sollte dich mit deiner Zunge in der Hand nach Versailles zurückschicken.« Ich legte mir beide Hände auf die Ohren. »Was verstehst du schon von Loyalität? Geh! Vielleicht kannst du den Zaren retten. Beeile dich, tu etwas!«

Die Flammen im Kamin warfen Schatten auf sein Gesicht. »Ich kann nicht«, sagte er, meinte aber vielmehr: *Ich will nicht.*

»Aber *ich* kann!«, rief ich und stieß ihn zur Seite. Ich flog aus meinem Zimmer hinaus auf den Korridor, wo ich eine Fackel aus dem Halter riss. Dann rannte ich, so schnell ich nur konnte, zu Petruschka, meinem einsamen kleinen Neffen. Meine Schritte hallten in den Gängen des Kreml und vertrieben die Schatten in den Ecken. Pech troff von meiner Fackel und zischte auf den eisigen Steinen. Als ich die Zimmerflucht des Zaren erreichte, hatte ich Seitenstechen. Überall standen Höflinge und versperrten mir den Weg zu Petruschkas Tür. Viele von ihnen trugen nur Nachthemden, andere waren noch angekleidet, aber alle wirkten so verwirrt und verloren wie ruderlose Boote. Sie wichen zurück, musterten mich ängstlich oder unsicher. Ich betrat das schummrig beleuchtete Krankenzimmer und kam dabei an Alexej Dolgorukow vorbei. »Sie hat unsere Bedingungen einfach zu unterzeichnen. Ohne Unterschrift gibt es keine Krone«, sagte dieser gerade zu Ostermann. Als er mich sah, stockte er.

Meine Haut prickelte.

Hatte ich recht gehört?

Ich vernahm ein leises Seufzen, das meine Aufmerksamkeit erweckte. »Petruschka!« Der Zar lag schlaff wie eine Stoffpuppe in seinem Bett, die langen Glieder kraftlos ausgestreckt. Das Kinn war ihm herabgesunken, und bei jedem schleppenden Atemzug gurgelte es in seinen Lungen, so als ertränke er in einer Flüssigkeit, ein schier unerträgliches Geräusch. Juan da Costa lag zusammengerollt wie ein Kätzchen zu Petruschkas Füßen, öffnete aber die rot geäderten Augen, als ich die schlaffen, heißen Hände des Zaren umfasste. Er bewegte sich nicht, doch seine Lider flatterten. Ich hoffte so sehr, dass er mich an seiner Seite *fühlte.* »Die Pferde«, flüsterte er. »Lass die Pferde für die Jagd vorbereiten …«

»Ja, Petruschka. Wir reiten aus, gleich morgen früh«, versicherte ich ihm, und meine Stimme erstickte in Tränen. Meine Sicht verschwamm inmitten des lauernden Wartens der Hofschranzen, des dichten Rauchs aus dem Kamin, des Parfums, der Kerzen und des Geflüsters des Geheimrates. Eine Flut, die gegen einen Damm rollte. Auf der anderen Seite von Petruschkas Bett standen nun Graf Ostermann und Alexej Dolgorukow. Ihre Gesichter waren grau vor Sorge. Vergangenheit und Zukunft hielten sich einmal mehr die Waage. Petruschkas Finger erschlafften in meinen Händen, während ich seine Handfläche koste. Der kaiserliche Siegelring hing lose, und seine Haut war trocken und rissig wie Pergament. Seine Lippen zogen sich vom Zahnfleisch zurück, als er das Gesicht verzog und mit dem Kopf zur Seite sank. Angesichts seines Leids und seiner völligen Hilflosigkeit vergaß ich meine Angst. Ich tauchte ein zerknittertes Seidentaschentuch in ein Glas mit Wasser und tupfte ihm damit den Mund ab. »Schluck, Petruschka!«, flüsterte ich. Doch meine Hand, die über seinem Mund schwebte, spürte keinen Atem mehr. Die plötzliche Ruhe war erschreckend. Die Wassertropfen rannen ihm über das Kinn. Auf dem Roten Platz schlug die Glocke am Turm Iwans des Schrecklichen drei Uhr morgens. Ich barg das Gesicht in den Händen. Als ich aufsah, begegnete ich Graf Ostermanns Blick, der sich diesmal nicht zurückhielt, seine wahren Gefühle zu zeigen: tiefe Trauer und völlige Verzweiflung.

»Der Zar hat befohlen, ein langes Leben zu führen«, sagte ich mit brüchiger Stimme die traditionellen Worte, die den Tod eines Zaren verkündeten. Ich zog mich an Petruschkas samtenem Bettvorhang auf die Füße. Das Schicksal hatte wieder einmal mit entsetzlicher Präzision gehandelt. Am Morgen seines Hochzeitstages lag Petruschka tot vor mir.

Aufgeregte Stimmen drangen durch die Weihrauchschwaden.

»Der Zar ist tot. Katja muss die Krone erben. Sie sollte herrschen. Ohne diese Krankheit wäre sie Zarin. Ich fordere den Thron für sie!«, rief Alexej Dolgorukow, schamlos wie immer.

Ostermann schnaubte. »Katja? Mach dich nicht lächerlich, Dolgorukow! Kein Tropfen königliches Blut fließt in ihren Adern. Zudem ist sie durch ihre frühere

Verlobung mit Graf Melissimo kompromittiert. Wer weiß, wie weit das zwischen den beiden ging?«

»Halt dein dreckiges Maul, sonst schlage ich dir die Zähne ein«, knurrte Dolgorukow. »Meine Familie hat Moskau gegründet. Ich stamme von Iwan dem Schrecklichen ab.«

»Doch wer weiß, von wem Katja abstammt, so hübsch, wie sie ist? Lasst uns lieber den kleinen Herzog in Holstein zum Erben machen, den Sohn der Zarewna Anna Petrowna! Er ist ein Enkel Peter des Großen«, sagte Ostermann.

»Er ist ein Deutscher und erst zwei Jahre alt. Eine lange Regentschaft ist das Letzte, was unser Land braucht«, widersprach Dolgorukow.

Ostermann blinzelte zu mir herüber, listig und nachdenklich.

»Was ist mit Jekaterina Iwanowna?«, wandte Dolgorukow ein.

»Damit ihr habgieriger Mecklenburger bei uns im Winterpalast einzieht? Er würde Russland im Handumdrehen ruinieren«, wies Ostermann den Vorschlag zurück. »Das kommt nicht infrage. Es gibt nur einen Weg nach vorn, und zwar den, den wir seit der Krankheit des Zaren besprochen haben. Lasst uns die neue Zarin ausrufen!«

Sein Blick hielt mich gefangen, und der Kopf wurde mir so leicht, als würde ich Wolken einatmen.

Meine Gedanken rasten: Wer konnte die neue Zarin sein? Niemand anders als … ich.

Der schwere Vorhang glitt mir aus den Fingern. In den letzten fünf Jahren war der russische Thron dreimal verwaist gewesen. Ich betrachtete meine nackten Finger.

Um zu überleben, hatte ich alle meine Schmuckstücke verkauft. Im Kerzenlicht schimmerte meine Haut wie Alabaster. Wie schwer der kaiserliche Siegelring an meinem Finger wohl wiegen mochte? Der Zwerg trat zu mir und schmiegte sich an mich. *Geh und fordere den Thron deines Vaters und deiner Mutter. Wenn du nichts unternimmst, verrätst du dein Blut.* L'Estocqs Worte drängten sich in meine Erinnerung.

Graf Ostermann trat auf mich zu. In diesem verhängnisvollen Moment sollten alle unsere Streitigkeiten vergessen sein. Nur die Zeit konnte beweisen, ob ich diese Ehre verdiente und ob ich wie Mutter genug beobachtet und gelernt hatte.

»Verzeihung«, flüsterte Ostermann und küsste die Hand des toten Zaren. Er flüsterte seinem ehemaligen Schüler einige Worte ins Ohr und streichelte Petruschka das verschwitzte Haar aus der marmornen Stirn. Alles Glück und alle Freude, die Petruschka in seinem kurzen Leben gekannt hatte, hatten Ostermann oder ich ihm geschenkt. Obwohl wir einander vor Abneigung kaum in die Augen sehen konnten, wollte ich ihm vergeben. Eine junge Herrscherin brauchte weisen Rat. Ostermann zog Petruschka den Siegelring vom Finger, und der Hof fiel auf die Knie. Alle warteten mit angehaltenem Atem auf die Ankündigung ihrer neuen Zarin, und ich spürte alle Blicke auf mir, prüfend und furchtsam. Als ich aufsah, lehnte L'Estocq am Türrahmen, vor Aufregung war sein Gesicht ganz blass. Hinter ihm erschien der Musiker Schwartz. Ich verstand ihre Anspannung. Hatte sich ihr ganzer Einsatz gelohnt? War das Spiel gewonnen? Ostermann schloss die kurzen Finger und entzog sämtlichen Blicken das Gold und den gewaltigen

Rubin des Ringes in seiner überraschend glatten Handfläche. Ich fühlte mich einsam, als sich die schwere Last der Verantwortung auf meine Schultern legte.

»Der Zar ist tot!«, rief Ostermann. Seine Stimme hallte in der Kammer wider, als die Glocke Iwan des Schrecklichen zu läuten begann, mächtig und eintönig. Der Winterwind trug ihren Ton hinaus in die Weite des Reiches. War Russland bereit für eine weitere Zarin? Und wenn ja, dann welches Russland? Mutter hatte den Weg für mich geebnet.

»Es lebe die Zarin!«, gellte Ostermanns Stimme.

Ich schloss die Augen, Tränen stiegen hinter meinen geschlossenen Lidern auf, und mein Atem flog. Auch die Höflinge ließen die Zarin hochleben, erschöpfte Männer, die sich aufrichteten, um sich gleich darauf wieder zu verbeugen. L'Estocq betrachtete mich mit leuchtenden Augen, Schwartz schlug ihm auf die Schulter. Ich genoss den Augenblick, und mein Herz raste. Dafür war ich geboren worden, und ich wollte mich dem Leben gewachsen zeigen.

Ostermann tauschte einen raschen Blick mit dem Fürsten Dolgorukow, der nickte. »Es lebe die Zarin!«, wiederholte er. »Es lebe Ihre Majestät, die Zarin Anna Iwanowna Romanowa, verwitwete Herzogin von Kurland, die zweite Tochter unseres geliebten Zaren Iwan des Fünften!«

57. Kapitel

Russische Berge. So nannten ausländische Gesandte eine unserer Lieblingsbeschäftigungen im Sankt Petersburger Winter. Leibeigene türmten himmelhohe Schneeberge auf die Eisfläche der Newa auf und glätteten die eine Seite zu einem steilen Abhang. Wir kletterten auf der anderen Seite nach oben, wo schon Holzschlitten bereitstanden. Leicht benommen vom Anstieg und erhitzt von der Anstrengung, rangen wir nach Atem. Wir genossen sowohl die eisige Luft als auch den Blick auf die verschneite Stadt und die belebte Oberfläche des Flusses. Überall waren Schlittschuhläufer unterwegs, und Schlitten kreuzten von einem Ufer zum anderen. Wem es an Mut mangelte, der kippte in rascher Folge mehrere Gläser Wodka hinunter, ehe sein Schlitten einen herzhaften Stoß versetzt bekam. Das Gefährt schoss nach vorn und schien zu fliegen. Jeder konnte nur hoffen, den Fuß des Abhangs lebend zu erreichen. Sobald die erste Erregung der Abfahrten verklungen war, besprenkelten die Bediensteten die Oberfläche mit Wasser, bis sie gefährlich vereiste. Jetzt ging es ums Überleben. Auf dem verführerisch glitzernden Hang verloren die Kufen jeden Halt, der Schlitten ließ sich nicht mehr beherrschen und geriet ins Schlingern. Die Schlittenlenker schrien um ihr Leben und klammerten sich an den Sitz. Alles war möglich, jede Abfahrt konnte die letzte sein.

Mein Leben hatte sich in einen einzigen russischen Berg verwandelt … ein tödlicher Rausch von ungeheurer Geschwindigkeit und ungewissem Ausgang.

»Es lebe Anna Iwanowna, Zarin aller Russen!« Ostermanns Stimme hallte noch in meinen Ohren, als sich unter den Höflingen tiefe Stille ausbreitete. Ich sah den ungläubigen Schrecken in den Augen der Umstehenden. Nur Fürst Dolgorukow lächelte schmallippig. L'Estocq war blass vor Entsetzen, während Schwartz bereits verschwunden war, sehr viel leichtfüßiger, als es bei einem Mann seiner Statur zu erwarten gewesen wäre. Kodierte er bereits seine Botschaft nach Wien, die am Fuß einer Taube befestigt wurde? Diese geflügelten Kuriere waren dazu ausgebildet, die Falken des kaiserlichen Geheimdienstes zu meiden. Ich konnte kaum atmen. Anna Iwanowna? Meine Cousine, die verspottete, verwitwete Braut, die in ihrem kargen, langweiligen Herzogtum Kurland um die kleinste Gefälligkeit betteln musste und wegen ihres Liebhabers verspottet wurde? Sie sollte Russland regieren? Anna Iwanowna? Wie bitte, sollte das möglich sein?

Ostermann hielt den kaiserlichen Siegelring hoch und starrte mich mit ausdruckslosem Blick an. *Ihr verwöhnt ihn und zerstört ihn,* hatte er mich bei Petruschkas Krönung beschuldigt. Nun gab er mir die Schuld für seinen Tod, und seine Eifersucht tat ein Übriges. Petruschka, seine einzige Liebe, war in mich vernarrt gewesen.

Für Ostermann hatte die Stunde der Abrechnung ein

Leben lang gedauert. Ich hatte Menschikow verfolgt und vertrieben, während mein wahrer Feind im Schatten auf den rechten Augenblick gelauert hatte, stets der vollkommene Staatsmann, Andrej Iwanowitsch, Graf Ostermann. Alle Kraft strömte aus mir heraus wie aus einem Sieb, als sich meine steten Begleiter, die Angst und Einsamkeit, zu mir gesellten. *Ihr wärt eine temperamentvolle Zarin, nicht wahr?*, hatte Menschikow gehöhnt. Ich hatte die Partie verloren, ohne zu ahnen, dass ich überhaupt am Spieltisch saß, denn Dolgorukow und Ostermann wollten nicht wieder hergeben, was sie in der kurzen Zeit von Petruschkas Regierung an sich gerissen hatten. Jemand zupfte an meinem kleinen Finger. Juan da Costa sah zu mir auf, das zerknautschte Gesicht voller Mitgefühl. Der kleine Mann, dessen Zorn L'Estocq ins Exil gebracht hatte, dessen Loyalität Nadja das Leben gekostet und dessen Wut Buturlin lebenslang verstümmelt hatte, zeigte mir dieses seltenste aller Gefühle. Ich legte ihm meine eisigen Finger um die Hand.

Ostermann ergriff wieder das Wort. »Der Thron ist zum dritten Mal innerhalb von fünf Jahren verwaist. Die Romanows sind im Mannesstamm erloschen. Das Reich braucht Stabilität, sein Herrscher Legitimität. Nur die reine Blutlinie zählt.« Seine Beleidigung verschlug mir den Atem. Ja, ich war unehelich geboren, illegitim. Ohne Rücksicht darauf, dass meine Eltern später geheiratet hatten. Wut siedete in mir. »Russland braucht Anna Iwanowna. Ihr Vater, Zar Iwan V., war der ältere Bruder unseres großen Zaren Peter.« Juan da Costas Finger legten sich um die meinen und mahnten mich schweigend zu Besonnenheit und Selbstbeherrschung.

»Ihre Mutter war Praskowja Fjodorowna Saltykowa,

Tochter aus einer der ältesten Familien Russlands. Die Herkunft Anna Iwanownas könnte besser nicht sein.« Ostermann genoss die Beleidigung, die er mir zufügte. Oh, wie ich seinem faltigen Gesicht noch einen Kratzer mehr hinzufügen wollte! »Seit ihrer so tragisch frühen Witwenschaft hat Anna Iwanowna ehrenwert gelebt und die Erinnerung an ihren Mann liebend aufrechterhalten.« Ihr Mann, ein gemeiner Säufer und Spieler, der nach endlosen Ausschweifungen im Schnee am eigenen Erbrochenen erstickt war! Ostermann hatte Annas Briefe stets verschwinden lassen und legte keinerlei Wert auf Birens Gesellschaft. Heuchler!

»Sie hat Kurland in den letzten zwanzig Jahren klug und milde regiert. Sie sucht Rat, wenn notwendig, und befolgt ihn«, endete Ostermann seine offensichtlich gut vorbereitete Rede. Er suchte und fand den Blick des Fürsten Dolgorukow. Mir wurde schlecht vor plötzlicher Einsicht. Anna, überwältigt vom Erstaunen über ihr unerwartetes Glück, sollte ihre willfährige Marionette sein. Sie würde alles ausführen, was sie ihr empfahlen, und schlimmer noch, alles unterschreiben, was ihr vorgelegt wurde. Russland war an die Altgläubigen verloren, der Traum meines Vaters zerstoben.

L'Estocq war von der Schwelle verschwunden, und ich war einsamer als je zuvor. Russland hatte eine neue Herrscherin, Zarin Anna I. Die Höflinge verließen das Gemach des Zaren und warfen einen letzten Blick auf Petruschkas Leichnam. Es dauerte einige Zeit, bis ich weinen konnte. Petruschka war die letzte lebendige Erinnerung an ein Glück gewesen, das ich einmal gekannt hatte. Mit ihm waren die Romanows im Mannesstamm erloschen, sein Leben war von einer eisigen Bö wie eine

Kerze ausgelöscht worden. *Eure Söhne werden bluten.* Der Fluch des *leschi* hatte sich einmal mehr bewahrheitet. In Twer hatte ich mich vergeblich geweigert, auf L'Estocq und Buturlin zu hören. Selbst hier im Kreml, vor nur wenigen Stunden, hatte ich mich L'Estocqs Drängen verweigert. Es gab mehr Möglichkeiten, mein Erbe zu ehren, als er, der sich wie eine Bordellmutter benahm, es sich vorzustellen vermochte. Ich wollte Ostermann beweisen, was es hieß, eine Zarewna und Tochter Peter des Großen zu sein. Anna Iwanownas Vater, Zar Iwan V., war so krank gewesen, dass sein Kopf nicht einmal die Tiara tragen konnte. Sein Mund hatte Speichel versprüht, und er war halb blind gewesen. Dennoch war er der ältere Halbbruder meines Vaters. Ich bekreuzigte mich mit drei Fingern. Petruschkas Haut war kalt wie Marmor, als ich ihm die starr blickenden blauen Augen schloss.

»Schlaf gut, Petruschka!«, murmelte ich. Fand er nun Frieden, vereint mit seinem ermordeten Vater und seiner Mutter, die er nie gekannt hatte?

»Ruh dich aus!«, mahnte Juan da Costa. »Du hast noch ein ganzes Leben vor dir. Wer weiß, was das Schicksal noch so vorhat mit einer so herrlichen Zarewna?« Seine freundlichen Worte überraschten mich. Katjas Racheschwur war zusammen mit Petruschka gestorben, doch die vergangenen Wochen hatten mich zutiefst erschöpft. Wenn mein Leben wie ein russischer Berg war, so hatte ich gerade den steilsten und eisigsten nur möglichen Abhang überwunden. Ich war vom Schlitten geschleudert worden und lag benommen am Boden, hatte mir aber weder Hals noch Rückgrat gebrochen. Mir fehlte dennoch sowohl die Kraft, wieder aufzustehen, als auch der Mut, meinen Blick noch einmal in Richtung des Berggipfels zu richten. Ich berührte die Ikone des Heiligen Nikolaus am Hals. Sein Gold fühlte sich kühl an.

Ich hatte nichts zu befürchten. Bei unserem letzten Treffen im Kreml waren meine Cousine Anna Iwanowna und ich beste Freundinnen gewesen, beinahe wie Schwestern. Daran hatte sich doch gewiss nichts geändert.

58. Kapitel

Hunderte Böller Salut weckten Moskau am Morgen von Petruschkas Beerdigung. Rauch würzte die frische, glasige Januarluft, als die Truppen – zehntausend Mann, die des Zaren Hochzeit hatten bewachen sollen – auf dem Roten Platz Stellung bezogen. Der lange schmale Sarg wurde zur Erzengel-Michael-Kathedrale des Kreml gebracht. Alexej Dolgorukow verstieß gegen einen weiteren Befehl meines Vaters, alle Romanows in Sankt Petersburg beisetzen zu lassen. Wollte er Anna Iwanowna zwingen, Moskau wieder zur Hauptstadt zu machen? Wie konnte Ostermann ihm das erlauben?

Die Klagen der Trauernden waren ohrenbetäubend und hallten wie Wolfsgeheul von den Kremlmauern wider. Soldaten mischten sich unter die Menge und schlugen auf alle ein, die nicht laut genug schrien. Inmitten des Chaos stand Ostermann wie ein dunkler Fels in der Brandung, sein schmaler Körper war gramgebeugt. Er hüllte den Sarg des Zaren in ein hermelingesäumtes schwarzsamtenes Tuch. Seine Hände waren unstet, die Tränen gefroren ihm auf den Wangen, und seine Lippen zitterten. Sein kleiner Petruschka sollte in der Kälte der kaiserlichen Gruft nicht frieren. Acht Generäle hoben sich den Sarg auf die Schultern, da es keine Fürsten unseres Hauses mehr gab. Unser Blut hatte sich erschöpft.

Katja stand einsam und in dunkle Schleier gehüllt. Ich wollte vergessen, was hinter uns lag. Wir waren beide Opfer, doch in dem Handel hatte sie am meisten verloren. Graf Melissimo war bereits mit einer anderen verlobt, und sie sollte nie Zarin von Russland werden. Das Schicksal hatte sie so verstümmelt, wie sie Molnija misshandelt hatte. Als ich sie umarmte, schmolz sie schluchzend dahin, ehe ihr Vater sie wegführte.

Glocken läuteten eintönig und düster, als der Erzbischof von Moskau die Prozession anführte. Mit grauem Gesicht beobachtete Ostermann, wie der schlichte Ebenholzsarg abgesenkt wurde. Anna Iwanowna durfte ich die Krone nicht missgönnen. Sie gehörte der älteren königlichen Blutlinie an, sie war von Gott auserwählt. An ihrer Wahl zu zweifeln hieße, an allem zu zweifeln, was mir heilig war. Aber ich hasste Ostermann dafür, wie er mich gedemütigt hatte. Eines Tages sollte er dafür bezahlen, schwor ich mir. Ich ballte meine Faust in dem Handschuh aus schwarzem Ziegenleder, der an mehreren Stellen geflickt war und dem zwei von sieben Knöpfen fehlten.

Nur einige Tage später wurde mir der Sinn von Dolgorukows Worten *Ohne Unterschrift keine Krone!* klar. Es ging um ein Dokument, das Annas Macht als Herrscherin stark einschränkte, hatte mir L'Estocq gesagt, als wir nach Ismailowo zurückgekehrt waren.

»Sie hat *was* unterschrieben?«, fragte ich entsetzt.

Er vermied meinen Blick. »Was täte die arme Seele nicht für einen großen Titel und ein Leben in Luxus?«

»Vorsichtig. Du sprichst von der Zarin von Russland!«, warnte ich ihn.

»Zarin nur dem Namen nach! Anna hat jegliches Recht auf Selbstbestimmung abgetreten. Sie darf weder heiraten, Krieg führen, Frieden schließen, die Rechte des Adels begrenzen noch jemanden im Rang erheben oder Ländereien und Leibeigene vergeben. Sie darf nicht einmal die Regimenter befehligen. Es ist unfassbar. *Wer die Regimenter befehligt, befehligt Russland.*«

»Was sonst noch?«

»Unklar ist, ob sie den Nachttopf allein benutzen darf«, lachte L'Estocq. Ich konnte nicht anders, als in seine Heiterkeit mit einzufallen. »Steckt Ostermann mit Dolgorukow unter einer Decke?«, fragte ich dann aber.

»Nein. Ostermann, so heißt es, ist schwer an der Gicht erkrankt. Seit der Beerdigung des Zaren hat er sein Haus nicht mehr verlassen und die Bedingungen, die Anna bei ihrer Ankunft unterzeichnen sollte, nicht abgesegnet. Es heißt, seine Hände sind gelähmt.« Die Flammen im Kamin knisterten. Holzscheite fielen in sich zusammen, und Funken stoben auf. Ich schob die Glut mit dem Eisenhaken zusammen. Seine Gichterkrankung hatte Ostermann immer gute Ausreden geboten, wenn er sich von unpopulären Maßnahmen fernhalten wollte. Ich vertraute darauf, dass er uns alle bald überraschen sollte. Anna hatte jedes kaiserliche Recht abgegeben. Wie sollte sie mit gefesselten Händen regieren? Sie löste das unsichtbare mystische Band zwischen Russland, ihrem Volk und dem Herrscher. Die Freude an ihrem neuen Rang, dem Reichtum und den Privilegien konnte dies weder entschuldigen noch erklären. Für jeden Herrscher bestand das eherne Gesetz, die Zukunft im Blick zu behalten. *Die Zukunft.* Ich zügelte meine Gedanken. An Annas Tod und ihr Erbe zu denken war Hochverrat. Wie schmerzlich, in dieser Lage weder einen Freund noch einen Liebhaber zu haben. Zumindest sollte ich bald wieder eine Familie hier haben … meine Cousine Anna Iwanowna, durch Gottes Gnade Zarin aller Russen.

Sobald der Bote aus Moskau in Kurland mit der Stirn den Boden berührt hatte, war die Zarin auch schon zur Abreise aus Kurland bereit gewesen. *Schickt mir zehntausend Rubel sowie sechs Paar der besten Zobelfelle für einen Muff und einen Schal,* wies sie Dolgorukow an, der ihr diesen Wunsch gern erfüllte. Das waren Kleinigkeiten im Vergleich zu ihrer Unterschrift, die das Zarentum für immer seiner Macht enthob. Drei Wochen nach Petruschkas Tod erreichte Anna das Dorf Wsechwatskoje vor Moskau, wo sie sich auf ihre überwältigende Aufgabe vorbereiten wollte. Indem sie ihren Geist und ihre Seele reinigte, damit sie stark war für alles, was vor ihr lag.

Anna lud mich, *ihre liebe kleine Cousine Sonnenschein,* ein, sie dort zu besuchen.

Am Morgen meines Besuches bei Anna legte ich mir die Ikone des Heiligen Nikolaus um den Hals und zog den Lederriemen nach, den ich darumgewickelt hatte. Es war einmal Annas Abschiedsgeschenk an mich gewesen, so war es nur passend, dass ich das Schmuckstück trug, um sie willkommen zu heißen. In den vergangenen fünf Jahren war mein Leben wie ein Fluss gewesen, der während des Tauwetters anschwillt und dessen Strömung einen Menschen mitreißt. Ich war gegen Felsbrocken geschleudert worden, und seine Strudel hatten mich beinahe ertränkt. Annas eigenes Leid versprach mir Kameradschaft. Unser Treffen und unser Beisammensein sollten wie eine Insel sein, wo ich im warmen, trockenen Sand liegen und Atem schöpfen konnte.

59. Kapitel

Zwei baumlange Wächter standen vor dem schlichten kleinen Landschloss, in dem Anna bis zu ihrer Krönung wohnen sollte. Es stammte wie die Anwesen in Ismailowo und Kolomenskoje aus der Zeit meines Großvaters. Der Holzbau mit seinen verbleiten kleinen Scheiben aus Moskauer Glas wirkte altmodisch. Die Zweige der Pappeln, die das Haus umstanden, bogen sich unter der Schneelast. Eine Herde edler Pferde wurde gerade zu den Ställen geführt. Sie warfen die feinen Köpfe und rollten wild mit den Augen. Auf der Veranda stand ein hoher Käfig mit zwei schwarz-weiß gefiederten Straußen. Die plumpen Vögel reckten die langen Hälse durch die Stangen. Hinter mir fuhr Dolgorukows Schlitten in den Hof ein. Ob er jemanden schickte, der Anna im Auge behalten sollte? Die Schlittenkufen zischten scharf auf dem festgetretenen Schnee. Der Bote nickte mir beleidigend kurz zu, doch ich nahm ihm den Vortritt. Niemand konnte erwarten, mit der Zarin allein zu sein, nicht einmal ihre Familie.

Dennoch wollte ich sie als Erste begrüßen.

»Zarewna Elisabeth Petrowna Romanowa«, kündigte der Kämmerer mich an. Gnadenlos fiel das Winterlicht auf die nackten Steinplatten der Halle. Man hatte vergessen, neue Teppiche aus dem Kreml herbeizuschaffen. An den wenigen Sesseln war der Lederbezug spröde geworden, und ganze Fäuste an Stroh platzten hervor. Keine Behänge schmückten die weiß getünchten Wände, und das Zimmer roch schwach nach Teer, so als hätte man in aller Eile die Deckenbalken frisch versiegelt, um Kälte und Feuchtigkeit fernzuhalten. In dem riesigen Kamin in der Ecke der Halle brannte ein einsames Feuer, doch die vielen Anwesenden heizten die Umgebung auf wie eine *banja*. Es roch schlimmer als im Wolfshaus von Ismailowo. Tiere streiften frei umher, und in einem Käfig an einem der Fenster saß ein Stachelschwein. Lachend duckte ich mich, als Vögel über meinen Kopf hinwegflatterten. Das Schwirren ihrer Flügel erfüllte die Luft. Das Glas der goldgerahmten hohen Spiegel war blind vor Nachlässigkeit und Vergessen. Kot klebte daran, und die Polster der Samtsofas waren von Krallen zerrissen worden. Nachtigallen, Rotkehlchen, Grünfinken und Goldammern rangen um Sitzplätze.

»Da bist du ja«, sagte meine Cousine Jekaterina Iwanowna und hielt ihre Tochter Christina fest umschlungen. Das zunehmende Alter zeigte die Folgen von Jekaterinas kurzer Ehe noch deutlicher. Die Elfenbeinzähne waren mittlerweile stark vergilbt, und die Narben wurden durch Falten betont. Vogelkot traf sie voll auf die Brust, und Christina biss sich auf die Lippen, um nicht laut zu lachen. Ich zwinkerte ihr zu.

»Wo ist die Zarin?«, fragte ich.

Jekaterina bewegte den Kopf mürrisch zur Ecke der Halle mit dem großen Kamin. Ich sah Annas breiten Rücken, denn sie überragte alle Anwesenden, aber zu viele Menschen umgaben sie. Es hieß abwarten. Es war wie auf einem Jahrmarkt. Ich hörte sogar einen Säugling greinen. Als ich Jekaterinas Blick bemerkte, kribbelte mir die Haut. Da trat ein großer Mann zu uns. Er hatte die Arme herzlich ausgestreckt, als wäre er der Hausherr und wir gehörten zu den ältesten und besten aller seiner Freunde.

»Biren«, lächelte ich. »Welch wunderbare Überraschung!«

Er lächelte ebenfalls. Mit seiner frischen Haut, der breiten Brust und den vollen Lippen sah er aus wie ein Kneipenwirt, mit dem zusammen man gern mehrere Gläser kippte und sich den neuesten Klatsch anhörte. Seine großen blauen Augen suchten stetig nach allem, was das Leben zu bieten hatte. »Dieses Ereignis hätte ich mir nie entgehen lassen. Im Übrigen habe ich weder deine Schönheit noch dcinen Liebreiz vergessen, Zarewna«, dröhnte er. Anna Iwanowna wandte leicht den Kopf, doch inmitten des Durcheinanders hatte sie meine Anwesenheit noch nicht zur Kenntnis genommen.

»Du hast dich auch nicht verändert, Biren«, log ich, obwohl er sein Gewicht mindestens verdoppelt hatte. »Nun ja, vielleicht ein wenig. Zum Besseren natürlich«, fügte ich hinzu und begutachtete seine feine, teure Kleidung. Stolz strich er sich die bestickte Weste glatt, deren Stoff vor Gold- und Silberlahn nur so strotzte. »Meine Garderobe wird für mich in Lyon maßgeschneidert«, prahlte er. »Von dort stammt auch alles andere.« Er spielte mit der zarten Spitze am Kragen, streckte geziert ein Bein in der seidenen hellen Kniehose aus und schwenkte die Füße in den glänzenden Lederschuhen. Sie waren meisterhaft gefertigt und hatten gewiss keinerlei Berührung mit Schnee gehabt. »Meine Schuhe allerdings stammen aus Mailand. Nur die schönsten Sohlen sollten mich nach Russland tragen.«

»Du siehst prachtvoll aus«, behauptete ich lachend, war mir aber umso deutlicher meiner bescheidenen schwarzen Robe bewusst. Wie üblich trug ich außer der Ikone als einzigem Schmuck nur einen weißen Kragen und eine helle Schärpe um die Hüften. Doch Birens Verwandlung ging tiefer. Bei Mutters Krönung hatte ich seine Anziehungskraft wie ein warmes, felliges Tier auf der Haut gespürt. Ich verstand, was er in Anna auslöste. Inzwischen war sein Charisma noch stärker geworden, so als würde ein Fluss gegen einen Damm anbranden, um ihn über alle Grenzen hinweg zu sprengen. Er gab sich wie ein Mann von Adel, ein Mann mit Macht, war jedoch so glatt wie eine Schlange, die gleich auf ihre Beute zuschnellen würde.

Was Anna in Biren sah, war ebenso klar wie die Tatsachc, dass anderc ihn fürchteten.

»Wie gut, dass du die Zarin nach Russland begleitet hast, Biren«, sagte ich.

»Ich wollte Ihre Majestät in einem Moment der Herausforderung nicht verlassen«, sagte er mit funkelnden Augen.

»Wessen Herausforderung, frage ich mich«, mischte sich Jekaterina Iwanowna ein.

»Ich heiße auch nicht mehr Biren«, sagte er, ohne Jekaterinas Einwand zur Kenntnis zu nehmen. »Mein Name ist jetzt de Biron.«

»De Biron?« Ich runzelte die Stirn. »Wie die französischen Herzöge?«

»Ja. Der Name gefiel mir. Und so habe ich beschlossen, ihre ausgestorbene Linie fortzusetzen«, strahlte er. »Ich habe auch ihr Wappen angenommen. Es ist so hübsch und farbenfroh.«

»Weshalb nicht?« Ich fühlte mich schwach. Die Bedeutung des Adels war tief in Annas Sein eingeprägt, wie ein Stempel in weiches Wachs. Dennoch erlaubte sie Biren, sich einfach eines der ältesten Namen Europas zu bedienen. *Ein einfacher Stallbursche,* wollte ich denken, aber dann wäre ich nicht besser als Jekaterina Iwanowna gewesen. Sie ließ den Liebhaber ihrer Schwester nicht aus den Augen, ihre Finger hielten Christinas schlankes Handgelenk fest umklammert.

»Ja, weshalb nicht?«, fragte plötzlich eine andere Stimme. Ich fuhr herum. Es war Feofan Prokopowitsch, der Erzbischof von Nowgorod. Seine weisen Worte hatten Vaters Träumen Flügel verliehen. Dolgorukow hatte ihn verhaften lassen, doch er lebte! Ein Wunder. »Feofan!« Beim Anblick seines schlichten schwarzen Mantels und des widerspenstig gewellten Haars, das sein faltiges, kluges Mopsgesicht umrahmte, wurde ich wieder zu dem Kind, dessen viele Fragen er stets mit Humor und Geduld beantwortet hatte. Vor Freude ergriff ich seine Hände. »Wirst du die Zarin krönen?«

»Ja. Die Zarin rief mich aus dem … wie soll ich es nennen … Ruhestand zurück.« Sein Mund lächelte, doch sein Blick war ernst. Wie war es ihm gelungen, die Peter-und-Paul-Festung mit unversehrtem Körper und klarem Geist zu überleben? Wie auch immer, hier stand er mit rosigen Wangen vor mir, und seine pummeligen Hände griffen wie stets an die *Panagia,* sein goldenes Brustkreuz.

»Wirst du nach Nowgorod zurückkehren?« Seine

Diözese war die reichste in Russland und besaß fast fünfzigtausend Dörfer mit unzähligen Leibeigenen.

»Nein. Die Zarin braucht mich an ihrer Seite. Ich bin zum Leiter ihrer Geheimpolizei berufen worden.«

»Du? Ein Mann Gottes?« Mir war unbehaglich zumute, und ich dachte an Buturlins grausame Folter.

»Im Leben, Zarewna, gibt es manchmal unvermeidliche Kompromisse«, entgegnete Feofan mit sanfter Stimme. »Zu meiner Aufgabe gehört es nun, für die Sicherheit Ihrer verwitweten Majestät zu sorgen. Sie hat genug gelitten.«

»Unsere verwitwete Majestät«, schmeckte Jekaterina Iwanowna die Worte nach. »Nun, wenn es um das Leiden geht, so bin ich auf Augenhöhe mit meiner jüngeren Schwester«, sagte sie mit bitterem Unterton. Natürlich, als älteste Tochter Zar Iwans fühlte sie sich in der Thronfolge übergangen.

»Zumindest hast du Christina«, tröstete ich sie. Die dunklen Augen meiner Nichte leuchteten auf, doch dann senkte sie den Blick rasch. Hatte sie gelernt, ihre Gefühle zu verbergen, oder hatte sie ein kaltes Herz? Ich war mir nicht sicher.

»Genauso gut kann man einem Holzscheit das Leben schenken. Meine Tochter ist eine langweilige graue Maus.« Jekaterina wollte Christina wieder zwicken, doch zu meiner Überraschung packte Anna Iwanowna ihre Schwester am Handgelenk.

»Nicht!«, befahl sie.

»Sag mir nicht, was ich zu tun und zu lassen habe! Ich bin das älteste Kind von Zar Iwan und ihre Mutter«, zischte Jekaterina.

»Und ich bin die Zarin.« Anna hob die Brauen, als

Tante Paschas ehemalige Magd, die hasenschartige Maja, zu uns trat, wie immer bemüht, die Geheimnisse der Familie zu wahren. Wegen ihrer klaffenden Oberlippe wirkte ihr Lächeln eher wie ein Zähnefletschen, doch ich grüßte sie, bevor sie vor Jekaterina und Christina knickste. Das Mädchen machte ein angewidertes Gesicht, und ich erkannte den Schmerz in Majas Blick. »Jekaterina Iwanowna, Zarin! Bitte, um Eurer Mutter willen streitet nicht!«

Auch de Biron fasste Anna am Arm. »Meine Geliebte. Du solltest dich weder aufregen noch deine charmanteste Besucherin warten lassen.«

Meine Geliebte. Feofan senkte den Blick. Jekaterina öffnete den Mund und schloss ihn wieder voller Entsetzen. Maja ergriff Christina am Ellbogen, und das Mädchen vergaß, den Arm wegzureißen. *Meine Geliebte.* Wagte de Biron es tatsächlich, Anna Iwanowna in Hörweite der Beamten und ihrer Familie so anzureden? Ein Rotkehlchen schoss an uns vorbei, und das Stachelschwein raschelte im Stroh. Annas dunkle Augen glühten wie schwelende Kohlen, ihre Haut war matt, großporig und stark geädert. Ihre Wangen hingen schlaff herab, und ihr Kinn hatte sich verdreifacht. Sie war ausladender, als Tante Pascha es je gewesen war. Ihr Busen füllte ihren Ausschnitt wie zwei frische Brotlaibe, ihre Arme drohten die Nähte ihres schönen blauen Seidenkleides zu zerreißen. Ihr Bauch drückte sich gegen die edelsteinbesetzte Korsage. Doch als sie lächelte, zeigten sich Grübchen in ihren Wangen. »Mitnichten, wenn die Zarewna Elisabeth mich zu begrüßen geruht«, sagte sie und strich sich stolz das neue rote Band vom Orden der Heiligen Katharina glatt.

Ich war ebenfalls bereits als Kind mit dem Orden ausgezeichnet worden, hatte meinen Besuch irrtümlich allerdings für informell gehalten.

Während eines Wimpernschlags nahm Anna meine Erscheinung zur Kenntnis und runzelte die Stirn. »Komm näher, Lisenka! Mein Sehvermögen ist nicht mehr so gut wie früher. De Biron hat recht. Du bist so lebendig und schön wie immer«, sagte sie, doch ihr Lächeln erreichte ihre Sauerkirschaugen nicht. »Trotz allem, was geschehen ist, Karl Augusts und auch Anuschkas Tod. Beides schreckliche Verluste. Aber nichts nimmt dir den Mut. Vielleicht bist du doch eine echte Romanow.« Ihren letzten Worten verlieh sie ein merkwürdiges Gewicht. Offenbar hatte ihr Ostermann das Gift meiner unehelichen Geburt ins Ohr geträufelt. Ich würde ihn nicht frei schalten und walten lassen, entschied ich und berührte die Ikone des Heiligen Nikolaus. »Kein Wunder. Ich habe diese Ikone immer getragen, Majestät, um mich zu schützen und mich durch dunkle Tage zu geleiten. Was auch immer passiert.«

Anna kniff die Augen zusammen. Straußenfedern wippten auf ihrem aufgetürmten dunklen Haar. Ihr schweres Stirnband war mit Saphiren und Diamanten besetzt, passende Ohrringe streiften ihre Schultern. Ihre Kehle war bedeckt mit dem zehnreihigen Perlhalsband meiner Mutter, und ein Dutzend diamantene Armbänder schmückten ihre Handgelenke so nachlässig, als wären es Flusskiesel. An ihrem Finger leuchtete stolz und karmesinrot das kaiserliche Siegel.

Anna runzelte die Stirn und berührte das kleine Amulett. »Welch hübscher Tand! Was ist das?«

60. Kapitel

Der Blick aus Annas Amselaugen war undeutbar. »Es ist das Geschenk, das du mir nach der Krönung meiner Mutter gemacht hast. Erinnerst du dich nicht? Du bist in mein Schlafzimmer gekommen, und wir haben über Alexej gesprochen.«

»Ach ja, Alexej! Dein armer Halbbruder, geboren von der wahren Frau des großen Zaren, meines Onkels. Gott segne seine arme Seele!« Die umliegenden Höflinge schluchzten pflichtschuldig. *Die wahre Frau des großen Zaren.* Beleidigte sie etwa meine Mutter, die ihr immer nur Güte und Großzügigkeit erwiesen hatte? Oder war ich Zielscheibe dieser Spitze?

»Ich kann mich beim besten Willen nicht erinnern«, wehrte sie achselzuckend ab. »Es steht dir, ein nettes kleines Stück. Es ist immer klug, die Heiligen zu ehren.« De Biron lächelte, als eine kleine Frau auf uns zutrat. Sie war reich gekleidet, aber ich bemerkte ihr pockennarbiges Gesicht, den dünnlippigen Mund und die grauen Augen, die sich flink wie die eines Frettchens umsahen. Zu meiner Überraschung reichte sie Anna einen Säugling. Ein zweites Kind spielte zu unseren Füßen. Annas Gesicht hellte sich auf. »Das sind de Birons Frau und ihre Söhne. Stell dir vor, sie stammt aus demselben deutschen Dorf wie der liebe Graf Ostermann. Eine enge Bindung!«

Der liebe Graf Ostermann. Ich musste mich in Acht nehmen. Anna hob den Jungen höher. Mit auffallend dunklem Blick griff das Kind an ihre herrliche Halskette und saugte an den Perlen. Sie ordnete sein Lätzchen, so als faltete sie etwas darunter, und strich ihm die Kleidung glatt. »Beiß nicht auf meine Perlen, Kleiner! Glaubst du etwa, sie sind falsch? Der Zarin ist vieles zuzutrauen, aber sie trägt gewiss keinen gefälschten Schmuck«, lächelte sie und reichte den Kleinen an de Birons Frau zurück. De Biron selbst küsste den älteren Jungen, der die gleichen dunklen Augen hatte wie sein kleiner Bruder, und wandte sich zur Tür. Annas Blick folgte ihm wie von einem unsichtbaren Faden gezogen. Seine dürre Frau und die Kinder schoben sich näher. Jedes persönliche Wort mit der Zarin war unmöglich.

»Wohin gehst du, Liebster?«, rief sie de Biron hinterher. »Verlass mich nicht!«

»Niemals. Ich wollte nur sehen, ob Dolgorukows Bote angekommen ist.« Er lächelte, und auch ihr Gesicht hellte sich auf.

»Ah ja, natürlich«, sagte Anna. »Verzeih mir, Lisenka! Der Staat ruft mich von dort weg, wo mein Herz verweilen möchte.«

Der Bote stand auf der Schwelle und trug ein Tablett aus gehämmerter Bronze. Ich reckte den Hals. Das blaue Band und die mit großen Diamanten gerahmte Brosche mit einem Porträt des Heiligen Andreas lagen darauf. Es war der wichtigste Orden des Reiches und stand jedem Zaren zu. Doch ihn zu vergeben oder zu tragen war eines der Rechte, das Anna mit ihrer verdammenswerten Unterschrift abgetreten hatte.

»Majestät. Der Rat sendet Euch den Andreas-Orden

als Leihgabe zum Einzug in Moskau«, erklärte der Bote. Anna musterte den Mann, und ich fühlte den Raum noch heißer, noch enger werden, als sie wie ein Mädchen kicherte. »Der Rat *leiht* mir den Orden des Heiligen Andreas? Da liegt offenkundig ein Missverständnis vor.« Sie griff nach dem Band und zog es sich über den Kopf. Der blaue Stoff verdrehte sich auf ihrem dicken Bauch, ehe sie die riesige funkelnde Brosche mit dem Heiligenbild nachlässig an der Brust feststeckte. »Los jetzt!«, lächelte sie. »Alles bestens.«

»Aber bedenkt, in welchen Umständen …«, stammelte der Bote.

Sie runzelte die Stirn. »Bitte? Umstände? Beleidigst du mich etwa? Mich, eine verwitwete Zarin? Wie könnte ich in anderen Umständen sein? Gott hat mich nicht mit Kindern gesegnet. Streu nur Salz in die Wunden!«

Der Mann fiel auf die Knie. Schwankte ihm der Kopf auf den Schultern oder lag ihm die Zunge lose in der Kehle? »Nein, nein, Majestät …«, stammelte er. Sein Kopf war so rot wie ein Herbstapfel.

»Nun denn«, entschied Anna. »Worauf warten wir noch? Ich bin bereit.«

»Bereit? Wozu, Liebste?«, fragte de Biron, trat zu ihr, und Maja schloss sich ihm an. »Ich werde die Regimenter besuchen«, kündigte Anna an und wandte sich mit ihren drei Schatten zum Gehen. »Kommt mit, de Biron!«

»Wo du bist, da will auch ich sein.« Er nickte seiner Frau zu, die die beiden kleinen Jungen mit den dunklen Augen an der Hand fasste. Wie seltsam! Sie hatte die gleichen lichtblauen Augen wie ihr Mann.

»Aber Majestät!«, wagte der Bote einzuwenden. Die

Regimenter ohne Zustimmung Dolgorukows zu besuchen verstieß ebenfalls gegen Annas Herrschaftsbeschränkungen. Maja schüttelte warnend den Kopf.

»Was gibt es noch?«, fragte Anna. »Nur der Wille meines Volkes soll mein Handeln bestimmen. Nichts anderes.«

Der Zwerg Juan da Costa – als ewig Überlebender, der er war – erhob sich von seinem Bärenfell am Kamin, schlängelte sich zwischen den Höflingen hindurch und kniete neben dem Boten nieder. Er blies die Wangen auf und ahmte die Verwirrung des Mannes nach. Anna lachte, und die Höflinge stimmten in ihre Heiterkeit mit ein. Mir aber blieb die Freude in der Kehle stecken. *Ohne Unterschrift keine Krone,* erinnerte ich mich an Alexej Dolgorukows Worte. Wer dachte, mit Ihrer verwitweten Majestät leichtes Spiel zu haben, hatte sich getäuscht. Dennoch hatte sie unterschrieben und ihr kaiserliches Wort gegeben. Wie würde sie sich von dieser Verpflichtung befreien?

De Biron wartete an der Tür. Er trug einen Umhang aus Wolfsfell, der jenem glich, den Petruschka besessen hatte. Seine Frau hüllte die Zarin derweil in einen herrlichen blauen Samtumhang, der mit Hermelin gefüttert war. Die Schneider hatten gewiss Tag und Nacht gearbeitet, um die neue Garderobe meiner Cousine anzufertigen. Schließlich zog sie Anna weiche Handschuhe aus Ziegenleder über, die sich kurz an dem schweren Siegelring verfingen. »Guten Tag allen Anwesenden«, sagte Anna, bereit zu gehen, ehe sie sich ein letztes Mal an mich wandte. »Ehe ich es vergesse, wo wohnst du nun, Lisenka?«, fragte sie.

»In Ismailowo, im Haus deiner Kindheit.«

»Nun, versprich mir, dass du ohne meine kaiserliche Erlaubnis nirgendwohin gehst. Ich will dich in meiner Nähe wissen.« Dann verließ sie hoch erhobenen Hauptes den Saal, und de Biron eilte ihr nach. Als ich mich aus meinem Knicks erhob, schwoll das Geschwätz der Höflinge an und übertönte mit seiner Kakofonie das morgendliche Geschrei meiner Papageien. Gleich darauf kam Bewegung in den Raum, und alle folgten de Birons Frau und den Kindern in kleinere und behaglichere Räume oder gingen nach Hause. Jekaterina Iwanowna und Christina schienen bereit zur Rückkehr in den Kreml.

Selbst Feofan Prokopowitsch schien sich auf den Weg zu machen und streifte mich wie aus Versehen. »Bleib in meiner Nähe, Zarewna, ich bitte dich!«, flüsterte er. »Wen sie als Cousine liebt, muss sie als Zarin hassen und fürchten.« Dann erhob er die Stimme, sodass alle ihn hören konnten. »Komm mich bald in meinem Haus in Moskau besuchen. Komm so schnell als möglich!« Sprach er als Vertrauter meiner Familie oder als gefürchteter Kopf der im gesamten Reich verhassten Geheimpolizei?

Kein Mann wird dich so enttäuschen, wie eine Frau es vermag.

Einmal mehr hatte sich die Prophezeiung des verfluchten *leschi* erfüllt. Als ich ins Freie trat, verschoben sich am Himmel die grauen Lagen, und es fiel wieder dichter Schnee. Schwere, feuchte Flocken bedeckten Bäume und Häuser. Gerade fuhr Ostermanns Schlitten in den Hof ein. Sein Diener stieg aus, eine edle Uhr deutscher Machart in den Händen. War dies ein Geschenk des Vizekanzlers an die neue Zarin? Ich zog meinen

Kragen aus Eichhörnchenfell enger um den Hals, um die Kälte abzuwehren. Zumindest war ich noch nicht so tief gefallen, dass ich Kaninchen trug. Der Himmel senkte sich noch tiefer, und es war besser, dass ich mich auf den Weg nach Ismailowo machte. Die Dauer der einsamen Fahrt würde mir Zeit zum Nachdenken gewähren.

Ich war vom Regen in die Traufe geraten.

61. Kapitel

Meine Geliebte.

Ich streckte mich auf den fadenscheinigen und mit Essens- und Getränkeresten verklebten Decken und Pelzen meines Mietschlittens aus, gerade als der große kaiserliche Schlitten durch den hohen Torbogen des Palastes glitt, dem meinen voran. Der doppelköpfige Adler prangte golden auf den Türen und unterwarf selbst die Dämmerung seinem Glanz. Die karmesinroten Samtvorhänge waren diskret zugezogen. Er gewann rasch an Fahrt, flog die verschneite Straße entlang und wurde mit der Entfernung immer kleiner. Das Läuten der silbernen Glocken am Zaumzeug der acht Pferde verklang. Ich stellte mir Anna und de Biron im Innern sitzend vor, während sie am Glühwein nippten, frische Piroggen knabberten und die Audienz besprachen, aber auch mich, Jekaterina und Dolgorukows Boten nicht ausließen. Sie flüsterten und lachten, ebenso wie Karl August und auch Buturlin und ich es getan hatten. Der eine hatte mich auf die Liebe vorbereitet, der andere war mein Geliebter gewesen. Erfüllte de Biron beides für sie? Welch ein Segen!

Ich stellte mir vor, wie Anna Iwanowna in der Regimentskaserne ankam. Die Soldaten pflegten ihre Zaren zu verehren. Hoben sie Anna auf die Schultern, überglücklich, sie zu sehen, jubelnd, singend und tanzend? Dabei bedurfte es in Annas Fall vieler starker Männer, um diese Huldigung zu bewältigen. Ein Herrscherwechsel bedeutete auch ein neues Glück und ein neues Spiel. Anna wusste, wie man mit Männern umging. Ich verbot mir jede weitere Traurigkeit und alle Träumereien. Ich brauchte meine ganze Kraft, um zu überleben.

Der Kutscher, der vom Scheitel bis zur Sohle wie ein gedungener, verflohter und stinkender Schläger, Räuber und Vergewaltiger aussah, schob sich den Kautabak unter die Oberlippe und schlug meinen Wagenschlag zu. Ehe er auf den Kutschbock stieg, spuckte er aus, und der kirschfarbene Speichel spritzte blutrot und besudelte den frischen Schnee. Mir drehte sich der Magen um, dann aber sah ich neue Flocken, die den Fleck zudeckten.

»Lass uns fahren!«, befahl ich. Die Peitsche des Kutschers knallte in der Luft. Wenn er sich beeilte, war ich zum Nachtmahl in Ismailowo. L'Estocq erwartete mich dort, aber jeder seiner Blicke war eine stumme Anklage. *Wenn du mir damals nur erlaubt hättest, Petruschka zur Ader zu lassen.* Doch das wollte ich weder damals noch hätte ich der Behandlung heute zugestimmt. Verflucht sollte derjenige sein, der dem Schicksal Vorschriften machen wollte. Als die beiden hintereinandergespannten Ponys mit einem Ruck anzogen, ließ ich die Vorhänge vor dem Fenster fallen. Der Schmerz bohrte sich in mich wie eine Schraube in weiches Holz. *Meine Geliebte.* Ich presste die Hände flach gegen die Schläfen. Welcher Segen, dieses Leben mit jemandem zu teilen. Es erleichterte alle Last und verdoppelte jede Freude. Mein Schlitten war Teil der gefrorenen Landschaft, als ich an die Worte dachte, mit denen de Biron mich begrüßt hatte. *Im Übrigen habe ich weder deine Schönheit noch deinen Liebreiz vergessen.* Ja, doch waren alle Gaben verschwendet, mit denen Gott mich beschenkt hatte.

Meine Geliebte. Sollte dies ein Mann jemals wieder zu mir sagen, mein Lachen und meine Tränen teilen? Mir Rat anbieten, wenn nötig, weise schweigen und abwarten, wenn es richtig war? Meine Hand glitt zu meinem flachen Leib, dessen beharrliche Leere mich mit Schmerz erfüllte. Ich würde nie Leben schenken, während Anuschkas Sohn als Fremder in Holstein aufwuchs. Ich konnte nicht anders und hob noch einmal den Vorhang des Schlittens. Die Kälte ohrfeigte mich, und mir brannten die Wangen. Eisige Klumpen und Kies stoben von den Pferdehufen und den Schlittenkufen auf. Ich duckte mich, um nicht davon getroffen zu werden. Allzu leicht konnte mir ein Auge ausgeschlagen werden. Dennoch reckte ich den Hals. Die Straße schlängelte sich dem Horizont entgegen, wo der Himmel gerade in einem Schneesturm zerbarst. Ich konnte nicht feststellen, wo wir waren. Sollte ich Ismailowo je erreichen? Die Einsamkeit stürzte sich auf mich wie ein Wolf im Winter auf einen einsam Reisenden. Ich sank zurück in die stinkenden, abgenutzten Kissen. Die Hufe der Pferde schlugen auf die stahlhart gefrorene Erde. Auch der Kutscher wollte vor Einbruch der Nacht zu seiner Hütte zurückkehren, wo sein Weib mit der Abendsuppe wartete. Das Schlimmste war weder, dass ich der Gnade der Zarin Anna ausgeliefert war, noch dass ich wegen meiner unehelichen Geburt in der Thronfolge übergangen worden war. Das Schlimmste waren diese beide Worte, die ich wahrscheinlich nie wieder hören würde. *Meine Geliebte.*

62. Kapitel

Habt Ihr es schon gehört?

Diese Worte beherrschten unser Leben nach Annas Ankunft. Der Klatsch brachte die Luft zum Knistern, als ob ein Blitz eingeschlagen hätte.

Habt Ihr es schon gehört? Die Zarin hat de Biron zum Großkammerherrn und Grafen des Kaiserreiches ernannt. Seine Familie wird im Kreml in ein Appartement ziehen. Die Zarin fällt keine Entscheidung ohne ihn, und er ist auf Schritt und Tritt an ihrer Seite. Russland wird unter ein deutsches Joch gezwungen. Seine Knechtschaft, eine regelrechte Bironowschtschina, drückt er uns auf.

Habt Ihr es schon gehört? Die Zarin wird weder im Kreml noch in Sankt Petersburg leben, sondern einen neuen Palast bauen. Geplant sind zwei, nein, drei, nein, vierhundert Zimmer. Oder sind es doch fünfhundert? Er wird Annenhof heißen, ein guter Name.

Habt Ihr es schon gehört? Die Zarin hat allen Versprechungen zum Trotz die Regimenter sowie die kaiserliche Kavallerie besucht. Sie ist ihr Oberst geworden. Die Soldaten warfen sich ihr zu Füßen, und sie bot ihnen mit eigener Hand zu trinken an.

Habt Ihr es schon gehört? Die Krönung wird alles je Dagewesene übertreffen. Alle, die für Petruschkas

Hochzeit nach Moskau gekommen waren, mussten für das Fest verweilen. Es gibt präzise Anordnungen, was Kleidung, Livreen und Uniformen betrifft. Um die Kosten dafür zu tragen, kann man die eigenen Ländereien und Häuser verpfänden.

Habt Ihr es schon gehört? Die Zarin trifft vor ihrem Einritt nach Moskau nun endlich auf Dolgorukow. Sie wird seine Bedingungen nun auch förmlich unterschreiben. Das ist das Ende des absoluten Zarentums!

Habt Ihr es schon gehört? Ostermanns rechte Hand ist wie durch ein Wunder von der Gicht geheilt. Er wird Dolgorukow gemeinsam mit der Zarin treffen.

Ostermann hatte sich erholt? Da horchte ich auf. Die Zusammenkunft, bei der die absolute Zarenherrschaft in Russland beendet werden sollte, wurde auf den 25. Februar 1730 angesetzt.

Doch in Russland dient alles Planen der Menschen nur der Erheiterung des Schicksals.

63. Kapitel

»Graf Ostermann, du bist wie immer gerade zur rechten Zeit gesundet!« Ich wartete vor dem Thronsaal des Kreml auf Annas Ankunft. Ostermann neigte den Kopf so knapp, wie es ihm nur möglich war. Er sah blass aus und stützte sich auf einen Stock. War er wahrhaftig krank gewesen? Ich traute dem alten Schauspieler zu, sich wenn nötig sogar an der Schminkdose seiner Frau zu vergreifen. Damit ich auf ihn hinuntersehen konnte, richtete ich mich auf.

»Der richtige Zeitpunkt ist in der Tat entscheidend, Zarewna«, sagte er, als spräche er mit einem zurückgebliebenen Kind. Sosehr ich ihn hasste, nahm ich doch jedes Wort aufmerksam zur Kenntnis. Von Ostermann konnte jeder, Mann wie Frau, nur lernen.

»Wen werden wir treffen?«, fragte ich.

»Nun, die Zarin und ich, *wir* treffen jemanden, der die Macht der Zarin beschneiden will. Dolgorukow ist in der Tat ein Mann der Überraschungen«, erklärte Ostermann und ließ den Blick träge über die Menge schweifen. »Er fragte mich um Rat, welche neue Regierungsform für Russland am besten geeignet sei.«

»Er hat dich gefragt, obwohl du alles dem großen Zaren zu verdanken hast, meinem Vater, dem absoluten Herrscher aller Russen?«, fragte ich mit unschuldiger Stimme.

Er senkte wie immer den trägen Blick, der seinen raschen Geist meisterhaft verbarg. »Ja. Erstaunlich, nicht wahr? Dolgorukow fragte sich, ob wir dem britischen oder schwedischen Modell folgen sollten.« Ich kannte den Unterschied zwischen beiden nicht, doch Ostermann redete bereits weiter. »Der schwedische Herrscher ist nur eine Marionette. Und was Großbritannien betrifft… kann man sich hier ein Parlament vorstellen, in dem das russische Volk wirklich etwas zu sagen hat?« Er lachte kurz über den guten Witz, und selbst ich musste schmunzeln. »Am Hof herrschen Lügen, Intrigen, Ehrgeiz und Eigennutz. Aber niemals – *niemals,* Zarewna! – darf das russische Volk aus seiner Betäubung erwachen. Es fräße sich selbst die Gliedmaßen ab.«

»Denkt Alexej Dolgorukow genauso?«

»Das bezweifle ich«, erwiderte Ostermann dunkel.

»Sehen wir, was der Tag bringt«, meinte ich, ohne Ostermann aus den Augen zu lassen. Wenn irgendwo eine Schlinge baumelte, so wäre sein Kopf gewiss nicht darin gefangen. Ich dachte an de Birons Ehefrau, die aus dem gleichen deutschen Dorf stammte wie er. Ich dachte an Anna, die vorsichtig das Lätzchen von de Birons Säugling glatt strich und daran zupfte, so als verbärge sich ein Brief darunter. Ich dachte an seinen Diener, der der neuen Zarin ein wertvolles Geschenk überreichte, eine Uhr mit großem Gehäuse, in dem sich eine verschlüsselte Nachricht verstecken ließ. Hatte Dolgorukow gedacht, er könne Anna von Ostermann abschotten? Der war wie Schmutzwasser, das immer wieder durch die kleinsten Ritzen sickert, erst als Rinnsal, dann als Flut, die unermesslich mehr Schaden anrichtet, als ein loderndes Feuer es jemals könnte.

»Wer nur sieht, was ihm gezeigt wird, und wer nur hört, was gesagt wird, der wird nie die Wahrheit erfahren«, fügte ich noch hinzu.

Ostermann musterte mich unwillig, aber auch so überrascht wie eine Eidechse, die gerade eine saftige Fliege verfehlt hat.

Die Luft im Thronsaal knisterte vor Spannung. Seit Petruschkas Tod wirkten die unterschiedlichsten Kräfte in der Öffentlichkeit oder im Geheimen. Dennoch, Gefühle wurden sorgfältig verborgen, Gedanken hochnotpeinlich im Zaum gehalten, und die Gesichter blieben glatt und ausdruckslos.

Ich überquerte den langen roten Teppich, der zu Annas Thron führte. Dahinter hatte man drei niedrige Stühle aus vergoldetem Holz und mit roter Samtpolsterung aufgestellt. Jekaterina Iwanowna saß bereits. Sie sah aus, als hätte sie eine Flasche Essig zum Frühstück genossen, ganz für sich allein. Ihre Tochter Christina verknotete die Finger im Schoß und ließ die dürren Schultern hängen. In den Korridoren des Kreml waren Trommelwirbel und Trompeten zu hören. Stille senkte sich über die Halle. Alle erwarteten, dass Anna und ihre Damen anmutig hereinschwebten, unschuldig wie Seerosen und genau wie jene Pflanzen jeder Strömung hilflos ausgeliefert. Stattdessen hallten die Schritte Hunderter Stiefel von den gewölbten hohen Decken wider. Die Männer des Preobraschenski-Regiments marschierten in die Halle ein und waren mit den dunkelgrünen langen Jacken, den ledernen hellen Reithosen und den blank polierten oberschenkelhohen Stiefeln prachtvoll anzusehen. Ihre Gesichter wirkten grimmig, während

Dolgorukow überrascht zusammenzuckte, so als ob eine Wildkatze sich der Peitsche eines Tierzähmers gegenübersieht. Die Soldaten nahmen auf der einen Seite des Throns Aufstellung, als sich dem Thronsaal feierlicher Gesang näherte. Was kam nun? Die Höflinge bekreuzigten sich mit drei Fingern und knieten nieder, als Feofan Prokopowitsch, gefolgt von anderen Würdenträgern der Kirche, den Thronsaal betrat. Die Geistlichen bezogen an der anderen Seite des Throns Stellung. Nun wurde Annas Thron von Kirche und Militär gerahmt, eine Erinnerung an die Macht von Himmel und Erde, die die Zarin repräsentierte. Rotwangige Hofknaben schwenkten vergoldete Räuchergefäße, aus denen Schwaden von Myrrhe und Weihrauch einen moschusartigen Duft verbreiteten.

Erst dann trat Anna ein und schritt durch die plötzliche unheimliche Stille. Sie war mit den Kronjuwelen geschmückt. Eine Kokoschniktiara aus Diamanten und Smaragden passte zu ihren Ohrringen, die bis zu den Schultern reichten. Ihr Collier breitete sich sternförmig aus und füllte den Ausschnitt der Robe aus Silberdamast aus. Als sie an Dolgorukow und Ostermann vorbeikam, hielt sie inne und musterte die beiden nachdenklich, einen nach dem anderen. Dachte sie über eine Belohnung oder Bestrafung nach? Dolgorukow verbeugte sich eilig, Ostermann aber blieb stocksteif stehen, die Lider wie eine Kapuze über die Augen gezogen, das Gesicht verschlossen. Er war aufmerksamer denn je.

Anna nahm auf dem Thron Platz, und ihre Hofdamen ordneten ihr die senffarbene Samtschleppe, deren eingestickte Diamanten das Licht der Lüster einfingen. Alexej Dolgorukow trat vor, seine Liste mit den Bedingungen bereits in der einen Hand, eine tintentropfende Feder unterschriftsbereit in der anderen.

»Ja, Fürst?«, fragte Anna. Als er aber zum Sprechen anheben wollte, verbot sie ihm mit einem knappen Wink das Wort. »Nicht du, Dolgorukow. Ich meine Fürst Tscherkasski.« Alexej Dolgorukow fuhr herum. Dies war nicht geplant gewesen. »Tscherkasski? Aber warum?«, wagte er zu widersprechen.

Anna furchte die buschigen schwarzen Brauen, doch Tscherkasski trat bereits in die Mitte der Halle. Er war ein kleiner Mann, eher breit als hoch, und sein Kopf, der sich leicht zur linken Schulter neigte, schien zu groß für den Hals. Er trug hohe Absätze, um größer auszusehen, eine überflüssige List, denn niemand war reicher als die Tscherkasskis.

»Fürst Tscherkasski. Ich erinnere mich zu gern an deinen Besuch bei mir in Kurland vor einigen Jahren. Was hast du zu sagen, mein alter Freund?«, fragte Anna, doch Dolgorukow wollte nicht so schnell aufgeben. »Mit welchem Recht ...?«

Anna musterte ihn mit gespielter Überraschung, als Tscherkasski losdonnerte. »Ich habe das gleiche Recht, Ihre Majestät zu beraten wie Ihr. Eure vertrackten Bedingungen werdet Ihr der Zarin nicht einfach aufdrängen. Ihr habt weder den Adel noch die Armee oder die Kirche um Rat gefragt.« Scheinbar fassungslos blickte Anna von einem zum anderen. Dann stand sie auf und legte beide Hände auf die Armlehnen ihres Thrones. Ostermann ließ sie nicht aus dem Blick, so als wäre er ein Puppenspieler, der sie an unsichtbaren Fäden führte.

»Was sagst du da, Tscherkasski?«, fragte sie empört.

Der verneigte sich. »Majestät, draußen auf dem Roten Platz haben sich achthundert russische Adlige versammelt. Sie flehen dich an, diese Bedingungen nicht zu unterzeichnen. Sie werden dir schaden – und damit Russland.«

»Achthundert Adlige? Wie kann das sein? Wenden sie sich etwa gegen die Stimme meines Volkes? Ihr allein gehorche ich.«

»Die Stimme deines Volkes? Mitnichten!«, spuckte Tscherkasski aus.

Anna wandte sich an Dolgorukow, und ihre Augen waren vor Staunen weit geöffnet. »Heißt das etwa, dass die Bedingungen, die du mir nach Mitau geschickt habt, nicht dem Wunsch aller Russen entsprechen?« Sie war großartig anzusehen, hochgewachsen wie ein Mann und durch und durch eine Zarin in ihrem samtenen Hermelinmantel. Das blaue Band des Andreas-Ordens über ihrem mächtigen Busen hob und senkte sich mit jedem Atemzug. Die Edelsteine glitzerten. Feofan bekreuzigte sich wie entsetzt, und die Regimenter höhnten. Wie auf ein geheimes Zeichen hin fluteten nun die vorher auf dem Roten Platz wartenden Adligen die Thronhalle.

»Sind diese Bedingungen nun der Wille meines Volkes?«, rief Anna über die Aufregung hinweg. »Ja oder nein?«

»Sie waren es nicht, Majestät, und sie werden es niemals sein!«, schrie Tscherkasski, während Dolgorukow stumm, fassungslos und mit hängenden Schultern dastand. Da erklang ein tiefer bronzener Ton. Die Glocke am Turm Iwans des Schrecklichen schlug mahnend. Die Soldaten brüllten, und die Höflinge stürmten den Thron. Alle fielen auf die Knie und versicherten Anna, dass sie sowieso niemals an diese Bedingungen geglaubt hatten, die ihre Macht einschränken sollten.

»Ruhe!« Annas Zorn erinnerte mich an Tante Pascha, die einen Mann bei lebendigem Leib in seiner Zelle verbrennen ließ, als er sie als Altgläubige verleumdet hatte. Wie hatte Juan da Costa sie genannt? *Anna Iwanowna die Schreckliche.* »Alexej Dolgorukow, hast du mich angelogen?«, fragte sie, während Tscherkasski eine eigene Petition aus der Weste zog. »Meine Zarin, unterschreib stattdessen nur eines, nämlich das Versprechen, unsere absolute Monarchin zu sein, deren Wille und Weisheit von Gott kommt.«

»Majestät«, wagte Dolgorukow noch einmal zu flehen, »triff keine vorschnellen Entscheidungen!« Er umklammerte noch immer die Feder mit den Tröpfchen dickflüssiger dunkler Tinte. Sie verunzierte die Steinplatten der Halle, die glatt getreten waren von zahllosen Schritten.

Anna zögerte, doch Jekaterina Iwanowna sprang auf. Christina fasste nach meiner Hand. Maja beobachtete die Schwestern Iwanowna, doch sie kannte sie viel zu lange, um noch von irgendetwas überrascht zu werden. »Was ist das für ein Gerede von vorschnellen Entscheidungen? Warum sollte meine Schwester über eine so einfache Angelegenheit noch nachdenken? Sicherlich ist es besser, das gleich zu regeln. Aus und vorbei!«, rief Jekaterina und riss Tscherkasskis Papier an sich. Anna unterzeichnete es gleich darauf. Ostermann streute Sand über das Papier und ihre Signatur. Rotes Wachs tropfte heiß, und die Männer wichen entsetzt vor der Zarin zurück, bereit, im Geheimen einen neuen Plan zu schmieden. Doch nachdem Anna den kaiserlichen

Schriftzug unter die Petition gesetzt hatte, blickte sie auf. »Ich lasse zum Nachtmahl bitten. Jetzt!«, befahl sie. Dolgorukows Spiel war aus. Es gab keine weiteren geheimen Beratungen und keine Verschwörungen mehr. Zarin Anna herrschte so absolut, wie die Zaren immer geherrscht hatten. Jekaterina Iwanowna, Christina und ich verließen den Saal, folgten den Hofdamen, die Annas schwere Schleppe trugen. Dolgorukow verneigte sich tief. Seine Verzweiflung war spürbar, und als er sich aufrichtete, dämmerte ein schreckliches Verstehen in seinen Augen.

Am selben Abend zeigten sich seltsame Lichter am dunklen Himmel über der Stadt. Sie rissen die Moskauer Nacht in Stücke und kreuzten das Firmament als farbige Blitze von leuchtendem Flussgrün bis zum reichsten Purpur und Zinnoberrot.

Der Horizont sah aus, als wäre er in Blut getaucht.

64. Kapitel

Die Stimme des Mädchens drang schrill durch die Tür zum Schlafzimmer der Zarin. »Als die Räuber das Schloss stürmten, fanden sie die schöne junge Herzogin allein und hilflos auf ihrem Fensterplatz ...«

Anna klatschte entzückt in die Hände. »Langsam, langsam! Das ist meine Lieblingsstelle.«

»Bitte, Eure Majestät! Ich bin so müde. Seit Sonnenaufgang habe ich Geschichten erzählt.«

»Müde? Das werden wir gleich sehen!« Ich hörte das Klatschen einer Ohrfeige und dann ein gedämpftes Schluchzen. Maja zuckte mit den Achseln und wandte den Blick ab, sodass ich schwieg. Jedes meiner Worte und jede meiner Reaktionen wurden Anna gemeldet. Sie hatte erst vor zwei Monaten die Macht in Russland und über uns alle ergriffen, doch ich war bereits vollkommen erschöpft von der steten Anspannung, in der ich lebte.

»Lehn dich gegen den Wandschirm, Mädchen! Juan da Costa, verdeck sie, damit ich sie nicht sehen muss! Sonst werden ihre Hände wegen Beleidigung der Zarin abgehackt, und das wollen wir doch nicht, oder?« Annas seidiger Ton verschleierte kaum den Schrecken ihrer Drohung. »Als die Räuber das Schloss betraten ...«, fuhr das Mädchen mit schriller Stimme fort.

»Willkommen, Zarewna!«, lispelte Maja. »Die Zarin

probiert gerade Roben und Schmuck für ihre Krönung an.«

»Danke, Maja. Welch ein Glück für die Zarin, eine so treue Dienerin wie dich zu haben.« Sie wurde rot und war nicht in der Lage, ein geschmeicheltes Lächeln zu unterdrücken. »Ich danke Euch noch immer für Eure Großzügigkeit in Zeiten der Not. Ihr seid die Tochter Eurer Mutter, Zarewna.«

»Es war mir eine Freude, die Erinnerung an Tante Pascha zu ehren.«

»Nicht jede dachte so«, erwiderte sie.

Annas Zimmer waren so düster wie ein Lagerraum. Ein merkwürdiger Geruch hing in der Luft. Es roch nach Fleisch, Schweiß, Wodka und einer Note, die ich nicht benennen konnte, die aber kühler Asche glich. Der Raum sah aus, als ob ein Kanonenböller Annas Kleiderschrank getroffen hatte. Gewänder lagen gestapelt auf Röcken, Korsagen, Spitzenkragen und Umhängen. Samt-, Fell- und Wollmäntel waren achtlos zu Boden geschleudert worden, Strümpfe und Unterhemden häuften sich auf dem Bett, den Stühlen, auf Sofas und Hockern. Ein Seidenstrumpf hing sogar an dem Paravent, wo die Geschichtenerzählerin stand. Sie wirkte vollkommen übermüdet, und Juan da Costa turnte um sie herum, eine alberne Kapriole nach der anderen schlagend. Als er mich sah, hielt er inne. »Schau!«, rief er. »Wie wunderbar, die liebliche Lisenka besucht unsere zauberhafte Zarin.« Seine Stimme klang so silbern wie die Glocken an seinen Knöcheln und Handgelenken. Er zwinkerte mir zu, ganz so wie ein alter Freund, von denen ich keine mehr hatte.

»Halt den Mund!«, keifte Anna und beäugte mich, meine um den Kopf geschlungenen dicken blonden Zöpfe, den schmalen Schnitt meiner polnischen Jacke, die mir bis zu den Knien reichte, die enge Reithose, die meine runden Hüften und langen Beine ebenso betonte wie meine schlammbespritzten Reitstiefel.

»Weshalb kommst du schon wieder als Mann gekleidet?«, fragte Anna und ballte die Fäuste in den Taschen ihres blauen Morgenmantels. Sie trug ihn offen und war nackt darunter, ein verstörender Anblick. Ihre Brüste hingen herab, und ihre Brustwarzen waren groß, rosarot und absurd lang gezogen, beinahe wie die Zitzen einer Sau. Kreuz und quer über ihren Bauch zogen sich narbenartige weiße Streifen, so als wäre sie einem wilden Tier in die Klauen gefallen. »Der Maskenball findet erst nach der Krönung statt.« Sie winkte mich näher heran. Jeder Instinkt riet mir zur Flucht, doch ich gehorchte.

»Sieh doch nur!«, lächelte sie. Neben ihrem Bett stand eine Schatulle, die mit Ketten wie mit einem Spinnennetz umwunden war. Anna angelte nach dem Schlüssel, der an einer dünnen Halskette zwischen ihren Brüsten hing. »Es wird dir vielleicht bekannt vorkommen«, sagte sie und versetzte dem Zwerg einen raschen Tritt, als er uns zu nahe kam. »Weg, du Kreatur! Das ist nichts für deine Augen. Und du, halt den Mund!«, fuhr sie die Erzählerin an, die nach Luft rang.

»Öffne die Vorhänge, Lisenka! Wir brauchen mehr Licht.«

Am Fenster suchte ich zwischen den dick gefütterten Vorhängen nach dem Band, um sie aufzuziehen, fühlte stattdessen aber ein langes, kaltes Metallrohr. »Was ist das?«, fragte ich und fuhr zurück. Auf der Fensterbank war ein Gewehr in Stellung gebracht worden, das auf den Roten Platz zielte. Leere Patronenhülsen rollten auf meine Füße zu. Das erklärte den seltsamen Geruch im Raum. Es war Schießpulver.

»Meine Waffe«, erklärte Anna.

»Was hast du damit vor?«

»Nun, ich schieße natürlich, Dummchen«

»Aus dem Fenster des Kreml? Auf den Roten Platz?«

»Ja.«

»Aber wer oder was ist dein Ziel?«

»Wer immer dort gerade entlanggeht. Die Leute tun also gut daran, sich zu beeilen. Ich will niemanden wirklich treffen, aber manchmal passiert es eben doch«, gluckste sie. »Also los! Öffne die Vorhänge! Nicht trödeln, Lisenka!«

Ich gehorchte. Es war Mitte April. Der Himmel war von einem dichten, reinen Blau und kündigte das Tauwetter an. Die Stunden des Lichts wurden länger, bis sie sich auch die Nacht zu eigen machten. Russen aus dem ganzen Reich waren in Moskau, um Annas Krönung beizuwohnen. Dennoch, der Rote Platz, der sonst zu jeder Stunde belebt war, wirkte wie leer gefegt. Stattdessen drückten sich die Menschen an den Wänden unterhalb der Arkaden an den umliegenden Häusern entlang und schienen Deckung zu suchen. Offenkundig hatte sich Annas Zeitvertreib herumgesprochen. Ich umfasste meine Ikone des Heiligen Nikolaus, ehe ich mich umwandte. »Ist es so besser?« Das helle Licht durchflutete den Raum und zeigte das volle Ausmaß von Annas Unordnung.

»Viel besser.« Anna ließ die Schatulle aufschnappen, und ich erblickte die prachtvolle Krone meiner Mutter, für welche Vater nur sieben Jahre zuvor eine Million

Rubel bezahlt hatte. Es schien eine Ewigkeit und mehrere Leben her zu sein.

»Ich hatte vergessen, wie schön sie ist«, sagte ich mit rauer Stimme.

»Tatsächlich? Ja, ein schönes Stück. Allerdings habe ich meinem Juwelier, dem Juden Liebman, fünfundvierzigtausend Rubel bezahlt, um sie noch zu verbessern.« Sie deutete auf einen Rubin von der Größe eines Taubeneis, der oben auf der Krone leuchtete. »Dieser Stein stammt aus China. Dem Hermelinband hier unten hat Liebman noch achtundzwanzig neue Diamanten hinzugefügt, die größten, die jemals in meinen sibirischen Minen gefunden wurden. Die anderen zweitausend Steine stammen aus meinem ganzen Reich. Nun schmücken sie die Krone Russlands.«

Meine Minen. Mein Reich. Anna wirkte wie ein Kind, das sich heimlich Süßigkeiten in die Taschen stopft, türkischen Honig und persische Baklava. Ich wollte nicht so denken, denn eine Krone war zur Weitergabe bestimmt.

»Die Krönung wird ein Fest, wie es Russland noch nicht erlebt hat«, sagte Anna verträumt.

»Leider werde ich es verpassen«, sagte ich. »Mit deiner Erlaubnis natürlich.«

»Wie bitte?« Sie drehte sich um. »Davon habe ich noch gar nichts gehört.«

»Ich bin gekommen, um dich um Erlaubnis für meine Pilgerreise ins Kloster zu bitten. Sie war seit Monaten geplant, schon lange vor Petruschkas Verlobung. Die Äbtissin Agatha war eine Freundin meiner Mutter. Natürlich hatte ich keine Ahnung, welche Wendung unser aller Leben nehmen sollte.«

»In Russland weiß man nie, was der Morgen bringt«, warf Maja ein, doch ich ließ Anna nicht aus den Augen. Meine Seele ertrank, und ich brauchte die Pilgerreise wie eine Schiffbrüchige eine Planke. »Bitte, erlaub mir zu gehen! Ich brauche die Ruhe des Klosters, um wieder zu mir zu finden und um dir dienen zu können«, flehte ich. »Zu viel ist geschehen in den letzten Monaten. Petruschka war der letzte männliche Romanow. Ich trauere noch immer tief um ihn.«

»Es stimmt. Es gibt nur noch wenige von uns, Lisenka. Und alles Frauen! Lass uns einander nahe sein und vertrauen. Doch wer weiß? Vielleicht magst du die Stille des Klosters so sehr, dass du für immer dort bleiben willst. Was denkst du, Maja?« Anna wandte sich an ihre Zofe.

»Lasst uns nichts übereilen! Das war der Rat, den Eure Mutter, die Zarin Praskowja, mir immer gab«, erwiderte Maja.

»Wir werden dich vermissen, liebe Cousine. Aber da du nur eine unehelich geborene Zarewna bist, macht es keinen großen Unterschied, ob du anwesend bist oder nicht. Ewdokia, Alexejs Mutter und erste und wahre Frau deines Vaters, wird an der Krönung teilnehmen. Was hat sie nicht alles erlitten! Meine Schwester Jekaterina und meine geliebte Nichte Christina werden meine Hofdamen sein.«

Eine unehelich geborene Zarewna. Meine Linie der Familie wurde langsam aber sicher ihrer Legitimität beraubt. Wir sollten der Vergessenheit anheimfallen.

»Wann willst du reiten?«, fragte Anna. Sie schien ungeduldig, weiter in ihren Kleidern wühlen zu können, so zufrieden wie ein Maulwurf in weicher Frühlingserde.

»Sofort. L'Estocq wartet mit unseren Pferden an der Roten Treppe auf mich.«

»Der Mann, der im Lohn von Versailles steht«, seufzte Anna. »Nun, in der Not frisst der Teufel Fliegen. Lass dich nicht aufhalten! Hier gibt es viel zu erledigen.«

Welches Übel wollte Anna eigentlich zuerst ausrotten? »Wirst du dem Volk in seiner Hungersnot helfen?«, wagte ich zu fragen. »Angeblich sperren die Leute ihre Kinder ein, damit sie nicht gestohlen und gegessen werden. Niemand, der bei klarem Verstand ist, reist unbegleitet, und die Leute backen Kuchen aus Sägemehl und kauen auf Lederriemen.«

»Hungersnot? Wovon sprichst du?« Anna drohte mir mit der geballten Faust. »In meinem Russland gibt es keine Hungersnot. Noch nie und niemals. Ist das klar?«

»Natürlich.« Ein Problem abzustreiten war sicher auch eine Möglichkeit, es zu lösen. »Was ist mit dem Streit um den polnischen Thron, der dich in Atem hält? Wirst du an dem Krieg um die Erbfolge teilnehmen? Stehen russische Truppen im Feld?«

»Oh Gott, die polnische Erbfolge! Du bist schon so langweilig wie Ostermann. Er redet von nichts anderem und will den Thron für den dicken Kurfürsten von Sachsen haben. Die Franzosen dagegen plädieren für den Schwiegervater ihrer Königin, Stanislaus Leszczyiński.« Sie warf mir einen gemeinen Blick zu. »Ach ja, mit den Leszczyińskis hast du ja auch ein Hühnchen zu rupfen. Hat dir seine Tochter nicht den König von Frankreich weggenommen?«

Ich nickte stumm.

»Soll ich deine verletzte Ehre rächen und doch ins Feld ziehen?«

»Ich weiß nicht...«, begann ich unbehaglich, als sie schon lachte.

»Keine Sorge! Ein hübsches Gesicht ist kein Grund, Männer marschieren zu lassen. Es gibt Wichtigeres. Sobald ich gekrönt bin, werde ich ein Theater und eine Oper haben. Wo aber finden wir die besten Schauspieler?«

»Lasst uns Juan da Costa fragen!«, schlug Maja vor, und der Zwerg wirkte geschmeichelt.

»Oh ja. Unser lieber Juan da Costa. Er weiß alles, nicht wahr?«, sagte Anna.

Der Hofnarr verneigte sich.

Wenige Tage nachdem ich Moskau verlassen hatte, krönte Feofan Prokopowitsch Anna in der Mariä-Entschlafens-Kathedrale des Kreml. Er salbte ihr das Gesicht, die Schultern, die Brust und die beiden Seiten ihrer Hände mit dem heiligen Öl, das unter Gebeten und Gesängen mit reinster Baumwolle trocken getupft wurde. Das Zepter wog so schwer, dass Anna ständig die Hand wechseln musste, um es zu halten. Der Reichsapfel maß zwei Ellen hoch und ruhte neben ihr auf einem Kissen. Anna zog sich früh von dem darauffolgenden Bankett und Ball zurück. Stattdessen ließ sie sich durch die Straßen Moskaus fahren, wo ihr Bildnis auf Dutzenden von Triumphbögen von siebentausend sieben Fuß hohen Kerzen beleuchtet wurde, die der Herzog von Liria als Geschenk des spanischen Königs aufgestellt hatte. Ihr Glanz erleuchtete die Nacht und schmeichelte den Damen so sehr, wie er die Männer ermutigte. Das Fest dauerte acht Tage lang und endete mit einem Feuerwerk, wie die Welt es noch nicht gesehen hatte.

Doch da hatte ich bereits so viele Werst wie nur möglich zwischen die Schlangengrube Moskau und mich gebracht.

Kiew, die älteste und heiligste aller Städte: Von hier aus brachte Großfürst Wladimir vor beinahe tausend Jahren das Christentum nach Russland. Die Stadt lag neunhundert Werst von Moskau entfernt. Der frühe Sonnenschein jenes Jahres war nicht von Dauer. L'Estocq und ich ritten durch sintflutartigen Regen. Ich zog mir den flachen polnischen Hut tief in meine Stirn, doch das Regenwasser sickerte mir in den Kragen, der Schlamm spritzte mir über das Gesicht, und die nasse, schwere Kleidung klebte mir am Leib. Auf den Feldern ertranken die ersten grünen Triebe. Leibeigene gruben verzweifelt Kanäle, um das steigende Hochwasser von ihrem Dorf abzuwenden. Dennoch hielt ich an jeder Kirche und jedem Schrein an, um zu beten, und hinterließ dem Dorfpopen eine Gabe oder Spende für die Bedürftigsten seiner Herde. Allen zu helfen war unmöglich, denn es waren ihrer zu viele. Der Gedanke brach mir das Herz.

»Muss das wirklich sein?«, seufzte L'Estocq, als ich einmal mehr an einem Schrein entlang einer Straße haltmachte.

»Was um alles in der Welt muss noch sein, wenn nicht dies?«, konterte ich. »Ich dachte, die Franzosen seien fromme Katholiken.«

»Nicht, wenn es regnet und friert«, sagte er düster und drehte der Jungfrau Maria den Rücken zu. In dem hinter dem Schrein liegenden Dorf strömte das Wasser in die Hütten. Lebensmittel, Möbel und Kleidung waren verdorben, und die Menschen hatten sich auf ihre großen Öfen gerettet, wo sie betrunken kauerten. Ersoffenes Vieh trieb mit geblähtem Bauch auf den Straßen. Keine Atempause von der Not des vergangenen Jahres war möglich. Bei dem Anblick verzweifelte ich. Ich konnte Russland nicht ohne seine Menschen lieben.

Dann ließ der Regen endlich nach, und wir schlugen unser Lager auf einer Lichtung auf. Die Nähe zum Salz der russischen Erde belebte mich wieder. An Annas Hof fühlte ich mich wie ein Insekt, das in einem Topf Marmelade feststeckte und dort langsam zugrunde ging. Ich hielt Wache, während L'Estocq schnarchte. Ich stocherte in der Glut, und mir knurrte der Magen. Mehr als einen sehnigen Hasen hatten wir zum Nachtmahl nicht erlegen können. Dennoch, als das kleine Feuer mich leuchtend wärmte, setzte ich mich auf und lauschte atemlos in die Dunkelheit. Ich hörte dem Russland zu, das mich umgab. In den Baumwipfeln hatten zwei graue Eulen ihr Nest gebaut. Bei Einbruch der Dunkelheit brachen die großen Vögel zur Jagd in die Nacht auf, und ihre Flügel verdunkelten das Sternenlicht. Als sie zurückkehrten, waren ihre scharfen Schnäbel mit Mausebälgen gefüllt. Wildschweine raschelten in den Büschen, die Schnauzen tief im feuchten Boden, auf der Suche nach Wurzeln oder Nüssen, die ein Eichhörnchen dort vergraben und vielleicht vergessen hatte. Hinter Zweigen verborgen richteten sich gelbe Luchsaugen auf mich und hofften vergeblich auf einen Rest unseres Mahles. Der Wald verflocht sich zu einem Netz, in dem ich mich auf alle Ewigkeit verlor. Tiefer Frieden legte sich über mich, und ich fasste meine Ikone zu einem letzten Gebet. Doch ich fand keine Ruhe. Stattdessen gruben sich meine Finger in die Erde neben meinem Sattel, auf den ich wie die Tataren den Kopf bettete. Der grasige Grund war feucht vom Tau, und ich krallte die Finger in den Sand darunter. Dies waren Russlands Knochen, das Fundament, auf welchem mein Land errichtet worden war. Seine Oberfläche war warm und einladend, doch darunter lauerte eine stete stählerne Kälte. Ich stopfte mir die Erde und das Gras in den Mund. Ich kaute, hustete und genoss den blauen Geschmack. Tränen strömten mir über das Gesicht, verschmolzen mit dem Schmutz und dem Schweiß und brachten mir Trost. Was auch immer geschehen sollte, ich hatte Russland als Bettgenossen.

65. Kapitel

Wir erreichten Kiew Ende Mai. Der Sommer war ertrunken, und ich wusste nicht mehr, wann ich zuletzt trockene Kleidung am Leib getragen hatte. Ständig lief mir die Nase, meine Kehle war rau und wund, und ich wurde von Husten geschüttelt. Nach der Reise war mein Körper so sehnig wie das wenige Wild, von dem wir gelebt hatten. Durch die Hungersnot grassierte die Wilderei, und wer konnte es den Menschen verübeln?

Als Kiew in Sicht kam, hielt ich mein Pferd an. In der blauen Stunde der Dämmerung schwebten die goldenen Kuppeln der Stadt über dem westlichen Ufer des Dnjepr. Ihr Glanz spannte einen Bogen in den Himmel und strahlte in der Abendsonne wie ein Versprechen, das der Mensch gab, aber nur Gott erfüllen konnte. Das Bild verschwamm vor meinen Augen, und ich hielt mich nur noch mit Mühe im Sattel.

»Lass uns weiterreiten. Du treibst Raubbau mit deiner Gesundheit«, sagte L'Estocq besorgt. »Oder willst du etwa sterben?«

Mein Hals schmerzte zu sehr, um zu antworten, und ein erneuter Hustenanfall überfiel mich, als ich den Kopf schüttelte.

Die Hufe unserer Pferde schlugen auf das Kopfsteinpflaster der leeren Straßen, als wir uns dem Kloster näherten. Die Stunde der Almosen war bereits vorbei. Weder Bettler noch Obdachlose drängten sich um die Pforte und hofften auf eine weitere Kelle Suppe. Keine Leprakranken hielten sicheren Abstand, ihre Glocken in der Hand und die enttäuschte Hoffnung auf etwas so Unmögliches wie ein Gefühl der Zugehörigkeit im Herzen. Schatten huschten, als sich im Schutz der Dunkelheit die Straßen mit einem anderen Leben füllten. Eine unverheiratete junge Frau konnte das Kind, das sie heimlich zur Welt gebracht hatte, vor dem Kloster zurücklassen. Einbrecher oder noch schlimmere Verbrecher planten die Taten der kommenden Nacht.

»Warte, ich helfe dir!«, rief L'Estocq, als ich mich mit dem Absteigen mühte. Ich war mir nicht sicher, ob mich meine Füße noch trugen, schüttelte aber den Kopf. Anna hatte Zweifel in mein Herz gesät. *Weshalb hält er noch zu mir?*, fragte ich mich. Ich fühlte mich einsamer als je zuvor, doch er nahm meine Gegenwehr nicht zur Kenntnis und hob mich mit erschreckender Leichtigkeit aus dem Sattel. Die Jacke hing mir lose um die Schultern, und ich hatte weitere Löcher in meinen Gürtel gestochen, um ihn enger ziehen zu können. Meine Hand fand den Klopfer der Klosterpforte erst nach längerem Umhertasten. Erschöpft lehnte ich mich gegen den Türrahmen, als sich eine Klappe im Holz öffnete und ein misstrauisches Auge uns anblickte.

»Wer bittet um Einlass?«, fragte eine strenge Stimme.

Dies musste die Äbtissin Agatha sein.

»Ihre kaiserliche Hoheit, Zarewna Elisabeth Petrowna Romanowa von Russland«, dröhnte L'Estocq. *Was für ein aufgeblasener Windbeutel!,* dachte ich, als mir eine sengende Hitze vom Nacken in den Schädel stieg. Ich stand vor Schmerz in Flammen.

Es herrschte eine kurze Stille. »Unter welchem Namen kennt Gott Euch?«, fragte die Frau hinter der Tür. Ihre Stimme klang wie ein Achselzucken.

»Lisenka.« Mit gespreizten Fingern stemmte ich mich in den Türrahmen, um nicht in Ohnmacht zu fallen, und bekam einen Hustenanfall.

Agatha öffnete die Tür und breitete willkommen heißend die Arme aus. »Lisenka! So kenne auch ich dich!«, rief sie. Ihr kratziges Gewand roch nach Rauch und Kampfer, das Gesicht war rot geädert, die Stirn gefurcht. Doch aus ihren blauen Augen leuchtete ein inneres Licht. Ich würgte vor Tränen, und während sie mich umfangen hielt, schien ich zu ihren Füßen eine eiserne Rüstung abzulegen.

»Gott im Himmel, du bist ja nur noch Haut und Knochen!«, rief sie entsetzt, als sie mir über den Rücken fuhr. »Wir werden dich hegen und pflegen, damit du wieder zu Kräften kommst. Das Nachtmahl ist so gut wie fertig. Du hast Glück, denn erst gestern haben wir ein Schwein geschlachtet.«

Ich schüttelte den Kopf. »Das klingt sehr verlockend. Aber erst möchte ich Gott für meine sichere Ankunft danken. Ist die Kapelle noch geöffnet?«

Sie zögerte kurz. »Natürlich ist die Kapelle geöffnet, das ist sie immer. Aber es hält sich noch jemand dort auf, und ihr solltet einander nicht im Weg sein. Beeil dich! Dein Anblick bereitet mir Sorgen.« Mit einer Hand fühlte sie nach meiner glühenden Stirn, doch ich ergriff ihre Finger und küsste sie, bevor ich sie losließ.

Die Äbtissin wies auf L'Estocq. »Für deinen Arzt habe ich ein Zimmer über den Ställen vorbereiten lassen, wo es schön warm ist. Als Franzose freut er sich bestimmt auf das Nachtmahl. Wir haben Apfelkompott vom letzten Herbst, das köstlich zu dem Schweinefleisch schmecken wird. Die Köchin hat die Schwarte mit Salz eingerieben.«

L'Estocq tätschelte seinen hageren Bauch. »Mit Salz? Diese Zubereitung kennen wir im Elsass auch. Wie könnte ich da Nein sagen, *mère*?« Er schulterte seine Satteltaschen. »Ich habe auch von der Qualität des hiesigen Biers gehört.«

Die Äbtissin lächelte geschmeichelt. »Wirklich? Ja, wir geben gerösteten Zucker ins Fass und lassen das Bier dann noch zwei Wochen lang gären. Ich finde, es hellt das Getränk auf und macht es so wunderbar schaumig ...«

»Ah! In der Champagne machen wir unseren Wein ebenfalls schaumig, allerdings mit einer anderen Methode«, erwiderte L'Estocq. Die Stimmen der beiden verhallten im Kreuzgang. Ich wandte mich zur Kapelle, musste mich aber immer wieder an einen der steinernen Bogen lehnen und mir den kalten Schweiß von der Stirn wischen.

Nur ein kurzes Gebet, sagte ich mir.

Nicht mehr, aber auch nicht weniger.

Der Duft nach Bienenwachs, Weihrauch und Myrrhe würzte die staubige Kühle der Kapelle. Als die mit Nägeln vernieteten schweren Doppeltüren hinter mir zufielen, spülte das Echo den Gang zum Altar hinauf und schwappte um die Säulen, ehe der Klang verebbte. Tiefe

Stille umhüllte mich. Ich tauchte die Fingerspitzen in das Weihwasserbecken und bekreuzigte mich. Kerzen brannten in massiven Goldleuchtern. Dicht an dicht bedeckten silber- und edelsteingerahmte Ikonen die Wände. Ich wollte Atem schöpfen, doch zitternd gaben die Knie unter mir nach, und ich musste an einer Säule Halt suchen. Der Altar verschwamm mir vor den Augen, Schmerz pochte hinter meinen Schläfen. Die Erinnerung an Karl August und Petruschka, die so plötzlich an den Pocken gestorben waren, sprang mich an. Ich sank auf einen Schemel und schlang mir den Umhang fester um den Körper. Meine matschbespritzten hohen Stiefel erschwerten das Knien, doch ich nahm den flachen Hut ab, legte meine Handschuhe unter die Knie und faltete die bloßen Hände. Meine Haut fühlte sich fieberheiß an. Mein Geist wollte sich nicht beruhigen, stattdessen überprüfte ich meine Arme auf rote Pusteln oder Geschwüre. Ich fand nichts dergleichen, aber die Angst blieb. Als ich ein Geräusch hörte, hob ich den Kopf. Schritte näherten sich aus der Sakristei, und ein Mönch trat an den Altar. Er trug eine gegürtete dunkle Kutte und war sehr groß, mit breiten Schultern und schmalen Hüften. Dunkles Haar fiel ihm lockig und widerspenstig auf die Schultern. Ich duckte mich, da ich nicht entdeckt werden wollte. Lass mich beten!

Ein leises Summen erfüllte die Luft. Dann erhob der Mönch die Stimme, und die Kapelle schien zu erbeben. Der Gesang, tief und melodisch, schwoll an und erfüllte mich. Ich saß wie verzaubert. Welch ein Geschenk, eine solche Stimme zu haben! Der Mönch legte den Kopf in den Nacken, seine Stimme hob sich der Kuppel entgegen. Gold strömte aus seiner Kehle und sättigte meine

Seele. Ich musste ein Schluchzen unterdrücken und vergrub das Gesicht in den Händen. Dann aber verlor ich alle Haltung und weinte so verzweifelt, dass ich weder die plötzliche Stille noch die Schritte im Gang hinter mir wahrnahm.

»Warum bist du noch so spät hier, Junge? Solltest du nicht zum Abendessen zu Hause sein?« Ich wischte mir Rotz und Tränen aus dem brennenden Gesicht. Der Mönch stand an meiner Bank. Seine blauen Augen musterten mich streng, und er runzelte die schwarzen Brauen. Seine Stirn war von tiefen Falten gezeichnet, obwohl er nicht viel älter als ich selbst sein konnte. *Junge.* Meine Stiefel und die Reithose täuschten ihn im Halbdunkel, mein Mantel verbarg, was von meiner sonst so üppigen Brust noch übrig war. Das Haar klebte mir feucht und fettig an den Schläfen. Ich wollte antworten, doch die Stimme versagte mir. Deshalb griff ich nach meinen Satteltaschen und wollte sie schultern. Durch die Bewegung flackerten die Kerzen, und ihre Flammen brachen sich an dem diamantenbesetzten Rahmen meiner Ikone. Diese stand in grellem Gegensatz zu meiner ausgemergelten Erscheinung.

Sofort packte der Sänger meine Handgelenke. Seine Finger auf meiner fiebrigen Haut fühlten sich kühl und kraftvoll an. »Oh, mein Gott, sieh dich nur an! Du bist noch ein Kind und schon ein gemeiner Dieb! Wo hast du das Amulett gestohlen? Etwa hier? Dir soll die Hand abfallen. Ich sorge dafür, dass du eine gerechte Strafe erhältst!«

Ich schüttelte den Kopf, stumm vor Schreck und auch Heiserkeit.

»Was hast du in der Satteltasche, du kleiner Schurke?

Deine Beute?« Er griff noch härter zu, und ich zuckte vor Schmerz zusammen. »Schande über dich, im Haus Gottes zu stehlen! So jung, und dennoch gehört deine Seele dem Teufel an. Lass mich sehen …« Er riss mir die Satteltasche aus der Hand und schüttelte sie aus. Meine liebsten und wichtigsten Habseligkeiten fielen auf den Marmorboden der Kapelle. Ein dünn gehämmerter silberner Kelch, in dem meine Mutter Anuschka und mir an den seltenen Abenden, an denen sie uns zu Bett gebracht hatte, eine heiße Schokolade serviert hatte. Ein in Samt gebundenes Gebetsbuch, dessen silberner Deckel mit Edelsteinen besetzt war und das ich von Tante Pascha geerbt hatte. Ein Kreuz aus Ebenholz und Elfenbein vom Berg Athos, das Vater in der Schlacht von Poltawa am Herzen getragen hatte. Ein Schal, den Anuschka als Kind ungeschickt bestickt hatte. Ich sah mein Hab und Gut mit seinen Augen … natürlich hielt er mich für einen gemeinen Dieb! Wer reiste schon mit solch willkürlich zusammengewürfelten Wertstücken durch ein hungerndes Russland? Der Weihrauch machte mich schwindelig, die traurigen Augen der Heiligen blickten mir in die Seele.

Der Mönch raffte meine Habseligkeiten zusammen und fasste mich, wenn möglich, noch fester. »Lass uns zur Mutter Äbtissin gehen. Zumindest kannst du dich noch verteidigen, ehe man dich bis zum Hals eingräbt und dann steinigt.«

Er ragte dunkel wie ein Racheengel über mir auf. So sollte es denn sein. Alle Kraft wich aus mir. Die Lider wurden mir schwer wie Blei, als er mich schüttelte und die Satteltasche fallen ließ. Seine Hand prüfte meine Stirn, und mein Haar lockerte sich, als ich mich seufzend an ihn lehnte. Ich roch den Rauch eines Lagerfeuers, das Leder von Sattel und Zaumzeug und den Tabak einer entspannten Stunde im Stoff seines Umhangs.

»Mein Gott, du bist ein Mädchen!« Ungläubig griff er in meine dicken honigfarbenen Locken. Als ich in Ohnmacht fiel, fing er mich auf. Ringsum weiteten sich die Stille und die Dunkelheit.

Doch in seinen Armen schwebte ich dem Licht entgegen wie eine Feder auf der silbernen Oberfläche der See.

Ein Engel wird zu dir sprechen.

66. Kapitel

Vierzehn Tage lang schwebte ich zwischen Leben und Tod. Meine Träume gruben sich tief in die Vergangenheit, wo sich die Erinnerungen vermischten. Anuschka und ich, die aus der Golossow-Schlucht flohen, Mutters Tränen bei jeder Geburt, die ein weiteres Versagen war … wieder kein Erbe für Russland. Petruschka, der mir ein flauschiges Falkenküken schenkte, Molnija, die ein Opfer derselben Liebe wurde, deren Gabe sie einst gewesen war. Anna Iwanowna, die mir die Ikone des Heiligen Nikolaus reichte und flüsterte: *Alles hat seinen Preis.* Vater, der sich in einem Kreis aus Licht auflöst. Karl August, der mich in den Wellen des Finnischen Meerbusens umfangen hielt. Menschikows Gesicht, das von Frostbeulen entstellt war. Katja Dolgorukowa, die um ihre Verluste trauerte. Buturlins Mund, aus dem das Blut hervorsprudelte. Jekaterina Iwanowna, die ihre Tochter Christina verspottete. Ostermann, so undurchschaubar in seinen Schachzügen. Majas gespaltene Lippe und ihre Worte: *Lasst uns nichts übereilen.*

Als das Fieber nachließ, schlief ich tief und fest. Die Wirklichkeit gewann wieder Macht über mich. Die Äbtissin Agatha schlüpfte in meiner Zelle ein und aus. »Nein, ich erteile ihr nicht die Letzte Ölung. Sie ist aus härterem Holz geschnitzt, glaubt mir«, beharrte sie L'Estocq gegenüber und löffelte mir mit der heißen Hühnerbrühe, die mit Wein und Schmand angereichert war, Kraft in den Körper. L'Estocq fühlte meine Stirn und horchte mich ab. »Sie erbricht kein Blut mehr«, stellte er fest, und die Erleichterung in seiner Stimme war spürbar.

Dennoch nahm ich die Anwesenheit eines anderen Menschen wahr, den ich nicht beim Namen nennen konnte. Er schwebte neben mir im Zwielicht von Leben und Tod, sobald die Äbtissin und L'Estocq gegangen waren. Warme Finger hielten meine Hand und kühlten mein Fieber. Mit einem feuchten Tuch tupfte er mir über die ausgedörrten Lippen. Meine Seele näherte sich seinen Fingerspitzen, wenn er mein Gesicht und meinen Hals mit Rosenwasser und Mandelmilch reinigte. »Schsch«, machte er, wenn ich mich rührte, bettete mich wieder in die Kissen nieder oder hielt mich umfangen, wie ein Bruder es getan hätte. Er sang für mich, und seine Stimme glich einem Umhang, der mich schützte und wärmte.

»Wag es nicht!«, knurrte er L'Estocq an, als der Franzose den Rand seiner verfluchten Gläser auf offener Flamme anheizen und mich zur Ader lassen wollte. Ich fühlte mich zu schwach, um die Augen zu öffnen, hörte ihn aber sagen: »Du willst sie zur Ader lassen? Weshalb? Sie ist eine junge Frau. Wie kann sie da schlechtes Blut haben?«

Was ein kurzes Treffen und später eine flüchtige Erinnerung hätten sein können, die auf der stürmischen See meines Lebens verloren ging, wurde mir zum Anker und bot mir in reißender Strömung Halt.

Im Hochsommer war ich endlich genesen. Lange Stunden des Lichts bannten die Dunkelheit und verkürzten die Nacht auf wenige blasse Stunden. Die Äbtissin spazierte mit mir durch den Klostergarten. Wir schlenderten Arm in Arm, und sie passte ihre Schritte den meinen an. Mit jedem Tag ging ich ein wenig weiter und ein wenig schneller, die Sonne erweckte mich wieder zum Leben. Agatha schenkte mir ein Kätzchen aus einem ersten Sommerwurf, das ich mit Schmand verwöhnte. Doch das entzückende kleine Tier – sein Fell war seidig schwarz, es trug drei weiße Socken und hatte einen weißen Bauch – war unglaublich tollpatschig. Es dauerte eine Weile, bis ich begriff, dass es blind war. Und so musste ich ihm die Nase in die Sahne tauchen.

Wegen seiner Hilflosigkeit liebte ich es noch mehr, denn ich fühlte mich gebraucht.

L'Estocq suchte mich jeden Tag auf, ob ich ihn nun sehen wollte oder nicht, und tat so, als gäbe es eine Zukunft zu besprechen. Wo ich mich auch verstecken wollte, er fand mich überall. An einem Tag im Juni saß ich in einer versteckten Ecke des Kreuzgangs und ließ das Kätzchen von einer Hand in die andere purzeln.

»Zarewna Elisabeth«, sagte er, »du siehst gut aus. Bald bist du stark genug, um nach Moskau abzureisen.«

»Sicherlich nicht«, erwiderte ich. Der Gedanke, an den Hof zurückzukehren, drehte mir den Magen um. Sollte ich während Annas kleiner Morgenübung beim Überqueren des Roten Platzes angeschossen werden oder als Futter für ihre Vögel und das Stachelschwein dienen? Sie hatte recht: Auf wen konnte ich schon noch zählen, außer auf L'Estocq, einen gedungenen Franzosen?

Um meine Verzweiflung zu verbergen, hielt ich mir das Kätzchen an die Wange. Es schnurrte und schloss die verschleierten Augen. Seine Wärme erinnerte mich daran, dass das Leben immer weiterging, und hier im Kloster wimmelte es nur so davon. Vögel zwitscherten die ganze Nacht hindurch, sodass wir sie trotz der Schönheit ihres Gesangs verfluchten. Tagsüber huschten sie über den Hof, ihre Schnäbel mit Gras, Haaren und Halmen zum Nestbau gefüllt. Enten- und Gänseküken watschelten ihren Müttern hinterher und gerieten allen unter die Füße. Im Stall saugten Kälber gierig an meinen Daumen. Ich hielt die Lämmer zum Brandmarken und half dem Schmied, ein Fohlen im Bauch der Stute zu drehen. Wir teilten unseren Stolz, als der kleine Hengst auf seinen wackeligen Beinchen stand. Ich fühlte mich wieder wie ein Kind, damals in Kolomenskoje, sorgenfrei und beschützt.

»Ich bin mir nicht sicher, ob ich jemals an den Hof zurückkehren werde«, sagte ich und sah zu L'Estocq auf. Er steckte die Hände in die Taschen seines Rockes und wippte auf den Fersen, um meine Worte abzuwägen.

»Natürlich wirst du das. Hast du vergessen, wer du bist?«

»Mitnichten. Aber wer ich *bin,* ist meine Sache.«

»Andere wären dankbar …«

»Nun, dann bitte doch die anderen, mit dir zu kommen!«

»Hast du etwa Angst?« Sein Blick nagelte mich an die steinerne graue Klosterwand. Ich wich zurück, und die Kälte des Steins kroch mir in den Rücken. »Wie hat sich dein Vater gefühlt, der große Zar, als seine ältere Halbschwester, die Regentin Sophia, ihn ermorden wollte?

Wie, als der Klerus sich gegen ihn wandte? Wie, als Russland ihn für seine Reformen verfluchte? Was fühlte er vor der Schlacht bei Poltawa, die das Schicksal seines Reiches für immer bestimmte? Niemand wird es jemals erfahren, aber eins steht fest: Dein Vater lief nicht davon, er versteckte sich nicht.«

»Er war ja auch keine Frau.«

L'Estocq schenkte mir ein überraschend warmes Lächeln. »In deinem Fall spielt das Geschlecht keine Rolle. Bist du nicht die Tochter der Zarin?«

»Meine Mutter hatte meinen Vater.« Ich kämpfte gegen meine Tränen an. »Weißt du, was Einsamkeit am russischen Hof bedeutet?«

Er lächelte mit dem gleichen Wagemut, der ihn, einen Hugenotten, erst nach Sankt Petersburg gebracht und Mutter dann davon überzeugt hatte, ihn aus der Verbannung nach Kasan zurückzurufen. »Fasse Mut. Du hast mich.«

»Du meinst, ich habe Versailles?«

Er zuckte mit den Achseln. »*Soit.* Das ist mehr, als die meisten Menschen jemals haben werden. Du solltest nach Moskau zurückkehren. Es könnte einen Krieg gegen die Franzosen geben, da sich der Streit um den polnischen Thron verschärft. Versailles möchte dich an der Seite der Zarin sehen.«

»Als ich das letzte Mal darüber nachdachte, war ich eine Zarewna und keine französische Prinzessin.«

»Das letzte Mal, als du über deine Herkunft nachgedacht hast, ist schon viel zu lange her«, konterte er.

»Weshalb die Eile?« Ich streichelte den weichen Bauch des Kätzchens und lächelte über seine völlige Hingabe. Es streckte die Pfoten aus, schloss die Augen und schnurrte.

»Zarin Anna muss ihren Erben benennen. Oder … ihre Erbin.«

»Und das soll ich sein?«

»Wer sonst? Schweden und Frankreich sind bereit, deinen Thronanspruch zu unterstützen.«

Seine Worte kamen einem Hochverrat gleich. »Beide sind Feinde Russlands. Was soll ich im Gegenzug dafür tun? Alles hat seinen Preis.«

»Sie fordern die Rückgabe des Baltikums, das dein Vater im Großen Nordischen Krieg erobert hatte.«

Ich stand auf, während mein Herzschlag sich beschleunigte und mir das Blut in die Wangen schoss. Das Kätzchen aber setzte ich sorgsam auf dem Boden ab. »Hör mir zu, L'Estocq!« Ich packte ihn am Revers. »Wenn du jemals – jemals! – wieder vorschlagen solltest, dass ich auch nur einen Fußbreit Land hergebe, für das ein einziger Tropfen russisches Blut geflossen ist, dann kannst du deine Habseligkeiten nehmen und verschwinden.«

»Dann wärst du mittellos«, wagte er einzuwenden.

»Du bist der Söldner, nicht ich. Lieber verhungere ich, als eine Verräterin zu sein. Es geht hier um die Ehre, L'Estocq. Ein Wort, das dir vielleicht fremd ist.« Ich ließ ihn los.

Mit unsteten Fingern strich er sich das Haar zurück, rückte den Rock zurecht und räusperte sich. »Dann musst du an den Hof zurückkehren. Für Russland. Für dein Land. Für dein Reich.«

»Lass das Ostermann besser nicht hören!«

»Auch Ostermann ist sterblich.« L'Estocq lächelte. »Der Hof muss dich sehen, Russland darf dich nicht vergessen, ebenso wenig wie der Rest der Welt. Eine chinesische Delegation nähert sich Moskau. Sie hatte Peking verlassen, um Petruschkas Hochzeit zu feiern, kommt aber nun, um die ersten sechs Monate von Annas Thronbesteigung zu feiern. Auch der Schah von Persien sucht eine Braut für seinen ältesten Sohn. Anscheinend nähert er sich Moskau mit sechzehn Elefanten, die mit Geschenken beladen sind. Es täte gut, unsere Kasse aufzufüllen.«

»Ist das dein Ernst?« Ich runzelte die Stirn. »Du kennst meine Haltung. Ich kenne keine Frau, der die Ehe gutgetan hätte.«

»Das Treffen kann dennoch wichtig sein. Man muss immer vorausdenken, mindestens ein, zwei Schritte …«

»Falls ich zum Ritt bereit wäre … wie geht es meinem Pferd?« Ich versuchte, Zeit zu gewinnen.

»Es steht gefüttert und gesund im Stall, bereit für den Ritt nach Moskau. Irgendwann, bald. Sehr bald. Am besten wäre schon gestern gewesen.«

»Das werde ich selbst beurteilen«, sagte ich und überreichte ihm das blinde Kätzchen. »Hier. Pass auf, dass es sich nicht an den Säulen stößt, ja?«

Das schlaue kleine Ding maunzte und miaute, ehe es L'Estocq die Krallen in die feinnervigen Arzthände schlug. »Autsch!«, beschwerte er sich. Ich hätte lachen mögen, doch seine Worte bohrten sich in meinen Kopf. *Dein Vater lief nicht davon, er versteckte sich nicht.*

Die Junisonne zeichnete lichte Muster auf die grauen Steinplatten des Kreuzgangs, als ich den ummauerten Rosengarten betrat. Die Luft duftete süß und war vom Summen der Bienen erfüllt. Der weiße Kies spiegelte den Sonnenschein wider, ehe ich mich durch eine niedrige Holztür in der Wand duckte. Auf der Schwelle zum Hof hielt ich inne, um mich zu beruhigen. L'Estocq behandelte mich wie ein dummes Kleinkind. Im Klosterhof kehrten Nonnen vom Markt zurück. Novizinnen trugen Körbe, die so voll waren wie die Geldbörsen der Mutter Oberin. Das Kloster verkaufte ebenso viel, wie es erstand. Die Luft roch nach Rauch, da der Schmied ein heißes, rot glänzendes Eisen in Form hämmerte. Der Zimmermann planierte grobes Holz zu glatten Planken, während er vor sich hinpfiff. Der Schneider saß mit gekreuzten Beinen und hatte seine Arbeit über den Oberschenkeln ausgebreitet. Er kniff die Augen zusammen, während er eine Nadel einfädelte und die Zunge zwischen den Lippen hindurchspitzte.

Ich überquerte den Hof und begab mich zu den Ställen. Das Dach war frisch gedeckt, die weißen Wände hatte man mit Kalk abgewaschen, um Kakerlaken und Wespen abzuwehren. Eine Katze lag träge auf dem warmen Kopfsteinpflaster, ihr Bauch gerundet von den Mäusen, die sie gefangen hatte. Äbtissin Agatha war die strenge Herrin eines glücklichen kleinen Reiches. Verdammter L'Estocq! Der Tag meiner Abreise war wie die Vertreibung aus dem Paradies.

Am Trog vor dem Stall war ein Reiter angekommen. Er band sein robustes kleines Pferd fest, ehe er sein Hemd auszog, um sich zu waschen. Ich hielt inne. Sein Rücken und die Schultern waren von Narben übersät, wie nur Peitschenschläge sie verursachten. Einige hatten sich verdickt und erinnerten an Baumrinde. Andere aber waren eine neue Landkarte von Schuld und Sühne. Blut und Eiter sickerten auf die weiche gebräunte Haut.

»Was ist mit Euch passiert?«, fragte ich.

Als er sich umdrehte, breitete sich ein Lächeln auf dem jungen Gesicht aus, das einen deutlichen Gegensatz zu den tiefen Falten auf seiner Stirn bildete. Mein Herz tat einen Sprung. Es war der Mönch, der mir das Leben gerettet hatte. Bei der Erinnerung an seine starken Arme, die mich gehalten und getragen hatten, prickelte mir die Haut.

Ich verbannte den Gedanken augenblicklich. Er war ein Mönch und somit unantastbar.

67. Kapitel

»Geht es dir besser, Lisenka?«, fragte er und zog ein grobes Tuch aus seinen Satteltaschen, die prall gepackt an den Seiten seines Pferdes hingen. *Lisenka.* Ich zögerte kurz, doch Arroganz war nie einer meiner vielen Fehler gewesen. »Diesen Namen hat mir die Äbtissin genannt.« Er wusste nicht, wer ich war, begriff ich in diesem Augenblick. L'Estocq und die Äbtissin hatten meine Herkunft geheim gehalten. Welch ein Geschenk!

»So heiße ich in der Tat. Mir geht es viel besser. Danke, dass du mich aus der Kirche getragen hast«, sagte ich lächelnd und schützte die Augen mit der flachen Hand vor dem hellen Mittagslicht.

Er legte sein gefaltetes Hemd ordentlich auf den Rand des Troges. »Gern geschehen. Du warst so leicht wie ein Kind. Jetzt sind deine Wangen wieder rund«, sagte er, sah aber gewiss nicht auf meine Wangen. Ich errötete, denn die schlichte weiße Bluse war mir von den Schultern geglitten und zeigte meine alabasterhelle Haut, während das Mieder, das ich so eng geschnürt wie eine Magd trug, die Form meiner wieder vollen Brust zeigte. Er wandte den Blick ab, und seine Schüchternheit rührte mich. Er war ein solcher Gegensatz zu den forschen, ehrgeizigen Höflingen, die immer nur auf den eigenen Vorteil bedacht waren. »In jedem Fall danke nicht mir, sondern Gott für seine Gnade«, sagte er, schlang sich das Ende des Tuches um beide Hände und trocknete sich die Schultern. Dabei zuckte er vor Schmerz zusammen.

»Nicht doch!«, rief ich erschrocken, als frisches Blut aus einer seiner Wunden quoll. »Lass mich das tun!« Er zögerte, ich aber ergriff das Tuch. »Dreh dich um! Du musst dich vorbeugen, sonst bist du zu groß für mich.« Vor Schmerz sog er die Luft ein, als ich seine frischen Wunden berührte. »Wer hat dir das angetan und weshalb? Hat der Abt dir eine Abreibung verpasst? Oder hast du dich selbst gegeißelt? Einfälle habt ihr Mönche …«

»Ich? Ein Mönch?«

»Ja.«

»Mitnichten. Dafür ist das Leben zu kurz.«

»Was ist dann geschehen?«, fragte ich und tupfte weiter. Die Anzahl der Narben sprach von Jahren des Missbrauchs, von Kindheit an.

»Mein Vater hat mich geschlagen, solange ich denken kann. Das letzte Mal geschah es heute Morgen, als ich mich für immer von ihm verabschiedete.«

»Warum hat er dir das angetan?« Vor Entsetzen senkte ich das Tuch.

»Alle Männer wollen, dass ihre Söhne in ihre Fußstapfen treten. Wenn sie das nicht tun, gibt es Ärger.«

Ich verstummte. Mein Vater hatte Alexej getötet, weil er sich geweigert hatte, sich ihm zu fügen.

»Hast du mich in der Kapelle singen hören?« Seine leuchtenden Augen sprachen von einer anderen Leidenschaft, als andere regieren oder erniedrigen zu wollen. Welch ein Segen, eine solche Berufung zu erfahren! Russland meine Berufung zu nennen war Hochverrat. »Ja. Es war göttlich. Unvergesslich.«

Er strahlte. »Vielen Dank. Aber mein Vater will, dass ich ein Hirte und ein gewalttätiger Säufer werde, so wie er. Deshalb wollte er sogar den Befehl der Zarin verweigern.«

Um ein Haar entglitt das Tuch meinem Griff. »Welchen Befehl?«

»Mach weiter! Ich mag deine Berührung«, sagte er. Lichter tanzten in seinem Blick. »Meine Geschichte ist der Beweis dafür, dass es Gott gibt.« Beim Lachen zeigte er starke weiße Zähne, und tiefe Grübchen formten sich auf seinen Wangen, als er sich die nassen, lockigen schwarzen Haare aus der breiten Stirn strich.

»Erzähl mir alles!« Ich beäugte ihn schüchtern. Er hatte Muskeln an Stellen, wo ich sie nicht erwartet hätte. Seine gebräunte Haut schimmerte wie gehämmerte Bronze.

»Teile meine Freude, Lisenka, das wird sie verdoppeln!« Er verschränkte die Arme auf der nackten Brust. »Heute hat mich mein Vater zum letzten Mal geschlagen. Ich gehe.«

Ich konnte mich weder daran erinnern, wann ich zuletzt echte Freude empfunden hatte, noch wann jemand diese mit mir geteilt hatte. »Was wird deine Mutter sagen, wenn du gehst?«

Er bekreuzigte sich. »Sie starb letztes Jahr, nachdem sie zum sechzehnten Mal niedergekommen war. Sechzehnmal und nur mein Bruder Kirill und ich haben überlebt. Mein Vater, der geile Bock, hat sie getötet. Verzeiht, das ist nichts für die zarten Ohren eines Mädchens!« Er verneigte sich leicht. »Ich hoffe nur, eines Tages auch meinen Bruder retten zu können. Wir sind grundverschieden, doch niemand kennt mich so gut wie er.«

»Meine ältere Schwester und ich waren so unterschiedlich wie Äpfel und Birnen. Trotzdem vermisse ich sie.« Ich schluckte hart. »Sie starb ebenfalls im Kindbett. Ihr Sohn wächst als ein Fremder auf.«

Sein Blick war voller Mitleid. »Als Frau geboren zu werden ist eine Strafe. Ich hoffe, das Leben wird dich gut behandeln, auch wenn du nicht einfach gehen kannst so wie ich.«

Gehen. Das Wort schlug in meine Seele ein Leck, aus dem alles Glück herausrann. »Gehen? Wohin? Und um was zu tun?«

»Gott hat mir ein Geschenk gemacht, meine Stimme. Ich werde Mitglied des kaiserlichen Chors.«

»Wirklich? Wie konnte die Zarin dich singen hören?«, fragte ich ungläubig.

»Einmal war ich nach besonders grausamen Schlägen zu unserem Priester geflohen, der mir als Kind das Singen beigebracht hatte. Eines Nachts rastete ein Bote bei ihm, der in Frankreich für die Zarin hunderttausend Flaschen Perlwein bestellen sollte«, erzählte er. »Anscheinend badet sie zusammen mit ihrem deutschen Liebhaber darin. Ein Ausländer gibt in Russland den Ton an. Ich hasse das …« Er runzelte die Stirn.

»Ein dummes Gerücht! Niemand außer der Zarin gibt in Russland den Ton an«, wies ich ihn heftig zurück.

»Woher willst du das wissen, kleine Lisenka? Senk nicht die Augen! Sie sind so wunderbar groß, blau und lebendig.« Er hob mir das Kinn mit der Fingerspitze an. Als sich unsere Blicke begegneten, setzte mein Herz einen Schlag lang aus, dann hob ich den Kopf. »Was geschah, als der Bote bei dem Popen vorbeikam?«

»Beim Nachtmahl sang ich für ihn, und kurz darauf

erhielt ich die Berufung nach Moskau. Ich dankte Gott gerade für seine Barmherzigkeit, als ich Euch in der Kapelle traf.« Er nahm mir das Tuch ab, um es in seinen Satteltaschen zu verstauen. »Danke, Lisenka! Mitgefühl und Freundlichkeit sind seltene Eigenschaften in unserer Welt.«

Nein, das Seltenste in unserer Welt war ein Mann, zu dessen Gunsten sich das Rad des Schicksals drehte. Dies auszusprechen konnte aber auch Unglück bringen. Er drehte meine Hände nach oben. »Welch weiche kleine Pfoten du hast, Lisenka! Wartest du einer hohen Frau auf? Bezahlt die Äbtissin deshalb den ausländischen Quacksalber?«

»Nein, nein«, sagte ich hastig. »Ich arbeite in der Molkerei und stelle Kefir, Käse und Quark her.«

»Dann bereitest du ganz gewiss gutes Ostergebäck zu«, sagte er mit verträumtem Blick.

Ich zuckte die Achseln und log. »Sicher. Ich verwende nur die dickste, fetteste Milch für den Quark und eine ganze Tonne kandierter Früchte und Mandeln. Niemand backt also einen köstlicheren Osterkuchen als ich.« Um ihm zu gefallen, wollte ich ihm das sogar beweisen. Irgendwie würde es mir schon gelingen.

»Wirklich?« Er schlüpfte in sein Hemd, schnürte es zu und verdeckte damit seine glatte Brust. »Das ist unmöglich. Meine Mutter hat nämlich den besten Osterkuchen weit und breit gebacken«, behauptete er und zwinkerte mir zu.

»Die Wette nehme ich an«, erklärte ich. Mein Herz stolperte, als er seine Antwort abwog. Dafür mochte ich ihn umso mehr, denn er war ein anständiger Mann. Menschen wie ihn traf man in Russland genauso oft wie schwarzen Schnee. »Komm heute Nachmittag in die Küche, wenn du dich traust!«, reizte ich ihn weiter. Ich wusste, er konnte der Verlockung nicht widerstehen.

»So sei es denn«, lachte er. »Mach dich besser auf den Weg. Ein guter Kuchen braucht vor allem Zeit. Wenn man es richtig anstellt, natürlich.«

Er hob den schweren Sattel von seinem Wallach, einem Bauernpferd, gedrungen und niedrig, mit behaarten Hufen, und schulterte ihn mit Leichtigkeit. Er streichelte dem Tier den Hals, ehe er es unter das überhängende Dach des Stalles führte. »Wie heißt du? Ich backe nur für Männer, die sich richtig vorstellen.«

Er verneigte sich spaßhaft. »Wo sind meine Manieren geblieben? Ich heiße Alexej Rasum.«

»*Rasum*. Das bedeutet doch ›der Milde‹?«

»Ja. Ein guter Name. Alles in Maßen, Lisenka. So wird man glücklich.«

Ich musste wieder lachen. »So sei es denn, Alexej Rasumowski.«

Meine Stute hatte man versteckt in der letzten Koje untergebracht. Ihr Stroh war frisch. Sie stand gut im Futter, und ihr Fell glänzte. Sie wieherte vor Freude, und ihre warmen Nüstern schmiegten sich suchend an meine Hand. »Entschuldigung, ich bringe dir später einen Apfel«, versprach ich und kämmte ihr die dunkle Mähne mit den Fingern glatt. Ihre großen kastanienbraunen Augen musterten mich fragend. Jemand hatte sorgsam eine Decke über ihr silbergraues Fell gelegt, um ihr kaiserliches Brandzeichen zu verbergen. Die Äbtissin Agatha tat alles, um meinen Aufenthalt geheim zu halten. Sie machte mir das größte und wertvollste Geschenk: Zeit zum Heilen.

Beim bloßen Gedanken an die Rückkehr an den Hof raste mein Herz, doch aus anderen Gründen als gerade eben noch, vor nur einer Stunde, als ich mit L'Estocq gesprochen hatte. Nun aber hieß es erst einmal, den besten Osterkuchen der Welt zu backen.

Obwohl ich nicht die geringste Ahnung hatte, wo und wie ich damit anfangen sollte.

68. Kapitel

Ich wartete, bis die Köchin Wassilissa auf dem Markt war und die Mägde mich nur kurz grüßten, ehe sie ihren Pflichten nachgingen. Ich war froh, ihr nicht begegnen zu müssen. Sie war eine Riesin mit schaufelgroßen Händen. Das graue Haar versteckte sie unter einem dicken Wolltuch mit buntem Blumenmuster, und schärfer als ihr Messer war nur ihre Zunge. Ihre Schürze spannte sich über einen gewaltigen Bauch, und sie herrschte unbestritten über die Klosterküche samt dem Schlachthof, der Molkerei und der Backstube sowie dem reich bestückten Weinkeller, dessen Schlüssel an ihrem Gürtel hing.

Ich kniff die Augen zusammen, als ich die Tür zu einer Speisekammer öffnete. Sonnenlicht fiel durch ein winziges Fenster hoch oben in das schmale Gelass. Staubflusen tanzten, und die Regale bogen sich geradezu unter den Gläsern mit verschieden gewürzten Ölen, Essigsorten und eingelegtem Gemüse wie Rote Bete, Gurken und Zwiebeln. Ich entdeckte grüne Walnüsse und Kompott, das als Marmelade auf frischem warmem Brot gegessen wurde. Pflaumen, Kirschen, Aprikosen und Pfirsiche waren Köstlichkeiten der hiesigen Gegend. Säcke voller Buchweizen, Mehl, Hafer und Gerste stapelten sich neben denen voll getrockneter roter, grüner und weißer Bohnen. Kohl säuerte in einem guten Dutzend Fässern, und unzählige Bündel an getrockneten Kräutern – Petersilie, Thymian, Schnittlauch, Dill, Lorbeer und Salbei – hingen von der Decke herab. Getrocknete wilde Pilze baumelten in Ketten daneben, um für Suppen, Eintöpfe und Soßen eingeweicht zu werden. Ich kletterte auf einen Schemel, um die kandierten Früchte zu erreichen, die Wassilissa auf dem höchsten Regal versteckte, denn Novizinnen waren für ihre Naschhaftigkeit bekannt. Von der Molkebutter, deren Kochen und Verdicken Tage auf der Sommerweide in Anspruch nahmen, steckte ich frech einen ganzen Block in meine Rocktasche.

Mit vollen Armen trat ich die Tür hinter mir zu und häufte alles auf den langen Küchentisch, an dem sonst gut zwanzig Personen saßen und aßen, Mägde wie Knechte, wenn die Nonnen und ihre Besucher bedient worden und satt waren. Das geschrubbte Holz zeigte unzählige Kratzer und Kerben von Jahrhunderten treuer Dienste. In der Hitze der Küche war ich dankbar für den tiefen Ausschnitt meiner Bluse. Wassilissa hatte Brot gebacken, und der Ofen glühte immer noch. Am Ende des Tisches lagen die frischen Laibe. In der späten Nachmittagssonne glänzte ihre Kruste golden.

Da es keinen Quark gab, schöpfte ich die Sahne in der Molkerei ab und versuchte, sie so dick wie möglich zu bekommen, so wie ich es bei den Dienstmädchen beobachtet hatte. Mit einem Besen aus gebündelten dürren Zweigen schlug ich die Sahne steif und schleckte mir die Fingerspitzen sauber. Köstlich! Jetzt musste ich mich mit dem Backen des *Kulitsch* beeilen. Alexej sollte Augen machen. Wann hatte ich zuletzt etwas so Großes und Echtes gefühlt, das weder Verzweiflung noch Furcht gewesen war?

Nadja hatte in Kolomenskoje stets ein Lied gesummt, um sich an das Rezept zu erinnern. Ich reihte die Verse holprig aneinander. »Butter oder Schmalz, aber ohne Salz! Die Eier tu schlagen, je nach Behagen. Drauf gib Hände voll Mehl, langsam, mit Seel Zucker darauf, gern zuhauf!« Das halbe Dutzend Eier aus dem Korb neben dem Ofen schmiegte sich in meine Handfläche. Die Hühner des Klosters waren dumme Viecher, die um jedes Ei mit Kratzen, Flattern und Picken kämpften, aber sie legten rund um die Uhr, jeden Tag. Ich schlug die Eier in eine große Steinzeugschüssel und ließ die Schalen achtlos auf dem Tisch liegen. Als Nächstes brauchte ich den Zucker, Wassilissas größten Schatz. Ah, sie bewahrte ihn zusammen mit den Gewürzen auf. Ich fand die groben weißen Körner neben dem Pfeffer, den Senfkörnern und dem Safran und siebte ihn in die zerlaufenen Eier, ganze Massen davon. Wassilissa würde mir das Fell gerben, wenn sie davon erfuhr. Aber sie tat es ja nicht, kicherte ich insgeheim und puderte noch mehr Zucker über die Eier, eine weiche und gleichmäßige Schicht. Ich war eine echte Bäckermeisterin, wer sagte es denn? Meine Wangen glühten vor Stolz, als ich Eier und Zucker schaumig schlug. Die Masse spritzte überallhin. Dann ließ ich das Mehl aus hoch erhobenen Händen darüberrieseln. *Mehl braucht Luft*, hatte Nadja gesagt. Der Tisch sah aus, als hätte ein Schneesturm gewütet. Währenddessen schmolz die Butter in einer schweren Gusseisenpfanne auf dem Herd. Autsch! Ich verbrannte mir den Daumen, als ich die heiße flüssige Butter in den Teig goss. Eimer mit frischer Milch standen neben dem Eingang, und ich schöpfte etwas davon ab, um die Hefe darin aufzulösen. Schließlich mischte ich alles durch … so. Jetzt musste der Teig nur noch aufgehen.

Später nutzte ich das Nickerchen, das Wassilissa und die Dienstmädchen machten, bevor die Vorbereitungen für das Nachtmahl begannen. Und danach würde sie das Aufräumen bis in die frühen Morgenstunden beschäftigen. Zuerst ließ ich den aufgegangenen Teig in eine kupferne Form gleiten und glättete die Oberfläche. Dann schob ich die Form in den Herd, in dem Tag und Nacht ein Feuer loderte, das Wasser für die Samoware erhitzte, Lämmer röstete und die Lieblingsküchlein der Äbtissin buk. Die Molkebutter war noch hart, also stellte ich sie zum Weichwerden neben den Herd. Ich konnte nicht widerstehen, schabte einige goldene Späne ab und saugte daran.

»Da bist du ja!«

Ich fuhr herum, den diebischen Finger noch im Mund. Mit verschränkten Armen lehnte Alexej Rasumowski im Türrahmen. Ich saugte meine Fingerspitzen sauber und sah, wie seine Augen sich verdunkelten, bevor er den Blick abwandte.

»Du kommst spät«, stellte ich lächelnd fest. »Männer kommen bekanntlich immer erst, wenn die Arbeit erledigt und das Essen fertig ist. In einer halben Stunde kannst du den besten Kuchen kosten, der dir je vorgesetzt wurde.«

Seine Anwesenheit füllte die Küche aus, und mir stieg das Blut in die Wangen. Ich entfernte mich vom Herd, als er näher kam und mein Werk begutachtete.

»Das würde ich nicht als fertig bezeichnen. Kleine Prahlerin!«

Mir war schwindelig von der Hitze des Herds wie auch von seiner Nähe. Wie schön seine Hände waren, so gebräunt, schmal und stark, mit langen, schlanken Fingern, ausgeprägten Knöcheln und kurzen, sauberen Nägeln. Dies waren keine Hirtenhände.

»Lass uns sehen!«, sagte ich mit belegter Stimme und holte die Form aus dem Herd. Flammen leckten auf mich zu, und die Hitze dampfte mir über das Gesicht. Er lehnte am Küchentisch, wo ich den Kuchen abstellte. Ich versuchte, ruhig und gelassen zu wirken, und wischte mir die Hände sorgfältig an meinem dunklen Rock ab. Ich wollte die schöne Blumenstickerei des Stoffes nicht verderben.

»Du magst Molkebutter, nicht wahr?«, fragte er.

Verwirrt steckte ich mir eine lose Locke hinter das Ohr. »Woher weißt du das?«

Er stand so dicht neben mir, dass ich die glatte Haut seiner Brust sah, die Stelle, wo der Hemdkragen nur lose geschnürt war. Ich ahnte in ihm die drahtige Stärke eines Hirtenjungen, der Berge erklomm, um ein Lamm zu retten, der seine Herde täglich vor Wölfen und Adlern verteidigte. Mit seiner Fingerkuppe zeichnete er sanft den Schwung meiner Oberlippe nach. Mein Blick verfing sich in dem seinen.

»Hier hängen noch Krümel, Naschkatze!«, flüsterte er.

»Dann nimm sie bitte weg!«, sagte ich leise, mit zitternder Stimme.

»Meine Finger sind zu unbeholfen.«

»Nun denn …« Erwartungsvoll hob ich das Gesicht,

und er senkte den Kopf. Meine Lippen öffneten sich unter seinem Mund, zart und ohne Eile. Sein Atem war süß und frisch, als er mich küsste, vorsichtig und beinahe keusch.

»So, weg sind sie. Übrigens schmecken die Krümel genauso süß wie du«, raunte er.

»Lass mich dich auch schmecken«, flüsterte ich und erhob mich auf die Zehenspitzen. Ich entdeckte Überraschung in seinem Blick, als ich ihn küsste. Gemeinsam stolperten wir zurück an den Küchentisch. Er hob mich hoch, setzte mich auf die Platte und umfasste mein Gesicht sanft, als rahme er ein wertvolles Bild. Er küsste mich, und seine Hände tasteten mir zuerst über das Haar und dann über meine nackten Schultern, denn die Bluse war mir noch tiefer gerutscht. Ich legte den Kopf in den Nacken und seufzte, als seine Lippen meine Kehle fanden. Mein fliegender Atem ermutigte ihn, und sein Kopf senkte sich, um meine Knospen durch das dünne Leinen der Bluse zu kosten. Der Stoff war feucht und haftete an meinen harten rosigen Brustwarzen. Bei diesem Anblick seufzte er tief auf, doch ich riss mich zusammen, schob ihn weg und glitt vom Tisch. Ich steckte meine losen Locken, die sich aus der Krone meines Zopfes gelöst hatten, hinter das Ohr, verwirrt und errötet, und versuchte vergeblich, meine Bluse wieder hochzuziehen. Er hielt mich sicher für ein leichtes Mädchen! Schwer atmend trat er einen Schritt zurück.

»Verzeih. Das ist nicht richtig«, sagte er. »Ich reise morgen nach Moskau ab, und du bist ein ehrliches Mädchen. Ich werde dich nicht beschämen. Hier in Kiew gibt es viele gute Männer, die ein so süßes Milchmädchen wie dich heiraten wollen.« Er gab mir einen letzten zärtlichen Kuss, ehe er sich meine Hand aufs Herz legte. »Du kleine Diebin«, lächelte er.

Ich räusperte mich. »Wie wäre es jetzt mit einem Stück Kuchen?«

»Das wäre schön. Bitte.«

Das Backwerk sah wunderbar aus, locker und dampfend. Alexej lächelte über den Stolz, mit dem ich die dicke Sahne darüberhäufte und den Kuchen dann mit kandierten Früchten und Spänen aus Molkebutter garnierte.

Ich suchte nach dem langen Messer, mit dem Wassilissa stets die Kuchen anschnitt. »Willst du das erste Stück?«

»Ja, zumal ich der Richter bin, der den Gewinner der Wette bestimmt«, neckte er mich mit gespielter Strenge.

Ich schnitt ihm ein großes Stück auf einen Teller und beobachtete stolz, wie er aß. Alexej nahm einen Mund voll, kaute ... und würgte. Er hustete und spuckte, die Augen tränten ihm, und er verzog das Gesicht, ehe er losrannte und den Kuchen in den Eimer neben dem Feuer spuckte. Mit roten Augen sah er auf.

»Was hast du denn?«, fragte ich fassungslos, und eine tiefe Röte stieg mir ins Gesicht.

»Mein Gott, Lisenka! Du hast Salz statt Zucker verwendet«, keuchte er und wischte sich den Mund.

»Das tut mir leid«, stammelte ich, aber dann gewann mein Humor die Oberhand. Das war so lustig! Zum Schreien! »Jetzt weiß ich, warum Wassilissa den Zucker neben dem Pfeffer aufbewahrt«, rief ich lachend. Sein Gesicht war dunkel, während ich lachte und lachte. Ich lachte so, dass ich mir die Seiten hielt und mir die Augen wischte. Wie urkomisch! Er aber war mit zwei Schritten bei mir, packte mich und küsste mich wieder, hart und fordernd. Seine Lippen suchten meinen Mund mit überwältigender Lust und Leidenschaft. Wir verschlangen einander mit Küssen, lachten und küssten uns noch lustvoller. »Du hast gewonnen«, sagte er und rang nach Atem, als sich schwere Schritte der Küche näherten. Eine Frau fluchte leise, und Schlüssel klapperten.

»Das ist Wassilissa. Sie zieht uns das Fell über die Ohren«, raunte ich.

»Lauf! Sie ist viel zu dick, um uns zu fangen!« Er fasste mich bei der Hand, und wir rannten zur Hintertür hinaus, die Stufen hoch und dann quer über den Hof. Erst bei den Stallungen hielten wir an, außer Atem und wieder lachend.

»Musst du bald reiten?«, fragte ich, als ich wieder zu Atem kam. Dies war keine Zeit zum Spielen. Alles zwischen uns war heiliger Ernst. Er zog mich an sich und umfasste mein Gesicht. »Morgen. In der Dämmerung.« Er schluckte hart.

»Jeder Abschied von dir kommt zu bald, ob jetzt oder in zwanzig Jahren«, sagte ich leise.

»Versprich mir, mich zu vergessen!« Er zog meine Hände an die Brust.

»Ich verspreche es«, log ich.

»Ich kann es nicht versprechen. Das ist unmöglich«, sagte er und strich mir die Haare aus dem Gesicht. »Ich kann dir nichts bieten, Lisenka. Geh, finde einen guten, braven Mann und gebär ihm ein Dutzend starker, gesunder Söhne, die dich lieben. Gott segne dich.« Ich ließ mich von ihm küssen und dachte, es sei das letzte Mal. Seine Umarmung war so innig wie die Erinnerung an diesen Moment, der mir für immer erhalten blieb.

Als Kind durfte ich meinen Vater in seine Kunstkammer begleiten, seine Sammlung an Irrungen und Wirrungen der Natur. Da gab es einen Fötus mit einem Fischschwanz, einen Welpen mit zwei Köpfen, den abgeschlagenen Kopf einer seiner Mätressen, der Schottin Marie Hamilton, sowie das Skelett eines buckligen Riesen. Am besten aber erinnerte ich mich an ein Stück Eisen, das ein anderes Stück Metall unwiderstehlich anzog. Vater nannte es einen Magneten.

So hätte ich mein Treffen mit Alexej Rasumowski als zufällige Begegnung abtun können, als schön, doch bald vergessen. Doch ich fand mich von ihm so hilflos angezogen wie von einem Magneten und suchte stattdessen L'Estocq auf.

Die Äbtissin Agatha und er saßen in ihrem Arbeitszimmer und kosteten gerade den Schinken des letzten Herbstes. L'Estocq sprach mit vollem Mund. »Der geräucherte Schinken ist schmackhafter als der Kochschinken, aber ich finde dessen Fleischigkeit besser.«

»Lass mich probieren!« Mit einem Glas süßen Dessertweines spülte Agatha den letzten Happen hinunter. Schuldbewusst wie ertappte Kinder sahen beide auf, als ich auf der Schwelle stand. L'Estocq erhob sich, wachsam wie immer, und nahm meine aufgelöste Erscheinung in sich auf.

»Was gibt es, Zarewna?«

»Lass uns an den Hof zurückkehren!«

»Wann, Hoheit?« Er fischte nach einem weiteren Stück Schinken. Die Äbtissin füllte die beiden Gläser von Neuem, während er die fast leere Flasche musterte. »Haben wir noch mehr davon, Äbtissin Agatha?«

»L'Estocq!«, sagte ich scharf.

»Wozu die Eile? Wir haben es gut hier. Wir sollten an den Krieg in Polen denken. Reisen ist nicht sicher. Außerdem weiß niemand wirklich, wie weit die Chinesen schon vorgedrungen sind. Der Bruder des Schahs kommt vielleicht niemals an. Hast ist ein schlechter Ratgeber.«

»Wir reiten im Morgengrauen«, entschied ich. »Wie der Zufall es will, können wir uns einem anderen Reiter anschließen.«

So überließ ich die beiden ihrer Völlerei und packte meine wenigen Habseligkeiten.

69. Kapitel

L'Estocq hatte den Anstand, entweder hinter Alexej und mir her zu galoppieren oder uns vorauszureiten, um die Strecke nach Straßenräubern oder anderen Gefahren abzusuchen. Der Sommer war ein weiteres Jahr viel zu heiß, was sowohl Menschen als auch Tiere launisch und unberechenbar machte. L'Estocq war bis an die Zähne bewaffnet. Pistolen, Dolche und Messer hatte er in der Weste und im Gürtel, ja sogar im Hutband versteckt.

Alexej nahm meine Erklärung für L'Estocqs Anwesenheit sowie meine eigene Reise als gegeben hin und stellte keine weiteren Fragen. »Welch ein Zufall, dass du für deine Moskauer Cousine als Magd arbeiten kannst und der Arzt zufällig in die Stadt zurückkehren muss. Wie stellst du dir Moskau vor?«, fragte er nach einer Weile.

»Riesig. Und wild. Zumindest habe ich das gehört«, fügte ich hastig hinzu, um mich nicht zu verraten. »In Moskau soll es so viele Kirchen geben, dass die Glocken den ganzen Tag hindurch läuten. Der Kreml, in dem die Zarin lebt, ist das Herz der Stadt.«

»Ich werde dort singen… in der kaiserlichen Kapelle. Stell dir nur ihre Pracht und Herrlichkeit vor!«, schwärmte er.

»Dazu reicht meine Fantasie nicht aus.« Hatte ich das

Spiel zu weit getrieben? Der Augenblick, ihm die Wahrheit zu gestehen, nahte viel zu rasch. Aber ich wollte abwarten und demselben gütigen Schicksal vertrauen, das mir Alexej über den Weg geschickt hatte. Er lehnte sich zu meinem Pferd herüber und streichelte mir zärtlich über den Handschuh. »Ich werde dir alles erzählen, wenn wir uns in Moskau treffen. Ich bete zu Gott, dass dies oft möglich ist.«

Agatha hatte uns reichlich mit Hartkäse, Schinken, eingelegtem Gemüse und Obst versorgt. Außerdem war Alexej ein guter Angler, sodass wir nie hungerten. Während L'Estocq sich um die Pferde kümmerte und ich ein Feuer entzündete, schlug Alexej unsere Zelte auf und spitzte einen Speer an. Meist kehrte er mit einem Lachs, einem Aal oder gar einem Otter zurück. Er schnitt das ölige rohe Fleisch in hauchdünne Scheiben und pfiff dabei zufrieden vor sich hin, denn er fand Glück in den kleinsten Dingen. Das Fleisch aßen wir roh und mit Genuss. »Salz statt Zucker, nicht wahr?« Er zwinkerte mir zu. »Wie gut, dass du noch über viele andere Fähigkeiten verfügst.«

L'Estocq kaute nur schweigend und mit einem missbilligenden Ausdruck in den dunklen Augen.

Kurz vor Moskau schlugen wir auf einer Lichtung unser Nachtlager auf. Das Feuer brannte hell, und Alexej briet einen fetten Lachs am Spieß, den er mit dem Saft von Agathas letzten eingelegten Krimzitronen mariniert hatte. Die herbe Süße vermischte sich mit dem wilden Bärlauch. Alexej kannte jedes Kraut und jeden Pilz. Es duftete himmlisch, und dem Lachs barsten die glasigen

Augen. Die letzten Flaschen des berühmten Klosterbiers kühlten im schlammigen Flussbett des nahe gelegenen Baches. Die silbergrauen Kanten des Himmels wurden rasch dunkler. Die hellste Zeit des Jahres war vorüber. Das Lagerfeuer erhellte die Gesichter der beiden Männer.

»Lust auf eine Partie?«, fragte L'Estocq mit herausforderndem Blick und zückte seine Tarotkarten. Wie alle Hirten hatte auch Alexej einen sechsten Sinn für Gefahren, denn von Kindheit an hatte er Schafherden vor Dieben und Raubtieren bewacht. Nur allzu deutlich spürte er sowohl die Abneigung des Franzosen als auch meine Unruhe angesichts der Karten. Alexej runzelte die Stirn. »Was ist das? Ich meide Glücksspiele.«

»Wahrscheinlich einzig aus Unwissenheit. Bei einem Hirtenjungen, der im Haushalt eines Priesters aufwuchs, würde mich das jedenfalls nicht wundern.«

»Auch Popen sind nur Menschen. Pater Gregori liebte ein gutes Kartenspiel, obwohl wir um Kieselsteine spielten. Mehr Sündhaftigkeit gab es in seinem Haushalt nicht, das stimmt«, erwiderte Alexej lachend.

»Tarot ist kein Glücksspiel, sondern das Spiel des Lebens«, widersprach L'Estocq und fächerte die Karten auf. »Wähl drei davon aus, und dreh sie um, wenn du dich traust. Lass uns sehen, was das Schicksal für dich bereithält, junge Nachtigall!«

Alexejs Gesicht verfinsterte sich, doch er zog drei Karten.

Nicht!, wollte ich in plötzlicher Angst rufen, als er sie auch schon zerknickte und angewidert ins Feuer warf. »Schau, was ich mit diesen Karten mache. Sie sind das Werk des Bösen. Nur Gott kennt unser Schicksal.«

L'Estocq sprang auf, als die Flammen nach den Karten griffen und sie zu Asche zerfielen. »Mein Leben liegt in Gottes Hand.« Alexej berührte seine Kehle. »Ich brauche nur seinen Segen. Jedem Dämon trete ich in den pelzigen Hintern.«

Ich starrte ihn an. Ja, so wehrte sich ein Mann wie er gegen den *leschi*, falls der es wagen sollte, ihn zu quälen. Er würde ihn in den pelzigen Hintern treten. Ein verrücktes Lachen saß mir in der Kehle, aber L'Estocq war außer sich vor Zorn. Die Tarotkarten hatten zu seinen wertvollsten Schätzen gehört.

»Wie kannst du es wagen?« Er warf sich den Mantel um die Schultern. »Ich bin nicht hungrig. Iss deinen stinkenden Lachs allein!« Keiner von uns beiden hielt ihn zurück, und das erzürnte ihn noch mehr. Er stapfte zu seinem Zelt, das am Waldrand stand, ein gutes Stück vom Feuer entfernt.

»Sehr gut«, strahlte Alexej. »Wie wäre es nun mit einem kalten süßen Bier?« Er watete in den Bach, um eine Flasche herauszuholen. Dann saßen wir am Feuer, und das schäumende goldene Getränk passte genau zu meiner ausgelassenen Stimmung.

»Auf die Geschenke des Schicksals!«, prostete ich ihm zu. Mit glänzenden Augen hob er ebenfalls seine Flasche. Nachdem wir uns an dem fetten rosigen Fisch gelabt hatten, zertrat Alexej sorgfältig das glimmende Holz, da mit dem heißen Wetter überall Waldbrände entstanden, die ganze Werst an Land verschlangen. Ein Vollmond zeigte sich am Himmel, und im Schilf begann ein Froschkonzert. Die letzte Glut hüllte uns in ein warmes Leuchten.

»Deine Haut sieht aus wie Sahne«, sagte er mit schläfriger Stimme. »Ich frage mich, ob du wohl genauso süß schmeckst.«

»Versuch es! Vielleicht lohnt sich das Glücksspiel doch einmal.«

»Ich habe nichts zu verlieren.« Er beugte sich vor. Unsere Atemzüge vermischten sich süß, ehe sich unsere Lippen berührten. Wie sehr ich mich danach gesehnt hatte! Als er mich küsste, schoss es mir so sengend durch den Körper wie ein Blitzschlag durch einen Baum. Mein ganzes Wesen bündelte sich in meiner Mitte, als seine Lippen seinen Händen folgten, die mir den Kragen der Bluse zurückschoben und meinen Hals küssten. »Seit dem Augenblick in der Küche träume ich von dir«, flüsterte er. Ich löste mich unter seiner Zärtlichkeit auf und sehnte mich nach der nächsten Berührung seiner Hände. Er ließ mich auf seinen Mantel gleiten, und der Stoff schmiegte sich warm an meinen Rücken. Meine Stiefel und die Reithose hatte er beiseitegeworfen, als ich mich seinen hungrigen Augen darbot. »Wie schön du bist, Lisenka! Ein weiteres Geschenk, das Gott mir macht.« Er schmeckte alles an mir, meine Brüste und meinen Bauch. Seine Zärtlichkeit sandte mir Schauer über den Körper. Meine Schenkel öffneten sich, und ich keuchte auf, als seine Zunge über mein feuchtes Fleisch glitt. »Schsch!«, warnte er frech. »Diesen lästigen Franzosen können wir jetzt nicht gebrauchen.« Seine Zunge glitt in mir auf und ab, wie ein Schlitten in seiner Spur. Ich biss mir auf die Lippen, als Alexejs Zunge meinen geheimsten Ort erreichte, und wimmerte hilflos vor Lust, als er meine Schenkel weiter teilte und einen Finger prüfend in mich hineingleiten ließ. Mein Blut versengte meine Adern, als ich kam und mich mit einem

Schrei aufbäumte, L'Estocq hin oder her. Als er seine Hände in meinen prallen Hintern grub, seufzte ich laut auf. Dann saß ich rittlings auf ihm und rang nach Atem, als er sich in mich schob. Sein Blick spiegelte die Sterne über uns wider.

»Jetzt«, keuchte ich. »Bitte…« Ich warf mich nach hinten. Im sterbenden Licht der Flammen schien er aus Bronze gehämmert zu sein, seine Augen vor Genuss geschlossen, seine nackte Brust breit, seine Hüften schlank. Verlangen überflutete mich erneut, als er nach mir griff. Mein Körper reckte sich ihm entgegen, als er sich immer wieder in mich schob. Und dann begrub er den Kopf zwischen meinen Brüsten, deren Haut blass im Mondlicht glänzte. Jeder Stoß ließ mich nach mehr flehen, und ich flüsterte Worte, die ich nicht für möglich gehalten hätte, und scherte mich nicht darum, was er von mir dachte. Er kam und presste mich an sich. Wir waren beide schweißüberströmt, und ermattet schmiegte ich mich an seinen Hals. Die Erde hatte sich geöffnet und die Welt, wie ich sie kannte, für immer verschlungen.

»Komm her, Lisenka!«, murmelte er zärtlich und legte den Mantel um mich. Ich zitterte, als wir näher ans Feuer rückten. Die Sternschnuppen der Augustnacht erhellten den Himmel und strahlten heller als das Feuerwerk bei Anna Iwanownas Krönung.

»Schnell, wünsch dir etwas!«, drängte ich. »Aber du darfst mir nicht verraten, was es ist.«

»Das brauche ich nicht«, sagte er und küsste mir die Stirn. »Du weißt, was ich mir wünsche. Ich bete, dass dieser Wunsch mir erfüllt wird.«

Ich schmiegte mich an ihn, während er mir den Nacken streichelte. Ich konnte nicht anders, als vor Glück zu weinen, und er küsste mir die Tränen von den Wangen. »Was ist mit dir, Lisenka?«

»Ich bin so glücklich. Nie hätte ich erwartet, dies erleben zu dürfen.«

»Auch ich nicht. Seitdem du mich mit dem Kuchen vergiften wolltest und nur darüber gelacht hast, wusste ich, dass du das süßeste aller Mädchen bist.«

»Eine Frage …«, begann ich mit frechem Lächeln.

»Ja?«

»Wo lernt ein Hirte, so zu lieben?«

Er kraulte mich zwischen den Schenkeln. »Schafe«, grinste er. »Sie haben ein ähnlich helles und lockiges Fell.«

Ich lachte.

»Ich habe eine Gegenfrage«, sagte er.

»Ja?«

»Wo lernt eine Milchmagd, so zu sprechen wie du gerade?« Er zauste mir das Haar.

»Oh, Butter schmilzt am besten bei Hitze«, entgegnete ich lächelnd.

Er lachte und küsste mir die Finger. »Wir dürfen das nicht mehr tun, solange wir nicht verheiratet sind. Was ist, wenn du ein Kind bekommst? Ich will dich nicht ins Unglück stürzen.«

»Das wirst du nicht«, beruhigte ich ihn. »Ein Arzt hat mir einmal gesagt, ich sei unfruchtbar.«

Er schwieg und blickte in die Flammen. Was nun? Mir schlug das Herz bis zum Hals. Welcher Mann wollte keine Kinder und vor allem keinen Sohn? Würde er alles beenden?

»Gut«, sagte er entschlossen. »Nachdem ich erleben

musste, wie meine Mutter im Kindbett so elendig starb wie ein Tier, soll dies der Frau, die ich liebe, nicht widerfahren.«

»Liebe?«, flüsterte ich mit großen Augen.

Er umfasste mein Gesicht. »Ja. Ich habe mich in dich verliebt, Lisenka. Tief und wahrhaftig.«

»Ich mich auch in dich.«

»Ich finde einen Weg, wie wir zusammen sein können. Selbst wenn ich im Kreml lebe und du auf dem Land. Vertrau mir!«, bat er mich.

»Ja, ich vertraue dir«, beteuerte ich, obwohl es ja meine Aufgabe war, einen Weg zurück an den Hof zu finden. Wäre es nach Anna gegangen, wäre ich verachtet und vergessen in Ismailowo verrottet. Die letzte Glut wärmte uns, als wir eng umschlungen einschliefen.

»Guten Morgen«, sagte er, küsste mir die Nasenspitze und strich mir über die Schultern. »Heute ist der erste Tag vom Rest unseres Lebens. Wenn dieser Kerl in seinem Zelt dort drüben nicht alles belauschen würde, könnte ich dir zeigen, wie ich ihn am liebsten mit dir beginnen möchte.«

L'Estocq kochte einen starken Kaffee und erwähnte den vorherigen Abend nicht. Es war mir gleich, ob er wusste, was geschehen war. Dies war mein Leben. Als ich in den Sattel stieg, schmerzten mir die Schenkel vor Lust, und Alexej zwinkerte mir zu. Ich konnte es kaum erwarten, bis wir unser Lager für jenen Abend erreichten. Ich wollte jede Nacht meines Lebens bei ihm liegen.

Nach einer Ewigkeit von Waten im Treibsand war ich endlich auf festen Grund getreten.

Zwei Abende später erreichten wir die Sperlingsberge. Weit unter uns erstreckte sich Moskau bis hin zum fernen Horizont. Seine tausend Türme ragten in den Himmel, dünner Rauch stieg aus den unzähligen Kaminen auf, und der Kreml lag wie ein dunkel pulsierendes Herz in der sich windenden Stadt. Alexej war bereit, seinem Schicksal entgegenzureiten. L'Estocq verbarg nur mit Mühe seine Erleichterung, als er sich verabschiedete. Ich verbot es mir, mich noch einmal nach meinem Geliebten umzusehen, als sein Pferd in Richtung Moskau davontrabte. Seine Hufe schienen mein Herz zu zertrampeln. Mich erwartete Ismailowo.

Wie sollte ich Alexej erklären, wer ich in Wirklichkeit war? L'Estocq hatte recht, sobald Zarin Anna mich zu ihrer Erbin ernannte, mochte es einfacher werden. Doch um dies zu erreichen, musste ich an den Hof zurückkehren. Wie konnte ich Anna überzeugen?

70. Kapitel

Ismailowo bot einen erschreckenden Anblick. Die Obstgärten, in denen die Bäume beschnitten worden waren, um reichere Ernten zu erzielen, lagen gerodet und brach. Ziegen nagten an den Baumstümpfen, deren Zweige als Brennholz gedient hatten. Felder und Blumenbeete waren zertreten und matschig, die Erde bestand nur noch aus Löchern. Die Rinder, die mit einer anderen Rasse gekreuzt worden waren, um stärkeres Vieh zu züchten, irrten umher, sofern sie noch nicht am Spieß gebraten worden waren. Die klaren Bäche hatten sich in stinkende Abwasserkanäle verwandelt, und die Seen glichen Sümpfen. Die Fische trieben mit dem Bauch nach oben, ihre Leiber hingen gefangen inmitten verwelkter Seerosen. Das Wolfshaus lag verlassen da. Die Tiere waren verkauft oder geschlachtet, ihre Häute gegerbt worden. Der geheime Weg zum ehemaligen Labyrinth bildete einen matschigen Pfad, die Eiben waren verbrannt.

»Oh mein Gott!«, rief L'Estocq, als er sein Pferd zügelte. Dies waren im Grunde die ersten Worte, die er äußerte, seit wir uns von Alexej getrennt hatten. Auch ich war schweigend geritten und hatte dem Kommenden entgegengebangt.

»Was ist hier geschehen?« Ich stand in den Steigbügeln und beschirmte die Augen gegen das Licht. Der Palast von Ismailowo stand noch immer wie in einem Traum auf seiner Insel, doch in dem weitläufigen Park jenseits des Wassergrabens standen Hunderte von Zelten, und Feuer glühten in den frühen Abend. Die klare Luft der blauen Stunde war vom Geruch nach Kohl und Erbsensuppe geschwängert. Stimmen stiegen zu uns auf, Lachen, Rufe, Streitereien, Flüche und Lieder.

Wir ritten ins Innere des Lagers, wo ein hohes breites Zelt stand. Die bunt bestickten und mit Goldquasten besetzten Klappen waren an die geschnitzten Holzpfosten zurückgebunden. Persische Teppiche lagen darin ausgerollt, und elegante Möbel standen achtlos nebeneinander. Schreibtische brachen unter der Last von Papierrollen und Briefen schier zusammen. Über den Sofas und Stühlen hingen Felle und Samtdecken. Diener liefen umher und ähnelten Paradiesvögeln mit ihren aus Silbertuch geschnittenen Livreen. Sie trugen große Tabletts mit Speisen und Getränken oder schleppten Brennholz zu der riesigen Feuerstelle inmitten des Zeltes. Sie waren ständig in Eile, so als ob ein bedrohlich strenges Auge sie im Blick behielt.

»Was geht hier vor sich, L'Estocq?«, fragte ich fassungslos. Mittlerweile vertraute ich darauf, dass er alles wusste.

»Schwartz sandte mir eine Taube, doch ich wollte der Nachricht keinen Glauben schenken. Die Zarin lagert hier, bis ihr neuer Holzpalast Annenhof fertiggestellt ist. Er wurde bereits zweimal vom Feuer zerstört, doch sie lässt ihn stets von Neuem erbauen, von Grund auf.«

Anna hatte offenkundig nicht vergessen, wie mein

Vater Sankt Petersburg errichtet hatte, unter völliger Missachtung menschlichen Lebens oder der Staatskassen. Ismailowo war meine letzte Zuflucht vor dem am Hof herrschenden Wahnsinn gewesen. Was konnte sie mir noch nehmen? Mein Inneres zog sich bei dem Gedanken zusammen. Ich musste Alexej beschützen.

Ein Diener band die Klappe zum kaiserlichen Zelt noch weiter zurück. Im Eingang stand ein mannshoher Käfig. Doch hinter den Gitterstäben saß kein Vogel, sondern ein Mensch. Wer war das?

Um den Käfig herum bildeten die Höflinge einen Kreis. Sie schrien und schüttelten die Fäuste, bis ich Zarin Anna und de Biron selbst sah. Sie begrüßten etwa zwanzig Männer und Frauen, die noch staubiger aussahen als wir. Der Mann im Käfig schwang sich auf seine Stange und pickte an einem baumelnden Spiegel, während die schreienden Höflinge die Fremden nicht beachteten.

Ich schnalzte mit der Zunge und ritt zu Annas Zelt. Niemand konnte mir das Glück der letzten Wochen und Tage nehmen. Ich war zerbrochen gewesen, doch Alexej hatte mich geheilt. Ihm hatte ich alles zu verdanken.

Ein Posten führte mein Pferd weg, als Diener Fackeln in gusseiserne Halterungen an Annas prächtigem Zelt steckten. Sie warfen ein goldenes Licht in die sich bündelnde Dämmerung. Die Wächter beäugten uns misstrauisch. L'Estocq hatte recht gehabt, ich hatte zu viel Zeit verstreichen lassen. Dabei war ich doch eine Zarewna.

»*Gack, gack! Gack! Zwitscher! Piep, piep!*«, machte der Mann in seinem Käfig, als ich das Zelt betrat. Entsetzt starrte ich ihn an. Es war Fürst Alexej Dolgorukow. Viele Male hatte er Vaters Wut und Misstrauen überlebt. Doch sein Versuch, Annas Macht zu begrenzen, hatte seinen Schutzengel ermüdet. Büschelweise waren ihm die Haare ausgerissen worden, und ihm fehlten mehrere Zähne. Sein Gesicht war hager, und sein Körper in dem gefiederten hellen Kostüm wirkte ausgezehrt. Er schlug mit den Armen wie mit Flügeln und stieß mit dem Kopf gegen den großen runden Spiegel, der von der Decke des Käfigs herabhing. Sosehr ich ihm die Demütigung an Petruschkas Totenbett verübelte, ein solches Dasein hätte ich weder ihm noch irgendeinem Menschen auf dieser Welt gewünscht.

»*Gack, gack*«, sagte er, und in seinen Augen brannte eine unausgesprochene Warnung, ehe er wieder an den Körnern pickte, die verstreut auf dem Käfigboden lagen. Ich nickte ihm unmerklich zu.

Anna und de Biron hatten sich unter die Fremden gemischt, die laut und wild gestikulierend redeten.

Schreiend schüttelten die Höflinge die Fäuste. Aus aneinandergereihten Kelchen und Schnüren war eine Rennbahn gebildet worden. In wilder Hast und Todesangst kroch darin ein halbes Dutzend Krebse auf eine grob gezeichnete Ziellinie zu. Ein junger Mann von erstaunlich blasser Schönheit beobachtete das Wettrennen angespannt und mit geballten Fäusten. Im Gegensatz zu seinem kalkweiß geschminkten Gesicht waren seine Wangen und Lippen purpurrot angemalt. Plötzlich sprang er laut jubelnd in die Luft. »Mein Krebs hat gewonnen! Eure Einsätze, bitte!«, schrie er lachend und hob seinen Krebs hoch, während sein Lakai den Gewinn einsammelte. Es waren erschreckend hohe Beträge. Um solche Schulden zu bezahlen, mussten Höflinge Leibeigene und Dörfer verkaufen. Dies war ein Todesurteil für die Menschen dort in Zeiten von Krieg und Hungersnot. Auf wen konnten sie sich verlassen, wenn nicht auf ihre Herren?

»Gut gemacht, Graf Lynar!«, rief meine Nichte Christina. Mit rosigen Wangen trat sie auf den jungen Gecken zu. Sie war sichtbar erblüht. In ihren dunklen Zöpfen leuchteten Perlenketten, die einst eckigen Schultern hatten sich gerundet, und ihre früher flache Brust hatte eine vollkommene aristokratische Wölbung erfahren. Wie aus Versehen legte sie eine Hand auf die Schulter des Grafen Lynar, wo eine rubinrote Schleife den lilafarbenen Seidenmantel schmückte.

»Wie könnte ich auch nicht gewinnen? Ich habe mit deinen Farben gekämpft«, sagte er und klapperte wie ein Mädchen mit den Wimpern.

»Sollen wir den Krebs in den Teichen freilassen?«

»Oh, man soll dem Schicksal nicht im Weg stehen«, bemerkte Graf Lynar grinsend und reichte den Krebs an seinen Diener weiter, dem er nun seinen Wettgewinn abnahm. »Koch ihn zum Abendessen mit einem weiteren Dutzend! Er wird köstlich schmecken. Vielleicht will Eure Hoheit sich mir anschließen.«

Er verneigte sich vor Christina, als die Zarin zu ihnen trat. Anna Iwanowna überragte die meisten Männer um Haupteslänge. »Fürstin Christina ist beschäftigt, Graf Lynar. Und Ihr solltet es auch sein. Wie ich hörte, habt Ihr in Sachsen achtzehn uneheliche Kinder, deren Ammen Ihr freundlicherweise in die Lage versetzt habt, überhaupt stillen zu können. Das sollte doch jedem Mann genügen.«

»Achtzehn uneheliche Kinder? Und die Ammen sind auch noch schwanger? Ich muss schon sagen, Donnerwetter!«, rief de Biron anerkennend.

Graf Lynar verbeugte sich. Sein dichter weißblonder Haarschopf fiel ihm in die glatte Stirn und verbarg die blauen Augen, die hell wie die eines Schlittenhundes waren, wie auch seinen vollkommenen Mangel an Scham.

»Wo steckt Julie von Mengden, deine Hofdame, Christina? Ostermann, wo ist deine Nichte, wenn man sie braucht?«

»Hier bin ich, Majestät.« Eine junge Frau trat vor und knickste. Ich hatte ihren Namen noch nie gehört. Ihre spitze Nase, die eng gestellten grauen Augen sowie ihr unscheinbares Haar verliehen ihr das Aussehen eines Marders. Ostermanns Nichte! Es gab also noch mehr von dieser Brut hier am Hof.

»Genug Unterhaltung für den Abend! Die Fürstin braucht Ruhe«, befahl Anna. Christina wirkte niedergeschlagen. Wie erstaunlich schlecht vermochte sie doch, ihre Gefühle zu verbergen, obwohl sie ihr ganzes Leben am Hof verbracht hatte! Julie von Mengen hakte sie unter, und als sie gingen, zwinkerte Graf Lynar seinem Lakaien zu. Welch ein Geck!

Mein Unbehagen vertiefte sich noch. Während meiner kurzen Abwesenheit hatte sich ein Wachwechsel am Hof vollzogen. Sowohl mein Großvater, Zar Alexej, als auch mein Vater hatten Ausländer nach Russland eingeladen, um das Land zu bereichern und aufzuklären. Nie jedoch hatten die Fremden Zugang zu höchsten Ämtern erhalten. Nun aber stiegen neue ausländisch klingende Namen an Rang und Bedeutung auf wie der

Abendstern am Himmel. Russen, deren Familien den Zaren seit Generationen gedient hatten, gerieten dagegen in Armut und Vergessenheit. Hinter mir gluckste Dolgorukow in seinem Käfig und tat so, als würde er an einem Wurm zupfen. Seine Augen rollten in den Höhlen, er schien dem Wahnsinn nahe.

»Meine Liebe, sieh doch nur!«, raunte de Biron Anna zu. »Unsere liebliche Lisenka ist zurückgekehrt.«

Die Hofgesellschaft verstummte. Ich sah mich einem Wall aus Menschen gegenüber, deren Blicke prüfend, kalt und missbilligend waren. Ich fühlte mich wie ein Eindringling in Ismailowo, dem einzigen Ort, dem ich mich zugehörig fühlte. Ich knickste, so gut es mir in meiner Reithose und den Reitstiefeln möglich war. Anna Iwanowna selbst trug ein weites, ungeschnürtes grünes Hauskleid, das sie dennoch an Schenkeln und Brüsten einengte. Sie war mit Schmuck überladen. De Biron nickte leicht, und sie öffnete zur Begrüßung die Arme. Obwohl sie lächelte, war ihr Blick dunkel wie Schiefer.

»Wer ist dieser hübsche Fremde?«, fragte Anna und spielte die Überraschte. »Ah! Du bist es ja, Elisabeth. Immer musst du dich verkleiden. Wie ein Kind.«

»Meine Zarin und Cousine. Verzeih meine Aufmachung, aber so lässt es sich viel besser reisen.«

»Gewährt. Ich freue mich, dass du wieder einmal in Ismailowo mein Gast sein wirst«, sagte sie und traf zielsicher ins Schwarze meines Schmerzes. Ich hatte Ismailowo als mein Zuhause angesehen, doch natürlich war es *ihr* Erbe. Ich selbst war mittellos. Doch ich fasste Mut. Bald wäre ich ihre Erbin und einmal mehr die Zarewna. Der Titel war mein Geburtsrecht, und ich verriet mein Blut nicht.

»Du kommst gerade rechtzeitig, Elisabeth, um meine Schauspieler kennenzulernen«, sagte Anna.

»Wer sind deine Schauspieler?« Was ging in diesem Zelt sonst noch vor sich, außer dass dort ein Huhn gackerte, das ein russischer Fürst war? Außer dass für Krebse, die vergeblich um ihr Leben rannten, Dörfer bezahlt wurden? Was bot ein Hof noch, der von Ausländern unterwandert wurde?

»Sie sind Italiener, doch frisch aus Warschau eingetroffen. Der Kurfürst von Sachsen hat mir von dort eine seiner fünf Truppen gesandt. Fünf! Wie kann ich da keine haben?« Anna blickte zu den wartenden Männern und Frauen hinüber, die ihre Soldaten in eine Ecke gedrängt hatten. Dort kauerten sie wie Hühner angesichts eines Fuchses. »Eine eigene Oper aufzuführen hatte nach meiner Krönung allerhöchste Wichtigkeit für mich«, fuhr Anna fort. »Schade, dass du die Zeremonie verpasst hast.« Sie wandte sich von den Schauspielern ab, die sich nun schreiend duckten, denn ein Offizier drosch auf sie ein.

»Was gibt es denn?«, fragte Anna de Biron stirnrunzelnd.

»Es sind Künstler.«

»Und?«, erkundigte sich Anna verwirrt.

»Dein Offizier Birckholtz hat sie wie Vieh von Warschau nach Moskau getrieben. In Italien werden Künstler wie verwöhnte Kinder behandelt. Sogar August von Sachsen erfüllt ihnen jeden Wunsch. Doch hier wurden ihre Koffer entwendet, ihre Lebensmittel gestohlen, und ihre Kleidung ist durchnässt. Schlimmer noch, Madame

Ludovikas Schokolade ist verschwunden. Ohne Schokolade kann sie nicht singen.«

»Ich hatte ja keine Ahnung!« Anna schnippte mit den Fingern. »Sie werden bis zu ihrem Auftritt für die chinesische Delegation im Kreml untergebracht. Madame Ludovika bekommt Petruschkas Wohnung, Madame Cosima dagegen Katja Dolgorukows Gemächer.«

»Katja?« Ich hob den Kopf. Mein vergangenes Leid war eine Kleinigkeit im Vergleich zu dem, was ich gerade erlebte. »Geht es ihr gut?«

Anna zuckte die Achseln. »Das bezweifle ich. Wenn du mehr wissen willst… eine Brieftaube braucht eine Woche, um nach Berjosow zu fliegen. Dort leisten die Dolgorukows Zwangsarbeit. Ich habe ihre ganze Sippe verbannt.«

»Berjosow in Sibirien?« Katjas zarte Schönheit hatte den Entbehrungen und Nöten, die in Sibirien auf sie warteten, nichts entgegenzusetzen. Sie würde so qualvoll sterben wie Molnija. Der Gedanke bereitete mir keine Genugtuung.

»Genau, Berjosow. Wo du Menschikow hingeschickt hast.«

»Und alle Dolgorukows sind dort?«, fragte ich ungläubig. Ein Hof ohne diese älteste russische Adelsfamilie, die Moskau gegründet und den Kreml erbaut hatte, war undenkbar.

»Ja. Sie sind mit ihrer Verschwörung gegen mich zu weit gegangen. Katja lebt vielleicht noch, aber die meisten anderen nicht. Glück hatte nur unser schöner Vogel im Käfig dort drüben.«

»Aber die Dolgorukows sind eine der ältesten Familien Russlands!«

»Umso schlimmer.« Eine düstere, schmale Gestalt trat zwischen die Zarin und de Biron, Graf Ostermann.

»Was ist ihnen widerfahren?«

»Was immer nötig war. De Biron hat mich beraten, aber die Entscheidung lag bei Ostermann.« Die Zarin lächelte ihn an. »Enthauptung. Vierteilen. Gerädert und die Eingeweide aus dem Leib gezogen.«

De Biron zuckte die Achseln und wirkte leicht verlegen. Wie ein Lausbub fuhr er sich durch das Haar und errötete. Ostermann aber hielt meinem Blick stand. Über wie viel Macht verfügte er, wenn er den Tod einer der ältesten Familien Russlands anordnen konnte?

»Führen de Biron und Ostermann nun die Geschäfte für dich?«

»Unsinn! Ich regiere als absolute Monarchin, wie es mir gebührt. Doch Ostermann riet mir, Alexej Dolgorukow am Leben zu lassen, als mahnendes Beispiel für diejenigen, die sich mir widersetzen. Mein kleines Haustier kann sich glücklich schätzen.« Sie betrachtete den glucksenden Fürsten. »Mach weiter, Alexej Grigorjewitsch! Wenn du innehältst, erschieße ich dich und verfüttere dich an meine Schweine. Das Vieh freut sich dann, eine Schrotkugel in deinem Fleisch zu finden. Das bringt Glück.«

Ich hatte Menschikow besiegt, und Dolgorukow saß in einem Käfig. Nun warf Anna Iwanowna, meine Cousine, Russland den Wölfen zum Fraß vor.

»Peng, Peng!«, kicherte der Zwerg Juan da Costa und gab vor, auf den Fürsten Dolgorukow zu schießen. Dann ließ er sich auf alle viere nieder und schnupperte am Boden wie eine Sau, die Trüffel sucht. Der Hof brüllte vor Lachen.

Fürst Dolgorukow krähte und flatterte verzweifelt um sein Leben.

An seiner Stelle hätte ich einen sauberen Schuss diesem Los vorgezogen.

71. Kapitel

Maja keifte die Übersetzer an und verjagte den beleidigenden Offizier Birckholtz mit einem Fußtritt. Die Schauspieler entspannten sich, ihre Stimmen erhoben sich in einer lauten, fremdsprachigen Kakofonie. Alle erlittenen Bedrohungen und alle ausgestandenen Ängste verwandelten sich in erfolgreiche Abenteuer. Juan da Costa mischte sich unter sie und sprach in mediterranem Kauderwelsch mit ihnen. Diener boten Gläser mit schwerem Burgunder und Teller mit heißen, dampfenden Piroggen an. Dann imitierte der Zwerg den Soldaten Birckholtz und marschierte brüllend und die Beine hochreißend quer durch das Zelt, was auch Anna zum Lachen brachte. Wie viele Zaren hatte der listige kleine Portugiese bereits unterhalten? Bisher vier. Wie viele ihrer Geheimnisse kannte er? Unzählige. Er begegnete meinem Blick mit dunklen, stummen Augen und wissendem Lächeln.

»Wann soll die chinesische Delegation hier eintreffen?«, fragte ich. Ihre Ankunft war Grund für die erste gemeinsame Aufführung von Annas Chor und ihren Opernsängern. Der Chor… Alexej. Meine Gedanken überschlugen sich. Ich wollte nicht allein in Ismailowo zurückbleiben, wenn die Zarin nach Annenhof und Moskau reiste. Doch wie sollte sie mir das erlauben?

»Seit wann kümmerst du dich um Staatsgeschäfte?« Anna hob die Brauen, und die Höflinge schwiegen gespannt. Wie aus dem Nichts erschien Graf Ostermann, aufmerksam lauschend. Es gab darauf keine richtige und keine falsche Antwort. Zeigte ich Gleichgültigkeit, würde ich als leichtsinnige junge Frau abgetan. Zeigte ich zu viel Neugier, konnte dies tödlich enden. Ein kleiner Schritt würde mich dann der Intrige gegen die Zarin schuldig machen.

»Was für Russland gut ist, ist gut für meine Zarin. Nichts liegt mir näher als ihr Wohlbefinden«, sagte ich. Ostermann blinzelte beeindruckt, denn er schätzte einen würdigen Gegner. Anna wog meine Worte ab und neigte dann den mächtigen Kopf. »So sei es. Und willst du wieder hier in Ismailowo wohnen?«

»Nichts lieber als das«, entfuhr es mir verzückt. »Nur hier bin ich glücklich.«

Sie tauschte einen raschen Blick mit de Biron. »Tut mir leid, das ist ganz unmöglich«, erwiderte sie lächelnd. »Sobald Annenhof fertig ist, ziehen wir um. Wir alle. Es kann sich nur noch um Wochen handeln. Die Gärten dort sind göttlich. Allein die Pappelallee ist über eine Werst lang. Kannst du dir vorstellen, wie ihr Flaum im nächsten Juni zu Boden schwebt? Ich sehne mich nach diesem Sommerschnee meiner Kindheit. Zudem hat de Biron, um mir seine Liebe zu zeigen, über Nacht einen Hain aus Bäumen pflanzen lassen, die acht *archin* hoch sind.«

Meine Nägel gruben sich in stillem Triumph in die Handflächen, doch ich senkte die Lider, als ob ich gegen meinen Kummer ankämpfte. Natürlich hatte sie der Versuchung, mich zu verletzen, nicht widerstehen können und mich ihrer Überzeugung nach gezwungen, sie nach Moskau zu begleiten.

»Die Chinesen werden meine ersten Gäste in Annenhof sein. Unser Großvater, Zar Alexej, und unserer beider Väter schickten insgesamt zehn Handelsmissionen nach Peking sowie elf verschiedene Botschafter. Doch nie zuvor – *niemals* – gab es eine Delegation nach Moskau.« Ich war erstaunt. »Weshalb nicht?«

»Das werden wir herausfinden. Die Chinesen wollten Petruschka treffen. Stattdessen finden sie mich auf dem Thron. Das ist Schicksal. Doch ich werde sie nicht enttäuschen.«

De Biron liebkoste Annas Finger. »Das wirst du nie, was immer du tust«, flötete er.

»Aber gibt es nicht bereits Handel zwischen China und Russland?«, wagte ich zu fragen.

»Ja und nein. Die russischen Kaufleute werden sofort nach ihrer Ankunft in Karawansereien eingeschlossen. Wer streunt, wird hingerichtet. Dort schmoren sie, bis alles aufgegessen und der letzte Tropfen Wodka getrunken ist. Dann endlich bringen die Chinesen ihnen die Waren, die sie entbehren können. Tee von schlechtester Qualität, gerade so eben die Blätter, die sie am Boden ihrer Lagerhäuser zusammenfegen. Außerdem zweitklassige Rohseide und drittklassiges Porzellan, das nach kurzer Benutzung springt«, verkündete Anna.

»Das klingt so, als böte China Russland seinen Abfall an.«

»So ist es. Schlimmer noch, sobald unsere Händler gepackt haben, wird jedes Trödeln erneut mit dem Tod bestraft. Aber weshalb fragst du überhaupt danach? Sie treffen mich, nicht dich, du neugieriges kleines Ding«, schalt sie mich, doch Biron entschärfte ihre Worte. »Ah, bah! Frauen sind nun einmal neugierig. Übrigens sendet der Kurfürst von Sachsen noch ein Dutzend Stradivari-Geigen, die den Chor und die Oper begleiten sollen.«

»Wunderbar. Dumm nur, dass es kaum Russen gibt, die sie spielen können.«

Der Chor. *Alexej.* Wie sehr ich mich nach ihm und seiner wahren, schlichten, wilden Natur sehnte. Dem Schrecken zu begegnen, mit dem Anna regierte, ähnelte dem Balancieren auf einer Hängebrücke über tückischen, tosenden Gewässern. Da begehrte ich ihn noch mehr und hoffte, mit seiner Hilfe meine Seele vor der Verdammnis und meinen Geist vor dem Wahnsinn zu retten. Waren es die Jahre der Täuschung und Intrige wert, Annas Erbin zu sein? Allein der Gedanke daran ermüdete mich.

»Wunderbar!«, strahlte Anna. »Jeder, der meinen Chor hört, wird erstaunt sein. Mein Kundschafter hat für mich diesen unglaublich begabten Sänger in der Nähe von Kiew gefunden. Er soll mein erster Solist sein.«

Ihr Chor. *Ihr* Solist. Alexej hatte weder eine Ahnung, mit wem er es da aufgenommen hatte, noch wusste er, wer ich war. Wie sollte unsere Liebe überleben, wenn er erst einmal in ihre Fänge geraten war? Und wie würde sich Alexej verhalten, wenn er herausfand, dass ich eine Zarewna war?

Ich fürchtete die Antwort auf diese Frage und brauchte dringend den weisesten Rat, den Russland zu bieten hatte.

72. Kapitel

»Wie schön, dass du einen alten Mann besuchst, mein liebes Kind!« Feofan Prokopowitsch begrüßte mich, und ich flog auf ihn zu, ehe ich ihm die Panagia küsste, die Mariendarstellung, die auf seiner schlichten schwarzen Kutte glänzte. Wenn jemand wusste, wie ich Alexej und mich retten konnte, so war er es. Seine Weisheit hatte es ihm erlaubt, die Peter-und-Paul-Festung unversehrt zu überstehen. Nun waren seine Feinde tot, verbannt oder saßen um ihr Leben gackernd in einem Käfig, während er der Leiter des Geheimdienstes geworden war. Seine klugen hellen Mopsaugen richteten sich auf meinen Mantel aus grobem, ungefärbtem Leinen, den schmucklosen dunklen Rock und meine einzige Zierde, den weißen Spitzenkragen. Meine Ohrläppchen, Handgelenke und Finger waren bloß, doch ich trug wie immer die Ikone des Heiligen Nikolaus.

»Willkommen in meiner bescheidenen Klause«, sagte er und streckte die Arme aus. Sein stattliches Steinhaus lag stolz inmitten eines ummauerten Innenhofs. Im herbstlichen Sonnenschein leuchtete es golden. Feofan erbaute alle seine Häuser mit einer für Russland ungewöhnlichen Sorgfalt und unterhielt sie unter völliger Missachtung der Kosten. Karren rollten in den Hof, um mit Anbruch des Herbstes seine Lagerräume und

Küchen zu füllen. Männer schleppten Säcke mit Hafer, Hirse, Gerste und Weizen und unzählige Fässer Bier und Wein zu Falltüren, die im Hof offen standen, und über eine Rampe, die in den Keller führte. Feofan hatte viele Mäuler zu stopfen, vom Vorkoster und von den Köchen samt Mundschenk und Pâtissier bis hin zu den Handwerkern wie Tischlern und Schmieden, den aufwartenden Mönchen bis hin zu den Kanzlisten, Schreibern und Kopisten und natürlich zu dem Stallmeister und seinen Burschen, dem Kutscher und einem halben Dutzend Gärtnern. In einer Ecke des Hofes saßen mehrere Künstler im Schneidersitz und skizzierten Vögel, die sich an sorgfältig ausgebreiteten Krümeln labten. Zwei griechisch-orthodoxe Popen stiegen gerade in ihre Kutsche, während zwei Rabbis noch auf ihr Gefährt warteten. Ihre langen schwarzen Mäntel wehten im Wind, und Feofan verabschiedete sich von ihnen. Niemand verließ sein Haus, ohne sich nicht besser und ein wenig weiser zu fühlen.

»Du kommst gerade recht, Zarewna«, sagte er. »Soeben habe ich eine Lieferung aus Nowgorod erhalten.« Er tätschelte sich den runden Bauch. »Aber ich verzweifle an den Kosten meines Haushalts. Sind sechs Fässer Sardellen im Jahr zu viel, frage ich mich.«

»Nein. Im kommenden Jahr wollte ich sieben bestellen«, erwiderte ich lachend. »Frag mich nicht! Ich bin genauso gierig wie du.«

»Eine Frau, die gern isst, ist ein Geschenk Gottes«, erklärte er und zwinkerte mir zu. Er lebte seinen Zölibat aus tiefster Überzeugung. »Ich habe Wein aus Italien bekommen. Er ist von atemberaubender Farbe, beinahe grün, und hat ein Bukett wie frisch gemähtes Gras.« Auf der Schwelle aber drehte er sich um und runzelte die Stirn. »Kommst du mich als Zarewna oder als Freundin besuchen?«

»Beides.«

»Ist das möglich?«

»Ich hoffe es.«

»In diesem Fall sind hier einige Männer, die dich gern treffen wollen.«

In einer verborgenen Ecke erhoben sich einige Soldaten von ihren Mänteln. Sie zogen die dunkelgrünen Uniformjacken glatt, und ihre Goldknöpfe blitzten im letzten Licht des Tages. Ich zögerte. Die Anwesenheit des Preobraschenski-Regiments war kein gutes Zeichen. Niemand war vor plötzlicher Verhaftung oder Verfolgung sicher. Wenn ich Feofan nicht vertrauen konnte, wem dann? Er spürte mein Unbehagen. »Hab keine Angst! Diese Männer wollen dich ebenfalls als Zarewna und als Freundin sprechen.«

Buturlin hatte seinerzeit zum Preobraschenski-Regiment gehört, erinnerte ich mich, als die Soldaten auf mich zukamen: Sie wirkten ungeduldig wie junge Hengste. »Zarewna Elisabeth, welches Glück, Euch zu treffen!«, rief der Erste von ihnen und kniete nieder. Er küsste mir die Finger, und seine Kameraden folgten dem Beispiel.

»Als sie hörten, dass du kommst, gab es kein Halten mehr. Und als Leiter der Geheimpolizei der Zarin muss ich natürlich über alle deine Stelldicheine unterrichtet sein«, erklärte Feofan und zwinkerte mir zu. »Wie der Zufall es will, werde ich jedoch gerade in der Küche verlangt.«

»*Matuschka!* Unser Mütterchen, welche Freude, Euch

zurückzuhaben!«, rief ein anderer Offizier und strahlte über das ganze Gesicht. Verstohlen lugte ich in den belebten Innenhof. *Mütterchen.* Das war die Anrede für die Zarin, nicht für mich.

»Auch ich freue mich. Die Kasernen sind wohl nicht weit von hier, oder?«

»Das war einmal«, bedauerte der Soldat mit gesenkter Stimme. Hinter ihm sah ich einen Pferdeknecht die Ohren spitzen. Wurde Feofan, König der Spione, selbst ausspioniert? Mit Sicherheit. De Biron war kein Dummkopf.

»Lasst uns in den Garten gehen!«, schlug ich vor und duckte mich unter dem Torbogen hindurch in Feofans ummauertes grünes Reich, ein Bollwerk gegen den Moskauer Gestank und Lärm. Obstbäume wuchsen neben Beerensträuchern, Gemüsebeete waren angelegt worden, und ich entdeckte auch Pfingstrosen, die Blumen des Glücks und Wohlstands. Kein Maulwurf wühlte hier, und die Steinchen, mit denen die Wege ausgestreut waren, stachen durch die dünnen Sohlen meiner Pantoffeln. An diesem Ort konnten wir ungestört sprechen. »Weshalb sind die Kasernen verlegt worden?«, fragte ich. »Euer Regiment war das erste, das mein Vater gegründet hatte.«

»Inzwischen hat die Zarin ein neues Regiment gegründet, die Ismailowski-Garde. Sie hat unsere Kasernen bezogen, während wir in behelfsmäßigen Gebäuden untergebracht sind«, spuckte der Mann aus.

»Wer ist Oberst des neuen Regimentes? Die Zarin selbst?«

»Nein. Auf de Birons Rat hin ernannte sie einen Deutschen, Graf Löwenwolde.«

Ein Deutscher als Oberst eines kaiserlichen Regimentes! Das war eine Beleidigung für jeden guten russischen Soldaten. Der Mann neigte sich vertraulich zu mir vor. »Mütterchen, wir kommen, um Euch um einen Gefallen zu bitten. Wir sind umgeben von Fremden und leben unter dem deutschen Joch, dieser *Bironowschtschina*. Wer kann das Land retten, wenn nicht Ihr? Ihr müsst wieder Kronprinzessin werden, Zarewna.«

Das Zeitalter des deutschen Jochs, *Bironowschtschina*. Das mythische Band zwischen den Russen und ihrem Zaren war aus uralten Fäden geknüpft, nun aber zu einem Lumpen zusammengeschnurrt und durch ein bunt glänzendes, grelles Tuch ersetzt worden, das alles entwertete, wofür ich lebte und was ich liebte. Sie hatten recht. Um dies zu ändern, gab es für mich nur die Möglichkeit, Annas Erbin zu werden, die Kronprinzessin.

»Ich habe keinen Einfluss«, gab ich zu bedenken.

»Wir wollen keinen Einfluss. Wir wollen Eure Liebe. Wir wissen, wer Ihr seid.«

»Wer bin ich denn?«, fragte ich. Das Herz schlug mir bis zum Hals.

»Ihr seid Russland, die Tochter des Zaren und mehr noch … der Zarin. Wir bitten Euch! In den letzten Wochen haben alle unsere Frauen Kinder bekommen. Erweist uns die Ehre, ihre Patin zu sein. Dann spüren wir, dass nicht alles verloren ist.«

Feofan erschien an der Hintertür seines Hauses, die zum Garten führte. Eine Hand umfasste seine Panagia, die andere schirmte die Augen gegen das Licht ab. Sein Blick war so undurchdringlich wie Gottes Wille. Bei ihm geschah nichts aus Zufall, das verstand ich plötzlich. Ich streckte die Finger aus, damit die Soldaten sie küssen konnten. »Es wird mir ein großes Vergnügen sein. Lass mich wissen, wann und wo die Taufen stattfinden. Gemeinsam werden wir die Köpfchen der Kinder benetzen und zwar ordentlich!« Ehe ich wusste, wie mir geschah, ergriffen mich die Männer und hoben mich auf die Schultern. Sie wirbelten mich im Kreis herum, jubelten und stießen Hochrufe aus, bis mir vor Lachen schwindelig wurde. Ich schrie auf, zunächst aus Überraschung und dann aus Freude. Um ein Haar konnte ich es vermeiden, in die Luft geworfen zu werden. »Gnade!«, flehte ich lachend, als die Männer mich wieder auf die Füße stellten und Feofan sich zu uns gesellte. Er fragte nach den Wünschen der Mütter und den Bedürfnissen der Kinder. Taufen waren teuer, aber Feofan öffnete stets seine Geldbörse und neigte dazu, Schulden zu vergessen. Großzügigkeit war eine unschlagbare Stärke für eine Zarewna.

Das Mittagsmahl war schlicht. Es gab Borschtsch, gefolgt von drei Arten mariniertem Hering, serviert mit Hartkäse, Sauerteigbrot, gekochten Eiern und fein gehacktem Schnittlauch, begleitet von dem ausgezeichneten italienischen Weißwein und eisig gekühltem Wodka. Als Nachspeise gab es eine honigsüße Torte, und Feofans Tee war mit Wodka, Muskatnuss und Zimt gewürzt.

»Wie freundlich, an mich als Patin zu denken«, sagte ich. »Überraschend, dass sie sich überhaupt an mich erinnern.«

»Niemand in Russland hat dich vergessen«, entgegnete er ernst. »Du hast einen langen Weg zurückgelegt, Elisabeth. In dir erkenne ich so viele Eigenschaften deiner Eltern.«

Seine Worte waren Balsam auf meinen Wunden. »Ich glaube nicht, dass Graf Ostermann deiner Meinung ist.«

Feofan schnitt zwei großzügige Scheiben der Torte ab. Die Kruste brach auf, der Honig tropfte dick und golden auf die Teller. »Ach, Graf Ostermann! Er hat nur zweimal in seinem Leben geliebt. Zuerst deinen Vater, der dich verehrte. Dann Petruschka, der dich noch mehr verehrte. Seine Rachsucht macht ihn blind, was bei einem so besonnenen Mann erstaunlich anmutet. Aber er ist gefährlich wie eine Schlange.«

»Vater hätte es mit ihm aufnehmen können. Aber ich?«

»Dein Vater wurde nicht als Peter der Große geboren. Als wir einander begegneten, kämpfte Russland ums Überleben. Moskau stand praktisch unter schwedischer Belagerung. Die Erwartungen, die an ihn gestellt wurden, erdrückten Peter geradezu. Aber er wuchs an jeder Herausforderung. Eine ähnliches Anwachsen spüre ich auch bei dir.«

Ich beschloss, ehrlich zu sein. »Ich bin einem Mann begegnet. Nicht irgendeinem Mann, sondern dem *einen* Mann für mich.«

»Das ist eine große Aufgabe für jeden Sterblichen«, sagte er. »Empfindet er genauso für dich?«

»Das hoffe ich. Dennoch weiß ich nicht, wie ich ihn zu dem Meinen machen soll.«

Feofan lachte. »Für die schönste Fürstin der Christenheit sollte das keine Schwierigkeit sein. Du übst denselben Zauber aus, der bewirkte, dass sich dein Vater in deine Mutter verliebte.« Ich wurde rot und dachte an das hemmungslose Liebesspiel mit Alexej am Lagerfeuer. »Darum geht es nicht. Er ist der Solist der Zarin. Sie hat mir bereits Ismailowo genommen. Was könnte ihm dann widerfahren? Sie weist mich mit allen Mitteln in die Schranken. Ich bin nicht ihre Erbin. Noch nicht ... und werde es vielleicht nie sein.«

Er legte mir mahnend die Hand auf den Arm. »Ihre Wege sind unergründlich. Moskau regiert Russland. Der Kreml regiert Moskau. Die Zarin regiert den Kreml. Gott regiert die Zarin. Wie hast du diesen Mann kennengelernt?«

»Während meines letzten Klosterbesuchs. Es war, als ob ein Engel zu mir spräche.« Ich hatte ohne Zögern die Worte des *leschi* verwendet. Was ging hier vor sich?

Feofan leckte sich wie ein kleiner Junge den Honig von den Fingern. »Ah, Gott selbst hat euch beide zusammengebracht. Der Mensch sollte das nicht trennen.«

»Ich habe ihn seit meinem Umzug nach Annenhof nicht mehr gesehen«, sagte ich.

»Das war doch erst vor wenigen Tagen. Schick nach ihm!«

»Das kann ich nicht. Er weiß nicht, wer ich bin. Ich meine ... er weiß nicht, wer ich *wirklich* bin.«

Feofan lehnte sich zurück. »Oh, ich verstehe. Nun wird es spannend. Und er liebt dich dennoch? Nur dich? So, wie du bist?«

»Überraschenderweise ja.«

»Wie wunderbar«, meinte Feofan versonnen. »Nun, wenn er so besonders und begabt ist, will die Zarin ihn natürlich in ihrem Chor haben. Das Beste, was Russland zu bieten hat, ist für sie gerade gut genug.«

Selbst die Tasse mit gewürztem heißem Tee, die Feofan mir reichte, konnte meine eisige Angst nicht bekämpfen. »Ich brauche ihn, Feofan!«, flehte ich. »Ohne ihn kann ich nicht mehr sein. Aber wie soll er Teil meines Lebens werden?«

Nachdenklich nippte er an seinem Tee. »Auf lange Sicht kann es bedeuten, dass die Zarin dich nicht zu ihrer Erbin erklärt. Alles hat seinen Preis. Bist du bereit, ihn zu zahlen?«

»Ich werde meine Seele nicht verkaufen. Nichts auf der Welt wiegt es auf, Alexej zu verlieren.«

»Dann, Zarewna, gibt es nur einen Weg, ihn zu bekommen. Aber wird seine Liebe zu dir überleben, wenn du es tust? Denn dann rammst du ihm einen Dolch ins Herz.«

Meine Seele bäumte sich auf. »Ich bin also verdammt, wenn ich es tue, und ebenso verdammt, wenn ich es nicht tue?«

»Damit triffst du vermutlich ins Schwarze«, antwortete er mitleidig. Seine Worte waren wie Ziegelsteine, die mich in die Wahl einmauerten, die ich treffen musste.

73. Kapitel

Der Winter kam unverhofft. Steter Schneefall bedeckte die Stadt wie ein Leichentuch. Alle Geräusche, Gespräche und Gerüche des Sommers wurden erstickt, doch andere Eindrücke nahmen überhand. Der Duft von karamellisierten Haselnüssen, gerösteten Kastanien und dem Bienenwachs, das geschmolzen von teuren Kerzen tropfte, erfüllte die Luft.

Bei jeder Taufe eines Säuglings des Preobraschenski-Regiments ließ Feofan gewürzten Wein, heiße Schokolade und rußig schwarzen Kaffee servieren, dazu knusprige Mandelkekse und satt feuchtes Dattelbrot. Dank seiner Großzügigkeit schenkte ich jedem Kind einen goldenen Dukaten. »Das Geld ist gut angelegt«, lächelte er, als die Familien sich trunken vor Freude zerstreuten. Schon bald sprangen jedes Mal, wenn ich in der Stadt unterwegs war, Soldaten auf die Kufen meines Schlittens, um mit mir zu plaudern, zu scherzen oder einfach um sich den Weg abzukürzen, ehe das Leben mit seinen Aufgaben auch für sie anderswo weiterging.

Alexej und ich trafen uns in jenem Winter viele Male im *Gasthaus der vier Fregatten*, das unter fremdgehenden Paaren bekannt war. In der Abenddämmerung mietete ich mir einen Schlitten und betrat das Haus, die Kapuze meines Umhangs tief ins Gesicht gezogen. Was Alexej, einem Hirten aus der ukrainischen Provinz, nicht klar war, begriffen alle anderen auf Anhieb. Ich war eine Dame von hohem Stand, die nicht erkannt werden wollte. Der Wirt grinste frech, als ich für das kühle, feuchte Zimmer bezahlte, Mittel, die L'Estocq mir mehr als unfreiwillig zur Verfügung stellte. Doch ich ließ ihm keine Wahl. Ich hasste unsere Lage. Wir waren so weder Hure und Freier noch Mann und Frau. Doch ich vergaß das unerträgliche Niemandsland, in dem wir uns bewegten, wenn ich in seinen Armen lag, tief in einem Gespräch verloren, einander kosend und lachend.

Als sich die Feiern zur Jultide ihrem Ende näherten, trafen wir uns ein letztes Mal in dem Gasthaus. Der Chor übte nun jeden Tag, da die chinesische Delegation nach dem Dreikönigstag eintreffen sollte. Die Zarin erwartete Vollkommenheit. Die längste Nacht war nun vergangen, und ein Keil aus Licht spaltete die Stunden der Dunkelheit. Jeder Tag verlängerte sich um einen Hahnenschrei. Ich schlang die Arme um Alexejs Hals und Schultern, so wie sich der Efeu an den Bäumen der Allee von Ismailowo um die Bäume wand. »Ich möchte mein Leben mit dir verbringen, wie auch immer uns das gelingen mag. Du weißt, dass mich nichts so stolz macht wie meine Stimme. Ich bringe sie auf dem Altar unserer Liebe dar«, erklärte er.

Ich lächelte. Mein Körper brannte noch von seiner Lust, mein Gesicht leuchtete vor Liebe. Nie zuvor hatte ich mich so unbesiegbar und gleichzeitig so verwundbar gefühlt. Hatte jemals zuvor jemand so empfunden? Liebende leben alles zum ersten und einzigen Mal. Ich berührte seine Lippen und hieß ihn schweigen.

Denn ich wusste bereits, welchen Preis er für unsere Liebe zahlen musste.

74. Kapitel

Wie grell musste der Kreml den fünf Mandschu-Gesandten vorkommen, die Peking vor über einem Jahr verlassen hatten. Sie wollten offiziell erst bei ihrer Ankunft von Annas Thronbesteigung erfahren haben. So versuchten sie, ihr Gesicht zu wahren, damit ihr Kaiser ihnen den Kopf auf den Schultern beließ. Peking wollte mit der Mission die russische Neutralität gegenüber Chinas Scharmützeln mit der westlichen Mongolei erreichen. Ostermann hoffte auf reiche und vor allem vereinfachte Handelsbeziehungen. Wie immer arbeitete er sich akribisch in das Thema ein. Während die Gesandtschaft in Russland weilte, veröffentlichte eine Zeitschrift eine Serie über die Geschichte Chinas, über jenes ferne, verschlossene Land und seine Bewohner. Der Mission stand alles zur Verfügung: Essen, Trinken, Unterkunft, Pferde oder Mädchen. Als die neun Wagen endlich auf den Roten Platz rollten, hallte ein Salut aus einunddreißig Kanonenschüssen von den Mauern des Kreml wider. Das Musikkorps der drei Regimenter spielte feierlich auf, und ungewöhnlicherweise gab es keine Verzögerung der Audienz, ließen Zaren ihre Bittsteller und Besucher doch sonst oft stundenlang warten.

Anna bat Chinas Abordnung sofort in die Große Halle des Kreml.

Ihre Schwester Jekaterina Iwanowna hatte sich wegen eines geschwollenen und schmerzenden Leibs entschuldigt. Sie war noch jung genug, um Moskau auf einen Skandal hoffen zu lassen. *Wessen Kind war es?* So standen Christina und ich der Zarin ohne meine Cousine zur Seite. Auf ihr Geheiß hin waren wir schlicht gekleidet, während ihre dreiundvierzig Hofdamen vor Diamanten nur so strahlten und prächtige Roben trugen. Spitze schäumte an ihren Ärmeln und Ausschnitten, bunte Edelsteine und Perlen krusteten auf den Korsagen. Anna stand auf und wandte sich kurz zu mir um. »Sieh mir gut zu! Dies ist selbst deinem Vater nie gelungen.«

Trompeten erklangen, als sich die hohen Doppeltüren zum Facettensaal öffneten und der Hof die Gaben des Kaisers von China bestaunte. Besseres konnte das Reich der Mitte nicht bieten. Es waren achtzehn Kisten voll seltener silberner Zobelfelle, Rollen an Brokat und Seide wie auch mehrere Porzellanservice und Dutzende von wunderhübschen tiefrot lackierten Kästchen.

»To Schi, Missionsleiter beim Kaiser von China!«, dröhnte der Kämmerer, und wir alle reckten die Hälse. To Schi trat ein, langsam und gemessen, und hielt seine Ernennungsurkunde zum Botschafter mit ausgestreckten Armen hoch über den Kopf. Der Blick aus seinen mandelförmigen Augen erfasste alles und blieb dennoch ausdruckslos. Er betrachtete den Thronsaal, der mit karmesinrotem Samt und Silberbrokat ausgeschlagen war, sowie die Gobelins mit klein gemusterter floraler *Petit-Point*-Stickerei, die ebenfalls mit Goldborten verstärkt die Wände bedeckten. Vor Annas erhöhtem Thron knieten die Chinesen nieder, fünf schmale Gestalten, in strenge, wadenlange dunkelgraue Satinroben gekleidet. Aller Reichtum lag im Schnitt und in der Beschaffenheit des Stoffes, und ich hatte niemals dergleichen gesehen. Selbst als sie sich verbeugten, behielten sie ihre Kappen aus Zobelfell auf. Stille herrschte, als To Schi kniend auf den Thron zurutschte. Sein Gewand folgte dabei jeder seiner Bewegungen, ohne auch nur eine Falte zu werfen. Er beglückwünschte Anna zu ihrer Thronbesteigung. Seine Sprache klang grob und abgehackt. Als er geendet hatte, schlugen alle fünf Männer in völliger Demut dreimal die Stirn auf den Boden. Dennoch war mir klar, dass sie ihre Mission erfüllen sollten, ohne uns im Gegenzug wirklich etwas zu bieten.

Am Abend dieses Tages verließ ich Annenhof, um meine junge Nichte Christina vor dem Maskenball im Kreml zu treffen. Annenhof war gerade rechtzeitig für den Winter fertiggestellt worden. Zwar war noch frisch gekochtes Moos zur Verdichtung in die Wände gestopft worden, doch im Palast wimmelte es vor Ratten. Die wurden vom Park und von seinen Kanälen angelockt, die das Wasser der Jausa speiste. In den Korridoren ließ Anna Katzen frei. Jeder, der sie fütterte, wurde ausgepeitscht. In den prächtigen Gärten hatte de Biron als Überraschung für die Zarin über Nacht zahlreiche riesenhafte Bäume pflanzen lassen. Ihre Umrisse ragten dunkel in die Nacht, als ich vor den Palast zu meinem wartenden Schlitten trat.

Ich war für den Ball als Jäger verkleidet, und meine hochgetürmte Frisur war mit Fasanen- und Wachtelfedern geschmückt. Als ich die Nacht in Richtung des Kreml durchkreuzte, versuchte ich, wie eine Fledermaus das Dunkel ringsum auszuloten. Mein Weg führte mich zum Licht, davon war ich überzeugt. Alexej hatte den Schlüssel im Schloss zu meiner Seele gedreht und mir Zutritt zu einem geheimen Gemach verschafft, das ich niemals mehr verlassen wollte.

Behaglich in Pelze gehüllt saß ich im Schlitten und spürte die heißen Kupferpfannen an den Füßen. Die Schneeflocken tanzten im Winterwind vor den Laternen, die jetzt wie in Sankt Petersburg auch die Moskauer Straßen beleuchteten. Die ersten Häuser Moskaus lagen noch im Dunkel, doch je tiefer ich ins Herz der Stadt vordrang, desto lebhafter wurde es auf den Straßen. Auf dem Roten Platz tobte das nächtliche Leben. In den vielen Kaffeehäusern warteten die Menschen auf den Beginn des Maskenballs und bewegten sich wie Ameisen auf die mächtige Festung zu. Die Rote Treppe war mit Kies und Sand bestreut worden, damit niemand ausrutschte.

Im Innern des Kreml begab ich mich zu Christinas Wohnung. Der Korridor war dunkel und so gut wie fensterlos. Noch zu Zeiten meines Großvaters Alexej lebten die Zarewnas und alle Frauen der Familie von der Außenwelt abgeschottet. Nur einige rußende Leuchter waren an den Wänden angebracht. Ihr Licht befleckte den Korridor eher, als dass es ihn beleuchtete. Wie Tauben in ihre Schläge eilten Pagen und Mägde in die Zimmer und kamen wieder heraus. Über den Armen trugen sie in letzter Minute geänderte Gewänder, frisch gekräuselte Perücken, aufpolierte Diademe und diamantbesetzte Spazierstöcke, Tabletts mit Speisen und Getränken oder auch mit Brennholz gefüllte Körbe.

Vor Christinas Tür blieb ich stehen und wollte schon klopfen, hielt dann aber inne und lauschte. Seufzer, Kichern und gedämpfte Stimmen drangen durch das Holz der Tür zu mir heraus. Ich hörte leise, aber klare Worte.

»Bleib doch!«, flehte Christina.

»Ich kann nicht. Wirklich, bitte! Sosehr ich es auch will«, antwortete eine Frau.

»Warum denn nicht? Hast du Angst vor ...?«

»Wer hätte keine Angst? Wenn die Zarin von uns erfährt ...« Nun war es ein Mann, der sprach.

»Das wird sie nicht«, widersprach Christina.

»Hoffentlich nicht, sonst kann ich einpacken.«

»*Wir* können dann einpacken«, meinte die Frau. »Wenn ich meinem Onkel nicht mehr von Nutzen bin, verstößt er mich.«

»Ostermann ist nur sich selbst von Nutzen«, sagte Christina. »Ich kann es nicht ertragen, ganz allein zu sein, ehe ich allen gegenübertreten muss«, flehte sie dann.

»Wir kehren später zurück, versprochen.« Das war wieder die Frau, Julie von Mengden, Ostermanns Nichte und Christinas Hofdame.

Ein Augenblick der Stille verriet eine zärtliche Umarmung, während ich in eine Nische huschte und mir die Kapuze tiefer in die Stirn zog. Christinas Tür öffnete sich einen Spaltbreit. Ich presste mich flach an die Verkleidung der Wand, als ein Mann in den dunklen Korridor trat. »Komm schnell!«, flüsterte Graf Lynar. Seine blasse Haut erinnerte an eine Perle, und das weißblonde Haar bildete einen Heiligenschein um seinen schmalen Schädel. Der himmelblaue Anzug unterstrich noch seine Blässe. »Wir kommen später am Abend wieder.«

»Bitte!«, flüsterte Christina, die als Amazonenkönigin verkleidet war. Es war ein aufwendiges Kostüm mit Perlenschnüren und einem breiten Ledergürtel, der einen so gut wie durchsichtigen Rock in der Taille raffte. Die Hofdame Julie von Mengden folgte Lynar in den Flur. »Sieh dich an!«, rügte sie Christina. »Richte deine Schminke und dein Haar, bevor Lisenka kommt. Was soll die kleine Dirne sonst von dir denken?«, zischte Julie. »Gehorch mir oder du wirst bestraft!«

Ich hielt den Atem an. Versuchte Ostermann mithilfe seiner Nichte, die Klauen auch in Christina zu schlagen?

»Tu ihr nicht weh!«, erwiderte Graf Lynar und küsste Julie von Mengden zärtlich die Hand, ehe er Christina den Kopf tätschelte. »Julie hat recht, mein Engel. Während es mir gleich ist, was diese uneheliche Aufsteigerin Elisabeth denkt, so will ich sie auf keinen Fall schöner sehen als dich. Geh und pudere dir die Nase! Wir sehen uns gleich in der Großen Halle.«

»Ja, das werde ich tun«, flüsterte Christina und schloss die Tür.

Einen Augenblick lang starrten sich Graf Lynar und Julie an, bevor sie sich ihm an die Brust warf und hinter vorgehaltener Hand leise kicherte. »Pst!«, beschwor sie der Graf und streichelte ihr die Oberarme. Er küsste Julie, zuckte aber gleich darauf zurück und berührte ungläubig seine Unterlippe. »Autsch! Du hast mich gebissen!«

»Belehr mich nie wieder vor ihr!«, warnte Julie und packte ihn zwischen den Beinen. Dort hielt sie ihn in der geballten Faust gefangen. Vor Schmerz rang er nach

Atem und hielt still. »Wenn du das noch einmal tust, hole ich mir deine Eier. Ostermann ist mein Onkel, nicht deiner. Wenn ich deiner als sächsischer Gesandter müde bin, wird auch Christina deiner als Liebhaber überdrüssig. Dann kannst du nach Dresden verschwinden, mitsamt deiner regenbogenfarbenen Garderobe, mein Hübscher. Verstanden?«

»Verstanden«, raunte er heiser. »Jetzt lass meinen Schwanz los! Den brauche ich heute Nacht noch.«

Julie stellte sich auf die Zehenspitzen, und ihre Lippen streiften seinen Mund. »Das tun wir beide. Dein Kostüm als Sommerhimmel ist ganz entzückend. Ich werde es dir heute Nacht mit den Zähnen abreißen.« Sie glitt von ihm fort wie eine Schlange in ihr Dickicht. Als ihre Schritte verhallt waren, lehnte sich Graf Lynar an die Wand, um sich zu sammeln. Er fluchte leise und richtete sich das Haar, ehe er an mir vorbeieilte. Erst dann wagte ich es, mich zu rühren, und kühlte meine brennenden Wangen mit den flachen Händen. *Kleine Dirne. Uneheliche Aufsteigerin.* So nannte mich dieses billige Volk, das nur daran dachte, wie es sich bereichern und seine kranken Wünsche befriedigen konnte.

Christinas Worte und ihr Umgang schmerzten mich, aber ich hatte auch Mitleid mit ihr. War *das* ihre erste Liebe? Und dann wer von den beiden? Ich dachte an alles, was ich mit Karl August geteilt hatte, selbst meine Begierde nach Buturlin kam mir harmlos vor. Was Alexej von diesen dekadenten Menschen denken mochte, war mir klar.

Ich klopfte an, und als ich ihr Gemach betrat, war Christina makellos geschminkt. Der Blick ihrer dunklen Augen richtete sich freundlich auf mich. »Lisenka, da bist du ja!«, rief sie und hakte sich bei mir ein. »Zeigen wir den Chinesen, wie wir Russen feiern!«

»Wie gefällt Euch meine Maskerade?«, fragte Anna Iwanowna. Sie war als schöne Helena von Troja verkleidet. To Schi neigte den Kopf, und sein Blick verharrte auf Fürst Dolgorukow, der in seinem Käfig an diesem Abend ein besonderes Federkostüm trug. Sein langer Schwanz fächerte sich wie bei einem Pfau jedes Mal auf, wenn er sich tief verneigte, was er unter heiseren Schreien unaufhörlich tat.

»Ist denn nicht alles hier eine Maskerade?« To Schis stiller dunkler Mandelblick war mir ein Rätsel. Wie würde er nach seiner Rückkehr in die Verbotene Stadt seinem Kaiser über die Zeit in Moskau berichten?

De Biron war als friesischer Seemann verkleidet, eine Beleidigung meines Vaters, dessen bevorzugtes Kostüm diese Tracht gewesen war. Der Liebhaber der Zarin gab sich alle Mühe, die Lage zu entspannen. »Seht doch, unsere schönen Damen! Welche, denkt Ihr, ist die Schönste von allen?«, fragte er den Chinesen und stieß ihn mit dem Ellbogen an. Entsetzt über den körperlichen Kontakt wich der Mandschu zurück, musterte aber doch höflich die Versammlung der Damen. Die funkelten mit ihrem prächtigen Schmuck um die Wette. Farbenfroh in Samt und Seide gekleidet erdolchten sie die besser oder fantasiereicher verkleideten Konkurrentinnen mit ihren Blicken. Anna lächelte. Das Urteil des chinesischen Gastes schien ihr schon jetzt klar zu sein. Natürlich würde er sie wählen, die Zarin selbst. Doch er verneigte sich vor mir. *Nicht,* flehte ich stumm, vergeblich. »Nun, auch wenn ihre Augen viel zu groß und viel zu blau sind, so ist die Zarewna Elisabeth, die heute Abend wie ein Mann aus dem Wald aussieht, die schönste aller Damen.«

Die Zarin lachte kurz und ungläubig auf, ehe sie ihre goldene Tiara aus Lorbeerblättern auf den angegrauten Locken zurechtrückte. Ihr französischer Friseur Pierre Loubry pflegte ihnen immer wieder neue, falsche und sehr dunkle Haare hinzuzufügen. »Wer hat dir die grüne Jacke geliehen, Elisabeth?«, fragte sie scharf, während ihr der Kopfschmuck fast vom Kopf rutschte.

»Die Soldaten des Preobraschenski-Regiments.«

»Woher diese Ehre? Ich habe dich noch nicht zu meiner Erbin gemacht.«

»Es war nur ein Beweis ihrer langjährigen Treue zur kaiserlichen Familie«, sagte ich rasch und dachte an den Hass der russischen Soldaten auf das völlig aus Fremden bestehende neue Ismailowski-Regiment und seinen deutschen Obersten, den Grafen Löwenwolde. Ich hatte mein Kostüm gewählt, um so wenig Aufmerksamkeit wie möglich zu erregen. Das war mir gründlich misslungen. »Mein Herr«, wandte ich mich an ihn, »was ist das Erstaunlichste hier in Moskau?«

Doch dadurch wurde alles noch schlimmer, und der Mandschu vergaß noch den Rest seiner guten Erziehung. Er lächelte, und seine Elfenbeinhaut sah aus wie Pergament. »Eine Frau auf dem Thron zu sehen, natürlich.«

75. Kapitel

Die Zarin drängte zur Aufführung der Oper, in der auch Alexej singen sollte. Für mich aber näherte sich damit unaufhaltsam die Stunde der Wahrheit. Anlässlich der geplanten Inszenierung würde mich Alexej bei Hof sehen und erkennen, wer ich wirklich war. Nur daran zu denken war entsetzlich.

»Ich erwarte fünf *Intermezzi*«, sagte Anna und labte sich an dem Wort, das sich weltgewandt anhören sollte, obwohl auch sie es gerade erst von Ristori, dem Direktor der Truppe, gelernt hatte. Das Theater, das Vater im Kreml hatte bauen lassen, war verfallen, und deshalb hatte Ristori in nur fünf Wochen eine Bühne bauen lassen, die sechshundert Zuschauer unterhalten sollte. Es war ein Beweis der wundersamen Schnelligkeit der Moskauer Zimmerleute.

»Weiß das russische Volk jetzt, was eine Oper ist?«, fragte Anna de Biron. »Wurde der Artikel meinem Wunsch gemäß in der Zeitung veröffentlicht?«

De Biron beruhigte sie. »Ja, meine Geliebte. *Eine Oper ist eine musikalische Komposition, vergleichbar mit einer in Versen gesungenen Komödie, die eine Reihe von Tänzen und außergewöhnlichen Bühneneffekten enthält*«, zitierte er.

Sie seufzte zufrieden. »Gut. Graf Lynar muss sofort

nach Sachsen schreiben und August alles über den Erfolg erzählen. Niemand soll sagen, ich hätte nicht das Beste für mein Volk gewollt.«

Alexej hatte mich das letzte Mal vor einer Woche in den Armen gehalten und mir dabei Geschichten und Anekdoten über die Proben und die Zarin erzählt. »Sie ist eine große Frau, Lisenka«, sagte er. »Sie flößt den Menschen Respekt ein.«

»Als junge Frau wurde sie Anna Iwanowna die Schreckliche genannt«, spottete ich.

»Woher weißt du das?«

»Oh, das weiß doch jeder«, wich ich aus.

L'Estocq weigerte sich, von meiner Seite zu weichen. »Du wirst meinen Beistand brauchen«, prophezeite er nur düster.

Die Oper feierte am ersten Freitag im März ihre Premiere. Die Große Halle badete im Kerzenlicht, und die Flammen tanzten tausendfach in den zahlreichen Spiegeln, die mannshoch in schweren vergoldeten Rahmen an der Wand hingen. Hunderte Menschen strömten in den Saal, Gesandte, deutsche, schwedische und baltische Militärs sowie Aristokraten. Alle waren kostbar gekleidet, eine Pracht, die aus geheimnisvollem Einkommen bezahlt wurde. Alle täuschten Begeisterung vor, um den wahren Zweck ihrer Anwesenheit zu vertuschen. Lynar, an jenem Abend in pistaziengrünen Brokat gewandet, plauderte mit dem Grafen Löwenwolde, der die leuchtend rote Jacke seines Ismailowski-Regiments trug. Julie von Mengden versuchte, die Worte ihres Onkels Graf Ostermann zu belauschen und sie zu speichern wie eine

Feldmaus ein Korn. Er übersah sie. Die russischen Bojaren, Grafen und Fürsten wirkten bedrückt. Nach den Einschnitten, die die Reformen meines Vaters für sie mitgebracht hatten, schrumpfte ihr Einkommen nun noch mehr. Anna erhob stetig neue Steuern, um sowohl ihre Bauwut als auch den weiter schwelenden Krieg um die polnische Erbfolge zu finanzieren. Viele Familien sahen sich gezwungen, Ländereien zu verkaufen, um ihre Hofkleidung zu bezahlen. In Lyon, so hieß es, wurde dem von Russland bestellen Tuch unzenweise Gold und Silber eingewebt, denn die Zarin verabscheute dunkle Farben. Selbst ich trug an jenem Abend nicht meine schlichten schwarzen Röcke. Feofan prostete mir zu, als ich die Halle betrat. Er hatte mir einen Ballen kornblumenblauer Seide geschenkt sowie mehrere Lagen duftig zarter Spitze, welche nun meinen Ausschnitt und meinen Rock- und die Ärmelsäume schmückte. Eine rührende Nachricht war dem Stoff beigelegt worden. *Die Soldaten der beiden russischen Regimenter senden ihrer geliebten Zarewna Elisabeth dieses Tuch. So gekleidet könnt Ihr Euch dem Schicksal stellen. Jeder Mann wird Euch jede Untat vergeben.* Ich erwiderte Feofans Lächeln. Das Geschenk der Offiziere war gewagt, denn ich war noch nicht Annas Erbin, und ich durfte in jedem Fall nie beliebter werden als die Zarin selbst. Doch das Gefühl, geliebt zu sein, machte mich glücklich. Es war eine viel zu seltene Empfindung geworden.

Die Oper sollte in wenigen Augenblicken beginnen. Ich saß neben der Zarin und Christina in der ersten Reihe und stählte mich. Wenn es je den rechten Moment gegeben hatte, mich zu offenbaren, so war dieser ungenutzt verstrichen. Mein überreich besticktes steifes Oberteil hielt mich aufrecht, als mir vor Angst schwindelig wurde. Mein Herz pochte wie wild, während ich mit zitternden Fingern ein Glas köstlich gekühlten Champagner entgegennahm, den junge Bedienstete herumreichten. Die Besucher standen herum und plauderten, bevor sie nach Sitzplätzen suchten, von denen aus sie gut sahen und gesehen wurden. Die Halle ringsum wirbelte in einem Strudel aus Lichtern, Geräuschen und Farben. Dann trat Anna ein, gemeinsam mit de Biron, Juan da Costa und ihrem Gefolge. Fürst Dolgorukow, der auf einem riesigen Nest an der Tür saß, krähte vor Freude, passend zu seinem Hahnenkostüm.

»Noch einmal, und ich drehe ihm den Hals um«, sagte Anna mit eisiger Stimme.

Die Hofleute kreischten vor Begeisterung und machten der Zarin Komplimente für ihren Geist und ihren Witz. Von Mund zu Mund wurde ihre Bemerkung weitergetragen. Mit ausdruckslosen Gesichtern und in steifer Haltung saßen die Chinesen bereits auf ihren Stühlen und stimmten schließlich übertrieben lachend in die allgemeine Heiterkeit mit ein. Fürst Dolgorukow achtete peinlich darauf, mit keinem Strohhalm mehr zu rascheln. *Ist nicht alles hier eine Maskerade?* Überrascht fand ich Weisheit in To Schis Worten.

Alexejs Stimme stieg geradewegs zum Himmel auf. Die Zarin suchte ihn immer wieder mit ihrem Blick, ihre Augen glänzten feucht, und sie applaudierte zwischen den Stücken oder wann immer sie Lust dazu hatte. Ihre Verzückung machte mir Sorgen. Er war groß und gut aussehend, und seine Musik glich seinen Liebkosungen.

Sogar die italienischen Schauspieler verneigten sich am Ende der *Intermezzi* vor ihm. Anna wischte sich Tränen der Rührung von den Wangen, als sein Solo verklang. Ich aber gähnte und spielte gelangweilt mit meinen Handschuhen und meinem Fächer. Am Ende, als Applaus, Geschrei und Füßestampfen den Saal erfüllten und von der Stuckdecke widerhallten, stand ich mit gleichgültigem Gesicht auf, so als wollte ich gehen. Jetzt oder nie! *Verzeih mir, mein Liebster, dass ich dir das antun muss*, betete ich still, als ich Alexejs heißen Blick auf mir spürte.

Er schrie gedämpft auf und trat einen Schritt zurück, als Anna sich an mich wandte. »Warum die Eile, Zarewna Elisabeth? Hat dich der Gesang nicht erfreut?«, fragte sie mit spitzer Stimme.

Die Höflinge schwiegen gespannt. Aufregung leuchtete aus Julie von Mengdens silbernen Augen. Natürlich, sie hoffte, dass ich, *die Dirne, die uneheliche Aufsteigerin,* mich blamierte. Wie sehr hätte sie einen falschen Schritt von mir genossen! Diesen Gefallen wollte ich ihr nicht erweisen.

»Es war nicht schlecht«, murmelte ich, zuckte mit den Achseln und sah zur Tür, als hätte ich eine dringendere Verabredung.

»Nicht schlecht? Bist du etwa Besseres gewohnt?«, fragte Anna. Ihr Blick maß mich so, als würde ich im Morgengrauen den Roten Platz überqueren, ein unwissendes, aber hervorragend geeignetes Ziel für ihre kleine Schießübung. Ich konnte kaum atmen.

Alexej trat an den Bühnenrand, um mich besser sehen zu können. Wenn er uns verriet, war alles verloren. Um unser beider willen musste ich mich beeilen.

»Möglicherweise sind die Bettwanzen in Annenhof unterhaltsamer«, kicherte Julie, und ihre Wieselaugen funkelten.

Innerlich gefror ich. Hatte sie mich ausspioniert? Wusste sie von meiner Liebe zu Alexej?

»Sehr geistvoll, Julie, wie auch dein Onkel. Die Oper war … befriedigend.«

»Nicht mehr als das?« Anna Iwanowna ragte über mir auf. Ihre Staatsgewänder und ihr Schmuck, die Straußenfedern in den aufgetürmten falschen Locken und die kalkweiße Schminke flößten mir Angst ein. Die Höflinge verstummten. *Alexej*, sehnte ich mich in meinem Innern. *Gib mir Kraft!* Ich wagte es nicht, auf die Bühne zu sehen, denn ich ertrug seinen Blick nicht. Feofan hatte recht gehabt. Es war ein Spiel mit meiner Liebe als höchstem Einsatz. Sollte ich verlieren, so wollte ich mir noch in dieser Nacht die Pulsadern aufschneiden. Die Schauspieler gesellten sich zu Alexej, dessen Blick mir die Seele versengte, als sich ihm langsam und schmerzlich die Wahrheit offenbarte.

Schweiß prickelte mir im Nacken, aber ich lächelte. »Vielleicht hat sich der Kurfürst von Sachsen ja einen Scherz erlaubt«, sagte ich so beiläufig wie möglich. Graf Lynar wurde noch blasser, als er es schon war. »Deine eigene liebe Mutter, Tante Pascha, hat mir vieles über das Theater und die Musik beigebracht. Nicht ohne Grund hinterließ sie mir ihre Truhen voller Kostüme und Requisiten. Ich darf mir also ein Urteil erlauben.«

Die Zarin zupfte an ihrem Satinhandschuh. »Das stimmt. Ich hatte es vollkommen vergessen.«

Im Reich der Blinden ist der Einäugige König, dachte ich, als Graf Lynar das Wort ergriff. »Eure Majestät, mein

König würde nie ...« Doch Anna winkte ab und wandte sich zur Bühne. Wer wollte schon wissen, was der fette Kurfürst von Sachsen tat oder nicht tat? »Kommt zu mir, alle! Auf der Stelle!«, rief sie.

Die italienischen Schauspieler und der Chor waren erschöpft. Schweiß lief ihnen aus den Perücken über die Gesichter und löste die dicke Schicht der Schminke auf. Madame Ludovica und Signor Ristoli hielten sich an den Händen, als sie der Aufforderung der Zarin folgten. Ich sah Alexej ganz deutlich. Obwohl er völlig überrascht war und offenbar nichts mehr verstand, leuchtete sein Gesicht noch immer. Ja, seine Gabe kam von Gott selbst, daran gab es keinen Zweifel. Eisenketten legten sich um mein Herz, und Alexej schüttelte den Kopf, wie um einen Albtraum zu verjagen. Von Anfang liebte er *mich,* nicht die Zarewna. Zumindest *hatte* er mich einmal geliebt.

Die nächsten Augenblicke konnten alles für immer ändern.

»Also, Lisenka!«, forderte mich Anna auf. »Sag uns, wer war der Beste?«

»Signor Ristoli ist ein Genie«, sagte ich. »Seine Stimme ist makellos.«

Der Italiener verneigte sich. Alle applaudierten.

»Wer war dann am schlechtesten?« Mit ihrem gefalteten Fächer klopfte sie sich auf die behandschuhte Handfläche. »Ich werde nicht böse sein. Versprochen.« Ihre Stimme zitterte vor unterdrückter Wut.

»Um ehrlich zu sein, macht dir der Solist Schande«, erklärte ich und sah zu Alexej hinüber. Es war, als hätte ich ihm mit der Faust in den Leib geschlagen. »Am besten kehrt er dorthin zurück, wo er herkommt.«

»Ha!« Anna schnaubte wütend, konnte aber nicht umhin, mit den Fingern zu schnippen. »Dann also fort mit ihm!«

»Aber er ist doch gerade erst am Hof angekommen«, wagte Ostermann einzuwenden. »Er ist der Hirte aus der Ukraine.« Er humpelte an de Birons Seite, und sein verhangener Blick verbarg die Geschwindigkeit, mit der sich die Zahnräder seines einmalig scharfen Geistes in Bewegung setzten. Ich musste schneller sein als er.

»Das war wohl ein Fehler, wie die Zarewna Elisabeth so freundlich hervorhob«, erwiderte Anna schnippisch.

»Was soll dann mit ihm geschehen?«, fragte Ostermann.

Julie von Mengden lachte. »Was für die Zarin nicht gut genug ist, sollte für die Zarewna Elisabeth genügen. Warum nicht diesen unbegabten Sänger ihrem Gefolge zuteilen? Er kann sie jeden Tag mit seiner Mittelmäßigkeit erfreuen. Gleich und gleich gesellt sich gern.«

»Oh ja, gleich und gleich gesellt sich gern!«, lachte Juan da Costa.

Annas Augen aber leuchteten auf. »Welch trefflicher Vorschlag, Fräulein von Mengden! Nimm ihn, Lisenka! Viel Freude an ihm!«

Scheinbar entsetzt schüttelte ich den Kopf. »Nein, wirklich, bitte! Ich bin mir nicht sicher …«

»Dies ist ein Befehl!«, beharrte Anna und lächelte Julie an. »Mengden, du bist so unterhaltsam. Nimm ihn, Lisenka, auf der Stelle! Ich will ihn nicht mehr sehen.«

»Nimm ihn! So, als wäre er ein Humpen Bier in einem Gasthaus wie die *Vier Fregatten*«, witzelte der Zwerg. Nichts blieb vor diesen Kreaturen verborgen, die des Nachts die geheimen Gänge und Treppen der Paläste durchstreiften. Überall hatten sie ihre Augen und Ohren.

»Halt die Klappe!«, zeterte Anna. »Oder willst du ebenso wie der nutzlose Dolgorukow in einem Nest gackern?«

»Nutzlos? Ich? Nie! Ich verspreche, jeden Tag ein Ei zu legen«, zwitscherte der Hofnarr, umflatterte die Zarin und schlug einen Purzelbaum nach dem anderen.

Die Halle leerte sich, als der Hofstaat der Zarin folgte. Es war Zeit für ihr Geburtstagsbankett, bei dem sechshundert Gerichte je Gang angeboten wurden.

Alexej stand stumm auf der Bühne und sah auf mich herunter. Die nächsten Momente würden mich entweder in den Himmel oder in die Hölle führen. Oder beides, für immer und ewig.

76. Kapitel

»Was hast du getan?«, fragte er, als er mir in meinem Schlitten gegenübersaß. Sein Gesicht war aschfahl, seine Knöchel traten weiß hervor, als er seine Habseligkeiten umklammerte und sich möglichst weit von mir entfernt in eine Ecke drückte. Seine Entlassung war so rasch vor sich gegangen, dass er noch immer sein besticktes Kostüm trug. L'Estocq hatte ihm einen Platz in unserem Schlitten angeboten. Wir flogen durch die Moskauer Nacht, die Hufe der starken kleinen Pferde verschlangen die Strecke nach Annenhof.

»Ich habe dich gerettet«, sagte ich und riss den Vorhang zurück, während ich an meiner Verzweiflung schier erstickte. Die eisige Luft klärte meine Gedanken. Schnee wirbelte herein und legte sich auf unser Haar und unsere Kleidung. Vorwurfsvoll raffte L'Estocq seinen Mantel enger um den Körper, doch das war mir gleichgültig. »Ich habe uns *und* unsere Liebe gerettet.«

»Indem du dein wahres Selbst vor mir versteckt hast? Nennst du das Liebe? Danke, darauf verzichte ich.«

»Mein wahres Selbst habe ich nie versteckt. Im Gegenteil«, erwiderte ich. »Nur wer ich in dieser bösartigen Welt bin, habe ich dir nicht verraten. Hoffentlich lassen sich die beiden Personen noch auseinanderhalten.« Ich griff nach seinen Händen, aber er zog sie zurück.

»Ich hätte dich genauso geliebt, wenn ich von Anfang an die Wahrheit erfahren hätte«, murmelte er traurig. Warum sprach er in der Vergangenheit? Kummer überwältigte mich. Denn eigentlich konnten wir von nun an doch zusammen sein. Sicher würden sich einige über uns lustig machen, aber das war mir gleichgültig. Unsere Liebe sollte wachsen und gedeihen. Alles hatte seinen Preis, und ich war bereit, meinen Tribut für ein Leben mit Alexej zu entrichten. »Nein, mein Titel steht wie eine Wand zwischen mir und den Menschen«, klagte ich. Alexej zuckte mit den Achseln und zog sich die Jacke bis über die Handgelenke, da ihm der Wind in die nackte Haut biss.

»Zarewna, bitte schließ den Vorhang! Alles ist sinnlos, wenn du dich zu Tode erkältest«, flehte L'Estocq.

»Alles ist sinnlos?«, höhnte Alexej. »Welches Unterfangen ist denn geplant? Und wer bist du dann in Wirklichkeit? Du arbeitest wohl kaum für Lisenkas wohlhabende und einflussreiche Cousine, oder?«

»Er arbeitet nur für sich selbst«, antwortete ich müde. »Möglicherweise auch für seinen König und sein Land.«

»Du irrst, Zarewna. Ich arbeite für dich allein«, erklärte L'Estocq würdevoll. »Schon seit Langem.«

»Das sind zu viele Herren, denen du dienen musst«, spottete Alexej. »Oh, Gott, in welche Schlangengrube bin ich hier geraten?«

»Viele Herren, ja. Aber nur eine Herrin«, beteuerte L'Estocq, als der Schlitten in die Pappelallee zum Annenhof einbog. Dort wartete das beleuchtete Schloss auf die Rückkehr der Zarin. »Wir sind angekommen. Gut. Kurz bevor wir uns alle den Tod holen«, seufzte L'Estocq. Der Schlitten hielt vor dem Schloss, der Kutscher stieg vom Bock, klopfte den Tieren auf den Hals und fütterte sie mit alten Brotkrusten. Lakaien eilten herbei, doch L'Estocq winkte sie fort. Wir brauchten keine Zeugen.

»Ihr seid vielleicht angekommen. *Ich* reise weiter«, erklärte Alexej steif und stieg aus dem Schlitten. Oh, wie gern hätte ich ihn in der Nacht umarmt und wäre von ihm umarmt worden! *Meine Geliebte.* Doch Alexej wandte sich um, ohne mich anzusehen. Als ich seine Schritte auf dem vereisten Weg hörte, zerbrach mein Herz wie Glas. Zitternd und stumm vor Angst saß ich da, ehe auch ich aussteigen musste.

Es war L'Estocq, der die Stimme erhob. »Wohin des Weges, Rasumowski?« Der Arzt stand vor dem Palast, die Hände in die Hüften gestemmt. Schnee sammelte sich als glänzend weiße Kruste auf seinen Schultern und in seinem roten Haar. Alexej blieb stehen und zögerte. Das Licht der Fackeln am Schlitten streiften ihn, als das Gefährt wendete und wieder in Richtung Stadt davonglitt. Das frohe Klingeln der Glocken am Zaumzeug der Pferde verklang.

Alexej presste sein Bündel mit beiden Armen an die Brust und zitterte vor Kälte. »Ich kehre nach Hause zurück«, verkündete er trotzig.

»Nach Hause!« L'Estocq lachte. »Um dich an Schafen zu vergehen?«

»*Ich* bin dein Zuhause. *Wir* sind dein Zuhause. Unsere Zukunft ist unser Zuhause«, schluchzte ich.

Alexej ballte die Fäuste. »Es gibt kein *Wir* mehr, und es gibt keine Zukunft für uns beide. Lieber lebe ich im Kloster und helfe meinem Bruder.«

»Nein!«, weinte ich. »Bleib!«

Er schüttelte den Kopf und floh in Richtung der Dunkelheit, die uns beide für immer verschlucken würde. »Bitte! Ich flehe dich an!« Ich wischte mir den Rotz vom Gesicht.

Er zögerte.

Im Nu war L'Estocq an seiner Seite und packte ihn am Ellbogen. »Hörst du nicht? Sie bittet dich zu bleiben.« Alexej aber schüttelte die Hand ab, während sich auf seinem Kopf immer mehr Schnee ansammelte. Wie konnte ich etwas anderes von ihm erwarten? Er war der, der er war. Anders wollte ich ihn doch gar nicht haben.

»Ich habe eine andere Frau geliebt. Die Lisenka, die ich kannte, hätte mir das nie angetan.«

Ich würgte vor Tränen. »Diese Lisenka war sorglos und ritt zusammen mit dir durch den schönsten russischen Sommer. Nun ist der Winter gekommen. Ja, ich bin Elisabeth Petrowna Romanowa. Ich bin die Tochter des großen Zaren und der Zarin. Doch alles, was ich dir erzählt habe, entspricht der Wahrheit. Du kennst meine Geschichte und meine traurigen Erfahrungen.«

»Du hast alles zerstört, worauf ich jemals hoffte. Du bist die Tochter des Zaren und der Zarin. Aber ich bin ein freier Mann.« Er wich zurück. »Ich kann nicht bleiben, selbst wenn ich es wollte. Welcher Mann könnte das schon?« Auch er wischte sich die Tränen von den Wangen. »Du brichst mir das Herz. Nie hätte ich auf eine solche Liebe zu hoffen gewagt. Morgen früh nehme ich den ersten Schlitten nach Hause, wo mein Vater mich prügelt und meine Stimme nur mit dem Vogelgesang wetteifert. Du hast mir meine größte Gabe genommen.«

Er wandte sich ab, und ich würgte vor Schluchzen. »Bleib!«, bettelte ich. »Ich habe dich verletzt. Ich bitte um Vergebung. Ich werde dich heilen, so wie du mich geheilt hast. Eines Tages, so Gott will, wirst du verstehen, was ich heute gesagt habe und weshalb.«

Wolken zogen vor den riesigen blassen Mond, und die Sterne leuchteten so flüchtig wie das menschliche Glück, als die steifen Äste der Bäume von Annenhof die Brise einfingen. Mit goldenen Augen glitt eine Eule vorbei, groß, unheilvoll und mit ausgebreiteten Flügeln, bevor sie sich unter dem gewölbten hohen Dach des Palastes niederließ.

Alexej zögerte. Mein Leben hing an einem seidenen Faden, und ich schmeckte bittere Angst. Er umklammerte sein Bündel und schüttelte den Kopf. Ich hatte verloren, und der Frost kroch mir bis zu den Knien herauf. Aber wozu sollte ich mich überhaupt noch dagegen wehren?

Doch L'Estocq packte Alexej wütend am Revers. »Deine Gabe, sagst du? Wovon redest du?«

»Von meiner Stimme, meinem Gesang!«, rief Alexej.

Doch der Franzose ließ nicht locker. »Ich würde dir Sinn und Verstand in den Leib prügeln, wenn ich nicht ein Herr wäre, du alberner Schafhirte. Das größte Geschenk, das Gott dir jemals gemacht hat, ist *sie*. Eure Stimme war nur ein Mittel zum Zweck. Der Pope und der Bote, der dich zufällig singen hörte, das war alles *sein* Plan. Erkennst du das denn nicht? Wer sind wir, dass wir am Willen Gottes zweifeln, Rasumowski? Sieh mich an, Mann!«

L'Estocq verstellte ihm den Weg. »Glaubst du wirklich, dass sich irgendjemand in Zukunft an deine Stimme erinnern wird?« Er lachte auf. »Oh, du naiver Engel!« Ich schluckte überrascht. L'Estocq schlug sich auf meine Seite, er kämpfte für meine Sache! »Du kennst die Antwort auf diese Frage«, fuhr er fort. »In wenigen Jahrzehnten werden sich die Maden in deine goldene Kehle bohren. Aber wenn du bleibst, heute Nacht und in alle Zukunft, dann wirst du niemals vergessen sein. Jeder wird sich um ihretwillen an dich erinnern.«

Alexej nagte an der Unterlippe, während ich vor Kälte, Einsamkeit und Furcht zitterte.

Hilf ihr, die zu werden, die sie ist. Im kristallklaren Atem der Nacht gefroren die Tränen auf meinen Wangen, und der Wind biss mir bis auf die Knochen.

»Lass mich vorbei!«, keuchte Alexej und schob L'Estocq beiseite. Er kam auf mich zu, und mit verweinten Augen sah ich zu ihm auf.

»Steh auf, Zarewna, oder du holst dir den Tod!« Er half mir auf die Füße. Vielleicht fühlte ich ihn zum letzten Mal so nahe bei mir.

Sein Lächeln war traurig. »Ich mag ein schwacher und fehlerhafter Mann sein, aber ich möchte nicht an deinem Tod schuld sein.«

Meine Tränen fielen heiß auf seine Hand, als ich sie küsste. Ich wagte nicht zu fragen, ob er seine Entscheidung getroffen hatte. Bald würden andere Schlitten in einer glitzernden Schneewolke aus dem Kreml zurückkehren. Menschen würden vor Vergnügen schreien und lachen.

»Geh ins Bett, Zarewna Elisabeth! Lass dir von L'Estocq eine heiße Milch mit Wodka und Honig bringen! Ich schlafe heute Nacht im Stall«, sagte Alexej.

»Im Stall? Aber …« Ich dachte an mein Bett, das eine Magd gerade mit ihrem Körper wärmte. Wenn er es nicht mit mir teilen wollte, stets und immer wieder, so konnte ich ebenso gut auch sterben. »Wie soll ich ohne dich einschlafen? Jemals wieder?«

Tränen hingen in seinen dichten dunklen Wimpern. »Ich weiß es nicht«, murmelte er erschöpft, packte sein Bündel und ließ L'Estocq und mich stehen. L'Estocq hielt mich zurück. »Du hast dein Möglichstes versucht. Bleib! Er hat seinen Stolz. Würdest du ihn denn anders wollen? Warte. Die Antwort wird dich erreichen.«

»Wie wird sie aussehen?«, wagte ich zu fragen. »Ja oder nein?«

»Das weiß ich nicht mit Sicherheit. Aber er wird bleiben, so hoffe ich.«

Die Stalltür schloss sich hinter Alexej. Ein warmes Licht drang in die dunkle Kälte heraus, und warmer Tieratem dampfte in die Nacht.

Es gab keine Gewissheit, nur Hoffnung.

77. Kapitel

Ich weiß nicht mehr, wie lange ich schlief, erschöpft an Körper und Seele. Als ich erwachte, schneite es noch immer. Die dicken Flocken dämpften das Tageslicht und verwandelten die Statuen im Park in formlose weiße Klumpen. Die Krähen am Himmel waren das einzige Zeichen von Leben. Die Stille kratzte an meiner Seele, und gern trank ich den Kelch mit Laudanum, den L'Estocq mir geschickt hatte. Mithilfe des Mittels wurde der scharfe Schmerz stumpf. Wie konnte ich ohne Alexej an meiner Seite Russland gerecht werden? Niemals. Wieder glitt ich in einen unruhigen, von Albträumen begleiteten Schlummer.

Tage … oder Wochen … später klopfte es leise an der Tür. War es Zeit zum Frühstück? Wahrscheinlich, doch ich hatte weder Lust auf die heiße Schokolade in der Silberkanne noch auf frisch gebackenes warmes Brot mit geschmolzener und gesalzener Butter, Schmand und Kaviar. Und das sinnlose Geschwätz einer Zofe wollte ich noch weniger hören. »Komm herein!«, murmelte ich verschlafen und schmiegte das Gesicht in die Kissen. Der Lakai trat ein, wandte mir den Rücken zu und hielt ein Tablett in den Händen. Die Tür trat er mit der Ferse zu. Unbeholfener Kerl, dachte ich. Man sollte ihm Benehmen beibringen. Ich grub mich tiefer in die dicken Daunendecken und wollte mich weiterhin der Welt entziehen.

Ungeschickt schob der Lakai das Tablett auf einem Tischchen hin und her. »Stell es am Fuß des Betts ab und verschwinde!«, zischte ich und setzte mich auf.

Er drehte sich um.

Mir blieb das Herz stehen.

Tiefe Grübchen bildeten sich auf seinen Wangen, und seine Augen waren von einem tieferen Blau, als es der Himmel zeigte.

»Meine Güte, seid ihr Frauen launisch! Hast du mich nicht gerade gebeten, für immer zu bleiben?«, fragte Alexej. Ich sprang aus dem Bett, warf mich an seinen Hals und durchweichte seinen Kragen mit meinen Tränen. »War der Stall nicht gut genug?«, fragte ich, gleichzeitig lachend und weinend.

»Nein«, sagte er nur. Ich bemerkte die dunklen Schatten unter seinen Augen.

»Gab es dort keine Schafe?«, neckte ich ihn.

»Nein. Dort gab es keine Schafe. Und keine Milchmagd, die mich mit salzigem Kuchen vergiftet. Oder war es Kaviar?«, fragte er und deutete auf das Tablett.

»Ich pfeife auf den Kaviar«, sagte ich und umarmte ihn, atemlos vor Glück. »Ich will nur dich, das genügt mir.«

78. Kapitel

Die chinesische Delegation reiste kurz vor dem Tauwetter wieder ab. Auf den vereisten Straßen würden sie am schnellsten vorankommen. Nach der Rückkehr der Gäste schickte Peking ein Geschenk an die Zarin, fünfhundert Truhen, die quer durch Sibirien getragen wurden. Sie enthielten Hunderte von Edelsteinen und sechstausend Silberstücke, Tausende Rollen an Satin, Seide und Brokat sowie zusätzlich tausend fertige Roben und Kostüme wie auch dieselbe Anzahl an Knäueln roher und gefärbter Seidenstränge. Alles wurde Anna Iwanowna zu Füßen gelegt. Während der Brief die Geschenke als *Zeichen der Dankbarkeit für das russische Volk, das die fünf Mandschu so freundlich aufgenommen hat,* bezeichnete, lachte Anna entzückt wie ein Kind auf und raffte an sich, was sie nur greifen konnte. Nachdem de Biron seinen Anteil genommen hatte, lud sie die engste Familie ein, ihre Auswahl zu treffen.

Wer daran nicht mehr teilnahm, war ihre Schwester Jekaterina Iwanowna. Alles Gemunkel über eine Affäre und eine mögliche Schwangerschaft war längst vergessen, als ihr Bauch immer weiter anschwoll. Erst sah er aus wie ein Lederkissen, dann aber tranchierte ihr das Leiden alles Fleisch von den Knochen. Mein Cousine krümmte sich vor Schmerz und zerdrückte mir beinahe die Finger. Ich hielt ihre Hand um des einen sonnigen Tages von Peterhof willen. Christina musste dazu gezwungen werden, ihre Mutter am Sterbebett zu besuchen. Sie bedeckte sich Mund und Nase und tat nichts, um den Ekel in ihren Augen zu verbergen. Selbst im Sterben war Jekaterina Iwanowna eitel und weigerte sich, ihre falschen Elfenbeinzähne herauszunehmen, die aus ihrem geschrumpften Zahnfleisch herausrutschten.

Als ich den Anblick ihres Leidens nicht mehr ertrug, verabreichte ihr L'Estocq so viel Laudanum und Wodka, dass ihr Geist die Seligkeit noch im Diesseits fand und sie seufzend und lächelnd starb.

79. Kapitel

Die Glückseligkeit mit Alexej in Annenhof konnte nicht von Dauer sein.

Zweimal in der Woche befahl die Zarin die Frauen des Hofes in die Gemächer der Gräfin de Biron, wo wir gemeinsam an einem riesigen Wandbehang stickten. Das Feuer loderte im Kamin, die Süßigkeiten schmeckten köstlich, knuspriges Gebäck, gefüllt mit Quark, Nüssen und kandierten Früchten. Der Tee war heiß und berauschend. Ob wir mit der Arbeit vorankamen, scherte niemanden. Ein Jahr, nachdem Alexej für immer bei mir geblieben war – meine neue Art, die Zeit zu zählen! –, betrat ich die Appartements. Die Zarin kniete mit de Birons Söhnen am Boden und ließ eine Spindel mit bunten Seidenfäden kreisen. Die Kinder klatschten und jubelten vor Freude. Wie geradezu unheimlich ähnlich das Lachen der drei war! Anna begrüßte mich mit einem Nicken. Ich wusste, dass jeden Tag weitere Ausländer nach Moskau kamen, um ein Vermögen zu machen, ich aber noch immer nicht ihre offizielle Erbin war.

»Fangt ihn, Kinder!«, rief Anna und schob einen Reifen auf den Flur, und die Buben jagten dem Spielzeug lachend nach. Die Zarin sah ihnen wie berückt nach und setzte sich dann vor das Feuer. Die Gräfin von Biron sah auf. Wie die Zarin trug auch sie ihr Kleid ungeschnürt. War sie wieder schwanger?

»Willkommen zu unserem letzten Treffen in diesen Räumen, Lisenka!«, sagte die Zarin, als wir beide zu Nadel und Faden griffen, um eine helle bunte Seide zu besticken, die Teil des Geschenks aus Peking gewesen war. »Der Hof wird umziehen.«

»Wohin?«

»Zurück nach Sankt Petersburg. De Biron will endlich eine richtige Reitschule haben. In Moskau gibt es keinen geeigneten Platz dafür. Wenn, dann müsste ich die Stadt erst in Brand stecken«, sagte sie nur halb im Scherz und wandte sich an Frau Rondeau, die Frau des britischen Gesandten. »Ihr als Engländerin kennt den Wert einer guten Reitschule. Ich habe den brennenden Wunsch, Eure Königin kennenzulernen. Dafür käme ich ihr sogar auf halber Strecke entgegen. In Sankt Petersburg ist dies beinahe der Fall.«

Sankt Petersburg! Wann hatte ich meine Stadt zum letzten Mal gesehen, das Symbol allen Wechsels, den Vater Russland geschenkt hatte? Dennoch achtete ich darauf, meine Freude zu verbergen.

»Vor zweiundzwanzig Jahren habe ich Sankt Petersburg verlassen, um mich als Braut zu meinem geliebten Mann zu begeben«, sagte Anna und runzelte ob ihrer letzten, grob verpatzten Stiche die Stirn. »Gott sei seiner Seele gnädig.« Ihre Damen tupften sich pflichtgemäß die Augen und schluchzten leise.

»Du weißt nichts von den Freuden der Ehe, Lisenka«, sagte Anna streng. Trotz ihrer Liaison mit de Biron war sie darum bemüht, das Gesicht zu wahren. Ihr Hof hatte keusch zu sein. »Eine Frau braucht einen Ehemann, und

Russland braucht Erben. Aus deiner Beziehung zu diesem Hirtensänger kann nichts Gutes entstehen. Oh ja, ich weiß, was hier vorgeht, ich weiß von allem!«

Russland braucht Erben. Nie zuvor hatte Anna darauf angespielt, mich zu der Kronprinzessin und ihrer Erbin zu machen. Die Luft knisterte. Maja, die Magd, beobachtete mich mit angespannter Miene. Die Gräfin de Biron versammelte die Kinder um sich, die offiziell ihre Kinder waren, obwohl sie alle das rabenschwarze Haar der Saltykows und Tante Paschas Augen hatten. Julie von Mengden, Ostermanns Nichte, hob neugierig den Kopf. Die Engländerin, Frau Rondeau, nahm sich vor, ihren Mann über den Leitsatz der Zarin zu unterrichten. Ich berührte die Ikone des Heiligen Nikolaus. Karl Augusts Lederriemen waren brüchig geworden. »Wenn es Gott gefällt, so soll auch ich einen Mann und Kinder haben«, sagte ich wider besseres Wissen. »Wenn ich für Russland nur halb so viel Gutes tue wie du, meine Zarin, dann bin ich gesegnet.«

Sie konnte nicht anders, als mit meiner Antwort zufrieden zu sein. Ich würde wieder Kronprinzessin sein, eine Zesarewna. Und diesmal wollte ich herrschen.

Nur wenige Wochen später brachte die Gräfin de Biron eine Tochter zur Welt. Sie trug die kleine Hedwig mit einer drallen deutschen Amme im Schlepptau spazieren. Die Zarin selbst war etwa zwei Wochen indisponiert, ehe sie wieder am Hof erschien, lächelnd und mit ungeschnürtem Kleid. Die kleine Hedwig überschüttete sie mit so viel Liebe, als wäre das Kind ihre eigene Tochter.

Sankt Petersburg … Der Hof war entsetzt über den Umzug, der nur Unbequemlichkeit und Kosten verursachte. Als mein Schlitten Annenhof kurz nach dem Dreikönigsfest verließ, drehte ich mich noch einmal nach dem Palast um. Ein Holzhaus jeder Größe konnte angefertigt und im Land umherbewegt werden, wo immer es gewünscht war. Russische Schreiner hätten leicht den Palast für Anna abgebaut und von Neuem an der Newa errichtet. Doch das war nicht erwünscht. Annenhof blieb unbewohnt inmitten seines üppigen Parks und seiner funkelnden Brunnen in Lefortowo zurück. Die Garde und die Wächter bezogen Stellung, bereit zu desertieren, sobald ihr Sold vergessen wurde, was sicher in nur wenigen Wochen geschehen würde. De Biron hatte großartige Pläne für seine Sankt Petersburger Reitschule. Bald bot Annenhof nur noch Eulen, Fledermäusen, Füchsen und Landstreichern ein Dach über dem Kopf. Diese wärmten sich die Hände an einem kleinen Feuer und die Seelen mit Wodka, ehe sie betrunken einschliefen. Funken stoben überall, und die Glut setzte die Pracht von Annenhof in Brand. Das Holzschloss stand in lodernden Flammen und ging in einem allmächtigen Feuer verloren, seine Hitze war so fordernd und alles verzehrend, dass nicht einmal die Tränen des Waldgeistes von Kolomenskoje, des *leschi,* es löschen konnten.

Obwohl in den letzten fünf Jahren vernachlässigt, war Sankt Petersburg gewachsen. Zu viel war dort begonnen worden, um je wieder ein Ende zu finden. Die Stadt verkörperte die Kraft und den Willen meines Vaters. Seine Einwohner waren stolz auf dieses Erbe und machten ihm alle Ehre.

»Was ist denn das für eine neue Gewohnheit, immer die Wagenfenster offen zu halten?«, stöhnte L'Estocq und sah von dem Würfelspiel auf, das er mit Alexej begonnen hatte. Die Nacht in Annenhof, in der wir unsere Seelen entblößt hatten, hatte alles verändert. Durch das Schicksal waren wir für immer verbunden.

»Ich will alles sehen!«, rief ich lachend und lehnte mich weiter aus dem Fenster unseres Reiseschlittens.

»Ich glaube, du bist die Einzige, die sich auf Sankt Petersburg freut, Lisenka«, sagte Alexej, ehe er beiläufig einen fabelhaften Wurf ausführte. Er winkte ab, als L'Estocq mit saurer Miene in seine Westentasche griff. »Vergiss es! Ich erlasse dir die Schulden. Die Höflinge stöhnen wie die Kinder über diesen Umzug.«

»Was du nicht sagst«, murrte L'Estocq. »Ich frage mich, wie viel von meinem Eigentum dieses Mal sicher ankommen wird. Werden fünfzig oder möglicherweise alle meine Champagnerflaschen bersten? Wenigstens musste ich nie in diesem Sumpf ein Haus bauen. Während anderswo nur die Zeit Ruinen schafft, werden sie in Sankt Petersburg auf Bestellung gebaut. Alles wurde so hastig errichtet, dass der geringste Windstoß Dutzende von Ziegeln regnen lässt.«

»Also, achte auf deinen Kopf, Alexej, so wie du, L'Estocq, auf deine Zunge achten solltest«, mahnte ich, als wir uns der Stadt näherten. »Morgen sind wir zu Hause.«

Ich prostete den Männern mit einem Glas von L'Estocqs vortrefflich gekühltem Champagner zu. Wenigstens hatte diese Flasche die Reise unversehrt überstanden. Herr Schwartz, der Tanzlehrer, trank am meisten und füllte sich das Glas immer wieder.

»Sankt Petersburg!«, rief ich am nächsten Morgen und riss den Vorhang am Fenster des Schlittens endgültig beiseite. »Schaut! Schaut doch nur!« Ich wies auf den hell vergoldeten spitzen Turm der Kathedrale von Sankt Peter und Paul in seinem wunderbaren Kontrast zu den gewölbten byzantinischen Kuppeln, die überall in Russland zu finden waren. Am blauen Himmel füllten Möwen die Luft mit ihren Schreien. Sie tauchten in die glitzernden Wellen der Newa ein und vereinten Horizont und Wasser in einem plötzlichen Spritzer. Ich hielt Alexejs Hände. »Ich freue mich so, dir alles zu zeigen!«, rief ich. »Es war das wichtigste Werk meines Vaters, Sankt Petersburg zu erbauen. Die Vollendung war seine größte Stunde.«

»Eher eine Million größter Stunden«, spottete Alexej, und L'Estocq bekreuzigte sich. »Und eine Million Seelen, die in den Fundamenten der Stadt begraben liegen.«

»Vorsicht, L'Estocq!«, mahnte ich. »Ich scherze nicht!«

»Verzeih! Ich wünsche mir nur, dass die Stadt eines Tages auch Zeugin deiner schönsten Stunde wird. Es kann doch jetzt nicht mehr lange dauern, oder?«

Wir alle wussten, wovon er sprach, doch Anna Iwanowna ließ sich nicht in die Karten sehen. Gnadenloses Auspeitschen war noch die mildeste Strafe, die die Geheimpolizei für jegliches Gerücht über mein Erbrecht auf den Thron und den Zustand Russlands im Allgemeinen verhängte. Ich kämpfte mit mir, um dieses Wissen in Verbindung mit Feofans Rolle als Kopf des Geheimdienstes zu bringen. War er nicht ein Mann Gottes? Seine Entscheidungen kannte niemand, und sie wurden von seinen Schergen im dunklen Bauch der Peter-und-Paul-Festung gnadenlos umgesetzt.

Im Winterpalast war der Frost in die Wände gedrungen, und das Dach war undicht geworden. Böen des eisigen Windes rissen die Fenster auf, Scheiben brachen klirrend und dutzendweise aus den Rahmen. Trotzdem saßen achtzig Personen mit der Zarin frierend beim Nachtmahl. Nach dem Bankett fand ein Ball statt. Die Hofgesellschaft ließ mich nicht aus den Augen. Kündigte meine Rückkehr in die Stadt meines Vaters auch meinen Aufstieg zur Erbin Russlands an? Ich tanzte in einem blassrosafarbenen Kleid, das mit Perlen und Bergkristallen besetzt war und das mir L'Estocq geschenkt hatte. In den frühen Morgenstunden lag ich in Alexejs Armen. Er nahm sich nicht einmal die Zeit, mich zu entkleiden oder meine Strümpfe zu lösen. Als die Sonne über Sankt Petersburg aufging, meiner herrlichen, schönen Stadt, hätte ich nicht glücklicher sein können.

Doch wie oft verwechselt der Mensch das Morgengrauen mit der Abenddämmerung?

80. Kapitel

Das vierte Jahr von Annas Regierung brach an. Hatte sich Russland verändert oder war ich es? Möglicherweise wir beide. Einmal in Sankt Petersburg angekommen, gab mir Alexej die Kraft zu sehen. Ich sah mein Land, als begegnete ich ihm zum ersten Mal. *Hilf ihr, die zu werden, die sie ist!* Welchen Thron in welchem Land sollte ich erben?

Die Frage selbst war beinahe so gefährlich, wie die Antwort darauf entsetzlich war.

Meine Rückkehr nach Sankt Petersburg stand unter einem schlechten Stern. Kurz nach unserer Ankunft ließ Anna eins ihrer herrlichen Feuerwerke in den Himmel steigen. Es war keine Seltenheit, dass Zuschauer oder Passanten von irregeleiteten Raketen verletzt oder verstümmelt wurden, doch diesmal schlug ein Blindgänger in die Fenster des Palastes ein. Scherben bildeten einen lebensgefährlichen Hagel, und ein Splitter bohrte sich über meinem rechten Auge tief in die Stirn. Blut rann mir in die Augen und blendete mich. De Biron fing mich auf und säuberte mir das Gesicht. Am Abend küsste Alexej den Verband, den mir L'Estocq um die Stirn gewunden hatte. »Nichts schadet deiner Schönheit, selbst wenn du hundert Jahre alt wirst.« Doch ich spürte sein

Unbehagen, denn der Vorfall war das denkbar schlechteste Omen. Julie von Mengden hatte es für die Ohren aller Umstehenden laut genug ausgesprochen. »Dies kann nur eins bedeuten: Russland droht ungeheures Blutvergießen. Hütet Euch vor der Zarewna Elisabeth!«

Ihre Worte entsprachen der Wahrheit, wenn auch unwissentlich und ohne mein Zutun. Ein Brief von Herrn Rondeau, dem britischen Gesandten, wurde von Annas Geheimpolizei abgefangen. Er schrieb: *Der Hof ist eine einzige Maskerade. Jeder sorgt sich nur um seine Unterhaltung. Niemand denkt an die Sorgen und Tränen des einfachen russischen Volkes. Wir stehen kurz vor einer gewaltigen Explosion. Das Elend nimmt von Tag zu Tag zu…* Feofan las mir diese Worte vor, nachdem die Wunde an meiner Stirn zu einer – wie Alexej sagte – bezaubernden kleinen Narbe in Form eines Halbmonds verheilt war. Wir verbrachten einige Tage in Feofans *Datscha,* da die Sommerhitze wie eine Glocke über der Stadt lag. Das große Anwesen lag zwischen Peterhof und Menschikows Oranienbaum. Der Ritt zu ihm erfüllte mich mit Entsetzen. In den Dörfern und auf den Feldern waren keine Tiere mehr zu sehen, weder Pferde noch Hunde, nicht einmal Katzen, Ratten und Mäuse, geschweige denn Vieh wie Kühe und Schafe. Die Menschen, denen wir begegneten, waren bis auf die Knochen abgemagert. Anfang des Jahres hatte eine ungewöhnlich starke Frühlingssonne die Überschwemmungen wie ein Schwamm aufgesaugt. Nur einige Monate später setzte die sengende Hitze das Getreide auf den Feldern in Brand. Ganze Flammenwälle wälzten sich über das Land, und der Kampf gegen die Feuer war zwecklos. Es folgte eine Hungersnot, verheerender als alles, womit mein Land in seiner langen Geschichte gegeißelt worden war. Reisende waren nur in Gruppen unterwegs, aus Angst vor Kannibalismus. Kinder wurden am Straßenrand verkauft. Menschen versuchten mit letzter Kraft, Moskau zu erreichen. Unterwegs brachen sie tot zusammen, und die Leichenberge lockten Wölfe und Bären in die Stadt. Mehr als hunderttausend Menschen waren bereits verhungert.

»Was unternimmt die Zarin gegen die Hungersnot?«

Feofan warf mir einen warnenden Blick zu. »Die Geheimpolizei hat Menschen schon für harmlosere Fragen die Nasen aufgeschlitzt, die Zungen aus dem Rachen gerissen und sie auspeitschen lassen.«

»Wer, wenn nicht ich, sollte den Mut und das Herz haben, diese Frage zu stellen?«, hielt ich dagegen, und Alexej schenkte mir ein stolzes Lächeln.

Feofan seufzte. »Nicht der Befehl der Zarin ist die Wurzel des Übels, sondern die fehlende Umsetzung ihrer Anordnungen. Sie hat sowohl der Kirche als auch ihren Adligen befohlen, den Leibeigenen jeglichen Zugang zu Bächen und Flüssen ebenso zu ermöglichen, wie sie mit Saatgut zu versorgen. Umsonst. Alles Geld und Gut endet in den Taschen der Landeigentümer. Ihrem Vetter General Saltykow trug sie auf, Brot an Bettler zu verteilen. Stattdessen landeten fünftausend Brotlaibe in den fetten Bäuchen der Adelsfamilien.« Er schüttelte den Kopf. »Russlands Feinde sind wir selbst. Unser eigenes Zögern, unsere Faulheit, Unehrlichkeit und unsere mangelnde Tatkraft schaden unserem geliebten Land unendlich.«

»Was soll dann werden?« *Russland droht ungeheures Blutvergießen!* Ich versuchte, die Erinnerung an Julies böse Bemerkung zu vertreiben, während ein Diener mir gekühlten Borschtsch in meinen tiefen Teller aus feinstem Meißner Porzellan schöpfte. Die rubinrote Suppe leuchtete wie Blut. Mir drehte sich der Magen um.

»Gute Absichten sind wertlos, wenn niemand sie in die Tat umsetzt. Anna wollte, dass alle Gefängnisinsassen abends Kerzen bekommen. Stattdessen beleuchten diese nun die Adelspaläste, die ganze Nacht hindurch.« Feofan klang kurzatmig, als er fortfuhr. »Hier, hört zu! Der Brief des preußischen Gesandten: *Die Unzufriedenheit in Russland könnte nicht größer sein, doch es gibt keinen Anführer der Rebellen, der zum Aufstand aufwiegelt. Dieses demütige Volk ist an Sklaverei gewöhnt, und seine Angst vor der Obrigkeit ist groß. Nichts wird hier zu Lebzeiten dieser Zarin geschehen, auch wenn ihre willkürliche Herrschaft mit der Iwan des Schrecklichen verglichen werden kann.*«

Feofan kramte in seiner Tasche. »Leider ist mir der Brief des spanischen Gesandten abhandengekommen. Aber ich kenne seine Worte auswendig. *Alles hier ist reif für eine Revolution. Die Einnahmen der Krone sinken, der Handel schwindet, der Wechselkurs ist willkürlich und wird immer schwächer.*«

»Wie schrecklich! Was können wir tun, um diese Missstände zu beheben?« Ich legte meinen Löffel auf den Tisch, ohne gegessen zu haben.

»Sehr wenig. Wann, zum Beispiel, hast du zuletzt etwas Gutes über den Krieg gehört?«

Ich sah überrascht auf. »Von welchem Krieg sprichst du?«

»Da siehst du es! Dabei stehen russische Truppen in zwei Kriegen im Feld, in Polen und auf der Krim. Die

Gefechte könnten genauso gut im fernen Amerika stattfinden. Nur wenn es Siege zu vermelden gibt, finden Paraden statt, und die Glocken läuten die Nacht hindurch. Die Stille, die dazwischen herrscht, birgt ein Grauen, das verschwiegen wird. Sei dir sicher, dass die Menschen in einem weit entfernten Dorf nichts von dem schrecklichen Leid unserer Soldaten ahnen.«

Das Gespräch bedeutete Hochverrat. Das Wissen um diese Tatsachen allein brachte mich in Gefahr. Für Feofan lagen die Dinge anders. Er hatte alles erreicht und war alt, vielleicht sogar bereit zu sterben. Russland und ich hatten noch ein Leben vor uns. Vorsichtig wog ich meine Worte ab. »Von Polen wusste ich. Doch was passiert auf der Krim? Ich habe nichts darüber gehört, nicht einmal in den Kasernen, die ich gestern besucht habe.« Ich tat so, als hätte ich von alledem erst wenig erfahren, aber Politik war wie ein Tanz der sieben Schleier.

»Gut gemacht. Bewahr dir die Treue der Regimenter, das ist mein einziger Rat an dich. Was würde dein Vater denken, nun, da das Blut von fast hunderttausend jungen Soldaten den Boden der Krim tränkt? Annas Streitkräfte sind den Türken wie Vieh in die Bajonette gelaufen. Russland hat bald keine Söhne mehr. Die großen Güter sind verlassen, der Adel ist verarmt.«

»Kann es noch schlimmer werden?«

»Es kann immer schlimmer werden«, sinnierte Alexej traurig, als Feofan aufsah und uns schweigen hieß. Zwei Diener schleppten ein ganzes Spanferkel herein, die Kruste krachend salzig, fettglänzend und tropfend. Der Spießbraten wurde mit Kohl, geschmorten Äpfeln und Buchweizenpfannkuchen serviert. Feofans knorrige Finger, deren Haut von den langen Stunden in seiner

Bibliothek bleich und ausgetrocknet waren, umschlossen meine Hand. »Lasst uns beten, Lisenka!«

Es kann immer noch schlimmer kommen. Dank Verrat, Bedrohung, Erpressung und Bestechung wurde der ehemalige Pferdeknecht Eugen Biren, der bei Annas Thronbesteigung zum Grafen de Biron des russischen Reiches geworden war, rechtmäßig zum regierenden Herzog von Kurland gewählt. Er war nun Seine Königliche Hoheit, ein souveräner Fürst, und bezog Räume neben Annas Gemächern im Winterpalast. Seine Küche beeindruckte sogar L'Estocq, der unsere Speisen sonst gern als barbarisch bezeichnete. De Birons Frau blieb in Anwesenheit der Zarin sitzen, wie es sonst nur meiner Nichte Christina und mir zustand. Angesichts ihres Schmucks hob sogar Anna Iwanowna die Brauen. Ihre Kutsche wurde von vierundzwanzig Lakaien begleitet und von acht Rappen gezogen. Acht Pagen liefen voran und machten den Herrschaften den Weg frei. Wer nicht gehorchte, wurde von vier bulligen Schergen entfernt. Niemand in der Geschichte Russlands war jemals so verhasst gewesen, wie de Biron es wurde. Wo immer seine Kavalkade auftauchte, mussten die Menschen zum Jubel geprügelt werden. Das deutsche Joch, die *Bironowschtschina*, wog schwerer als je zuvor auf Russlands Schultern – Schultern, so stark wie die Welt, die aber unter dieser Last nachgaben.

Entsetzliche Brände zerstörten sowohl Moskau als auch Sankt Petersburg, die alte und neue russische Hauptstadt. Im Juni lag die Hälfte der Moskauer Häuser in Schutt und Asche, einschließlich der Münze und des

Arsenals, das die Armee nicht nur mit Uniformen ausstattete, sondern auch Waffen, Munition und eine riesige Menge an Bargeld gehortet hatte. Dreißigtausend Unterkünfte und ihre Bewohner wurden wie auf einem riesigen Scheiterhaufen verbrannt. Einen Monat später stand Sankt Petersburg in Flammen. Das Feuer verschlang tausend Häuser und Paläste. Selbst die englische Lady Rondeau, deren Ohren so spitz waren wie ihre Sticknadeln, konnte ihre Möbel nur noch aus ihrem lodernden Haus schleppen. Das meiste aber war so beschädigt, dass sie es danach als Brennholz in ihrem behelfsmäßigen Quartier verwendete.

De Biron, der neue Herzog von Kurland, war blind für die Not des Volkes und eröffnete stattdessen seine Reitschule am Newski-Prospekt. Kein Russe lebte so großartig wie Kurlands Pferde, die hinter Rastrellis vergoldeten Fassaden und glitzernden Fenstern, umgeben von Säulen und Arkaden, in ihren Ställen standen. Ein eigenes Ministerium wurde geschaffen, nur um de Birons Zucht zu betreuen. Wer immer die Zarin jeden Montag beim Bewegen ihrer Pferde beobachten wollte, musste eine besondere Uniform tragen, ein Wams aus kanariengelbem Büffelleder mit silberner Borte unter einer kornblumenblauen Jacke.

Doch ein Unglück kam selten allein. Als wir alle beim Ball zur Eröffnung der Reitschule tanzten, erlitt ich einen weiteren entsetzlichen Verlust. Feofan Prokopowitschs Herz versagte ihm auf einem Spaziergang in seinem Garten. Er starb, den Blick nach oben gerichtet, Auge in Auge mit dem Himmel und seinem Gott. Wie sollte ich ohne seinen Rat, sein Wissen und seine Erinnerungen an die Vergangenheit leben? Nach seiner Beerdigung lud ich die Offiziere der russischen Regimenter zum Leichenschmaus ein. L'Estocq bezahlte die Rechnung. Die Soldaten tranken den Keller des Gastwirts leer und tanzten auf den Tischen den Trepok. Sie rempelten sich gegenseitig an, fielen hinunter, schrien und weinten vor Schmerz und Gelächter. Dann benutzten sie die leeren Wein- und Schnapsfässer als Zielscheiben, und ihre Kugeln ließen sie Salto schlagen. Es war die erste Nacht eines Winters, der besonders starken Schneefall brachte. Die Offiziere und ich kletterten auf das vereiste Dach. Wir rutschten hinunter und stürzten kopfüber in die Schneewehen. Ich lachte so heftig, dass ich Seitenstechen bekam und mir die Wangen schmerzten. Feofan hätte das alles gutgeheißen, das wusste ich. *Bewahr dir die Treue der Regimenter.* Als ich von Feofans Beerdigung nach Hause kam, hielt mich Alexej in den Armen, während ich mich in den Schlaf weinte. Feofan war das letzte lebende Glied zu meiner Vergangenheit gewesen, und seine Weisheit war schier endlos. Ich konnte und wollte nicht die Worte vergessen, die er mir vorgelesen hatte: *Nichts wird hier zu Lebzeiten dieser Zarin geschehen …* Doch was war mit ihrer Nachfolgerin, fragte ich mich? Ich war nun in meinen späten Zwanzigern und nicht mehr das junge Mädchen, das es wenig kümmerte, in der Thronfolge übergangen zu werden, nachdem ihre Mutter gestorben war. Ich war nicht mehr die Zarewna, die sich weigerte, Petruschka zur Ader zu lassen, nicht mehr die Frau, die Ostermann an einem frühen Morgen am Sterbebett des Zaren demütigen durfte.

Auch andere Worte aus Feofans Mund durfte und

wollte ich nicht vergessen. *Ich sehe viel von deinem Vater, Peter dem Großen, in dir.* Sollte Russland nach mir fragen, so gab es für mich nur eine Antwort.

Kurz vor der Jultide im achten Jahr von Anna Iwanownas Regierung bestellte mich die Zarin zu einer privaten Audienz ein.

81. Kapitel

Ich verbrachte jeden Morgen eine Stunde lang in tiefem Gebet. Russland konnte nur mit Gottes Hilfe regiert werden. Meine Nichte Christina, noch immer Protestantin, zeigte sich anfällig für die List von Intriganten wie Julie von Mengden und dem Grafen Lynar. Meine Cousine Jekaterina Iwanowna hatte sie nie in der russischen Kirche willkommen heißen lassen. Sie war in so vielen Dingen nachlässig gewesen. Ohne meinen Schöpfer war ich ein Niemand.

Um mein Treffen mit der Zarin vorzubereiten, suchte ich de Birons Reitschule auf, wo sie montags ihre Pferde bewegte. Auf dem Weg dorthin war die Luft starr vor Frost, Eiszapfen hingen von Dächern und Fensterbänken. Ihr Leuchten spiegelte den Glanz der Stadt wider. Der Schnee knirschte unter den Kufen meines Schlittens, jeder Atemzug reinigte und schärfte meinen Geist. Überall waren Bettler zu sehen. In *meinem* Reich sollten die Brotlaibe an Bedürftige ausgegeben werden. Zwangsarbeiter schufteten trotz der Kälte, die Gesichter verstümmelt und die Gliedmaßen von Schlägen verkrümmt. Ich wollte die Todesstrafe verbieten lassen, denn in meinem Namen sollte kein Tropfen russisches Blut vergossen werden. An den Straßenecken huschten kleine Schatten umher, trafen zusammen und trennten sich wieder. Halunken schickten die Kinder los, um zu stehlen und zu plündern. Ihr Anblick brach mir das Herz. Kein Kind sollte hungern müssen. War Russland nicht groß und fruchtbar genug, um seine Scheunen auf Jahre zu füllen?

»Zarewna Elisabeth!« Ein Trupp Preobraschenski-Offiziere entdeckte mich. Mit roten Wangen und blitzenden Augen liefen sie meinem Schlitten hinterher wie junge Hunde. Mit ihren leuchtend grünen Jacken sprangen sie auf die Kufen, hielten sich am Rand fest, redeten, lachten und stellten mir tausend Fragen.

»Habt Ihr Euch von Feofans Beerdigung erholt?«

»Seid Ihr auf dem Weg zur Zarin? Vergesst uns nicht in der Stunde Eurer Gnade!«

»Meine Frau kommt bald nieder. Werdet Ihr dem Kind Patin stehen?«

Und so weiter.

Am Newski-Prospekt öffneten sich die vergoldeten Flügeltüren der Reitschule für mich. Eine marmorne Freitreppe führte mich auf die obere Galerie. Deren Wände waren mit Gemälden von de Birons Rössern geschmückt, gefertigt von den besten Meistern unserer Zeit. Von dort aus hätte ich einen guten Blick gehabt. Kurz bevor ich eintrat, wurde ich jedoch durch eine rasche Bewegung und das Schwenken farbiger Röcke abgelenkt.

»Komm mit!«, flüsterte Julie von Mengden und zog Christina mit sich aus der Tür und den Korridor entlang. »Ich weiß, wo wir uns verstecken können.« Die beiden sahen mich nicht, sondern eilten davon, kichernd, einander haschend und flüsternd. An der Tür, die über eine verborgene Treppe zu den Ställen hinunterführte, umfasste Julie Christinas Gesicht und küsste sie leidenschaftlich. Dann schlüpften beide aus meinem Blickfeld.

Ich wartete und zählte stumm bis zehn. Mein Puls raste, und ich brauchte eine Weile, um mich zu beruhigen. Christina konnte lieben, wen sie wollte, ob Frau oder Mann. Was mich schmerzte, war die offensichtliche Unehrlichkeit von Julie von Mengden, aber auch vom Grafen Lynar. In der Galerie über der Arena brachten mich die Wärme der Tierkörper und der scharfe, saubere Geruch des Sägemehls zur Besinnung. Auf den Bänken drängten sich deutsche und baltische Offiziere in den Uniformen des neuen Ismailowski-Regiments.

»Er reitet jede Stute gut«, lachte einer. In der Arena dressierte Graf Lynar einen schönen Fuchs. Mit seiner violetten Jacke wirkte er kühl und zielgerichtet.

»Angeblich benutzt er die Pomade, die er sich jeden Abend ins Gesicht schmiert, auch für andere Tätigkeiten«, fügte einer der Brüder Löwenwolde hinzu. Die vulgären Worte riefen brüllendes Gelächter von allen Seiten hervor. Sein Bruder, der Oberst des verhassten Ismailowski-Regiments, runzelte jedoch die Stirn. »Graf Lynar könnte mehr Hengst sein, als es ihm bekömmlich ist. Wenn Ostermann Wind von dieser kleinen Geschichte bekommt, kann der Sachse einpacken. Es handelt sich um die königliche Zucht.«

»Zwei Stuten haben noch nie ein Fohlen bekommen«, gluckste ein dritter Mann.

Wie tief waren wir gesunken, wenn Ausländer so ungestraft über eine kaiserliche Zarewna sprechen konnten, als wäre sie eine Stute, die gedeckt werden sollte …

Löwenwolde zuckte mit den Achseln, als Graf Lynar unten in der Arena sein Ross mit einem unmerklichen Strich der Gerte erst steigen und es dann seitlich tänzeln ließ. Mir brannten die Ohren. Ich hätte diese Männer aus meinem Land ohrfeigen mögen.

Mein Treffen mit Anna Iwanowna war dringender denn je.

In den verbleibenden Tagen sah ich niemanden außer Alexej. Wir unternahmen lange Spaziergänge im tief verschneiten Garten des Sommerpalastes. Alle Statuen waren im Herbst von ihren Sockeln gehoben, zerlegt und eingelagert worden, damit der Stein in der Kälte nicht sprang. Im Frühjahr setzten die Gärtner sie wieder so zusammen, wie sie es gerade für richtig hielten. Ein Venuskopf landete dann vielleicht auf dem Unterleib eines Zentauren, Paris ruhte mit seinem starken männlichen Torso auf dem Faltenrock der Athene. Die einfache Fassade des Palastes zu sehen, wo ich so viele wichtige Stunden meines Lebens verbracht hatte, stärkte und betrübte mich zugleich. Wenn ich wieder die Zesarewna, die Kronprinzessin, war, würde ich nicht mehr hier leben.

Endlich nahte die Stunde meiner Audienz. Die Dämmerung fiel, als ich im Winterpalast ankam. Ich trug das violette Kleid, das mir die Regimenter für den chinesischen Empfang geschenkt hatten, und folgte dem Kammerjunker die glänzende Marmortreppe hinauf. Dabei versuchte ich, ruhig und gelassen zu wirken. Auf unser Klopfen hin öffnete die Fürstin Tscherkasskaja, die Hofdame der Zarin, und knickste. Sie war mir immer eine

Freundin gewesen und hatte mir meine Kleider abgekauft, als Menschikow mein Erbe geplündert hatte.

Im Gemach der Zarin saß Juan da Costa neben dem Paravent, und Graf Ostermann hatte sich am Feuer niedergelassen, denn die Wärme linderte seine Gicht. Die Flammen warfen schreckliche Schatten an die Wand, die dünnen Hexenfingern glichen. Ich stählte mich. Weder der abscheuliche *leschi* noch seine Prophezeiungen sollten hier eindringen. Ostermann neigte unmerklich den Kopf. Ihm gegenüber saßen der Herzog und die Herzogin von Kurland. Neben ihnen aber stand ein weiterer Mann, die Ellbogen lässig auf den Kaminsims gelegt, der Kopf kahl und der Schnurrbart sorgsam buschig gestutzt. Seine winzigen Augen waren so ausdruckslos wie die einer Schlange. Russische und ausländische Medaillen bedeckten seine Brust in der dunkelgrünen Uniformjacke. Es war General Uschakow, seit Feofan Prokopowitschs Tod allmächtiger Herr der Geheimpolizei. Bei seinem Anblick erschrak ich. Schon bei der Erwähnung seines Namens gefror jedem Russen das Blut in den Adern. Es war nur allzu leicht, eines der vielen geschriebenen oder ungeschriebenen Gesetze zu brechen und sich in seinen Klauen in der Peter-und-Paul-Festung wiederzufinden. Dann entspannte ich mich jedoch. Meine Erhebung zu Annas Erbin war Staatsangelegenheit. Kein Wunder, dass Uschakow anwesend war.

»Zarewna Elisabeth«, sagte Uschakow knapp und verneigte sich, gerade als die Türen zum Schlafzimmer der Zarin aufflogen. Ich drehte mich um, wollte lächeln ... und erstarrte.

Anna Iwanowna stand auf der Schwelle und stützte sich zornbebend mit beiden Händen an den Türrahmen.

Sie sah aus wie ein majestätischer Berg aus grünem Samt, Goldborte und schäumender Spitze. Smaragde leuchteten in ihren Ohrläppchen, ihren Handgelenken und um ihren Hals. Hinter ihr leuchtete der Stahl ihrer Waffe am Fenster, bereit für die Zielübungen auf die Menschen von Sankt Petersburg. Zu ihren Füßen hoppelten Kaninchen, die sie mit dem Fuß beiseitetrat, als sie auf mich zustürmte. Entsetzt wich ich zurück, als ich sie nach Atem ringen sah. Ihr Gesicht war vor Wut verzerrt, aber aschfahl und feucht verschwitzt. Maja hatte sie am Ellbogen gefasst, während sich Anna stöhnend und mit schmerzverzerrtem Gesicht in die Seiten griff. In der anderen Hand hielt sie ein kleines Buch. Das schleuderte sie nach mir und traf mich hart an der Brust. Ich keuchte auf, und der Schreck lähmte mich. Auf Ostermanns Gesicht entdeckte ich ein verschmitztes kleines Lächeln, während de Biron in die Flammen starrte.

»Wie kannst du es wagen, du gemeines, tückisches Wesen?«, schrie Anna, stürmte auf mich zu und stieß mich hart nach hinten. Beinahe wäre ich gestürzt, hielt mich aber gerade noch an ihrem Schreibtisch fest. »Du bist eine Schlange an meinem Busen. Lies dies, und erklär dich mir! Wenn nicht, lasse ich dich verhaften und foltern, bis du alles gestehst.«

»Was soll ich gestehen?«, stammelte ich.

»Du hast mit fremden Mächten kollaboriert, um Russlands Ruf zu schädigen. Du hast Mütterchen Russland ins Gesicht gespuckt. Das ist schlimmer als alles, was der Zarewitsch Alexej je verbrochen hat!«

Mir wurde schwindelig vor Entsetzen. Mit aufgeklappten Seiten lag das kleine Buch auf dem Teppich.

Juan da Costa hob es auf. Sein Blick war tieftraurig, als er es mir reichte. »Nimm es!«, bat er leise, und ich folgte seiner Aufforderung, ohne zu wissen, ob ich die nächsten Minuten überleben würde. Schweiß sammelte sich in meinem Nacken.

»Verräterin«, keuchte Anna, als Maja ihr das Riechsalz reichte und sie zu ihrer Chaiselongue führte. Sie flüsterte ihr leise Worte ins Ohr, und das Feuer knisterte. »Denk an die Strafe, die Alexej erlitten hat!«, schrie sie. »Denk an seinen Schmerz und verdopple ihn. Das wird deine Strafe sein!«

»Lest, Zarewna!«, befahl General Uschakow kalt. »Lest und erklärt Euch! Wir alle hören Euch zu.« Seine Stimme klang, als würde Seidenstoff zerrissen. Allerdings lag ein Hauch von Erregung darin. Ich hatte gehört, was Frauen widerfuhr, die ihm in die Hände fielen. Raureif überzog meine Arme, aber ich wollte verdammt sein, wenn ich diesem Bluthund meine Furcht zeigte. Doch meine Finger zitterten, als ich den Titel des Buches las. *Lettres Moskovites* war dünn in Gold auf blutrotes Kalbsleder geprägt. Mit offenen Kiefern, bereit, mich zu verschlingen, schlängelten sich die Buchstaben auf mich zu.

»Lies!«, keuchte Anna Iwanowna und rang wieder nach Atem. Schweiß perlte auf ihrer Stirn. Sie ballte die Fäuste und schien mich schlagen zu wollen, presste sie dann aber auf die Augen. Mit unsteten Fingern öffnete ich das Buch. Mein Atem flog, als ich sah, dass eine Seite markiert war, und zwar mit einer umgeknickten Ecke, einem Eselsohr. So etwas hatte Anuschka immer gehasst. Angst versengte mir die Seele, als ich die ersten Worte las, die mich der Verdammnis auslieferten. Ich hatte mich so sicher gefühlt, die ganze Zeit aber in tödlicher Gefahr befunden. Jeder Buchstabe machte mich zu einer Verräterin. Welche Närrin ich doch gewesen war!

Zarin Anna Iwanowna wollte nicht entscheiden, ob ich ihre Erbin würde, sondern ob ich leben oder sterben sollte.

82. Kapitel

Ich weiß nicht, wie es mir gelang, meine Stimme ruhig zu halten, als ich die Worte las, die jemand, wahrscheinlich Ostermann, zusätzlich mit einem schwungvollen Tintenstrich markiert hatte. »Was *müssen wir davon halten, wenn die Ausländer schändlich das Vertrauen der besten Zarewna aller Zeiten missbrauchen? Diese Menschen haben nur das Ziel, die eigenen Taschen zu füllen und sich gegen zukünftige Unbill abzusichern. Zu Recht. Wie werden sie den Sturm überstehen, der ihnen ins Gesicht bläst, sollte diese Zarewna, die ein unbestreitbares Recht auf die Krone Russlands hat, den Thron besteigen?*«

Ich hielt inne. Meine Kehle war wie ausgetrocknet. Anna stand auf und umkreiste mich wie eine Katze die Maus.

»Wer ist diese beste Zarewna denn, bitte schön? Niemand anders als du. Du Natter an meiner Brust! Ein Kloster ist zu gut für dich. Sobald du dies gelesen hast, lasse ich dir die gespaltene Zunge aus dem Rachen reißen. So dankst du mir meine Geduld und meine Großzügigkeit? Indem du Verrat an Mütterchen Russland begehst und heimlich mit ausländischem Abschaum zusammenarbeitest?«

Ich biss mir auf die Unterlippe. Ausländischer Abschaum? Sie hatte gut reden! Und doch konnte ich vor Angst kaum klar denken. Angesichts der Schatten, die die Flammen an die Wand warfen, hätte ich mich am liebsten zusammengekauert. Der *leschi* schien nach mir zu greifen, hier und jetzt seinen Lohn zu fordern. Meine Seele gefror. Mir wurde schwindelig, ich wollte mit Alexej weglaufen und mich in irgendeiner kleinen Hütte verstecken, die in den Weiten Russlands verloren lag. Aber ich durfte nicht nachgeben, ich durfte mein Blut nicht verraten.

»Lies weiter! Das war noch gar nichts, du verräterische Kreatur!«, kreischte Anna mit schweißüberströmtem Gesicht.

»Reg dich nicht so auf, Liebste!« De Biron zwang Anna, sich wieder zu setzen. Ihre Wangen waren gerötet, sie rang nach Luft und presste die Hände mit schmerzverzerrtem Gesicht in die Seiten.

»Ich habe nie mit jemandem zusammengearbeitet, und schon gar nicht mit Fremden! Niemals würde ich etwas gegen mein geliebtes Russland unternehmen«, wagte ich es, mich zu verteidigen.

De Biron wandte sich zu mir um. »Lies bitte, Zarewna Elisabeth! Ich bin sicher, es wird sich alles aufklären.« Selbst in dieser für mich dramatischen Lage behandelte er mich mit Höflichkeit.

Ich kämpfte um Gelassenheit und fuhr fort. *»Die Art und Weise, wie die Zarewna Elisabeth behandelt wird, schreit nach Rache.«* Ostermann schnaubte mit verächtlichem Blick. *»Denn statt sie als Erbin dieses größten Reiches der Welt zu respektieren, wird ihr nicht einmal das Nötigste zugebilligt, um ihre Würde zu wahren. Ihre alten Domestiken bleiben aus Treue an ihrer Seite* *und leben eher im Elend, als ihren Dienst aufzugeben. Die Zarewna ist von der ganzen Welt verlassen.«* Ich würgte die Tränen hinunter. Das Buch sprach die Wahrheit, auch wenn die Worte nicht die meinen waren. Genauso wurde ich behandelt, Tag für Tag, seit fast einem Jahrzehnt. Doch nun wusste ich, dass ich nicht so auf mich allein gestellt war, wie ich gedacht hatte. Jemand hatte bemerkt, was vor sich ging. Aber wer? Ich hatte keine Ahnung, wie es zu diesem auf Französisch veröffentlichten Buch kam, das anscheinend in Europa weit verbreitet war. Der Schaden, den es Russland zufügte, war immens. Aber natürlich beschuldigte mich Anna Iwanowna des Verrates. Ihr blieb keine andere Wahl. Ich witterte eine Falle. Alles, was Ostermann brauchte, um mich loszuwerden, war ein guter Grund. Gab es denn eine richtige oder falsche Antwort auf jede Frage, die sie mir stellen konnten? Meine Qual war noch lange nicht beendet.

»Hör zu, meine Zarin«, sagte Ostermann. »Das Beste kommt noch.«

»Verschont mich!«, flehte ich. »Das ist unerträglich!« Ich las mein eigenes Todesurteil. Niemand glaubte, dass ich nichts von diesem Buch wusste, so viel war klar. Statt den Winterpalast als Annas Erbin zu verlassen, wartete vielleicht schon ein Schlitten vor der Tür, der mich zur Peter-und-Paul-Festung bringen sollte, wo General Uschakows Männer bereits lauerten. Ich sah ihn an. Ein perfides Lächeln umspielte seine Lippen. Vor dem Paravent drückte sich Juan da Costa die Fäuste vor die Augen, die von einem Spinnennetz aus Falten umgeben waren. Maja ließ die Zarin nicht aus den Augen, deren Familie sie ihr ganzes Leben lang gedient hatte.

Nach Ostermanns Ansicht war meine Zeit auf Erden längst abgelaufen. Aber etwas in seinem Blick – vielleicht seine Schadenfreude – stählte mich innerlich. *Dein Vater wurde nicht als Peter der Große geboren,* hatte Feofan gesagt. Ich wollte meinen Feinden zeigen, wie sich die Tochter des Zaren benahm. Mit gepresster Stimme las ich weiter. »*Diese Ausländer wird ihr gerechtes Schicksal ereilen, sobald die Zarewna von Russland die Unterstützung erfährt, die sie verdient.*«

Diese Worte waren in ihrem Wahrheitsgehalt brandgefährlich, denn sollte ich je Zarin werden, waren die fetten Tage dieser Ausländer in Russland in der Tat vorüber.

»Welches Schicksal wäre das wohl?«, fragte Ostermann, ehe er abfällig hinzufügte: »Zarewna?«

Es war nicht er, den ich von meiner Unschuld überzeugen musste. Ich hatte Todesangst. Die Zarin und ich waren beide Romanows. Dasselbe Blut rann durch unsere Adern.

»Majestät!« Ich warf mich Anna Iwanowna zu Füßen. »Geliebte Cousine, um aller Gemeinsamkeiten willen, die uns verbinden ...«

»Die da wären?«, fragte sie mit verweintem Gesicht und rang die Hände. Jeder mollige Finger war bis zu den Knöcheln mit zwei oder drei Ringen geschmückt. All ihr Gold klirrte wie die Ketten des Newators, das in die stete Nacht der Peter-und-Paul-Festung führte, jenes Tors, durch das Verräter die Festung nur gebrochen verließen, um zur Richtstätte geschleppt zu werden.

»Beim Blut des Zaren Alexej, unseres Großvaters, das in unseren Adern fließt!«, rief ich.

»Wer weiß schon, wer dein Vater wirklich war?«,

schluchzte Anna. »Vielleicht hatte mein Onkel seine Gründe, Anuschka und dich so lange für unehelich gelten zu lassen.« Ich schwankte unter dem Gewicht ihrer Beleidigung, während sie auf ihre Chaiselongue zurücksank. Ihre Brust hob und senkte sich in unregelmäßigen Atemzügen. Sie war wie ein riesiger Baum, der darum kämpfte, nicht gefällt zu werden.

»Wie kannst du das sagen?« Ich warf mich auf die Knie und ergriff ihre Finger. »Um der Liebe meines Vaters willen, des Zaren Peter, und meiner Mutter, Katherina Alexejewna, deiner Tante …«

»Die mich alle in Mitau ein Leben als Bettlerin haben führen lassen!«, rief Anna. Auch sie weinte nun hemmungslos. Maja erhob sich, um ihr die Wangen mit einem Spitzentaschentuch abzutupfen. »Wegen jeder Kleinigkeit musste ich ein Dutzend Bittbriefe senden, die wahrscheinlich in irgendeiner Schublade, in irgendeinem Schreibtisch vergessen wurden.«

»Das kann sein. Doch ich war damals noch ein Kind. Bitte, glaub mir! Glaub mir um jenes Morgens in Moskau willen, als du mir *das* hier gegeben hast!« Ich umklammerte die Ikone des Heiligen Nikolaus, umklammerte sie so fest, dass meine Knöchel weiß hervortraten. Der mit Diamanten verzierte Rahmen der Ikone glänzte. »Ich weiß, dass du dich an jenen Augenblick ebenso gut erinnerst wie ich selbst.«

Sie legte die Handflächen an ihr glühendes Gesicht. »Hör auf!«, flehte sie. »Ich sollte dich hassen. Aber ich kann es einfach nicht.«

»Ich bin unschuldig. Ich habe mit diesem Buch nichts zu tun.« Inbrünstig küsste ich die Ikone. »Ich schwöre es beim Heiligen Nikolaus, dem Schutzheiligen Russlands. Seitdem du mir dieses Juwel geschenkt hast, ist es mein liebster Besitz. Ich würde alles verkaufen, um nicht zu hungern und zu überleben, aber niemals diese Ikone. Du siehst, nicht alles im Leben hat seinen Preis.«

Anna lag nun in Majas Armen, die sie wiegte wie ein Kind, das schwarze Schaf der Familie und die am wenigsten geliebte von Paschas Töchtern. Ich zog mich an ihrem Rock hoch und vergrub mein Gesicht in ihrem Schoß. »Ich schwöre bei allem, was uns beiden heilig ist, bei allem, was wir beide überstanden haben: Ich begehe niemals Verrat an Russland.«

»Nicht an Russland. Doch vielleicht an der Zarin?« Ostermanns Blick unter den schweren Lidern durchbohrte mich.

Ich hob den Kopf auf und schüttelte die Faust, die sich um die Ikone des Heiligen Nikolaus ballte. »Graf Ostermann! Du, der du meinen Eltern alles verdankt, wenn du es jemals wagst, mir eine ähnliche Anklage ins Gesicht zu schleudern, dann kratze ich dir die Augen aus. Meine Cousine, die Zarin, *ist* Russland! Die Zarin und ihr Volk sind durch ein unsichtbares, unauflösliches Band verbunden. Wenn du an der Treue eines Russen – mehr noch, einer russischen Zarewna! – gegenüber Russland und seiner Zarin zweifelst, dann bist du der Verräter.«

Er hielt meinem Angriff stand. »Der Ehrgeiz treibt die erstaunlichsten Blüten, Zarewna.«

»Du musst es ja wissen, Graf Ostermann«, spuckte ich ihm vor Zorn ins Gesicht und wandte mich dann an Anna. »Du magst die Dolgorukows getötet haben. Aber welches Beispiel gibst du ab, wenn du Romanowblut vergießt?«

Ostermann schnaubte, doch ich hatte ins Schwarze getroffen. Er sah mir zum ersten Mal seit Langem unverwandt in die Augen. Seine Eifersucht, sein Hass und seine Verachtung waren offensichtlich. Der gefährlichste Mann Russlands war mein erklärter Feind. Ich musste sein kaltes Kalkül auf meine Weise bekämpfen – mit heißer Leidenschaft. Ich nahm das Buch, warf es auf den Parkettboden und stampfte mit den Füßen darauf herum. »Seht nur! So gehe ich mit den Verrätern an Russland um. Woher kommt dieses Pamphlet überhaupt?«

»Fürst Antioch Kantemir, mein Botschafter in England, hat es mir geschickt. Angeblich wird es in ganz Europa gelesen. Der Herausgeber behauptet, das mit unsichtbarer Tinte geschriebene Manuskript in einem Koffer gefunden zu haben, der nach einem Schiffsbruch an Land gespült wurde. Er soll das Eigentum eines auf See verschollenen Schriftstellers sein.«

»Welch ein Unsinn!«, zischte Ostermann. Ich war dabei, seinen und Uschakows Fängen zu entkommen. Was kümmerte mich das noch? Er konnte das gern der langen Liste vermeintlicher Missetaten und Beleidigungen meinerseits hinzufügen und sich damit den Hintern abwischen.

»In der Tat«, befand de Biron. »Es wurde von einem Italiener geschrieben, Locatelli. Da er nie jemanden namentlich erwähnt, konnten wir ihn nicht wegen Verleumdung anklagen.«

»Wir könnten ihn aber ordentlich verprügeln«, schlug die Zarin vor.

»Das ist schon geschehen, meine Taube«, gurrte de Biron. »Ich habe ihm eine Horde von Grobianen ins Haus geschickt, die ihm so richtig das Fell versohlt haben.«

Einen Moment lang herrschte Stille. Im Kamin stürzten die Scheite zusammen, es regnete Funken. In meinem Nacken trocknete der kalte Schweiß, und mein Herzschlag beruhigte sich langsam. Doch meine Qual war noch nicht beendet. Anna runzelte die niedrige, breite Stirn. »Ich muss entscheiden, was ich mit dir anstellen soll. Dich verheiraten ...«

»Nein! Niemals«, rief ich leidenschaftlich.

Sie seufzte. »Niemals, in der Tat. Doch dies obliegt nicht deiner Entscheidung, Lisenka. Wer will dich denn jetzt noch? Dein Ruf ist so zerstört, wie es bei einer Zarewna noch nie der Fall war. Du lässt mir nur eine Wahl.«

Mein Herzschlag stolperte. »Ein Kloster«, flüsterte ich.

Sie mied meinen Blick. »General Uschakow, als Leiter der Geheimpolizei könnt Ihr gehen. Die Zarewna Elisabeth ist vom Verdacht des Hochverrats befreit.«

Nachdem sich Russlands erster Folterer zurückgezogen hatte, war die Luft ringsum doch gleich viel reiner, aber Anna richtete sich zu voller Größe auf. »Kommt! Wir begeben uns in meine Privatkapelle. Dort sollt ihr alle Zeugen meiner Entscheidung sein. Jetzt. Sofort.«

Was sollten wir oder sie bezeugen? Wie mich die Garden und ein Pope da und dort kahl schoren, um mich noch diese Nacht in eine feuchte dunkle Zelle in einem entlegenen Kloster zu verbannen? Ich sollte weder das Tageslicht noch Alexej wiedersehen. Niemand würde jemals erfahren, was aus mir geworden war. Es gab keinen Ausweg und keine Flucht.

De Biron und seine Frau standen auf und strichen sich die Kleidung glatt. Mit finsterer Miene mühte sich

Ostermann auf die Beine. Maja nahm die Zarin an den Ellbogen und ging uns voran durch den Korridor ihrer Zimmerflucht. Bei jedem Schritt keuchte Anna vor Schmerzen laut auf. Ihr Atem klang wie der Blasebalg in einer Schmiede.

Meine Füße waren schwer wie Blei. Am liebsten hätte ich mich umgedreht und wäre weggerannt. Doch jede Flucht und jeder Kampf waren zwecklos. Der Weg zu der kleinen Privatkapelle der Zarin waren meine letzten Schritte in Freiheit.

Die kleinen Finger des Hofnarren Juan da Costa fassten nach meiner Hand. Ich ging so aufrecht, wie ich es nur konnte.

83. Kapitel

In der Privatkapelle der Zarin gab es keine hohe Kuppel, keine Kanzel und auch keinen regenbogenfarbenen Marmorboden. Diese Kirche war eine Erinnerung an unseren Glauben, wie er einst gewesen war, ehe Altgläubige und Reformatoren an seinen Mysterien zerrten und ihn auseinanderrissen. Man war hier nur Gott nahe und niemandem sonst. Die Blicke der nach alter Art gemalten Heiligen auf den Ikonen folgten mir zur Sakristei. Ihre Gesichter waren schmal und lang, ihre Augen dunkel und von Wissen und Schmerz erfüllt. Unter den dünnen Ledersohlen meiner seidenen Schuhe fühlte sich der nackte Stein kalt an. Die Kirche war in Kerzenlicht gebadet, doch unser Atem trübte die aschfahle Luft. In seine schlichten dunklen Gewänder gehüllt stand ein Pope neben dem Taufbecken, über ihm befand sich eine große Christusfigur am Kreuz. Ich begriff, dass Anna uns nicht aus einer Laune heraus hierhergerufen hatte. Wir wurden erwartet, und alles war gut geplant und vorbereitet.

Ich erschrak, als sich von einer der seitlichen Bänke eine Gruppe erhob. Es waren Fremde, die aussahen, als wären sie soeben von den Pferden gestiegen. Alle drei, zwei erwachsene Männer und ein aschblonder Junge von vielleicht sechzehn oder siebzehn Jahren, verneigten sich tief vor Anna Iwanowna. Waren sie die Garde, die mich zum Kloster bringen würde? Mein Herzschlag stolperte vor Furcht. Anna Iwanowna sank auf einen geschnitzten Lehnstuhl und klopfte sich kurzatmig an die Brust. Trotz der Kühle der Kapelle glitzerten Schweißperlen auf ihrer Stirn, ehe sie die Männer begrüßte. Sie bewegte die Hand, und das riesige kaiserliche Siegel an ihrem Finger schimmerte im weichen Kerzenlicht wie Blut. Ich atmete tief durch, um nicht in Ohnmacht zu fallen. Was auch immer die Zarin tat, sie wurde von Gott geführt, ermahnte ich mich.

Welches Kloster hatte Anna Iwanowna für mich ausgesucht? Das in Susdal, wo die erste Frau meines Vaters, Ewdokia, dahinvegetiert war, oder das auf den Solowezki-Inseln, wo Peter Andrejewitsch Tolstoi nur wenige Wochen überlebt hatte? Ich konnte weder mit Mitleid noch mit Gnade rechnen.

Der jüngste der drei Fremden trat auf die Zarin zu, und zu meiner Überraschung umarmte ihn Anna, blieb aber sitzen.

»Sind wir bereit?«, fragte de Biron.

»Frag lieber, ob *sie* bereit ist«, sagte Anna. Der Blick ihrer dunklen Augen streifte mich kurz. Mein Herz flog, und mir wurde schwindelig. Konnte man je dazu bereit sein, lebendig begraben zu werden?

»Ich habe keinen Zweifel daran«, schnurrte Ostermann. »Sie hatte Zeit genug, um sich vorzubereiten und sich an den Gedanken zu gewöhnen.«

War jemals Zeit genug, um sich auf einen lebendigen Tod vorzubereiten?

»Lasst uns anfangen. Ich will zu Bett gehen«, sagte

Anna und verzog das Gesicht vor Schmerzen. Ich reihte mich hinter ihr ein und stellte mich neben die Gräfin de Biron und Maja, die wie aus Versehen meine Finger berührte. Ich sah Mitleid in ihrem Blick. Ostermann hinkte zu dem jungen Fremden, der noch immer vor dem Stuhl der Zarin stand. Trotz meiner Anspannung fiel mir auf, wie hässlich der Junge war. Mit seinem großen Kopf und dem dürren Körper glich er einer Kaulquappe. Zudem litt er unter roten und knotigen Pickeln. Möglicherweise würde sich sein Aussehen mit dem Älterwerden bessern. Ich hoffte es für ihn.

Lächelnd trat der Pope vor und hob die Hände. »Lassen wir alle Sorgen hinter uns und freuen uns. Wir begraben das Vergangene und begrüßen das Neue. Dies ist ein freudiger und wohlbekannter Weg. Eine Reise, die viele Seelen unternommen haben. *Komm und sieh!*, sagte Philipp zu Nathanael. *Komm und sieh! Komm und werde lebendig!*«

Sein Blick traf den meinen. Mir schauderte, da ich schon den kalten Stahl an meinem Schädel spürte, die Klinge, die mich kahl scheren würde. Meine Kutte sollte aus grobem Tuch geschnitten sein, wenn eine raue Holztür sich für immer hinter mir schloss. Meine Brust schmerzte zum Zerspringen, als der Pope willkommen heißend die Hände hob.

Jetzt!

Die Türen der Kapelle wurden erneut geöffnet.

Überrascht wandte ich mich um.

84. Kapitel

Langsam, in gemessenem Schritt, nahte meine Nichte Christina, die Tochter meiner Cousine Jekaterina Iwanowna. Sie hielt den Blick gesenkt. Sie war ganz in teure schwarze Spitze gehüllt, und ihr blasses Gesicht wurde von einem feinen Schleier verhüllt. Julie von Mengden trug ihr die schwere lange, lange Schleppe. Als sie den Altar erreichte, knickste sie vor Anna und wandte sich zum Popen um. Sie sank in die Knie und faltete die Hände zum Gebet.

Die Stimme des Popen hallte durch die Kapelle. »Bekehrung bedeutet Glauben und die Annahme von Jesus Christus als dem Retter der Welt. Nichts geschieht über Nacht. Nichts geschieht auf einmal. Wir müssen jeden Tag neu konvertieren, wenn unsere Seele gerettet werden soll. Seid Ihr dazu bereit?«

Die drei Fremden tauschten rasche Blicke und nickten einander zu. Einer der Männer klopfte dem Kaulquappen-Jungen auf die Schulter. Ostermann lächelte ihnen zu, als der Pope fortfuhr. Ich konnte nicht atmen vor Überraschung. Konvertieren?

»Ich bin bereit, so wahr mir Gott helfe«, drang Christinas gedämpfte Stimme hinter ihrem Schleier hervor. Ich spürte ihren Drang, sich umzudrehen und Julie anzusehen. Doch Ostermann starrte seine Nichte an wie ein Marder die Schlange. Sein stählerner Blick hielt sogar die Mengden zurück.

Der Priester musterte Christina, als versuche er, ihre Seele hinter dem Schleier zu ergründen. »Es gibt keine Erlösung ohne Reue. Ihr müsst alle Eure Sünden bereuen, Sünden des Denkens, der Tat und des Wortes. Reue ist der einzige Weg zur Vergebung und zum Königreich des Himmels. Bereut Ihr?«

»Ja. Ich bereue alle Sünden.« Christinas Stimme war kaum vernehmbar.

Der Priester bat den Himmel um seinen Segen. Er hob die Handflächen, und seine Stimme hallte wie eine Bronzeglocke durch die Kapelle. Mir richteten sich die Haare im Nacken auf, und meine Haut kribbelte.

»Prinzessin Christina von Mecklenburg und Vorpommern. Erhebt Euch und werdet Zarewna Anna Leopoldowna Romanowa. Werdet Kronprinzessin. Seid als Tochter angenommen von Ihrer Majestät, der Zarin Anna Iwanowna, Eurer neuen Mutter. Möge Gott der Zarin ein langes Leben gewähren, möge er Euch mit starker Hand und in seiner Weisheit führen.« Er tauchte eine Hand in das Taufbecken, segnete Christina und schlug das Kreuz auf ihrem Gesicht, vor der Brust und über dem Nabel.

Eisenketten zogen sich um meine Seele und meinen Geist. Christina schluchzte auf.

»Mein liebes Kind! Willkommen, Tochter im einzig wahren Glauben«, begrüßte sie Anna Iwanowna unter Tränen, während sie die Arme öffnete. »Ich weiß aber nicht, ob ich mir deinen neuen Namen merken kann. So nenne ich dich weiterhin Christina.«

Auch Christina weinte, als sie sich in die Umarmung der Zarin flüchtete. Anna hatte gerade sichergestellt, dass der Thron auf ewig in der älteren Blutlinie der Romanows, der des Zaren Iwan V., bleiben sollte. Er war geistesschwach gewesen, aber doch der Halbbruder meines Vaters. Christina war nun Anna Iwanownas Tochter und Kronprinzessin. Die Zarin hatte dazu jedes Recht. Dennoch hatte ich das Gefühl, eine Scheinexekution überlebt zu haben, als ich Ostermanns Blick begegnete. Ich begriff, dass dies einmal mehr sein Werk war.

Anna küsste Christina und benetzte ihr das Gesicht mit ihren Tränen. Erst dann schob sie de Biron vorwärts. Er verneigte sich vor meiner Nichte und küsste ihr die bloßen weißen Finger. Ich sah den Widerwillen in ihrem Gesicht, als sie auf ihn hinabsah. Dann wandte sich die neue Zarewna an mich. Mir schmerzte die Kehle vor Demütigung. Wieder war mein Erbe übergangen und meine Blutlinie beleidigt worden. Ich hatte keine andere Wahl, als tief zu knicksen und meiner Nichte die Hand zu küssen. »Zarewna«, murmelte ich.

Julie von Mengden stand hinter ihr. Ihr Blick war eine stille Drohung. *Uneheliche Aufsteigerin. Dirne.*

Christina, so würde ich sie weiterhin nennen, obwohl sie zu Ehren ihres Vaters Karl Leopold von Mecklenburg jetzt Anna Leopoldowna hieß. Der hatte Frauen vergewaltigt, geschlagen und war hoch verschuldet gewesen. Jetzt erwartete Christina den Befehl der Zarin, die Kapelle zu verlassen. Was folgte? Eine Feier?

Doch die Zarin war noch nicht fertig und verschränkte die Arme vor der Brust. »Ein so großes Reich wie Russland benötigt mehr als eine Erbin«, verkündete sie mit freudiger Stimme. »Christina, mein liebstes Kind, wir haben in dieser Angelegenheit alle Möglichkeiten in Betracht gezogen, um die beste Lösung zu finden.«

Christina sah zu Julie hinüber, die mit den Achseln zuckte. Wovon sprach Anna Iwanowna?

»Fürst Anton von Braunschweig«, sagte die Zarin lächelnd. »Komm zu uns!«

Ostermann packte Julies Ellbogen, als der junge Fremde – die Kaulquappe – vortrat. Fürst Anton war einen halben Kopf kleiner als Christina, die Tante Paschas Statur geerbt hatte. Bei jedem Schritt wackelte sein großer Kopf auf dem dünnen Hals, als wippe er an einer unsichtbaren Feder. Als er seinen dunklen Mantel zurückschlug, sah ich Militärmedaillen, die verdächtig neu glänzten. Wie konnte er sich in seiner Jugend solche Auszeichnungen verdient haben? Christina musterte ihn und konnte ihre Abneigung nicht verbergen. Ihr entsetzter Blick errichtete ein Hindernis zwischen ihnen, das undurchdringlicher war als eine Wand.

»Meine liebe Tochter«, sagte die lächelnde Zarin. »Dies ist dein Vetter, Fürst Anton, Herzog von Braunschweig. Er hat um deine Hand angehalten. Ich zögerte lange, denn schließlich liebe ich dich sehr, doch dann hat sich Anton im Krimkrieg bewiesen. Sein Bursche wurde erschossen und der Oberst neben ihm am Kopf verletzt. Doch die gütige Vorsehung hat Anton selbst unverletzt nach Hause geführt. Das ist ein Zeichen Gottes! Ich habe eurer heutigen Verlobung zugestimmt.«

Entsetzt öffnete Christina den Mund, während Julie in Ostermanns Griff zappelte. Hätte er sie nicht so fest gehalten, wäre sie nach vorn geprescht, um seine sorgfältig ausgeheckten Pläne zu durchkreuzen.

»Nein, ich kann nicht«, stammelte Christina und sah sich nach Hilfe um, vergeblich. Ihr Blick schweifte zu Julie, die sie ebenso verzweifelt ansah. »Ein Herzog von Braunschweig. Ist das gut genug für die Zarewna?«, fragte sie dann. »Ich bin eine Romanowa«, erklärte sie in einem letzten Versuch, ihrem Schicksal zu entkommen. Alles hatte seinen Preis.

»Fürst Anton ist ein Vetter der Kronprinzessin in Wien, Maria Theresia. Petruschka war ein weiterer direkter Vetter von ihm, ihre Mütter waren alle Schwestern. Eine bessere Abstammung kann man kaum verlangen.«

»Ich kenne ihn überhaupt nicht«, flehte Christina.

»Sobald ihr verheiratet seid, ist dafür genug Zeit«, strahlte die Zarin und vergaß dabei den Schmerz in ihrer Seite. »Ich sah meinen geliebten Ehemann zum ersten Mal, als Zar Peter mich zum Altar führte.«

Ich wollte nur noch weg von hier und mich zu Alexej flüchten. Ich sehnte mich auch nach L'Estocq, seiner Ergebenheit und Beratung. Würde er bei mir bleiben, wenn Christinas Ernennung bekannt wurde? Versailles konnte nun alle Hoffnung aufgeben, dass ich je Zarin von Russland wurde. Alle Gelder würden gesperrt werden. Der Gedanke an L'Estocqs Rückkehr in die Champagne erschütterte mich. Die Zeit hatte ihre wundersame, geheimnisvolle Arbeit geleistet. Unsere gemeinsame Sache hatte uns zusammengeschweißt.

»So sei es denn«, schluchzte Christina.

Vor Freude klatschte Anna Iwanowna in die Hände. »Ich wusste, dass die Liebe siegt. Du wirst ein Reich aus Eis und Schnee erben. Deine Hochzeit soll dies widerspiegeln.« Die Zarin erwies sich als so einfallsreich wie immer, und die ihr zur Verfügung stehenden Mittel waren ohne Grenzen. Christinas Vermählung sollte eine Eishochzeit von unvorstellbarer Schönheit und äußerstem Schrecken sein.

85. Kapitel

Der Himmel über Sankt Petersburg sah aus wie ein achtlos ausgewrungenes Küchentuch. Wolken bildeten hässliche gelbe Flecken darauf, und selbst die Luft wirkte zerknittert. Alles schmerzte. Russland und ich waren verloren. Christinas Verlobung bedeutete für das Land Zaren deutschen Blutes bis in alle Ewigkeit. Die Familie sollte nur dem Namen nach noch Romanow heißen. Ich respektierte Anna Iwanownas Entscheidung als Zarin der älteren Blutlinie so, wie ich es musste. Alles andere wäre Verrat gewesen, doch mir blutete das Herz. Ohne Alexej hätte ich jene Tage nicht überlebt. Er bewachte meinen Schlummer, unrasiert und mit trüben Augen. Umsonst war ich zum Zeitpunkt der großen Parade von Poltawa unter den Dezembersternen geboren. Ich sollte nie die Wölfin werden, von der der *leschi* in seiner Prophezeiung gesprochen hatte.

Russland, der einzige Grund für mein Dasein, war für mich in alle Ewigkeit verloren.

Jener Winter war der kälteste seit Menschengedenken. Laut L'Estocq zerplatzten in Versailles die Cognacflaschen, und der Wein vereiste in den Trinkgläsern. In ganz Europa froren die Flüsse zu. Händler stellten ihre Buden auf dem Eis der Themse und der Seine auf und rösteten ganze Ochsen. Damit zogen sie Kunden in Scharen an. Andere fuhren Schlittschuh und tanzten auf dem Eis. In Russland waren die Umstände weniger erfreulich. Vögel fielen mitten im Flug tot vom Himmel, wenn sie die windigen Ebenen kreuzten. Die Menschen verschluckten sich an ihrem eigenen Atem, der ihnen in den Kehlen gefror.

Als L'Estocq mich besuchte, trug ich immer noch mein Nachthemd. Es war drei Uhr nachmittags, und der Himmel schwoll mit der Drohung von weiterem Schneefall an. Die frühe, dichte Dunkelheit passte zu meinem Gefühl. Ich wollte mich vor der Welt verstecken und kauerte auf einer Chaiselongue in der Bibliothek, wo Katja Dolgorukowa gezwungen worden war, Petruschkas Antrag anzunehmen. Meine Füße lagen auf Alexejs Schoß. Er massierte mir die Zehen und ließ die Knöchelchen darin knacken. L'Estocq stand vor uns, und zum ersten Mal bemerkte ich graue Strähnen in seinem rotbraunen Haar. Er war so blass, dass seine Sommersprossen aussahen wie Mohn auf Mehl. Sogar sein breiter Mund fand wenig Grund zu lächeln. »Wie geht es dir?«, fragte er.

Ich zuckte mürrisch die Achseln.

»Vielleicht kann ich dich mit etwas Klatsch über die Hochzeit der Kronprinzessin unterhalten«, sagte er. »Christina will sich eher die Pulsadern aufschneiden, als Anton von Braunschweig zu heiraten.«

»Hasst sie Anton so sehr?«

»Schlimmer noch. Sie verachtet ihn. Kein Mann kann das verwinden.«

»Und die Zarin?«

»Sie drängt auf eine rasche Hochzeit, denn sie braucht einen Stall voller Erben für Russland.«

»Damit hätte ich nicht dienen können.«

Er hob die Schultern. »Es gibt immer eine Lösung. Annas Sohn hätte nach Russland kommen und dein Erbe sein können.«

»Hätte … Nun ist alles verloren.«

»Gewiss«, seufzte er.

»Warum also bist du noch hier?« Ich setzte mich auf. Alexej streichelte meine nackten Füße, und meine Waden kribbelten. »Vermutlich wird Versailles die Zahlungen bald einstellen.«

»Ich habe Frankreich davon überzeugt, weiterhin zu zahlen.«

»Wirklich? Eher gefriert die Hölle zu Eis, als dass ich noch eine politische Hoffnung erfüllen kann.«

»Wirklich, und dafür gibt es vielerlei Gründe, Zarewna.« L'Estocq beäugte seine Tarotkarten. Bei ihrem Anblick überlief es mich kalt. Niemals wieder wollte ich sie um Rat fragen. Er aber runzelte die Stirn. »Das Land gärt.«

»Was soll das heißen?«

»Es gab einen Aufstand in der Ukraine. Ein Mann behauptet, dein Halbbruder Alexej zu sein. Die verzweifelten Menschen glaubten ihm und forderten einen echten russischen Herrscher. Ganze Dörfer folgten ihm. Als de Biron davon erfuhr, ließ er den Mann zusammen mit seinen Anhängern pfählen. Hunderte, wenn nicht Tausende von ihnen starben auf diese schreckliche Weise. De Biron ritt ungerührt durch einen Wald blutender Körper, die alle qualvoll auf dem ungefetteten Pfahl starben. Die Zarin begnadigte das Dorf, aus dem der Aufrührer stammte, ließ es dann aber mitten im Winter abbrennen.«

»Das nennt sie *begnadigt*?«

L'Estocq trat ans Fenster und zog mit einem Ruck die dick gefütterten holländischen Brokatvorhänge zurück.

Mürrisch blinzelte ich in das senffarbene Licht.

»Ja. Dieselbe Gnade zeigt sie nun ihren Handwerkern. Komm und sieh selbst, Zarewna!« Zu meiner Überraschung zog mich Alexej hoch. »Ja, komm und schau, Lisenka! Es ist ein unvergesslicher Anblick. Anna macht wahrhaftig keine leeren Versprechungen.«

Ich war entsetzt von der Schönheit und dem Wahnsinn dessen, was ich da sah. Auf der gefrorenen Oberfläche der Newa – die Wellen waren mitten im Wogen zu Eis erstarrt –, wo sich die gefangenen Rümpfe der Schiffe wie riesenhafte Skelette erhoben, waren die Vorbereitungen für die Eishochzeit in vollem Gang. Männer, Pferde, Ochsen und Eselskarren zerrten und schleppten Tausende von Eisblöcken in Richtung des Winterpalastes. Wächter brüllten die Arbeiter an, die wie Ameisen dahinkrochen. Ihre schwärzlichen Lumpen hoben sich von dem bläulich schimmernden Eis ab. Jeder einzelne Block war genau wie der andere geschnitten. Dabei wurde nach dem Verbauen Wasser darüber gegossen, sodass alle Teile wie aus einem einzigen glasigen Stück gehauen schienen. Ich wandte den Kopf dorthin, wo zwischen Winterpalast und Admiralität bereits die ersten eisig glitzernden Wände aufragten, gut dreißig Schritt lang und mindestens ebenso hoch. Wie eine Kirchenfassade.

»Was baut die Zarin dort?«, fragte ich.

»Einen Eispalast. Da kommen schnell einige Zehntausend Rubel allein für die Eisblöcke zustande, aber für Christinas Hochzeit ist nichts zu teuer... Verzeihung, ich wollte natürlich sagen, für die Hochzeit der Zarewna Anna Leopoldowna.«

Ich war außer mir. Wie viel Elend hätte sie mit diesem Geld lindern können! »Aber Christina heiratet doch nicht wirklich in dem Eispalast!«

»Nein«, gluckste L'Estocq freudlos. »Nicht sie. Fürst Dolgorukow wird aus seinem Käfig befreit, um Bushenina zu heiraten, die Kalmückenzwergin der Zarin.«

»Bushenina. Ist das nicht eigentlich etwas zu essen?«

»Ja. Die Zarin hat die Frau nach einer ihrer Lieblingsspeisen benannt, einem Schweinebraten mit gewürztem Essig und Zwiebelsoße. Sie heiratet zur gleichen Stunde wie Christina.«

Anton von Braunschweig nannte den Kaiser von Österreich seinen Onkel. Deshalb hielt der österreichische Botschafter Marquis de Botta offiziell um Christinas Hand an. Die Schminke meiner Nichte zerlief unter ihren heißen Tränen. Sie schob sich die Faust in den Mund und erstickte schier daran, als Anton den Saal betrat. Sein Anzug aus weißem Satin war mit Goldlahn bestickt, sein dünnes aschblondes Haar wie bei einem Mädchen mit heißen Eisen in Wellen gelegt. Als Anna sie die Ringe tauschen hieß, zitterte Christina vor Wut und Ekel. Doch diese Ehe war der Preis, den sie für ihre Erhebung zur Zarewna Anna Leopoldowna, für die Annahme als Tochter durch meine Cousine, die Zarin Anna Iwanowna, zu zahlen hatte.

Alexej und ich folgten der Zarin bei einem Besuch des Eispalastes. Anna Iwanowna eilte aufgeregt wie ein Kind durch die Gelasse und wies auf dies und das und natürlich auch auf jenes hin. Wir anderen mussten die Schönheit des Gebäudes, seine Eleganz und die atemberaubenden Einzelheiten bewundern. Ein lebensgroßer Eiselefant begrüßte uns, indem er einen riesigen Wasserstrahl spuckte. Des Nachts sollte es dann Öl sein, das in Flammen gesetzt wurde. Als ich die Skulptur umrundete, fuhr ich bei einem schrecklichen Geräusch zusammen. Alexej fing mich lachend auf. Ein Trompeter saß in dem gefrorenen Tier gefangen. Die Palastfassade war grün marmoriert, und an beiden Enden standen hohe Bäume aus Eis, in deren Zweigen Vögel aus Schnee nisteten. Über dem kunstvoll aus Eis geschnitzten Eingang schwebte ein Dutzend fetter kleiner Engel, die de Biron *Putti* nannte und dabei ein kluges Gesicht machte. Die Fenster wirkten wie aus Alabaster geschnitten, waren aber aus hauchdünnem Eis gehauen, um das matte Licht ins Innere dieses Wunderwerks fluten zu lassen.

»Wohin zuerst?«, fragte Alexej beinahe ehrfürchtig. Der Atem stand ihm in Wolken vor den Lippen. Das kaiserliche Gefolge war vorangegangen, und wir tollten wie die Kinder durch den Palast, allein und aufgeregt, eine neue Welt zu entdecken.

»Dies muss der Salon sein.« Um einen verzierten Tisch aus Eis standen ein Dutzend Stühle aus Eis. Echte Karten lagen gefroren auf der Tischplatte, und auf dem frostigen Kaminsims stand eine durchsichtige Uhr, deren Werk durch das Eis hindurch zu sehen war. Regale standen voller Eisbücher, und auf einem Büfett waren Gerichte aus aller Welt so gehauen und bemalt worden, dass sie wie echt aussahen. Daneben standen ein Teeservice, Becher und Gläser, alle unheimlich glänzend und eiskalt.

»Was mag sich oben im ersten Stock befinden?« Alexej zog sich den Pelz enger um den Hals. So wunderbar dies alles auch war, es grenzte an Wahnsinn.

»Das Schlafzimmer, nehme ich an.« Ich dachte an Dolgorukow. War sein Schicksal als verspotteter, würdeloser Narr um so vieles besser als das seiner nach Berjosow verbannten Familie?

»Komm!« Alexej zog mich die große Eistreppe hinauf, wo Dolgorukow mit seiner Zwergin die Hochzeitsnacht verbringen sollte. Die Zarin und ihr Hof würden ihnen dabei zusehen und sich bestimmt vor Lachen biegen. Ein kunstvoll geschnitztes Bett mit Vorhängen erwartete das Paar, und selbst ein Schlummertrunk war mit eisiger Präzision zurechtgehauen worden. Auf einem Hocker entdeckte ich zwei Paar eisig glänzender Hausschuhe. Im Kamin gegenüber warteten Eisscheite ebenso wie frostige Kerzenhalter darauf, mit Öl übergossen und angezündet zu werden. Über dem Frisiertisch mitsamt seinen Flaschen und Gläsern hing ein Spiegel aus silbrigem Eis, der unsere entsetzten und doch faszinierten Gesichter reflektierte. Noch nie im Leben hatte ich etwas so Wundervolles gesehen.

An seinem Hochzeitstag traf Anton mit allem Pomp und aller nur vorstellbaren Feierlichkeit zusammen mit der Familie de Biron vor der Kathedrale ein. Vierzig Lakaien gingen vor und hinter den Schlitten her, während in schwarzen Samt gekleidete Afrikaner mit leuchtend bunten Seidenturbanen an den Seiten paradierten. Als Christina schließlich aus ihrem Schlitten stieg, fiel Schweigen über die graue See der wartenden Zuschauer. Mit ihren zahnlosen Mündern glichen sie lebenden Toten. Ihre riesigen Augen lagen tief in den Höhlen, und sie waren bis auf die Knochen abgemagert.

Die Braut trug ein silbernes Kleid mit einer diamantenbesetzten Korsage. Auf ihren dunklen Locken thronte eine edle kleine Krone, deren Steine wie Schneeflocken funkelten. So verzweifelt, wie andere das Schafott bestiegen, betrat sie die Kathedrale.

Im Eispalast schäumte derweil die Heiterkeit über wie eine gerüttelte Champagnerflasche. Dreihundert Paare aus ganz Russland – Finnen, Lappen, Kirgisen, Baschkiren, Kalmücken, Tataren, Kosaken, Samojeden und viele mehr – hatten sich versammelt, um Dolgorukow und seine Braut willkommen zu heißen. Die beiden ritten auf dem Rücken eines echten Elefanten. Während des Banketts in de Birons Reitschule überfraß sich Dolgorukow derartig, dass er sich mit Magenkrämpfen erbrach. Sonst war er ja nur seine Vogelkost aus Samen, Körnern und gelegentlich einem Wurm gewohnt. Schließlich wurde der Eispalast von Kerzen erhellt. Er leuchtete wie eine riesige Laterne und war von schrecklicher Schönheit. Der Fürst und seine neue Fürstin wurden zu Bett gebracht. Er befingerte seine Kalmücken-Braut, die folgsam bei ihrem Mann lag. Draußen trompetete der Eiselefant und spuckte Flammen, während der Hof vor Lachen heulte. Das Paar überlebte die Nacht nur, weil die schlaue Bushenina ihre Perlenkette bei einem Wächter gegen dessen Mantel aus Ziegenfell eintauschte.

Christina floh aus ihrem Hochzeitsbett, entsetzt von Antons klammen Händen und seinen ungeschickten Aufmerksamkeiten. Die erste Nacht ihres Ehelebens verbrachte sie in Julies Zimmern, wo Graf Lynar sich ihnen anschloss. Als Anna dies hörte, schlug sie Christina so heftig und so oft, dass das Mädchen die Arme über den Kopf riss und um Gnade bettelte. Maja verbreitete diesen Klatsch und zahlte damit Christina ihre ständige Verachtung und Unfreundlichkeit heim. »Das Reich braucht einen Erben!«, schrie Anna und zerrte Christinas Kopf an den Haaren nach oben, um ihr in die Augen zu starren. »Spreiz deine Schenkel! Mehr wird von dir nicht erwartet.«

Am nächsten Abend wurde Fürst Anton vor aller Augen in Christinas Schlafzimmer geführt. Stunden später begleitete Julie von Mengden ihn aus dem Gemach. Christina sank daraufhin in ihre und Graf Lynars Arme. Bald darauf wurde die Schwangerschaft meiner Nichte bestätigt.

Im Mai war die Pracht des Eispalastes weggeschmolzen. Die Zarin konnte sich vor Schmerzen kaum noch bewegen. Sie ließ ihr Bett am Fenster aufstellen und zielte von dort auf Passanten, wütend über ihre weichende Kraft und mangelnde Zielsicherheit.

Ende August gebar Christina einen Sohn, Fürst Iwan, einen ungewöhnlich schönen, hellblonden und blauäugigen Jungen. De Biron gab vor, überglücklich ob der Nachricht zu sein. Er füllte den Hut des Boten, der ihm die Nachricht überbrachte, mit allen Münzen, die er bei sich trug. Ich verpfändete Meißner Geschirr, um dem kleinen Iwan ein Geschenk zu machen, und betete am Morgen seiner Taufe um seine Gesundheit. Als ich ihn in seinem Taufkleid sah, war ich sofort in ihn vernarrt.

»Wie kann jemand nur so süß sein wie du?«, fragte ich. »Darf ich?« Ehe ich wusste, was ich tat, streckte ich die Arme nach ihm aus.

Christina linste zu Julie von Mengden hinüber, die wiederum ihren Onkel Graf Ostermann ansah. Der nickte kurz. Die Amme hob Iwan aus seiner goldenen Wiege, die mit schwarzem Fuchsfell ausgeschlagen war.

»Oh!«, seufzte ich. Er war das leichteste Gewicht, das ich mir vorstellen konnte. Ich wiegte ihn, und seine Augen leuchteten. Er lachte mich an, offen und unschuldig. Ich suchte unter dem Taufkleid nach seinen nackten Füßchen, und er jubelte auf, ein Geräusch wie eine Flut aus Licht.

»Gott, ich könnte ihn immerzu halten und ansehen«, seufzte ich.

Christina lächelte, doch Ostermann nickte Julie zu, und sie nahm mir den kleinen Iwan ab. »Gut, dass du weißt, was dir fehlt, Zarewna«, sagte der Deutsche mit kalter Stimme.

Meine Liebe für Iwan konnte die bittere Wahrheit nicht verbergen.

»Seine Geburt als Sohn der Kronprinzessin Christina – oder der Zarewna Anna Leopoldowna, wie ich sie in meinen Briefen nach Versailles nennen musste, obwohl sich meine Feder angewidert sträubte – entfernt dich nicht einmal, nicht zweimal, sondern dreimal und damit für immer vom russischen Thron«, belehrte mich L'Estocq mit finsterer Miene. Die Palastrevolution, auf die er so sehr gehofft hatte, seit er in meinen Diensten stand, sah er in unerreichbare Ferne gerückt.

»Iwan ist Teil meiner Familie.«

Doch L'Estocq hatte recht. Russland war dazu verdammt, von Zaren deutschen Blutes regiert zu werden. Aber ich hatte Ostermanns Köder geschluckt. Die Liebe zu Iwan vergrub sich mit Widerhaken in meinem Herzen.

86. Kapitel

Es war eine stürmische Nacht, kurz nach Iwans Geburt. In jenem Jahr genoss Russland keinen herrlich goldenen Herbst, und keine glückliche Ernte füllte die russischen Scheunen. Es gab nur die große Natur, die die Verzweiflung der Menschen wachrief. Sankt Petersburg roch wie eine Schiffstruhe, deren Deckel, nach Jahren tief im Rumpf einer Fregatte verborgen, aufgerissen wird. Winde peitschten über die Prospekte der Stadt. Die Newa überflutete die Kais, und ihr graues Wasser schwappte bis in die Häuser.

Das Krachen von Blitz und Donner dämpfte den Klang der Faust, die gegen die Türen des Sommerpalastes hämmerte. Es war spät, wir saßen am Feuer, tranken würzigen heißen Tee mit einem Schuss Wodka und lauschten einer Geschichte, die L'Estocq uns vorlas. Schwartz zupfte an seinem Cello, ohne eine erkennbare Melodie zu spielen, Alexej summte mit. Beim Klang seiner Stimme vibrierte die Luft. Unsere kleine Gemeinschaft fühlte sich an wie eine Flamme, die hell im Herzen der Dunkelheit brannte.

»Wer kann das sein?«, fragte ich mit klopfendem Herzen. Schwartzens Finger schwebten über den Saiten, als er fragend aufsah. L'Estocq stockte mitten im Satz, als

Alexej aufstand. Ein nächtlicher Besuch brachte nur selten gute Nachrichten. Ich folgte ihm. Seitdem ich General Uschakows bleiernen Blick gespürt hatte, konnte jeder Tag mein letzter in Freiheit, jeder Abend der Beginn einer ewigen Nacht sein. Unsicherheit und Warten waren eine Tortur, die von Ostermann geschickt angewandt wurden.

Nur Alexejs Nähe und seine Kraft verankerten mich noch in der Wirklichkeit.

»Ich sehe nach, wer da anklopft«, sagte er.

»Stell dich ihnen nicht allein!«, bat ich ihn. Ich wusste um die Grausamkeit von Uschakows Männern. Wenn ich mich ihnen auslieferte, dann sollten sie wenigstens Alexej am Leben lassen.

Im eisigen Flur flackerte die Kerzenflamme meines Nachtlichts in der Zugluft. Es klopfte noch einmal. Alexej öffnete das Schloss und entfernte den Riegel. Ich hob das Licht. Es erhellte die Dunkelheit, die draußen herrschte, den Regen und die Kälte. Aber da war niemand.

Dann aber hörte ich ein leises Lachen. »Hier unten, Zarewna!« Der Zwerg Juan da Costa grinste kurz und schief zu mir auf. Ich senkte mein Licht: Trotz des kurzen Lachens war sein Gesicht vor Anstrengung ganz verknautscht, und er hatte sich seit Tagen nicht rasiert. Der weiße Stoppelbart passte zu seinen wilden, dicken Salz-und-Pfeffer-Locken.

»Juan da Costa!« Ich öffnete die Tür so weit wie möglich. »Bist du allein gekommen? Ist mit der Zarin alles in Ordnung?«

»Ja. Ihre Majestät lebt. Dennoch komme ich nicht allein.« Er wandte sich um. Maja, Anna Iwanownas

Zofe, trat aus der Dunkelheit hervor. Ihr weißes Haar zog sich wie ein Spinnennetz über das grobe dunkle Wolltuch um ihre Schultern. Hinter ihnen sah ich die gemietete Kutsche wenden und verschwinden. Juan da Costa und Maja waren gestrandet.

»Kommt herein!«, rief ich und lud sie mit einer Handbewegung ins Haus. Gastfreundschaft war heilig, auch wenn ich Alexejs Missbilligung spürte, denn mehr denn je wurde ich ausspioniert. Was konnte Maja, eine enge Vertraute der Zarin, hier wollen?

»Gott segne Euch, Zarewna«, schluchzte sie, als sie in das Haus trat und ein Bündel umklammerte.

»Was ist geschehen?«, fragte ich.

Juan da Costa schüttelte sich wie ein Hund nach einem nassen Abendspaziergang. Er schien einen Wodka gebrauchen zu können. »Die Zarin hat den kleinen Iwan an sich genommen. Das Kind wird bei ihr leben. Christina darf ihren Sohn jede Woche nur ganz kurz sehen, und selbst das niemals allein. Sie schrie und schlug nach den Soldaten, als sie das Kind abholen wollten. Am Ende gab sie nach, aber nur deshalb, weil ihr Benehmen als Zweifel an den mütterlichen Fähigkeiten der Zarin ausgelegt werden könnte. Dennoch nannte sie eine Bedingung.«

»Und die wäre?«, fragte ich.

Juan da Costa berührte Majas Arm. »Vergib mir, meine Freundin. Doch Christina sagte: *Mein Sohn soll das Ungeheuer Maja niemals zu sehen bekommen.*«

Majas Gesicht verzog sich. »Ich habe immer alles für sie getan. Alles! Dennoch warf mich die Zarin hinaus, ich musste sofort das Zimmer verlassen und durfte das Kind noch nicht einmal in die Arme nehmen. Biron, dieses Schwein, hat mir sogar den Beutel mit Gold weggenommen, den die Zarin mir zum Abschied noch geben ließ«, schluchzte sie. »Wo kann ich jetzt bleiben? Ihr wart immer gut zu mir, Zarewna Elisabeth. Bitte, habt ein Herz!«

»Sie darf den Winterpalast nie wieder betreten«, ergänzte Juan da Costa.

»Du bleibst hier«, entschied ich. »Such dir eine Dienstmädchenkammer neben der Küche, dort ist es am wärmsten. Leider kann ich es mir nicht leisten, dich zu bezahlen. Aber du kannst hier wohnen und wirst verköstigt.«

»Ich hätte nichts anderes erwartet. Gott segne Euch, Zarewna!« Maja fiel auf die Knie, und scheuerte meine Hände mit ihrer gespaltenen Oberlippe.

»Bist du sicher, dass du das Richtige tust?«, fragte Alexej leise, als Juan da Costa Maja in die Küche führte.

In den folgenden Wochen weigerte sich Ostermann, seinen Palast zu verlassen. Dies war stets ein Zeichen für große Veränderungen und Gefahren, die Russland ins Haus standen. Nur einen Monat später hatte sich Anna Iwanownas Zustand so verschlechtert, dass der schlaue Deutsche sich doch in einer Sänfte zum Winterpalast tragen ließ. Er traf de Biron in den Vorzimmern der Zarin. Anna Iwanowna schrie vor Schmerzen so laut, dass die Männer kaum ihr eigenes Wort verstanden. Sie lag aufgebläht im Bett und krümmte sich vor Qualen. Als de Biron mir eine kaiserliche Kutsche schickte, schloss Maja den Wagenschlag. »Bitte, sendet ihr meinen Segen. Sie ist die letzte Tochter meiner Herrin, der Zarin Praskowja, Eurer Tante Pascha. Ich habe mein Versprechen gehalten. Es war die Zarin, die mich verstieß.«

87. Kapitel

Die Zarin Anna Iwanowna sollte an einem feuchten Oktoberabend im Jahr 1740 sterben.

Acht Pferde trugen mich noch durch eine mondlose Nacht von Sankt Petersburg. Der Palast war in gespanntes Schweigen gehüllt, doch überall lauerten Geister. Dreimal hatte ich bezeugt, wie ein Zar starb. Das Reich blieb stehen wie ein Uhrwerk, das nicht aufgezogen wurde. Russland lag auf den Knien und betete. Sogar die Glocken der Stadt hatten sich auf die Lauer gelegt. In den Zimmern der Zarin drängten sich die Menschen, hochrangige Soldaten, Regierungsbeamte und Adlige. In seinem Käfig saß Dolgorukow so fest geknebelt, dass ihm die Augen aus den Höhlen traten, die Arme waren ihm hinter dem Rücken gefesselt. Ich rang nach Atem. Der Gestank nach Schweiß, Eiter und Wundbrand erstickte mich schier. Die Zarin lag im Sterben. Wie so oft berührte ich die Ikone des Heiligen Nikolaus mit Alexejs Lederriemen daran.

Die Zarin lag schon wie eine Tote aufgebahrt. Sie trug ein Nachthemd aus weißen Spitzen und war über und über mit Juwelen geschmückt. Die Edelsteine fingen glitzernd das Kerzenlicht ein. »Lisenka«, flüsterte sie, doch de Biron gab vor, etwas Speichel zu entfernen, und wischte ihr die Worte vom Mund. Ich fiel auf die Knie, als auch Christina an Annas Bettstatt trat. Ihr Haar hing lose herunter, und sie trug ihren blauen Morgenmantel aus Samt. Seit man ihr Iwan weggenommen hatte, zog sie sich nicht mehr an und verbrachte Stunden mit Julie oder Lynar im Bett. Sie sank auf Annas anderer Seite auf die Knie, ergriff die Hand ihrer Tante und presste sie mit aller Kraft zusammen. Die Zarin keuchte auf, als ihr die Ringe schmerzhaft ins Fleisch schnitten. Christina lächelte sanft und umklammerte die Finger noch fester. Anna stöhnte. Ich unternahm nichts, um Christina von ihrem Tun abzuhalten.

De Biron streichelte Annas Haar, Ostermann kauerte auf einem Stuhl. Iwans Amme, eine dralle Deutsche, hielt den quengeligen Jungen. Er war müde, und ein Tropfen Milch vom letzten Stillen glitzerte auf seinen vollen Lippen. Im Kerzenlicht schimmerte sein helles Gesichtchen wie eine Perle. Ich musste an mich halten, um die Arme nicht nach ihm auszustrecken. Christina vermied es, ihn anzusehen. Ich empfand Mitleid mit ihr und konnte mir ihren Schmerz gut vorstellen.

Anna drehte den Kopf und seufzte. »Iwan …«

Die Amme reichte ihr den Säugling, und der brach in ein entsetztes Brüllen aus. »Iwan soll mein Erbe sein. Er ist der Zarewitsch und der nächste Zar«, keuchte Anna und hustete einen Blutschwall.

»Werde ich etwa nur für die Zucht gehalten? Ich bin die Kronprinzessin!«, fuhr Christina mit mehr Leidenschaft auf, als ich ihr zugetraut hätte. Ich dachte an die Kraft, die Alexejs Liebe mir gab. Verhielt es sich für sie genauso? De Birons eisiger Blick brachte sie zum Schweigen, dennoch unternahm sie keine Anstalten, ihren Hass auf ihn zu verbergen. In den vergangenen neun Jahren war er zu ungeahnter und unvorstellbarer

Macht aufgestiegen. Der einst kraftvolle große Mann war fett geworden. Selbst die meisterhaft geschnittene Weste konnte seinen Bauch kaum umspannen. Der lebensfrohe Glanz in seinen Augen war einem steten, misstrauischen Glitzern gewichen.

»Wer wird Regent sein? Oder Regentin?«, fragte Christina noch einmal. »Ich bin Iwans Mutter und habe sicher nicht umsonst meinen Namen und meinen Glauben gewechselt.«

Ostermann zog zwei Papierrollen aus seiner Weste und drückte Anna eine Feder zwischen die Finger. Der kaiserliche Siegelring grub sich tief in ihr Fleisch ein. Wie sollte man ihr je den Ring vom Finger ziehen? Zweimal entglitt ihr der Federkiel. Schließlich führte Ostermann ihr die Hand, als sie den zwei Monate alten Iwan zum nächsten Zaren aller Russen erhob.

Ostermann griff nach der Schriftrolle. »Dies ist die Erklärung der Regentschaft für den Zaren Iwan.«

Christina lächelte und griff nach der Schriftrolle. »Gut. So werde ich wenigstens Regentin.«

Ostermanns Blick schillerte vor Ehrgeiz, ehe er sich verneigte, während de Biron Christina musterte, als wäre sie eine Stute, deren zu starke Fesseln ihn enttäuschten.

Dann beugte er sich zu Anna Iwanowna – *meine Geliebte* – hinunter und küsste ihr zärtlich die Finger. Annas Blick ruhte auf ihm, aber dann entglitt er, so wie ein Fuß auf einer plötzlichen Eisplatte rutschen mag, und erkannte mich.

»Fürchte dich nicht«, murmelte sie.

»Das werde ich nicht, Liebste«, sagte de Biron, der wie immer alles auf sich bezog.

Nur Tage nach Annas Tod wurde das Ehepaar de Biron in den frühen Morgenstunden verhaftet. Man zerrte sie nackt aus ihren Betten und schlug sie mit Musketen-Enden grün und blau. Sie übergaben freiwillig all ihre Besitztümer und blieben erstaunlicherweise von Folter verschont. Ihre Strafe, gerädert und gevierteilt zu werden, wurde in letzter Minute, als sie bereits zitternd auf dem Richtplatz standen, in lebenslange Verbannung nach Sibirien umgewandelt.

Als ich dem Zaren Iwan VI. als Erben der Romanow-Dynastie meinen Treueid leistete, strich ich ihm über die Finger und entlockte dem kleinen Sonnenschein ein leises Quietschen.

Ich war dreißig Jahre alt.

Keinen Tag eher wäre ich für das Kommende bereit gewesen.

88. Kapitel

Anna Iwanownas offener Sarg wurde auf einen Schlitten von acht schwer behuften Rappen zur Peter-und-Paul-Kathedrale gezogen. Das letzte Kleid der Zarin war aus silbernem Damast gefertigt und mit Perlen und Diamanten bestickt. In ihrem Haar schimmerte ihre kleine Lieblingskrone, die vor Edelsteinen in allen Farben des Regenbogens schimmerte. Die Prozession brauchte drei Stunden, um die kurze Strecke vom Winterpalast zur Kathedrale zurückzulegen. Die Kirchenglocken läuteten endlos, und ein steter dumpfer Trommelschlag gab den Rhythmus vor. Christina, die Regentin Anna Leopoldowna, ihr Ehemann Fürst Anton von Braunschweig und ich schritten an jenem eisigen Tag Mitte Januar hinter Annas Sarg her. Nach einem Jahrzehnt, in dem alle dunkle Kleidung verboten gewesen war, entmottete der Hof seine Trauerkleider. Das einzige Helle an meinem langen schwarzen *Crêpe-de-Chine*-Mantel mit einer zwölf Arschin langen Schleppe waren weite Leinenbänder, die *Pleureuses,* die meinen Hals und meine Manschetten umschlangen. Damit wischte ich mir die Tränen aus den Augen. Nach der Beerdigung waren sie salzverkrustet. Ich weinte, teils aus echter Trauer um meine Cousine Anna Iwanowna, teils aus wahrhaftiger, wahnsinniger Todesangst.

Während der Predigt begegnete mein Blick den Fuchsaugen von Julie von Mengden. *Uneheliche Aufsteigerin,* schien sie zu sagen. *Dirne.* Ihr Mantel aus dem seltenen silbernen Zobelfell passte zu ihrem Haar und ihren Diamanten. Ihre Ausstattung erinnerte an ein gesprenkeltes, glitzerndes Fell. Ihre Zähne leuchteten, als wolle sie mich zerreißen. Gemeinsam mit ihrem Onkel Ostermann schottete sie Christina, die Regentin Anna Leopoldowna, von allem Unliebsamen ab.

Fürchte dich nicht, waren Anna Iwanownas letzte Worte gewesen.

Das war nur um so vieles einfacher gesagt als getan.

Die wahre Macht in Russland hieß nun Graf Ostermann. Christina herrschte nur dem Namen nach. Sie zog sich in ihre Gemächer zurück, trug *Déshabillés,* spielte Karten, las kitschige Romane und knabberte an Honiggebäck, wenn sie sich nicht mit Julie und Graf Lynar vergnügte. Der sächsische Graf verlobte sich mit Ostermanns Nichte Julie, um den Schein zu wahren, und beide wechselten sich mit dem Wachestehen ab, wenn die Regentin mit dem jeweils anderen schlief. Ihre Pflicht war es, Fürst Anton von Christinas Tür fernzuhalten. Im Sommer zog der Hof nach Peterhof und ließ mich in der stickigen Stadt zurück. Den Sommerpalast aber hatte Christina vor ihrer Abreise geplündert. Möbel, Geschirr und Besteck waren auf Karren geladen worden, sodass ich in einer leeren Hülle lebte. Ein plötzlicher Regenguss vernichtete jedoch die geraubten Schätze. Christina ließ die unschätzbaren Möbel am Straßenrand zurück und bestellte alles neu, in Paris, London und Amsterdam.

Ich wurde nicht einmal zu den Feierlichkeiten von Zar Iwans erstem Geburtstag an den Hof gebeten. Stattdessen genoss ich die Liebe der Menschen in Sankt Petersburg. Auf der Straße wurde mir eine Tüte heißer Piroggen in die Hände gedrückt, und der Laden der Pariser Tuch- und Spitzenwaren weigerte sich ständig, mir meine Bestellungen in Rechnung zu stellen. Am Straßenrand baten mich Frauen, ihre Kinder zu segnen, sobald ich nur irgendwo erkannt wurde. Die Soldaten ließen mich nie im Stich und boten mir Tee oder ein Nachtmahl an.

Doch der Bluthund Ostermann war mir auf den Fersen, angelockt von genau diesem Duft meiner steigenden Beliebtheit. Er war der Jagd müde, es wurde Zeit, die Beute zu erlegen.

»Lass Elisabeth verhaften! Finde einen Grund dafür, gleichgültig, welchen. Solange sie auf freiem Fuß ist, sind weder du noch Iwan sicher«, warnte Lynar die Regentin, ehe er nach Sachsen abreiste, um Vorbereitungen für seine Eheschließung mit Julie von Mengden zu treffen. Christina nickte gehorsam.

Lass Elisabeth verhaften … Welches Entsetzen verbarg sich hinter diesen Worten? Die Ungewissheit trieb mich an den Rand des Wahnsinns. Graf Lynar reiste am Vorabend des Nikolaustages aus Sankt Petersburg ab. Am Morgen sollte Russland seinen Schutzheiligen ehren. Er gewährte den Schwachen Schutz vor den Starken. Er war der Retter der Unterdrückten vor dem Unterdrücker. Er gab den Armen, ohne den Reichen zu schaden, und war der gütigste aller russischen Heiligen, der Held der Benachteiligten.

Das Schicksal hätte keinen besseren Moment für mich und mein Handeln wählen können.

89. Kapitel

Am Abend des 5. Dezember saß ich gemeinsam mit Alexej in der kleinen Bibliothek des Sommerpalastes. Unsere Nachtlichter brannten nieder, und das Feuer knisterte im Kamin. Dennoch wurde mir nicht warm. Nur einige der Möbel und Teppiche, die Christina geplündert hatte, waren ersetzt worden. In den Bohlen des Fußbodens klafften breite Lücken. Feuchtigkeit drang in das Haus ein, und die Fensterscheiben zitterten in der Zugluft. Wir hatten Karten gespielt, während die Welt draußen verstummte. Dichter Schneefall verhüllte die Stadt, als L'Estocq eintrat. Er verschwendete keine Zeit mit Grußformalitäten. »Zarewna Elisabeth, wir haben keine Zeit zu verlieren. Ostermann hat den Regimentern befohlen, sich innerhalb von vierundzwanzig Stunden an der Front zu melden. Deine letzten Freunde verlassen die Stadt.«

Ich ließ meine Spielkarte, den Herzkönig, fallen. »Was bedeutet das?«

»Du bist ihm wehrlos ausgeliefert. Die Ergebenheit der Regimenter ist deine einzige Waffe. Ostermann wird dich verhaften und dich des Komplotts zu einem Staatsstreich anklagen. Du wirst vor Gericht gestellt und möglicherweise hingerichtet. Er ist es leid… Du hast seine Pläne lange genug durch dein bloßes Dasein durchkreuzt. Nimm dir heute Nacht, was dir gehört, Zarewna Elisabeth! Den Palast, die Macht und Russland.«

Ich verschränkte die Arme, um meine Furcht zu unterdrücken. »Ich werde niemals gegen den Eid verstoßen, den ich meinem Neffen Iwan, dem rechtmäßigen Zaren, geschworen habe. Die Iwanownas sind die ältere Romanow-Blutlinie. Ich bin keine Verräterin an meinem Haus.«

»Dein Haus? Wenn dem doch nur so wäre!«, stieß L'Estocq hervor, so als hätte ich ihm ein Stichwort gegeben. »Diesem Irrtum bist du viel zu lange aufgesessen. Du und wir alle.«

»Was meinst du?«

L'Estocq drehte sich um. Auf der Schwelle kauerte Maja. Ihr Gesicht war von Tränen geschwollen, ihr graues Haar zerrauft. Alexej legte mir die Hände auf die Schultern, als Juan da Costa neben Maja auftauchte.

»Sprich, Weib!«, fauchte der Zwerg. »Zahl deine Schulden, nur einmal in deinem Leben!«

»Was gibt es, Maja?« Mir brach die Stimme.

Sie bekreuzigte sich. »Ich schwöre bei der Seele meiner Zarin Praskowja, Eurer Tante Pascha. Es ist Christinas Schuld. Die Regentin hat es sich selbst zuzuschreiben.« Maja schluchzte und schlang sich die Arme um den zitternden Körper. »Ihre Bösartigkeit entbindet mich von meinem Eid.«

Meine Finger suchten nach Alexejs Hand. Ich lehnte mich an ihn. »Sprich!«, verlangte ich.

Majas Finger krallten sich in ihr Haar, als sie aufsah. »Meine Herrin Praskowja hat die Ehe mit ihrem Gemahl, dem Zaren Iwan, nie vollzogen. Er war so abstoßend und sie die schönste Jungfrau. Sie war das Kind, das ich nie hatte. Ich hätte alles für sie getan. Und dann warfen sie sie ihm zum Opfer vor, diesem …« Sie brach ab, ehe sie meinen Onkel, einen einst herrschenden Zaren, beleidigen konnte. »In ihrer Hochzeitsnacht war meine Herrin Praskowja außer sich. Sie weinte und drohte, sich die Pulsadern aufzuschneiden. Also half ich ihr. Jeden Abend gab ich Zar Iwan Mohnmilch zu trinken. Jahr für Jahr erntete ich selbst den weißen Saft auf den Mohnfeldern rund um Moskau.«

»Aber wie …«, begann ich. Die Ungeheuerlichkeit dessen, was Majas Worte für mich und für Russland bedeuteten, überwältigte mich. Maja krümmte sich auf der Schwelle zusammen. »Fragt mich nichts mehr!«, flehte sie mit rotz- und tränenverschmiertem Gesicht.

»Sprich!«, zischte der Hofnarr dennoch und zog sie unbarmherzig hoch. Sie wimmerte und wand sich. Welch unerträgliche Geheimnisse drangen hier in unser Leben ein? Mit überraschender Kraft schüttelte sie der Zwerg, und das dicke weiße Haar fiel ihr ins Gesicht. »Sprich zugunsten der Frau, die dich gerettet hat, als du von aller Welt verlassen warst! Die Zarewna Elisabeth hat dir zu leben erlaubt, als der Tod deine einzige Zukunft war. Zeig ihr deine Dankbarkeit!«

Maja rang die Hände. »Die Töchter der Zarin Praskowja sind allesamt von einem Kammerherrn gezeugt. Keine von ihnen war Zar Iwans Tochter. Keine von ihnen war eine Romanow«, flüsterte sie und sank wieder auf der Schwelle zusammen. Juan da Costa ließ sie liegen und verschränkte die Arme vor der Brust.

Unter dem Gewicht von Majas Worten sank ich auf meinen Stuhl und presste mir die Fäuste vor die Augen.

Einen Zaren und einen Romanow zu betrügen war eine Sache, ganz Russland zu täuschen, eine ganz andere. Tante Paschas Stellung war die ehrenvollste des Landes gewesen, Zarin von Russland. Ihr Schicksal hatten sich alle Töchter des Adels gewünscht. Ich war zu überrascht, um sprechen zu können, als Schwartz von seinem Sitz mit dem Cello aufstand und das Instrument achtlos zu Boden gleiten ließ. Die drei Männer um mich – Schwartz, L'Estocq und Alexej – standen vereint in ihrem Bemühen, Russland und mich zu retten.

L'Estocq fingerte in seiner Westentasche und legte eine Tarotpackung vor mir auf den Tisch.

»Ist dies der Augenblick, um Karten zu legen?«

»Und ob!«, rief Alexej zu meiner Überraschung. »Bitte, Lisenka, nimm drei Karten! Sie werden dir und uns den Weg weisen.«

Ich erfüllte ihm die Bitte und wählte zufällig und blind drei Karten aus. Verdeckt und achtlos legte ich sie auf den grünen Filz von Vaters altem Spieltisch. L'Estocq ordnete sie. »Sieh hin!«

»Dreh die Karten um, Lisenka!«, bat Alexej zärtlich.

Und so wandte ich die erste der Karten um.

90. Kapitel

Majas Offenbarung brachte die ganze Welt in Aufruhr. Die Wolken waren beladen mit Eis und Schnee, der eisige Wind peitschte ihnen die gefrorene Last aus dem dunklen Leib. Mondlicht trieb kurze, lichte Keile in die vollkommene Dunkelheit der Nacht und brachte das Schwarzeis der Newa zum Glitzern. Hinter den Fenstern der hohen, flachen Hausfassaden war es dunkel. Die Kälte trieb die Wachposten vor den Palästen ins Innere zurück, wo ein Kohlenbecken und ein Schluck Wodka sie am Leben und bei Laune hielten.

Alexej kleidete mich in die Uniform des Preobraschenski-Regiments. Die russischgrüne Jacke saß eng, und die Reithose drohte schon bald vor Nässe steif zu werden. Wir verließen den Sommerpalast, der von Spionen umgeben war, auf Schleichwegen. Abseits der geräumten und ausgetretenen Pfade sank ich bis zu den Oberschenkeln im Schnee ein, zwang mich aber vorwärts. Wir mussten die Kasernen erreichen! Die kalte Luft stach mir in die Lungen, und ich rang vor Schmerz nach Luft. »Wartet, ich helfe euch!«, rief der bärenstarke Schwartz und hakte mich unter. Ohne ihn, Alexej und L'Estocq hätte ich meine Verabredung mit dem Schicksal verpasst.

Der Gewaltmarsch durch die frostige Stadt vereiste

mir die Lungen. Gerade als vor Erschöpfung schwarze Sterne vor meinen Augen aufleuchteten, tauchten die Quartiere der kaiserlichen Regimenter aus dem Dunkel auf. Ihre Lichter schimmerten hinter dem Schleier des stetigen Schneefalls. Trotz der späten Stunde herrschte hier reges Treiben. Überall schleppten Soldaten Sättel, Kleidung, Waffen und Lebensmittelrationen zu den Ställen, wo für die Front alles auf Maultiere, Pferde und Schlitten geladen wurde. Die Männer lachten und schlugen sich auf die Schultern, glücklich, der bedrückenden Stimmung in der Stadt zu entkommen, zumal bei Hof nur noch das deutsch-baltische Ismailow-Regiment die Geschicke bestimmte.

Waren sie bereit für mich? Ich war mir nicht sicher, doch beim bloßen Anblick der allgemeinen Geschäftigkeit stieg meine Zuversicht. *Dein Vater wurde nicht als Peter der Große geboren,* hatte Feofan gesagt. Hatte er dies alles vorhergesehen? Ich führte aus, wozu ich bestimmt war. Es war meine Pflicht meinem Vaterland Russland gegenüber. »Lasst uns gehen, Männer!«, rief ich, verließ den Schutz der Dunkelheit und trat ins Licht.

Mein Herz pochte. Würden mich die Regimenter willkommen heißen?

Aber ich musste nicht lange rätseln. Bei meinem Anblick ließen die Soldaten alles stehen und liegen und knieten im hohen Schnee nieder, dort, wo sich der Schein der Laternen in Pfützen aus Licht sammelte. »Mütterchen! Mütterchen Russland!«, riefen sie und trommelten sich mit den Fäusten auf die Brust. Es klang wie dumpfer Trommelschlag. Gab es jemals einen größeren Liebesbeweis? Eigentlich benannten die Männer unser Land mit diesem Namen. Ihr Ruf spornte mich an, und alles fügte sich. *Du wirst Mutter sein, aber kein Kind haben.*

Ich empfand tiefe Ehrfurcht, denn der *leschi* hatte recht gehabt. Seine Prophezeiung hatte mir nie geschadet, sondern mich gestählt und auf das Zukünftige vorbereitet.

»Erhebt euch, Männer, und folgt mir!«, rief ich. »Wir haben keine Zeit zu verlieren.«

Wir eilten auf die Kaserne zu und waren uns der Soldaten sicher, die uns folgten. Die Tür zur Offiziersmesse war allerdings geschlossen. Ich ballte die Fäuste. Hier traf ich auf die Männer, die ich überzeugen musste, die Anführer der Truppe. Was würde geschehen, wenn ihr Eid dem kleinen Iwan gegenüber sie mehr band als ihre Liebe zu mir und Russland? Ich nickte Schwartz zu, und er trat so heftig gegen die Tür, dass sie gegen die Wand flog. Die Männer fuhren hoch und griffen nach Dolchen und Pistolen, als ich auf der Schwelle erschien. Meine Wangen waren gerötet, mein blondes Haar unter der Pelzmütze hatte sich aus den Zöpfen gelöst und fiel mir wellig auf die Schultern. Die grüne Regimentsjacke saß mir eng um den üppigen Busen. An meiner Kehle zeigte sich rosige Haut, dort, wo ich den Kragen geöffnet hatte, um zu atmen. Die Ikone des Heiligen Nikolaus funkelte, als ich die Beine in den oberschenkelhohen Lederstiefeln entschlossen auf die Schwelle setzte. Einen Augenblick lang herrschte fassungslose Stille, doch dann jubelten die Offiziere laut los. Es war ein einziges wildes und begeistertes Geschrei, eine dunkelgrüne Flut, in der die goldenen Uniformknöpfe wie Lichter auf den Wellen tanzten. Sie wussten, weshalb ich mitten in der Nacht gekommen war. Hinter mir strömten die gemeinen Soldaten in das Kasino. In einer Nacht wie dieser wurden Schicksale geschmiedet, Vermögen gemacht und verloren. Einmal mehr lag Russlands Schicksal in der Waagschale, und das Land hielt den Atem an.

»Wisst ihr,wessen Tochter ich bin?«, schrie ich, als zwei Soldaten mich schon auf die Schultern hoben. Die Gesichter wandten sich zu mir um, Gläser wurden erhoben, aus denen der Wodka herausschwappte. »Ja! Ihr seid die Tochter des Zaren! Des großen Zaren Peter!«

Ich badete in der Wärme der allgemeinen Zuneigung. »Gewiss, aber ich bin auch die Tochter der Zarin. Meine Stunde ist gekommen! Unsere Stunde ist gekommen! Russland hat genug gelitten. Helft mir, den Thron meiner Väter einzunehmen, meinen Thron! Ich werde euch so königlich belohnen, wie es mir nur möglich ist. Folgt mir zum Winterpalast!«

»Ja, auf zum Palast! Lasst uns sie alle töten!« Die Männer ergriffen ihre Musketen, Bajonette, Dolche, Schwerter und Säbel.

»Nein!« Ich ballte die Fäuste. »Nein, nein und abermals nein! In meinem Namen wird kein Tropfen russischen Bluts vergossen.« Meine Stimme klang heiser. »Reicht mir ein Schwert!« Im Halbdunkel der Messe warf die Klinge lange Lichtstreifen wie Leuchtfeuer an die Wände. »Folgt mir… für Russland! Für unser Mütterchen!«

Eine Flutwelle dunkelgrüner Gestalten schwemmte mich hinweg, hinaus in die Dunkelheit. Kampfbereit hielten die Männer ihre Waffen in den Händen und vertrauten in der Nacht des Heiligen Nikolaus auf seine

Barmherzigkeit. Anna Iwanowna hatte recht. Ein hübsches Gesicht genügte nicht, um Soldaten zum Marschieren zu bewegen. Doch ich war die Wölfin, geboren unter den Dezembersternen am Tag der Parade von Russlands größtem Sieg. Ich war die Fürstin von Poltawa.

91. Kapitel

Wir kamen nur langsam, aber stetig voran. Mein Freund, der russische Winter, schluckte unsere Schritte. An jedem Palast, den ein Anhänger der Regentin bewohnte, stellte ich Posten auf, die sich auf den Morgen vorbereiteten. Als wir die Admiralität erreichten, entsandte ich Soldaten, um Ostermann zu verhaften. Zu schade, dass ich sein Gesicht nicht sehen konnte. Aber später würde ich seiner Strafe beiwohnen, je nachdem, welches Urteil mein Gericht über ihn verhängen sollte. Er hatte mein Erbrecht zu lange verleugnet und meine Thronbesteigung verhindert. So Gott wollte, gehörte Russland am Nikolaustag den Russen.

Doch der Teufel schlief nicht. Meine Stiefel waren durchnässt, und jeder Atemzug peinigte meine Lungen. Die Glocken läuteten abermals und riefen eine weitere Stunde für verloren aus. Vor Erschöpfung fiel ich zurück. Mein Blick verschwamm, ich sah nur noch die Männer voranstürmen, ehe der Schnee ihren Anblick ebenso schluckte wie meine Rufe.

»Beeil dich, Zarewna!« Wie aus dem Nichts tauchte L'Estocq auf und versuchte, mir zu helfen.

»Ich kann nicht«, keuchte ich, gequält von heftigem Seitenstechen.

»Doch, du kannst, meine Geliebte!« Alexej war an

meiner Seite und zog mich wieder auf die Füße. Der Schnee versperrte alle Wege. Mein Herz raste, meine Glieder wurden steif, und meine Stiefel waren zu schwer, um mich weiterzutragen. Ich stolperte, fiel in den Schnee und brach ein. Der Frost drang durch meine Handschuhe, aber ich zwang mich Schritt für Schritt weiter. »Vorwärts!«, keuchte ich mit versagender Stimme, doch es war hoffnungslos.

»Schwartz!«, flehte ich und sehnte mich nach seiner unglaublichen Kraft.

»Die Zarewna Elisabeth!«, rief er da. »Sie fällt zurück.«

»Geht!«, stieß ich hervor.

»Niemals ohne dich«, widersprach Alexej. »Ohne dich haben wir kein Ziel.« Schwartz pfiff auf zwei Fingern, und mehrere Offiziere eilten herbei. Sie hoben mich auf ihre Schultern und stürmten voran. Alexej lachte, als wir uns durch das Schneetreiben hindurch dem Winterpalast näherten. Das Abenteuer begeisterte ihn.

Am Palast waren die Fensterläden gegen die Nacht und die Kälte geschlossen, und der Hof schien völlig verlassen zu sein. Ich zählte die dunklen Fenster ab. Wo lagen Christinas Schlafzimmer und das kaiserliche Kinderzimmer? Die Wachposten am Eingangstor, die sich an einem brennenden Kohlenbecken aufgewärmt hatten, legten sofort die Waffen nieder. »Führt mich in die Wachstube!«, befahl ich, nachdem ich ihnen den Treueid abgenommen hatte. Dort sprangen die diensthabenden Männer auf, unsicher, wie sie sich verhalten sollten. »Ich will kein Blutvergießen. Ich bin Elisabeth Petrowna Romanowa. Legt eure Waffen ab und folgt mir! Ihr werdet es nicht bereuen!«, rief ich und hob mein Schwert.

»Was um alles in der Welt …?«, wollte der Oberst zu protestieren, doch Schwartz packte ihn am Kragen und stieß ihn gegen die Wand, wo er nach Luft rang.

»Wie schaffst du das nur?«, fragte ich den Musiker.

Er zuckte mit den Achseln. »Übung macht den Meister.«

Mein Regiment hatte das Vestibül bereits besetzt. Wir waren drei- oder vierhundert Männer und eine Frau. »Geht!«, rief ich und schlitzte die straffe Haut der Trommeln auf, ein wunderbar hässliches Geräusch, wie das Zischen einer Wildkatze vor dem Sprung. Nun konnte niemand mehr den Alarm auslösen. »Tausend Rubel für jeden Mann, der bei Tagesanbruch auf meiner Seite steht!«

Es gab kein Zögern mehr. Die kaiserliche Garde schloss sich uns an, als wir wie wütende Bienen in den schlafenden Palast ausschwärmten. »Hier oben!«, rief ich und nahm zwei Stufen der großen Treppe auf einmal. Eine Flut von Menschen ergoss sich über den weißen Marmor. Unsere Schritte hallten laut in der hohen Galerie und den Gängen, als wir vorwärtsstürmten. Die Fackeln in unseren Händen spiegelten sich hundertfach wider. Ich führte die Kämpfer an und nahm, was mir zustand. Die Liebe zu Russland und der Glaube der Männer trieben mich an.

Vor vergoldeten weißen Doppeltüren hielten wir inne. Die hochgelegte Klinke lag mir leicht in der Hand. Ich wusste, dass sich dahinter das Vorzimmer meiner Nichte befand, wo ein Dutzend Hofdamen schlief. Sie bewachten Christina, die Regentin Anna Leopoldowna.

»Wir sind angekommen«, sagte ich. Was sollte hier enden, und was sollte beginnen? Ich öffnete die Tür und tappte lautlos in die Suite. Als meine Männer mir folgten, erwachten die Damen und Dienstmädchen. Sie bedeckten notdürftig ihre Blöße und flehten um ihr Leben.

»Führt sie in die Küche!«, befahl ich, und die Männer drängten die Bediensteten in den Korridor. »Keine Übergriffe oder ich ziehe euch die Haut ab!« Ich selbst ging mit festen Schritten über das Parkett aus Esche und Ebenholz und stieß eine weitere weiß-goldene Doppeltür auf. Der Raum, der dahinter lag, war schon eine Weile nicht mehr gelüftet worden. Die Luft war so stickig wie im Wolfshaus von Ismailowo. Ich hob meinen Leuchter und sah Christina in Julies Armen schlafen. Beide Frauen waren nackt, und ihr langes Haar fiel über das gestärkte weiße Leinen. Julies Hand lag schlaff auf dem Unterbauch der Regentin. Ich erkannte die Dehnungsstreifen an deren Leib, Spuren ihrer Schwangerschaft mit Iwan, meinem Liebling. Die Soldaten erstarrten … die skandalösen Gerüchte entsprachen also der Wahrheit! Meine Laterne breitete einen goldenen Schein über die beiden Frauen. Julie rührte sich, als das Licht ihre geschlossenen Lider erreichte. Unsere Anwesenheit und die Geräusche der Soldatenstiefel brachen in ihre Träume ein. Bevor sie erwachte, rüttelte ich an Christinas Schulter. Schläfrig öffnete sie die Augen, blinzelte und setzte sich ruckartig auf.

»Lisenka, was um alles in der Welt …?«, begann sie, erkannte dann aber die Soldaten, die Degen und die Fackeln. Auch meine geröteten Wangen, meine Uniform und das Lächeln, das meine Augen zum Leuchten brachte, konnte sie nicht übersehen. »Wach auf, Nichte!«, rief ich. »Es ist Zeit zu gehen.«

»Erbarme dich!«, bettelte Christina, während Julie

schluchzte. Vergeblich versuchten sie, ihre Nacktheit zu verbergen. Sie umarmten sich, doch die Soldaten rissen sie auseinander und warfen ihnen je ein Laken zu. »Was auch immer du tust, bitte füge Julie keinen Schaden zu!«, flehte Christina, als sie zitternd neben ihrem Bett stand.

»Mach dir keine Sorgen!«

»Was hast du vor?« Christinas Haut wirkte milchig im Gegensatz zu den groben Händen der Soldaten.

»Jetzt?« Ebenso wie meine Stimme stählte ich meine Seele. »Jetzt statte ich Iwan einen Besuch ab.«

Ein Verstehen dämmerte in Christinas schreckgeweiteten Augen. »Oh, Lisenka! Bitte tu Iwan nichts an!«

Es gab keine Worte für die Schlacht, die in meinem Innern tobte. Diese Frau wie auch ihre Mutter waren mir als Familie untergejubelt worden, dabei waren wir nicht einmal blutsverwandt. Seit einem Jahrzehnt hatte ihr Pack – anders wollte ich sie nicht bezeichnen – meine heiligen Erbrechte behindert. Der Augenblick der Rache musste kommen, ob ich es wollte oder nicht. Alles, was es wert war, ein Leben genannt zu werden, sollte für sie, wie auch die Ihren, noch in dieser Nacht von meiner Hand enden.

Mir wurde das Herz schwerer als meine Schritte, doch ich hatte keine Wahl. Und so begab ich mich zu meinem kleinen Iwan.

92. Kapitel

Die leichteste Last wird deine größte Bürde sein.

Als die letzte Prophezeiung des *leschi* sich erfüllt, fluten die Soldaten den Raum, allen voran der General des Preobraschenski-Regiments. Sie haben ihr Schicksal in meine Hände gelegt. Ihre Fackeln hellen das Dämmerlicht des Kinderzimmers auf, Stunden, bevor die Sonne aufgeht. Als die Amme sich auf ihrem Hocker regt, hebe ich Iwan aus seiner goldenen Wiege. Er duftet süß nach der Milch seiner Amme und dem Lavendel, in dem seine gefalteten Laken aufbewahrt werden. Die Erinnerung an den Duft muss für ein Leben reichen. So wie der Tod meines Halbbruders Alexej meine Familie verfluchte, wird Iwans Schicksal die Romanows retten. Kein Tropfen meines Blutes rinnt in seinen Adern.

Iwans Gesichtchen verzieht sich, und er droht in Tränen auszubrechen. Doch ich streichle ihm die Wange.

»Schsch, ich bin es, Tante Lisenka«, flüstere ich. Er schmiegt sich erleichtert an mich. Sein kleiner Körper fühlt sich warm an, und ein Lächeln knospt in seinen Augen. Seine Haare sind so hell, seine Augen so groß und blau. Ein ungewöhnlich hübscher Junge. Ich lockere ihm die Windeln.

»Enka«, zirpt er, als der Oberst näher kommt. Dessen

Ungeduld ist greifbar, denn innerhalb von Stunden wird Leben erzeugt, werden Lebenswege zerstört, Vermögen gewonnen und verloren. Er greift nach Iwan. »Gebt mir den Za...«

Ich hebe warnend die Brauen.

»Verzeihung, Eure Majestät. Gebt mir Iwan Antonowitsch!«, sagte er dann. *Eure Majestät.* Ich übergebe ihm den kleinen Iwan Antonowitsch, wie er von nun an heißt, mit gebrochenem Herzen. Ich kann es weder verzögern noch vermeiden, also kann es genauso gut auch gleich geschehen.

»Lass ihn nicht fallen!«, sage ich, da ich nicht weiß, was ich sonst noch sagen soll.

»Natürlich nicht«, versichert mir der Oberst. Sein Kinn und seine Wangen sind ein dunkles Stoppelfeld nach der schlaflosen Nacht. Iwan reibt seine kleinen Hände daran und lacht. »Komm, mein Kleiner! Lass uns gehen!«

Lass uns gehen! Ich schlucke und habe einen bitteren und salzigen Geschmack im Mund. Mein Tun ist unverzeihlich, doch Russland fordert es. Die Entscheidung, die ich gegen Iwan treffe, rettet mein Reich. Wer sind wir im Vergleich zu unserem Land? Nur ein Werkzeug in der Hand Gottes. Russland kann nur einen Herrscher haben, und ich habe mir das Recht zu herrschen ebenso erworben, wie ich es ererbt habe.

»Schaff die Familie Antons von Braunschweig zum Sommerpalast! Sie steht unter Hausarrest.«

»Und Iwan Antonowitsch selbst?« Der Oberst wiegt Iwan in den Armen. Der Junge lächelt selig.

»Warte auf weitere Befehle!« Ich wende mich ab, um meine Tränen zu verbergen.

Weitere Befehle. Diese Worte sind die Hebamme, die die ungeheuerlichste Entscheidung das Licht der Welt erblicken lässt. Iwan wird der Staatsgefangene aller Russen sein, zu lebendigem Tod verurteilt. Ich werde ihn für alle Ewigkeit oder bis zum Ende seiner Tage im dunklen, feuchten Schlüsselburg einsperren. Die Eroberung dieser Wasserfestung und die Umgebung der Newamündung – ein Ödland aus Sümpfen und dichten Nebeln – durch meinen Vater hatte die Gründung von Sankt Petersburg ermöglicht. Als Iwans Gefängnis wird mir die Festung eine stete Erinnerung daran sein, was es kostet, Russland zu regieren. Sollte man versuchen, Iwan zu befreien, soll er sofort getötet werden. Und jemand wird es versuchen, da dies immer geschieht, auch wenn es erst in ein oder zwei Jahrzehnten der Fall sein mag. Ich küsse seine kleine Hand ein letztes Mal, seine Fingerchen, die niemals ein Spielzeug oder eine Feder halten sollen, geschweige denn den Reichsapfel und das Zepter.

Während Iwan auf dem Altar Russlands Körper und Geist als Opfer darbringt, füge ich dem noch meine unsterbliche Seele hinzu. Das Reich bekommt die Dreifaltigkeit, die es verdient. So schließe ich mich Iwan in meinem eigenen Gefängnis an. Im Winterpalast werde ich für immer die Dämmerung und jede Nacht fürchten. Was, wenn ein anderer Thronanwärter entlang der Newa auf die Residenz der Zarin zustürmt? Ich werde nie in zwei aufeinanderfolgenden Nächten im gleichen Raum schlafen, um einen möglichen Feind zu verwirren. Wenn ich überhaupt jemals noch schlafen werde! Alexej und mein Hof werden mich mit Festen unterhalten, die bis zum Morgengrauen dauern, ehe uns alle die

Müdigkeit überwältigt und wir bleischwer und traumlos einschlafen.

Niemand wird uns am helllichten Tag angreifen.

»Armer Iwan Antonowitsch«, sage ich. »Es ist nicht seine Schuld, sondern die seiner Eltern.«

»Zu Befehl, Majestät.« Der Offizier mustert mich mitleidig, doch seine Haltung ist entschlossen. Ich bin dankbar für die Tränen, die mir die Sicht nehmen. Mein Herz ist bleischwer, als der Oberst mit Iwan in den Armen geht. Die Stiefel seiner Regimenter auf dem Marmorboden übertönen das Gurren des kleinen Jungen.

Ich werde Iwan nie wieder sehen.

Niemand wird ihn je wieder sehen.

Im Winterpalast, am Sankt-Nikolaus-Tag, 6. Dezember 1741

Der Palast ist nun hellwach, obwohl der Morgen des Nikolaustages noch längst nicht angebrochen ist. Auf Fluren und Treppen drängen sich Menschen, die sich beeilen, mir ihre Treue zu schwören und ihre Zukunft zu sichern. Doch ich muss allein sein, um sowohl die Ungeheuerlichkeit meines Unterfangens wie auch seine Kühnheit zu bestaunen. Ich schließe die Tür hinter mir, sperre sie aber nicht ab. Ich habe nichts mehr zu befürchten. Ich lehne mich an die Wand. Der Raum ist leer und soll es bleiben. Ich bin Mütterchen Russland, und die Zahl meiner Kinder beläuft sich auf Abermillionen. Mein ausgedehntes und wohlhabendes Reich kann ihnen Obdach bieten. Der Gedanke ist wie ein Hieb. Meine Beine geben nach, ich gehe in die Hocke und umarme meine Knie. Der Schmerz in mir dehnt sich, wird immer länger, erstreckt sich von meinem Herzen bis in die Eingeweide, wo er sich mit Widerhaken in mir festkrallt.

Wann höre ich das Klopfen an der Tür?

Ich erhebe mich, wische mir die Augen und öffne die Tür. Es ist der einzige Mensch, mit dem ich diesen Moment teilen mag: Alexej. Er benötigt keine Erklärung, sondern umarmt mich. Er weiß, was geschehen ist, was ich tun musste. Er hält und wiegt mich, als wäre ich selbst ein Säugling. Alexej urteilt nicht, vielmehr ergreift er mit sanfter Stimme das Wort. »Ostermann hat den Soldaten, die ihn verhafteten, dies ausgehändigt. Es gehört dir.« Er öffnet die Hand, und ich erkenne den kaiserlichen Siegelring. Der doppelköpfige Adler ist tief in den Rubin eingeschnitten. Seine Krallen sind scharf, seinen Schwingen weit, sein Schnabel ist spitz.

»Zieh ihn an!«, bittet Alexej.

Der Ring ist zu groß für meinen Finger. Ich entdecke die Stelle, wo er aufgeschnitten wurde, um ihn Anna Iwanowna vom dick geschwollenen Finger zu ziehen. Ich werde ihn später anpassen lassen.

Alexej fasst mich bei der Hand. »Komm! Schau und sieh!« Er führt mich zum Fenster und zieht den Vorhang zurück. Es ist Morgen geworden. Der Sturm der Nacht ist vergangen. Kein Wind regt sich. Licht durchflutet den Raum und weckt mich so plötzlich wie ein Eimer eisiges Wasser, der in das Gesicht eines Betrunkenen geschleudert wird.

Ich schaue, und ich sehe.

Der Schneefall hat ein Ende genommen. Der Himmel ist von einem hellen Blau, nicht unähnlich dem Entenei, das ich als Kind im Schilf von Kolomenskoje fand. Dünne Wolkenstreifen ziehen über seine Kuppel und laden zum Seiltanzen am Firmament ein. Die Häuser leuchten wie ein in Stein gefangener Regenbogen. Sankt Petersburg schwebt in der glasklaren Luft. Als ich das Fenster öffne, schmeckt der kalte Morgen so frisch und scharf wie eisgekühlter Wodka. Bald werden die Kirchenglocken läuten, ganze vierundzwanzig Stunden lang. Ihr Klang teilt Russland und der Welt mit, was geschehen ist.

Die Stadt schläft noch, als eine Bewegung gegenüber

auf Menschikows Wassiljewski-Insel meinen Blick anzieht. Mir stockt der Atem. Eine Gestalt gleitet aus dem Schatten des Schlosses in den Sonnenschein. Sie steht dort so still wie eine Statue und erwidert gelassen meinen Blick, eine schmale Kreatur in einem hellen Pelzmantel. Dann aber löst sich die Gestalt in einer raschen Drehung auf. Was bleibt, sind ein silbern gesprenkeltes, zottiges Fell und fliegendes weißes Haar. Das Licht fängt einen glitzernden Blick ein, ich erkenne ein Lächeln und Reißzähne. Dann hebt sich eine schmale Hand und winkt mir zu. Es liegt keine Ehrerbietung in der Geste, sondern das Wissen um Ebenbürtigkeit.

»Alexej, siehst du das?« Ich ringe nach Atem.

»Was?« Alexejs Hände umfangen meine Arme und meine Schultern. Er zieht meinen Rücken an seine Brust und küsst mein Haar.

Ich spähe wieder hinüber ans andere Ufer, doch der *leschi* hat sich in Luft aufgelöst.

»Nichts.« Ich wende mich zu Alexej um. »Ist dieser Morgen nicht einfach herrlich?«

»Ja, das ist er, Zarin Elisabeth.« Er küsst mir die Haare und dann die Hand. Mein Liebster nennt mich als Erster bei meinem neuen Namen, den die Geschichte nie vergessen soll.

Vor dem Fenster des Winterpalastes glänzt das Eis der Newa in der Morgensonne silbern leuchtend wie ein Spiegel. Es wird sein Versprechen halten, mich zu tragen, fest und stark. Für immer.

Ich.

Historische Anmerkungen

Die sechzehn Jahre von 1725 bis 1741 zwischen dem Tod von Peter dem Großen und der Palastrevolution seines einzigen überlebenden Kindes Elisabeth zählen zu den kompliziertesten in der russischen Geschichte, die ohnehin reich an Komplikationen ist. Das Land – das größte und wohlhabendste Reich der Welt – wurde von gegensätzlichen und gegnerischen Kräften schier auseinandergerissen. Viele der Reformen Peters des Großen waren in Planung, wurden aber nicht mehr umgesetzt. Während der zwei Jahre ihrer Regierungszeit bevorzugte seine Nachfolgerin Katharina I. eine Politik der Allianzen und Verträge, um das Imperium in einem zerbrechlichen Gleichgewicht zu halten. Während der nur dreijährigen Regierungszeit des jungen Zaren Peter II., der die Nachfolge von Katharina I. antrat, bauten die Altgläubigen ihre Macht aus. Bevor der Einfluss dieser mächtigen Strömung jedoch die Reformen Peters des Großen ganz zunichtemachen konnte, wurde seine Nichte Anna I. zur Zarin aller Russen gekrönt. Sie und ihr ehrgeiziger Liebhaber Ernst Biren gaben der Verwestlichung Russlands eine völlig neue Wendung und stellten das Reich unter ein Jahrzehnt deutscher Regierung, die im russischen Volksmund auch als Zeitalter der *Bironowschtschina* bezeichnet und als Despotentum abgelehnt wurde. Bei Annas Tod wurde Ernst Biren, ein ehemaliger Stallknecht, tatsächlich kurzzeitig zum Regenten Russlands für den kindlichen Zaren Iwan VI. ernannt, eine historische Tatsache, die ich der Einfachheit halber unterschlagen habe. Nach nur einem Monat seiner Regentschaft verdrängten und verbannten ihn Graf Ostermann und Anna Leopoldowna, »Christina«.

Elisabeth Petrowna Romanowa war das einzige überlebende Kind Peters des Großen. Sie ergriff die Macht in einer nächtlichen Palastrevolte und erklärte sich am Morgen des 6. Dezember 1741 zur Zarin aller Russen. Der amtierende Kind-Zar Iwan VI. wurde in der Schlüsselburg inhaftiert, wo er mehr als zwei Jahrzehnte verweilte. Nach einer fehlgeschlagenen Verschwörung, die seiner Befreiung dienen sollte, wurde er von seinen Wächtern erstochen. Seine Eltern und Geschwister wurden unter Hausarrest gestellt. Als sie endlich nach Jahren Russland verlassen durften, waren sie unfähig, jemals wieder ein normales Leben zu führen. Elisabeth regierte Russland zwanzig Jahre lang als Zeitgenossin Friedrichs des Großen von Preußen und Maria Theresias von Österreich.

Graf Andrej Iwanowitsch Ostermann, der Vizekanzler Russlands, wurde nach seiner glanzvollen Karriere von Elisabeth dazu verurteilt, zuerst gerädert und dann enthauptet zu werden. Elisabeth hielt jedoch ihr Versprechen, niemals ein Todesurteil zu unterzeichnen. Stattdessen unterwarf sie ihn der Demütigung einer Scheinexekution. Sein einziges Anzeichen von Emotionen auf dem Schafott war ein leichtes Zittern seiner Hände, als er seine Perücke neu richtete. Er und seine

Familie wurden nach Berjosow in Sibirien verbannt, wo er 1747, sechs Jahre später, starb.

Jekaterina (Katja) Alexejewna Dolgorukowa überlebte ihre Verbannung nach Sibirien. 1741 ernannte Elisabeth sie zu ihrer Hofdame. 1745 heiratete sie Generalleutnant Graf Alexander Romanowitsch Bruce und starb 1747 an einer Erkältung.

Ernst Biren, der Stalljunge, der erst zum Grafen und dann zum regierenden Herzog von Kurland wurde, entkam den Kiefern der großen Bärin Russland. Elisabeth rief ihn aus der Verbannung in Sibirien zurück und überließ ihm ein Anwesen und Leibeigene. Biren tauchte 1762 wieder auf, als der germanophile Peter III. von Russland ihn an den Hof einlud. 1763 gab ihm Katharina II. von Russland sein Herzogtum Kurland zurück. Die letzten Jahre seiner Herrschaft waren gerecht, wenn auch autokratisch. Er starb 1772 in Rastrellis Palast in Mitau. Sein ältester Sohn Peter folgte ihm auf den Thron. Seine Frau, die ihm stets eine treue Begleiterin gewesen war, überlebte ihn um zehn Jahre.

Moritz Karl Graf Lynar wollte sich als Vollzeitliebhaber der Regentin Anna Leopoldowna etablieren, als Elisabeths Putsch seine Pläne durchkreuzte. Seine Verbindung zu Russland blieb jedoch bestehen. Die Beschreibungen von ihm als *vollkommenem Gecken und Narren,* der nur um seinen hellen Teint besorgt war, unzählige Frauen schwängerte und sich stets in Pastelltönen kleidete, stammen aus dem Tagebuch von Katharina der Großen.

Julie von Mengden, eine livländische Baronin, war eine Nichte des Generalfeldmarschalls Burkhard Christoph von Münnich, dessen Charakter und Rolle ich mit der Gestalt des Grafen Ostermann vermischt habe. Sie war eine Hofdame und Liebhaberin der Regentin Anna Leopoldowna und verlobte sich mit Graf Lynar, um ihre skandalöse *Ménage-à-trois* zu verstecken. Sie folgte Anna Leopoldowna (»Christina«) in den Hausarrest und die Haft und wurde erst 1762 von Katharina der Großen freigelassen.

Alexander Borissowitsch Buturlin, Elisabeths angeblicher erster Liebhaber, ist in dem Roman mit Alexej Schubin verschmolzen, einer anderen leidenschaftlichen Affäre Elisabeths. Er wurde brutal verstümmelt und dann in Kamtschatka stationiert. Bei ihrer Thronbesteigung befreite Elisabeth Schubin. Er lebte ein langes, zufriedenes Leben auf einem riesigen Landgut. Buturlin dagegen wurde ein General in Elisabeths Armee.

Der Charakter des Fürsten **Alexej Dolgorukow** ist ein Amalgam der Mitglieder dieser großen alten Familie. Der Bräutigam der Eishochzeit, wie auch der Vogelmann in seinem Käfig, war eigentlich Fürst Michail Golizyn, der auch die Erbrechte Anna Iwanownas beschneiden wollte. Er und seine behinderte Kalmückenfrau, Bräutigam und Braut der berühmten Hochzeit im Eispalast, hatten später noch mehrere Kinder zusammen.

Maja, die Magd mit der Hasenscharte, ist eine fiktive Figur, doch es ist eine akzeptierte historische Tatsache, dass die fünf Töchter der Zarin Praskowja nicht von dem schwer behindert geborenen Zar Iwan V. gezeugt wurden.

Juan da Costa war ein portugiesischer Jude und Hofnarr, der Peter dem Großen, Katharina I. und Anna von Russland diente, *dank einer lustigen Figur, seiner Kenntnis vieler europäischer Sprachen und der Gabe, sich über alles und jeden lustig zu machen (was dem jüdischen Stamm eigen ist),* wie der Historiker Schubinski mit dem Antisemitismus seiner Zeit schreibt. Juan da Costas Schicksal nach Elisabeths Machtübernahme ist unbekannt.

Jean-Armand de L'Estocq: Der französische Arzt und Abenteurer übte während Elisabeths früher Regierungszeit enormen Einfluss auf die Außenpolitik aus. 1748 wurde er jedoch beschuldigt, zugunsten ihres Neffen gegen sie geputscht zu haben. L'Estocq wurde gefoltert und zum Tode verurteilt. Die Zarin ließ ihn dann jedoch verbannen. Erst nach ihrem Tod erhielt L'Estocq seine Ländereien zurück und durfte in die russische Hauptstadt zurückkehren.

Trotz einer angeblichen geheimen Hochzeit mit ihrer großen Liebe **Alexej Grigorjewitsch Rasumowski,** einem ehemaligen ukrainischen Schäfer, blieb Elisabeth offiziell unverheiratet und kinderlos. Stattdessen ernannte sie ihren deutschen Neffen **Karl Peter von Holstein,** Anuschkas Sohn, zum Zarewitsch. Er verabscheute Russland. Als Bewunderer Friedrich des Großen war er glücklich, sich mit einer jungen deutschen Prinzessin zu verloben, Sophie Friederike von Anhalt-Zerbst, einer Nichte von

Elisabeths ehemaligem Verlobten Karl Augustus von Holstein. Elisabeth hieß sie als Katherina Alexejewna im orthodoxen Glauben willkommen. Sie sollte später den Thron ihres Mannes usurpieren und Russland als Katharina die Große regieren.

In der **Golossow-Schlucht von Kolomenskoje** bei Moskau entspringen mehrere Quellen, und ein Bach fließt auf ihrem Grund. Zudem beherbergt sie einen neoheidnischen Schrein. Mythen von Zeitreisenden und magischen Geistern verstärken den natürlichen Charme des grünen Heiligtums.